U0581777

KUWEI
酷威文化
图书 影视

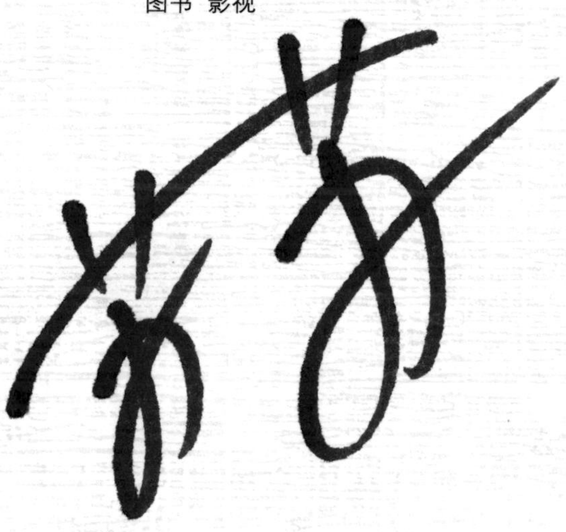

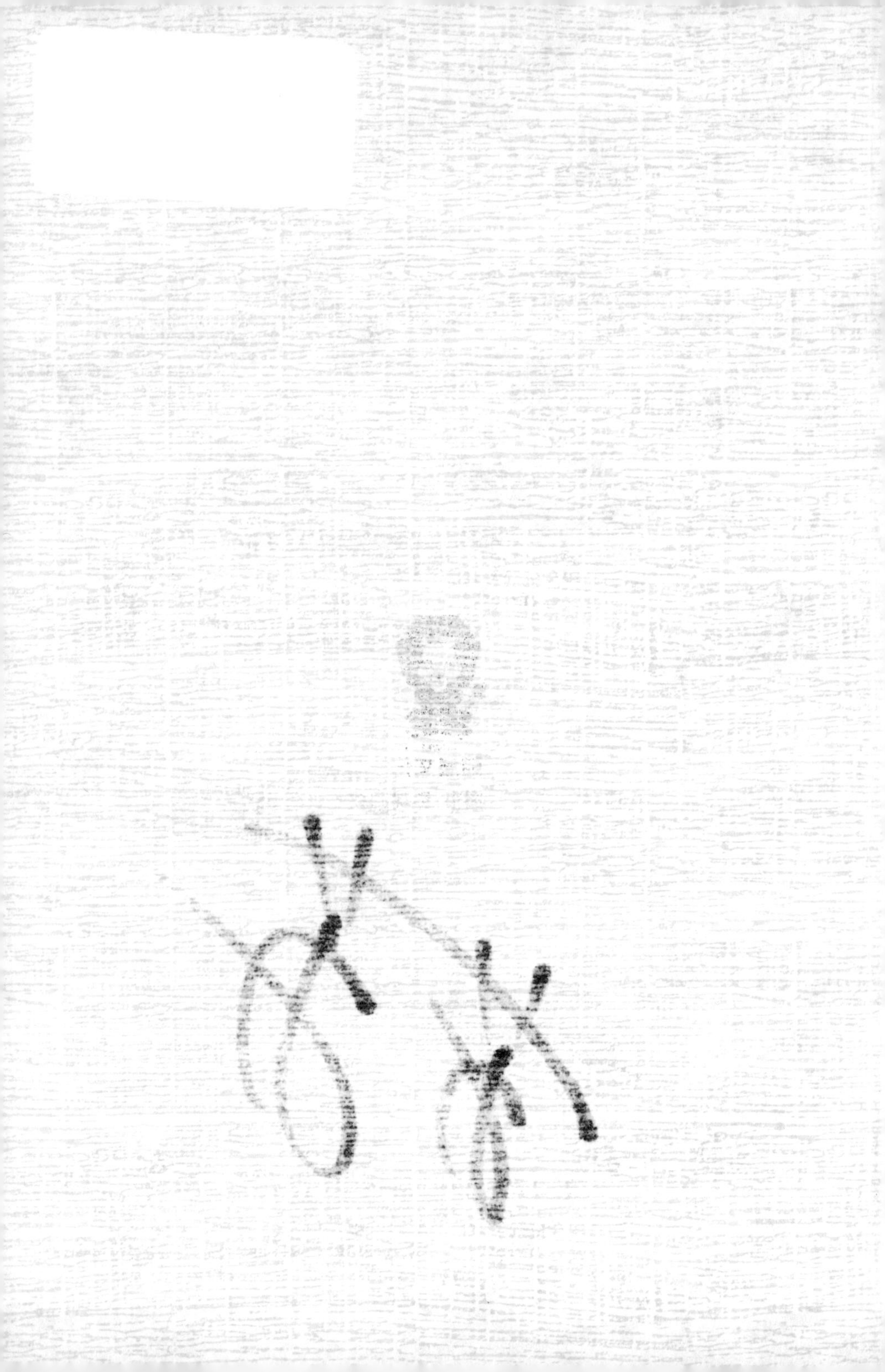

地狱的星辰

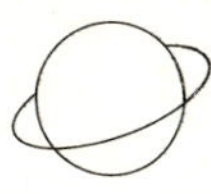

上

first

苏苏 著

四川文艺出版社

图书在版编目（CIP）数据

地狱的星辰 / 苏苏著 . — 成都：四川文艺出版社，2018.11

ISBN 978-7-5411-5165-1

Ⅰ . ①地… Ⅱ . ①苏… Ⅲ . ①言情小说－中国－当代 Ⅳ . ① I247.5

中国版本图书馆 CIP 数据核字（2018）第 222360 号

DIYU DE XINGCHEN

地狱的星辰

苏苏 著

出品人　刘运东
特约监制　王兰颖
责任编辑　张亮亮　奉学勤
特约策划　马春雪
责任校对　汪　平
特约编辑　马春雪　苗玉佳
封面设计　ABOOK-殷舍
封面插画　有三一

出版发行　四川文艺出版社（成都市槐树街2号）
网　　址　www.scwys.com
电　　话　028-86259287（发行部）　028-86259303（编辑部）
传　　真　028-86259306

邮购地址　成都市槐树街2号四川文艺出版社邮购部　610031
印　　刷　北京永顺兴望印刷厂
成品尺寸　145mm×210mm　1/32
印　　张　19　　字　　数　510千字
版　　次　2018年11月第一版　　印　　次　2018年11月第一次印刷
书　　号　ISBN 978-7-5411-5165-1
定　　价　58.00元（全二册）

Contents

目录

楔　子

舒窈所在的公司是本地翻译事务所中属于中下游水准的翻译公司，可能是因为名字里加了“国际”两个字，竟然接下了影郅和乌兰的未来通信计划项目，这简直和中五百万大奖的概率是一样的，全公司的人都乐疯了。这天要去影郅的会议现场翻译，连平日不见踪影的老板都跟着来了，不过人坐在会议室外等，因为脑袋空空，什么都不会，完全是凑热闹的性质。

舒窈被分在影郅的翻译组，此刻影郅的总裁韩郅正在讲话：“未来网络是人工智能的时代，物理连接将被自动感知所取代，通过分析数据来计算变化，继而完成自主思考，将过去人与人之间的模式演变为智能与智能的模式……”

舒窈作为同传，整个人状态都很紧绷，可能因为紧张，目光落在韩郅身上，一下都没有错开过。她的专业水平和他们公司在同行的地位差不多，刚够及格线，所以片刻不敢放松，尽量让措辞和专业点更准确。可能是因为紧张，她看向韩郅的目光也有些不正常地发亮，仿佛整个会议室只剩下他们两个人。

大概是她的目光太过于骇人，下一刻韩郅忽然转头，目光直直地朝她射过来，是那种带着震慑威力的视线，让舒窈心跳漏了三拍，连口上的翻译句子都顿了三秒钟。

下一刻她赶紧收回神，不敢再看韩郅。而韩郅丝毫没有被影响，好听的声音徐徐传来，就像电台里深夜节目的主持人般勾人。

因为分神，舒窈的翻译错了好几处，待到会议一散，舒窈便被主管吴玲叫到角落训斥："舒窈，你怎么回事？这不是你的正常水平，你知道你刚才错了几处吗？"

舒窈赶紧道歉："刚才是我失误了，下次我会注意的。"

"没有下次了！你知不知道这一单对我们公司有多重要？来之前我和你们千交代万交代，错误不可以超过三处。"吴玲语气不好，面色更不好，看着舒窈一脸不耐烦，"有录音回放，你回去自己听一下错了几处，一处罚三百，下午的会议你不必继续跟了！"

三百？一个月工资才三千五加币，不过舒窈没反驳："下午我会注意的，一定不再犯错。"

吴玲态度很坚决："你先回所里，这个项目不需要你了。"

会议室的门被推开，舒窈原本面上就不太好看，谁知推门的人竟然是韩郅。她对上他的目光，还没来得及和他对视，韩郅已经抬脚走向主席位，原来是忘了东西。

吴玲看到韩郅，脸上立刻堆满了笑容："韩总，中午有空的话，赏脸一起吃个饭可以吗？"

组里其他的人也应着，显然都想抱住韩郅这棵大树。

韩郅的目光不经意地扫过舒窈，她正带着一丝委屈看着他。收回目光，韩郅开口："抱歉，中午我已经有约了。"他又看了舒窈一眼，朝两人微微颔首，"你们继续。"

韩郅一走，之前的严肃气氛立刻散去，大家似乎都松了一口气。韩郅气场太强，让他们不自觉有压迫感。不过吴玲并没有因为这个岔子而忘记舒窈，继续当着全组同事的面批评了舒窈足足五分钟，舒窈也已经放弃了争取下午继续跟进的打算。

她面上讪讪的，从未被人这么当面下脸，还是当着韩郅的面，一时间心里又羞愧又难受。

一群人陆续往会议室外走，影郅的会议室很大，占了足足半层楼的面积，装修也相当豪华，大家看在眼里暗暗羡慕，舒窈却无感，只想快些离开，丢死人了！

不知道谁说了一句："那不是韩总吗？"

舒窈一愣，韩郅还没走？顺着同事的目光看过去，便看到韩郅和一个助理站在不远处，西装笔挺，彬彬有礼，侧面线条冷硬，弧度却难得的完美，铁灰色的西装贴身包裹住身体，带着一种难以言说的力量。他忽然转身朝他们这边看过来，直直地望向舒窈。

见韩郅看过来，所有人都顿了一下，吴玲反应最快，朝着韩郅走去："韩总还没走？"

韩郅微微点头，目光落在舒窈脸上："等人。"说着他朝舒窈伸出手去，"结束了吗？"

舒窈立刻握住他的手，没想到他在这里等着给自己撑腰呢。

韩郅领着人在众人的目瞪口呆中离开。所以，他们刚才是批评了自己大金主的女朋友足足五分钟吗？

舒窈手被韩郅牵着，沉默地跟在他身边，还陷在被韩郅看到自己被批评得狗血淋头的丢人情绪里。韩郅向来寡言，一路上两人几乎零交流。

到了一楼大厅，韩郅才开口："我叫了司机过来，一会儿送你回家。"

舒窈眨眨眼，看着他："你中午不是有约了吗？"

"是有约。"韩郅的回答很简短，也很有力。

舒窈又眨眨眼，不是和她吗？

韩郅解释："和对方有个商务餐会。"

"哦。"舒窈撇着嘴，闷闷不乐。

韩郅似乎没看到她的情绪："车子来了。"

舒窈站着不动，不是很想走，这年头这么不解风情的，韩郅也是独一份儿。下一刻韩郅的手便放在了舒窈的背上，舒窈不得不随着他手的力道往车边走，听到他说："你这个领导骂人有点凶，你想换个工作吗？"

舒窈没好气："不想！"

"行。"韩郅点头。

……

再来一次，她才不要和他谈恋爱！

舒窈坐进车里，重重地关上了车门，韩郅没有立刻走开，而是抬手敲了敲车窗。

舒窈没应。

韩郅又敲了一次，舒窈往外看去，韩郅面上依旧没什么表情，五官线条刚硬冷冽，眸中如藏着一把锋利的刀刃，可这人此刻在主动向她靠近。

落下车窗，舒窈看着韩郅没说话。

韩郅弯下身，锐利的目光盯着她："开会的时候为什么错那么多？"

舒窈脸色爆红："你管我！"

韩郅忽然笑了一下，声音也低了下来："是不是因为在看我？"

舒窈脸色更红，连脖子都红了："你……"她心里还没想好措辞，韩郅已经探过身子，捧住她的脸吻了下来。

他的吻如他的人，唇冷冷的，呼吸却是炙热的，只是很快他便退开，低声道："别气了。"

所有的安慰不过这三个字，一直到回到家，舒窈都不知道自己是该气还是不该气。

舒沄在客厅看电视，看到舒窈一脸不高兴地进门，把人喊到跟前，拿着遥控器调到了新闻频道："影郅昨天半夜发射了一颗卫星，你知道吧？"

舒窈坐在沙发上，拿了桌上的水果抱在怀里，一点不想知道影郅的事情："不知道。"

"韩郅的公司可真是越做越好了，你们俩怎么样了？"

舒窈顿了下："还好吧。"

她能认识韩郅是因为他和舒沄是同学，最初舒沄带她出去交友，偶尔能见到韩郅一次，她喊他一声"学长"。韩郅对她并不像对其他人一般不假辞色，虽然依旧寡言，但两人见面的次数慢慢多起来，两人能在一起说不上是谁主动，仿佛水到渠成就在一起了。

韩郅话不多，甜蜜的时候她窝在他怀里说以后的事情，韩郅静静地听着，虽然嘴上没说，行动上却给予了肯定。她在犹豫要不要和舒沄说自己和韩郅的状态，她觉得韩郅太过于理性，完全不像恋爱中的人，待她不同也只是相较于外人而言。

"别说，"舒沄对她比了一个"闭嘴"的手势，然后指了指电视，"看新闻。"

舒窈转头，电视里正在播放一条新闻：

"影郅集团于今日凌晨三点钟发射了一颗商业卫星，卫星编号为619121，当轨道高度为64947公里时，运行周期和地球的自转周期相同，倾角为零，以与地球自转相同的速度绕地球飞行，即以对地静止轨道……"

舒窈瞪大眼，不敢相信，转头看舒沄。舒窈桃花眼含着笑，显然也已经想到了，六月十九号是她的生日，一月二十一日则是韩郅的生日，连起来正好是卫星的编号。

"我觉得这个名字不好，他还不如直接用你的名字命名，或者用你们名字的首字母，这也太闷骚了，不知道的人谁猜得出来？"新闻播放完，舒沄拿了遥控器重新调回电视剧，是最近流行的霸道总裁剧，才看一眼，舒沄又说，"你应该给韩郅提建议，让他去演电视剧，本色演出就行，就演霸道总裁，肯定能火。"

"你自己去和他说！"舒窈站起身"噔噔噔"上了楼，进了房间马上扑进柔软的被子里，脸被埋着，脚丫晃来晃去，没忍住笑了出来。

韩郅一次也没说过“喜欢她”“爱她”之类的话，却总是以这种不经意的方式告诉她他对她的感情，而她甚至要在电视上看到这则新闻才能知道他的心意。

舒窈不太喜欢这种含蓄的表达，但是让韩郅直接说情啊爱的显然不现实，不知道想到什么，舒窈跳下床又跑下楼，看着舒沄说：“昨天晚上韩郅带我去了超市。”

“然后呢？”舒沄嫌弃她耽误自己看电视。

“我们买了他旗下开发的玛琳巧克力，然后抽了里面的挂奖牌，抽到的是‘嫁给我’，你说他会不会是在向我求婚？”如果没有今天这则新闻的话她肯定会把这件事当作巧合，但她总觉得哪里不对。

这个品牌的巧克力每一盒都会放进去一张抽奖卡，大多是一些情话，也有一些俏皮的，比如“给我买个包”“一顿早餐”之类对情侣的要求，韩郅不会无缘无故带着她去超市买东西，她昨天还觉得奇怪，现在倒是想通了。

舒沄一愣，随即站起身半跪在沙发上，扭着身子看舒窈：“最近有什么大日子？”不等舒窈回答，她又说，“周六是你生日，你们在一起这么久，也该是时候谈婚论嫁了。你这几天要注意看他有没有什么异常，他这人闷，但是做事不含糊。你又笨，有时候他表白了你可能都不知道，所以哪里想不明白就来问我。”

舒沄似乎比舒窈还高兴：“到时候我把家里好好布置一下，多请一些人过来，一定让你终生难忘！”

舒窈心里高兴，脸上也表现了出来，嘴上却有些不好意思：“万一想多了怎么办？”

“不会！韩郅这人最大的优点就是有担当、肯负责，他上学那会儿就是这样，认定的东西和人绝不轻易改变。”想到舒窈也要订婚了，舒沄比她还高兴一些。

这话舒窈听到了心里去，接下来几天心里隐隐有些期待，不肯放过两人交往中的蛛丝马迹，却也没找到任何线索。在她要放弃的时候，随手在搜索中输入了韩郅在她手机上的备注，那是一串字母和数字组合，2002 TQ97。她一直以为他是为了让她置顶才随手这么备注的，也问过他为什么不是 1，韩郅的回答是不管是 1 还是 2 都是置顶，她便没有多想，以为只是他的习惯，谁知输入搜索之后出来了一千多个搜索结果，而答案竟然是第 201314 号小行星的编号。

周六啊，快来吧！

/ 第一章 /

时光停滞，暴雪将至

到了周六，舒窈早早地去做了个美容，还让人专门打理了头发，衣服是舒沄帮她选的，舒沄说要让这一天终生难忘，舒窈也这么想。

坐车回到家，舒沄用黑丝带遮住舒窈的眼睛："惊喜惊喜，你现在不能看。"

舒窈并未反抗，只是嘴里抱怨："姐，我都二十四了，你们还把我当小孩子。"

舒沄推着她上楼，在她腰上掐了一把："爸爸也说要给你一个大大的惊喜，快走快走。"

舒窈无奈，抬脚上台阶："你以后不要老跟着爸爸一起胡闹，姐，你也不算算自己多大了，回头结了婚可怎么办？"

"就你啰唆。"舒沄嘴里抱怨着，手上却小心翼翼地扶着舒窈，免得她被绊倒。

将舒窈带到楼上之后，舒沄动了动她眼上的丝带，交代她："一定不能打开，知道了吗？"

"知道啦。"舒窈娇嗔，顺着舒沄的力道坐下去，心里有些好奇他们能搞出什么名堂，又隐隐有些期待，不知道韩郅什么时候来。

舒沄很快退了出去，舒窈坐在单人椅上一动不动，手指绞在一起，难得地有些紧张。她坐着的这把卧室里唯一的椅子是韩郅送来的，当时她窝在韩郅怀里看时尚资讯，看到这个复古绿小牛皮的单人椅，翻来覆去看了许久，没几天韩郅便将这张单人椅送到了家里，想到这里，她更紧张了一些。

舒沄已经订婚，再过一个月就会完婚，若是今天韩郅向她求婚的话，那么他们家可谓是双喜临门，爸爸一定会高兴坏的。

舒家住的是独栋的社区洋房，坐在这个位置开着窗可以听到外面街区上的喇叭声，她的房间离路口较远，只能隐约听到外面的声音，被蒙着眼睛，她足足数了八辆车，才终于听到楼下隐约的动静，房子的隔音效果很好，她听不清，有些焦急地动着拇指，恨不得即刻便冲下楼去看看。

房间的门被打开，来人似乎有些急，还带着喘息，能够听出是个男人，舒窈嘴角勾着笑等对方说话。若是韩郅此刻向她求婚的话，她便立刻答应。

只是来人许久没有动静，舒窈问："外面好了吗？到底是什么惊喜？"

只是她没有等到惊喜，而是等到了空气炸裂的一声巨响，只一瞬间，舒窈的血液便被冻结了。那不是事先看到的廊下堆放的烟花的声音，而是枪声，是她十四岁时制作出的短柄微声手枪，足足用了十三个消音碗，整个消音通道纵向多级降压，横向多通道滞留隔音阻燃，适合近距离射杀，无声无息。

她曾为它起名七色花，象征着荣誉、财富、地位、爱情、健康、幸福，以及正义。

下一秒，她拽掉眼上蒙着的丝带站起身，整个人僵硬在了原地，黑漆漆的枪口正对着她的眉心。对方身着黑色军装，表情冷硬，握着枪的手很有力，臂力稳健，目光却并不坚定。

曾经有一次，父亲问她，将来有一天若是必须选择一种死亡方式的话，她选什么。当时舒窈毫不犹豫地说："HT907，一枪正中眉心，没有任何痛苦。"她笑着说，"能死在自己研究的枪下也不算冤枉。"

而现在，这把枪正对着她，拿枪的人，是她最亲爱的父亲。

舒窈对上舒擎宇的眼睛，嘴唇微微颤抖，正要说话，被舒擎宇打断："转过身，跪在地上。"

舒窈站着不动，抬手指着衣柜的地方："爸，屋里……"

舒擎宇往前一步，目光不再挣扎，反而带着一种肃杀之色，用枪顶着舒窈的头，冷声吆喝："转身！"他下命令。

舒窈很快转身挨着墙跪在地上，肩膀颤得厉害。这么多年，她担心的事情终于发生了，只是她没想到，那个送她去死的人会是自己的父亲。

因为害怕，她的手紧紧贴着墙壁，外面的枪声越来越密集，她盯着墙壁上黑黑的一点，是她和舒沄写毛笔字的时候不小心弄上去的，她仿佛还能听到舒沄当时的笑声，一切又都变得那么遥远，连着这墙上的黑点都变得越来越虚。她喘着气，说不出完整的话："爸，爸，我……我，理解你。"她不敢再说其他，舒擎宇这样做，大概是因为只有这样才是其他人唯一的活路，又或者他只是在等这样一个机遇和理由。

身后的人似乎抹了一把眼泪，吸了吸鼻子，脱了的军帽丢在她腿边，声音浑厚稳当："好。"

舒窈看那墙上的黑点越来越小，整个人因为害怕而僵硬得不行，身后的人似乎下了决心，正要扣动扳机，那是她熟悉的枪械会发出的声音，此刻又那么陌生。舒沄从门外冲进来，惊叫一声，推开了舒擎宇："爸爸！"

子弹射偏，在墙上留下一个洞，舒窈松了口气，瘫在地毯上。舒擎宇已经上了膛要再次开枪，舒沄将舒窈抱在怀里，尖声说着："您把我们两个都打死吧，这些年我都给阿窈做助手，她知道的我也都知道，您先打死我，先打死我……"

舒窈靠着舒沄，有片刻贪图她身上的温暖，紧张的气氛似乎被拉长，她耳中轰隆隆响，什么都想不到。

舒擎宇不说话，定了要杀舒窈的心，这一刻绝不允许后悔，他上前一步要去拽开舒沄，舒沄死死地抱着舒窈："我妈死的时候，您答应她要好好待阿窈的，您不能这样，爸，您看看，这是阿窈，是阿窈啊……"

舒擎宇拉开舒沄，狠狠踢了一脚，将她踢远，舒窈转头看舒沄，舒沄因为疼痛脸色煞白，她快速开口："有地道，在我衣柜里。"不管舒擎宇想不想听，她还是说了。

这所房子是她亲自设计的，她想得多，从父亲的职位，到自己的专长，每一样都是致命伤，这样的危险她早已料到，也早已做了预防，没设防的是人心——她从没想过会发生这种事情，舒擎宇第一件想到的事情便是杀了她。

楼梯上传来凌乱的脚步声，舒擎宇很快便做出了最有利的判断，他拽着舒窈起身，像是拖着一个破布娃娃，舒窈配合，快步走到衣柜前，抬手摁了指纹，很快那道暗门便打开，她微微侧过身，示意舒擎宇先过，又转头去拉舒沄，谁知舒擎宇没进去，抬手推了舒窈一把，舒窈当时便跌下了阶梯，剧痛传来，她紧紧咬着牙不敢叫出声，紧张地看着暗门口，外面传来男人说话的声音："舒将军，这是在做什么？"

原本要踏入地道的舒沄站在了门口没有动，舒窈连滚带爬地要往上走，用焦急的眼神示意舒沄快下来，舒沄却定定地看了她一眼，对她做了一个口型："走！"

然后抬手摁了关门键。

乌黑的铁门在舒窈面前缓缓合上，悄无声息，仿佛什么都没发生过。

舒窈"呜呜"地哭着往上爬，用力地捶打着铁门："舒沄！舒沄！"

门纹丝不动，十厘米厚的钢板，一次性报废的安全系统，她出不去，外面也不会听到她这里的竭力嘶吼。

下一刻，她起身跌跌撞撞地往下跑，顺着地道很快跑了出去，最后通往的地方是一处下水道。舒窈崴了脚，却丝毫不感觉痛，蹚着脏水往前走，在最近的井盖处攀上去，来到平整的地面，拔腿就往家的方向跑，只是没跑几步，她便站在了原地，再也不动一下。

巨大恐怖的爆炸声响彻整个社区，黑烟腾空，声音迅速传开，就像是电影里的场景，可那是她家！

待到舒窈赶过去的时候，警察已经拉起了警戒线，她不敢靠近，只远远地看着，除了做饭的阿姨尸体完整，其他的都是用袋子装着提出来的。

人死了，便不再有尊严，更不需要人格。

舒窈看到一只脚露在袋子外面，她认得那双鞋，是她送给叔叔的鞋子，叔叔很喜欢，每天都穿着。今天她过生日，叔叔肯定会高高兴兴地穿着她送的鞋子来，现在却以这样的方式死在了她家里。

舒窈再也忍不住转身蹲在地上吐起来，她上午没有吃东西，这会儿吐出来的全是胃酸，吐完她跪在地上捂着脸哭起来。

不到两分钟，她强迫自己站起身，爸爸和姐姐还等着她去救，她不能就这样被打倒。

出了社区，她在路边拦了十分钟车，没有出租车愿意停下来。在下一辆出租车开过来的时候，她毫不犹豫地站在路中央逼停了出租车，司机探出头骂人："小姐，你没病吧？"

舒窈走到司机位旁边："去众裕路，价钱三倍。"

司机翻着白眼还想说什么，看到舒窈手中的瑞士军刀后，利索地闭口："上车。"

舒窈抬脚往后门走，手刚碰到门把，车子"嗖"地蹿出去，直接将她带到了地上，原本衣衫凌乱、浑身脏臭的她更加狼狈，在地上缓了足足一分钟，意识到危险之后才站起身。

走到路边用手理了理头发，又将衣服弄平整，她开始往反方向走，三分钟后，她终于打到车，上车后没多久便与呼啸而来的警车擦肩而过。

“小姐，你发生了什么事？”司机自后视镜中观察舒窈，自然闻到了她身上难闻的味道。

舒窈强打起精神朝着对方笑了一下：“踩到了一个脏水坑里，急着回家换衣服呢。”

司机收起自己的狐疑：“刚才播报器里说这边有什么地方爆炸了，你知道发生了什么事吗？”

舒窈神色不变：“我刚从朋友家出来便听到了，要赶回去看热闹，结果警察已经封锁了整个街道，没人能进去。”说着她还笑了一下，声音很干。

司机自顾自地猜测：“可能是谁家的天然气漏了，这种时候千万别去看热闹，危险着呢，”车子转了个弯，他继续说，“之前我在网上看到一个视频，一个气罐车着火，大家都跑去看热闹，结果没一会儿车子爆炸了，死了一堆的人。”

说完他又说了几个看热闹倒霉的例子，舒窈一直没应，他自后视镜中去看，舒窈闭着眼睛仿佛睡着了，于是他便闭了嘴。

到了众裕路，司机喊舒窈：“喂！小姐！这条路也封了！”他扭头去喊舒窈，却发现舒窈已经贴着车窗在看窗外，他嘀咕一声，“不是也没睡着嘛。”

韩郢的公司离路口并不远，却这么巧正好也封了这条街，舒窈没坚持：“掉头往万霞广场。”

不敢去酒店开房，舒窈在海边公用的露天淋浴穿着内衣洗了澡，旁边不乏口哨声，她权当听不到，洗完澡又去投币洗衣处拿了已经烘干的衣服穿上，在快餐店坐到晚上，终于在电视上看到了众裕路的新闻。

报道上说位于众裕路的影郢集团因为涉黑被查处，在警方前往搜查的时候双方发生枪战，牺牲了六名警察。

舒窈坐在那里一动不动地看着电视，正好看到一个涉黑人员的尸体，舒窈认出那是韩郅的一个助理。

韩郅今天去了她家，然后她家发生了那样的事情，他的公司也在同一天出事，她不得不将这两件事关联起来，这一刻信任比纸还薄，她不敢相信任何人。

夜晚的万霞广场比白天要热闹许多，正好碰上音乐节，年轻人都像是疯了似的在广场上又唱又跳。舒窈穿过人群，正好撞到迎面而来的女孩子身上，对方连忙说对不起，舒窈微笑着摇头，有些不好意思地说："我的手机刚才丢了，能用你的电话给我男朋友打个电话吗？"

对方二话不说，直接递了手机过来。

舒窈拨了一组电话出去，对方很快接起来，她没吭声，听到对方"喂"了三声，然后问："是阿窈吗？"

舒窈开口："赵叔叔，是我。"

"你在哪儿？你家的事情我已经知道了，现在外面不安全，我派人去接你。"

"我在紫云路的劲道拉面馆，您带我来吃过的那一家。"舒窈压低声音做出害怕的样子，"赵叔叔，您快来。"

"好好好，你在原地等着，一定不要乱跑。"

挂了电话，舒窈将电话还给对面的两个女孩子，其中一个笑着和她解释："紫云路离这里有五个街区呢，你是不是搞晕了？"

"我和他开个玩笑，一会儿再让他绕一趟。"舒窈向对方道谢。

"你都喊你男朋友叔叔的啊？"

舒窈抿着唇吐出几个字："角色扮演。"

离开人群，舒窈头也不回地往与紫云路相反的街区走去，最后一条求救的路也被堵死了，若是没人和赵胜长打过招呼的话，他不会猜出是她的电话。

两个小时后，两个打扮时尚的女孩子戴着手铐对着六百度的高光灯反复说着："她问我们借电话，说要打给男朋友，真的只是借电话……"

片刻后，问讯的警察冷着脸走出审讯室对着门外的黑衣男人说了几句话，那人点头，转身离开。

出了蓝色大楼，黑衣男人走向一辆黑色的车子，打开坐进去，有些拘谨地坐在那里，脊背板直，压低声音对坐在车里一直没说话的冷峻男人道："指挥官，舒小姐估计是被吓到了，故意说了一个相反的方向。"

傅亦寒一直望着车窗外，双手交叠着，黑色的小羊皮手套，在透过车窗照进来的路灯灯光的折射下，泛起不一样的光彩，映着他的侧脸，给人一种冰冷疏离的压迫感："监控调了吗？"

"已经调了，刚才有消息说舒小姐去了尚华路的方向，只是舒小姐很善于躲开监控，后面就没有再出现过。"

傅亦寒点头："好。"声音平稳，不含感情。

不甚清晰的命令，让司机和黑衣男人都陷入了沉默之中。

片刻后，黑衣男人问："指挥官，要回府邸等消息吗？"

傅亦寒转头，食指在膝盖上敲了两下："去她说的面馆。"

一行几辆车子很快出发，二十分钟便抵达了紫云路的劲道拉面馆，傅亦寒不动，没人敢动，直到他发出命令："等着。"

"是。"

事实上，没有人认为舒窈会来这里，她亲口说了这里，曝光了这个地方，又怎么会再回来呢？但是傅亦寒的命令没人敢违抗，哪怕他开口让他们去死，他们也必须去，更何况只是等人。

一个小时过去、两个小时过去，这个地方没有任何异样。

静谧的车厢里，傅亦寒的手机却响了起来，他低头看了一眼，然后接通电话，声音清冷："喂。"

对方是个女声，话说得似乎很艰难："是我。"旧情人的开场白。

傅亦寒敲着膝盖的手指节奏快了一拍："有事？"

“我想见你。”女声冷静下来。

“在哪里？”傅亦寒的目光落在面馆的对面。

“紫云路劲道拉面馆对面的酒店后门。”

挂了电话，傅亦寒转头下令：“把人带到易园。”易园是加韦国行政中心最后的大后方，同时也是傅亦寒居住的地方。

对方踟蹰了一下：“指挥官，您不去接舒小姐吗？”下一刻，对上傅亦寒的目光，他不禁颤了一下，不管在指挥官身边待多少年，他都顶不住对方目光的压力啊！

傅亦寒一双眼珠子像是浸过了冷水，太过于锐利，足以震慑所有人：“不要告诉她我来过。”

“是。”杨粒不敢有疑问，快速转身下车。

车子很快离开，杨粒挥手，一群黑衣人稳步朝着酒店后门而去。

舒窈坐上车的时候心里出奇安定，一整天的奔波，累的并非身体，而是心理。

父亲的无情、男友的背叛、家人的死亡，每一样都足以击碎她现在安稳的生活。

车厢里很安静，防弹玻璃很厚，或许是因为片刻的放松，舒窈竟然睡着了，梦里舒沄要结婚，拉着她做伴娘，向她抱怨：“你和韩郅也好几年了，我都已经有小宝宝了，你们什么时候结婚？”

梦里舒窈支着头笑着看韩郅，执意要等他的回答，韩郅伸手揽了她一下，正要说话，她被人推了一下。

“舒小姐？到地方了。”

舒窈看了杨粒三秒钟，才回到现实，她到底还是没有听到韩郅的回答，声音有些沙哑地开口：“好。”

随着杨粒穿过花园小道，路上遇到一队卫兵，对方停下来敬礼让行，由于是深夜，没人发出声音，默契一般保持着静谧，舒窈微微别着头，不愿被人看到自己的脸。

两人最后停在了一座八角楼外，杨粒原本没打算进去，见舒窈也停在了原地，手指紧紧捏在一起似乎紧张，他抬脚上了台阶："有台阶，舒小姐慢一点。"

舒窈站在原地深呼吸一口气才走进了古铜色雕花大门，守门的卫兵目视前方敬礼，仿佛迎接贵客。

房子里的灯光是淡淡的暖黄色，让原本清冷的主色调暖了许多。杨粒有些疑惑，以前他来的时候灯光可不是这种颜色。

到了书房门口，杨粒停下，不肯再进一步："指挥官在里面等你。"

"谢谢。"舒窈目光无神地向对方道谢，站在门口足足三分钟才敲响书房的门。

"进。"傅亦寒不含感情的声音传来。

舒窈低头掩饰了自己眼中的情绪，推门进去。

傅亦寒坐在书桌后面正在抽雪茄，看到舒窈进门并没有动，只是盯着她，琥珀色的眸子中全是淡漠，一半身子隐在暗处让他看起来给人一种猎手的感觉，冷峻的面上毫无表情，身上依旧穿着之前的军装，有些许褶皱，却掩盖不住他自身的锋芒。

舒窈微微侧着头，并不和傅亦寒对视，也未想好该如何开口才能不触怒他。明明进门之前已经打好了草稿，可是等到傅亦寒不可忽视的目光落在自己身上，她还是很紧张，就像是多年前她拒绝他的追求，便是如此紧张不安，唯恐他翻脸。

"不会叫人？"傅亦寒熄了雪茄，换了个姿势，看到舒窈肩膀动了动，嘴角勾出一抹冷笑，这么怕他?

"指挥官。"舒窈终于和傅亦寒对视，看到他眸中的温度更冷。

傅亦寒表情不变，紧迫地盯着舒窈："再叫。"

舒窈握了握拳头，不让自己逃避傅亦寒的目光："傅先生。"

傅亦寒嗤笑一声，似乎动了怒意："再叫！"

舒窈动了动唇瓣，吐出两个字："亦寒。"

空气静默了几秒，两个人似乎都看到了过去的自己，那时候两个人关系还很好，别人都不敢在傅亦寒面前放肆，只有舒窈一点不在意他身上吓人的气质，在他身边喋喋不休地说话。有时候他避着她，她便在易园到处找他，没有卫兵敢告诉她他到底在哪里，但是也不敢拦她不让她找，最后她找了好久终于找到他，好脾气被磨完了，对着他发一顿脾气便走。

原本她以为他会主动来道歉，可是在家等来等去都没等到他，下一次在宴会上见到他，背过身去不理人，结果一直等到宴会结束，斜着眼看了一整晚，那人愣是没多看她一眼。直到她要坐爸爸的车离开，舒沄去拉她，才看到他匆匆赶过来，将她拉到一旁，递给她一本封面没有字的书，她随手一翻，里面尽是枪械设计图，当下她便原谅了他。

傅亦寒永远知道怎么让她妥协，她抱着他的胳膊把他当大老爷谢了半晌，第二天照样跑去易园找他，像是什么都没发生过，远远地便站在楼下喊他："亦寒！亦寒！"

路过的卫兵忍不住朝这边张望，傅亦寒打开书房的窗户往下看，总是皱着眉头对她说："上来，小心点。"不耐中带着关心。

而现在，傅亦寒不再是当年那个忍她耐她的少年，言谈之间只剩下不耐。

傅亦寒率先收回目光："说事。"顿了下，他瞥了一眼舒窈旁边的椅子，"坐下说。"

舒窈忍着脚踝的疼痛挪动着走过去坐下，不敢再避开他的目光："我爸和我姐被人抓走了。"这件事他必定已经知道，让她再说一遍，不过是为了让她求他。

"被你男朋友？"傅亦寒说话简洁，直戳要害，带着轻讽，让舒窈忍不住咬了咬牙。

舒窈直视傅亦寒，语气有些急："我爸是你手下的人，你至少应该保护他的安全。"

傅亦寒点头："行，我把你爸救回来，把你姐留在那里。"

舒窈喉咙动了动，眼眶有些红，想到和舒沄分开时，舒沄为了不暴露她当着她的面关上了门，她无法再直视傅亦寒，微微别着头掩饰自己的难过。傅亦寒并不放过她："不愿意？那用你爸的命换你姐，我把你姐救回来，这样行不行？"

舒窈不说话，低头翻自己的包，颤着手自包中掏出一个画筒。因为手抖得太厉害，她用指甲狠狠地摁了下自己的手心，这才打开画筒倒出一卷厚厚的白纸放到书桌上："我用这个换我姐的命。"

傅亦寒抬手拿过图纸，修长的食指在白炽灯下显出完美的弧度，隐含着力量，仿佛随时准备结束另外一个人的生命，他也确实在她面前毫不留情地结束过一个人的生命。

以前舒窈总说傅亦寒的手好看，直到她最后一次主动去找他，卫兵拦不住她，她直接冲到了小会客室，这次卫兵无论如何不肯再让她往前一步。她没有大喊大叫，乖乖地站在那里等傅亦寒出来，没几分钟他便出来了，穿一身军装，衬得他更加英俊帅气，见到她，他微微一笑，边走边问："怎么现在过来了？"

那时候母亲刚过世不久，家里人虽然没有责怪她，但是处处无声的排挤让她变得敏感又孤僻，唯有在傅亦寒这里才敢不受拘束地说话，而不用去小心翼翼地猜测对方到底在想什么。那时候她想，家里人撇开她，能和傅亦寒在一起也是好的。将他当成避风的港湾，至于感情，她没有想过，她虽然年轻，却知道自己对傅亦寒并没有男女之情。

舒窈有些不好意思，东拉西扯了半晌，看着傅亦寒欲言又止的模样，仿佛想让她走，她更说不出口了。就在她准备离开的时候，小会议室里传出一声男人的嘶吼，暴怒得像头受困的野兽，傅亦寒下意识地抬手拉了她一下，下一刻那人自他的书房里冲出来，身后两名穿军装的士兵有些狼狈地跟出来，舒窈还未明白发生了什么事，对方便冲着她和傅亦寒的方向过来，浑身是伤，眼眶凸显，眼中是同归于尽的勇气。

傅亦寒将她护在身后，拳脚利索地击退对方，奈何对方是抱了必死的决心，竟然朝着她的方向攻击，傅亦寒二话不说掏出枪直接射向了对方的头。

舒窈从头到尾都陷在呆滞中，血溅在她身上，温热、鲜活，不消几秒钟便冷透了，原本没机会说出口的话瞬间变成不想再说，不愿再说。

面前躺着一具尸体，傅亦寒表情甚至没有变一下，反而有些嫌弃地抬手让卫兵将尸体拉走。舒窈从未见过这么冷酷的傅亦寒，一时间吓得站在原地不敢动弹。

傅亦寒走到她身边握住她的手，眉头依旧皱着："衣服弄脏了，我带你去换件衣服。"仿佛衣服只是蹭了灰。

舒窈不敢反驳，任由他引着自己去主楼换衣服，衣柜里的衣服全是她的尺寸，他仿佛料定了她会答应他的追求，将一切都准备妥当。在傅亦寒看不到的地方，她浑身无力地坐倒在地上，抱着膝盖颤抖了足足十五分钟。母亲死后，爸爸变得不一样了，姐姐变得不一样了，现在，连傅亦寒都变得不一样了。

不敢在试衣间多待，舒窈强迫自己走出去，看到傅亦寒站在试衣间外抽烟："吓到了？"

舒窈没看他，低着头盯着地面，绞着手指不说话。

傅亦寒熄了烟，过来拉她的手，舒窈躲了躲，没能躲过去，听到傅亦寒说："我这样的身份，以后难免会有很多这样的事情，你适应一下。"

他说话从来不懂得委婉，以前舒窈并不觉得有什么，但是那一刻她却产生了强烈的反感，转头便蹲下身吐了起来。

傅亦寒没有安慰她，只是让人将她送回家。自那天起，她足足三天没有开口说过话，更没有和任何人说过自己被傅亦寒吓到了。也没人知道，那一次原本她是想告诉他自己要答应他的追求的。

那天有几个男生轮流打电话到家里来告白，恶作剧似的，整整打了半天，搞得家里所有人都知道了这件事，而舒擎宇只是冷声轻描淡写地在电话这一端说："如果你们要追求她的话，请在学校里进行这项活动，不要再骚扰我们的生活，不然我们就报警了。”

她站在楼梯口捂着嘴听，狠狠地咬自己的手臂，再也无法忍受家人的冷漠，迫不及待地想要找个可以依靠的人，而那时唯一肯给她依靠的，除了二叔，只有傅亦寒，可傅亦寒也没有给她机会。

自那之后，两人的关系彻底远了。

对面的傅亦寒将画卷展开，垂眸看着画卷，快速浏览，不到两分钟便合了起来。

自动榴弹发射器，有效射程不低于 1800 米，自动搜索射程范围内暴露和隐蔽的有生目标，可毁伤引燃射程范围内的仓库、营地、运输车辆、军事器材等。

加韦并非没有这样的武器，79 式榴弹发射器和舒窈设计图的效果差不多，区别是 79 式需要安装三脚架才可以使用，虽然可以安装在高机动轮式车等地面机动平台及巡逻艇和冲锋舟上使用，但是太重，携带也并不方便。

舒窈这个，采用的材料成本低，重量减掉三分之一，弹夹容量也从五发增加到十二发，最重要的是，可以手持。除此之外，还可以安装杀伤榴弹、破甲杀伤弹，和燃烧杀伤弹，战斗力直接提升了 N 个等级。

若是批量生产，加韦国的武装力量定会比现在强上许多，但是他眼中并无惊喜，只是淡声开口：“不够。”像是一个商人，乘人之危，肆意加码。

舒窈的手绞得更紧，声音干巴巴的：“我可以去汤山，十年内不出来。”她知道傅亦寒要什么，但是她给不了，她不喜欢他，一天也不想待在他身边，过去的那些情谊早已随风逝去，他们待彼此都是陌生人，她不愿跨越这一步。

汤山是加韦国的一个武器研发基地，处于偏僻的山岳之中，和外面的世界俨然是两个世界，进去的人几乎这一生都不能再踏出来，没有哪个年轻人愿意去，可是她没有选择，多浪费一分钟，舒擎宇和舒沄便多一份危险。

傅亦寒坐在原地不动："你觉得你比我那些研究员高明许多？你设计过最先进的武器是 DK7W98，知道现在改装的射程是多远吗？3500 米，所以，你的优势在哪里？"

"手持榴弹发射器射程 1800 米，并不是没有改进的空间，它的杀伤力远远高于 DK7W98，你给我时间，我可以设计出更远、杀伤力更大的武器，"舒窈盯着傅亦寒，重复着自己的话，"你知道我能。"

傅亦寒看着她，眸色逐渐变深："你知道的，还不够。"

舒窈咬着下唇，下一刻站起身开始脱衣服，薄外套、吊带裙，最后只剩下内衣，她手颤抖得厉害，怎么都解不开，眼睛里蓄了泪，不敢哭，下一刻听到傅亦寒冷声开口："你这是在做什么？确定过了这么多年我还对你有兴趣？"

这样的羞辱，舒窈从未遇到过，狠狠咬着牙不让自己哭，肩膀却一抖一抖的，怕自己一开口便会哭出来，站在原地不敢再有动作。

傅亦寒站起身，手撑着桌面开口："一辈子，你去汤山，这辈子都不要再出来了。"语气并不坏，说出的话却很残忍。

舒窈很快回答："好。"她抬手擦了一下眼角，便要弯腰去拾衣服，傅亦寒已经走过来先她一步捡起地上的衣服，低头看着她："抬手。"

舒窈不敢反抗，乖乖地抬手，他的手不经意碰到她的胳膊，舒窈猛地颤了一下，白皙的皮肤上起了小颗粒，她不愿意他碰到她，挨到他便难受。

傅亦寒仿佛没看到，甚至帮她拉了一下连衣裙，将外套放进她手里，眸中却一片冰冷："今天在易园休息，明天派人送你去汤山。"

"好。"舒窈只有答应的份儿。

傅亦寒走到门边打开门："待会儿我派医生过去帮你看身上的伤。"

舒窈跟在他身后往外走："谢谢。"

"不必，我们是公平交易。"他的言语之中没有一丝留恋，仿佛曾经主动追求的那个人并不是他。

舒窈抬脚快步往外走，没有多看他一眼，更没有回头。她被女佣引着去了另外的楼层，忍着脚痛，不愿意被看出来，不愿意再在傅亦寒面前低头自找难堪。

一直到舒窈的身影彻底消失，傅亦寒才回到书房，点了一支烟站在落地窗旁边抽烟。近几年他已经改抽雪茄，不知为何此刻却又换回了香烟。

全国的大形势并不乐观，他没有很多空闲时间，偶尔闲下来，他便喜欢站在书房的落地窗旁边往外看，有时候一站便是一个下午，仿佛多站一会儿便会看到那个甜甜笑着的女孩子站在窗下叫他的名字。

这几年他不是没有想过，当时若是没有发生过那件事的话，他和舒窈之间会不会是另外一种境地？但是处在他的位置，他明白那样的事情总会发生，只是早晚而已，舒窈那一年接受不了，现在也不会接受。

现在，是时候放下了。

舒窈被人领到客房，桌上放着鲜花，地上铺着厚厚的小鹿地毯，床上的四件套是粉色的花纹，一看便是女孩子的房间，这不是傅亦寒的风格，那便是他为别的女人准备的。

舒窈怕身上的脏污弄脏房间，进门便先去洗了澡，女佣已经备好全套的内衣和睡衣在外面候着，待到她清理完自己走出来，女佣扶着她坐在床边，轻柔地和她讲话："有什么需要，舒小姐只管告诉我。"

舒窈厚着脸皮和她说："如果可以的话请替我准备几套衣服。"汤山的女人并不多，贴身的衣物总要自己先准备好。见对方没有不悦，她又说，"还有请给我准备一部手机，最好能补一下我之前的号码。"说着她拿了床头柜上的记事本快速写下自己的号码。

女佣将纸张收好："好的，如果没有其他吩咐的话，我便请医生进来了。"

舒窈知道是傅亦寒之前说的医生，她没有拒绝。没一会儿，一个西装笔挺的中年人便带着一个助手走了进来。舒窈没见过这个人，见对方没有寒暄的意思，便没有主动开口。

对方简单检查了她身上所有的伤口，嘴里说了几个专业名词，拿了药油给她，要她抹脚踝和身上乌青的地方，又处理了她胳膊上的伤口。伤口很深，是舒擎宇开枪的时候射偏子弹擦过胳膊的擦伤，缝针的时候她脸色煞白，医生停下来问她："打了麻药还疼吗？"

舒窈摇摇头："不疼。"身体却忍不住抖了起来。

最后医生无法，只能给她注射了安定剂，她才慢慢放松下来。

待到夜半，舒窈迷迷糊糊地睡着，并未睡熟，却也醒不过来，脑海中走马观花似的闪过和韩郅有关的事情。两个人谈恋爱，甜蜜的时候也说过荤话，那时候韩郅抱着她说将来的规划，他们甚至谈论过将来生几个孩子，一切明明很美好，却忽然毫无征兆地变了。她努力睁开眼要去看韩郅，用自己最大的冷静去问他："房子爆炸的时候，你知道我在里面吗？"

韩郅的大手摸了摸她的额头，似乎替她换掉了燥热的东西，她想要伸手去抓他的手，手背却被摁住，然后听到他开口说："你发烧了。"

舒窈看了对方许久，才终于确认："你不是韩郅。"

傅亦寒没有理人，而是转身和医生交代了几句便走了出去。

舒窈看着他模糊的背影渐渐消失，总觉得自己是在梦里，有些庆幸自己当初并没有答应傅亦寒的追求，否则现在连和他谈条件的资格都没有。

待到输液瓶空了的时候，舒窈被人推醒："舒小姐，是时候出发了。"

舒窈浑身无力，身上依旧忽冷忽热，傅亦寒说让她今天便去汤山，不管她会不会死在半路都必须去。过了一夜，脚踝肿胀得更厉害，落在地上的时候有锥心的痛，可是她没有抱怨，换回自己的衣服之后，便衣冠整齐地准备出发。

小几上放着女佣为她准备好的行李和手机，舒窈将手机装进随身口袋，女佣替她拿起行李："舒小姐，我送您出去。"

走过长廊，有车子在外面等，车子旁边站着三个黑衣男人，个个人高马大，一脸杀气，见到舒窈走过来，立刻帮她打开了车门，舒窈朝对方微微点头坐了进去。

车子穿过市区，街上一如既往地热闹，在这座城市，无论发生什么事，黑夜都能够抚平所有伤口，昨日的一切都像是没有发生过，这座城市和这座城市里住着的人一样健忘。

看着车窗外花坛里的四季玫瑰，舒窈的心和身体一样麻木。不过傅亦寒是讲信用的人，既然答应了她就肯定能做到，说不定他已经在部署，她此刻只能寄希望于他，再没有其他办法。

从昨天到今天，舒窈知道韩郅有许多问题，但是她并不知道真相，傅亦寒也并没有说，可以确定的是韩郅并非黑商那么简单，即便他有黑社会背景，也不敢这么明目张胆地去一个将军的家中杀人。倒是有一个方向，只是她不敢深想，舒沄和韩郅从高中开始便是同学，若真是她想的那样，那他要掩藏得多深才能瞒天过海这么多年？

叮。

手机有短信进来。

舒窈拿出手机打开短信，是一条彩信，需要下载，她点了下载，片刻后出现一张照片的小图，她随手打开，然后瞳孔剧烈地收缩了一下。

是舒沄。

她拿着手机的手剧烈颤抖，眼泪大颗大颗往外流，照片上舒沄没穿衣服，手被绑着，肩膀上还有一只属于男人特有的粗糙大手。舒沄的表情很痛苦，可是看到这张照片的人更痛苦。

往前探了探身子，舒窈强迫自己冷静下来："我要回易园。"

"舒小姐，现在是去汤山的路上。"

"我要见傅亦寒，现在。"她难得地强势起来。

"抱歉舒小姐，我们无法做决定。"

"给他打电话。"舒窈声音大了一些，终于有些失控。

车子缓缓停下来，竟然堵车了。

“舒小姐，您可以自己打。”

舒窈手拿着电话抖得无法拨出号码，在自己腿上狠狠捶了一拳才冷静下来，拨出号码之后，傅亦寒并没有立刻接，舒窈又拨了一遍对方才接听。

只是说话的人并非傅亦寒，而是他的秘书杨粒：“舒小姐。”

“傅亦寒呢？”舒窈问，“你让他接电话。”

“抱歉舒小姐，指挥官现在不方便，您有什么话我可以帮您转达。”

“我不去汤山，我要见他。”

“您的任职文件已经发去汤山，还请您遵守纪律。”杨粒说话客气，内容却并不客气。

“你让他接电话！”舒窈无法和杨粒沟通，语气有些重，随即压低声音，“请你将电话拿给他。”

“请舒小姐按时抵达汤山。”杨粒直接挂了电话，对于傅亦寒和舒窈之间的事情他多少知道一些，但是现在是敏感时期，舒窈又是敏感身份，她不应该再出现在傅亦寒身边。

杨粒觉得自己做了正确的选择，及时打住了傅亦寒和舒窈之间的一切可能。

十分钟后，傅亦寒自会议室走出来，拿过自己的电话准备打开，却是黑屏，杨粒站在一旁说：“手机没电了，需要现在给您充电吗？”

傅亦寒将手机交给对方：“好。”

杨粒继续说：“舒小姐已经在去汤山的路上了。”

傅亦寒点头，映着身后墙上挂着的著名油画，多了一份漫不经心：“以后她的事情不需要向我报备。”

“是。”

舒窈在对方挂了电话之后不停地一遍遍拨打着同一个号码，直到无法接通。

车子缓缓地往前开，街上不停有人按喇叭，车里除了舒窈的动静，其他三个人都像是死人一般。

舒窈放弃了给傅亦寒打电话，转而打给了黎旭。黎旭是现任首都平原市的市长，今天他会去易园作月度报告。

电话接通之后，舒窈还未来得及开口，车窗上便传来“砰”的一声，防弹玻璃有些碎裂。舒窈瞪大眼睛看着碎裂的位置，脊梁上的冷意密密麻麻地爬上脖子，若非这是防弹玻璃的话，那么中枪的便是自己了。

“喂？喂？”电话那边传来黎旭的声音。

司机大喊一声：“舒小姐坐好！”说着车子已经急转弯，直接撞翻护栏到了对面车道，几辆越野车紧紧跟随，舒窈扭头往后看，对方竟然在皮卡车上装了火箭炮，正在瞄准位置。

“往右转！”舒窈大喊一声。

司机下意识地往右急转，火箭炮贴着地面发出剧烈的爆炸声，舒窈乘坐的车子被摔出好远才落地，上下颠簸着，舒窈的脚碰到了座位，她似乎听到了来自身体某个部位碎裂的声音，巨大的爆炸声让她有些耳鸣，不敢去看外面的情景。

司机在片刻的愣怔之后迅速加大油门往前跑，周围又追上来几辆车，和对方发生了激烈枪战，似乎是前来保护他们的，只是舒窈乘坐的车子也并没有摆脱这种困境，来车直接从侧面撞翻了他们的车子，天旋地转地翻了许多次才终于停下来。

一切都安静下来。

没有了枪战，也没有了那些无以言说的焦虑，舒窈嘴里大口大口地往外吐血，角落里的电话里似乎有傅亦寒的声音：“舒窈？在吗？说话！”

舒窈动了动嘴角，又吐出一大口鲜血，她想和傅亦寒说救救舒沄，可是她开不了口。

不知道过了多久，车门被人用工具打开，电钻声有些刺耳，舒窈眼睛却一眨不眨地盯着，直到刺眼的光亮照进她那已经失去光彩的眼睛里。她轻微地颤抖着，微微张着嘴急促地呼吸，像是被强行丢到岸上的鱼。

有瘦小的男孩子拿着工具爬进车里在舒窈的脚边忙活了一阵，然后舒窈被人抱出车厢，她整个人已经失去意识，紧紧地闭上了眼睛。

/ 第二章 /

向来缘浅，奈何情深

医院里。

整层楼已经被清空，整家医院随处可见穿军装的军人，十米一个人，站满了医院的每一个角落，手里拿着冲锋枪，仿佛随时要进入战斗模式。

傅亦寒面色很冷，自从舒窈进了急救室，他便一直保持着这个姿势一动没动过。站在他身边的杨粒微微低着头，看不清表情，紧握的拳头却出卖了他的紧张。

医院的墙壁颜色给人一种肃穆感，长廊上站满了士兵，空气静谧又紧张，光线透过楼梯间的镜子折射进来，落在地上一点，显得更加萧瑟。

傅亦寒终于动了下，拿着手机点开通话记录，来来去去看了好几遍，杨粒额头上有汗，只能将宝押在傅亦寒对舒窈没什么感情上面。

半晌后，傅亦寒开口："以后有我的电话及时告诉我。"

"是。"杨粒缓缓舒了一口气，知道这件事算是过去了。另一方面，他再次肯定了自己对傅亦寒的评价，他这个人有能力，有责任心，却太过于寡情冷血。他和舒窈是少时玩伴的事情杨粒已经听许多人说过，并且据说两个人关系很不错，现在看来传说也不能尽信。

舒窈被推出来的时候已经是四个小时之后，断了一根肋骨，断骨扎进肺叶引发了大出血，足足用了六个输血袋才保住性命，右脚小拇指被迫做了切除手术，额头上起了大包，脸上没有丝毫血色。她躺在那里，俨然像个死人，不过好歹算是保住了性命。

杨粒原本以为确定了舒窈的安全之后傅亦寒便会走，谁知他竟然跟着进了病房。

坐在病床旁边，傅亦寒替舒窈拉了拉被子，握住她的手反复地看，拇指擦过她手背上的划伤，面上虽然依旧没有任何表情，动作却很轻柔。

这些年傅亦寒做过许多决定，大都关乎着一个国家的命运，从未后悔过，也从未迟疑过，可是将舒窈从车里抱出来，看着她奄奄一息的时候，他忽然明白了后悔是一种什么样的感觉。

昨天，他以为两个人之间的关系永远停留在了那一刻，他以为自己永远不会后悔，也永远不会回头，可是不是，在舒窈被推进急救室的时候，他忽然明白不是。

多年前他要的人是舒窈，现在，依旧是。

既然她要回来，那么他便不再让她走。

杨粒有些看不懂傅亦寒了，每天除了工作，必须来一趟医院，在舒窈的情况稳定之后立刻将她转去了军区医院，在那一刻，他也仿佛终于放下满身的戒备，整个人不再那么紧绷。

可若是说他对舒窈有情的话，舒窈醒了后，为何他又不去看她呢？

舒窈醒过来已经是三天后，有意识的时候只觉得身体仿佛被压土机碾过，不过睁开眼时她看到了舒擎宇，黑葡萄似的眼睛里迸发出光彩。她轻轻抬起手，舒擎宇立刻上前握住她的手：“阿窈，你终于醒了。”

舒窈的目光越过他往后看，没有人。

舒擎宇解释：“你姐受了伤，在当地就医，派了人保护，还没接回来。”

舒窈安下心来，见舒擎宇弓着身不舒服，便开口：“爸，你坐着。”声音像是粗砂磨过，难听得很。

舒擎宇在单人沙发上坐下来握着舒窈的手安慰她：“阿窈，你不要自责，这件事和你没关系，加鲁已经盯了我许久，动手是早晚的事，只是我没想到那个人会是韩郅。”

“韩郅呢？”舒窈想知道他的结局，并且能够平静地接受他的结局。

“跑了。”舒擎宇脸上有些愤然，“他少年时候便被派到加韦来，谁能想到他会是加鲁的人，后来他又做生意，生意那么大，谁会怀疑他。”

舒窈睫毛动了动，没说话，是啊，她也没想到。

“他这个人心狠，你以后别再念着他了。”

舒窈动了动，舒擎宇立刻帮她升了一下床靠，让她舒服一些，听到舒窈说：“有人发给我一张我姐的照片。”

舒擎宇脸上有些难堪，又很难看，深呼吸了好几次才开口：“告诉你也好，省得你对韩郅余情未了。”他说话有些艰难，不知道该从哪里开始说。

舒窈盯着舒擎宇，没有丝毫要逃避的意思。

“他想要抓我去帮他们研究武器，我自然是不肯的。”这一点舒窈知道，为了怕她被抓走，舒擎宇都能下决心杀了她，他的正直和护国的决心超越了亲情。

“他们为了逼我，当着我的面打你姐，还……”舒擎宇说不下去，舒窈却已经知道了，眼泪无声地顺着她的眼角往下流。

“他们当着我的面，是韩郅亲自下的命令，阿窈你别怪我狠心，我宁愿你死在平原也不想你被他们抓走。”他似乎是在帮自己解释，“你们都是我的孩子，我没有偏谁不偏谁，但这是国家利益，我不能把我私人的感情放在里面。”

舒窈抽泣一声，引发腹部剧烈疼痛，原本便苍白的脸皱在一起，仿佛下一刻便会死去。舒擎宇站起身去喊医生，很快进来四五个医生围着舒窈测试各种数据，她蜷缩在那里狠狠地抽搐，有人大喊：“准备CR！”

病床被人推出去，舒擎宇坐在原处没动，他没错，他明明没错，可是为什么会变成这样？他热爱这个国家，为这个国家奋斗过，也热爱自己的职位，为了这个职位他做过错事，而这错事也是今天这个结果的导火索。

舒窈再次醒来的时候是在半夜，脸上有冰凉的大手在抚摸着自己，她有些不适地动了动，那只手立刻收了回去，她睁开眼就看到了傅亦寒。

病房里只开着一盏台灯，柔柔的光线打在傅亦寒的脸上，让他整个人都带了温和的假象。看到舒窈睁开眼，他身体往后靠在椅背上缓缓开口：“你给我打了电话。”

舒窈这几日都没有吃饭，一直靠营养液支撑，见到傅亦寒她下意识地想起身，被傅亦寒摁住肩膀：“别动。”

“事情已经解决了，谢谢你。”舒窈声音有些沙哑，想到什么，又说，“谢谢你救我一命。”

傅亦寒拿过放在她床头的手机在上面点了几下：“我存了我的私人号码在你手机上，有事随时打给我。”

“以后有事的话还是要再麻烦你。”舒窈同他客气，做不出熟稔的样子。

傅亦寒不甚在意地点头，将黑色军装的扣子解开一颗，拉过舒窈的手放在自己的大手里细细地把玩，无声地将她的客气挡了回去。

舒窈有些诧异，不明白他的意思，想要抽回自己的手，奈何力道没他大，也不敢乱动：“你别这样，我们……”

傅亦寒打断她："舒窈，"他目光定定地看着她，"你爸爸之前设计出来的武器都是出自你的手对吧？"

"是。"傅亦寒知道她所有的过去，她根本瞒不过他。

"你的身份可能已经暴露了，所以你只有两条路可以走。第一，死。"说这话的时候他脸上全是漠然，"第二，留在我身边，在我的眼皮子底下保证你的忠心。"

"你答应了让我去汤山。"舒窈知道他的潜台词，但是她不愿意。

"现在我不愿意了。"傅亦寒表情依旧不变，并未因为自己的出尔反尔有任何羞愧，说得理所当然。

舒窈还要说话，被傅亦寒堵了回去："你考虑一下再给我答案，现在不要回答我。"他转身拿了棉签在舒窈唇上碰了碰，帮她润唇。舒窈的手被他拉着，另一只手插着针，只能任由他摆弄。

病房里沉默了下来，接下来谁都没有说话，大约半个小时之后傅亦寒站了起来："我先走了，你想好给我打电话。"

舒窈想说永远不会打给他，但是傅亦寒在这个时候弯下身在她唇上印了一下，冰凉而湿润，让人如遭电击，她讨厌他的碰触。

"晚安。"傅亦寒又在她额头上落下轻吻，关了台灯走了出去。

舒窈在黑暗中眨了许多次眼，不明白傅亦寒是怎么改变这个决定的。又想到另外一件事，之前她在半睡半醒间问韩郅，她家的房子爆炸的时候他知不知道她还在里面，现在她不用再猜测了，韩郅知道了她的真实身份，他要她的命。

舒擎宇说他心狠，她觉得舒擎宇描述得并不非常准确，韩郅不是心狠，他要对她有心，才能狠下心，他对她只是无情罢了。又或者说，他本性便是如此无情，并非只针对她。

接下来几天舒擎宇没有再出现过，傅亦寒倒是每天都会来一次，他的话不多，大多时候只是沉默地坐着，舒窈也没有了小女儿时候的活泼，许多话对着他现在的身份都说不出，很多时候想和他说不要再来了，对上他的目光又说不出口。

有一次她尝试着和傅亦寒谈之前的话题，酝酿了许久才开口：“亦寒，你有没有想过，我们都长大了，你肩上有你的责任，儿女情长对你来说不是最重要的。即便我的心还在，我也做不好你的妻子或者情人，我不是能够站到你身边的那个人。”说到这里，她的声音低了些，“更何况，我的心已经不在了。”

傅亦寒淡漠的目光一直落在她脸上，并未因为她的话有丝毫波动：“舒窈，是你长大了，而我一直是大人，我知道自己要什么，也知道怎样把一件不属于自己的东西拿到手，既然结果都是一样的，那么我希望你能够早一点接受。”

“可是勉强一个并不喜欢你的女人在身边又有什么意义呢？满足你内心的遗憾？还是要在我身上讨回自尊？抑或这样让你更有快感？”舒窈尝试和他交涉，“你不会知道一个心不甘情不愿的女人会给你的生活带来怎样的负面情绪，你每天有那么多事情要处理，没必要在我身上浪费情绪。亦寒，你应该认识到这一点。”

傅亦寒换了个姿势，手指动了动：“或许确实是讨回自尊。你知道，这辈子我没有遇过什么挫折，若是真的能讨回来，我们再商量其他的未尝不可。”

舒窈还要说话，傅亦寒抬手做了个禁止的动作：“这个话题到此为止，医生说你的身体状况明天便可以移动到易园。”

舒窈一口气顶在喉咙里，吐不出咽不下，听到傅亦寒又说：“或者你也可以选择死，舒窈，你的身份暴露了，我不会再将你放到汤山去，我必须能看到你，确定你不会背叛这个国家才能让你活着。”

舒窈那口气缓缓咽了回去，她不是舒擎宇，她热爱这个国家，但是她不确定自己会愿意为了这个国家去死，或者去忍受舒沄那样的侮辱，舒沄不是也没忍过去吗？

这不该是属于她的命题，明明她只是一个普通的女孩子，可现在全乱了。

看到舒窈黑葡萄似的眼睛带了迷茫，傅亦寒语气一转，说起其他事情来："还记得你存在琴行的琴吗？"

舒窈也松了口气，自从身体能下地之后，她便会偶尔活动一下，她长得瘦，穿上病号服显得空空荡荡的，比看起来更加瘦削一些。她慢慢挪到小几旁边，手无意识地抚弄着上面的桔梗花："记得，那是叔叔去年送我的生日礼物。"舒窈在家中已经小心翼翼许多年，是万万不敢在家里拨弄乐器的，去年叔叔却忽然送了一架钢琴给她，大约是看出她在家里处境尴尬。

"我已经让人运到了易园，等你回去之后就可以弹。"傅亦寒声音很轻，不愿打破此刻两个人之间难得的平静气氛。

回去？这个词让舒窈愣了愣，她对易园来说哪里有"回"的道理？

"钢琴上刻了你的名字，名字旁边还有一朵小花，还留了一行字给你，舒长宇待你很用心。"看到舒窈又发呆，傅亦寒眸色柔下来，"他的葬礼会在三天后举行，会追封烈士，葬在紫薇山，以后我带你去看。"

舒窈手里扶着花木讷地看着他，还是问了出来："我能去吗？"

母亲去世的时候，舒长宇是舒家唯一肯耐心安慰她的人，所有人都觉得母亲是因为她才死，心里都怨她恨她，却没想过她也是一个刚刚失去母亲的孩子。在所有人都忽视她的时候，只有舒长宇领着她去上兴趣班，帮她买日用品，还让自己的儿子舒己每个周末都来看望她。

或许是舒窈漂亮的眼睛里带了哀求，有一瞬间傅亦寒几乎要脱口答应，抿着唇半晌才回答："舒窈，你知道你现在不能出现在公众场合。"

舒窈有些失望地收回目光："我就是问问，没有想为难你。"

傅亦寒似乎叹了口气："你身体也不好，等你养好身体我就带你去，有这份心意在，舒长宇不会怪你的。"

他的安慰太过于明显，倒是让舒窈觉得有些不妥，两个人现在的关系不应该是这样你推我就的，想到此她敛起面上的表情："不管怎样，还是谢谢你。"心里却认为在这件事上并没有感谢他的必要，毕竟舒长宇是他的手下，他做的这一切都是应该的。

傅亦寒怎会不明白她的想法，收起之前的温和，站起身冷声道：“不必，你好好休息，明天我让人来接你。”

这次舒窈没有说话，她本就不想去，也不想勉强自己答应。

第二天，整座医院都静悄悄的，唯有舒窈这里最热闹，女佣来了四个人，还有几个体格强健的女兵，几个人合力将舒窈推出医院，通过 VIP 通道直接到了来接的车子旁边。

两个人扶着舒窈上车，舒窈弯下身便看到坐在车里的人，愣了一下，没想到傅亦寒会来接自己。

待到坐进车里关了车门她才听到傅亦寒说：“刚办完事，正好来接你。”

舒窈干巴巴地说了句：“谢谢你，以后不用这么麻烦了。”

傅亦寒抿着唇定定地看了她一眼，没有说话。

到了易园之后傅亦寒先下车，没人来帮自己，舒窈讪讪地准备自己下车，结果司机说了句：“舒小姐，您的住处在鹿林。”

舒窈愣了愣，这才反应过来傅亦寒并没有要求自己和他住在一起，顿时涨红了脸。昨夜她想了一整夜，若是傅亦寒对她硬来该怎么办，原来是她太小人之心。眼中有流光波动，傅亦寒弯腰的时候正好看到，愣了两秒钟：“有什么需要直接和穆修说，他解决不了的给我打电话。”

舒窈有些慌乱地收拾好自己的表情，像是受了气的小姑娘，重重地说：“谢谢你。”

傅亦寒站起身的时候嘴角牵着一抹轻笑，舒窈一定不知道她气嘟嘟的模样有多勾人，但是他现在必须给她时间去接受，去适应。

待到傅亦寒走开，司机才开着车往鹿林的方向去，舒窈很早的时候便去过鹿林，之所以叫鹿林，是因为独栋房子外面的小花园里养着两头鹿，鹿角被人画了一朵花上去，永远是一副傲娇的样子，很是惹人喜爱。

到鹿林的时候，穆修已经在等。穆修是易园的管家，易园内的人事安排全部要经过他的同意，见到舒窈的时候他很热情：“噜噜，昨天先生说你要来我还有些不信，之前你来的时候我正好休假，没见到你，听说你还生病了，身体好了吗？”说着他亲自上前去搀扶舒窈。

舒窈听到穆修叫自己的小名，憋了口气，任由穆修扶着自己，半晌才道：“穆叔叔，你不要再叫我的小名了。”“噜噜”听起来像是童话故事里的小姑娘，她不喜欢，也严禁家人这么叫自己，但是母亲不管在什么场合总是“噜噜、噜噜”地喊，让她觉得很没有面子，严肃认真地和母亲谈了好几次，下一次母亲依然那么叫。有一次她发了很大的脾气，发完脾气自己哭了一场，自那之后除了口误，母亲才不再叫她的小名。

穆修像是没听到：“家里准备了医生，你可要小心着点，听说外面现在很乱，你没事就待在鹿林不要出去了。”

虽然他的话说得很随意，但是舒窈还是听出了其中的吩咐，不允许她出鹿林是她早就想到的，心里便没有过多反感。

或许是傅亦寒提前吩咐过，鹿林的装修风格完全变了样，沙发是青草绿的，地毯是米黄色的，连墙上的挂毯都是糖果色的，是女孩子会喜欢的颜色。舒窈转头看了看穆修，又或者是穆修的心意？这位长辈待自己一直很和善，即便后来这几年她不经常来易园，他看到自己也总是很热情，一切都替自己打理妥帖。

虽说穆修让她觉得整个人放松下来，但是她还是坚持道：“这里不是我家。”她不想让人误会自己和傅亦寒之间的关系。

穆修像是没听到，抬手让人将她推到了一楼的卧室：“你现在腿还没好，好了以后可以住在楼上。你现在是国宝，我另外配了一队巡逻兵保护你，有什么事你只管和我说。”

舒窈点头应着，穆修又喋喋不休地说了许久，末了，将人遣退，才语重心长地和舒窈说：“噜噜，你和先生这些年也闹够了，以后就好好在一起，不要惹他不开心。况且，你惹他不开心对自己也没什么好处。”

舒窈忍不住替自己辩驳："我没有和他闹，我们没有在一起过，穆叔叔你又不是不知道，我和他不可能的。"

"那你和……"穆修说了一半看舒窈变了脸色便没有再说，半晌，叹了一口气说，"你看你那是什么眼光。"半是抱怨半是指责。

舒窈无法理直气壮，所有人都可以来责怪她，她却不能反驳，于是她沉默下来。

待到穆修离开，舒窈一个人坐在单人沙发上想了许久，想自己是不是应该后悔爱过韩郅，可是在这一段错综复杂的关系里又有什么绝对的对错呢？

当初她和韩郅相遇，一个是风头正劲、沉稳低调的青年才俊，一个是处处受掣肘、到处碰壁的失去母亲的小女孩，她芳心暗许，他半推半就，倒是也有过一段快乐的时光。她将他引荐给自己的父亲，一个是国家的高官，一个是成功的商人，舒擎宇对韩郅或多或少有些看不上，但总归是自己女儿喜欢的人，慢慢地交集多起来，谁说得清到底是舒窈连累舒擎宇，还是舒擎宇连累舒窈，毕竟韩郅最初的目标应该是舒擎宇，而舒窈不过是跳板而已。

对韩郅来说，这块爱上他的跳板或许只是麻烦，所以他才要她死在那座房子里。

而真正被连累的人是舒长宇和舒沄。

到了最后，因为舒窈和韩郅相爱过，一切便都变成了她的错。

接下来一段时间舒窈一直在翻译一本外文书，这是她的专业。以前很小的时候，舒擎宇喜欢在家里画图，舒窈是家里的小女儿，又太过于活泼，每次舒擎宇都将她固定在宝宝椅上不让她乱动，舒窈便挨着看他画的图，跑到他的枪械库里拆他的枪。这些对别人来说深奥到不愿意多看一眼的东西，对她来说却很简单。舒擎宇会亲自教她，给她找来许多连他自己都看不懂的专业书，舒窈夜以继日地看着，从不觉得枯燥，甚至进入了另外一个世界，那个世界里，她是唯一的主人。

有一段时间，她一度不明白为何别人都看不懂自己手里的东西，那时候她才猛然发现自己和别人不一样。她特别惶恐，在网上找来许多这样的案例，媒体也报道过许多她这样的情况，天才少年对某一样东西的理解有着正常人无法企及的高度，这种人被当成怪胎、反人类，被周围的人排挤，很多人无法过正常的生活。

自那之后，除了家人，她没有和任何人说起过自己的这个特长。

在十二岁的时候，舒窈制出了比当时武装配备的 R50 更先进的枪支。那时候她可以一个暑假都不出门，在家里反复做实验，并且乐此不疲。

而对于舒擎宇而言，有个天才一般的女儿让他骄傲又担心。一个父亲对女儿的期盼和爱护让他很纠结：若是让女儿进入军队，花一样的人生可能就会终结在枯燥的军队里，可是面对这样一个器械研究天才，只要稍加培养，就可以壮大国力，作为一个军人，他无法眼睁睁地看着这样的天才在自己面前溜走。

最后他们做出了自认为妥善的处理，那就是舒窈的研究由舒擎宇来顶。

自那之后舒擎宇在军队的地位一步步提高，直到舒窈母亲死亡的那天，舒窈对于武器研究的热血彻底冷了下来。

后来读大学，她读的是外文系，发现自己学起来很吃力，和其他人没有什么区别，才隐隐松了一口气，觉得自己终于像个正常人了，也是从那个时候开始喜欢上了这个专业。她喜欢那种吃力的感觉，可以让时间慢下来，也让自己的脑子慢下来。

毕业之后她一直在翻译机构上班，她学得并不好，却很认真，拿着一本书坐在桌前能安安静静地待上一整天。

翻译完一篇仅三十五页的童话故事，整整用了十二天。

其间傅亦寒没有来过，穆修倒是每天都会来一次，舒窈提了好几次想要见一见舒沄，都被穆修以各种各样的理由否决了。舒擎宇在电话里信誓旦旦地说舒沄在养伤，不想让她被打扰，舒窈心里有些急，舒沄发生那样的事情心里肯定很难受,可是见到自己说不定会很难堪,或许她只是不想见自己吧。

厚厚的翻译稿放在桌上，入夏的微风轻轻吹起一角，第一页写着一行字：此生尽兴，赤诚善良。

这是叔叔刻在钢琴上的字，她一字一字地抄写了许多遍，想要找到解决这个问题的出路，却一直没找到。

许多天没有上过网，她打开笔记本电脑翻看门户网站，一派歌舞升平，除了她这里发生的巨变，这个国家的每个人都活得和以往一般好，好到让人嫉妒。

在时事新闻中翻了几页，舒窈的目光落在一条新闻标题上，每个字她都认得，可是组合在一起让她感到陌生。

将军舒擎宇涉嫌渎职罪被批捕。

舒窈手有些抖，慢慢点开这个网页，一行行看过去，整个人晃了晃。舒擎宇作为一个军区将领，在通过正规手续出售一批军械的时候用了韩郅的关系走了海运，结果整艘船在公海上消失了，舒擎宇难辞其咎，已经在一周前被批捕。

可是明明昨天她才和舒擎宇通过电话。

既然这件事上了新闻，说明傅亦寒根本没打算瞒着她。

以前她还是个小女孩的时候，只是觉得傅亦寒性格有些冷，现在才发现他不只是性格冷，还冷血。他将她和舒家的关系彻底撇开，根本没想过舒擎宇是自己的父亲，所以才会肆无忌惮地发新闻通稿，即便这件事最后弄清了，舒擎宇一辈子的仕途也到头了。

舒擎宇是极其重视军人荣誉的一个人，这么对他，比杀了他还难受，可是昨天在电话里他的语气没有任何异样，现在想来大约是有人在监视他。

舒窈拿了电话去拨打舒擎宇的电话，无人接听。她看了看电脑，明白自己也被人监视了，不然不会是在看到这个新闻稿之后才无法联系到舒擎宇的。

舒窈当下便让女佣推着自己去找傅亦寒，傅亦寒像是知道她要来，一路上她没有碰到一个客人，轮椅进了电梯，直接到了他办公的楼层。

舒窈进到傅亦寒的办公室的时候，他正站在落地窗前往外看，见到她进来，神情一如既往地冷淡："你找我。"陈述句，"这几天我一直在忙，原本打算晚上去看你的。"

舒窈看着这样的傅亦寒，忽然明白那天他说的话，他一直没变过，变的人是她，长大的人也是她。成长让她对傅亦寒有了不一样的认识，也更明白了他在冷漠面容下那颗永远残酷的心。

"是我爸的事情。"舒窈直直地盯着他，仿佛想要看穿他。

傅亦寒微微皱着眉头，直接拒绝了她："这是他的失职，这件事没有谈判的可能。"

舒窈按下按钮，让轮椅走到他身边，尽量让自己的声音柔和一些："亦寒，我不是在和你谈判，我爸爸是入了别人的局，他这个人向来刚硬，不会做出背叛国家的事情，你应该知道这一点。"如果不是这样的话，他也不会在家里的时候想要杀了她。

"那是他没有能力背叛，这些年他一直用你旧时的研究成果一步步走到这个位置上，可是他没有守好你，更没有尽到自己的职责，这样没有能力又蠢的人有忠心又有什么用？"傅亦寒缓缓说着，没有过多的情绪在其中，仿佛只是在和舒窈分析，但是他这种不经意的讽刺却刺痛了舒窈的心。

"亦寒，以前是我不够了解你，也从不知道你的心思这么偏执，一个人即便能力突出，可是没有赤诚之心，这样的人你敢用吗？你这是本末倒置，是领导人的大忌。"舒窈心中有许多不快，舒擎宇在研究方面可能确实成果一般，但是比起大多数人已经好上许多，可是傅亦寒对他的评价只是一个字：蠢。

这是羞辱。

对一个失去价值只留下忠心的人的羞辱，而且，这个人是她的父亲。

傅亦寒低头看了她片刻：“舒窈，这个话题到此结束，我们不要为这样的事情争吵。”命令的口吻，却压低了声音，带了些许讨好和求和。

舒窈看着傅亦寒的眼睛，他有一双漂亮的眼睛，却过于冷漠，以前她却没有看出这双眼睛里从来不含有感情：“你想让我做什么？”她顿了下，“或者说，你希望我用什么和你做交换？”

这个功利的世界没有什么是不可以交换的，情义和感情最是廉价，那么现在，傅亦寒想要的是什么？

傅亦寒猛然直起身子，收起了先前的温和，又变作了那个遥不可及的人：“你以为这件事是我刻意做给你看的？舒窈，在你眼里我就是这样的人？这件事闹得这么大，总要有人出来负责，工作和生活怎么可以绞成一团？”

舒窈捏紧了拳头：“在你的世界里，所有的一切都是可以交换的。亦寒，不要否认这一点，所有人对你来说也只分有用和没用，那么，我希望我还是有用的。”

傅亦寒办公室的其中一面墙做了黑胡桃木色的多宝槅，上面放着一个大大的沙漏，细细的瓶颈有细沙缓缓落下，明明没有声音，舒窈却觉得聒噪。

傅亦寒沉默了半晌，走到办公桌后面拿出一沓厚厚的宗卷：“完成这个，我答应你留下舒擎宇的命，给他下半生自由。”

舒窈像是早就猜到，隐隐松了一口气，有用就好，只要她还有用，舒擎宇和舒沄就还有一处庇所。但是这种想法在翻开卷宗的时候终结了，她喘着气，看着卷宗上密密麻麻的线条，第一页上面还溅了血，渗透到了下面几页，厚厚的折纸边界全是黑红色，可见当时流血的人遭受了多大的折磨。

那是她改进的榴弹发射器的图纸，而她之前拿给他的是旧式的，眼前的是她一直没有突破的那一版。

舒窈捏紧拳头死死地盯着图纸，有几次恨不得将这些图纸丢到他脸上去，可是她不能，这是她自己交换来的，不是吗？

收起卷宗，舒窈抬眼盯着傅亦寒，黑葡萄般的眼睛里泛着冷光：“多谢。”你看，这就是地位的差别，有人往你心上插刀，你却不得不对他说谢谢。

舒窈手摁着自动指挥器，想要让轮椅前行，却因为太过于慌乱，试了许多次都没能成功，甚至还撞到了傅亦寒的办公桌上。最后，傅亦寒的手停在了她的椅背上摁住她的手，然后他半蹲着和她平视：“舒窈，你也不可能逃避一辈子，是你说要同我交换，可是你除了这个，还有什么能给我？”

他的手一下下地抚摸着舒窈的手背，试图让她冷静下来，嘴里却不肯放过她：“你是不是以为我会让你用自己的身体交换？可是你知道，我不是重欲的人，我不要你的身体，我是要你心甘情愿留在我身边。”

舒窈有些口不择言：“那你真可悲，我永远不可能心甘情愿！傅亦寒，你有没有真正看懂过你自己？你身上又有什么是可以让我去欣赏、去爱的？是你有情有义，还是有担当？抑或是你善良、正直、阳光？你没有！你永远只知道怎么去拿捏别人，你这种把戏在我这里，多年前就过时了！”她一口气说了许多，待到说完又有些泄气，有些紧张地看着傅亦寒，大气不敢出，像是在等他最后的审判。

傅亦寒从未见过这么尖锐的舒窈，敛起面上最后一丝温和，站起身推着舒窈往外走，低头看着舒窈脊梁直直地挺着，将她推到门口，然后开口：“这件事你早晚要面对，你该庆幸让你面对的人是我，若是别人，希望那个人有你说的那么善良正直。”仿佛故意的，他又加上两个字，“阳光。”

抬手招来女佣，傅亦寒冷声道：“送她回去。”

回到落地窗前，傅亦寒看到女佣推着舒窈经过绿色小道缓缓往前走，舒窈的眼眶红红的，显然他刚才说的话她听进去了。

他想到那一年他听到消息赶过去的时候的情景。

舒窈和她妈妈开车外出遇到车祸，原本以为是普通的车祸，舒窈扯着舒妈妈要下车，肇事车辆上下来的人却拿着枪指向了两个人，舒妈妈将舒窈紧紧抱在怀里，子弹穿过她的心脏，血沾了舒窈一身，若不是后面的保镖车反应快，舒窈也早已死在那一场事故中。

他赶过去的时候舒妈妈已经被人抬走，只有舒窈一个人抱着画筒一动不动。所有人都去操心舒妈妈的情况，唯有舒窈一个人苍白着一张脸低着头孤单地坐在长椅上，长发遮住了她的神情，在他叫出她的名字的时候，她抬起头眼眶里全是泪，颤着声音问他："亦寒，我妈妈救活了吗？"

那是傅亦寒第一次不知道该怎么回答这样一个直白的问题。

再后来，舒窈再也没有碰过器械书，更没有拿笔画过图，仿佛过去的那些成绩从未有过一般，而那个善良、爱笑、正义感爆棚的小女孩也随着这件事消失了。

舒窈在夜半被噩梦惊醒，她又梦到了那天的情景。

她连续画了许多天的画，计算了有一本书那么厚的数值，到了瓶颈期无论如何都不能突破，妈妈拉着她一定要带她出去散心，她抱着画筒不情不愿地去了，结果还没走到妈妈说的那个神秘的地方便发生了车祸。从头到尾她都很冷静，甚至在妈妈的血浸透了她的衣服的时候她依旧很冷静，冷静得不像是她这个年纪该有的样子。后来许多次她回忆当时的情景，其他的许多细节都模糊起来，唯有两件事无论如何都忘不掉。

第一件事是杀手手里拿的枪，是出于她的设计。

第二件事是那一筒被血浸透了的设计图。后来她无论如何都记不起这个没有完成的设计图到底去了哪里，今天傅亦寒给了她答案。

傅亦寒虽然冷酷，但是他说得对，若是换一个人要她面对，不会是这么平和的口吻，虽然威胁的本质一样，但是傅亦寒显然对她更温和。

可是她并不感恩。

将设计图一张张打开铺开，她的手指缓缓地摩擦过那些血渍，她忽然记起了当时的情景——在杀手上前的时候，妈妈本能地将她护在了怀里，甚至还拍了拍她的背轻声安慰她：“没事，噜噜，不要害怕。”然后她流着血，缓缓地闭上了眼睛。

后来这件事查明了真相，是一个地下军火贩子盯上了舒擎宇，知道他最近在设计新的武器，派人监视了舒家，看到舒窈拿着设计图出了门便跟上去想要强抢。所以，一切的原罪还是她。

设计图上有水滴落下晕染了血渍，舒窈摸了摸脸，不知道什么时候竟然哭了。

接下来一周她没有出门，一直在看之前的资料，但是一无所获。舒擎宇的电话没有打通过，舒窈心里有些焦急，失去了舒擎宇的消息，她再也没有在任何人口中听到过舒沄的名字。不知道为何，她心里总有隐隐的不安，但是消息闭塞，她甚至不知道该去问谁。

考虑了半天，她坐在沙发上拿了电话打给程笑，程笑听到她的声音很惊讶：“舒窈，你去哪里了？我找了你好久！”

舒窈简单地说了自己的情况，她住在易园的消息并不是什么国家机密，傅亦寒也从未说过不许她说出去，程笑倒是更惊讶了：“你爸出了那样的事情，傅亦寒还让你待在易园？”

“我也不知道他在想什么，但是我现在出不去。”程笑是她最亲的闺密，她和傅亦寒的事情程笑都知道。

程笑有些气愤：“他要真的对你还有心，怎么能这么对你爸？抬抬手的事情，我可不信他是什么有原则的人。”

舒窈不想提傅亦寒：“不说他，你帮我打听下我姐在哪里，我联系不上她。”

程笑显然和她不在一个频道上：“他还限制你的自由？！”

舒窈被人戳穿有些恼怒，半晌没说话，程笑立刻讨饶：“窈窈你别生气，他不让你出来也好，谁知道韩郅那个神经病还能干出点什么事情来，你在易园还能更安全一些。”

听到舒窈又沉默，程笑立刻知道自己又说错话了，赶紧给自己找补：“窈窈，我跟你说，我爸之前回家可是和我们都说过了，你们家的事情不让管，我猜肯定是傅亦寒的意思，也有可能……”她迟疑了一下，说，“是舒沄的情况比较严重，傅亦寒不想让你知道。”

舒窈口气坚定：“不管是什么情况，至少让我知道。”她放低口吻乞求，“笑笑，我不知道可以找谁帮忙了，你一定要帮我。”

“好好好，我这就去让人打听。”程笑嘴里应着，最听不得舒窈这样柔柔弱弱地求人，哪怕舒窈要天上的月亮也给她摘。

两个人又说了一些别的，程笑才有些踟蹰地问：“你家出事那天，你没受伤吧？”说完她快速地说，“知道你家出事的第一时间我就去找你了，没找到你，我就在家等啊等，你真是不把我当朋友，竟然不来找我。”

舒窈喉咙有些哽咽，那天她不是没想过去找程笑，但是她满脑子都是叔叔的尸体被抬出来的情景，那个时候她唯一敢肯定不会被自己连累又可以帮助自己的人只有傅亦寒，所以她找了傅亦寒。

挂了电话，舒窈坐了半天，然后打开电脑输入了韩郅的名字，希望能看到和他有关的一些报道继而推测出舒沄的情况。

这是这么多天以来，她第一次直面韩郅的问题，在按下回车键的时候，她知道自己对韩郅已经彻底死心，这么多天的坚持和不肯面对也终于落地。

只是关于韩郅的任何负面新闻都没有，网上他的单身照一如往昔挂在那里，西装笔挺身姿修长面容英俊，嘴角微微带着笑，一副商务精英的模样。舒窈愣怔了许久，关了网页，然后去看其他的新闻，依旧一无所获。

关了电脑，舒窈去了一趟卫生间，现在她已经可以不依靠轮椅小幅度地活动，整天被困在易园里她没有地方可以去，大多数时候只能在鹿林转一转，转的次数多了，再好的风景也厌烦，后来她便干脆不出门了。

在卫生间里，她打开水龙头洗手，盯着水半晌，想要离开的时候原本一直绑在自己脚上的纱布竟然松开了，医生每天都来帮自己换药，并且每次都叮嘱她不可以大幅度活动，舒窈怕疼，也怕血，从来没看过自己的脚，但是她现在看到了。

右脚尾端应该是小拇指的地方空荡荡的，少了一截，只剩下四根脚趾。

傅亦寒来的时候，舒窈已经在卫生间待了足足三个小时，无论谁来敲门都不开，穆修看到傅亦寒就像是看到救星："先生，你快去看看噜噜，她这个人性格拗，每天都问我舒沄的事情，今天又问我，我没和她说，她便一直不开心，把自己关在房间里没出来过，现在又把自己关在卫生间，刚才我让人强行攻门，她噼里啪啦丢了一堆东西。"

傅亦寒点头，抬手招呼了不远处一个穿军装的男人。

男人走上前来递过一沓纸："指挥官，这是舒小姐今天访问过的网页。"

傅亦寒脱掉白色手套接过那一沓资料，一张张翻过，全部是和韩郅有关的信息，越看他的面色越冷。

穆修不小心瞥到一角，正好看到韩郅的照片，顿时有些心惊，早知如此，他应该断了鹿林的网才是。他是看着傅亦寒长大的，傅亦寒为人性格清冷，但是他对舒窈是不一样的，后来两个人闹僵之后，他好几次看到傅亦寒在主楼的廊下一个人静静地站着，他心里猜测他是在等舒窈，因为以前舒窈来的时候也总是要提前给他打电话让他下楼等着她。大多数时候他都不肯应了她，舒窈每次走到楼下便站在那里气呼呼地叫他的名字，一定要他下来接自己，每次他都冷着脸不理人，最后拗不过舒窈，还是下楼来接她。这是舒窈一个人享有的特权，不用看他的脸色，不用考虑他的心情，还可以随意指挥他使唤他。

而现在，再看傅亦寒，早已经不再是当年那个人，冰冷中又带了说不出的戾气，让他不得不担心。

“先生，要不你先回去，我再劝劝她。”穆修上前一步挡在傅亦寒面前，唯恐他做出什么过分的举动来。

傅亦寒抬眼看他，冷冷一瞥：“你们都出去。”

所有人应声而退，唯有穆修站着没动，坚持道：“噜噜现在很脆弱，昨天晚上半夜我来这里逛一圈，隔着门听到她做噩梦，似乎被吓到了，我喊了半天门她才应了一声。她家里发生这样的事情，您应该多体谅她。”

傅亦寒皱眉，看着穆修：“穆叔，你以为我要对她做什么？”

穆修被噎了一下，所有劝告的话都咽了回去。

“我不会对她怎么样的，你先出去。”对穆修，几分薄面傅亦寒还是给的。

待到穆修离开，傅亦寒用一张软卡打开了卫生间的门，看到舒窈抱着腿坐在角落里一动不动，周围散落着她摔在地上的东西，肩膀偶尔动一下，看得出是在哭。

他手扶着门，将门开到最大限度站了一会儿，然后冷声开口：“就这么忘不了这个男人？”

舒窈一动不动，就如没听到他的话。

傅亦寒有些不耐，走上前蹲下来强行抬起她的头，看她黑白分明的眼眶里已经没了泪，脸颊上却还湿湿的，他嘴角扯出一抹轻讽的笑：“舒窈，这就是你想要的爱情？说说，他身上都有些什么美好的品质值得你这样？”他的声音里带着不易察觉的怒气，说完之后又觉得有些可笑，他的高傲去哪里了？竟然沦落到这里去吃一个不入流男人的醋。

别过眼，他去扯舒窈的手臂：“起来。”

舒窈不动，胳膊上用了力，不肯让他拉自己，嘴里有些恼怒地道：“你不要拉我！”

傅亦寒不耐：“不要耍小孩子脾气，舒窈，你看看你自己像什么样子！”

舒窈抬手便去打他，奈何傅亦寒纹丝不动，仿佛被小兔子挠痒，任由她打，见她打完了自己，又垂下手去盖住自己的脚，他恍然想到什么，低头目光落在她的手背上，明白她为什么这样了。

任由谁忽然知道自己少了一根指头都会受不了吧？难怪她这么大胆都敢打他了。

这么想着，傅亦寒之前的怒气消失得无影无踪，他低声说：“医生说对生活没有任何影响，你不用担心。”

舒窈紧紧盖住自己的脚，也知道自己刚才打他有些过分，抬眼看他，黑葡萄似的眼睛里有着微光，不过很快便熄灭了：“刚才很抱歉，你找我什么事？那个图我许久没碰了，可能需要你等一等。”她一瞬间便恢复了之前的冷淡。

傅亦寒看了她一会儿，站起身收了之前的温和：“没事，今天刚忙完，过来陪你吃饭。”

舒窈手撑着浴缸边缘准备起身，因为一个姿势保持太久，腿已经麻木，试了几次都没能成功。傅亦寒只是站着看着，舒窈没求助，他便站着不动，淡漠的眸子盯着她，想到了舒窈的执拗。她认定的事情谁都无法说服她，她要他去接她，他不去，她便一直站在楼下等，有一次足足从中午等到深夜，等到他想起来的时候，她红着眼又委屈又难堪，不肯理人，后来只要她一喊，他便去接她，再没有迟疑推托过。

在舒窈没站稳、要摔倒在地上的时候，傅亦寒终于伸手抓住她的胳膊，舒窈一个不稳跌进了他怀里，听到他冷声问：“舒窈，在你心里我就这么十恶不赦？向我求助就这么困难？”

舒窈想直起身，不想和他挨着，奈何他手劲太大，她动弹不得，冷下声音道：“亦寒，我们没有开始过。如果可以的话，我希望永远不要开始，保持在交易关系里不是很好吗？你想要的，我尽量都给你，也希望你能看在过去的情分上放过我。”

傅亦寒低头看着舒窈，因为她靠在自己怀里，说话的时候微微仰着头，下巴搁在自己胸前，就像是在撒娇的小女人。在她话音落下的时候，他忽然低头捧住她的脸，攫取她的唇，密密麻麻，不给她逃脱的空间。

舒窈没有反抗，任由他霸道地吻着自己，大手放在自己背上将自己狠狠地摁在怀里，仿佛要揉碎她。

不知道过了多久，傅亦寒放开舒窈，盯着她的眼睛，那眼里没有一丝慌乱，也无一丝感情。

“你看，亦寒，我对你没有任何感觉。”

傅亦寒微微松开她，手背擦了擦自己的嘴角，然后开口：“那就慢慢找感觉，我们还有很多时间。”

这样的对峙并没有意义，舒窈也知道无法改变他，别开眼紧紧抿着唇抬脚要往外走，胳膊被人扶住，她听到傅亦寒说：“慢一点，别又摔了。”

一顿饭吃得很安静，临到结束的时候，傅亦寒在大厅的沙发上坐着并没有要走的意思，舒窈早早回了自己的房间，反锁了门，唯恐傅亦寒跟进来一般。

没几分钟，自己又从屋子里走出来，小步走到沙发不远处，有些底气不足地看着傅亦寒：“我什么时候能去看看舒沄？”

傅亦寒即便在沙发上坐着，也比她高出一截，他手支着头看她，似乎看出她的无措，站起身：“走吧。”

舒窈一愣，看着傅亦寒已经抬脚走开，她赶紧跟上去：“现在去吗？”问得忐忑又小心，跟在傅亦寒身后就像小媳妇一般。

傅亦寒冷硬的面上牵出一抹笑，喜欢她跟在自己身后的感觉，就和以前一样，只是没有以前那么多话，总是叽叽喳喳地说个没完，他开口语气却冷淡得很：“现在。”

舒窈不敢多问，一直到上了车才觉得真实起来。傅亦寒竟然真的是打算带自己去看舒沄的，而且似乎是早就安排好，安保措施严格，在路上换了三次保镖车，虽然没人开口，舒窈却感受到了局势的紧张，隐隐感觉这个世界要变天了。

只是舒窈无心去想这个，目光不时地飘向放在她和傅亦寒中间的那一束玫瑰上，刚上车的时候傅亦寒从随从手里接过玫瑰递给她：“拿着。”

舒窈正要拒绝，傅亦寒已经将花塞在了她的手上，一上车她便将花丢在两个人中间，仿佛这样就可以避嫌一般。

现在，那束玫瑰真是越看越刺眼，舒窈干脆别过脸不去看。

车子越开越偏僻，到了后来连路灯都变得似有似无，舒窈有些紧张，上次在街上被人追杀之后她多少留有一些心理阴影，车子越往前走她的面色越白。

捏住的拳头被人覆住：“马上就到。”

舒窈几乎是在顷刻间弹开了自己的手，无言中带着嫌弃，还没从那束玫瑰中回过神，声音都有些凉凉的：“好。”

傅亦寒的手停在半空片刻，面无表情地收回自己的手，直直地坐着，军人的气质在他身上尽显，他没有再说话。

半个小时后，车子终于停了下来，却不是医院或者疗养院，而是紫薇山墓地，舒窈转头看傅亦寒，他开口：“舒长宇葬在这里，之前说带你来的。”

舒窈心里一动，随着他一起下车。这么多天两个人只见过两次，她一直以为她这辈子都会被傅亦寒困在易园里出不来，没想到他竟然还记得自己说过的话。

她有些讪讪地跟在傅亦寒身边要往里走，结果傅亦寒停下来转身看她，在路灯下，他看起来更加冷峻，目光也更加锐利，薄唇里缓缓吐出一个字：“花。”

舒窈愣了一下，很快想到那束玫瑰，整个人面色白了一下，紧接着又涨红起来。她以为是傅亦寒追求她的把戏，却忘了舒长宇最喜欢玫瑰，而这束花正是给舒长宇准备的。

几乎是有些狼狈地转身去车里拿花，拿了花，眼珠子飘来飘去地不看人，连她自己都没发现自己微微嘟着嘴，模样很是可爱，路过傅亦寒身边，也不看他，疾步往里走。

傅亦寒很快跟上去，见她在一个三岔口停下来，他上前给她领路，两个人很安静，在夜晚的墓园里，这种安静被环境无限地放大，路上的时候舒窈还在心中抱怨傅亦寒，待到真的到了舒长宇的墓前，这些日子以来的平静假象像是被撕开了一道口子，一时间让舒窈无法接受。

这些天并不是傅亦寒束缚着自己，而是自己选择了逃避，以为不去想，便不用去认清，可是墓碑上舒长宇的照片告诉她他真的死了，让她不得不一次次循环播放似的认清这个现实。

墓碑前已经有一堆鲜花，舒窈小心地将玫瑰放下，又从一堆略有些枯萎的鲜花中拣出一枝菊花拿开，那是舒长宇最不喜欢的花。

她没有哭，觉得自己的心也开始慢慢变硬，想要发泄情绪，可是无论如何都没有眼泪。站了半个小时，她敛起有些失神的目光准备离开。

傅亦寒一直站在这一排墓碑的尽头，或许是不想打扰她，远远地站着没有靠近。

舒窈顺着走廊往外走，心情有些沉重，待到走过其中一个墓碑的时候，漆黑的道上忽然燃起一道明火，舒窈尖叫一声，急急地往后退，紧接着身边又燃起了几道明火，因为恐惧，她大口呼吸着，四下寻找出路，眼睛却有些昏花，不知道该往哪里走。

“舒窈！”傅亦寒的声音响起来，紧接着她被抱到一个温热的怀抱里，听到傅亦寒解释，“没事，是磷的温度太低，现在夏天了，所以才有了自燃现象。”

这是一天内第二次她被他抱着，舒窈很快清醒过来，微微一抬手，傅亦寒已经放开她，听她有些讷讷道：“对不起，我被吓到了。”

傅亦寒握住她的手：“我引你出去。”

舒窈没有推开他，任由他牵着自己，一直到走出紫薇山的大门，她才低声开口：“谢谢你准备的花。”虽然她依旧不喜欢他，但是也并不再排斥他。

“嗯。”傅亦寒松开她的手，主动松开总比被她嫌弃地甩开好一些，“还要去看舒沄吗？累的话改天我再带你去。”

舒窈有心试探他的底线：“改天我自己去可以吗？”

傅亦寒转头看她，正好对上舒窈的眼睛，是询问的目光，他尽量让自己的声音听起来不像是胁迫：“我陪你。”

“那就今天去。”舒窈很快做了决定。

气氛又是片刻的沉默，傅亦寒开口：“舒窈，你的安全不仅对我重要，对这个国家同样重要。”

“我知道。”她这样的身份，若是得不到，就只能毁掉，想让她死的人太多。想了想，她开口解释，“我没有生气，我只是在慢慢接受这个事实。”有时候傅亦寒的刻意求和她不是感受不到，可是她不喜欢这样的他，她宁愿他冷冰冰地对待她，对她不闻不问，因为她无法回应他想要的东西。

傅亦寒没想到她会同自己解释，面色柔和了许多：“我带你去见舒沄，以后你想出易园，我尽量给你安排。”他拉住她的胳膊，让她停下来，认真地盯住她的眸子，“别人我不管，但是舒窈，我不想让你死在我看不到的地方。”

舒窈心头一震，没想到他会有这样的想法，可是之前不是那么无情地要送她去汤山吗？连她病着都不放过。

她状似不经意地转过眸子，岔开这个话题：“我也不想死。”

两个人到舒沄所在的疗养院的时候，舒沄已经睡着了，舒窈站在病房外同胡姓主任医师聊舒沄的状况，对方看了傅亦寒好几眼，言语间全是敬畏：“病人转到这里之后一直很稳定，没有出现过激动错乱的情况，条理逻辑也很清晰，和正常人没什么两样，但是她未婚夫坚持让她在这里疗养，我们部门商定的结果是再观察。”

舒窈有些不放心地问：“没有任何异常？”

“没有，白天的时候她还给楼下的一位小病人读了故事书。”胡医生说起一个细节。

“有监控吗？我想看。”她在舒沄的病床旁边坐了半个小时，不知道是不是她的错觉，舒沄的脸色比以前白了些许，睡相很安稳，她轻声叫了几次，舒沄没有反应，她不忍心叫醒舒沄，便想从别的地方了解舒沄的状态。

胡医生带着舒窈进了其中一间病房，那里已经改成了监控室，全方位监视舒沄的一切，舒窈有些心惊，却也明白这是傅亦寒对舒沄的特殊保护措施，她有些怒，又不知道该从哪里发怒。

屏幕上很快显出舒沄白天的生活状态，她不喜欢穿病号服，还换了一条长裙，在护士和保镖的监护下下了楼，监控里是随处可见的壮硕年轻人，看得出都是军队出身，是傅亦寒的人。舒沄像是没看到，或者说是以前看过太多，对这些人并不在意，走到休闲区站着看了一会儿小朋友做游戏，过一会儿又走到角落里同一个头上有绷带的卷毛小男孩说话，小男孩递给她一本童话书，她便坐在他身边给他读了起来，末了，甚至还摸着他的脑袋笑了笑。

和以前一模一样，以前舒沄便喜欢小朋友，总是说要生三个小朋友，她对小孩子和善太正常不过。

可是自己收到的那些照片又是怎么回事？若是那些事真的发生过的话，不可能没有对舒沄造成影响，更何况还有舒擎宇的说法。

舒沄正常得有些不正常。

临走的时候舒窈还是进病房坐了一会儿，然后在舒沄耳边说了一句话。

待到舒窈离开，舒沄缓缓睁开眼睛，眸中无波无澜。窗外的月光洒进来，像是浸了冷风，照进她的眼睛里，是迷茫和绝望。

胡医生推门进来，抬手打开灯，看着躺在床上一动不动的人声音平缓道："你表现得好，指挥官说你可以提一个条件。"

回应他的是沉默。

"你想到了可以告诉我。"说完他退了出去。

舒沄依旧一动不动，不知道过了多久，终于闭上了眼睛。

/ 第三章 /

星河这边，遥望彼岸

回到易园，舒窈心情有些沉重，傅亦寒一路送她回鹿林，进了院子，所有人都识趣地退下。两个人上台阶进了客厅，舒窈一转身便看到傅亦寒目光沉沉地盯着自己，她心跳漏了一拍。

“今天的事……”她想说谢谢他，只是还没说完，傅亦寒便将她拽进怀抱里低头吻了下来。

舒窈没有反抗，却也没有再不为所动，甚至还浅浅地回应了他，傅亦寒感受到她的松动，动作更加炙热，连呼吸声都沉重了起来。

只是，他并没有进一步的动作，待到长吻结束，他细细地啄着舒窈的唇，带着不符习惯的温柔，大手轻轻蹭着她的耳朵，半晌后，温热的唇移到她的耳边：“舒窈，这不是交换。”

舒窈浑身一震，却没有给他他想要的承诺，低声说着：“总之，今天谢谢你。”

傅亦寒没回答，又抱了她一会儿才松开她，摸了摸她的脸颊——配上她黑白分明的大眼睛，让人爱不释手：“去睡吧。”

第二天，舒窈打电话给黎谢。她和黎谢的关系很一般，以前为了舒沄，她特意去讨好过几次黎谢，但是黎谢的反应很冷淡，在他眼里，似乎只有舒沄一个女人是可爱的，其他的全部让他深恶痛绝，也正是因为这一点，舒窈对这个姐夫很放心。

黎谢的声音很疲惫，不过对她却并没有太大的敌意。上流圈子的人都知道这次舒家的事情和她男友脱不了干系，私下里是怎么传的不用想也知道，她原本以为黎谢会将她冷嘲热讽一顿，谁知他完全没有提起这件事，倒是说了舒沄的近况："她不正常，我们俩在一起的时候，她一句话都不说。"

医生说舒沄正常，黎谢却说她不正常，舒窈偏向于黎谢："其他地方呢？"

"其他的倒是没什么，舒窈，你知道她发生过什么吗？"

一句话将舒窈问住，匆匆挂了电话，她不知道，一切都是她的猜测而已。

这件事舒窈没有深究，反倒开始投入研究之前傅亦寒给她的设计图，装满书柜的外文书也被她束之高阁，桌面上摊开的永远是世界各国军报的研究成果，还有别人无法见到的绝密研究。

傅亦寒来得并不频繁，但是每隔两天便会出现一次，他似乎很忙，每次来的时候都是在入夜之后，刚开始舒窈还避着，在自己的房间里不出来，傅亦寒干脆无耻地直接进了她的房间，她假装坐在桌前忙碌的时候，他便站在她身后，待到她心思投入进设计图里的时候，颈上一痒——傅亦寒竟然舔她的脖子。

舒窈又惊又怒，还没来得及反驳，整个人便被傅亦寒抱起来丢到床上，吻得又急又烈，手还伸进她的衣服里。舒窈骂也没用，怒得哭起来，傅亦寒这才放过她。

他翻身平躺在床上，将她抱在自己身上，说的话一点没有安慰人的意思："习惯就好了。"

完全的强盗作风。

后来他来的时候，舒窈吓得不敢再待在自己的房间里，便陪着他在客厅坐着，有时候是看电视，有时候他处理工作，她便在一旁干看着，一点不怕她窃取他的军事机密。不改的是，傅亦寒每次来都必须吻她，一点不肯克制，每次都让舒窈又臊又怒，发了脾气他才肯停止，一副漫不经心、心满意足的样子，让人生恨。

这天舒窈终于想通了自己当年没想通的问题，上了二楼傅亦寒之前准备的操作间。操作间里是旧式的榴弹发射器，她打开一个铁质工具箱，随手拿了一个制退器，片刻后在图纸上潦草地画下新的方案。左右两侧各有五组制退孔，火药燃气经过制退孔的时候会造成巨大的冲击力，五组制退孔可以有效地缓解后坐力，而上部的三个制退孔又可以抑制发射管口上跳。同时散热槽可以加大散热面积，又从根本上减轻了射管质量。

为了减少重量，提把内部设计加工成圆形空腔，准星和照门放在提把内部空腔的前后部位，重量下降450克。在战场上，速度决定一切，手提式的大杀伤力武器能够取得更多的先机。同时，为了缓冲自动机的后坐冲力，舒窈设计的是液压式缓冲器，并且将其设计在自动机上，旨在自动机后坐和复进时双向缓冲，既能减小后坐力的震动，又能够防止自动机反跳。前段又刻有不同的标度，可以适应不同的环境和温度，可提高射击精度，减少弹药浪费。

机械瞄具准星的高低和方向上，舒窈重新做了调整，缺口式照门设置在表尺分划板上端，分划板上有16个刻度，向内按压带有基准刻线的分划板定位销，可上下移动分划板以装定表尺。机械瞄具可以通过光学瞄准镜进行瞄准射击，光学瞄准镜质量为0.8千克，视场11度，3倍放大倍率，可调整发射器瞄准目标，进行更为精准的打击。

待到忙完，她一抬头，太阳竟然已经升了起来，她竟然在操作间待了一天一夜，看着修整的设计图和乱七八糟的零件，她觉得自己的血又温热起来。

是的，这才是她的战场。

这么久没睡，她却一点都不觉得累，身心轻松地下楼，女佣似乎一直在等她，看到她下楼立刻上前："舒小姐，早餐……"

舒窈摆摆手："我去院子里待一会儿。"此刻的心情只有配上早上的清风才能更惬意。

院子里两头鹿早早醒来在转悠，舒窈之前一直没和它们好好处过，抬脚走过去，小鹿不太亲人，也不怕人，任由舒窈站在它们中间，舒窈抬手摸了摸鹿角上的花，那鹿立刻用嘴去碰她的手，吓得舒窈缩了一下手，然后听到身后的人说："它在问你要东西吃。"

舒窈被这声音吓得后退了两步，傅亦寒扶住她的腰："想什么呢？这么专心。"

舒窈没有推开他，这些日子傅亦寒已经不再允许她推开他，也不再接受她的拒绝："还是之前那张图，我做了初步的模型出来，还需要反复试验。"

工作的事情傅亦寒不欲多说，也没有替她分忧的意思，这一点他向来分得很开："需要什么列单子给穆修就可以，这几天我没过来，是不是没好好吃饭？"原本她便瘦，现在看起来更加弱不禁风，上下打量着舒窈，傅亦寒忍不住皱起眉头。

舒窈和他离得近，看他目光在自己身上上下扫，不可避免地扫过胸前，她轻咳一声："刚才还让我吃早餐呢，我去了。"她找了光明正大的理由甩开了他。

傅亦寒跟上她，一直到进了餐厅，舒窈有些不爽地看了他一眼。

女佣端来了牛奶，嘴里说着："舒小姐，先生等了您一夜了。"

舒窈愣了下，看向傅亦寒，所以他是昨天便来了？而且一整晚都没休息，还精神这么好？不过让人等这么久，她有些愧疚，干脆说起了自己的研究："等吃过饭你帮我找个团队，可能还需要一些更专业的机器和专通……"

"外人不能来，需要什么，你直接和穆修说就可以。"傅亦寒皱着眉拒绝了她的请求。

团队合作是很正常的事情，她不是万能的，她需要有人帮自己做实验，更需要有人帮自己优化配置，可是傅亦寒这是什么意思？

一顿饭结束，舒窈还在猜测他的想法，之前他说不让她出易园是害怕她被害，可是现在她没要求出去，他竟然也要完全将她和外界切割："我优化的所有配件都必须自己看着。外人不能来，如果可以的话，我想去兵工厂亲自监督。"

傅亦寒站起身走到舒窈身边朝她伸出手："来。"

舒窈沉默了一下，站起身，侧过身拿起桌上的牛奶杯将里面的牛奶饮尽，避过了他的手，谁知她刚放下杯子，傅亦寒便强行牵住了她的手。

"去休息。"傅亦寒开口，拉着她往房间走。

舒窈任由他拉着，嘴里客气地说着："你也休息一下。"没想到她说了这句话之后，傅亦寒竟然将她推进了她的房间，自己也跟了进去。

自从上次在房间发生那样的事情之后，这是傅亦寒第一次进她的房间。

舒窈木讷地站在原地不动，傅亦寒直接将人抱起来丢在床上，舒窈挣扎着要起身，傅亦寒已经在她身边躺下，大手在她背上拍了拍："乖一点，我想休息一下。"

舒窈不敢再动，任由他抱着自己，听着他有力的心跳竟然快速睡着了。

待到舒窈睡着，傅亦寒睁开眼看着舒窈，大手在她脸颊上蹭了蹭，她睡着的时候微微嘟着嘴，没有了黑葡萄似的大眼睛，睫毛长长地垂着，看起来乖巧又听话。以前的时候她经常来找他，他忙的时候她便自己玩，玩累了躺在大沙发上睡觉，也是这么乖巧可爱，睡醒的时候对他笑，和他闹，而现在，他不想看她的眼睛，里面写满了疏离。

舒窈最终也没有见到一个团队成员，更没有如愿去兵工厂亲自监督，但是她标注的所有新型材料制成的机匣组件、发射机、供弹机等一应具备，组装之后她又优化了低伸弹道和弯曲弹道，利用瞬时高压，可以做到发射时无声、无光、无烟，具有良好的隐蔽性，更可以对掩蔽物后的目标自动寻生，进行超越射击。

半个月后，舒窈终于拿到了第一个成品，迫不及待地想要试射，但是这里是易园，没有地方给她试射。

以前的时候舒擎宇总是带她去森林里，或者出公海，只有他们两个人，一去便是整整一周，待到回来，改良之后便是成品。

想来想去，她给傅亦寒打了电话说了自己的意思，她很少给傅亦寒打电话，因此声音有些小心翼翼，说完之后屏住呼吸听他的答案。

傅亦寒倒是爽快地答应了："我安排一下时间，到时候带你去。"

又是他亲自带她去，舒窈有些不情愿，傅亦寒干脆说："要不我让别人去试射。"

舒窈气结，这个人，总是能拿捏到别人的七寸，半晌才不情不愿地开口："我要去祁山。"之前她去过好几次，环境很好，最重要的是没人打扰。

傅亦寒也退了一步："好。"

舒窈听他语气轻松，知道他是因为能拿捏住自己而心情不错，心里有些气，正要挂电话，听到傅亦寒声音低柔地说："晚上我过去。"

舒窈恶狠狠地挂了电话，她又不是他包养的情人！

没几天傅亦寒便空出了时间特意带舒窈去祁山，为了不惊动外人，傅亦寒在郊区的私人停机坪准备了直升机，然后提前几天完成了清山任务。

舒窈准备了大大的登山包，坚持自己背着，山里的空气很好，有一股自由的味道，连带心情都好了起来。

舒窈走在前面，脚步轻盈，偶尔走得快了，会停下来等傅亦寒。

傅亦寒穿一身休闲装，像个年轻的大学生，一直跟在舒窈后面，步子不快不慢，嘴角一直翘着，看得出心情不错。

以前舒窈也会拉着他一起出游，但是他很忙，只陪她去过两次。后来她和韩郅在一起，他听说两个人每周都会进山，看着走得有些远、对着他微微抱怨的舒窈，他加快了步伐。

“亦寒，你和以前一样慢。”舒窈朝他招手，说出这句话之后自己有些愣住。

傅亦寒像是没听到：“你也慢一点，省得待会儿没体力。”

舒窈似乎因为自己提起过去有些不快，一直往前走着没有再回头。

当天众人在半山腰安营扎寨，别人都在扎帐篷的时候，她已经拿着榴弹发射器走到了不远处，用观测仪测算好距离、风速、温度湿度和气压等，寻找半弧目标，很快开了第一枪。

190 米处的巨石在一瞬间被摧毁，舒窈手扶着枪，手臂被震得有些麻，半晌后她低头在本子上快速记录着：增加对称制退孔，发射管口微微上跳，增加二分之一上部制退孔。

不知道过了多久，手下的本子被人抽走：“天黑了，明天再弄。”

舒窈收回心神，抬头看着傅亦寒，有些不满意：“你打断了我的思路，你知不知道你可能会毁掉我的研究成果？有时候有些问题只在一瞬间，你打断我可能会让我花费好多年。”

傅亦寒并未生气，甚至称得上好脾气：“天太黑了，怕你眼睛累坏了，吃过饭我让人在帐篷里点上灯你再继续，这次不打扰你了。”

舒窈这才发现之前一直没注意，一时不察天竟然黑了，而她竟然在这么暗的光线下演算了这么久。傅亦寒的语气甚至有些温柔，虽然这些天他一直很纵容她，但是她还是不适应。要知道在两个人相处最好的那几年他都和温柔没有任何关系的，他待她最温和的时候也不过是一脸无奈地纵容她的任性。

“走吧。”傅亦寒牵住她的手。

这样的傅亦寒让舒窈发不出脾气来，这样的傅亦寒又让舒窈很想发脾气，因为知道他会这么纵着自己，所以就想在他面前任性，就和以前一样。

这样的傅亦寒让她陌生，这样的自己也让自己陌生。

她踢了踢地上的小石子，低声说："傅亦寒，你不要对我这么好。"

傅亦寒没回答，牵着她一直走到驻地，他才开口："舒窈，你总说我这个人心硬，我这辈子，怕是不懂得对除你之外的人好了。"

傅亦寒从小便明白自己，他没有别人那般太多的喜怒哀乐，对于别人的讨好或者真心他也无所谓，是否忠心他也从不看重，他要做的就是像父亲那般驾驭他人，在他眼中只有两类人，一种是有用的，一种的没用的。

舒窈最初在他眼中便是没用的那种，他从不知道女人有这么吵，因为没人敢在他面前吵吵闹闹。他也不明白女人怎么能有那么多理论，他觉得不耐，却没有开口赶过她。对于应付她这件事，他没有觉得太多厌烦，也没有过多开心，他从来不在她面前掩饰真正的自己。后来她长大了，他需要一个妻子，那时候他以为两个人理所应当在一起，所以他向她表白了，现在想起来，那时候的表白更像是通知。

在那件事发生之后，舒窈拒绝了他，并且离开了他。他去找过她几次，在她脸上看到了从未有过的神情，是害怕，而他不需要一个看到他杀人便会害怕的妻子，于是他便将她隔绝在自己的生命之外。

过了许久，在看到她和韩郅在一起之后，他忽然懂得了更多的情绪，时常会恍惚，会想要见到她。他那个时候才真正懂了人们所说的爱情，迟来的钝痛席卷了他，可是那又怎样？他不是一个会走回头路的人。

恍惚中许多事情自他脑海中掠过，他那双没有温度的眼睛盯着舒窈："所以我可能这辈子都不会放手了。"

两个人对视了片刻，舒窈不知道该做出什么样的表情来，傅亦寒很少说这样的软话，他说了这样的话便不会再允许她拒绝的。

舒窈停下脚："那就不要放手。"

傅亦寒的眸子紧紧缩了一下，声音有些沙哑："你说什么？"

"如果未来不能改变的话，那么或许应该改变的人是我。"她微微错开他的目光，"我家发生这样的事情，我该对每一个人负责，只有我自己强大了才能更好地保护他们。亦寒，你对这个国家有责任，而我对我的家庭有责任，我们或许应该互相照顾对方的责任，这才是两个人结合在一起的意义。"

她的话太过于理性，让傅亦寒有些失望，但是她态度的松动又让他松了一口气，如果不是必要的情况下，他不想强迫她，她的心甘情愿对他来说同样重要。

他抬手摸了摸她的头发："我会保护他们的。"这是他的承诺。

"谢谢你。"这次舒窈的声音小了许多。

傅亦寒再次牵起她的手："吃饭。"

即便是在野外，晚餐也相当丰富，傅亦寒还带了厨师来，做的大都是舒窈喜欢的菜色。吃饭的时候傅亦寒给她夹了好几次菜，舒窈心绪复杂，末了舒窈也给他夹了一次菜，惹得傅亦寒盯着她看了许久。

吃过饭，傅亦寒陪着舒窈回帐篷，舒窈有些不解，不懂他为什么忽然变得疏远了，一路走过来都离自己这么远。

进了帐篷，傅亦寒放下遮挡，朝着去倒水洗脸的舒窈走过去，舒窈刚放下水壶，细腰便被铁臂锁住，舒窈回头，唇便被霸道地攫取。傅亦寒很温柔，却又很霸道，丝毫不允许她反抗，大手摁在她背上将她牢牢锁在怀里。

一阵天旋地转，舒窈被他抱起来，轻轻地放在简易床上，身上男人的气息覆盖而来，舒窈搂住他的脖子，顺从地接受。

她看着他的眼睛，里面仿佛有一个漩涡，将她吸进去，一时分不清现实还是虚幻。

待到结束，舒窈大口地喘气，像是被丢到岸上的鱼，傅亦寒的大手在她背上一下下地安慰着，没一会儿舒窈便睡了过去。

夜半的时候舒窈醒过一次，模糊间看到傅亦寒衣着整齐地坐在床尾低着头在看什么东西，她顺着他的目光看去，看到自己的脚靠在他的腿上，他的手正在轻轻地摩擦着她的断趾尾端，一下一下，神情带了许多怜惜。她没有见过他这样不为人知的一面，不知道该怎么应对，干脆闭上眼睛假装不知道。

片刻后，她假装翻身，收回自己的脚，傅亦寒小心地将她的脚放进毯子里，然后出了帐篷，没一会儿她听到打火机的声音，是傅亦寒出去抽烟了。

舒窈睁着眼清醒了一会儿，忽然明白一件事，之前她以为傅亦寒待她只是占有，她错了，他待她比她想的多了更多的真心。

第二天一整天舒窈都没有出帐篷，一直对着本子上的记录在研究，看一看，想一想，在本子上画一画，计算一番。

第三天的时候她提着发射器出门，傅亦寒依旧跟在她身边。自从两个人的关系更进一步之后，他似乎很喜欢待在她身边，在她忙起来的时候他便安静地待在一旁处理自己的事情，现在她要出去，他便放开手头的工作跟着她一起出去。

走出去没多远，傅亦寒便强行去接她手中的发射器，调试期间舒窈向来很小心，绝不让别人碰："我自己拿。"

在傅亦寒开口说下一句之前，她将他堵回去："这是我的工作，这个必须分清楚，等到成品成了，你让我碰我也不会碰的。"

傅亦寒皱着眉头去接她的包："那我帮你拿包。"

"好。"舒窈没有拒绝，里面是一些调试的配件，都是金属制造，所以很重，她朝他笑了一下，"谢谢你啦。"

傅亦寒接过包，比他想象的更重一些，难怪她连路都走不稳，心情好，他不想批评她："以后给你找个助理，别再背这么沉的东西了。"

"找助理做什么？以后找你帮我背就是了。"舒窈随口接话，打趣他。以前她和傅亦寒一起出门，每次要赖让他帮自己背东西，他嫌弃得很，要她求他好久才肯答应，所以说不只是她长大了，他也更成熟了。

傅亦寒嘴角依然牵着：“好。”只要她乖乖的，他愿意迁就她。

这次的试射很成功，比舒窈预计的还要好一些，当下她便画了构图，做出了改良版本，写了各种数值在旁边，到了吃饭时间，还是傅亦寒强迫她停下来才肯吃饭，吃过饭又急急地完善构图，弄完这一切的时候已经是下午四点。

她将厚厚的小牛皮笔记本放在傅亦寒手里：“数值应该没有问题，直接让人做成品就可以。我不用再试射，你把这个收好。”

傅亦寒将笔记本收进她的背包里：“到时候你想自己试的话我带你去公海玩，以前你不是最喜欢出海吗？”

“以前你不是最讨厌我拉着你出去玩吗？”舒窈收好发射器背在肩上再次拒绝了傅亦寒帮她拿，“我自己的东西，我拿来就我拿回去。”这叫有始有终，以前她也是这样的习惯。

傅亦寒沉默了片刻，忽然问：“舒窈，我以前对你是不是很坏？”

舒窈愣了愣，然后摇头：“也没有吧，那时候我有点烦人，你已经很忍着我了。”

不待傅亦寒说话，舒窈跳到一块不高不低的石头上，然后又蹦下去：“就是感觉你以前有点烦我，看到我说话就想赶我走。我记得有一次去找你，你嫌我说话太多，把我骗到花园里晒了一下午的太阳，后来我气呼呼地走了，你也不肯来哄我，最后还要我跟你道歉你才肯理我。”说起以前的趣事，舒窈语气轻松了许多，还带着抱怨，一直记到现在。

傅亦寒看她跳上跳下：“我没有骗你，那颗粉钻当时确实是丢在了花园里，你不知道在哪里弄了一只猫非要我帮你养，它直接把钻石叼走了，我看着它跑到了花园去的。”

舒窈转头看着她，黑葡萄似的眼睛里带着无数的怀疑，微微嘟着嘴：“我觉得你就是故意让猫叼走的，我看到你拿着那颗粉钻给它看了半天，你还不承认……”

当时傅亦寒正在头疼一件边防冲突事件，舒窈像是有说不完的话，她弄来那只猫也跳来跳去，军政上几个人等着他去开会，舒窈又在兴头上，所以他才拿了她的钻石去骗猫，现在想来，大约是不想让她觉得自己是在赶走她。看着舒窈一副兴师问罪的模样，他一脸坚定地说："你那只猫天天把东西叼来叼去你又不是不知道，我哄你去花园做什么？"

舒窈看他一脸淡然，又去盯他的眸子，没有丝毫慌乱和心虚，她皱着眉有些不甘心："你心思那么多，谁知道你到底都在想什么。"

"后来我不是帮你找到了吗？派人掘地三尺，闹了不小的动静。"傅亦寒有意引开话题。

"是，所以当时你爸爸还派人警告我。"

傅亦寒微愣，他并不知道这件事："他派人和你说了什么？"

"说让我以后少去找你啊，你不知道吗？"当时她伤心了好久，还希望傅亦寒能帮自己解围，可是对于这件事他从头到尾没说过一个字。也是因为这件事，她后来去易园的次数少了起来，而傅亦寒就像是没发现她去得少了，又或者乐见其成。

现在想来，她对他慢慢远起来，大约就是从那个时候开始的。可是傅亦寒永远像是什么都没发生过一般，见到她的时候依旧是冷冷淡淡的态度，那时候她有些委屈，又交了新朋友，最久的一次，足足两个月没去找他。

傅亦寒显然也记得这件事，也正是因为舒窈的反常，他才开始考虑将来的事情，娶她为妻和她走完这一生。现在想来，他大约在那个时候已经深陷其中了吧。

"我不知道，"傅亦寒解释，"以后没有人会对你说这样的话，舒窈，我保证。"

舒窈看着他认真的样子笑起来，到底第一次听到他保证什么东西，语气轻快："好了，信你一次。"

她走到一个岔路口："我们走这边，这边有条河，有五六米深，能看到河底。”以前她来过许多次，还在河里游过泳。

大约是气氛太好，傅亦寒不愿意破坏这种气氛，被她引着离开修好的山路，往另外一条路上走。那是一条野路，雏菊丛生，团团簇簇，漂亮得很。

保镖跟在不远的后面，傅亦寒往后摆了摆手，立刻有人绕过两人走到前面去开路，路不好走，傅亦寒扶着舒窈的手臂，在路过一块石头舒窈要踩上去的时候，他掐着她的腰将她抱上去，然后绕到另一边又将人抱下来，甜得像是泡在蜜罐子里。

“要不要我背着你？”傅亦寒将人抱在怀里有些不想放开。

舒窈抬手打了他一下：“这么多人在看！”

傅亦寒闷声笑，在她唇上啄了一下才放开她，握住她的手不肯再放开，笑她：“以前你脸皮可没这么薄。”

舒窈瞪人：“所以你不是也说我长大了吗？”

待到终于到了桥边，舒窈兴冲冲地跑上去，又跑回来：“我以前在这里拍过照。”她走上前去接傅亦寒手里的发射器，“你帮我拍一张，用我的手机。”

她将手机塞进傅亦寒手里。

傅亦寒拉住她：“那桥看着有些不稳，你就站在一边，不要上去。”

舒窈有些心急，甩开他的手：“没事的，我以前在这桥上来来去去好多次了，而且刚才不是也没事吗？你记得帮我拍好看点。”以前她也喜欢拍照，拉傅亦寒出去的时候总强迫他给自己拍照。

傅亦寒拿着她的手机点开拍照功能，看着她一步步走远，桥虽然没问题，但是因为时间太久，没人维修，他看着舒窈走在上面还是忍不住皱起眉头，保镖已经识趣地在左右两边站好，只要发生一点意外立刻跳水救人。

不过傅亦寒也并没有太担心，因为舒窈的游泳技巧很好。

很快，舒窈走到了桥的正中间，傅亦寒等着她停下来。

舒窈停下来打开盒子，将发射器竖起来抱在手里，对于女孩子来说有些重，但是因为她长久地拿这些，表情看起来很轻松。阳光洒在她身上让她整个人看起来暖洋洋的，一双黑白分明的大眼睛里带着些微笑意，让傅亦寒心中一动。

傅亦寒很快拍了几张，听到舒窈说："再拍几张，我选一选。"

爱美是女人的共性，傅亦寒换了个地方，继续帮她拍照。

待到拍完，舒窈并没有将发射器放进盒子里，而是抱了起来，然后对着傅亦寒一笑，转身往桥的另一边走去。

傅亦寒顿时面色变了，大喊一声："舒窈！"

舒窈跑起来，快速通过并不宽的桥面，然后扭头举起发射器对着已经冲到桥上的保镖，冷着脸说："退回去。"

保镖有些迟疑地停顿了一下，下一刻却依旧往前冲，舒窈没有任何犹豫地开枪，打在她这一边的桥面和土地连接处，已经老化的桥瞬间摇晃起来，发射器的威力将泥土高高地溅起来，又落进水里，激起大大的水花，同时也逼退了要跟上来的保镖。

舒窈毫不迟疑地再次开了一枪，彻底摧毁了长度有七八米的桥，然后将发射器放在地上，这才去看傅亦寒。

傅亦寒面上已经没有了之前的温和，整个过程中站在那里一动没动过，一双眼睛像是浸过冰，冷冷地盯着她，又恢复了那个杀人不眨眼的气势，仿佛之前两个人之间的温情从未出现过。

舒窈隔着水面和他对视，两个人都没有动作，也都没有说话，舒窈看着这样的傅亦寒，心里最后的那一丝不安消失了。她习惯这样的他，也希望他能对自己狠下心来，这样她才能走得毫无牵挂。

如果说之前两天的温情她是在演戏的话，那么他又何尝不是呢?

她说过的交换从未骗过他，甚至还附赠了他一个迫击炮的优化设计图，这买卖他并不亏。

舒窈面无表情地转身准备离开，听到傅亦寒的声音："舒窈，你想好了。"

舒窈没有回头，快速跑走，进了丛林，低矮的灌木丛将她裸露在外的手臂划伤，她像是感觉不到，只想快点，再快点。汗水顺着她的脸颊往下滴，因为过度运动，她的肺都疼起来，只好大口地喘息，脚足弓因为受过伤无法忍受剧烈运动，脚背不停地抽筋，舒窈的面色越来越白，但是她不能停。

直升机的声音在不远处盘旋着，舒窈终于绕到一处隐蔽丛林里河道经过的地方，在直升机开过来之前跳了下去，躲过了热追踪仪。

医院。

舒沄每天都会拿着童话书给小朋友讲故事，面色平静，声音平稳。

穿蓝条纹病号服的小朋友有些不满意："姐姐你为什么每天都讲这同一个故事啊？能不能换一个？"

舒沄笑了笑，摸了摸对方的头："因为姐姐喜欢这个故事啊。"魔鬼从丛林中跑出来将整个村子的人都杀掉，继而进入城市，面临的将是正义的惩罚。

"我想听神灯的故事。"小朋友想要将童话书翻到另外一页。

舒沄低着头耐心地等他翻，结果还没翻到，她面前便站了两个黑衣男人："舒小姐，我们先生请你。"

舒沄上下看一眼两人，坐着不动。

对方扯了她的胳膊，一左一右架着她走，舒沄不反抗，任由他们拖着，身后的小朋友吓得哭起来，她没办法去安慰他。

一路被拖上楼，直到自己的病房门口舒沄才得了自由，走廊上还站了许多穿军装的人，舒沄已经猜到是谁，下一刻就听到黑衣人冷硬地说："请！"

舒沄面无表情地推门进去，看到傅亦寒正站在她房间的装饰柜旁边，头发一丝不苟地梳起来，面色冷硬，浑身戾气。她别过头，不敢和他对视。

傅亦寒盯着舒沄，她的眉眼和舒窈很像，以前他总觉得舒窈更柔美一些，但是现在，此时此刻，他全盘打翻了自己对舒窈的认识。

“说说，”傅亦寒开口，声音中的冷意让房间的温度迅速降了下来，“那天舒窈和你说了什么？”

舒沄迅速转头去看傅亦寒，眼中终于不再平静，而是带了些许害怕，也不再避着傅亦寒冷硬迫人的目光：“舒窈怎么了？”

“回答我的问题。”傅亦寒对着舒沄显然没什么好脾气。

舒沄又问了一遍：“舒窈呢？”

傅亦寒沉下脸，轻轻拍了下手，病房的门被打开，两个黑衣男人拖了什么东西进来，舒沄低头去看，面色瞬间苍白。

傅亦寒冷冷的声音传来：“你只有一次机会，我要听实话。”

黑衣男人的枪上了膛，指向晕倒在地上的黎谢。

舒沄的手在颤抖，发白的唇也颤起来，很快说了出来：“她说她会杀了韩郅。”

傅亦寒站在原地微微一震，没想到那天舒窈对舒沄说的是这样的话。舒窈性子软，遇事也喜欢逃避，对于麻烦的事情、让她害怕的事情、无法面对的事情，她统统选择逃避。

当年在他说出交往的话之前他曾经考虑过这一点，她不是一个可以耐高压的人，将来站在他身边肯定是要面对许多事情的，那时候他想，只要他活着，总能够保护她。

这么多年过去，舒窈竟然变成了另外一个他不认识的人。

她同自己做交易，那样的情况下，她无路可走，只有那样的选择。这么多天她没有提起过要给舒长宇报仇，或者给舒沄报仇，他以为她像以前那般藏着躲着，早晚会自己消化掉，直到有一天她明白自己没有那样的能力便会不再想这件事，又或者对韩郅的感情会吞噬掉报仇的欲望，原来他从未看懂过她。

她把最炙热的仇恨放在平静的态度下面，一步步地策划着怎么逃开他，而她真的是最近才研究出发射器吗？她为了取得他的信任都肯同他上床了，将他心甘情愿地引到她要逃跑的地点，还有什么是她想不到的？

她比他想的走得远，也比他想的坚强能忍，真的是，长大了。

斑驳的光影透过车窗落在车内，米黄色的真皮座椅偶尔会显出星星的形状来，随着车子偶尔的不平稳，车窗上挂着的星星会晃来晃去，也让落在座椅上的星星不停地更换地方。

再过一刻钟，星星的颜色变了，市中心霓虹灯的光芒将星星染了色，也将舒窈的脸染了色，她整个身子隐在黑暗中，让人看不清她的表情，偶尔有光影掠过，倒是能看到她的眼睛，温和却不含任何情绪。

一个小时四十三分钟之后，车子终于停在了一个七星级酒店的廊下，车门被打开，司机有礼貌地开口："舒小姐，请。"

舒窈点头，心中却有惊涛骇浪奔腾而过。祁山在离平原市不到两百公里的地方，因为挨着首都，所属的中陆市经济发展得很好，原本她以为自己会被塞进一个破破烂烂的垃圾车里带到边境去，可是万万没想到自己乘坐着几百万的豪车，就这么堂而皇之地进了中陆市的市中心，而且目的地是这座城市最豪华的酒店。

舒窈下车之后立刻有人迎上来，舒窈认得此人，是韩郅的一个助理，韩郅曾经派他去接过她。

来人迎上前，带着笑，声音温和："舒小姐还记得我吗？"他自报家门，"陈岳。"

舒窈直视他的眼睛，缓缓点头，语气平淡："韩郅让你帮他送花给我，我记得你。"

陈岳一笑："那舒小姐大约是记错了，我没有送过花给你。"他侧过身做了一个"请"的手势，"舒小姐这边请，韩先生在等您。"

舒窈随着陈岳走，一路遇到几个服务员，对方远远地看到他便站在原地恭敬地弯腰。进了电梯，陈岳没有开口，电梯员直接按了楼层，显然对他十分熟悉。

舒窈目光落在电梯键上，对这一幕不得不多想。韩郅曾经有一段时间投身于酒店业，他敢这么堂而皇之地留在加韦，根基有多深不是她能够想到的。

电梯停下来，陈岳彬彬有礼道："请。"

舒窈步出电梯，目光所触到的地方是一个平层，中间是偌大的休息区，每一处都布置得华丽又低调，厚厚的手工编织羊毛地毯掩去了一切声音，陈岳跟在她身后，电梯外另外有人引着她往前走，一直到一个开着的门前停住。

隔着门框，舒窈看到一个西装革履、身材修长的身影背对着她站在落地灯旁边，落地灯发出乳黄色光晕，配着外面的寂寂夜色，让那人也显得有些孤寥。

陈岳轻声开口："韩先生，舒小姐到了。"

舒窈看到韩郅转身，目光牢牢地锁在她身上，然后绽出一抹笑意，就像以前很多次那样，连眼睛里都是笑意："你来了。"听，连声音都依旧温柔。

没有想象中的落魄或者狠厉，韩郅只是手插在口袋里云淡风轻地看着她，明明已经隔了山海的距离，他却这么轻易地打碎了山海。

舒窈穿过时光影像站在原地牢牢不动，差太多——和她想的差太多。

韩郅微微抬手，似乎对什么人做了指示，立刻有人拿了仪器上前："舒小姐，麻烦抬手。"

舒窈这才明白过来，韩郅这是让人检查她有没有携带武器，笑得那么温柔，却做出这么恶心的事情，舒窈咽了咽唾沫，缓缓抬起手。

片刻后，那人退开，向韩郅报告："安全。"

韩郅挥挥手，所有人立刻退出去，他抬脚走到舒窈身边低头注视她："生气了？现在是非常时期，我身边的人都要检查的，你不要往心里去。"

他同她解释的第一句话仅仅是这个，舒窈开口，声音很轻："没生气。"

下一刻，韩郅将她紧紧抱住："阿窈，我很想你。"

舒窈不动，任由他抱着："我也经常想到你。"想到怎么杀死你。

"是不是有很多事情想不明白？"韩郅松开她，拉了她的手往里走，将她安置在沙发上，"坐一下，我倒水给你喝。"

韩郅倒了一杯温水，又夹了两片柠檬放进去，最后还细心地挖了一勺蜂蜜才放在舒窈面前示意她喝。

舒窈看着那杯子没有动，却一直盯着，看不出在想什么。

韩郅叹了一口气："阿窈，这件事和你无关，和舒家也无关，这只是早晚会发生的事情，而舒家最合适。"

"最合适什么？"舒窈问，隐约猜到韩郅在加鲁的地位不低，不然他不会放弃这么多的财富冒着危险去做这样的事情。爱国？那是扯淡。

韩郅见她不动，便拿了小勺子帮她搅动杯子里的温水："发起战争。"

舒窈心中一跳："韩郅，你到底是谁？"终究有些不甘心，她加上一句，"名字又到底叫什么？"

"我没有改过姓名，我母亲姓韩，我父亲是萧哲。"说着他兀自笑了一下，开玩笑说，"你看，都是两个字，所以我是他儿子。"

舒窈面色剧变，难怪他看不上累积多年的财富，原来是权力惊人。最后一次大战之后，原本的加韦一分为二，分出去的部分自立为王，称为加鲁，属于军政当权，萧哲方组建政府很快便统治了加鲁，听话的或者能够被威吓住的军阀称为政府军，那些想当王的被叫作反对派。

这么多年过去，政府军和反对派武装斗争不断，政府军依旧牢牢把控着加鲁，反对派却从未消失过。

舒窈千想万想，都不敢把韩郅和萧哲联系到一起，可他亲口承认了，这意味着什么？意味着韩郅没打算再让她走，所以对于暴露自己无所谓。

韩郅将杯子递到舒窈的嘴边强迫舒窈喝了一口，态度上依旧温柔："想问为什么？这件事没有为什么，加鲁和加韦早晚要统一，只是需要一个适当的时机而已。”

“那为什么舒家最合适？”舒窈嘴里有甜甜酸酸的味道，心里却很涩，连带声音都有些哑。

“舒擎宇合适，你也合适，所以是舒家。”韩郅往后一靠，做出闲适的姿势，“只是没想到舒擎宇骨头这么硬，自己的女儿都舍得，若是他肯心甘情愿地和我回加鲁就不会有后面的事情了。”

他声音平缓地说着之前发生的事情，舒窈却觉得整个人都凉了，血液沉到脚底，浑身僵硬。他这么轻易地说出在舒沄身上发生的事情，仿佛两人之间从没有一点交情，可那时候舒沄明明经常替他说好话的。

不过，至今他没有说起过她的特长，可见他根本不知道。

舒沄自始至终没有背叛她。

“所以，舒窈，最心狠的那个人不是我，而是舒擎宇。”韩郅给出结论。

舒窈喉咙发紧，眼眶发红，喘气许久才开口：“我爸爸不是心狠，他有自己的信念，为了自己的信念和忠心做出的选择，你这种人永远不会懂。”

“我是哪种人？”韩郅丝毫不生气，拿了酒杯浅浅地抿了一口。

舒窈颤了一下，眼泪早已在那些夜里流干了，她哭不出来：“你就是你现在的样子，没有感情，没有荣誉感，也没有归属感，你不需要对任何人负责，只需要做出一个又一个的决定。韩郅，你看看你自己的样子，注定只能成为一个符号。看起来可以在任何一个人旁边停留，却没有一个人会永远收留。”

韩郅没有生气，反倒认真地思考了一会儿她的话，然后说：“我觉得你说的不完全对，因为我对你还是有感情的。”

“你对我的感情就是要杀了我？”舒窈觉得可笑，不明白他怎么还能一副深情款款的模样，说出这么恶心人的话，她恨不得撕破他的伪装，看看他到底是什么样的人。

“不全是，”韩郅仿佛感觉不到舒窈带着强烈恨意的目光，“就是想看看傅亦寒是不是真的能对你放手。”

顿了下，他又道：“很有趣，他这样的人竟然也有弱点。而我对你除了感情之外，也想把他的弱点放在自己手里，你看，你这不是来了？”

“所以你对舒沄做那样的事情，用那样的视频强迫我来？”舒窈是在易园里看到那段视频的，当时她刚刚翻译完一本外文书，几天之后，她的桌上忽然多了一部手机，在她走过去之后就开始播放一段视频，再然后是一个地址，所以她才会选择祁山。

“没有，那是给舒擎宇看的。”韩郅轻声解释。

“对一个父亲做这样的事情，韩郅，你的道德底线真是让人跌破眼镜。”舒窈心中只剩下悲哀，韩郅是因为傅亦寒才接近她，又因为舒擎宇的“武器研究”而接近舒擎宇，而这一切原罪都是她，“不对，你这个人没有道德。”

以前她便和韩郅讨论过，人类之所以进步是因为道德的束缚，那时候她义正词严地说：“一个人若是没有道德的话又和畜生有什么区别？”

现在，她用这句话来骂韩郅。

只是韩郅依旧无动于衷：“跑了一天，你也累了吧？要不要洗个澡早点休息？明天我带你去买几件衣服，我们还要在加韦待几天，换洗的衣服还是要的。”

舒窈捏紧了拳头：“韩郅，这里还是加韦！”

韩郅站起身：“没关系，到目前为止这座城市还是我的。”

张狂！舒窈气红了脸，最终冷笑：“以前不知道你还有这个好本事。”

“我的本事还有很多，马上就带你见识。”韩郅舔了舔嘴角，朝着她笑了笑，目光落在一处，“你睡那间。”

舒窈来的时候什么都没带，也没想过韩郅的具体情况，她只知道自己要来，在这样的深夜里韩郅指了她的住处，她心里衡量，走过去是最合适的办法。

进了房间她便反锁了门，累得没力气去洗澡，将自己丢在床上，脑海里乱哄哄的，想到离开的时候傅亦寒看自己的眼神，她明白自己把傅亦寒最后那点情义也耗尽了。

而在舒窈进房间之后，韩郅沉下脸，终于不复之前的温柔，目光阴冷到让人打战。

第二天韩郅果然带舒窈去商场购物，并不避着摄像头，大大方方地牵着舒窈的手，动作温柔地在她身上比画着，连续挑了许多衣服让她去试。

舒窈面无表情地任由他摆弄，两个人以前也一起逛过街，甚至还一起选过家居饰品，韩郅待她很大方，给她用的全是最好的。那一次无意中逛到家居楼层，两个人扫了许多货，后来韩郅还发了照片给她，将买过的东西全部又购置了一份放在新家里。她问他在哪儿偷偷布置了一个新家，韩郅只说是秘密，那时候她以为他在为两个人未来的新家做准备，现在想来，全是讽刺。

一个上午过去，两个人倒是买了不少东西，陈岳领着人帮忙拿东西，心里嘀咕韩郅做什么要这么快暴露自己，又不敢对他有意见。

待到韩郅想要领着舒窈离开的时候，有个年轻人堵住了两个人的去路："你好，我是宋城分局的，我姓刘，叫刘鹏，警号 603627，这是我的警官证，有些问题需要你们二位配合，请跟我回一趟警局。"

他身边的人似乎是他女朋友，拉着他不满意地小声说："今天你不值班，我们快去逛街吧。"

舒窈最先开口："我们犯什么事了？有逮捕令吗？没有的话麻烦你改天再来，我们住在香凡酒店，你随时可以来找。"

韩郅倒是不在意，甚至纵容她报上地址，舒窈的心越来越凉，他说这座城市暂时还是他的，原来不是夸夸其谈。

"抱歉，我现在就需要你们跟我走，我已经打电话让同事赶过来了，你们暂时不能离开。”叫刘鹏的警察眼中写满了坚定，却没有回答原因，韩郅现在是内部网的在逃犯人，当面说可能会刺激对方。

“既然这样，我们就陪你走一趟。”韩郅意味深长地看了舒窈一眼，“阿窈，要委屈你一下了，晚点我们再去吃午饭。”

一口凉气自舒窈腹中升起，韩郅扶着她的腰推着她往前：“走吧，早去早完事儿。”

舒窈咬咬牙，面无表情地随着他一起走，到了商场外面，刘鹏又说：“还要麻烦你们二位坐我的车。”

韩郅不置可否：“没问题。”他主动打开了车门手扶着车顶让舒窈先上，姿态绅士。

坐进车里，舒窈看到刘鹏哄着女友让她先回去，舒窈想说让他女友一起，韩郅却抬手摁住了她的手，给了她一个警告的眼神。

刘鹏很快开车出发，后面跟着两辆韩郅的人开的车，所有人脸上都没有慌乱紧张，舒窈觉得情况不对，这不该是他们正常的反应。

车子越往前开，舒窈的心慌得越厉害，她从后车镜里看刘鹏，年轻人、警察、正直，或许还善良，他不应该成为韩郅手下的牺牲品：“刘警官，我有些不舒服，麻烦你靠边停车一下。”

刘鹏扭头看了舒窈一眼，见她确实面色发白，有些为难：“可以忍一下吗？很快就到了，我们单位有医疗室。”

“我想现在就下车。”舒窈提高了声音，想要引起对方的重视。

韩郅看了看手机，然后握住舒窈的手，安慰道：“再等一分钟。”

舒窈瞪大眼睛，看到刘鹏怪异的眼神，明白一分钟不可能到警局。

这一分钟过得很快，迎面而来几辆警车，很快截停了刘鹏的车，刘鹏似乎松了一口气，长长地舒了口气：“我同事来了。”

舒窈转头看向车窗外，警车上下来几个穿警服的人，刘鹏很快下车迎了上去，舒窈也要跟下去，被韩郅拽住手腕，她愤怒地扭头看着他：“你想干什么？”

韩郅无辜：“明明是他想做什么，你怎么来问我？”

对方似乎是刘鹏的领导，他顺从地跟着对方往一处工地护栏走，舒窈挣扎起来："韩郅你松手！"

韩郅不放手："阿窈，你的善心已经害了你一次，你还要去吗？"

舒窈猛然想到两个人第二次见面的情景，韩郅发生车祸，因是在偏僻的路段，司机逃逸了，前后的车辆全部避行，唯恐沾惹麻烦，只有舒窈停下车去帮他叫了救护车，陪着他进医院，忙前忙后，最后却发展成农夫与蛇的故事。

"我不能因为救过一只畜生就对所有需要帮助的人置之不理，韩郅，我不是你，也永远不可能成为你。"舒窈狠狠地抽回自己的手推门下车。

太阳很大，刺眼的光线让她有些晕，她很快适应过来，抬脚便往那设了门禁的地方走，只是没走近便听到骨头碎裂的声音，还有男人的闷哼声，是那种无法喊出声的疼痛，紧接着又是骨头碎裂的声音。

舒窈已经知道了人命的脆弱，却从未觉得这么无助过，不明白一个人的心怎么能这么狠，这么无情，这么没有人性。

最终她还是没能进去，里面的警察走了出来，手里还拿着警棍，面无表情地看着她："这位小姐，请你不要妨碍公务。"

舒窈要冲过去，被对方拦住，她用力地推着对方，语气激动："你们这是谋杀！难道就因为你们穿上了警服就没有王法了？无论什么时候我都会给他做证！证明你们是谋杀！你们这些畜生！畜生！"

"是我们谋杀还是这位，"他顿了一下，"前警员涉嫌贩毒拒捕意外身亡，法院自然会判定，就不劳舒小姐关心了。"

舒窈不敢相信在这个国家还会发生这样的事情，她双唇颤抖着，黑眸紧缩，咬牙切齿道："让开。"

"放开她。"韩郅漫不经心的声音自她身后传来，"里面那个也留条命吧，一个无所谓的人而已。"

舒窈的手被松开，她大步往里走，然后整个人眩晕了一下，刘鹏浑身是血地躺在地上，两只脚耷拉着，像是和身体其他部位不是一体的，整个人破布娃娃一般被丢在那里，和死人无异。

她慢慢蹲到地上，再也忍不住眼泪，没有恐惧，只有悲哀。

有人说，你是什么样的人，便能吸引什么样的人。难道她也是杀人不眨眼的人，所以才吸引了傅亦寒和韩郅？

在他们的世界里，人命不再是人命，责任无关紧要，只有他们想与不想。

这个世界本来不该是这样的，这个世界也不该是由这样的人来主宰的。

“给他叫一辆救护车。”韩郅温和的声音再次响起来，“等他醒了和他说，以后让他礼貌点，特别是对女人。”

舒窈听到刚才那个警察打电话，她觉得整个世界都背叛了自己。

几分钟后，韩郅蹲下身低声哄着舒窈：“我们该走了。”

舒窈抬起头，眼眶湿湿的，一字一顿道：“韩郅，那一年我应该开着车再撞你一次才对。”

韩郅面色变了变，缓缓开口，语气坚定：“我们该走了。”说完他站起身扯住舒窈的胳膊便将她往外拉。

舒窈失了魂似的任由他摆弄着自己，上了车之后便沉重地闭上眼睛，再也不愿睁开。

车子没有开回酒店，而是沿着国道出了城，舒窈不知道车子要开到哪里去，也不打算问。这两个月的事情就像是做梦一样，每个人都会变脸游戏，根本不给她适应的时间，以至于她就像一个跳梁小丑一般可悲又可叹。

韩郅冷着脸直直地坐着，面上没有任何表情，却偶尔回头看一眼舒窈，见她从头到尾都没有动过一下，他拍了拍司机的位置，挡板立刻升了起来。

韩郅放缓了声音：“阿窈，我知道你不适应，但是这个世界就是这样的，只是以前你没有看到它的黑暗而已。”

舒窈没有动，也没有回头，仿佛没听到他的话。

“你这样逃避没有用，这是你早晚要面对的。”

过了许久，舒窈终于动了一下，她转头看向韩郅，黑葡萄似的大眼睛里没有了昔日的光彩，只剩下悲哀和怜悯，她的声音很轻：“韩郅，你还记得我们总是去的那个福利院吗？你很喜欢那里的小朋友，有一个叫小六的男孩子你每次去了都要陪他玩。”

韩郅见她肯开口和自己说话，抬手握住她的手：“记得，他很可爱，我还说过以后我们也生一个这么可爱的孩子。”

舒窈笑起来，连眼睛里都是笑意，一字一顿说：“他死了。”

韩郅嘴角刚扯起来的温和笑意僵在了那里。

“就在平原，那天福利院组织孩子们出去玩，正好碰到枪战，火箭筒一炮下去车子就翻了，死了十四个孩子。”舒窈眼眶又红起来，声音有些发狠，“你说我是不是很幸运？我没死，他们倒死了。”

韩郅瞳孔缩了缩，鼓了鼓腮帮，面色终于沉了下去，盯着舒窈再没了伪装的温和：“舒窈，我们还可以生更可爱的孩子。”

舒窈扯出一抹讽刺的笑：“呵，那你想多了，我这辈子不生都不会给你生。”

她忽然想到傅亦寒，傅亦寒虽然做事风格也狠辣，但是那只是对他的敌人，他高兴的时候会笑，不高兴的时候就板着脸，她求他的话他会帮她，她不高兴的时候他或许不会哄她，但是绝对不惹她更不高兴。

傅亦寒身上有血性，也有人性。韩郅有血性，却没有人性。

这就是他们的区别。

韩郅丝毫不在意她的讽刺，换了个姿势：“等我们回到加鲁就结婚，就像我们之前计划的那样，一切不变。”

舒窈没再理他，恶心，多看他一眼都嫌恶心。

韩郅兀自说着自己的计划：“我们再去一个地方就回加鲁，还记得我拍给你的那些照片吗？就是我布置的我们的新房，你会喜欢的。”

舒窈闭了闭眼睛，以前怎么没看透韩郅是这么一个自说自话的人？

“那个房子除了我给你拍的照片，还有一个花房，里面全部是你喜欢的花，我请了专门的人在照料，以后每天你的床头都可以摆上自己种的鲜花，这不是你的梦想吗？舒窈，只要你有梦，我就可以帮你实现，以前是这样，现在也是这样。”

舒窈猛然回头，直直地盯着他：“韩郅，强迫症算是精神病的一种吗？”

韩郅闭嘴，紧紧地抿着唇，不再说话。

/ 第四章 /

如果你是命定的宇宙

接下来的时间全是安静，车子进了邻省，其间没有受到任何阻拦，临到下车的时候舒窈才看到车子的牌照是政府牌照，难怪通行顺畅。

停留处是一处别墅区，韩郅走在前面，这次没有再假装绅士等舒窈。舒窈身后跟着两个人，像是赶人一般，其中一个人甚至推了她一把。

陈岳不知何时早已到了，竟从别墅里迎出来："韩先生，你们到了。"他一边说一边对舒窈微微致意，"舒小姐。"

舒窈冷着脸没有理人。

"舒窈姐，你可来了！"一道清丽的女声自陈岳身后传来，紧接着一个轻快的红衣身影便跑了出来，直接拉住了舒窈的胳膊，"我都等你好久了，我哥一直说你要来，结果一直都没来！"她声音里是浓浓的抱怨。

舒窈看着萧婕，这才想到她姓萧，她是萧哲的女儿。看着脸上全是笑的萧婕，舒窈不知道该给她一个什么样的表情。

萧婕似乎看出舒窈的不高兴，小心翼翼地收回手："舒窈姐，是不是我哥又惹你了？"紧接着她瞪着韩郅，"如果他欺负你的话你告诉我，我会给你报仇的！”

舒窈给了她一个勉强的笑意：“没有，是我没想到会在这里见到你。”毕竟之前萧婕的设定只是韩郅父母故友的女儿。

萧婕重新牵住她的手：“快进屋，我已经让人做了你最喜欢吃的饭菜，我有好多话想和你说。”

韩郅不说话，只是面色温柔地站在一旁看着，似乎很喜欢萧婕和舒窈关系亲近，跟在两个人身后进了屋。

饭桌上萧婕问了舒窈许多问题，舒窈偶尔回答，并不影响萧婕的倾诉欲，一直在不停地抱怨韩郅不肯将她带在身边，而韩郅只是面带微笑地听着，对这个妹妹似乎很纵容，无论她说什么他都不生气。

吃过饭，萧婕拉着舒窈上楼：“哥，今晚舒窈姐陪我睡！”

韩郅不轻不重地“嗯”了一声。

洗过澡，两个女孩子并排躺在床上，萧婕一直在说加鲁的事情，美景、美食、随扈，向舒窈承诺到了加鲁之后的美好生活，却从头到尾没有提过和她有关的事情，舒窈不知道她是心有愧疚故意不提还是有其他想法。

承诺完美好生活，萧婕忽然说起她和韩郅的过去：“我哥从小就过得不好，他妈妈在他刚记事的时候便被人寻仇当着他的面……”她没说完，舒窈却听懂了，“不过我哥倒是无所谓，因为他妈对他不好，总是打他骂他，后来我爸也没把他找回去。那时候他小，人贩子将他卖了好几个地方，他从小过的便是你死我活的生活，见过太多不公平，所以对很多事情都是麻木的，但是他对你不同，舒窈姐，他真的对你不同。”

舒窈反问：“怎么不同？”

“我哥喜欢你。”萧婕捧着脸笑了，“其实我也没有被我爸认回去，我爸在外面还有很多孩子，被认回去的总共不超过三个，那些流落在外面的孩子到了一定的年纪他会派人告诉他们真正的身份，然后让他们自相残杀，能者居上，我是女孩子什么都不想要，不过即使这样也有人想要我的命，幸好有我哥保我，我只认他这一个哥。”

“你母亲呢？”舒窈又问。

“怕我爸找她，丢下我跑了。”萧婕说起萧哲，“以前我们生活得很安稳的，可是自从我爸的人出现过一次之后她就消失得无影无踪了，连告别都没有，不过我爸确实是那种十恶不赦的人，我妈害怕也是正常的。那时候我哥也才没多大，他派人来问愿不愿意去加韦，我哥便去了，自那之后他才慢慢安定下来的，再后来他派人把我也接了过来，我哥是这世上最好的人。”

舒窈觉得无比讽刺，世上最好的人？

“你笑什么？”萧婕问。

舒窈看着她：“你有没有想过你妈妈再也没回去是因为已经死掉了？”

萧婕瞪大眼睛，难以置信地看着舒窈：“是因为我哥你才这样对我的吗？”

“说不定你妈还是你哥弄死的呢。”舒窈对萧婕没有任何怜悯，因为晚饭结束她和萧婕一起上楼之后在凉台上坐了一会儿，没多久便有人站在玻璃窗后叫了她一声，两人出去耳语了一会儿，结束的时候她看到萧婕不耐烦地说：“醒了？死人怎么会醒？去处理好。”

如果她没看错的话，在二楼尽头处的房间门口外的地毯已经被血浸透，而和萧婕说完话之后，那个男人直接进了那个房间。

萧婕回到阳台之后很快接上了之前的话题，仿佛什么都没发生过。

舒窈真的恨不得问上一声，是不是萧哲的种都这么没人性？霸占别人的房子，用着主人的屋子，吃着主人的食物，却完全不把主人的生命和痛苦当一回事。

萧婕脸上一闪而过一丝怒气，最终她还是控制住了自己，直直地躺在床上，不再叽叽喳喳地说话。

舒窈不理她，背过身闭着眼睡觉。

不知道过了多久，萧婕小声说：“我哥没有杀我妈。”

舒窈闭上眼睛，没有理会。

第二天，在饭桌上韩郅问两个人："昨天不是好好的吗？怎么今天谁也不理谁了？"他给两个人都倒了牛奶，像个知心哥哥，"说说发生了什么，我给你们评评理。"

萧婕看了舒窈一眼，神情怏怏的："舒窈姐不喜欢我。"

舒窈神情淡漠，没有说话。

韩郅嘴角含着笑："以后就是一家人了，萧婕你多让着点舒窈。"

"嗯。"萧婕不情不愿地发出一个单音节。

舒窈从头到尾没参与，这两个人的戏演得这么真，她不扮演坏人反倒对不住两个人了。

早餐结束的时候，韩郅宣布："今天去过工厂之后我们就回加鲁，萧婕，你把后续的事情准备好。"

舒窈转头去看萧婕，萧婕一副童子军模样："是！"声音娇俏，却含着说不出的杀机。

离开的时候，舒窈回头看了一眼这座别墅，有两名韩郅的人被留了下来，他们不再回来了，还留人做什么？大概是防止有人回家，好杀人灭口。

而这起灭门惨案或许会这么悄无声息地过去，就像是她家里发生了那么大的事情，报纸上也从未提起过，犯罪嫌疑人也这么在加韦国界上逍遥自在，不怕的背后是笃定加韦不会把这件事闹大。

只是没想到车子刚进入市区街道便发现所有的道路都戒严了，先行的车辆被警察招了过去，舒窈紧紧地盯着，不敢轻举妄动。

"掉头回去。"韩郅低沉的声音响起来，司机立刻掉头。

舒窈捏着拳头，一时间不敢做决定。

待到车子开回去几公里，韩郅忽然开口："阿窈，刚刚你若是跳下车喊救命的话或许已经报仇了，我在这里没有根基。"

舒窈胳膊不自觉震了一下，刚才她确实犹豫了，但她害怕韩郅是诈她，害怕因为她而死更多的人，她扭头看韩郅："我为什么要喊救命？你又不会这会儿就杀了我。"

韩郅点头："确实不会。"

车子走上另外一条路，竟然再次遇到了盘查，不过这一次韩郅没有掉头，而是让司机耐心地等着。

对讲机里传来萧婕的声音："哥，前路畅通。"

韩郅回了一个字："好。"然后转头看舒窈，"这条路有我的人。"

舒窈轻嗤一声，果然是在诈她。

"舒窈，三天了，你还没有问过我舒沄的事情。"韩郅忽然提起舒沄，让舒窈心中的怒火和恨意差点喷溅而出，这种恨意让她掩饰不住。

韩郅皱眉："舒窈，不要这样看我，只要你开口，那些录像资料我可以把原文件毁掉。"

"是要我求你吗？韩郅，我求你，求你放过舒沄，求求你删掉那些视频不要再伤害她，还需要我求你什么？你说，我一次性求完。"舒窈不再是以前那个爱笑的姑娘，总是透净的眼睛里也不再含着情义，她像是完成任务似的认真地看着韩郅，等待着他的回答。

韩郅面色阴沉："舒窈，不要这样说话，你知道，我从来没有忘记过我们的过去，也没有否定过我们的感情，所以，你不要这样。"

"那你要我怎样？"舒窈像是听了这世上最可笑的笑话，"韩郅，你说得对，你确实是在宣战，你炸掉我的家并不只是为了带走我爸吧？你那样对舒沄也不全是为了我爸手里的设计图吧？你只是为了证明你能，证明你可以从傅亦寒身边把他的女人带走，像个胆小懦弱的男人那样怀着阴暗肮脏的心思把我送出去，再用这种方式把我带走，竟然还说你对我有感情，你知道吗？我觉得恶心！"

如果说现在的她心中只剩下悲哀的话，那么她和韩郅以前拥有的那些快乐时光就是她心里的阴暗面，在她说出这些话的时候，她心痛得无法呼吸。

曾经的恋人这样恶言相向绝不是她想要的，韩郅还是以前那个韩郅，待她温柔，有耐心，包容她的一切，可他越是这样舒窈越觉得难以忍受，恨不得每句话都像一把剑直直地刺入他的心脏，看看他到底会不会痛。

韩郅紧紧捏住舒窈的手，手上的力道出卖了他的内心，他听不得这样的话，舒窈疼，却不吭声，也没有任何表情，只觉得心里无比畅快。

许久，韩郅才开口："傅亦寒的女人？舒窈，据我所知，傅亦寒没有碰过你。"

舒窈给了韩郅一个笑，真心实意的笑："谁说的？韩郅，你不要总是这么自信。"

"你……他……"韩郅呼吸有些重，眼神阴冷，"他碰你了？"

"我主动的，你把我留给他，不是早就想到了吗？"舒窈想到傅亦寒最后看向自己的眼神，心中有些微愧疚，又想到夜半他轻柔地摩擦着自己的断指时的表情，那是他难得温柔的时候，她是相信他的话的，他说他这辈子大约是学不会对别的女人好了，只是她也注定只能辜负他。

韩郅的表情变了几变，看着舒窈有些愣怔的模样，表情越发不好，他抬手便去扯她的衣服，舒窈抬手便去打他："韩郅！你发什么疯！"

韩郅不为所动，鼓着腮帮束缚住她的双手，任由舒窈又踢又打，扯出自己的皮带将她的双手捆住，低头用力地去扯她的裤子。舒窈又羞耻又愤恨，呜呜地哭起来，抬脚去踹他，却被韩郅拉住脚踝直接褪去了她的裤子。

"韩郅！你禽兽！恶心！你别碰我！把你的手拿开！拿开！"舒窈忽然有些后悔，眼睛瞪大，似乎有些不敢相信，又似乎心如死灰，连眼泪都变得无声无息，看着韩郅气息微弱地说，"韩郅，你别让我更恨你。"

韩郅的手指停留在她的腿上，胸膛鼓鼓的，看着面色苍白的舒窈，好一会儿才吐出一口气，沉默且冷静地帮舒窈穿好衣服，将人捞到自己怀里，大手抚摸着她的背，或许是因为紧张，舒窈身体很僵硬，韩郅一直没说话，却安慰似的一直拍着她的背。

舒窈心里终于有了一丝害怕，害怕韩郅对自己用强的，或者像对舒沄那样，现在的韩郅不再是她认识的那个人，她不知道他会做出什么样的事情来。

不知道过了多久，韩郅含住舒窈的耳垂，又低头去吻她的脖子，仿佛泄恨一般，在她颈子后面狠狠咬出一个牙印，舒窈捏着拳头，听到他声音沙哑道："阿窈，我有点后悔了。"

舒窈身体一抽一抽的，捂住脸哭不出声。

韩郅又说："等回到加鲁我们好好过。"他轻轻拍着舒窈，低声承诺，就像以前惹舒窈生气，每次都低声下气地哄她，只是这次，这种哄有些不一样了。

郊区再往外走几十里有一座山脉，车子开进去，里面别有洞天，有一条主路，路两边还有几个商铺，路上来往的人不多，但是路两边停着许多军用车子。

车子继续往前开，最后停在一座不起眼的工厂前，中规中矩的大门，方方正正的厂房，除了层高略高，没有其他不同。

韩郅先下车，弯腰去扶舒窈，面上表情依旧不太好，却比之前多了更多的耐心："阿窈，下来，我带你去看我的世界。"

舒窈想要避开他的手，却被韩郅半是温柔半是强制地拉下车。舒窈面色依旧发白，紧紧抿着唇，避开韩郅的目光，任由他拉着自己走，韩郅的手压在她被皮带勒伤的位置，让她有些难忍，但是她没吭声。

萧婕走过来的时候看了舒窈好几眼，然后说："哥，厂里乱得很，还是别让舒窈姐进去了。"

舒窈眼睫毛动了动，没吭声。

"阿婕，以后她就是你嫂子了，早晚要知道的。"韩郅难得地对萧婕用命令式的口吻说话。

萧婕努了努嘴没说话。

工厂里迎出来几个人，态度恭谨，不停地鞠躬，韩郅倒是没有同他们多寒暄，语气冷淡地道："先看东西。"

几个人立刻走在前面领路，舒窈注意看周围，厂房半新不旧，进门处几张简陋的椅子堆在那里，墙上是分布均匀的控温器，每隔十米是金属制的盒式柜子，门紧闭着，隔着透明窗户能看清是什么型号的枪支，子弹配置也能看得一清二楚。

若是说枪支用来防身的话，一个平常的厂子怎么会配置火箭筒？

往里走，流水线上的工人都忙碌着自己的事情，其中有不少人警惕地看过来，目光阴毒，仿佛随时会扑上来一般。舒窈去看他们手下的工作，黑眸紧缩，这些工人竟然在手工填充弹药，手中全是全铜高精度子弹弹壳，弹头和弹壳全是经过仔细挑选的，发射药用专业机器手工称量，可算得上是十分细心。

这些人动作熟练，表情冷漠，在这里绝不是一两天了。

再往里，全是工业化流水线操作，弹头被甲毛坯冲压出底部装入弹芯，丢入处理机。传送带将弹壳不间断地送到装配机上，所有的器械一应俱全，这里完全就是一个设备尖端的地下兵工厂。

舒窈不敢相信地看着操作间里的一切，韩郅再次挑战了她的底线，他造这些武器到底想干什么？竟然还敢将这些东西给她看。

脚步有些虚浮地被韩郅拽着走，舒窈看着一个个面色麻木的工人，人有百相，生活有百态，这些人有着形形色色的脸，却都一脸麻木地做着同一件事。

"要抱着你走吗？"韩郅有些不悦的声音传来。

舒窈有些茫然地看着他，反应过来之后立刻跟上他的步伐，韩郅这才收回目光。

终于走到最里，全自动十厘米厚钢板门要通过三层验证才能进入，进去之后是另外一番场景，没有了嘈杂的声音和脏乱的环境，入目是干净宽敞的超大空间，入门三四米的地方被一个到顶的隔断隔开，后面是一排排的货架。

“韩先生，最近的货走得俏，所以仓库的存货就少一些。”带头人一直跟在韩郅身边，声音里无处不带着讨好，往前一步做了个“请”的手势，看着韩郅领着人走过去，他才再次开口，“这次新来的 G8 威力大一些，也更走俏一些，已经断货了。”

韩郅没吭声，顺着走廊走过去，目光扫过一排排货架，随意拿了一把 G8 给舒窈看：“见过吗？”

舒窈盯着他手上的 G8，这是没有升级之前的 GL 系列枪支，加韦军方已经有三分之一更换了升级后的系列，韩郅不知道从哪里弄来的设计图，看起来和军方的相差不远：“见过又怎样，没见过又怎样？”

领路的那几个人似乎被舒窈的口气吓到了，吓得大气不敢出，唯恐自己遭殃。

“不怎么样，”韩郅笑，“危险的东西任何时候你都别碰。”

舒窈倒是没想到他会说这样的话，有一瞬间，她仿佛又看到了以前那个韩郅，不过很快她便发现不是。

萧婕接了一句：“是啊，舒窈姐，咱们女孩子不要玩这种东西。”

舒窈仿佛没听到，没有任何回应。

萧婕有些不满意，就算是昨天晚上两个人发生过摩擦，今天她主动示了好几次，奈何舒窈根本不接茬，她脸色有些冷，转身去和领路的几个人说话：“陈叔，最近 294 那边怎么样？”

“那边要的量比较大，子弹也送去了几十万发，不过都是我们垫钱给的，已经赔出去 74 亿了，是不是……”被称为陈叔的中年男人戴着眼镜小心地建议。

294？舒窈心里转了几转，在想这个数字的含义，是什么人能让韩郅心甘情愿不收钱白送的？

“不用收，继续给他们供货。”韩郅安排道。

“是。”陈叔应着。

“市政那边怎么样？”韩郅抬手，“供货单。”

立刻有人递了供货单出去，听陈叔又说："那边一直很稳定，关系也很不错，家属路线也实施了一大部分，名单上都有记。"

韩郅低头看名单，舒窈心底再次掀起了风浪，从对方说的市政可以判断出 294 的含义，驻扎在这边的部队编号不就是 294 吗？韩郅竟然敢支持反政府分子叛变？因为手里有武器，所以才能自由通行于这座城市？部队和市政都是他自己的人，难怪他有恃无恐地说这是他的城市，敢在光天化日之下带她出门逛街。

他要挑起战争，并且已经付诸行动，这大概不是他唯一的兵工厂。

他这是在向傅亦寒挑战吧，不动一兵一卒就可以控制他的城市，这得花费多少精力和财力？又或者他只是在向舒窈展示自己的实力？

他做到了，他向她展示的一切，她也看到了，同时她也认识到韩郅并不仅仅是冷血无情那么简单，他是反社会人格，是恐怖分子，他这种人不该存在在这个世界上。

萧婕接话："上次那个副市长的事情怎么处理的？"

"他有个私生子，家里太太生的是两个女儿，他喜欢这个儿子，但是原则又太强，所以我们把他儿子弄过来了，就是有点吵，喂了点药养着，老赵那边在照顾。"

"那孩子几岁来着？"萧婕不甚在意地问了一句。

"五岁。"

萧婕看着对方不说话，片刻后，对方说："药喂得有点多，人好像傻了，没关系吧？"

"那有什么关系。"萧婕说。

舒窈红了眼眶，紧紧咬着牙，这些人都是畜生！都是畜生！

萧婕看了一眼舒窈，抱怨了一句："都五岁了，是该给家里做点贡献了。"

在舒窈的印象里，萧婕一直是一个单纯的小姑娘，只是没想到这个小姑娘是这么个"单纯"法，竟然能对一个五岁的孩子下手，她根本就是个心理变态。

韩郅去同陈叔他们说话，萧婕再次走到舒窈身边讨好她："舒窈姐，我哥不让避着你，我也不怕你看，因为你后半辈子都要和我们生活在一起，我还是希望你能心甘情愿，因为那样的话会避免很多麻烦。"

舒窈问她："你五岁的时候在干吗？"

"上幼儿园。"萧婕并不避讳这个话题，"我也不愿意对一个孩子做什么，但是这个厂是我在管，无论发生什么事情我都要不怕困难迎上去。只要是人就有弱点，这个弱点有时候不能被当作人来对待，我只要达到我的目的就够了。你可能觉得我无情，但是我和我哥要走的就是这样一条路，在这条路上，我们必须铲除路上的阻碍才能走下去，不然死的就是我们。"

多么冠冕堂皇的理由，因为这样就可以肆无忌惮地把他人的生命当作草芥？

舒窈别过眼："我想去卫生间。"

见舒窈肯同自己说其他话题，萧婕立刻收起脸上的严肃："我带你去卫生间！"

舒窈跟着萧婕走，目光却一直在墙上，两个人退出存货间沿着走廊往尽头走，萧婕边走边说："这边男人多女人少，不过有单独的女卫，可能不会太干净，舒窈姐你忍一忍。"

"没事。"舒窈目光定定地看着一处，又是一处武器放置架，萧婕见她看过去，便停在了武器架旁边朝她招招手："舒窈姐，你爸爸是设计武器的，你对这些了解吗？"

舒窈摇摇头："我爸的东西我看不太懂。"她看着其中的几支旋转后拉式枪机步枪，枪托可以折叠，枪机机头上有四个闭锁突笋，那是她设计的。

萧婕的手放上去，很快指纹锁便打开了，萧婕拿出其中一支HV017在手里翻了几下："我最喜欢这一款，射程远威力大，还能发射20×110毫米的高射炮弹，最重要的是没那么重，也适合女生拿。"

舒窈抬了抬手，然后又放了下去。

萧婕见此，将枪递给她："你拿一下试试。"

舒窈这才拿了过去，似乎有些重，她拿得勉强，却饶有兴趣地翻来覆去看了好几次，萧婕在一旁给她介绍了各个组件的功能，然后说："以后你也要我哥教你用枪，早晚会用到。"

舒窈忽然抬眼："我不会杀人的。"她说得义正词严，将萧婕的讨好打了回去。

萧婕见她又这样软硬不吃，皱着眉，一时间没有更好的应对办法，想和她讲一下什么是无路可退，忽然想到什么，问她："就像是你家里发生了那样的事情，那种时候难道你没有杀人的冲动吗？环境所迫，你早晚会学会的……"明明看到舒窈变了脸色，萧婕却没有停下来，一直到手机铃声响起来，她才低头去拿手机。

看到来电显示，萧婕看了一眼舒窈，似乎有心避着她，转身走到三四米之外才低声对着电话说了什么，讲了两分钟才挂了电话走回舒窈身边，看她额头上有汗，面色发白，问她："我刚才说的话不是针对你家里，也不是……"

舒窈打断她："走吧，我有些急。"说着迈步走到了她前面，萧婕急急地关了武器架这才追了上去。

舒窈步子不快不慢，尽量不让人看出自己的紧张，心里有些感谢那天韩郅带自己去逛街，还帮自己买了几个包，现在她手里提着包，包里装着两盒刚才从武器架上拿下来的比赛弹。

可能因为频繁换地方，工厂的电路走得并不规范，墙上的集成线路全部延伸进墙体内部，看得出另一面是个控制室，恰好在卫生间的隔壁，门上写着"禁止进入"的标志。

到了卫生间门口，舒窈停住对萧婕说："你不用陪我进去，在这里等我就好。"

萧婕站定，甜甜地应了一声："好。"

舒窈进去之后反手要关门，被萧婕挡住："舒窈姐，关门干吗？"

舒窈手扶着门不动，语气不太好："这里连窗户都没有，难道我还能逃走不成？”

萧婕有些松动，舒窈见她还是不肯松手，语气有些软：“我需要有点个人隐私，可以吗？”

萧婕看了她一会儿，舒窈心跳如擂鼓，面上却不动声色，唯恐她看出什么来，几秒钟之后，萧婕后退一步：“那你快点。”

舒窈点头，不快不慢地关了门。

在只有自己的空间里，舒窈抬头在顶部看了一圈，又四下绕着走一圈，然后走到角落，将堆在一起的一箱清洗剂拿在手上快速看了一遍，然后轻巧地跳到洗手台上。灯泡用的是最简陋的钨丝灯，她进门的时候没有开灯，只是伸手将灯泡拧到一定的松度，在松脱的情况下，内外气压会失衡，钨丝在通电时遇到高温就会被氧化烧断，空气流入灯泡中会造成灯泡碎裂出现明火。明火遇到高浓度的清洁剂释放的气味会发生爆炸，但是不够，还不够。

角落里是通风口，但是舒窈爬不上去，她必须想办法进到控制室里面才可以。

卫生间里有两个隔间，舒窈最后将目光放在简易置物架上，将置物架推到通风口下面，试了六次才爬进了通风口。为了避免把衣服弄脏，她特意脱了衣服，只穿了内衣在通风井里爬，两分钟后，她打开了控制室的通风口，然后小心地跳了下去。

在控制室看了一圈，里面多是些化工原料，她抬手摸过去，硫酸铜、甲酸、碘酸、醋酸钠、乙醚……

舒窈的目光落在大桶的乙醚上，它旁边还有三大桶。

只用了三秒钟思考，舒窈把每一桶乙醚全部打开，控制室温度不高不低，但是按照乙醚挥发的速度，半个小时足够了。

离开的时候她没有关闭通风口，反倒将比赛弹打开，小心地将里面的火药一点点撒在控制室与卫生间的连接处。

最后，她将所有清洁剂全部打开洒在所有地方，又将漂白剂倒了半瓶，用绳子一边吊着沐浴盐一边吊着半瓶漂白剂，将沐浴盐撕开一个小口子，待到漂白剂那一边重下去，就会和清洁剂里的氢氧化钠混合在一起。

只要有人来上卫生间，只要开灯，卫生间就会出现明火，乙醚必然会爆炸。即便不开灯，待到漂白剂和氢氧化钠混合，照样会发生爆炸。

那么大剂量的乙醚，若是爆炸虽然不会炸掉整间工厂，但是这里还有许多弹药……紧接着会是二次爆炸。

卫生间门口传来萧婕的敲门声："舒窈姐，你好了吗？"

舒窈跳下来，快速穿着衣服："等一下。"

听到舒窈的声音，萧婕安静了下来，只是没一会儿，她便听到里面舒窈传来了一声尖叫，萧婕大力拍了几下门："舒窈姐！你怎么了？"

里面传来舒窈有些弱的声音："没，没事。"

"你开门！"萧婕的声音已经有些严厉。

片刻后舒窈开了门，脸色不正常地发白，萧婕往她身后看，漆黑一片，然后听到舒窈说："灯忽然不亮了。"事实上她根本没开灯。

萧婕又往里看了一眼，似乎不是很想进去："这里简陋，又没有自然光，等我们出去就好了，你没吓到吧？"

舒窈摇头："没有。"却迫不及待地往外走了几步，明显不想在这里多待一刻。

萧婕皱着眉也跟着舒窈往回走，待回到存货库，韩郅看了两人一眼，见两人面色都不太好，便问了一句："怎么了？"

萧婕接了话："刚才舒窈姐去卫生间，灯忽然不亮了，她被吓到了。"她没说错，因为当时舒窈的叫声确实是恐惧的。

韩郅知道舒窈怕黑，有一次两个人出去吃饭，正逢晚上，去的是一个多数白领会喜欢去的吃辣味的餐厅，正在吃饭的时候忽然停电，原本正在兴高采烈说话的舒窈忽然不说话了。餐厅里很安静，有人大声催问服务员发生了什么情况，服务员解释是他们店里跳闸了，已经在着手处理。没几分钟便来了电，韩郅发现舒窈面色不太对，坐在那里一动也没动，他同她说话她也没有应，过了足足半分钟之久她才缓过来，然后同他说起了她母亲的事故，当时在车内封闭黑暗的空间里她经历的一切，只是当时除了她这个人之外，他没有把那些事放进心里去。

韩郅走到舒窈身边抬手在她脸上蹭了蹭，低声说："吓到了吧？"

舒窈别过脸没说话。

韩郅知道她还在因为车上发生的事情生气，在她背上拍了拍，低声说："别怕，我们很快便走。"

舒窈依旧没说话。

见舒窈又这样，萧婕有些不满地撇了撇嘴，倒是韩郅，在接下来的时间里和人谈事一直扯了舒窈在身边，唯恐她再被吓到一般。

过了二十多分钟，韩郅便引着一行人往外走，舒窈走在他身边再次感受到了那些工人眼神中不时传来的杀气，或许是因为她是生脸，对她有太多的敏感，恨不得现在便剖开她的胸膛看看她的心上有没有写着"不忠"两个字。

走出厂房，韩郅特意嘱咐人去修卫生间的灯泡，似乎真的将这件事放到了心里。

待到交代完，几个人往车子旁边走，舒窈忽然不走了，韩郅停下脚看过去："怎么了？"

舒窈不想同他说话，有些纠结，又有些为难，抿着唇，黑白分明的大眼睛里染了焦急的神色。

以前舒窈同他生气的时候便是这样，心里有事想拜托他又不肯说，韩郅心情微微放松，低声问："怎么了？"

舒窈依旧没看他："我的包忘在卫生间了。"

韩郅一愣："里面有重要东西吗？"

舒窈抿着唇又不说话了，也不肯走。

"我们回头再买行吗？"韩郅说着软话，不想舒窈再回去，怕她再被吓到。

舒窈看了他一眼，飞快地别开眼，然后又看了他一眼，压低声音说："我那个来了，包里有东西。"她没有说得太明白，所有人却都能听懂。

韩郅微愣："那你等着，我去给你拿。"

萧婕正好凑过来看热闹，听到这句话脸上也掠过一些不好意思，随口道："我去拿吧，我哥也没法进女卫生间。"她心里多少也有些不情愿韩郅为舒窈做这样的事情。

舒窈没吭声，只是又看了韩郅一眼，萧婕又道："你们等我一下。"已经抬脚往厂房里走了。

韩郅顿了一下，说："陈岳，你一起去。"

"是。"陈岳回答得干练利索，言罢立刻跟了上去。

舒窈望着萧婕的身影一步步走近厂房，面上没有过多的表情，却紧紧捏着拳头，想到以前她去韩郅公司等他的时候总是萧婕陪在她身边说说笑笑，分享她喜欢的零食和时尚资讯，偶尔两个人一起逛街的时候她还会买一些东西送给自己。

明明是当闺密、当姐妹处的，可是怎么就到了你死我活的地步？

"萧婕！"舒窈喊住她，"算了，我不要了。"

"没事，我马上回来。"萧婕不当回事，快速进了厂房。

舒窈咬紧牙看着萧婕的身影消失，忽然重重地吸了一口气，韩郅转头看她，还未问她怎么了，便听到一声不大不小的爆炸声，他黑眸紧缩，抬脚便往厂房走，舒窈转身便往外跑。几乎是在那一瞬间，巨大的爆炸声撕裂了工业园的安静，气流将舒窈掀翻在地，背上传来剧烈的疼痛，她没回头，忍着痛爬起来往外走，紧接着是二次爆炸的声音。

"舒窈！"韩郅的声音在她身后响起，带着滔天的愤怒，还掺杂着一些失望。

舒窈仍没回头，继续往外走，不知为何，隐隐又觉得脚趾有些痛，这或许就是他人常说的幻肢痛。

这世上所有的情谊和恨意都是一报还一报，她早已不欠韩郅，却没想明白韩郅是否还欠自己。

“舒窈，你再走一步试试！”韩郅的声音没有了刚才的激动和愤怒，带着一种异常的冷静。

舒窈知道他拿着枪对着自己，稍微考虑了一下，转身对上韩郅。她终于变成了另外一个韩郅，在死了这么多人之后依旧能够做到面色平静地对待一切，她觉得自己有些可耻。

韩郅脸上被什么东西擦了一下，还在流血，他将手上的枪放下，看着反应过来的保镖大喊一声：“进去找萧婕！”

几个保镖应一声便往里走，韩郅的腿似乎也受伤了，有些跛地走到舒窈身边扯住她的胳膊：“别乱跑！”

舒窈心里微微松了一口气，至少他还没怀疑自己，紧接着又听韩郅狠狠地说：“舒窈，别想着跑。”

舒窈没说话。

“上车。”韩郅推着舒窈上车，自己要上驾驶位。舒窈拦住他：“你的腿受伤了，我来开吧。”

韩郅看了她一眼：“不用。”

两个人上了车，韩郅迅速打火将车子开出去，舒窈用余光看他，见他用手背擦了一下脸颊上的血，目光直视前方，车速越来越快。

“你慢点，这是在主路上。”舒窈紧紧握着扶手提醒他。

韩郅却没有放慢速度：“我们必须现在就离开。”发生了这么大的事情，警方很快便会发现这个地下兵工厂，现在不走就走不了了。

舒窈不懂他为什么这样，他不是已经控制了这座城市吗，谁还敢和他作对？韩郅似乎知道她在想什么，声音低沉地开口解释：“还有个人萧婕没拿下来。”这是出发半个小时内韩郅第一次提到萧婕，语气沉沉的，周围的气氛比其他时候压抑了许多。

“萧婕怎么和你说她母亲的？”韩郅没打算让舒窈说，只是想告诉她，“肯定说她妈把她丢下跑了，其实她妈妈是被当着她的面杀死的，就和我母亲一样。萧哲这人不正常，他从不在肉体上折磨你，只是在最恰当的时候杀死你身边一切美好的东西，然后给你一个希望，让你豁出命去追，我去追了，萧婕也去追了，现在他们的对手终于又少了一个。”听他的语气，似乎怀疑这件事是萧哲的其他继承人做的。

舒窈听着，心里很不是滋味。同情他们？可是难道就因为他们身上发生过这样的事情，别人就必须和他们一样变态？这个世界的公平不该是这样的。

“你慢点，我有点不舒服。”舒窈不想听他继续说他们的阴暗故事，也不想心软，那个工厂所有的人都应该接受正义的惩罚，她不是正义，但是她可以替代正义，他们做的事要了多少人的命，又企图让多少人丢命，正义便惩罚他们失去性命，这很公平。

韩郅听到了，却没有慢下来，哑着声音说：“你忍忍。”

舒窈浑身僵硬，感觉紧张不已，心里也清楚无法劝动韩郅，更明白他刚才说的都是真的。在这座城市，他没有拿下最主要的那个人，所以现在不得不逃命。没有了前两天的闲适和信誓旦旦的模样，现在的韩郅终于有了一丝逃命的狼狈，身后的保镖车也只剩下一辆，他的妹妹和最信任的助手在那场爆炸里生死不明，一切似乎都在朝着不利的方向发展。

车厢里很安静，舒窈不知道韩郅要去哪里，也没有问，车子没有往省道上开，更没有走高速，不时地穿过几个村落，其间还撞到了路上的一条狗，舒窈吓得尖叫，捂着脸不敢看，在冷静下来后怒斥韩郅：“韩郅！你到底想干什么！你没看到吗？！”

韩郅没有扭头看舒窈，而是拿出手机打了个电话，用的是舒窈听不懂的语言，但是隐约可以猜到他是在安排退路，一直到他打完电话，才对舒窈说：“我们马上回加鲁。”

舒窈忽然放松下来，不再害怕有可能会发生的车祸、无限临近的死亡。韩郅早晚会知道工厂爆炸的事情和她有关，即便到了加鲁她也不可能活下来，死亡是早晚的事情，她已经能够面对。

车子终于绕出乡间小路上了临海公路，风景很好，天空中飘着大朵的云，海面上有正在航行的游轮，有开敞篷车的年轻人和他们的车子擦身而过，墨镜中映出他们的车子，上面还带着血迹。

舒窈的脚尖死死地抵住脚靠的地方，接受了一种叫作命运的东西。

韩郅的手机响起来，他接起来，对方不知道说了什么，他忽然转头死死盯着舒窈，舒窈也盯着他，听到了他话筒中传来“爆炸”的字眼，再看韩郅的眼神，她忽然扑上去死死地去拉他的方向盘。她是来要他的命的，她从未忘记过，哪怕以命抵命。

车子在这样的对视和沉默中撞上了护栏，从正面翻出，直直地掉落，舒窈在韩郅的眼中看到了难以置信，除此之外没有一丝恐惧。她紧紧咬着牙甚至不敢深呼吸，手胡乱抓着某一处等待死亡的降临，在车子落水之前她感觉到韩郅的手覆上她的手，似乎是要安慰她，她没有精力去抽出自己的手，在这样的时候，有人一起也是个安慰，哪怕这个人是韩郅。

车子撞击水面发出巨大的声音，由于车体的重量，车子一直往下沉，不停有水渗进来，车子落水车窗自动打开功能启动，韩郅松开自己的安全扣要去拉舒窈，舒窈紧紧拽住他的手，不让他帮自己松开安全带，也不让他走，不知道下了多大的决心，她的力道让韩郅推不开。

韩郅抬手拉过安全带直接往舒窈脖子上缠，舒窈挥着手要反抗，奈何在水底她使不上力道，韩郅死死地拽住安全带，看到舒窈翻了白眼才松开，抬手松开她的安全带，用了最大的力气用脚撑着座椅游了出去，舒窈半昏着没有支撑力，随着车子不断下沉，韩郅拉住她的胳膊也往下潜了一下，才将她从车里拉出来。

此刻舒窈已经没了任何意识，但是韩郅依旧拉着她，一次次往上游，他要带舒窈回加鲁，这个目标一直在，哪怕舒窈是个死人，他也要将她带回去。

一次又一次，一遍又一遍，他执着地拉着她，哪怕她已经是个累赘。

他对舒窈有一种自己也说不清的感觉，看不到她的时候他可以轻易地下令让人杀了她，可是看到她，他又下不去手，哪怕她背叛自己，要杀了自己，他也无法看着她在自己面前死去。

以前的舒窈是柔软的，现在的舒窈是果敢且心狠的，他甚至不知道她是从什么时候开始慢慢变成现在的样子的，而这不是他要的那个舒窈。

如果说之前在车上他强迫舒窈的时候是第一次后悔，那么现在是第二次。舒窈永远在他心底最柔软的角落里，他从不想把她变成现在的样子。

不知道过了多久，在他以为自己要成功的时候，他看到了一组蛙人，个个身上配备武器，他明白一件事：傅亦寒来了。

舒窈说他不过是为了挑战傅亦寒，将傅亦寒的女人从他身边带走，那时候韩郅不愿意承认她是傅亦寒的女人，现在，他依然不愿意。

蛙人在努力往这边来，韩郅带着舒窈游了一段，面对不停逼近的蛙人，韩郅闭了闭眼睛，抬脚将绑在腿上的匕首拔出来，然后当着那些人的面举高了舒窈的手臂，狠狠在她手臂上划了一刀，在他准备划开舒窈的脖子的时候，蛙人举起了自己手中的武器，韩郅丢开舒窈转身便跑。

这一次他觉得自己不会后悔，没有人比他的性命更重要，哪怕这个人是舒窈。

若是他得不到舒窈，那么他宁愿这个世界上没有舒窈。

鲨鱼很快会来，现在就看是他的命重要一点，还是舒窈的命重要一点。

舒窈被救上岸之后，足足做了五分钟胸腹按压才恢复呼吸，紧接着她便感觉到了手臂上的刺痛，刺痛让她清醒。

她抓住临近的人的手臂，第一句话便是："人抓到了吗？"即便到了这种时候，她也不想放过韩郅。

"已经派人去追捕了。"对方摘掉面具，是个面容硬朗的人，看身材便知道是当兵的，但是在这样的时候、这样的地方，她最不敢相信的便是当兵的。

不过舒窈没有选择，只能穿着湿答答的衣服上了对方的车，然后车子开到一个港口，她又登上了水上飞机，直到飞机降落在一个庄园的空地上，她下了飞机随着人绕过长长的花园，见到站在廊下的傅亦寒时一颗心才终于落地。

傅亦寒正在同人说话，听到动静转过身看到舒窈的时候面色不变，很快便收回了自己的目光。

舒窈有些发怵，苍白着脸看着傅亦寒，他还戴着军帽，让他原本便俊朗的面孔显得更加没有表情，书中写的禁欲系大约就是用来形容此刻的他，冷峻到让人不敢靠近。

手臂的伤口在飞机上已经有人帮自己包扎过，身上的衣服也因为过高的温度早已干了，长发泡过海水显得很蓬松，一张脸苍白得有些失魂落魄，还带着受惊之后的可怜模样，只是没人怜惜她。

傅亦寒不知道同对方说了什么，那人很快便躬身告退，舒窈捏着手不知道该做什么反应，直到傅亦寒转身看向她，她忽然抬脚快步走到他面前然后抱住他。

傅亦寒僵了下，任由舒窈抱着，而舒窈显然已经不能满足只抱着他，这几天时时刻刻精神紧张着、受惊着，与死神赛跑着，傅亦寒让她莫名感到安心，所有的委屈和恐惧在这一刻爆发，她竟然抱着他大哭起来，像个委屈的孩子。

傅亦寒大约也没想到她会有此刻的反应，眉头紧紧皱着，任由舒窈哭，待到舒窈哭声越来越小，哭累了，他才推开她，居高临下地看着她，语气不好："怎么？觉得哭一哭我就会忘了你做过什么？"

舒窈有些羞愧，大约是悲伤打开了阀门，更加控制不住自己，站在那里一抽一抽的，肩膀耸动着，垂着眼哭得认真，似乎更委屈了。

傅亦寒看着舒窈，站在那里像个犯错的小孩子，以前舒窈不是没在他面前哭过，大多数时候是为了得到自己想要的，可是现在她没有目的地哭、委委屈屈地哭，垂着眼看不到她的眼睛，手不时地擦一下脸上的泪，两只眼睛像是泉眼，不停地往外涌。

有人把心爱的女人比作自己的孩子，他忽然明白了那句话：男人看到心爱的女人就像是女人看到活泼可爱的宝宝，心是软的，也是善的。

傅亦寒冷着脸看了舒窈片刻，忽然丢下舒窈一个人转身往里走，声音却不大不小地传来："进屋！"

舒窈一个人站在廊下又哭了一会儿，很快便冷静下来，深呼吸几口气，让自己不再不时地抽搐。冷静之后，她很快便发现自己刚才太过于冲动，不明白自己看到傅亦寒有什么好委屈的，竟然像雏鸟看到妈妈，当时便忍不住了，又像是回到了以前，有人欺负自己，她第一时间便去找傅亦寒告状，虽然傅亦寒大多数时候对自己是爱答不理，但是欺负自己的人最后都没好日子过，傅亦寒总会抽空帮她报仇，脸上一脸不耐烦和嫌弃，却记到了心里去。又或者是穆修的话起了作用，她是在穆修对她说了那样的话之后才慢慢地再次靠近傅亦寒的。

在她离开之前和傅亦寒的关系一直不太好，最后那几天却一直在向他靠近，并不完全是在骗他，而是因为穆修曾经找她谈过一次话，内容和她妈妈有关。

穆修没明说，但是旁敲侧击地告诉她，当年她在傅亦寒的办公室外面看到的那桩血案和她妈妈的死有关，傅亦寒并不是无缘无故地杀人，而是不想对方说出什么伤害她的话。

傅亦寒为了当年自己妈妈的死做过许多事情，具体是什么舒窈没问，穆修也不肯说，这话可能有一些水分，但是穆修和她认识这么多年对她多有照顾，从未背叛欺骗过她，所以他的话她是信的。

因为相信，她试着朝傅亦寒靠近。

因为朝他靠近，现在她才更觉得委屈，像是被欺负后向父亲告状的孩子，他的怀抱成了她避风的港湾、停靠的岸，让她觉得安全放心。

对于韩郅，她心中已经没有一丁点留恋，对傅亦寒，她不知道自己对他到底是一种什么样的感情。在经历过这几天地狱般的现实和看到韩郅比冷血更残酷的心之后，她对傅亦寒的感觉整个都变了，这大约就是没有对比便没有伤害，傅亦寒在她心里竟然被列入了好人的列表。

舒窈有些迷茫，不知道这样对不对，她知道自己不该在发生这么多事之后站在这些基础上来评价谁，因为这样的评价并不准确，可是她的心已经倾斜。

最后舒窈还是进了屋，女佣迎上来："舒小姐，先生去了书房，我们已经给您备好饭食。"是她熟悉的人，在鹿林照顾她的那两个年轻女佣。

她们不好定义是午餐还是晚餐，只好说是饭食，舒窈中午没有吃饭，又紧张了那么久，早已饿得饥肠辘辘，随着她们去餐厅吃了一顿没仔细品味的饭，直到腹内饱饱的才终于踏实。

"水已经帮您放好了，您要洗个澡吗？"女佣低声温柔地询问，仿佛怕把人吓跑。

对于舒窈消失几天这件事她们心中自然有疑问，但是在易园第一规则便是不要随便打听主人的隐私，这一点她们早已学会了。

舒窈点头，反正此刻她也不想见傅亦寒，会尴尬，也会别扭。

被人领着进了一间卧室，衣服已经备好，舒窈拿了衣服进浴室，谁知女佣也跟了进来。舒窈不解地看过去，对方解释："先生说您身上有伤口不能碰水，要我们照顾您。"

舒窈没想到傅亦寒会这么细心，明明很生气，却还是在细节上顾着自己，以至于让她的心又杂又乱，她摆摆手："不用了，我会小心的。"

"是。"女佣没有坚持，退了出去。

舒窈泡了半个小时，有些昏昏欲睡，强迫自己起来穿好衣服，女佣在外面候着，见她好了，立刻进来帮她吹头发。

一切妥善之后，舒窈还是选择先睡一会儿，这几天她累极了。

梦里她并不安稳，梦到自己掉到了水里，明明是游泳健将，但是无论怎么挣扎都没用，一直往下沉，一直往下沉，周围黑漆漆的一片，她想要呼救，却不知道该喊谁来救自己，有些急地猛然惊醒，便看到傅亦寒正坐在自己床边轻轻拍着自己身上的薄被。

舒窈看了他一会儿，终于将现实联系起来，见他想要退开，忽然伸手握住了他的手，下一刻傅亦寒对上了她的眼睛，舒窈眼神有些错乱，下意识地微微起身抱住了他的腰。

深夜里，在床上，一对本就有特殊关系的男女，以这样的姿势抱在一起，火早晚要燃起来，也容不得舒窈是否后悔。

傅亦寒将人钳在怀中，微微低头便攫住了她的唇，抱着怀里的女人，明明之前还想将人打一顿，此刻抱在怀里却只想要得再多一点。

舒窈微微挣扎着，两人倒在了床上，傅亦寒吻技很好，没一会儿舒窈便软在了他怀里，见小兽不再挣扎，黑葡萄似的眼睛盛着水光看着自己，傅亦寒喘了一口气，捂住她的眼睛吻上了她雪白的颈，低声叫了她的小名："噜噜。"

事后舒窈浑身无力地躺在那里，仿佛被压土机压过一般，心里想着傅亦寒刚才叫自己"噜噜"时的声音，低沉、性感，是否深情她不那么确定，因为傅亦寒从未这么叫过自己，他总是冷冷淡淡地叫自己的全名，让她想不透他到底在想什么。

傅亦寒帮舒窈清理了身子之后在她身边躺下，抬手将人捞到自己怀里，两个人像勺子一般抱在一起，激情后的温存让人暖心。

"你压到我的头发了。"舒窈低声抱怨。

傅亦寒抬抬手，帮她理了理头发，然后目光落在她后颈上一处，原本温和的目光骤然冰冷。

舒窈后颈上有一个牙印，她和谁在一起，又有谁能给她留下这样的痕迹？答案昭然若揭。

舒窈动了动，不明白他怎么一直拿着自己的头发，像是感觉到她的疑问，傅亦寒将她的头发放下来，重新将人抱住，大手握住她的小手，拇指有一下没一下地在她手背上抚摸着。

“傅亦寒。”舒窈叫了一声，声音有些哑，前几次都是在山上，傅亦寒总是捂住她的嘴不让她叫出声，唯恐被人听了去，今天她叫成那个样子，自己都有些没脸见人。

“嗯。”胸腔里的震动让舒窈的背有些麻，她动了动手，将手放在傅亦寒的手背上，不让他摸自己。

想来想去，舒窈还是问出口：“穆叔叔说那个人是和我妈妈的死有关，是吗？”

等来等去，是傅亦寒的沉默，他似乎不想提这个话题，舒窈却想清清楚楚地知道这件事，似乎是想到自己与他亲近的理由。“是吗？”她语气不太好，对他不肯回答自己十分介意。

“有一点关系。”傅亦寒不再避讳，她想知道的话他不介意告诉她，但是他不想现在告诉她。

舒窈转身，和傅亦寒面对面：“没有骗我？”

微弱的灯光下，舒窈的大眼睛更加动人，傅亦寒低头在她眼睛上吻了一下：“没有。”

舒窈盯着他看了片刻，见他一副坦荡的模样，终于放下心里的怀疑，枕着他的胳膊搂住他的腰，将头靠在他胸前，低声呢喃：“你以后不要骗我。”她受过太多这样的苦，所以想要一个确定的答案。

傅亦寒的大手放在她背上：“好。”

舒窈脸在他胸前蹭了蹭，瓮声说：“对不起。”

这次傅亦寒没回答，因为他并不想接受她的道歉：“睡吧。”

空气安静下来，舒窈很快睡去，傅亦寒保持着抱着她的姿势没有动，大手却一次次抚过她的脖子，显然十分介意。

/ 第五章 /

等过风雨，也等过你和晴天

翌日。

韩郅和舒窈所乘坐的翻入海里的车子被打捞了出来，迅速送入秘密军事基地，车载摄像头在两天之后被修复，韩郅和舒窈这两天在车里发生的一切也都被揭秘。

按照惯例，他们对韩郅的一举一动都必须做出条理分析，甚至对他的性格都必须剖析得一清二楚，只是视频在播放至在车上韩郅强行用皮带绑了舒窈的手的时候，其中一个长相威严肩章上花最多的男子抬手“啪”地关了视频，然后严肃地问：“文件有备份吗？”

“报告，有。”

男子点头：“备份全部删除，原件取下来给我。”

临走的时候他似乎不放心，又转回身道：“都在哪里备份了？我看着删。”

两个小时之后，视频源文件被送到了傅亦寒所在的庄园，霍述在做了简单汇报之后，有些踟蹰地说了一句：“指挥官，所有的备份我已经亲眼看着删除了，这是唯一的一份。”

傅亦寒盯着桌上的东西，自然听得出霍述的话中话，若是视频里没有敏感内容他怎么会亲自盯着删除备份，而那敏感内容也只可能和舒窈有关。

想到舒窈后颈的痕迹，傅亦寒面色越发阴沉，却没有让霍述等太久，眼睛里写满了漠然，看向霍述缓缓道："霍将军，这个人情我记下了。"

他的话倒是让霍述着实愣了许久，他在军队打磨多年，已经五十有余，却一直无法靠近权力中央，至今也只是一个少将，万万担不得一声将军。此时此刻傅亦寒却称他一声将军，他胸中走过波浪，像是翻山越岭之后的激动，表情看起来抽了又抽，激动得说不出话来，最终直直地向傅亦寒敬了个军礼，一直到傅亦寒示意他可以出去他都没能说出一个字来，只能再次敬礼抬头挺胸阔步走了出去。

霍述离开之后傅亦寒盯着桌上的东西看了许久，烟抽了一根又一根，最终还是打开视频。

舒窈下车要去救那个警察那一段，有一部分看不到舒窈的身影，却能听到她愤怒的言语和声嘶力竭的哭声，仿佛全世界都背叛了她。这一段傅亦寒反复看了许多遍，忽然想到那一年发生那样的事情之后，他带舒窈去换衣服，舒窈也是在试衣间里偷偷地哭，大约是被吓到了。那时候他觉得自己的女人不该是这么娇弱的，甚至有些强硬地让她去面对真实的自己。可是此刻听到舒窈这么哭，他眉头紧紧皱着，明白自己当时真的做错了。

舒窈评价韩郅，说他是带她看遍世间黑暗的人，他将这个"黑暗"做了定义，自己做事确实强硬，但是并非没有原则，至少他不会因为给别人带去痛苦而从中取得快感。

快感……他只在舒窈身上得到过。

待到视频播放到舒窈被韩郅强迫剥去衣服那一段，傅亦寒没有快进，也没有逃避，只是不错眼地看着，面无表情，眼神冷漠。

他没有回放，而是接着看完了接下来的视频，直到舒窈强行去拉韩郅的方向盘，他看到了她的眼神，抱了必死的决心，有解脱、有惶恐、有大仇得报的轻松，却没有遗憾。

舒窈在那一刻没有想过自己。

杨粒作为傅亦寒身边的特别行政秘书，要负责的事情有许多，其中有一项便是傅亦寒的私事。当然，大多数时候傅亦寒是没有私事的，只是现在不同了，自从舒窈到了他身边之后，他的私事似乎越来越多，而且桩桩件件都和舒窈有关。

现在，傅亦寒不接见任何人，已经把自己关在书房抽了一整个下午的烟，其间还让人送了两包烟进去，杨粒踟蹰着要不要给穆修打个电话，咨询下自己要不要将这件事告诉舒窈，因为他实在不好做决定。

在他还未踟蹰完的时候，傅亦寒打开门走了出来，身上的军装有些褶皱，神情依旧冷漠，开口吩咐道："将韩郅被捕的视频和工厂的视频传到她那里。"这个"她"指的是谁自然不言而喻。

"是！"杨粒迅速回应，紧接着想要给傅亦寒提意见告诉他这样做不妥，但是傅亦寒已经大步走了出去，杨粒明白他的性格，到底没敢跟上去，吩咐人去办傅亦寒嘱咐的事情。

不过他有预感，他们指挥官一心想要讨好的舒小姐，并不会因为看到自己的前男友被爆头而开心，这是人之常情，就看他们指挥官能不能理解了。

外面的天色已经暗了下来，傅亦寒脚下的军靴踩在地板上发出厚重的声音，他们住的地方和行政楼是分开的，舒窈不喜欢他工作上的事情，他也不愿她知道太多，这样正好。

穿过花园小道，到了舒窈所在的小楼的时候，傅亦寒远远地站在那里看了一会儿，舒窈正在那里浇花，拿了花洒对着一棵月季不停地洒水，似乎有心事，花洒里的水完了都没反应过来。

花盆里的水渗出来湿了舒窈的鞋子，她这才收回心神，后退了一步，然后便看到站在不远处的傅亦寒。傅亦寒皱眉看着她，走到她身边掐着她的腰将她抱开放在干燥的地面上，舒窈有些生气："我不是小孩子了！"

"没差。"舒窈穿的是平底船鞋，水浸湿了她的鞋子，还沾了泥土，傅亦寒牵着她的手进屋，看到女佣，随口吩咐："拿双鞋子过来。"

舒窈没有反抗，任由傅亦寒将自己安顿在单人沙发上，待到女佣拿了鞋子过来，他蹲在她面前帮她换鞋子。看着这样的傅亦寒，舒窈心绪复杂，好看的眉眼，鼻子和嘴巴像是漫画中才会出现的，一个男人能有这样的容貌也是老天厚爱，直到傅亦寒站起身舒窈才收回了自己的目光。

"给你看点东西。"傅亦寒拿起桌上的遥控器打开了偌大的屏幕。

舒窈有些奇怪，平时傅亦寒是不看电视的，今天竟然主动开电视给她看。不过，很快她便明白了傅亦寒的用意，屏幕上最先出现的是那个工厂，萧婕是在两分三十八秒出现的，了无生气地被放在担架上，可能是因为情况紧急，她身上没有盖任何东西，也没有被装进尸袋里，就那么被丢在担架上，抬上了一辆皮卡车，随意丢在了里面。

如果今天死的人是她，那么大约也是被这么随意对待的，在权力和个人目的前面尊严不算什么，韩郅口口声声说后悔了，临到最后不也是想让她死吗？

虽然心里已经无数次想过这个结果，但是亲眼看到，舒窈还是有些不能接受，就像是有人在一遍遍提醒着她做过的事情，提醒着她自己已经变成一个杀人不眨眼的恶魔，她的目光落在电视上一动不动，面色煞白，不能面对这样的自己。

一段视频终于放完，看着电视上片刻的空白，舒窈觉得这种折磨终于结束，谁知下一段视频已经跳了出来，最开始是远远拍摄，舒窈却轻易认出了视频中的人，是韩郅。

她曾经无数次在电视上或者人群中寻找韩郅的影子，他永远都是那么惹眼，她总能在第一时间找到他，对他的身影她已经烂熟于心。

刚开始韩郅在海边大步地跑着，身边没有保镖，游客也不多，很快他便上了路，只是还没拦到车便被人围了起来。韩郅不是会主动当阶下囚的人，他拔出了自己腿上的匕首，对方没有给他机会，直接一枪打在了他的腿上，似乎是在戏弄他。又有人靠近，韩郅依旧不肯投降，挥着刀对抗，另外一条腿上又是一枪，让他不得不双膝跪在地上。舒窈看到了他的眼神，是一种宁死不屈的眼神，这很符合韩郅的性格。

她没有见韩郅这样狼狈过，即便她想要他死，也绝不会让他受这样的屈辱，可是他又是怎么对舒沄的？舒窈不知道自己该不该这样去比较，心里难受得紧，即便知道自己对韩郅已经死心，已经没有感情，但是看着他这样，还是悲从中来，忍不住湿了眼眶，又怕傅亦寒看到，只能死死地忍住，脸色越发难看。她看着屏幕，恨不得一枪打死韩郅，总比这样屈辱地去死要好。

韩郅永远是骄傲的，她想韩郅也宁愿有尊严地死。

最后，韩郅是被人踩在地上一枪爆头的。

视频停留在最后一帧，傅亦寒动了动，转身去看舒窈，还未开口便见舒窈木着一张脸站了起来："看完了，我去休息一下。"她说完抬脚便走。

傅亦寒沉下脸皱着眉头看着舒窈的背影走远，片刻后拿了放在桌上的文件跟上去。

舒窈进了房间之后没锁门，心知锁门也没用，只是一进门眼眶里的泪便再也忍不住，原本以为自己可以心硬如石，可她的血液是鲜活的，心脏是跳动的，她是在正常家庭长大的人，做不到当作什么都没看到什么都没发生。

她确实看到了自己想要看到的结局，却并不觉得痛快，甚至有些不明白到底是怎么走到这一步的。

真正到了必死的地步，而且自己是赢的那个人，那种报仇的余温降下来，只留下恐惧和苍白。陡然将长久的坚持画上句号，这让人空洞又难受，或许隐隐还有痛快。

傅亦寒很快跟了进来，舒窈原本靠墙站着，听到门上传来的动静立刻抬脚往卫生间走，不愿意傅亦寒看到此刻的自己。

不过进了卫生间到底是没能阻止傅亦寒，在她未将门关上的时候傅亦寒抬手挡住了门，然后盯着她的眼睛推门走进来。

舒窈看到了他手上的东西，冷静地问他："还想给我看什么？"

"死亡报告和 DNA 对比。"傅亦寒这么说着，却没有将东西递出去。

"好。"舒窈抬手去要，带着恼怒和决绝。

傅亦寒随手将东西丢在洗手台上，目光浸了冰："哭什么？"

舒窈微微侧身去拿那文件，被傅亦寒扯住胳膊："问你话呢，哭什么？心里还想着他？嗯？"最后那个字转了几转，带了威胁。

"我不想吵架，亦寒，我不想和你吵架，请你出去一下，请你。"舒窈红着眼睛叫他的名字，声音有些颤，看得出她想稳住自己。

傅亦寒鼓了鼓腮帮，然后掉头走了出去，留下舒窈一个人无措地站在原地。她确实不想惹傅亦寒生气，也不想和他吵架，他是少有地将她放在心上、对她好且没有背叛过她的人，她是想珍惜他的。

不到一分钟，傅亦寒又走了回来，重重地将她抱在怀里，在她耳边低声说："我们不吵架，我只是想让你知道，以后没有人能欺负你了，萧婕不能，韩郅更不能。"

舒窈觉得自己经常在傅亦寒面前哭，可是她又忍不住，她以为他是来提醒她认清现实，或者让她彻底死心的，这么粗暴的手段确实是他惯用的，可是他的解释又带着别样的温柔，让她想在他怀里哭个够。

待到舒窈彻底冷静下来，傅亦寒倒了一杯红酒给她想让她放松一下，舒窈一口闷掉，过了几分钟才彻底放松下来，靠在单人沙发的靠背上微微闭着眼睛，享受片刻的安静。

安静够了，冲动也散了，舒窈干脆不再提之前的事情，只是声音低柔地和傅亦寒说："以后我们之间没有别人，亦寒，如果你一定要问我的话，我……"

傅亦寒打断她："我不问，噜噜，我没想惹你。"他的大手抚在她的脸颊上，语气很软，似在道歉。

他确实很生气，特别是看到韩郅那么对待她，让他恨不得亲手毙了对方，但是他不生舒窈的气，这一点他分得很清楚。

舒窈有些委屈地“嗯”了一声，觉得自己又没出息地想哭了。傅亦寒太温柔，又太包容，让她觉得都要不认识他了。

傅亦寒的唇落在她的额上、脸上、鼻上、唇上，他不是重欲的人，却总忍不住想要将舒窈吞到肚子里。

待到舒窈沉沉地睡去，傅亦寒穿好衣服出了房间，让人打了内线电话让杨粒在小会客室里等。

杨粒早早便到了，看到傅亦寒穿着便衣走进来，没忍住对着他的脸看了又看，心里松了一口气，表情正常，说明没发生矛盾。

傅亦寒走进门坐下，动作一气呵成，漂亮得很，皱眉忍受了一会儿他打量的目光，才道：“说。”

杨粒一愣，不懂他这话从何而来。

傅亦寒提醒他：“视频。”

哦……所以还是闹矛盾了？可是不该是这种表情啊！杨粒心里猜测着，嘴上却不敢耽搁：“其实当时我想和您说，拿那个视频给舒小姐看不太合适。”

“怎么不合适？”在他看来再合适不过，韩郅辜负了她，还害死了她的亲人，羞辱她的家人，站在她的立场应该恨不得他去死，她也确实用行动表明了自己的内心，现在他死了，再也不能欺负她了，他让她看个安心，怎么不合适？

杨粒怀疑是不是智商高的人情商都低：“舒小姐毕竟和韩郅在一起过，而且感情还很深……”说到这里的时候明显感受到了飞刀眼，杨粒换了个说法，“就算不是真爱，也有那么多相处的情分和在一起的回忆，舒小姐是个女人，女人心思又多又敏感，而且舒小姐是一个接受传统教育的人，和您不一样，她更情绪化一些，也更念旧一些，哪怕是对着那些伤害她的人也总是心善的。她可能确实想韩郅去死，但是人死了之后，这个精神支柱便垮了，留下的都是好的回忆……”

又被飞刀眼，杨粒斟酌着说辞：“不论好坏，人死了，就都既往不咎了，舒小姐有一些感怀也是人之常情，是正常人都会有的情绪。”他真不是在说他们指挥官阁下不是正常人，但是抵不住刀眼呀。

傅亦寒修长的双腿交叠着，难得地有了放松的姿态，认真地听着杨粒的话，皱眉片刻，似乎不能理解这种逻辑，许久才开口：“以后有话直接说。”

“是！”杨粒不敢相信，傅亦寒竟然需要他来提醒自己情商不足的地方，而且他说的是“以后”，说明他可以长期待在傅亦寒身边，这可不是谁都能得到的荣誉，回答起来比之前亢奋了许多，也激动了许多。

末了，他忍不住提醒傅亦寒：“女人都心软，指挥官您多照顾点舒小姐，忍着她、让着她、宠着她，说好听的给她听，多赞美她，很快她就会爱上您的。”

傅亦寒一个冷眼扫过来，杨粒赶紧给自己找补：“我看舒小姐这次回来对您比以前依赖了许多，她心里肯定已经有您了。”

傅亦寒没理人，直接走了。

杨粒：“……”

中陆市和地下兵工厂所在的北安市发生了巨大震荡，大批的官员在短时间内被替换掉，许多身居高位的人被带走之后秘密受审，之后再也没有出现过。最为特别的是番号294的部队，在某天接受上级领导审查，全员集合时，被集体围困，所有人都被收押了起来。

舒窈是在电视上看到这些动态的，这么大的动作，原本她以为会慢慢地一批一批处理，没想到会闹这么大，不过这也确实像是傅亦寒的风格，果敢且强硬。

这件事在网络上引起了巨大的轰动，人们虽然爱护他们的指挥官阁下，但是也绝不允许他利用自己手中的权力这么随意地对待一座城市。

没出三天，被带走的人的犯罪证据便被国家网站公示了出来，一整座城市的高官都被一个商业集团控制，这个消息让全国哗然，而幕后策划人也浮出水面，正是曾经大家都喜欢的年轻帅气的富豪韩郅，这颠覆了所有人的想象。

韩郅的个人履历再次被人扒了出来，曾经有人拍到过舒窈的侧面，和韩郅走在一起，他绅士地帮她开车门，两个人的姿势看起来颇为亲密。当时舒窈让韩郅把这则消息压了下去，此刻看到网友又开始扒，她不禁有些担心。不过很快她便发现自己的担心是多余的，有傅亦寒这个大神在，怎么可能再让她的名字和韩郅放在一起。

除了中陆和北安，全国主要城市的政府机构全部开始清查，以反腐的名义检查所有人员的家庭住址、财产还有子女亲戚的财产，一时间所有人都没有了隐私。被发现家中有军火或者涉嫌军火交易的在职人员当场停职查办，并且紧急给出了应急方案，在职政府人员发现有违法现象，一律按照刑事责任从重处罚。大约是被中陆和北安的事情刺激到，国民不但没有反对，反倒支持政府从严处置。

霍述的任职命令很快到位，傅亦寒似乎有意提拔他，这次的全国普查任务交给了他所在的部队，一个将近五十岁、有着自己理想抱负的中年人很快便投入巨大的工作激情之中，并且很快发现了第三座沦陷的城市。

他向傅亦寒报告了情况之后，原本以为傅亦寒会快速出击、迅速解决，谁知傅亦寒下达的命令是：酌情处置。

霍述不是年轻人，有了属于自己的阅历，也有属于自己的心机，热血犹在，信仰也长存心中，不会如年轻人一般冲动，他没有用傅亦寒之前处置的办法，因为傅亦寒那般的魄力也只属于他一个人，而傅亦寒让他酌情处理，无非给他一个台阶，让他用行动告诉所有人自己是凭借能力上去的，在这一点上，他既佩服又感激傅亦寒。

而在已经沦陷的中贸市，霍述带着人以商人的身份租用了整整三层写字楼，一层用来放置武器，一层用来做监视基地，再有一层用来办公。

在偌大的监视基地里，霍述笔直地站在那里观察着自己的观察对象，桌上是一摞摞各级官员的资料及其家庭成员的交友资料，所有人的账户流水也都列入监视列表，而霍述已经将这些资料统统看过一遍。

有短发便装小伙子走到他身边低声说了几句话，霍述点头，朝着待命的人挥手："拿上东西准备出发。"

"是！"十几人齐声回答，立刻下楼拿武器配备，五分钟后，三辆越野车从地下车库开了出去。

政府家属大院中的一处院子中，中贸市的二把手正独自坐在院子中喝茶，看似轻松自在，面上却没有放松的表情。

门铃响了三声保姆才打开大门，似乎是想阻止外来的人，却迅速被人控制了起来。

霍述抬脚进了院子，原本坐着喝茶的人站起身迎了过来，态度上客气至极："请问你们什么事？"

霍述打量对方片刻，再开口，带着胁迫："打扰了，李市长，有事想请您帮忙。"

姓李的市长从来人身上的气质判断出对方的职业，背着手道："怕是我帮不了你们。"

霍述抬眼巡视了一番这座院落，忽然开口："李市长是在等消息吧？有些人重情义，有些人重亲人，有些人重金钱，我猜李市长是重家人那种。"

李市长变了变脸色："你们找错人了。"

霍述脱了手套拿出手机调出一组号码："李市长应该知道，从市区到机场的高速有一处事故多发路段，群众多次举报却没有人去处理，在那里翻几辆车死几个人应该是很正常的吧？"

李市长面色白了白，依旧不吭声。

霍述退出通讯录，打开一组视频：“您看下路况，我觉得很有必要把这条路修一修。”视频中是一辆白色车，后面紧紧跟着一辆红色车子，隐约还能看出是个女司机。

两个人对峙了两分钟之久，李市长才开口：“您说。”

霍述收起手机：“您提拔上来那些人，还要麻烦您来处理一下，一个月，我要这件事悄无声息地变成过去，多一天……”他没有说完，却已经将意思传达出去，“明明能上一把手的位置，你偏偏不上，李市长的魄力让在下很是佩服，想必以您的能力一个月足够了。”

“你这么笃定我会就范？”李市长没跑，是因为他认为自己足够干净，但是他不能拿自己的家人冒险，所以才会让自己的家人先离开。

“要不我们试一个？”霍述声音平稳，认真提议。

“不必！”李市长断然拒绝，看出面前这人说得出做得到。

霍述点头：“还有您上面那位，也要麻烦您处理一下。不是没有好处给您，保您家人不死，也保您不死。”

李市长心里憋气，同他讲条件：“只是不死？”

“或者您喜欢换一种方法？您死，换他们自由。”顿了下，他接着道，“没参与的自然是自由的，法律和我都会给你们正义。”

又是许久沉默，霍述不欲多说，总结道：“一个月，记好期限，否则一天一个。别想着跑，消失一天，也是一天一个，你家人我先帮你‘保护’好，有事随时联系我。”

有人上前将一个加密电话放在他的茶台上，霍述带着人迅速退了出去，一切平静如初，就像什么都没发生过。

他经营多年，一手遮天，没想到却被人这么轻易地破了局。

舒窈和傅亦寒是在半个月后回到平原市的，傅亦寒一回到平原便投入了繁忙的工作之中，关于武器研究的事情，傅亦寒没有再在舒窈面前提过，舒窈也并未打算造出更多更先进的武器，因为加韦现在正处于安稳的社会环境中，军队的装备在整个世界不好也不坏，正好在一个平衡的位置上，这种政治平衡是一种默契。她不聪明，对政治也不懂，但是也明白打破平衡可能会带来的灾难。

对于加鲁的野心，她已经知道，但是萧哲一辈子都花在了稳定加鲁局势的野心上，她心里几乎可以肯定想要挑起战争的人并不是萧哲。

练习了一会儿新学的波斯语之后，舒窈拿了手机开始刷社交平台，她关注了许多实时资讯的大号，经常会看到一些和傅亦寒有关的消息，傅亦寒作为这个国家最年轻的统治者，有一大批迷妹，每次只要看到和他有关的新闻，大家评论的几乎无一例外是“好帅”“当我男朋友”“我要睡你”之类的话。

舒窈在一条评论上点了赞，内容是：指挥官这么帅，想知道哪个女人这么有福气可以睡到你。

退出去之后舒窈点了搜索，输入傅亦寒的名字，没一会儿便出现了一大堆和他有关的新闻。舒窈一条条看过去，不得不承认傅亦寒真是个三百六十度无死角美男，他被拍到的场合大多是正式场合，要么是一身笔挺的军装，要么是一身修身西装，在外面他几乎都是大背头，清晰俊美的五官总是那么夺目，偶尔有几张将头发放下来的照片，真是迷人眼。

回到易园之后，舒窈对这里的一切已经接受，之前她甚至没有问过贴身侍候她的两个女佣的名字，这次回来才知道她们竟然是姐妹，而且名字只差一个字，一个叫曼因，一个叫良因，之前将手机放在她桌上让她看到舒沄的视频的女佣已经彻底消失在鹿林。舒窈没有问过她的去处，也知道这样的人必定不会有好下场，这种通敌叛国的行为她无法求情。

她拿了平板电脑问曼因：“你看傅亦寒头发梳起来帅一点，还是放下来帅一点？”

曼因似乎没料到舒窈会问自己这样的问题，有些为难，指挥官那样的人，她们都只敢远远看着，连同他攀谈都不敢，又怎么敢议论他？以前不是没有想过要勾引他的人，不过最后的下场都不太好，特别是第一个，大约是为了杀鸡儆猴，那个小明星当时便被人爆了一堆料，现在网上还有人求她的资源，听说最后急急地结了婚，婚后过得也并不好。

当然这都是听来的，曼因也不敢百分百确定，只是能够在易园流传的传言几乎都是接近真相的。

看到她为难，舒窈随手翻了一页，又是一张傅亦寒穿军装的照片，他正在喝水，是他难得的一张生活化的照片，她没忍住问："他很吓人吗？"

曼因更纠结了，想了半天，说了句赞美傅亦寒的话："其实指挥官挺心善的，他有一个基金会，专门资助那些贫困地区的小孩，已经做了许多年了。"

舒窈愣了愣，这倒是她没想到的。傅亦寒在她心里可不是什么大善人，说起做慈善帮助贫困地区的人，她倒是曾经和傅亦寒说起过这个事情，那时候傅亦寒正烦她，手里忙不完的事情，她却在一旁有说不完的话，一定要他给她一个确定的答案，而当时的问题是假如以后她造出许多武器卖给国家的话是不是可以拿到很多钱。

傅亦寒的回答得很简单："在加韦是不可以有私人研究所研究武器的，所以不存在卖给国家这种说法。如果想要加入这一行必须有军籍，政府会专门拨款给项目组，项目组会分给个人多少要看情况再定。"

"那我要是参加国外的研究所呢？不就可以卖给政府了？"

傅亦寒瞥了她一眼："那是叛国。"

……

然后舒窈便在他耳边絮絮叨叨说起了自己要赚很多钱，做很多慈善，特别是要让贫困地区的人过上小康水平的生活，甚至规划了几个地区画了图给傅亦寒看，让他一定要帮她想一个赚大钱的好生意，然后，她被傅亦寒丢出了办公室。

这么多年过去，她已经忘记了自己当初说过的话，谁知傅亦寒却在默默地做着，她心里生出一股异样的感觉来，问了曼因傅亦寒都做了哪些地区的慈善，得出的答案果然和自己当时画出来的那几个差不多。

两个人正在讨论这些地区现在的生活水平，良因走过来低声说：“舒小姐，先生请您去翠湖。”

舒窈眼睛亮了亮：“他不忙了吗？”回来这么多天，傅亦寒陪她的时间并不多，经常是他到鹿林的时候她已经睡着了，她睡醒的时候他又走了，有时候她会被他炙热的吻弄醒，做一些爱人之间才会做的事情，傅亦寒待她很温柔，大约是实在忍不住，多数时候还是不会弄醒她。

良因笑着：“是杨秘书打的电话，他说先生已经过去了。”

舒窈回屋换了外出的裙子，对着镜子收拾了半天自己的头发，找了卷发棒卷了发尾和刘海，这才出门，脚步松快，像是出门约会。

身后不远不近地跟着一队卫兵，只要她出门，不管走出多远身边总是跟着人，若是以前，她必定会想这是傅亦寒用来监视自己的人，现在对傅亦寒的心态放开，她把这些人归为保护自己。

易园其实很大，除了分二十四个小园外，还有属于自己的湖泊和湿地。翠湖并不是湖泊，而是一片湿地的名字，那边风景很好，舒窈以前很喜欢去，但是傅亦寒很忙，没空陪她，每次都打发女佣陪她去，想起过去，她也觉得自己很烦人，总是在傅亦寒忙得昏天暗地的时候对他有耍不完的脾气。

走了大约一刻钟，她终于到了翠湖的石刻前，傅亦寒穿着军装，正站在石刻旁边，看到舒窈，往前走了几步拉住她的手，声音低且柔：“听说你想我了？”

舒窈一时间没明白他这话怎么来的，但是很快她便想到了，她刚刚在网上搜过他的名字，他便说了这样的话，她当即便问：“你监视我？”

无论人与人的关系到达了多么亲密的地步，该有的隐私和距离还是要有的，在这一点上舒窈向来是很坚持的，因此对于忽然发现傅亦寒监视自己这件事她完全不能接受。

之前建立起来的那些信任就像是微薄的纸，人在不理智的时候总是把所有的事情都往坏处想：“你对我是不是很不放心？所以在鹿林监视我的一举一动，出来之后还派那么多人跟着我？”

如果有怀疑的种子，那么她不喜欢生根发芽，她希望把这些可能会间隙两人感情的因子扼杀在土壤里。

傅亦寒握着舒窈的手紧了紧，忽然放开她，并不躲避她的目光：“跟着你的人是用来保护你的，关于监控你网络社交和电话社交这件事，我已经吩咐下去不必再监视，不过现在是数据时代，只要你看过，就会留下痕迹，如果有一天我想看，还是可以看到，我能做到的就是不看。”顿了顿，他又道，“前提是你一直是在很好的状态下。”

这个不算误会的误会让舒窈心里有些不舒服：“不能任何时候都不看吗？”

傅亦寒无法给她这样的保证，他怕舒窈像上次那般忽然走掉，而自己根本不知道她在想什么。杨粒私下说他情商低正好被他听到，他没有处罚他，却认真反思过这个问题。他认识的女人不多，接触最多的就是舒窈，以前舒窈总是很任性，又很冲动，他已经适应了她的这种性格，可是她再次回到他身边之后，不再任性，对他有依恋，却又带着不经意的小心，而他更愿意她像以前那般恣意地对待自己，最起码那样的她心思简单。可她不，她能够冷静地分析所有的问题，然后同他生闷气，很多时候他都不知道她在想什么，他有些迫切地想要掌握她的每一个想法，防止她又忽然走掉。

他的世界里很难有原谅这两个字，但是在看到舒窈那么委屈的表情的时候，他原谅了她的私自离开。他不能保证每一次都原谅她，若是有一天他不愿意原谅她的话又会做出什么事？他自己的手段自己明白，他怕自己伤害她，所以不如就将一切放在自己的掌控之内。

见傅亦寒不回答，舒窈也觉得自己有些难为他，虽然现在她坚定地认为自己肯定不会背叛他，但是经历这么多事，她知道世事易变，也无法做任何保证，就像傅亦寒无法给她保证一般，她别过眼：“走吧，不是要去看湿地吗？”

看着走在前面的舒窈，傅亦寒抬脚跟上去，两个人一前一后沉默地走着，和舒窈想象的约会一点都不一样。

湿地一直有人打理，木制栈道修到了一眼看不尽的地方，风景宜人，空气清新，还有一群白鹤慢悠悠地喝着水，本来应该是一次很好的约会的。

舒窈试图缓解两个人之间的紧张气氛：“你今天不忙了吗？”

“还好。”事实上傅亦寒没有不忙的时候，只是在听人报告舒窈在搜关于自己的新闻的时候，没忍住心动了一下，迫切地想要见到她，正经地和她约会一次，所以才约了她在翠湖见面。当然他在听到这个报告的第一时间，下的命令便是不许再监视鹿林的一切，这一点尊重他还是应该给舒窈的。

舒窈不太擅长这类寒暄，接下来总不能问他在忙什么，他要忙的事情都是国家机密，她也没资格去问，干脆换了个话题：“我能去看看舒沄吗？”

“可以。”傅亦寒并不想每天把她困在身边，她确实应该有自己的生活。

“谢谢你。”舒窈低头慢慢走着，这客气的话让两个人之间好不容易建立的亲密消失得无影无踪。

其实她还想问一问舒擎宇的事情，但是新闻上没有后续报道，这种隔离审查多是不向外人透露的，她问傅亦寒这样的话无疑有一种想要人情的感觉，但是她又知道傅亦寒不会给她这样的人情，不如不问。

傅亦寒像是知道她在想什么，竟然主动开口：“舒擎宇的案子已经定了，两年，他不会受苦的。”

舒窈心里松了一口气，比她想的要好上许多，要知道这种事情是可大可小的，傅亦寒到底还是帮了她。

“谢谢。”舒窈忽然有些惭愧，她好像永远在麻烦他。

傅亦寒停下来看着舒窈黑葡萄似的眼睛："不要说谢谢。"后面的话他没说，舒窈却都懂。

"嗯。"舒窈不想扫兴，打起精神想和他一起好好逛一逛，却听到傅亦寒说："舒窈，我能保证只要你在我身边，我便不去看。"

说这话的时候，傅亦寒看着她闷闷不乐的表情，连眼睛都失去了光彩，他还是希望她开心的。

舒窈愣了愣，傅亦寒在哄她，情浓的时候他总是喊她的小名，她都记不得他有多少天没喊过她的大名了，他这样的保证至少是认真的，且是深思熟虑的，她心里是浓浓的惭愧，主动握住他的手："亦寒，对不起，我不想惹你生气，但是我也不想让这件事变成我们之间的定时炸弹，我们之间无论有任何问题，我都希望你能第一时间告诉我，可以吗？"

傅亦寒低头在她唇上印了一下，冰冷，却霸道："是不是在你心里我就这么不值得信任？"

舒窈一震，眼里慢慢升起雾气，她抬头看着他："不是，因为信任你，我才把问题摊开给你看，我不想让自己的怀疑生根发芽。"

傅亦寒有片刻愣怔，倒是没想过这个，抬手在她眼角碰了碰，他低声道："对不起，噜噜，是我要向你道歉。"

舒窈伸手抱住他的腰，然后任由他紧紧抱住自己，剩下的话都停留在了这一刻的温情里。

这件事说开之后，舒窈很快便将此事抛到脑后，拉着傅亦寒边走边同他聊天："我之前听说翠湖是人工湿地，是真的吗？"以前她很喜欢来，却没听说过湿地还可以人工制造。

"我们这样的平原内陆没有天然湿地，翠湖一直是人工景。"傅亦寒答，像所有的男朋友那样，恨不得在女朋友面前知道宇宙的一切。

"可是在易园里弄这么大一个景点做什么？又没人来看。"浪费钱。

"招待外宾用，周围有十二个独立的园区，每个园区的安保系统都不一样，而且这一块区域可以和易园划分开，不用招待外宾的时候就可以当景色对内开放，”他指了一个地方，“那边是干部家属区，翠湖有一部分是对他们开放的，当时也给舒擎宇分配了别墅，只是他不愿意带你们去住。”

这件事舒窈知道，当时他们没人愿意搬家，这件事便不了了之了。

“有时候会陪外宾来看看，以后你想来我再陪你来。”显然是也想到了以前舒窈总是闹着要他陪他不肯的事情。

舒窈笑了笑：“我以前是不是很烦？”

傅亦寒认真地回答：“有点。”

舒窈不敢相信这个回答，这是一个陷入热恋的男人该说的话吗？看着舒窈的表情，傅亦寒忍不住低笑：“不过我喜欢你那么烦着我，以后也可以烦我。”

舒窈闷闷不乐，终于明白自己当时为什么没有爱上傅亦寒了，这人对她总是不耐烦，还不会哄人，谁能和他谈恋爱？

“和我在一起是不是很无聊？”傅亦寒看着她写满了不满意的眼角轻笑道。

舒窈说大实话：“有点。”连聊天都不知道聊什么。

“嗯，那说点让你不无聊的事情，明天让程笑来陪你。”傅亦寒看舒窈嘟着嘴撒娇，心里很是受用。

舒窈瞪大眼睛：“真的？”傅亦寒恨不得将她藏起来谁也不让见，没想到他主动安排人来陪她。

“开心吗？”

舒窈重重点了点头。

“还给你安排了工作，在安全局给你清出了一整层，安排了几个专家，你们可以一起做研究。”傅亦寒说这话的时候认真地看着舒窈的眼睛，不错过她的每一个表情。

舒窈听到前一句本来很开心，后半句却并不怎么高兴了，心里想着该如何拒绝他。

傅亦寒自然看出了她的心思："加韦的武器装备不好也不坏，在周围地区甚至是有一些优势的，但是加韦不能永远停滞不前，即使不是你也会是别人，想要永远和平，靠的不是和其他国家谈判或者用利益交易，最基础和根本的是自己的强盛。如果一定要在经济能力和武力方面选一个的话，我选择后者。"

这样的选择确实很傅亦寒，在世界上这样的教训不是没有，一个经济发达的国家因为武器配备落后，随便一个破绽百出的理由，外国的军队便能开进去，武力壮国确实是很有必要，但是加韦远远没到任人欺辱的地步。

傅亦寒叹了口气："噜噜，我不是在逼你，这是你的自由，你也可以选择其他工作，只要你开心就好了。"

"我想想。"以前傅亦寒可没有这么好说话，当然舒窈也怀疑他是在以退为进，想来想去又觉得他没必要，毕竟他早就知道她的这个天赋，若是想让她为国效力的话，多年前便会让她进军队了，可是他没有。

"不可以怀疑我。"傅亦寒捏了捏她的手郑重地警告。

舒窈包着嘴笑了起来，声音有些横："你怎么什么都知道？！"真怀疑他是真的情商低还是装的。

看着她眼中的流光溢彩，傅亦寒嘴角牵着，就像以前一样，只要舒窈瞪着眼笑一笑他便知道她在想什么，他想也没想，低头便吻了下去。

第二天程笑果然来了，到了鹿林死活不肯进屋，站在两头鹿中间红着脸愤愤道："你说傅亦寒是什么意思？怕我炸了这里不成？从大门到这里一直有人跟着我！"

舒窈和两头小鹿已经很熟悉，摸着其中一头鹿的鹿角："每个人进易园都有人跟的，只是很多时候没人察觉。"

程笑张大嘴巴："那易园开宴会怎么办？"

"一对一。"以前她也不知道，这是傅亦寒告诉她的。

程笑咂着嘴不敢相信，两个女人到了一起，自然挽着手说悄悄话。程笑不愿意进屋，他们这样人家出来的孩子，到了别人的地盘最注意隐私，有可能被监听的地方绝对不去，况且她对傅亦寒也说不出几句好话。

两个人出了鹿林，程笑有些严肃地问舒窈："他对你好不好？是不是还关着你？"说完颇为自责，"他太强了，我没能力搞他，也帮不了你。"

舒窈听到有人竟然想搞傅亦寒，笑了起来，安慰程笑道："没有，他对我挺好的，我们从小就认识，他不会对我怎么样的。"

程笑愤愤："青梅竹马还那么对你，他这人可真够狠心的。"之前傅亦寒要把舒窈送到汤山去这件事她已经知道了，后来舒窈打电话求她，她也隐约能联想到傅亦寒对她并不好。

舒窈把之前自己逃走的事情大略说了一下，程笑不敢相信："你是说之前兵工厂的事情和你有关？"她一脸羡慕，"窈窈！你老牛了！"她明显是不想让舒窈再去想韩郅的事情。

舒窈被她逗笑："所以傅亦寒对我很好啊，这样都没对我怎样。"

程笑再次回到了最初的话题上："那以后怎么办？他不能老把你关在易园吧？给他当秘书？不好，每天看到他早晚得冻死。"程笑有些嫌弃傅亦寒，她一直喜欢阳光大男孩，对傅亦寒这样的不感冒。

其实舒窈知道程笑为什么不喜欢傅亦寒，程笑现在看起来开朗了许多，以前的时候脸皮薄，有次易园开宴会，她主动去和傅亦寒说话，傅亦寒冷着脸面无表情地看着她："有事？"

那时候程笑差点没被吓死，手都在抖，一句利索话还没说出来，傅亦寒已经招来了侍者："看看这位小姐有什么需要帮助的。"然后便转身离开了。

这件事给程笑留下了深深的阴影，而她之所以能和舒窈做朋友，是因为她太好奇舒窈是怎么厚着脸皮，在傅亦寒说了难听话之后，还若无其事地继续跟在他身后的。

舒窈回忆了一下，那时候年纪小，倒是真的不怕傅亦寒，只是后来家里出事，她去求傅亦寒，着实在他身上感受到了恐惧和压迫感，也终于明白了程笑的感受："他说让我出去上班，可是给我安排的位置我不是很喜欢。"军械的事情她没有和程笑说过，只含糊提起。

程笑是聪明人，并不细问，只是说："是你不喜欢的职业？"

舒窈摇头："也不是。"

"工作性质不安全？"

舒窈依旧摇头。

程笑一口气又问了好几个问题，见舒窈一直摇头，忍不住说："那你矫情什么？既是自己喜欢的职业，又能为国效力，多好的事情。"

舒窈没办法把话说透，只能苦笑。

程笑心里转了几转："不过这一切还都是看你自己，你不想去，傅亦寒还能逼你不成？你只管去做你喜欢的事情就行，傅亦寒以前就喜欢你，现在终于把人弄到手，不会强迫你的。"

舒窈想了想，认真来说，傅亦寒确实没有逼迫过自己，哪怕是那张染了血的设计图，也不过是想让她打开心结，只是他心里多少还是存着要用她的意思吧。

她在别的地方帮不上傅亦寒，每天看他忙得昏天暗地多少有些心疼，特别是这几天，他越发地忙了，她心里微动，却没有做决定。

真正让她做决定的，是她在电视里看到 W 国竟然向加鲁出售了一批世界顶尖的战斗机，萧哲可能并不想破坏加韦和加鲁之间的平衡，但是加鲁是一个军阀割据的国家，常年战乱不断，这种战乱是一种不确定因素，若是加韦不能更加强大，战火早晚要蔓延到加韦。而她想要的那种平衡，早晚会被打破。

当她和傅亦寒说起自己愿意去安全局上班的时候，傅亦寒没有过多的惊讶，他的反应甚至称得上是平静，仿佛她只是随便出去找了个上班的地方。

舒窈抱着他有些不开心："你怎么都不表现得激动点？招揽了我

这样的优秀人才，你难道不应该感到很开心吗？”

傅亦寒低头看着舒窈抱着自己的腰微微嘟着嘴，没忍住，在她唇上印了下去，噙着她的唇仔仔细细地给了她一个深吻，声音有些沙哑地在她耳边道：“你在我身边就够了，其他的无所谓。”

没有女人不爱听情话，舒窈也不例外，挂在他脖子上，黑葡萄似的眼睛里盛着笑意：“再说一遍。”

傅亦寒的回应是另外一个吻，有些急切的吻。

/ 第六章 /

如果时间能隔开过往

正式去上班之前，舒窈去医院看了一次舒沄，舒沄的状态已经很好，甚至和舒窈平静地聊了天。

舒窈还记得黎谢说过的话，拉着舒沄的手声音轻柔地问："姐，医生有没有说你什么时候可以出院？"

"说随时都可以，但是黎谢说让我在医院再调养一下。"舒沄从头到尾没有提起过被绑走的事情，有问必答，和以前没什么两样。

舒窈踟蹰许久，还是问："姐夫说你现在都不同他说话了，是不是？"

让舒窈没想到的是，舒沄并没有反感这个话题，而是道："我已经和他说分手了。"

舒窈大惊："为什么？"

舒沄不说话。

不用说，也知道是为什么，舒窈觉得灰心："韩郅已经死了，他已经死了，姐，你不用再害怕。"

舒沄别过眼："我知道，他临死的视频我也看过了。"她似乎不能提“视频”二字，手有些颤抖。

“黎谢爱你，姐，他会好好和你在一起的，他……”

“我怀孕了。”舒沄忽然打断舒窈。

舒窈难以置信地瞪大眼睛，就像是压倒骆驼的最后一根稻草，整件事明明已经平息了，此刻却再次掀起了巨浪，打碎了所有她自认为粉饰得很好的平静。

走出医院舒窈颤抖着手打电话给黎谢，第一句话便是逼问对方：“是不是你要和舒沄分手？”

电话另一端的黎谢沉默了片刻才开口：“她说我不和她分手的话，她就去死。”

舒窈颤抖得越发厉害，慢慢走到医院前面的石狮子旁边，扶着狮子蹲下去，泪水滴到地上，浸湿了一片。

“舒窈，我已经参军了，是我没有保护好舒沄，但是我可以保护好这个国家，不给加鲁任何伤害加韦人民的机会。”黎谢的声音很沉，也很静，风雨欲来的静，“舒窈，以后麻烦你帮我保护舒沄了。”

黎谢是军人世家出身，更是军校毕业，作战部多次邀请他加入，但是他为了多和舒沄在一起便拒绝了，这世上总有比这份事业更吸引人的东西，但是现在没有了。

挂了电话，舒窈久久地蹲在那里，有一瞬间忽然不明白自己之前是为了什么。黎谢说是为了更好地保护这个国家，傅亦寒说是为了国家更强大，不让任何人欺负，那么她呢?

头疼欲裂，舒窈觉得自己无法喘息，难受得紧。

一只温热的大手搭在她的肩上，带着傅亦寒略带焦急的声音：“噜噜？”

舒窈抬头，一双大眼睛红红的，还盛着眼泪，呼吸有些急促，唇颤了颤，到底没说出一句话。

傅亦寒将人抱起来疾步走进车里，声音严肃：“回易园。”

回到易园，舒窈果不其然生病了，发烧到了三十九度，易园的专用医生开了药给舒窈吃过，不被允许离开，只能在鹿林客厅守着。女佣端了茶来，是朗姆酒玫瑰茄制成的口味茶，舒窈很喜欢喝，所以鹿林里只有这个茶，即便傅亦寒来，也是喝这个。

傅亦寒将舒窈额头上的白毛巾换了许多次，到了后半夜，她的烧终于退了下去，她迷迷糊糊地醒了一次，还问他："舒沄说要孩子，傅亦寒，你说我要怎么办？"

傅亦寒握住她的手，一下一下地拍着她："医生说她这辈子只能有这一个孩子了，感情都是相处出来的，她自己的骨肉，她会对孩子好的。"

舒窈目光无神地盯着房顶许久，又问傅亦寒："当时我要是早点去求你，你是不是就早点把她救回来了？"

傅亦寒心里一痛，他知道舒窈一直很愧疚，却没想到她把所有责任都揽在自己身上："噜噜，我没有晚去，从你们家出事我便开始让人查了，一刻也没晚。"

舒窈闭了眼睛，可还是晚了不是吗？

她恨这种无能为力，忽然间赞同了傅亦寒说的话。只有强大，才可以免受凌辱；只有强大，才可以掌控世界；只有强大，才能保护自己和身边的人。

舒窈这场病一直持续了三天，待到刚刚好起来，她便同傅亦寒说："我明天就去安全部。"

傅亦寒不同意："在家里再休息两天，别回头又病倒了。"

舒窈反常地同他撒娇，主动吻了他："我就要明天去。"

傅亦寒知道她是下定了决心，便不再阻止她："早上十点到下午四点，中午休息两个小时，不能更久了。"

舒窈再次主动去吻他，傅亦寒往后退了退，舒窈抬手打了他一下，傅亦寒闷笑一声，咬她的耳朵："你病刚好。"他舍不得折腾她，可是舒窈却再一次缠了上来，傅亦寒掐着她的腰将她丢到床上去。

柔软的垫子让舒窈弹了两下，柔软的撞击让她脑子有些混，傅亦寒已经欺身压下，拽着她的两条腿圈住自己的腰，手往她的衣服里钻，密不透风地吻住她，难得地带了急切。

去安全部，舒窈有些忐忑，傅亦寒并没有送她，她也不想搞特殊。司机将车子开进安全部大门，又行了五六分钟，路过无数卫兵，才终于到了办公楼。

有人在等着接她，舒窈一下车对方便迎了上来："舒博士。"

舒窈有些囧，她没有念过博士，不过很快便释怀了，因为这里的研究员全部可以称呼为博士，当然别人都是真博士，只有她是假的，这让舒窈多少有些心虚。

对方领着她上了二十二楼，一路上用了五次安全指纹，过了三次红外线扫描，电梯里遇到的人都是一张严肃脸，彼此之间并不交谈，同舒窈以前上班的环境完全不同，私人企业显然更加有人情味一些。

到了二十二楼，领路的人带着她直接去见了大Boss，对方正在忙。那是个五十多岁的中年人，戴着眼镜，国字脸，头顶稀稀拉拉的几根头发，领路人称呼他陈主任，看到她进了办公室，陈主任只看了一眼，便道："坐着等。"

然后舒窈便在他办公桌不远的待客凳子上等了足足四十分钟，也看着他整理了四十分钟边缘发火式枪弹的材料。

一直到对方结束，收拾好桌上的材料，才正视舒窈，扶了扶眼镜："你是舒擎宇的女儿？"

舒窈点头，不知道傅亦寒背后是怎么安排的，但是看情况对方显然不知情："是。"

陈主任点点头："那行，我知道了，你先……"他顿了一下，显然是在想该怎么安排舒窈，"给刘向明当助理。"

舒窈乖巧地点头，职场上的规矩她还是懂一些的，不能在不知根知底的情况下太过于锋芒毕露，要想做好这个事情，她必须慢慢来："谢谢陈主任。"

陈主任收回目光，淡淡地“嗯”了一声，拿了内线电话打给他口中的刘向明。

两分钟后，刘向明将舒窈领了出去，此人一副温文儒雅的模样，三十五岁左右，一身的书生气，脾气也很好，带着舒窈在二十二楼走了一圈，介绍了每个部门：“咱们二十二楼的人一直不多，你知道做咱们这一行的，大多还是要去山里，在山里也更安全一些，不过我还是喜欢在市区，个人有个人的爱好，就是咱们在市里这些人身边跟的人也多一些，说是保护，也和监视差不多，所以出了这个门，这里的一切都要忘掉，知道吗？”

舒窈点头：“知道，谢谢刘老师指点。”

刘向明点点头：“有人推荐你来，说明你也有点本事，以后有需要我帮忙的只管说，说不定以后你的成绩还会超越我。”

舒窈不接这个话，也不知道他这话是否有虚头，只一味道谢：“谢谢老师。”

刘向明最后领着她去的地方是材料库，各种各样的配件摆满了整个空间，有狙击步枪、突击步枪、冲锋枪、通用机枪，还有一系列的榴弹炮、高射炮、火箭炮，舒窈的血微微发热，她一直是热爱这些东西的。

“这些大多是旧式的，”刘向明看她的目光紧紧锁在器械上，那是一种发自内心热爱的眼神，他表情温和了一些，“我们楼外有五百米的空地，知道是用来做什么的吗？”

舒窈带着疑惑的眼神看他。

刘向明笑：“地下有一个深度两百米的兵工厂，我们的设计图都会送下去。日后有机会再带你去。”

舒窈倒是没想到在首都城市行政区的地下竟然有一个兵工厂，一般人怕是想不到，看范围就可以猜到，兵工厂的武器供应量足以武装整个首都。

最后，刘向明将舒窈领回了办公室，空间很大，人却不多，部门只有六个人，专门研究步兵轻武器配置。刘向明向众人介绍了舒窈，大家都停下手中的动作认真地迎接舒窈，这种认真带着一种军人的严谨，不像是迎接，更像是开会，让舒窈有些不自在。

刘向明一一向舒窈做了介绍，然后分派了她的工作："你刚来，事情还都不上手，就先替大家整理文件，怎么样？"

舒窈心里知道对方是将自己当成来这里镀金了，却没有反驳："好的，老师。"

接下来的时间大家都在忙，刘向明拿了往日的资料给舒窈看："没事的时候先看这个。"

这是一些早期的研究，显然是防备舒窈，不愿意给她看太过于机密的东西，舒窈却看得很认真。越是基础的东西，越是能够体现能力，而且最重要的是，每个人、每个组对待同一件武器的思路是不同的，她想从中看出自己和他人的区别。

不知不觉便到了中午，大家都停下手中工作，约着一起去吃饭，那个叫金怡的唯一的女同事热情地招呼舒窈："舒窈，一起去。"

舒窈自然跟着起身，路上两人落后了几个男人几步，金怡悄声问舒窈："是不是觉得很无聊？"

"气氛是有些严肃，大家平时都不交流吗？"舒窈有些好奇，各自做各自的研究的话，何必组成一个组？

"初期阶段没什么突破就不交流，"金怡二十八岁，自认为自己是被事业耽误的伟大女性，性格活泼，就是长期相处的都是沉闷男人，终于来了个女的，她像是解放了似的拉着舒窈说个没完，"你家里什么关系进来的？"要不是关系户，不会被安排去看资料。

舒窈脸色微红，难道她长了一副关系户的嘴脸？不过她没有回避对方的猜测："我爸是舒擎宇。"

姓舒的大官也就舒擎宇那一脉，金怡已经猜到，但是听到舒窈承认，还是有些心惊，舒擎宇刚被军事法庭判刑，这是整个部队体系都知道的，她有些不好意思："不好意思啊，我不是故意的。"

“没事，反正大家早晚会知道。”这种事情回避没用。

金怡很快换了话题：“不过既然能安排，怎么不去其他部门，我们这个部门很枯燥的，而且专业性也强。”不待舒窈回答，她又问，“你读的什么专业？我是轻武专业，我们部门的人都是，不过隔壁也有其他专业的。”

两个人拿了餐盘夹菜，舒窈夹了自己最喜欢的茄子，不知道自己该不该实话实说，她踟蹰的时刻，金怡已经明白了，连本专业都不是，那举荐她来的人面子可真大。她有些好奇是谁，却也只是好奇，很快换了话题：“那边有卷牛肉，特好吃，我带你去。”

舒窈也松了一口气，对于金怡的体贴有些感激，接下来金怡果然没有再问过她专业上的事情。

吃饭的时候金怡拉着舒窈单独坐一桌，同她讲部门里的八卦，即便只有男人，八卦也不会少，她还特意同舒窈讲了几个一定不能得罪的人的名单：“那个姓姬的，特别小肚鸡肠，绝对的有仇必报的人，你可千万别招惹他……”

金怡说得兴致勃勃，舒窈的电话响起来，她不好意思地同金怡笑笑，金怡朝她挥手：“快去接。”

舒窈走到没人坐的几张桌子旁边才接起来，话筒里立刻响起傅亦寒的声音：“第一天上班感觉怎么样？”

“挺好的。”舒窈没忍住低声问，“我到底是走了谁的关系进来的啊？”

“杨粒的。”傅亦寒低低地笑，“怎么？他们给你委屈受了？”他不是没有想过直接给她安排职位，但是对于空降兵，他怕她会受更多委屈。

在这样的部门，到底是实力解决问题，熟悉之后，以舒窈的实力自然能站稳脚。

“没有，我就是好奇，”这种安排舒窈是满意的，来之前她还担心自己排场过大，谁知想多了，她同傅亦寒说了自己的同事和金怡，

“好歹还有个女的，不然我可能真的一天只能说上十句话了。”

“工作场合，又是军人身份，大家都自持一些吧。”傅亦寒同她分析，又问她，“吃饭了吗？”

两个人说了足足五分钟才挂了电话，临着挂电话的时候，傅亦寒说：“晚上我去接你。”

舒窈心里有些甜蜜，每天接女朋友下班的男朋友确实暖心。

回到座位上，金怡压低声音问：“男朋友的电话？”

舒窈有些愣，有那么明显吗？

金怡给了她回答：“你一直在笑。”虽然只能看到侧脸，但是在笑无疑了。

舒窈有些不敢相信，心脏如被重击，接个电话一直笑，这不是处于热恋状态的人才会有的反应吗？她和傅亦寒……确实像在谈恋爱，可她已经陷得这么深了吗？曾经和韩郅在一起的时候，舒沄也说她接韩郅的电话时像是换了个人，她忽然对一切都不确定起来，因为先投入的人，总是输得更惨。

待到下班见到傅亦寒的时候，她特别在意自己的表情，坚持要表现得淡定，再淡定。傅亦寒乘坐的是军方高官常见配备的载有武器和防御系统的越野车，随行的保镖车也都是一水黑色车子。幸亏是在安全局，在这里无论见到什么样的车子大家都见怪不怪，况且傅亦寒的车子车牌经常换，他自己不暴露没人会在意，若非如此，舒窈也不敢让他来接。

傅亦寒同舒窈说了几句话，见她兴致都不高，便也沉默了下来。其间他想去拉她的手，舒窈不着痕迹地避了过去，甚至在后来小心翼翼地往边上挪动了一下，傅亦寒的面色沉了下去。

回到易园，傅亦寒先下车，亲自帮舒窈打开车门，手放在车顶护着她下车。舒窈似乎有心事，一直没对上傅亦寒的目光，下了车略微站了站便要往鹿林方向走，连傅亦寒没跟上都没发现。

走了一段路，舒窈停下来同傅亦寒说话，发现没人应答才转头发现傅亦寒没跟上，便停下来转身，傅亦寒依旧在车边站着，手里拿着军帽，正目光沉沉地看着她。

舒窈一愣，正要招呼人，便见傅亦寒夹着军帽走了过来："我还有点公事，晚饭不用等我。"

舒窈没多想，想到他工作那么忙还去接自己心中一阵愧疚，连忙点头："好。"

傅亦寒眸色沉了沉，定定地看了她一眼，转身离开。

舒窈有一瞬间觉得傅亦寒的状态有些不对，但是脑子沉沉的，又理不出思路来，站在原地发了一会儿呆，想去找傅亦寒，又怕打扰他工作，只得先回鹿林。

以前舒窈是很喜欢热闹的，家里人多，每天都有很多欢声笑语，但是后来她又很害怕热闹，现在鹿林很清净，让她觉得很安心。

猛然间，她发现自己竟然变了这么多，以前她活泼开朗，现在她自卑孤僻。

这个发现让她觉得有些惶恐，曼因在茶水间煮茶的时候，刚加了果茶粒进去便听到门口有动静："舒小姐？"

舒窈若无其事地走进去："我来看看你们怎么煮茶。"

曼因笑着讲了一遍，看着炉子里慢慢升起的气泡："这不是酒精，是可见的电子火，可以控制恒温，让茶水慢慢加热，味道才最好。"

舒窈没见过这个，抬手想靠近感受一下，曼因拦了她："和明火一样会伤人。"

舒窈小心翼翼地靠近："我试试手温。"果然靠近之后一阵热气袭来，她有些惊讶，"这是我们自己发明的吗？"

"C 国传来的，他们国家的科技一向发达。"

舒窈点头，同她闲聊："是啊，C 国一向人才多。"

"我们国家还有很多人去 C 国呢，因为很多研究国内都没有条件。"曼因笑着，见舒窈肯同自己闲谈，兴致也高了起来，"等我们国家越来越强大，也会吸引很多人才来我们国家的，我觉得先生肯定能实现我们的强国梦。”

舒窈微愣，没想到一个女佣也有强国梦，她试探着问：“我们国家现在不是挺好吗？你这强国梦哪里听来的？”

曼因表情不变：“比起加鲁我们肯定好上许多，但是这种比上不足比下有余的想法，先生肯定不会有的，他是有抱负的人，我在易园八年了，几乎是看着他带领着加韦走到今天的。”八年前加韦连智能手机都没有，言语毫不掩饰她对傅亦寒的崇拜，说到这里，她有些不好意思道，“您可千万别说出去，我们就是私下聊天会聊到先生。”

“不会，”舒窈保证，“他确实比其他人做得都好。”她没有明说，但是意思曼因懂，说的是傅亦寒的父亲傅毅。

“所以说啊，八年能有翻天覆地的变化，再过八年，我们的强国梦肯定会实现。”曼因一脸期待，难得地露出属于年轻人的朝气，易园里大多数人都没有属于自己的表情，也是因为熟悉，曼因才敢在舒窈面前说这种话。

舒窈看着曼因给自己倒了杯茶，抬手示意曼因给自己倒一杯，两个人边喝茶边闲聊，舒窈漫不经心地问：“曼因，在你们心里我是什么样的人？”

曼因顿了一下，看舒窈确实只有一脸好奇，思索了片刻才道：“不爱说话，不太喜欢和人交流，您刚来的时候最吓人，就喜欢一个人坐着，一动不动能坐一整天。”

舒窈喉咙动了动，忽然想到和韩郅在一起的时候，有一次他向别人介绍自己的时候加了一句：“她不太喜欢说话，你们可别逗她。”当时她没在意，现在却觉得一口气哽着，怎么都发不出来。

是不是母亲去世后的几年里，家里人也都是这么看待自己的？所以叔叔每周都带自己出去玩，堂哥有宴会总是叫上她，舒沄闲着没事就喜欢找她逛街，就连程笑，在她面前也永远有说不完的话，所有的话题都是她能接的，他们每个人是不是都是那么看待自己的？孤僻？懦弱？冷漠？还有什么？

曼因没发现舒窈的心理活动，想了想，加了一句："对先生也不好。"说完她有些忐忑地问舒窈，"我这么说您不怪我吧？"现在她经常能和舒窈聊聊天，私下里关系还不错，但是舒窈身份不同，她忍不住和她说掏心窝的话，却又小心翼翼地唯恐惹到她。

舒窈收回心神，问："我怎么对他不好？"她又抱怨一句，"明明他对我更不好。"

"您第一次来的时候晚上生病先生照顾了您一整晚呢。"曼因说着舒窈不知道的事情，"但是他不让我们说。"

舒窈愣了愣，知道她说的是舒家出事那天晚上她来求他的时候："真的？"现在的她肯定相信，但是当时若是傅亦寒待她那么不舍得的话，怎么第二天她还病着便非要送她走？什么逻辑？

曼因那天是正好在场，不知道该不该说，舒窈看她一脸纠结，推了她一下："赶紧说呀。"她也好奇。

曼因转身去添茶，想要岔开话题："先生对您的好您感受不到，他对女人没什么耐心，可是您来鹿林之后他每天都来看您的，只是他总是夜里来。"她顿了下，加一句，"白天来的时候您也不肯见他，见了也不理人，先生每次走的时候都不开心。"

舒窈知道那个时候两个人关系确实不好，也不辩驳，只是追问："你之前到底想说什么？就我生病那天。"

曼因不肯说，舒窈去捏她的腰，惹得曼因笑起来："好好好我说。"

舒窈盯着她，看她又纠结许久，正要伸手去治她，便听到曼因说："您叫了别的男人的名字。"

无论如何也没料到是这样，舒窈并不觉得自己有错，此一时彼一时，当时她也并没有喜欢上傅亦寒，不过她还是问："还有什么我不知道的吗？"

"也没什么，就是……"曼因觉得舒窈能和傅亦寒好，他们这些下人也好做一些，"以前先生来见您，您不肯和他好好说话，他经常会问我们您的情况，每天都会亲自打来电话。"

舒窈想到那天在山上夜半傅亦寒用拇指摩擦自己的断指时候的表情，原来一切并非偶然发生的。

这次聊天对她的触动很大，她不禁又想到了下车时候傅亦寒的表情，绝对不是开心的表情。想来想去，她去厨房装了小厨房最喜欢做的酱牛肉去找傅亦寒。

傅亦寒所在的行政楼舒窈去过许多次，只是这次回到易园之后她便没有再来过，心里知道了分寸，知道这地方不是自己随便能来的，可是此刻她忍不住迫不及待地想要见到他。

一路上卫兵见到她都很客气，或许是被人吩咐过，没遇到一个阻拦她的人，甚至连仆人看到她也只是靠边站请她先过。

很顺利地到了傅亦寒的办公室外，这里有着并不怎么美好的回忆，不过舒窈已经忽略了那些，倒是遇到了杨粒："杨秘书，你也在。"

杨粒见是舒窈，轻微抱怨："指挥官不下班，我们也不敢走。"接着他又道，"您要找指挥官？我帮您接下内线。"

一分钟后，舒窈进了傅亦寒的办公室，他确实如自己说的在忙，桌上摆了成堆的文件，见到舒窈进来，他停下笔目光落在她手中提着的饭盒上："带了什么？"

"牛肉。"舒窈走过去把饭盒放在他的办公桌上，"你吃饭没有？是小厨房今天刚做的，特别好吃。"说着她将饭盒摆出来。

傅亦寒手指在桌上敲了敲："只有菜没有饭？"一看便知道不是认真给自己送饭的，看着舒窈有些不自在地站在那里，他声音低了低，"找我有事？"他怕自己把情绪带进谈话里把人吓跑了。

舒窈被他说得不好意思，确实是她没用心，随便找了个借口来找他，但是被傅亦寒这么直接戳穿，她有些生气："没事，你不吃我就走了。"她说着要将饭盒装起来，见傅亦寒不说话又不动，觉得自己莫名其妙发脾气，果然如曼因说的，自己对他一点都不好。

装好了饭盒，舒窈又站在那里不肯走了。

傅亦寒没舍得让她尴尬太久，站起身走到她身边将她困在自己和办公桌之间："什么事？"

舒窈二话不说便抱住他："你生气了？"

傅亦寒眉头紧紧皱着，被舒窈这样抱着，让他原本的负面情绪烟消云散，舍不得说她一句，又不知道该如何承认，显得他小气，最终还是轻轻"嗯"了一声，有些泄气。

舒窈长得不矮，但是比起傅亦寒还是低了一头，抱着他的时候脸蛋正好放在他胸口，听着他的心跳让人安心，她抬起头嘟着嘴："我不是故意避着你的，金怡说我接你的电话的时候一直在笑，虽然我早就打算和你进入一个新的阶段，但是我没想过会这么快，我怕……"怕自己陷得太深，怕自己万劫不复。

傅亦寒从不是情绪外露的人，只是盯着她的眼睛看，她的眼睛里就像有星星，永远看不腻："怕什么？怕我像韩郅那样伤害你？"

舒窈的眼眶立刻红了，傅亦寒说不下去，低头精准地堵住她的唇。她能说出这样的话已经实属不易，他还能强求什么？

最后舒窈是被傅亦寒抱回去的，她是第二天才知道的，气得她冲着傅亦寒怒吼一通，坚决不许他送自己去上班，气冲冲地跑走了，身后是傅亦寒站在廊下的低笑。

真是……讨厌！

舒窈的工作性质很稳定，之所以说稳定，是因为刘向明根本不让她接触正在研究的项目，虽然没有处处防备她，但是也从不让她接触核心内容，舒窈只能从每天的简报，和帮大家整理的项目资料中探得一二。

他们现在研究的是改进 LD 系列的迫击炮，有一次吃饭的时候，舒窈问了金怡他们现在做的项目最终目标是什么样的，金怡对于总是无法突破这件事很郁闷，便和舒窈吐槽："我们现有的最先进的迫击炮就是 LD 系列的，但是问题一大堆，炮弹本身有底火，发射时把装好火药的炮弹从炮口放入，当炮弹下滑触及炮筒底部撞针时，炮弹就会发射出去。这完全像是五十年前的技术，而且弹体强度不够，100% 装药会使破片质量太小，杀伤半径也会减小，所以一般 70% 装药，方向公算偏差也超过 4 密位……”看着舒窈一脸的沉思，金怡唯恐她听不懂，安慰她道，“听不懂也没事，以后慢慢就好了。”

舒窈笑了笑没说话。

过几日，从简报中舒窈能看出他们到了瓶颈期，现在的最大射程是 6 公里，高低射界 45-80 度，初速也只有 280 米每秒，他们已经改制了射程，射击准度却一直无法更加精准，但是舒窈看不到更多的资料，无法推演更细致的细节。

舒窈坐的是单独的位置，每天没人关心她做什么，也没人关心她的工作内容，她整理早期的文件很快，而且很多东西她原本就懂，做起来毫不费力，闲下来的时候她会自己一个人推算他们现在正在研究的迫击炮改良，将他们已经研究出来的部分全部推演一遍，只是不知道和他们的结果是否相同。

舒窈不好去问别人，便按照自己的思路走，按照射角度数 45 度，在机构的刻度盘上固定旋转角度，使得轮盘上的 45 度刻线与基座正上方的刻度线一致，在炮口平面上固定射角测量装置，需要坐盘的直线边与火炮管轴线对齐，仪表盘内部的指针晃动稳定后转动角度装定机构，调整高低度……

舒窈正认真研究，听到有人喊一句：“舒窈，给我们大家倒点水好不好？”

舒窈一愣，她一向知道机关里的新人不好做，而一个部门做项目的奖金是均分的，想来大家已经忍她许久了，以为她什么事都不会做又要分走大家的钱，今天这种不满终于爆发了出来。

金怡向来照顾舒窈：“姚凯你要喝水呀？我给你倒，我正好也要去倒水。”

舒窈已经站起身，有些不好意思地朝坐在金怡对面的姚凯道：“我来吧，反正我也没什么事。”

她并不想得罪人，而坐在姚凯旁边的朱潭也感受到气氛不对，拿着杯子站起身："走，我陪你一起去，这么多杯子你也拿不过来。"

其他人都只是同情地看了一眼舒窈，这种时候他们再开口难免会落姚凯的面子，姚凯这个人心眼一向小，而且他曾经是陈主任的学生，大家都尽量不得罪他。

舒窈自然地接话："好呀。"

金怡再动难免有些不妥，拉了拉舒窈的手，舒窈朝她一笑安慰，然后和朱潭一人拿了一个水杯出了办公室。

一路上朱潭都没有提起姚凯，反倒是和舒窈说一些无关的事情："你也来上班一个月了，工作上有什么困难吗？"

"还好，组长给我的任务都不难。"

"有什么不懂的可以来问我，组长可能没那么多时间，但是你看的那些资料都是我们做过的，其他人也都会帮你。"

舒窈知道他的好心，这一个月来虽然大家相处得不咸不淡，但是也没人为难过她，大约觉得她是女人，还是个非专业出身的漂亮女人，对她颇为避嫌，后来舒窈也大概明白了大家的心思。她听说过不少高官将自己的情人安排进好单位这种事，他们大约认为她也是那种女人，唯恐沾了腥气莫名得罪人。

"谢谢你，不过目前手里的工作都能明白，有不懂的一定向你请教。"舒窈客气道，还在想自己到底算不算那种女人。

到了茶水间，朱潭一边接水一边说："现在我们的项目已经到了收尾阶段，你突然进来的话肯定会不适应，"没有将接下来的话说完，舒窈却懂，听他又说，"下个项目组长应该会让你一起进组做，到时候对你也好。"

这种小心翼翼的安慰让舒窈心中一暖："没事的，我本来就是空降兵，以后拿出自己的实力就好了。"

关于实力这件事，朱潭自然没有接话，舒窈知道他是不相信她会和"实力"有什么关系，也不多说什么。

回到办公室，舒窈给每个人的杯子里都添了水，所有人都客气地说了谢谢，金怡更是最先凑趣讨水喝，只有姚凯坐在自己位置上一动没动过，更没有一句“谢谢”，舒窈倒是无所谓。

不过她很快便学会了办公室的生存法则，每天都会在固定时间帮大家添水，一天不低于六次，办公室的卫生也都是她在打扫，金怡经常会帮她一起，男人们粗心，没人说过什么。倒是朱潭，每次都能恰到好处地帮舒窈化解尴尬，有时候他还陪金怡和舒窈一起去食堂吃饭，仿佛在努力让舒窈融入这个集体。

这晚傅亦寒回到鹿林的时候，舒窈还在研究白天的推算结果，楼上有之前让人搬来的无弹药装置，舒窈经常会去反复试验，连傅亦寒进门她都没感觉到。

傅亦寒拿了舒窈放在一旁的手书翻了两页，上面密密麻麻记录着他看不懂的数据，他一向聪明，但是也不得不佩服在某些领域有着只属于自己世界的人。他将东西丢在一旁，看着舒窈正在认真地一遍遍画图演算，纸上全是他不认识的公式，他打头看了一行，没看完便直接放弃，完全是他不知道的领域。

有人说认真的男人最有魅力，他觉得认真的女人更有魅力，只是他心中有些不喜完全将自己屏蔽在世界外的舒窈。

不知道过了多久，舒窈嘴角终于露出笑容，将手中的笔放下，一转身便看到坐在不远处的傅亦寒，她猛然吓了一跳，心惊又生气，可看到傅亦寒微微闭着眼睛，支着头一动不动浅睡的模样，心迅速软下来。他竟然睡着了，不知道在这里等了多久。

她轻手轻脚地走过去，看傅亦寒完全没有反应，大着胆子去捏他的鼻子，手刚伸出去，便被人拉了一把，一阵天旋地转，下一刻她已经在傅亦寒的怀里。

舒窈在他身上拧了一把：“诈我？”

“没有，刚醒。”傅亦寒抬手抚摸她的唇瓣，他以前并不相信人间真爱这种东西，可是舒窈恰好每一样都是他喜欢的，仿佛是为他量身定做的，哪怕她现在和以前完全不同，他也依旧喜欢。

舒窈推他，觉得傅亦寒只要遇到她，脑子里似乎只剩下那档子事儿：“吃饭没有？”

傅亦寒没有回答，而是问：“朱潭是谁？”

舒窈愣了下，瞪大眼睛看着他，立刻反问：“我记得这件事我们已经讨论过了。”语气丝毫不退让。

傅亦寒倒是不生气，转头看了眼旁边小几上的电话：“你的聊天框一直蹦出来，无意间看了一眼。”

直到现在，她手机上的对话框还在往外跳，其中一个是聊天群，下面单独的一个朱潭的问候，每次聊天群亮起来的时候，朱潭的对话框也会显现出来。

舒窈看了一眼，立刻明白自己误会了他，脸色涨红，又有些难堪和心虚，下意识地去抓傅亦寒的手，见他只是目光沉沉地盯着她，立刻探过去在他唇上印了一下，再次看他的表情，依旧是没有表情。

“对不起对不起对不起。”舒窈无意识地撒娇，实在是傅亦寒前科太多，让人不能相信。

傅亦寒掐着她的腰将她放在地上，语气淡淡道：“原谅你了。”说得云淡风轻。

舒窈却忐忑得很，主动抱上他的胳膊，吃饭的时候更是主动夹菜给他，明显在讨好他。

对于舒窈的讨好，傅亦寒接受得理所当然，在舒窈帮他盛饭的时候还用下巴点了点空碗：“盛碗汤。”

舒窈知道他是故意的，伺候得周到，心里隐约能够感受到傅亦寒很享受这种家庭温暖一般的感觉，这大约和他的成长环境有关。他自小便没有母亲，和父亲关系又不好，她认识他的时候他便是这样，除了工作永远是形单影只。

原本的歉意变成了另一种不想他孤独的欲望。

待到吃完饭，两个人又到外面散步消食。易园里面有个百花园，傅亦寒经常让人采了鲜花放在舒窈的床头，舒窈喜欢花，也有插花的天赋，没一会儿手中已经一大把，小手很快便拿不下了。

傅亦寒帮她拿过去，忽然问了句："那个花瓶要不要换掉？"

舒窈愣了下："好啊。"不明白他怎么忽然提起这个话题，那个花瓶是一直在那里的，她没有注意过。

傅亦寒脸色好看了一些，低低地"嗯"了一声。

一直到回去的路上舒窈才想起来，那个花瓶是她刚住进鹿林的时候，一个女佣特意拿来的，当时还询问了她的意见，是她喜欢的颜色和样式，她便点了头。想到在鹿林里消失的那个韩郅的眼线，她终于明白傅亦寒为什么会忽然问这个问题了。

于是她说："你送我一个新花瓶吧，我喜欢那种胖肚子的，插单独一枝花很好看。"

第二天花瓶便出现在她的房间里，是复古绿的颜色，配上圆木小几漂亮得很，连舒窈都要忍不住赞一句傅亦寒的眼光。

当然，肯定是傅亦寒亲自选的，他就是小气到这么可爱的人。

这天，舒窈拿了厚厚的一堆图纸进了刘向明的办公室，在这一层楼工作的人都很忙，刘向明也不例外。

听到舒窈敲门进来，他只是给了她一个"坐"的手势便低头去忙了，一直到许久之后，他才停下手中的动作，一脸和气地问："舒窈啊，什么事？"

舒窈对刘向明的印象很好，他身上有文人的气质，任何时候都不急不躁，她拿了自己手中的资料走过去放在他的办公桌上："你们在做的这个项目我只看到了一小部分，因为看不到你们的过程是什么样的，就按照我自己的来了，但是结果应该是差不多的，射程可以提高到12公里，发动机点燃烧12秒可进入飞行阶段，并且燃烧5秒，飞行74秒可以达到最大射程，可装56枚子弹和榴弹，穿甲能力也会提高68%，我自己做过几次推演，只是没有试射过，您看下没有问题的话，我们可以重新推演一遍，再做样品。”

虽然她心里几乎可以确定自己的东西是没有问题的，但还是说：“或者合适的话我可以看一下你们的过程，再一起探究一下。”

刘向明没有说话，只是一页页翻过舒窈的资料，最后竟然站起身，手指有些激动地颤抖着，指着其中一页：“用环形激光陀螺装置可以让现有位置圆概率误差 10 米，精准度 3 米半径，这个指挥系统之前一直应用在重型武器装备上，我们若是能采用的话再好不过，10 秒内完成弹道计算，一分钟内第一发炮弹就可以离开炮管，好！好！好！”

“弹体用薄壁钢，采用碰炸引信，装配时将引信螺接在制有螺纹的弹体头部，尾翼螺接在弹体尾部。尾管底端用内螺纹，装入基本药管与底火螺接，可以通过调节附加药包数量获得 5 种不同的初速和射程。”

“炮弹和炮管贴合度你是怎么理解的？”

他这个问题很初级，舒窈还是回答道：“底火被击发后点燃炮弹尾部的基本药管，捆绑在弹体外面附加药包内的火药也会被点燃，虽然炮弹与炮管之间有一定的间隙以保证炮弹滑落，但是弹体外部的闭气环仍能形成极大的膛内压力，推动炮弹出炮口并飞向目标，这种发射原理决定了迫击炮弹不能与炮管紧密贴合。”

两个人竟然不知不觉说了两个小时，刘向明打了电话到兵工厂：“准备好机器，我们现在送设计图纸过去，今天还希望你们部门能够加班一下。”

手下压着资料，刘向明看着舒窈，一时间不知道该说什么。明明是个大宝贝，他竟然让她闲置了一个月，他又是后悔又是欣慰，半晌才说：“舒窈，你先和他们一起去吃饭，晚上留下来一起加班。”

办公室里加班是常态，只是舒窈没有加过班，以前他们也不需要、不希望她留下来，这次刘向明让她留下来加班是对她的肯定，舒窈有些犹豫，最终却还是点头。

出了刘向明办公室的时候已经到了晚饭饭点，金怡还在等她，见到她便拉着她问："你们说什么呢？这么久？"

舒窈不欲瞒着她："还记得你和我说过的迫击炮射程和偏差问题，我自己推演了一遍给组长看，他说要我晚上留下来一起加班。"

金怡张大嘴巴："你自己推演？"

舒窈点头："我不知道你们的步骤，都是按照我自己的办法来的，不知道能不能行。"她谦虚道。

金怡正要细问，手机上便来了紧急信息，同时舒窈也收到了：二十分钟后办公室集合。

"二十分钟！"金怡拉着舒窈便跑，"快快，不然今天要饿着肚子加班了。"

舒窈吃得不多，趁机给傅亦寒发了信息告诉他自己晚上要加班，让他不要等自己吃饭，不过没等到他的回信便被金怡急急地拉着回了办公室。

男人们永远都比女人们更利索一些，金怡和舒窈回到办公室的时候其他人已经都在了，刘向明看到两个人没有批评，只是道："过来入座。"

金怡心虚地拉着舒窈过去，特意让她坐在自己身边，面前的桌上每个人面前都放着一份资料，刘向明没有坐下，而是翻开了自己面前的文件说："你们手上的东西我已经让工厂准备好随时开始铸模，样机要两天后才能拿到，我个人认为没有很大的问题，但是大家还是再一起推演商量下看是否正确可行。"

大家显然没料到刘向明让他们看的是这个，一时间都震惊了，纷纷细细地开始看手中的资料，许久没人说话。

金怡看着资料难以置信地看了舒窈一眼，又一眼，大约是没料到身边有这样的高人，目光又惊喜又复杂。

过了许久，姚凯问出了第一句话："组长，这是您的推演吗？"声音沉重又带着敬佩。

“这是舒窈的推演。”

这下所有人都震惊了，纷纷投来难以置信的目光。舒窈脸皮薄，被大家看得不好意思，慢慢开口道：“有不对的地方还希望大家多多指教。”

这下大家忍不住调侃：“舒窈你藏得可真够深啊，你怎么不早点说？早点说我们这个项目说不定早就结束了。”

这话舒窈很受用，却还是谦虚道：“不知道我的能力能不能赶得上大家，所以还是自己先试了试。”

“在战场上若是成为被压制的一方越是高科技越是容易出问题，除了用环形激光陀螺装置，小口径迫击炮也能自动装弹，简易拆分，在战场上便利性大大提高，你是怎么想到的？”

不待舒窈回答，又有人说：“拆分装置重量可以达到 27 千克，以后单兵作战也可以使用，对于步兵来说价位配给也会更有优势。”

“装入火箭弹的话，大角度曲射，以高弹道从空中俯视扫描地面目标，控制弹头攻击坦克装甲车辆顶部装甲，破甲厚度是不是会超过 300 毫米？”每个人都很激动，每个人都有很多话要问。

“绕过难于击穿的坦克正面装甲，攻击坦克薄弱的顶部，这样步兵也可以有效正面遏制坦克攻击的能力，舒窈你快说，你怎么想到的？”

大家七嘴八舌地提问，舒窈耐心地一项项解释，其实这些刘向明已经问过一次，但她还是耐心地又解释了一次。

“你确定数值都对吗？”

“不确定，所以还需要大家再次推演一下。”舒窈不愿意把话说得太满。

两个小时后，大家对着一模一样的数值心情复杂得很。

刘向明做了最后陈述：“我们按组推算，同时铸模继续，如果可以的话，大家这两天不要离开办公室。”

没有人反驳，所有人都投入了空前的热情。

不过舒窈并没有留下，当天依旧回了易园，那些推演并不需要她留下。

两天后，第一个样品出炉，高强度合金钢整体铸造，炮管后部刻有散热螺纹，K 形可折叠脚架让人目光发热，至少从外形上来看是完美的。

出乎舒窈意料的是，姚凯竟然主动说："组长，请让我参加试射。"

单位内试射武器有很严格的规定，第一组三人，第二组六人，第三组十二人，必须经过五轮试射才可以。

刘向明看了看手表，然后说："明天，明天进行第一组试射，现在大家早点回去休息。"

临着工作结束大家离开的时候，刘向明没忍住，夸了舒窈："做得不错。"

金怡一直在等舒窈，有千言万语想问她，大家一起去坐电梯，人多她不好问，只紧紧拉着舒窈，在电梯里，气氛安静得有些异常。

姚凯打破了沉默："舒窈，这是你独立做出来的吧？"

气氛依旧安静，彼此的呼吸声都能听到，金怡正要反驳，便被舒窈拉住，因为姚凯不过是问出了大家的心声："是我自己做的，我虽然不是科班出身，但是我从小就对这些感兴趣，所以也懂一些。"她没有说舒擎宇，但是显然大家都想到了，一个武器专家私下教授自己的女儿，听起来似乎合情合理。

姚凯依旧带着质疑："希望接下来的试射会顺利，也希望下个案子你依旧能有这样的突破。"祝福的话里充满了挑衅。

舒窈淡淡回应："好。"

到了停车场，大家分开各自去找各自的车，金怡和舒窈同路，之前傅亦寒发了短信说派了人在停车场等她，两个人一边走一边说，金怡又羡慕又嫉妒："你说说你，到底是什么天赋，我们这么久没解决的问题你一个人就给解决了。"

舒窈同她开玩笑："以后有不懂的就来问我。"

“哈，你取笑我！”因为她对舒窈说过这句话，“不过以后你真的要罩着我，不管去哪里都带着我，好不好？”

不待舒窈回答，她摇了摇舒窈的胳膊：“跟着你肯定赚大把的钱，一个项目分一大笔奖金，一年能买几套房，想一想好幸福。”

“买那么多房子干吗？”

“升值啊，等我老了就是老富婆了，至少不会害怕自己在慢慢变老，不然又老又穷好可怜的。”金怡故意露出一个可怜巴巴的表情。

舒窈没想过以后的问题，因为她没缺过钱，也不懂得投资理财，更没想过以后。她知道家里还有几套房产，只是没去关注过，舒沄出院之后便住进了其中一套高级公寓，她去看过她两次，她的肚子已经渐渐大了起来，舒窈没敢再提打掉孩子的事情，舒沄的情绪看起来稳定，但是舒窈还是有很多担心，特别是舒沄不愿意去看心理医生。

金怡摇了摇舒窈的胳膊：“到底好不好嘛？到时候我们可以一起去买房，我已经看好了一套，就在金英路，全装高级公寓，装修好得不得了，你什么时候有空我带你去看看？”

舒窈没钱，但是不妨碍她去看房子，有些迟疑道：“我回家和家里人商量一下。”

“那我们说好啦！”金怡开心道，仿佛真的已经发了大财。

舒窈失笑，她没有过被依靠的感觉，倒是不错。

一辆黑色的车子开出来，舒窈认出那是傅亦寒派人来接自己的车子，特别是对方将车子停在路上之后还下车向她示意。

舒窈看了看对方，同金怡道：“我家里来接我了，我先走了。”

金怡看了看那车子，她见过，也知道是什么级别的人才能配的车，但是她没多问：“那明天见，你快去。”

“拜拜。”舒窈同对方说再见。

上了车，舒窈愣了一下，瞪着傅亦寒：“你怎么来了？”

傅亦寒嘴角噙着笑，将人拉上车：“聊什么这么开心？”说着他将舒窈的小手放在自己手心细细把玩着，舒窈不让他来接，他只能偶尔来，今天他来得早，谁知道碰到她加班，便等了几个小时。

舒窈想了想，对傅亦寒说："同事说要买房，让我一起买。"

傅亦寒挑眉："我那里有一些房产，明天拿给你挑一下。"

"不要，"舒窈拒绝，"我要自己挣钱了。"

傅亦寒已经猜到，看舒窈一副"快夸我"的表情，他的眉眼忍不住更柔和了一些："那群老迂腐终于肯让你进组了？"

舒窈得意地看了他一眼："我解决了他们半个月都解决不了的问题。"她依旧是"快夸我"的表情。

傅亦寒笑着道："我们家噜噜真棒。"

舒窈一脸受之无愧："他们的下一个项目我已经知道是什么了。"

"那看来他们以后都要靠你买房了。"傅亦寒看着她的表情，捏了捏她的脸，真软，一直都这么笑才好。

舒窈大言不惭："以后包给我就行了。"

车子和金怡的车子擦肩而过，金怡摇下车窗还在往这边看，舒窈下意识遮挡了一下，待到车子开过去，她才想起来去看傅亦寒，果然看到对方意味深长的表情，她讪笑一声："长得太帅，不敢让你出门见人。"

连司机都忍不住往后视镜里看了一眼。

舒窈有些脸红，推了傅亦寒一下，傅亦寒换了个话题："今天升职加薪，值得庆祝，去云之乐？"

确定傅亦寒不是调侃自己，摸了摸肚子，倒是真的饿了，傅亦寒永远这么细心又贴心，舒窈有些感动，抱着他的胳膊："你真好。"

不是撒娇，胜似撒娇，傅亦寒说："你记得就好。"

"记一辈子。"傅亦寒这么对她，她不介意让他也更开心一些。

傅亦寒在她额上轻轻吻了一下。

/ 第七章 /

梦境太浩瀚，你太远

晚上两个人靠在一起看电视，舒窈腿搭在傅亦寒的脚上，手里还拿着杯子在喝水，自在得很。

傅亦寒不挑节目，所以遥控器永远是掌握在舒窈手中的，一般情况下她喜欢看一些轻松的综艺节目，或者推理性质的电视剧，不过今天她格外照顾傅亦寒，调了一个新闻频道。只是正在播放的内容有些敏感，是加韦和加鲁的边界问题，加鲁的炸弹一年内第三次越界掉进了加韦境内，炸死了十七个平民，再一再二没有再三，民众闹得很凶，政府发言人一天要开三次媒体见面会，依旧无法平息这件事。

舒窈有些揪心，但是这件事她插不上嘴，想要换台又怕傅亦寒多想，便不自在地坐在那里一动不动。

傅亦寒看了她一眼，主动开口："明天加韦代表会召开发布会声明是误会。"

到底是不是误会舒窈不知道，但是听傅亦寒的口气也知道事情不简单，她踟蹰了一下，还是没问，只说："那就好。"

傅亦寒审视的目光在她脸上转了几圈，最后安慰似的说："别担心。”

舒窈知道他是真的不介意，便赶紧换了节目。

事情随着时间的过去还是渐渐地平息下来，只是加鲁和加韦的小摩擦一直不断，加韦人民都认为加鲁是故意挑衅，但是每次只要出了事对方便赶紧道歉，姿态做得十足，而且加韦比加鲁开放发达许多，更要考虑大环境的舆论，不可能武力压境，这种不忿也只能内部消化。

舒窈搞不清傅亦寒对加鲁的态度，也不敢多问，只当作什么都不知道。

单位里五轮试射已经完成，后期调整也基本结束，投入制作后第一批进入军队装备，三个月内零问题会扩大生产，而刘向明已经发下了下一个项目的资料。

轻型反坦克武器，可发射制导导弹，采用攻顶方式打击装甲目标，摧毁具有重装甲防护的主战坦克。

有了舒窈的加入，整个项目进程都快了许多，而这对舒窈也是有帮助的，她已经在无形之中得到了组里的分配权，一些对她来说简单却烦琐的事情她可以让别人去做，而她总是攻克最难部分的那个人，在组里俨然已经是比一把手还重要的位置。

几个月的时间，组里出了六项研究，并且全部投入生产，每一样产品都零意外。

其间隔壁弹药组还拉着舒窈参加了一个项目，对舒窈赞不绝口，多次提出要舒窈转到他们组去，都被刘向明拒绝了。陈主任倒是每个组派了三个人过来，组里研究的便不再是单一的轻武器，也加入了一些更加现代化的弹药系统。

刘向明顶不住大家的压力，特意去找了陈主任，有些为难地说：“主任，舒窈本来就是我们组的人，项目资金和奖金也都是大家共享的，现在忽然来了这么多人，能给组里带来什么还没看到，奖金是不是……”

陈主任坐在办公桌后插着手放在桌上，一脸严肃：“军人的天职是服从命令，既然调了那些人去你们组里，那么你就该把他们当自己人，万万不该有这种自私的想法。舒窈的事情上当初我就偏心了一次把她放在了你们那里，现在总要平衡一下大家。”

刘向明知道陈主任这是瞎话，当初他是没地方丢，正好他组里有一个名额，就把这个“废人”丢了过来，现在倒好，道貌岸然地说是照顾他，他心里不服，但他是个文人，不会撒泼耍赖，怎么可能说得过陈主任这种人精，这件事到底是不了了之。他还不得不给大家开动员会，要求大家平常心对待，他想的是到时候大家各自拿出本事来，都能用上，奖金自然是要均分的。

这件事领导不给力，大家也只能认了，倒是并不影响工作。

舒窈像往常一般，每次去接水的时候都会顺便提一壶水进来，姚凯也跟在她后面拿了水壶一起出去。

现在姚凯对舒窈改观了许多，很多时候甚至会主动帮她，无论是工作还是私事，他这个人虽然小心眼，但是对于真正有能力的人是打心底佩服的，所以无论为舒窈做什么他都心甘情愿，有时候同她说话语气里还带着些许讨好。接完水回去的时候，姚凯将两个盛水壶都拿在手里，同舒窈闲谈：“舒窈，有一个问题我一直没明白，即刻停止发火弹，你的设计理念从哪里来的？”

舒窈同他解释：“弹头空尖设计质量降低，初速就要提高，只要装药合理，就可以达到 437 米每秒的初速，枪口动能也可以达到 248 焦耳，碰触目标后即刻碎裂成三瓣，兼顾了浸透力和停止作用，高速会让目标加速停止力度，不过这个设计也有许多需要完善的地方。”

姚凯对她更加信服，在舒窈说完后，他忽然问了一句：“你有男朋友吗？”

舒窈一愣，还未回答，便听姚凯又说：“我们单位这么多未婚的，你考虑同事吗？”

没想到大家这么关心她的个人问题，舒窈笑着拒绝：“不考虑。”前一个问题她选择忽略。

姚凯没有再多说话，这个问题似乎到此为止了，但是接下来舒窈发现这个问题远远没有到此为止。

不知道是不是新来的同事性格过于活跃，以至于每个人都能和舒窈开几句玩笑，熟悉之后，更是当众问舒窈："舒窈，你真的不考虑在我们之间挑一个？你看我们个个颜正工作好薪水高，选我们绝对不吃亏的。"

舒窈伸出食指笑着摇了摇："真的不考虑。"

倒是每次去接水的时候，姚凯都会积极地跟在她身边，似乎根本不把舒窈的拒绝放在心上。

时间很快到了月底，之前每个月底大家都会照惯例去朱潭家吃饭，朱潭是他们之中最大的"土豪"，因为家世好，住的一直是别墅，每个月都会请大家一起吃饭。舒窈去过一次，私下里大家相处得比较轻松，比在办公室里气氛好许多，也不说工作的事，更像是朋友之间的聚餐，舒窈很喜欢这种氛围，所以在朱潭开口邀请的时候她便答应了下来。

傅亦寒不太过问她工作上的事情，给她的私人空间也很大，并不限制她的活动空间，只是她离开安全部范围的时候会派更多的人保护她，除此之外她的生活各个方面都很正常，她甚至还去见过舒沄几次，舒沄已经进入待产期。虽然舒窈并不希望这个孩子生下来，但她还是希望舒沄好好的。

朱潭的别墅在市区内，寸土寸金，只他一个人住，用人偶尔来帮忙，大多数时候他都自力更生，不过现在他倒是多了几个帮手。

金怡一边洗菜一边抱怨："上次来的时候还有个阿姨在做饭，这次直接变成我们自己动手、丰衣足食了。"

舒窈在配料，她能做几个可口的大菜，上次做过两个，大家都说还要再吃，她决定多做两个。

洗完菜，金怡笑嘻嘻地凑过来问："有什么要帮忙的？"

舒窈还未说话，便听到朱潭说："楼上右手边第二间屋子里的储存冰箱里有风干牛肉，你去拿一条来，是我家里自己做的，今天让你们尝尝什么叫真正的地方特色。”

“好嘞，你可别骗我。”金怡是个肉鬼，听到有肉立刻跑走了。

厨房里只剩下舒窈和朱潭两个人，舒窈同朱潭闲谈：“你可要小心金怡把你家仓库吃空。”每天一起吃饭的人，舒窈见识过金怡的饭量。

“不怕，你们这样的，再来十个我也养得起。”朱潭将舒窈配好的料前后将黑鱼抹均匀，肚子里放了姜。

舒窈笑了一声，去配炒鸡料。

“吃荔枝吗？”朱潭转身从冰箱里拿出一个玻璃碗，里面是一碗冷却过的荔枝，在这样的天气里大家都喜欢冰冰的水果。

舒窈手里正忙，看了一眼，色泽鲜艳十分诱人，忙道：“给我留几个。”

朱潭剥了荔枝：“给。”

舒窈正认真分手里的东西，听到朱潭的声音，一转头朱潭的手指已经到了她唇边，白白胖胖的荔枝也凑到了她嘴边，还来不及反应，朱潭又往前凑了凑，舒窈下意识地张嘴吞了一个，动作有些怪异。

这么暧昧的动作，她不得不多想，可朱潭已经起了锅准备开始炒菜了，仿佛刚才的一幕没有发生过。

舒窈有些不自在，又觉得自己想多了。

这顿饭整体吃得还算开心，席间朱潭没有其他让人误解的地方，舒窈的心也落在了地上。傅亦寒她肯定不能拉出来告诉大家这是她男朋友，只能自己立场坚定一些，让他们明白自己真的不可能和他们发生超乎友谊的关系。

结束后，大家都往外走。

别墅里面停不下太多车子，有好几辆车都是停在外面，谁知傅亦寒派来接她的车子直接开到了朱潭的别墅外正停在路边，保镖看到她立刻下车给她开门。

金怡拉着她意味深长道：“又是上次接你那个人。”

舒窈笑了笑没接话，和大家说再见，正要转身离开，朱潭叫住她：“舒窈你等一下。”

舒窈不明所以，转身看着朱潭跑进屋很快又跑出来，手上拿着一件男士外套：“夜里凉，你穿着别感冒了。”

舒窈那种不自在的感觉又来了，推拒了几次都没能推掉，最后是金怡看不过去，一把拿过衣服：“没看到我也是女的？朱潭你什么意思？”

舒窈趁机急忙上车，若是她还不明白朱潭的意思，那她也太傻了。上车之后她透过车窗，她看到姚凯在和朱潭说话，有些头疼地转过头，明天要有个确定的男朋友了，不过，用谁的头像比较好？

回到易园，傅亦寒还在等她，舒窈洗过澡之后便扑到床上抱住他的胳膊：“怎么还不睡？”

傅亦寒摸了摸她的头发，掐着她的腰把她抱到自己身上，手放在她背上一下下拍着：“等你呢。”

“没我睡不着？”舒窈头在他胸口动来动去，小动物一般撒娇。

傅亦寒低笑一声：“你男同事想追你？”

舒窈立刻机警起来，黑葡萄似的大眼睛看着他，不说话，想听他想说什么。

谁知傅亦寒已经换了话题：“晚上吃了什么？”说着去摸她的肚子。

舒窈笑起来，被他摸得有些痒，打了个滚，拿手去拍他作恶的手：“好多好吃的，都是我做的！”说着她一口气说了好几个菜名，得意地等傅亦寒来夸自己。

傅亦寒却没动，幽深的目光盯着她，忽然不说话了。

小气鬼一样的男人就是这样，话说不出口，但是占有欲一点不比别人少，舒窈凑过去：“我明天也给你做。”

傅亦寒瞥她一眼。

“每天做。”

傅亦寒还是不说话。

“每天换一个花样怎么样？要求不能再多了。”

依旧没换来某人的回答。

舒窈给他来了个狠的：“再不说话我要生气啦。”装大灰狼的模样。

傅亦寒这才勉强地“嗯”了一声。

舒窈凑过去在他唇上吻了吻，傅亦寒立刻攫住她的唇，将她拉到自己怀里，大手摁在她背上，仿佛要将人揉碎在怀里，也似乎只有这样才能证明她是自己的。

第二天上班的时候舒窈有些担心，怕朱潭也和姚凯那般对自己表现得太过殷勤，她不愿意变成大家的八卦。

中午吃饭的时候朱潭果然等舒窈一起，舒窈假装手里有东西在忙，躲了过去，相信朱潭一定能看出自己的意思。下午的时候朱潭果然没有任何怪异举动，舒窈微微放下心来，金怡看她的目光带了幸灾乐祸，舒窈很是无奈。

接近下班的时候组里开第四次讨论会，陈主任亲自主持会议，说了开场白之后便让舒窈主持，舒窈打开大屏幕拿了直射笔道：“我们国家已经有一系列的便携式防空导弹武器系统，在世界范围内不说先进，但最起码并不落后，不过每一种武器都有很大的改进空间，比如轻小型无人机，杀伤力不大，却具有严重威胁性，若是我们能够将现有的便携式防空导弹武器进一步小型化，研制出微型导弹，锁定空中威胁并不在话下，而且微型导弹在城市战和反恐战场上可以为部队提供高精度杀伤武器，降低附带损伤。”

平时舒窈是属于那种很文静的人，话也不多，“贤淑”两个字用来形容她最合适，但只要上了课题，她便像是换了一个人，整个人散发着自信的光芒，和她手中的课题融为一体，让人忍不住沉迷其中。

这样的舒窈带着不一样的性感，既有属于女人的性感，又有属于男性的刚硬，认真又漂亮，让人无法移开眼睛。

舒窈随手翻了一页资料：“我们都知道，城市战和反恐战场上的目标往往和平民混杂在一起，若是采取较大威胁力的武器，定会造成大面积的顺带损伤，加速平民流失，所以我们有必要开发微型导弹，且有必要投放战场。”

她眉头微微皱着，忽然提出一个问题：“攻击距离预测1500米，为什么会这么近？”

还不待有人回答，她便又道：“据我所知S国现有的微型多功能导弹长度只有0.63米，直径0.06米，攻击距离是3000米，用的是半主动激光照射制导方式，在战场上对付狙击手和火力点的成功率是88.7%……”

话说到一半，忽然听到齐刷刷的皮鞋扫地的声音和凳子摩擦地面的声音，她下意识地转头，便看到站在会议室门口的傅亦寒，愣了片刻，大家已经齐刷刷地敬礼：“指挥官好！”

声音中是难以压抑的激动，他们都是军人，见到最高级的长官自然无法平静，已经有人蠢蠢欲动地想要去和傅亦寒握手。

傅亦寒朝着大家回了一个军礼，他穿着黑色军装，空白肩章并不能遮掩周身气势，面上如往常一般没有太多表情：“大家辛苦了。”

只有舒窈一个人拿着直射笔傻傻地站在那里，不知道该怎么反应。

似乎连陈主任都不知道傅亦寒要来，急急走过去：“指挥官，您怎么来了？”

傅亦寒同对方握手：“你们继续忙，我等人。”

金怡已经小心翼翼挪到了舒窈身边，低声问：“指挥官身后那个人不就是昨天来接你那个吗？你男朋友？”

“……”

舒窈嘴角动了动，没说话，黑葡萄似的眼睛里似乎装了无措，站在那里，绞着手指，直射笔照在地上显出红红的一点，动来动去，看得出拿笔的人心里的不安。

傅亦寒的声音落后，所有人都愣了愣，在场有谁和指挥官关系好，竟然可以让他在这里等人？

理论上来说这里也就陈主任能和指挥官说上几句话，但是显然指挥官等的不是他，所以他等的是一个女人？舒窈？不可能，她父亲今年才被宣判，金怡？指挥官这个眼光？

陈主任适时地打断了大家的猜想："大家继续开会，舒窈，你继续讲。"

因为有傅亦寒这个大神站在那里，舒窈的思路中间断了好几次，忍不住去瞪傅亦寒，傅亦寒淡淡笑着，转身退了出去。

舒窈深呼吸一口气，定下心神讲完了后面，接下来大家的发言都很短暂，大约是知道傅亦寒在外面等，不敢让他多等，没一会儿会议便结束了。

出会议室的时候陈主任自然是走在最前方，上前同傅亦寒攀谈了几句，傅亦寒认真地听着，偶尔微微点头，大家似乎都不想走，脚步放慢，都想同傅亦寒再多说几句。傅亦寒目光直直盯着舒窈，舒窈有些不自在，正想走，便见傅亦寒朝她伸出了手。

一时间，所有人的目光都聚焦在舒窈身上。

舒窈有些无措地站着，黑白分明的大眼睛里全是无措，手里还拿着文件夹，唇微微嘟着，并不知道自己此刻的模样有多像受惊的小鹿，让人恨不得即刻便抓过来。

"噜噜，过来。"傅亦寒开口，声音带着柔意，昭告所有人两人关系不一般。

舒窈避无可避，只能走过去，抬起手去牵傅亦寒的手，傅亦寒将她的小手包在手心里，同陈主任说："你说的事情可以和曹杰说一下，让他在七号的时候提出来。"每个月七号，易园会有一次对外公开的会议，不过这种对外的会议一般说不到核心问题，陈主任的身份也并不适合参加这种会议，而让他去告诉这栋大楼最高级别的长官是傅亦寒对他的一种肯定，或者是一种面子。

"是是。"陈主任完全没有了往日的严肃，言谈举止中都带着小心翼翼，殷勤却并不媚上。

舒窈站在一群人中间尴尬至极，幸好傅亦寒很快便决定离开，陪着舒窈走到她的办公室门口："你去拿东西，我等你。"

舒窈在众人的目光中迅速收拾好东西，还心平气和地和大家打了招呼，才和傅亦寒一起离开。

回去的路上，舒窈不知道该生气还是假装什么都没发生。她理解傅亦寒的这种占有欲和对她工作环境的担心，也理解他只是因为在意她，才会在昨天朱潭对他表示好感之后今天立马将她拉进自己的圈地，更明白这份工作是因为他的允许才能够存在，但是……

她心里不舒服，又很无奈。

傅亦寒去拉舒窈的手，她没有避开，他微微放下心来，主动解释："我今天去安全部主持一个会议。"

舒窈看着他，大眼睛里写满了不相信，他以前又不是没来过，却一次也没打扰过她。

看着这样的眼睛，傅亦寒无法撒谎，许久才低低开口："我不喜欢他们。"

他……们。

他还知道姚凯对她殷勤，或者其他人对她有过类似告白的举动。

"我派了人保护你。"解释了为什么他会知道，这种情况下他知道也就很正常了。

这样的傅亦寒让舒窈无法生气，她回握住他的手："原谅你了。"

傅亦寒的面色柔和下来，舒窈换了另外一个话题："舒沄这几天就要生了，我想搬去和她住几天。"

傅亦寒自然不可能同意："你不放心的话可以让她来易园。"

舒窈没多说，也没生气，心里却一直在盘算着，回到易园之后她在傅亦寒的办公室陪着他待了一会儿，晚上一起回到鹿林，她难得地主动了一次，情到浓处，她同傅亦寒说："你答应我嘛。"

这种时候用这种声音撒娇，傅亦寒叹了一口气，狠狠修理了她一回，过了许久才微喘着道："不许超过一周！"

舒窈抬手抱他："知道了！知道了！"

傅亦寒低笑，怎么能这么可爱呢？

第二日舒窈便搬去了舒沄那里，在单位里虽然大家都没有提起过傅亦寒，但是看她的目光比以前更不一样了，以前是带着些许羡慕和崇拜，现在则多了一些敬畏。

只有金怡将她拉到角落里絮絮叨叨地问了许多，第一个问题自然是："你和指挥官真的是情侣？"

"是啊。"舒窈并不避着，也无法避过去。

"那他还把你爸判进去？"这就是男人和女人的不同，也是金怡和别人的不同，别人绝对不会问这个问题。

舒窈不知道该怎么解释，傅亦寒或许确实可以放过舒擎宇，但是这会是他政治生命上的一个污点，他为人谨慎，不会允许留下这样的污点，将来若是有心人拿这个做文章，舒擎宇绝对不可能只判两年，这对他或者舒擎宇都不好，不如一次性将这个问题解决。

另外，在当时的情况下，在牢里对舒擎宇来说更安全一些。

金怡抱怨："他太狠心了，小说果然都是骗人的。"

"要让别人依法办事，首先他要以身作则嘛。"舒窈不欲谈这个问题，也怕自己的话将来会变成另外一个把柄握在别人手里，她推了推金怡，"这件事你千万不要说出去，目前只有咱们这里的人知道。"

金怡果然开始问其他问题了："你们怎么认识的啊？"

"青梅竹马。"舒窈简单地解释，推着金怡，"快去上班啦，不然组长又要骂人了。"

"你比组长还厉害，现在组长还不是听你的。"金怡声音不大，但是她说的是实话，组里实力最强的非舒窈莫属。

舒窈笑着抬手拍了她一下："别胡说！"

不可否认的是，大家对她确实更客气了。

到了晚上，舒窈还没到舒沄住的云华公寓，便在门廊里和正在搬家的几个人偶遇，等电梯的时候舒窈能够感受到大家都在让着她，上了电梯，果然是同一楼层，直到她进了屋子，还能感受到被人观察的目光。

开门的是家里的帮佣张姨，同对方打了招呼之后舒窈便上楼去看舒沄。即便临近生产，舒沄还是不肯去医院，舒窈知道她是对医院有心理阴影，也不多说什么。

见到舒沄的时候，舒窈一边帮她倒水一边问："你要是不想去医院的话，我让医生来家里怎么样？"

舒沄肚子已经很大，接了舒窈递过来的水，睨了她一眼："找傅亦寒帮忙安排？"

两个人在一起不会经常提起傅亦寒，舒窈知道舒沄多少有些恨自己，是她给了自己逃走的机会，然后落得今天的下场，自己身边却有傅亦寒，她心里有恨，只能这样处处刺痛才觉平衡。

"姐，不管是谁，最后你满意不就行了？"舒窈故作轻松，想把这个话题模糊过去。

舒沄依旧一副不在意的态度："唔，都可以咯。"

舒窈背对着舒沄靠着桌子站着，心里有些堵，她情愿舒沄痛痛快快地哭一场或者打骂她一顿，也不要她总是这样看似什么都没有，却处处又都表现出来。再转身，她已经一副什么都没发生过的表情："我住到你生完再走，你请好保姆了没有？"上次问的时候舒沄说没有，她说要帮忙舒沄又不肯，她只能随着她。

"没有，你不用管。"舒沄还是那句话，直接把舒窈给堵回去。

舒窈假装听不到："之前程笑她哥家有个看孩子的姆妈，后来家里有点事不做了，现在空出来要找工作，你要不要考虑一下？"

"程峰他家的姆妈做了十三年了，你确定人家要换东家？"舒沄声音依旧轻轻柔柔的，却戳破了那层泡沫。

"你不喜欢的话……"

“嗯，我不喜欢。”舒沄看着舒窈脸上千变万化的表情手指微微动了动，见她喉咙微动，舒沄还是忍不住心软，“好了，你请就你请吧，反正傅亦寒找的肯定比我找的要好。”

舒窈眨了眨眼，给了一个牵强的笑：“行，张姨说你天天都不运动，这样生产的时候不好，我们去健身房？”

“不想去。”舒沄又恢复了无所谓的模样。

舒窈走过去单膝跪在她身边，手扶着单人沙发的依靠处，声音轻柔，带着乞求：“舒沄，张姨说你两周都没出房间了。”

舒沄似笑非笑：“她怎么什么都跟你说？要不让她跟你回易园算了。”

舒窈受不了舒沄这么阴阳怪气，收回目光站起身：“我去做饭，做你最喜欢吃的，待会儿喊你。”

以前在家里舒沄便喜欢让她做饭，无论她做什么舒沄都说好吃，不管怎样，她还是希望舒沄开心。她处处避让着舒沄，就像舒沄以前总是处处体贴她，她希望舒沄能够好受一些。

不过两个人还是在两天后爆发了战争。

舒窈白天上班，晚上才会回公寓，舒沄自始至终都没有出房间一步，在舒窈搬来第三天的时候，她坚持要舒沄出房间去运动一下，舒沄直接道：“那去楼下逛逛吧。”

舒窈顿了顿，她的身份不允许她随意走动，每次她有行程的时候傅亦寒都是暗地里帮她清好路，但是她又无法拒绝舒沄，当天还是陪着舒沄去楼下逛了半个小时。

隔一日再去，舒沄慢悠悠地走着，舒窈在一旁小心地虚扶着，唯恐她出什么意外。她们所在的城市没见过雪，最冷的时候接近二十摄氏度，也只能称之为凉爽，现在天气不冷不热，晚上的时候散步最合适。

舒沄步子很慢，开玩笑似的：“你说周围有多少傅亦寒的人？”

舒窈往周围看了看，并没有特别扎眼的保镖，又不想去刺舒沄，便道："不知道。"

"他对你好吗？"舒沄忽然问，这是她第一次这么直面地问这个问题。

舒窈顿了顿，声音有些压抑："挺好的。"

舒沄点头，两人走到一丛花藤下："他以前就喜欢你，任谁都使唤不动他，只有你在他那里最有面子。"

这话舒窈不是第一次听人说，她听过许多不同的版本，倒是有些感慨："他一直对我挺好的，一直都是我对他太坏了。"

"我还记得你拒绝他之后他来家里找了你好几次，不过你都避着不见。"舒沄想到往事有些感慨，"想一想这世界上也没谁敢这么不给他面子了。"

舒窈也想起来了，笑着说："那段时间我有点怕他，但他没有伤害过我。"

舒沄的眼神有些怪异，似乎想说什么，到底是没说，两人又说了一些其他的事情，舒沄忽然开口说："舒窈，你知道吗？"

舒窈同她正说到轻松处，闻言转头看着她，眼睛里带着询问，然后见舒沄双唇一开一合："韩郅上过我。"

舒窈的手猛地抖了一下。

舒沄的唇形很好看，舒家两个姊妹花一直是圈里的美谈，大家都说随便能娶到她们其中的一个都是这辈子最大的福气。舒窈一直认为舒沄比自己更好看一些，她是那种清纯中带着妖艳的美，是普遍男人那种审美观，而自己看起来更多的是纯净，就像邻家小妹，美则美矣，都只愿意当她是妹妹。

舒窈看着舒沄的唇上下碰着，只觉得心脏被一只大手狠狠地捏住，连呼吸都有些费力，将近一年了，明明一切都过去了，却被舒沄以这种形式说出来，舒窈的心脏就像被人泼了硫酸，一点点被侵蚀。

"所以？"开了口，舒窈才发现自己的声音带了异样的哭音。

舒沄定定看了舒窈一眼："所以，孩子有可能是他的。开心吗？"

开心吗？开心吗？

这三个字不停地在舒窈脑海里回荡，戳破她的皮肤，让她感觉到痛，刺穿她的肌肉，然后将她的骨头一点点捏碎，残忍到极致。

接下来的时间两个人都没有说话，舒窈跟在舒沄身边，恍恍惚惚觉得周围一切都是虚的，两个人刚才走过的一处地方忽然响起人们的尖叫声，舒窈扭头看了一眼，便像是在梦里一般，转头走开，仿佛没看到没听到，聚集的人越来越多，她也不关心，此刻只想坐下来清理一下自己的脑子，什么都装不到心里去。

倒是张姨，不知道从哪里匆匆跑出来："那边阳台塌了，连着落了五层楼，咱们赶紧回去吧，这会儿人多别磕着碰着。"

舒沄意味深长地看了一眼舒窈，舒窈恍惚地看了张姨一眼，张姨一脸着急，没有惊慌，三人一路回了公寓。

不过，这么高级的公寓，怎么可能会发生阳台塌落这种事？

舒窈无心去想。

回到公寓之后气氛一直很沉重，连张姨都能感受到，舒窈回到公寓便进了卫生间，用凉水反复洗脸，足足洗了半个小时。

半个小时后，她打开舒沄房间的门："舒沄，我们谈谈。"

舒沄半躺在床上，看到舒窈也只是微微抬手："坐。"示意她坐在单人沙发上。

舒窈没有坐，而是直直地走过去问她："这个孩子你为什么非要生？"

"喜欢，想生。"

舒窈笑了一声："你总不会说你想给韩郅生孩子吧？"

舒沄勾着嘴角："有何不可？"

这话舒窈自然是不肯信的："舒沄，如果你恨我的话，没必要糟蹋自己，人生是你自己的，没有人能够帮你，若是你自己不挣扎着走出来的话，你这辈子都是这样了，可怜又可悲！"

啪！舒沄直起身重重一巴掌落在舒窈脸上。

舒窈一动不动，任由她打："你恨我什么？恨当初把生的机会留给我？恨被韩郅带走的那个人是你？还是……"

啪！又是一巴掌。

舒窈依旧不动："还是，恨我有傅亦寒？觉得命运对你不公平？对，你对我的厌烦和恨不只是因为这个吧？还因为妈妈，因为妈妈那天要带我出门所以才出现意外。妈妈一向最喜欢你，什么好的都留给你，所以她只带我出门你不开心了？舒沄，你从小就是这样，仿佛全世界都应该是你的，全世界都该迁就你，所以现在大家不迁就你了你就觉得很委屈？你又为什么要给我那条生路？我情愿那天死在那里，你不知道我想过多少次，我情愿那天死在那里也不想看到韩郅变成那种人，看到你现在这般模样，看到叔叔死掉，看到爸爸坐牢，你以为我好过？就因为我身边有了傅亦寒，所以你就觉得我过得最好？"

舒窈泪水哗哗往下流，唇抖动着，她没有说她愿意用生命去换来舒沄的安全，没有说她濒临死亡时候那种奇异的平静。那时候她觉得不欠大家了，可现在，就因为她没死，所以她要欠着一辈子。

舒沄举着手迟迟落不下去，任由舒窈一口气说完，手指颤抖着，发出嗤笑声："舒窈，你看你，理直气壮到让人害怕。"她心底似有触动，眼角有泪流出，跪在床上平视着舒窈的眼睛，忽然笑了，"傅亦寒和你说过妈妈到底是因为什么死的吗？"

提到母亲，舒窈的泪流得更凶。

"傅亦寒没和你说过吧？你看，他对你就是这么好。"舒沄抚着肚子，声音越来越缓，喘气声越来越大，却坚持要说完，"你倒是可以问问他，看他敢不敢说。"

舒窈像是突然被什么吓到，转身就往外跑，一边跑一边大喊："张姨！张姨！舒沄羊水破了！"

张姨在楼下应了一声，开门便往外跑，没一会儿对门的门打开，陆续出来一队人，还有人搬着机器往这边来，舒窈看了一会儿才明白过来，原来那天不是搬家，是搬舒沄生产需要用到的医疗设施。

舒窈往边上靠了靠，让其他人顺利通过，她有些不敢相信竟然这么突然就要生了，她有些茫然地站着，张姨不知道什么时候来了她身边，拿了细布包好的冰块说："快把脸冰一下，还不知道今天能不能消肿。"

舒窈听明白了这句话，这人是傅亦寒派来的，但是现在她更心疼的是舒沄，怕傅亦寒看到自己这样迁怒于舒沄。

不过傅亦寒还是来了，他来的时候舒窈在陪产，从前一天晚上到第二天上午十点，舒窈一次也没出来过，傅亦寒没有闭过眼，倒是张姨进出好几次，傅亦寒偶尔瞥到她小心翼翼包着的东西，脸色一次比一次沉。

待到第二天舒窈出来，傅亦寒迎上去上下打量，除了憔悴一些，脸颊有些肿,其他倒是还好,不过看着她的脸,傅亦寒的表情越来越冷。

舒窈显然已经忘了这件事，拉住傅亦寒的手："你快来。"

身后穿白大褂的医生已经走了出来，手里抱着小小的一团，舒窈走过去把小孩子抱在怀里给傅亦寒看："你看，好可爱。"

傅亦寒低头看了一眼,嫌弃地别开眼睛,皱巴巴的,哪里可爱了？倒是舒窈，脸上洋溢着幸福的笑容，虽然脸颊微肿，但是并不影响她的美。或许是因为这种幸福感，让她看起来整个人都在发光，她甚至低头在小孩子脸上蹭了蹭，还仰着头问他："是不是？"

"嗯。"傅亦寒不走心地应了一声，抬手在她脸颊上蹭了蹭，看舒窈不舒服地皱起眉头，脸又冷了下来。

"我没事。"舒窈动了动身子，头往他怀里蹭了一下，低声讨好地道，"我们也生个这么可爱的小朋友吧？"她不想傅亦寒因为这件事对舒沄有意见，不过也并不是真的打算生孩子，只是不想傅亦寒此刻太生气。

傅亦寒显然没有想过这件事，听到舒窈这么说微微愣了一下，不过这种情绪转瞬即逝，片刻后他竟然低头看着舒窈怀里的小孩子说：

“嗯，还蛮可爱的。”

这次说得一点都不违心。

顿了一下，他又说：“我们生的肯定比这个可爱。”说到底还是嫌弃。

舒窈笑起来，觉得傅亦寒在某些地方莫名可爱。

傅亦寒看着舒窈的笑，觉得比他见过的所有笑容都好看。一个男人爱一个女人，并且希望她给自己生孩子，大约就是这种心理吧，软到了骨子里，也爱到了骨头里。

“今天晚上回家。”

舒窈有些舍不得小朋友，却也知道傅亦寒不会任由她继续待在这里，特别是傅亦寒在等了自己一整夜之后。

看看小朋友，她有些不满意地扁着嘴点点头：“我周末还要来看他。”是个小男孩。

看着她这样，傅亦寒不由得心软：“好。”

舒窈小心地抱着小朋友，问傅亦寒：“你要抱抱吗？”

傅亦寒下意识地后退了一步，皱着眉头：“不要。”

舒窈笑着叫来了张姨：“你看好他，等舒沄醒了你抱给她看。”

张姨不敢去看傅亦寒，只讷讷应声，舒窈怕她不自在，赶紧拉了傅亦寒走人。

回到易园，傅亦寒虽然没有再提起孩子的事情，但是到了晚上便缠着舒窈，仿佛恨不得舒窈即刻便生出一个孩子来。

接下来一段时间，舒窈每周都去看小朋友，舒沄给小朋友起名叫韩琦，每次舒窈去了之后她便对着小朋友“韩琦韩琦”地叫，显然是喊给舒窈听的，久而久之舒窈去得便不再那么勤了。

电视里新闻循环播放着加鲁的消息，加鲁两派军阀又打了起来，其中一派竟然用了核武器，这在全世界掀起了轩然大波，而且这件事还和加韦有点关系，因为他们在边界上打仗的时候，死了四十七个无辜的加韦国民。这下加韦就像是炸开了锅，街上每天都有人在游行，要求政府拿出强制手段防止边境的持续冲突。而在此之前，一年内已经有足足六起边境事件导致加韦人民的生命安全受到严重威胁，对于政府的不作为，国民很生气，强烈要求政府给加鲁点颜色看看。

有时候连舒窈都恨不得主持正义一次，不过她并没有在傅亦寒面前提起过加鲁，关于韩郅的一切在傅亦寒那里永远是禁忌。

现在她的生活规律了许多，倒是傅亦寒，越来越忙，接她下班的次数越来越少，她在电视上看到傅亦寒派了部队去边境，新闻里说是保证加韦人民的生命安全，对于这个举动，加韦国民多是赞同，这样的武力震慑在必要时期是有用的，就像是傅亦寒派人清缴部队，这确实是他会做出来的事情。

过几日是傅亦寒的生日，舒窈早早地便开始做准备，提前写好了菜谱，买好了那天要穿的衣服，甚至还有一个糖果绿的礼物盒子，里面装了一个傅亦寒绝对会喜欢的礼物，一心期待那天的到来。

这天电视上又在循环播放加鲁和加韦的边境摩擦问题，傅亦寒难得地主动开口点评："发生这样的事情我派兵去边境竟然还有很多人反对，你说我要不要把这些反对的人都丢到边境去？"

舒窈一时愣怔，对于傅亦寒主动提起这件事她觉得很意外："边境问题确实早晚要解决。"她说得中肯又模糊，摸不准傅亦寒的意思。但是他肯提起这件事，至少说明他心里已经不那么介意，这让舒窈心里松了一口气。

傅亦寒摸了摸舒窈的头发，叉了苹果给她吃，低声说："边境有可能会有小规模的冲突，这段时候我多派人保护你，不要乱跑，知道吗？"

舒窈愣愣地看着傅亦寒，已经这么严重了吗？

"他们使用核武器，已经严重影响到两国安全，但是他们现在不承认，若是有证据的话，介入的不止会是加韦。"傅亦寒没有说得很深入，但是意思舒窈都懂了。

舒窈踟蹰了片刻才说："我不喜欢打仗。"

虽然加鲁局部不稳定，但若是掀起战争的话受灾的首当其冲是平民，而且加韦现在经济正在高速发展，国事一片平稳，没必要搅入加鲁那锅有老鼠屎的粥里。

傅亦寒顿了一下，然后笑道："什么年代了，还打仗，你想多了。"

确实，离上一次世界战争之后加鲁和加韦强行分离已经过去三十多年。

关于这个话题两个人没有多说，舒窈也没有多想，傅亦寒虽然为人凉薄，但不是那种唯恐世界不乱、恶意挑起战争的人，加韦也着实没有挑起战争的必要。

有好几次舒窈想要问一下自己母亲的事情，舒沄可能确实知道一些她不知道的事情，不然不会说得那么肯定，但是她不信这件事和傅亦寒有关，因为傅亦寒没有任何动机，而且以傅亦寒对她的感情，他也不会做出这样的事情。

思虑许久，舒窈还是没有问，如果可以的话，她想把这种信任交给时间，也交给傅亦寒，时间终究会把一切真相和爱呈现到她面前。

上班的时候，虽然大家都非常注意不在舒窈面前乱说话，更不向她打听国家大事，但是金怡不同，脑子没想那么多，中午大家一起吃饭的时候同舒窈抱怨着问："最近扶林越来越乱了，指挥官真该给加鲁一个教训，部队都开过去了，什么时候开打？"扶林是加韦和加鲁交界的地方。

金怡问出了大家的心声，大家的目光都落在了舒窈脸上。

舒窈有些无奈："你为什么觉得这种事情他会告诉我？"是不是因为她是傅亦寒的身边人，就应该知道一切别人不知道的国家大事。

金怡这才发现自己问得不妥："嘿，我就是抱怨下，你真的回答了才让我害怕呢。"

舒窈不挑食，吃着盘子里的素菜说："和平来之不易，你可别盼着打仗。"

金怡虽然也认同，但是不甘愿地道："是加鲁太过分了嘛。"

其实舒窈明白这种心理，加韦国民对加鲁是又爱又恨，爱的是原本是一家人，被迫分离，恨的是他们不肯回归。除此之外，又都抱着一种优越感，自认加韦比加鲁强许多，所以才会在这种边境摩擦中强势地抱怨。

不过不管如何，这是两个国家的事情，她绝对不赞成加韦对加鲁强加武力制造战争。

傅亦寒生日的前一天，程笑打来电话问舒窈给傅亦寒准备了什么礼物，舒窈想来想去，没有和程笑说："反正是个大惊喜。"

程笑哈哈大笑："大到让他娶你？"

"差不多吧。"舒窈说大话，不过结婚这件事傅亦寒倒是没有说过，不知道他是没想过还是不想，但是若他没有结婚的打算的话，提到孩子又怎么会那么开心？

程笑尖叫一声："不会是怀孕了吧？"

舒窈踟蹰了一下，笑着说："去！瞎说什么呢！"这个惊喜她还是想留给傅亦寒第一个知道。

其实这个消息她已经知道几天了，金怡和她老公一直打算要孩子，她在办公室里放了几根验孕棒，有一次问舒窈要不要也试试，然后强行塞了一根给她。舒窈原本是无奈收下，后来忽然想到自己已经将近两个月没来月事，之前她的生理期一向不准便没有在意，却从未有过推迟这么久的，犹豫片刻之后她还是拿验孕棒试了试，竟然真的怀孕了。

她想把这个消息当成生日礼物送给傅亦寒，他肯定会开心的。

想到此，她的心情也更好了一些。

/ 第八章 /

被责任询问，用生命回答

第二天舒窈早早便下了班，小厨房里是她让人送来的新鲜蔬菜和肉类，她特意交代鹿林里所有人不许告诉傅亦寒这个消息，甚至串通了每天接送她上下班的保镖，要求他们不许把她早下班的消息说出去。

她花了两个小时亲手将所有要用到的蔬菜洗干净，再把肉类都处理好，分好配料，只等傅亦寒回来就可以快速地烹制上桌。

准备好一切之后她换了衣服坐在沙发上等傅亦寒，电视新闻里每天都在播放加鲁和加韦的消息，舒窈皱着眉看了片刻，转了一个娱乐频道，时间接近八点，傅亦寒还是没有回来。

易园其实是分三个区域的，行政区是傅亦寒办公的地方，舒窈住的鹿林属于生活区，两个区域原本是严格划分的，但是因为舒窈经常往傅亦寒的办公室跑，这个界限便慢慢模糊了起来。再有一个是以翠湖三分之二外围划分，分给外宾和高官的住宅区，这一块倒是设定分明，绝不允许他们随意出入易园。

又过半个小时，傅亦寒还是没有回来。

舒窈提了特意配衣服的小包出门，出门前再次警告所有人：“不许说出去！”

在鹿林里除了两个近身伺候的女佣曼因和良因，还有两个做杂事的女佣和一个管家，外围还有一些保镖，不过那些人倒是不常出现，舒窈早早让曼因和他们打过招呼了。

由于经常来傅亦寒的办公室，一路上舒窈没受到什么阻挠，来之前舒窈还特意给杨粒打了电话，得知傅亦寒不在办公室，便让他帮自己安排，让所有人都不要告诉傅亦寒自己在他的办公室。

舒窈一个人待在傅亦寒的办公室是经常会发生的事情，傅亦寒忙着开会或者其他事情不方便带着舒窈的时候就会让她在自己办公室等，大家已经习以为常。

杨粒听到这件事也并没有多想，特别是舒窈说要给傅亦寒一个惊喜，其实他也蛮期待舒窈的惊喜的，因为傅亦寒高兴的时候他们也能得到不少好处，而能让傅亦寒真正高兴的人，非舒窈莫属。他何乐而不为呢？

傅亦寒办公室里有一个休息室，这件事知道的人不多，她之所以知道是因为曾经有一次傅亦寒在忙，她体会不到他的忙，也理解不了他的忙，在他身边絮絮叨叨地说话，傅亦寒忽然动了一下他办公桌上不起眼的开关，然后站起身输入了自己的指纹之后布娃娃一般将她丢了进去，就像是对付不听话的孩子，足足将她关了半天，等他想起她的时候，她已经在休息室里睡着了。再后来她又回到他身边絮絮叨叨，要他必须把她的指纹也输入进去，之后她没少跑到他的休息室里待着。

倒是现在，两个人在一起之后她没有再进过他的休息室。

抱着试一试自己的指纹还能否通过的心态，舒窈动了下他办公桌上一个不起眼的开关，办公桌后面的书柜果然缓缓移开，露出一个复古的门框，旁边是输入指纹的地方，舒窈将手伸了过去。

片刻后，休息室的门打开了。

舒窈心里高兴又复杂，这么多年傅亦寒没有改过密码，没有删除她的指纹，是不是也经常会在办公室里想到她？想到她以前生闷气的时候喜欢待在他的休息室，想到她喜欢啰啰唆唆个没完？

舒窈抬脚走进去，门在她身后自动关闭，她打量着这间并不大的休息室，和以前几乎没什么不同，没有阳光，却灯光明亮，室内的每一件物品都干净整洁，却有一种萧瑟感，看得出主人并不经常光顾。

其中有一间临时午睡室，舒窈以前经常在里面睡觉，她好奇地走进去，打量一番之后目光落在了床头柜上。她站在原地微微愣住，因为床头柜上有一个相框，里面装的是她的照片。

照片大约是傅亦寒拍的，场景就在易园的花园里，她站在那里嘟着嘴似乎不开心，又或者是要求傅亦寒做什么他不肯满足她。

拿着照片看了一会儿，舒窈笑了，现在想一想，连她都觉得不可思议，傅亦寒那时候怎么做到那么包容她的？

不知道是不是心理作用，自从知道自己怀孕之后，她便特别嗜睡，看到床就想坐下来休息一下，可谁知只是靠着，再睁开眼已经是一个小时之后了。

她赶紧往外走，按下指纹想要出去，谁知怎么按都没反应，舒窈无语，傅亦寒这是让她进却不让她出？

摸了摸包，她掏出手机正要给傅亦寒打电话，便听到外面传来傅亦寒说话的声音，她心中一喜，便想要拍门让傅亦寒给自己开门，但是手掌迟迟没落下去，因为她听到了另外一个人的声音，现在出去肯定会打扰到傅亦寒。

纠结了一会儿，舒窈没有拍门。

两个人说话的声音不大，舒窈却能够听清。

一个沉稳浑厚的男声似乎是傅亦寒的下属，声音有些严肃："我们这边受伤的人都已经在医院了，不过只有一个还活着，医院的说法是最多三天。"

接着是傅亦寒的声音："嗯，家属多补偿点钱，以政府的名义。"

“是。”男人应着，似乎有些踟蹰，“不过，那些核武器是我们这边的一个贩卖军火的走私集团提供的，这件事不知道有个记者怎么知道了，现在到处跑着调查呢。”

舒窈愣了愣，如今世界上能够使用核武器的国家已经增加到几十个，每个国家都在争取核武器使用权，但是对于动乱地区是绝不可能通过国际公约的。她对核武器并不怎么了解，但是现在已经有了许多轻便式的核武装备，轻易都是不用的。这次加鲁的内战就是使用了核武器才导致国际舆论风波。

空气静默了一瞬，舒窈听到傅亦寒说：“问清楚，处理一下，这件事不要节外生枝。”

“是。”男人依旧应着，紧接着又说：“这两天他们的内战越来越激烈，说不定会再次出现意外，如果我们的士兵再次因此出现伤亡的话我建议军队开进加鲁，我们没必要继续忍耐。”

傅亦寒没说话，听男人继续说：“这无论是对我们，还是对加鲁，都是好的，他们需要一个重生的机会，我们需要重新收复加鲁，就是国际舆论可能会对我们施压……”

傅亦寒轻笑一声：“国际上到现在都没有承认加鲁是独立国，它本就属于加韦，现在加韦拿回属于自己的东西还需要别人说三道四？媒体方面要宣传这是我们的领土主权，还有，这是属于我们的内部战争。加鲁使用核武器，本就是错，他们三番五次地挑衅我们，是错上加错。”

“是。”

舒窈的手微微搭在门上，心底掀起惊涛骇浪，知道自己不该继续听下去，但是她无法移动脚步，双腿就像是灌了铅，无比沉重，更沉重的是心。

她从不知道傅亦寒对加鲁原来是这种态度，他曾试探过她许多次，却一次都没有透露过。

傅亦寒说他想要壮大国力的时候，没说过他还想拿起武器去打仗，一个总是对她温柔的傅亦寒，和他冷酷时候的模样在她脑海中循环交替，舒窈捂住胸口，觉得难受。她从不知道在傅亦寒决定一场战争的时候是这么冷静，也这么冷酷。

她见过他杀人，知道他有另外一面，曾经她以为自己永远无法接受，可是穆修给她的那个理由让她忽略了他冷酷的一面，现在，他将这一面毫不保留地呈现在她面前。

这，和韩郅有什么不同？不管是出于什么目的，他们都在挑起战争。

舒窈的手微微颤抖，搭在门上发出轻微的声音，几不可闻。

门的另一面，傅亦寒和对方又说了些什么，舒窈一个字都听不进去，她不想知道他是怎么策划战争的，不想知道他是怎么挑起战争的，不想知道他是怎么利用国民的愤怒来制造舆论的，那些所谓的民愤不过是这些当权者故意制造出来的矛盾，然后让平民心甘情愿地去卖命。

这是谁做的事情？阴谋论者、政治家？

这个世界是他们的游戏轮盘，上面转动的不是他们口中视为生命的国民，而是一群可以利用的蝼蚁，他们要的只是声誉，或者名垂千史的政绩而已。

她觉得陌生，这一切都不是她该知道的。

傅亦寒说让她最近不要乱走，可是这些危险不是他带来的吗？舒沄生产那天那些阳台怎么掉落的，这些天她没有想过，但是现在明白了。如果不是形势紧张，他不会限制她的自由，莫名掉落的阳台，是有人在回击，只是她恰巧躲过。

办公室里，霍述已经报告完毕，年过五十，他却控制不住自己的激动，多少年的蛰伏，作为一个男人，作为一个军人，他无数次在梦中想过收复加鲁，可是国情不允许，世界不允许。从情感上来说，他从不肯承认加鲁自封的名字，他将这块土地归于叛逆的孩子，可是他毫无办法。他没想到的是竟然真的有人敢冒天下之大不韪，而且还是这样一个年轻人，傅亦寒都敢，他又有什么不敢的？

这场战争并不是为了军人的荣誉感，他曾经到过加鲁，除了个别地方，加鲁可以约等于是人间地狱，那些都是他曾经的同胞，即便不是正义感作祟，他也会想要拯救他们。

他手摁在傅亦寒的办公桌上，许久才开口："指挥官，谢谢您能给我这个机会。"说着他朝傅亦寒敬了一个军礼。

傅亦寒站起身朝他伸出手，霍述赶紧接住，更加激动，傅亦寒这个举动并非将他当成下属，显然是把他当成了合作伙伴，他无法再开口继续说话。

傅亦寒正欲说结束语，办公室的门被人匆匆敲响，明明有传唤铃却急急敲门，傅亦寒压低声音："进。"

杨粒打开门并没进去，反倒是目光在办公室内转了一圈，见里面只有傅亦寒和霍述露出惊讶的表情，看着傅亦寒欲言又止。

"说。"傅亦寒皱起眉头，下意识地也看了一圈办公室，心跳不知为何空了一拍。

"舒小姐……您看到她了吗？"杨粒问得委婉。

傅亦寒脸色顿时冷了下来，紧紧抿着唇，锐利的目光射向杨粒。

霍述已经看出事态的不寻常，告别道："指挥官，那我先走了。"

傅亦寒点头，霍述退了出去。

杨粒站在那里面上带着明显的紧张："舒小姐之前说在您的办公室等。"

"怎么现在才说？"傅亦寒拿出手机调出舒窈的号码。

"她说要给您一个惊喜，让我们都不要告诉您。"杨粒后悔不已，他之前在外面和保镖还有秘书处确认过，舒窈还在傅亦寒的办公室里。

今天是傅亦寒先回来的，杨粒是后来才知道霍述去找了傅亦寒谈话，当时他便问了舒窈在哪里，确定她在办公室之后他还抱着侥幸心理希望三个人已经碰面，说一些场面话或者其他，但是舒窈这么久都没出来，霍述更没出来，他便觉得这件事不正常了。

一般情况下，舒窈在的时候傅亦寒是不接待下属的，如果有必须见的人，舒窈一般会先行离开，或者傅亦寒会和对方在会议室见面，今天这情况太不正常。

傅亦寒已经拨出了舒窈的电话，舒窈的电话铃声是他帮她设定的，一首钢琴曲，这首曲子是一位钢琴家为了表达对自己妻子的爱意创作的，他把自己的心意放在这里面，虽然没说过，却希望舒窈能够懂得。

几秒钟之后，钢琴曲子从办公室的某一处传来。

杨粒没看到人，但是看到了傅亦寒目光落在书架那里，面无表情，站姿笔挺，杨粒只是看着就感受到了傅亦寒的紧张。他张张嘴，一个字都说不出口，这种情况下他最好的结果就是出去，假装什么都没发生过。

"出去。"傅亦寒握紧了手中的手机淡淡开口。

杨粒没有任何犹豫地退了出去。

钢琴曲一直到自动断了声音，傅亦寒才抬手摁下开关，走过去将手指放上去，门立时打开，随着门缓缓移开，他看到了舒窈，看到了她的眼睛，或许是震惊和失望已经自行消化掉，现在她只是安静地看着他，大眼睛里带着陌生情绪，陌生之后藏着丝丝害怕，双手提着包包的带子，和手指绞在一起，看得出心里非常紧张。

仔细看的话，她的手还在微微发抖。

舒窈不敢和傅亦寒对视，刚才她应该假装若无其事地回到床上睡一觉，然后等傅亦寒来发现自己，可是她只是站在那里，一动也动不了。她也假装不了，以傅亦寒的聪明，想要发现她撒谎是多么简单。

她心里是有愤怒的，还有失望，可是在傅亦寒毫无感情的目光中，所有的情绪都消失殆尽，只剩下害怕。

"舒窈。"傅亦寒薄唇动了动，叫了舒窈的名字。

他的唇很好看，一度让舒窈迷恋，现在她却不敢看，指甲重重地扎进掌心，她强迫自己离开，甚至朝傅亦寒笑了笑："今天你生日，我准备给你做一顿好吃的，我们回去吧。"她一边说着一边往外走。

傅亦寒没有接话，却跟在她身后往外走，顺手关了休息室的门，他许久没进去过，早已将这间休息室遗忘，没想到却以这种形式重新出现。

舒窈脸色不好看，步子也很快，一直没敢离开太远的杨粒看了眼一前一后的两个人的脸色，便知道大事不好了，心里自然更加后悔。

舒窈穿过长长的走廊，到后来甚至小跑起来，她不敢回头，也听不到傅亦寒的脚步声，她只想快些回到鹿林，假装一切都没发生过。

曼因见她回来，迎上来问："怎么只有您一个人？"

舒窈想要给她一个笑容，但是做不出任何表情："我想一个人待一会儿。"说完她快步回到自己房间，将礼物盒子拿出来，然后迅速冲进卫生间将里面的验孕棒丢进马桶里冲了下去，再回去将盒子装好丢进抽屉里，做完这一切的时候，傅亦寒已经走到房间门口。

舒窈紧紧靠着桌子，仿佛这是她唯一的依靠，她的紧张和害怕通过肢体语言一点不漏地传达到了傅亦寒的眼睛里，他抬手关了门，舒窈似乎吓了一跳，整个人颤了一下，傅亦寒放在门把上的手顿了一下。

舒窈没说话，傅亦寒也没有说话，屋子里安静到恐怖。

看着傅亦寒一点点靠近自己，舒窈觉得像是有人扼住了自己的脖子，那种濒临死亡的恐惧再次袭击了她，她紧紧地抓住桌子边缘，完全无法思考。

待到傅亦寒走近，他还未开口，她便先投降，声音中带着乞求："我，我不会说出去的……"求生的欲望背叛了她的初衷。

傅亦寒一直以来都觉得自己已经很努力，努力给舒窈信任感和依靠感，他有野心，也有狠心，这一面他怕吓到舒窈，所以不给她看，可现在她看到了，却没料到自己在她心中的信任度竟然这么低，低到让他怀疑，怀疑之前的浓情蜜意根本没存在过。他待舒窈的感情从未有过比此刻更复杂的感觉，看着舒窈写满惊恐的大眼睛，他缓缓开口："你觉得我要杀了你？"

有一种恐惧到达顶点之后便会泄力，舒窈用了太大的力气去害怕，听到傅亦寒的这句话后所有的防备瞬间崩塌，像是听到一个承诺，让那害怕如山洪般溃败，她猛地往下落，被傅亦寒捞起来，没有支撑点地靠在他身上，听他一字一顿地说："就因为这点小事，你就觉得我要杀你？

"舒窈，你是看不起我，还是看不起你自己？

"在你心里，我就这么不值得信任？

"是不是，舒窈？回答我。"傅亦寒的声音很冷静，冷静中带着失望。

这大约就是彼此失望的感觉，舒窈猛地哭起来，哭倒在傅亦寒身上，手握成拳头不停地砸在他身上，泪水肆意地流，声音哭得哑哑的："你怎么能这样？怎么能这样？那是战争啊，是战争，会死很多人的，会死很多人……"

傅亦寒站着任由她打："是，舒窈，这就是我，从不阳光，从不正直，黑暗面占据了我性格中的百分之九十，和你想要共度一生的人就像是两个世界的人，你可以重新认识我，但是收复加鲁一直是我的责任，要成长，就要忍受阵痛，这一战是难免的，你心里早已清楚了，只是不肯正视而已。"

"你骗我，你骗我……"他骗她，明明说这个年代不会有战争，可那只是他的试探，光明正大的试探。

"加鲁必须回归。"这是傅亦寒能给她的唯一答案，忠于本心，也忠于加韦的答案，"这对加韦和加鲁都好。舒窈，不是每个人都像你一样活在和平年代里，有太多的人等着被拯救，我不是救世主，但是我至少可以去帮助自己的人民。"

"可你这是在挑起战争！你有没有问过加鲁人民是不是愿意？有没有问过加韦人民是不是支持你发起战争？"舒窈不明白傅亦寒是从什么时候开始有这个想法的，他从未表现出来过，而她设计的那些武器，最后是不是都用在了这些无辜的人身上？

这和说好的不一样，一点不一样。

“加韦人民从来没有忘记过加鲁，国人至今每年都会举办四次联络会，每次会有上亿的人请愿，大部分人都希望加鲁回归，这不是梦想，我可以实现它。”

“那加鲁人呢？他们有自己的生活，他们同意了吗？这个世界不是一厢情愿就能大统一的！”

“加鲁的网络覆盖率不超过百分之十，百分之六十的地方的人民常年处于战火之中，即使他们同意，该怎么表达？”

“你这是谬论，这不是你发起战争的理由，你都是为了你自己，为了你疯狂的欲望，可你凭什么让平民为你埋单，凭什么……”舒窈最想问的不是这个，她想问的是她对他到底意味着什么？若是他只是想要她帮他造出更先进的武器的话，何必用这种方式？即便有一部分是为了爱情，那又有多少是为了利益？

傅亦寒像是能够看到她心底里去，扯住她的胳膊低头看着她的眼睛：“若只是为了武器的话，当年我就不会放过你，你凭什么觉得国家会放过你这样有天赋的人？这件事和我们之间无关，”他自嘲地一笑，“我是不是一直让你很失望，所以你才会往这方面猜测？舒窈，我对你的心意就这么不值钱吗？”

舒窈被他问得不知道该如何回答，明明都是他的错，怎么他还能这么理直气壮地问她？她避无可避，颤抖着问他：“我妈妈到底是怎么死的？”

她还是问了出来，打破了两人之间的最后一点平衡，可她就是想知道，因为她不知道该怎么继续信任这样的傅亦寒。

傅亦寒闭了闭眼睛，眸中似有滔天的怒气，最终却没有爆发出来，也没有回答舒窈的问题，只是手往下滑，握住了她的手，低声道：“不是说给我过生日吗？”

舒窈知道此刻最好随着他的意思避过这个话题，她也不可能去追问傅亦寒，但是从傅亦寒的态度中，她能看出自己母亲的死多少还是和他有一点关系的。

两人出了房间，表情都不好，特别是舒窈，一副失魂落魄的表情，女佣们不敢多问，默默地将厨房门打开，将餐厅的餐具摆好。

傅亦寒没有随着舒窈去厨房，而是像往常那般坐在客厅看电视。他一直很喜欢这种感觉，舒窈在厨房做饭，他在外等着，若是再有一条狗、有个孩子的话，俨然就像是一家人，可是现在，舒窈还愿意和他做一家人吗？

舒窈一个人在厨房忙活，因为心情沉重，看着食材再也无法将它们很好地分配，整个人都感觉混沌不已，炒一个肉菜的时候，热油飞溅，她站在那里一动不动，甚至忘记闪躲，胳膊上被溅到好几滴油，也不觉得疼，继续做菜。

做到第三道菜的时候，曼因走进来开了抽油烟机，舒窈这才发现自己连抽油烟机都忘记开了，她低声对曼因说："谢谢。"

曼因仔细打量着她："我帮您。"过一会儿她又悄声问，"你们是不是吵架了？"

舒窈笑得有些难看："没有。"

曼因却依旧安慰她："先生就是看起来厉害，他心里很在意您的，您不要往心里去。"她认定两个人是吵架了。

若只是普通问题的话，吵架倒是可以很快过去，但是舒窈此刻过不去。

有了曼因的帮忙，几个菜很快做完了，舒窈却不想出去和傅亦寒坐在同一张桌子上，看到他会让她有很大的压力，她需要好好静一静。

最后是曼因拉了她出厨房，舒窈不想傅亦寒迁怒他人，到底坐在了他对面，餐桌上安静得很。傅亦寒亲自盛了两碗饭，一碗放在舒窈面前，见舒窈不动筷子，只是看着，他轻声开口："吃饭了。"

舒窈这才端起碗开始大口地吃，很少夹菜，仿佛怕和傅亦寒碰到，一顿饭两个人都吃得不开心。

吃过饭舒窈先进了房间，傅亦寒是过了一会儿才进来的，手里拿了软膏，还未坐到舒窈身边，便见她颤了一下似的闭了闭眼，傅亦寒目光冷了冷，拉过她的手："我看看胳膊。"拇指在她的胳膊上轻轻摩擦着，舒窈皮肤白，热油让她胳膊上有了好几处明显的红点，傅亦寒轻柔地帮她上药，低声问她，"疼不疼？"

舒窈摇了摇头，没有开口，她一句话都不想同他说，恨不得他此刻便消失在眼前。

上过药之后，两个人在床上坐了一会儿，气氛很安静，又很沉重，是那种爆发之后的静默，静默中透着凉意。

"你先睡，我去洗澡。"傅亦寒想要抬手摸舒窈的脸，被她避了过去。

待到傅亦寒洗完澡出来，舒窈已经躺下，身上还穿着之前的红裙子，连睡衣都没换。他走到更衣室拿了她的干净睡衣，绕到床的另一边，俯下身低声在舒窈耳边说："噜噜，换了睡衣再睡。"

舒窈听话地坐起身下床，当着傅亦寒的面换了衣服，手抓着睡衣的下摆，没了动作。

傅亦寒往前一步，舒窈微微后退，但是身后是床，她退无可退，她想推开傅亦寒，手臂却很无力，根本抬不起来。傅亦寒微微俯身，想要去吻舒窈，见她明显地避开，却不拒绝，只是紧紧地抓着自己的睡衣，他后退一步："怕我？"

舒窈低着头，没有说话。

是的，后怕，怕到想颤抖，怕到再也不敢问妈妈死亡的真相。

"睡吧。"傅亦寒过了许久，终于开口。

舒窈不敢走，爬上床将自己裹在夏被中背对着傅亦寒保持隐形状态。

看着床上鼓起的小包，傅亦寒有些泄气，他有千万种办法对付各种各样的人，但是对舒窈，他无从下手。

舒窈闭着眼睛却一直没睡着，过了许久才感受到床的另一边沉了一些，然后她被拉入到那个熟悉的怀抱，听到傅亦寒的声音："你妈妈的事情的确和我有点关系，但不是我。"

这是他的解释。

舒窈很想任性地问个究竟，但是她不敢，她将傅亦寒的手段无限地放大，将他和韩郅看成一类人，然后给自己制造了障碍，无法将过去的甜蜜和现在联系在一起。当他说起要处理一下那个记者的时候，她听出了深意，一条人命对他来说只是一句话的事情，他的声音冷静且平静，仿佛只是在谈论日常琐事，他做过许多这样的事情，并非他不动手便不是刽子手。

傅亦寒说得对，她对他的安全感度数太低了，所以在回到鹿林之后做的第一件事便是处理掉那根验孕棒，甚至在想该如何离开傅亦寒。

她内心其实一直知道傅亦寒和韩郅在某种层面上是一类人，他们心中有太多欲望，也有太多野心，傅亦寒总自认为自己和韩郅不同，认为自己比韩郅有底线，能坚守，可他做出来的事情又和韩郅有什么区别？是不是有一天到了关键时刻，她会再次变成被利用、被抛弃的那个人？傅亦寒现在喜欢她爱她，到那时候是不是又会亲自送她去死？

她不知道自己这样想对不对，但是哪怕有万分之一的可能，她也不要再做一次那样可悲的角色。

所以，她要离开傅亦寒。

第二天舒窈要去上班的时候，曼因拉住她有些为难地道："先生说让你这几天休息一下。"

舒窈愣了愣，是又回到了刚来易园的时候吗？没有自由，没有话语权，傅亦寒再次变相地囚禁了她。

曼因过半个小时去看，发现舒窈还站在门廊下，单薄得让人心疼，可是这是她和先生的事，外人都说不得什么，况且先生离开之前特意叮嘱让他们看好舒窈，不准她出去，可见两个人之间的形势已经很严峻。

舒窈早上没吃饭，站了许久之后摸了摸自己的肚子，回到餐厅吃了早饭，然后便回了自己的房间。

以前她刚来的时候也是每天躲在屋子里，但是那时候是自己不想出去，现在是不被允许出去，自己同那时候的心境也不同。舒窈一本书也看不进去，白天的时候只是睡觉，待到傅亦寒晚上回来，两个人就像是回到了以前，舒窈也不主动同他说话，偶尔傅亦寒开口，舒窈也是简单地应付，然后便是无尽沉默的气氛。

傅亦寒偶尔会同舒窈说起外面的情况，对于限制舒窈自由的情况也做了解释："外面现在不安全，我早就想让你回来了，等这一段非常时期过去你再去上班。"

舒窈只是乖巧地应着："好。"却知道傅亦寒的话包装得再好也不过是信不过她，又舍不得杀了她，所以只能囚禁她。

过完这一段非常时期是多久？至少要到加鲁变成加韦之后。

对着这样长时间沉默的舒窈，傅亦寒觉得无奈，哄着敬着都不是，但是加鲁一直是他的使命和责任，他不可能因为舒窈的小性子便放弃责任。

坐到舒窈身边，傅亦寒不敢碰她，只是低声同她解释："噜噜，我不是限制你的自由，只是外面这段时间很乱，我怕你在我看不到的地方发生危险，你想的话可以叫你的朋友或者同事来易园玩，好不好？"

三天前的早上，他在她床头放了一枚戒指，晚上回来的时候戒指盒被丢在抽屉里。他不是没想过结婚的事情，事实上在舒窈说要生个孩子之后他便在准备这一切，他想将她永远留在身边，可是他没能等到求婚的那一刻，而舒窈用这种方式拒绝了他。

两分钟后，空气中依旧只是充斥着沉默，同他想的一样，舒窈没回应。

"不管你心里想什么，你都可以告诉我，噜噜，你不要总是不说话，你这样我心里难受。"傅亦寒还是拉住了舒窈的手，仿佛这样才能切实地感受到她的存在。

舒窈低低地说了一句话，傅亦寒没听清："什么？"

舒窈声音大了一些："我要去汤山。"

傅亦寒握着舒窈的手僵了僵，然后力道缓缓加大，舒窈没表现出不适，他也没发现，直到看到舒窈面色发白，他才猛然松开她的手，冷声道："不行。"

"不管是为了你还是我，我们分开都是好的，我做不了你身边的人了，你要发起这场战争，加鲁的那些过线行为又有多少出自于你的手笔，你比我清楚。我不能在知道一切的情况下，还站在你身边告诉全世界你是一个有担当有责任心的领袖，我可以没有道德、没有底线，但是我的良心不行。"舒窈转头看着傅亦寒，这是她想了好几天的问题，"你不能让我连良心都丧失掉。"

"你可以不必面对这些，我也不会让你去面对这些，只要你不想的，我都可以替你挡掉，噜噜，事情并没有你想的那么严重。"

"我在舒沄家里的时候，那些掉落的阳台是不是和我有关？"舒窈不傻，傅亦寒也骗不了她。

果然，傅亦寒沉默了。

"现在只有我一个，你都觉得无法分心保障我的安全，假如以后我们生了孩子，是不是要把孩子的尸体抱回来你才肯承认你做错了？"舒窈问着，忍不住落泪，如果只有她一个人，或许傅亦寒哄几句她便妥协了，可是现在她有孩子了，她不能让孩子也活在危险之中。

在傅亦寒周围，全是危险的地方，所以她必须离开，她要去汤山，那是整个加韦最隐秘也最安全的地方，她可以去那里，也只能去那里，只有那里才能让傅亦寒放心，而她也能安心。这个认识让她又恨又怕又痛，眼泪已经无法拯救她。

"只要你们在易园里，我就能保证你们的安全。"傅亦寒替舒窈擦泪，"很快会过去的，加韦和加鲁早晚要解决的，不是今天就是明天，我会尽快解决的，好吗？"

舒窈不说话，她等不了那么久。

“我们可以晚几年再要孩子，等到你觉得合适的时候，好不好？”傅亦寒妥协，他也只能妥协。

舒窈哭了一场，觉得有些脱力，最后还是那句话：“我要去汤山。”

傅亦寒闭了闭眼睛：“不行，除了这个，其他的我都可以答应你。”当然也除了加鲁的问题。

舒窈闭上眼睛，不愿再说话，侧躺在那里，就像过去许多天那般，背对着傅亦寒，不愿交流，不愿沟通，仿佛进到了只属于她自己的小世界。

对于舒窈这样的冷暴力，傅亦寒无法用更强势的态度去对她，一时间也不可能扭转舒窈的想法，只能慢慢去解这道题，有一种走一步是一步的认命感。

经过这次谈话，两人之间连偶尔的交流也没有了，舒窈完全将他当空气，坚定地表达了自己要走的决心，傅亦寒也像最初那般，每天到很晚才回来，坐在客厅里抽烟，每天早上舒窈都能看到一堆烟头，是女佣们故意留给她看的。

不心疼吗？怎么可能？她不是冷血动物，她的感情也不会在忽然之间消失，她依然爱着傅亦寒，也害怕他，同时又心疼他。

这几日，舒窈开始失眠，大概是因为之前白天睡得太多，又或者因为压力太大，她意识到这个问题之后白天便强迫自己不能睡觉，她没有妊娠反应，但是嗜睡的症状比较明显，现在连这个症状都消失了。

可是她不敢让傅亦寒知道，晚上的时候便睁着眼一动不动，偶尔在他睡熟之后才敢动一下。更让她焦急的是肚子里的孩子，她不想傅亦寒知道，虽然知道瞒不过他，但是最起码要在她离开之后，而且，她不允许自己的孩子在他身边长大，更不想自己的孩子时时生活在危险之中。

这天晚上，曼因给她准备了热牛奶，倒是让她睡了个好觉，只是睡得一直不安稳，噩梦一个接一个，待到惊醒的时候，傅亦寒正一下下地拍着她的后背。当时她便没忍住伏在他怀里哭了起来：“你让我走吧，让我走吧，求你了，求你……”

只要她睡着便会梦到傅亦寒死在自己面前，梦到孩子死在自己面前，梦到无数的平民血流成河。她做不到，她真的做不到捂着良心站在傅亦寒身边假装什么都没发生过，她不是多么善良的人，手里也有过人命，但是这一切和她受到的教育相悖，和她的原则、底线也背道而驰。她没有多爱国，但也绝不会拿无辜民众的性命当空气，对于加鲁的挑衅她也义愤填膺，但是绝不赞同发起战争。

战争意味着无数人伤亡，无数人失去亲人，她知道那种感受，也不想让别人再去感受。

傅亦寒将她抱在怀里，不停地拍着她的背安慰，嘴里低声保证着：“没事了，没事了，别怕，别怕。”

舒窈一抽一抽地又睡了过去，傅亦寒没忍住去拿烟，拿来之后看一看怀里的人，又将烟放回去。真是，冤家！

安全部里，舒窈已经好多天没有来上班，电话能打通，却一直是无人接听的状态，聊天软件里面说话也从来不回，虽然之前的项目依然在继续，但是进程明显慢了许多，又回归了之前半年甚至一年才出一个项目的进度。

开会的时候大家都提议让刘向明去请示陈主任让他早日把舒窈带回来，刘向明倒是真的去了，陈主任也是一脸无奈：“我之前去见了局长，局长说让我不该打听的事情不要打听，我能怎么办？”

确实，若非工作关系，舒窈确实属于他们不该打听的人。

将近一个月过去，舒窈像是从未出现过，像是这世上从未有过这个人，她的消息再也没有传来过。

而在鹿林，傅亦寒已经许多天没有回来过，似乎是再也受不了这种冷暴力的折磨，他也换了一种应对方式。第一天发现傅亦寒没回来的时候，舒窈说不清自己心里的感觉，就像是面对不归家的丈夫，既担心他出事，又担心他在外面乱来。后来次数多了，舒窈也学会了放缓心态，只是偶尔夜半醒来的时候面对一室的孤寂格外难过。

后来，连客厅里的烟头都消失了，他不仅晚上不回来，白天也不再来。

舒窈的生活过得很平静，一天又一天，已经做好了最坏的打算，自暴自弃地想大不了一辈子无名无分地待在易园里，又或者某一天她会说服自己昧着良心帮傅亦寒打天下，可那还是她吗？

这天傅亦寒依旧没来，到了晚上舒窈如往常一般准备洗漱假装睡觉，然后失眠一整夜，谁知刚洗完澡换好睡衣房门便被敲响了：“舒小姐。”

舒窈打开房门，是良因：“有事吗？”

“先生派人来说要带您去一个地方。”平时曼因同舒窈关系最好，不过今天她休假，所以来的人是良因。

舒窈愣了下，思虑片刻：“等一下，我换衣服。”

五分钟后，舒窈走了出去，外面有车子在等，舒窈看着完全陌生的保镖心里有些不安，站在那里不肯走：“我们去哪里？让傅亦寒亲自同我说。”

对方知道舒窈的顾虑，拿了电话拨出去，很快电话便被送到舒窈手中，舒窈听到傅亦寒的声音：“是我，你现在跟着他们走，我在机场等你。”

听到傅亦寒的声音舒窈才安下心来，想问傅亦寒要去哪里，谁知傅亦寒已经挂了电话，舒窈只能上车。

上车之后她还是不放心地问：“只有我一个人吗？”

“是的，舒小姐。”黑衣男人回答。

舒窈有些后悔出来没拿电话，车子开出易园走了一条车子并不多的路，舒窈紧紧盯着窗外的景色，心里的不安越来越强烈，待到车子开了一半，舒窈再次要求和傅亦寒通话。

坐在前排的保镖将电话拨出去，舒窈再次听到了傅亦寒的声音，他似乎感觉到了她的不安，柔声安慰她："噜噜，别怕，是我让他们带你来的。"

舒窈这才彻底放下心来。

又过半个小时，车子开进了机场的特殊通道，舒窈下车便看到了傅亦寒，他没有穿军装，而是穿了一身藏青色风衣，头发落下来，和普通的帅气旅客没什么两样。

舒窈不知道傅亦寒忽然让人带自己来这里做什么，却也没问，只是看着他。

傅亦寒上前拉过她的手："我带你去个地方，飞机已经在等，我们现在过去。"他周围没有太多保镖，之前开车带舒窈过来的两个人也跟在了他们身后。

舒窈任由他拉着，觉得傅亦寒像是换了一个人，她猜不到他想做什么，不过她也一直没有猜到过："我们去哪里？"

傅亦寒没有回答："之前一直在易园很闷吧？趁机出去走走，到了你就知道了。"

他不说，舒窈也不多问，在这种时候被他牵着她才安心。

傅亦寒有专属飞机，配备最先进的武器，而且标志明显，不过今天他们乘坐的不是他的专属飞机，而是一架不起眼的客机。

虽然外表不起眼，内部却很豪华，飞机上没有一个女空乘，全部是短发干练的男人，看得出都是军队出身或者有其他隐秘的身份，这些舒窈都不多看也不多问。

坐下之后又是沉默，傅亦寒的目光一错不错地落在舒窈脸上，紧迫又炙热，舒窈双手交握，能够感受到傅亦寒略带压迫性的目光，她看向他，心里堵着一口气，对上他的眼睛却一个字都说不出口。

"要不要睡一会儿？"傅亦寒主动开口打破了这沉默。

飞机上没有休息室，睡觉的话只能把椅子放平，飞机上这么多人，舒窈不想这么没形象地睡觉，便摇了摇头。

傅亦寒没多说，而是起身坐在她旁边的位置上，抬手让她靠在自己肩上："靠一下，马上就到。"

舒窈没挣扎，她已经许多天没有见过傅亦寒，闻到他身上熟悉的味道，一时间她心里竟然有一些难受，这种难得的片刻温馨气氛仿佛回到了过去，连她也想让这假象永远蒙蔽住自己。

大约是气氛太好，舒窈竟然难得地快速进入睡眠状态，待到她再醒过来的时候发现自己裹着毯子，椅子已经被放平，她竟然睡了一觉，而且没有做噩梦。

傅亦寒则靠坐在那里闭着眼睛仿佛也睡着了，舒窈贪婪地盯着他的侧脸，她同傅亦寒认识多少年了？算算竟然已经超过十年，他们花了这么久的时间才走到一起，她一度以为自己这辈子就是跟着傅亦寒了，活在他的庇护之下，也活在自己的小世界里，然而，就像她不明白自己怎么和韩郅一步步走到那种地步，她现在也不明白自己和傅亦寒是怎么了。

难道是她的能力配不上他们的野心？又或者她只是他们游戏轮盘上的一颗棋子？而她这颗棋子除了能制造帮他杀人的武器之外，还有什么利用价值？

傅亦寒说和那无关，她是不信的，可他又仿佛在处处诉说着这种无关，很多时候甚至让她分不清。可若只是为了这些的话，他完全可以送她去汤山，就像当初说好的那般，可他没有，所以她犹豫不决，心痛不已。

就在她想着这些乱七八糟的事情的时候，傅亦寒忽然睁开了眼睛，对上她的眼睛，让她来不及躲开，只能这样惶惶地看着他。

椅背被缓缓升起，舒窈和傅亦寒平视，原本她想躲开，但是傅亦寒不许，他依旧是略带无奈地强势道："噜噜，如果从来没有得到过，我还可以说服自己，但是现在我无法说服自己，你懂吗？"

舒窈懂，若是没有得到过，心里只有遗憾，得到了，情浓时，怎么能轻易放手？

傅亦寒看着舒窈，她就像一只惶惶的小鹿，黑白分明的大眼睛里写满了问句，这样的她让他如何放手？他低下头在她唇上重重印了一下："无论如何，我希望这次你能懂。"

这次？傅亦寒到底要带她去做什么？

/ 第九章 /

我的世界，等你降落

没多久，飞机停在了一个私人机场上，周围没有太多标识，也没有高楼大厦万家灯火，舒窈隐约明白他们是来到了北方，地处偏僻的扶林——和加鲁交界处的扶林。

上了车，开出去的路段越来越偏僻，特别是在夜晚，这几辆车在黑夜中尤其明显，舒窈忍不住问："我们到底去哪里？"

这次傅亦寒没有再避开这个问题，而是直接回答了她："我们去加鲁。"

舒窈瞪大眼睛："你疯了！"

"我没有，舒窈，我带你去看看加鲁是什么样的，看看它和你想象中有什么不同，看看这里的人民是不是像传说中那么幸福，也让你看看他们是不是真的需要被拯救。"傅亦寒一字一顿地说，如果靠着舒窈自己来想，她这辈子都不可能想明白，所以他要带她亲自来看，让她明白到底是谁错了。

"你不要命了！你知道不知道加鲁有多少人想你死？"舒窈是真的生气了，这世上有太多想要傅亦寒去死的人，但是那里面并不包括她，她会想要离开他，却绝不希望他死掉。

可现在，他竟然跑到加鲁来送死，她无法不生气。

傅亦寒定定地看着她，他自然知道多少人想让他死，但是他现在有必须做的事情，而且他也并不是冲动出行，他安排好了一切路线，可能会有危险，但这种危险在他能够承受的范围内，对他来说唯一的危险便是舒窈。

他怕舒窈出意外，这才是最大的危险隐患。

但是他不后悔，他这人从小便知道自己要什么，也知道该怎么得到自己想要的，他有能力面对一切未知，同时，他也希望舒窈能够成长成一个坚韧的人，因为她是注定要站在他身边的。

这辈子，他也只允许她站在他身边分享他的荣誉和战果。

"已经到了。"傅亦寒的目光落在窗外，是交界处设置的岗哨。

舒窈瞪大眼睛不敢相信，被傅亦寒握住的手紧紧攥在一起，她低声怒道："你到底想干什么？我不去！我要回易园！你现在掉头！"

"晚了。"傅亦寒紧紧握住她的手，想要缓解她的紧张，看着车窗外朝这边走来的带枪士兵，低声对舒窈说："别怕，噜噜。"

舒窈屏住呼吸，目光直直地看向车窗外，灯光并不十分亮，舒窈却能够看清士兵的脸庞，一个个面无表情，目光带着审视，舒窈的恐惧到达了最高点，偏偏傅亦寒一副没关系的模样。

"别往外看。"傅亦寒扶了一下舒窈的胳膊，让她侧了下身子，"不看就不会害怕，不会有事的。"

士兵同司机说了几句话，是一些常例的问候，司机拿了证件给对方看，对方将证件过了三个人的手，然后朝司机摆了摆手。

就是这么粗暴简单的过境手续？加鲁可是一个相对封闭的地方，对外国人出入境管理相当严格，所以舒窈猜是司机手中的证件的缘故，可是这证件是怎么来的？看着一点点后退的入境处，舒窈不得不多想。

一直到车子开出很远，舒窈才缓缓开口："你怎么做到的？"他这样一张脸，怎么做到在众目睽睽之下就这么堂而皇之地入境的？

傅亦寒抬手拍了拍前座，司机递过来一个黑色塑料盒子模样的东西，傅亦寒拿在手里把玩："这是 VT 模拟现实盒，能够通过图形学和传感测量技术以及仿真人工智能数字图像处理改变人的视网膜观测效应，打开之后你看到周围的一切都会重新组合，所以他们认不出我。"傅亦寒解释着，"你想试试吗？"

不等舒窈回答，傅亦寒便打开了开关，舒窈看着傅亦寒，明明是最熟悉的人，却变成了另外一番模样，仿佛进入了幻境，连他的声音都虚幻起来。

"看清了吗？"她听到傅亦寒问。

傅亦寒的脸慢慢变得清晰，舒窈伸出手，傅亦寒不避开，任由她摸，嘴角翘着，舒窈已经很多天不愿意同他这么亲近了，下一刻，他听到舒窈问："韩郅的事情你是不是早就知道？"

没有多年的经营，他不可能这么轻易便进入加鲁境内，也不可能就这么轻车简行地只带一个保镖便敢来这个地方，舒窈不敢往这方面想，却不得不想，这个猜测让她绝望。

傅亦寒一直知道舒窈很聪明，她的聪明也表现在每一个地方，比如现在。敛起表情，他认真地道："不要问，也不要这么看着我。"她这样认真的目光让他心脏抽疼，他这辈子没有在什么事情上犹豫过，但是又在舒窈的身上犹豫过多。

那一年她选择离开他，他接受了。她和韩郅在一起，他也接受了。

那时候他有责任保护她，但是他知道韩郅的身份的时候她已经入戏太深，他想过要不要告诉她，但是她对他避得厉害，根本不愿意见到他，他犹豫太久，看着事情一步步发展到现在的地步，他没想过会和她有今天，其中也不存在欺骗或者其他，但是现在两人在一起，他过去的决定到底是伤害了她。

他应该在当时便警告她，哪怕她讨厌他恨他，或许她的家人可以躲过去一劫，又或者他当时早一点接到消息的话或许可以避免悲剧的发生，可是他接到消息的时候韩郅的人已经到了舒窈家门口。

他早知道韩郅有异动，准备退出加韦，他甚至想过如果韩郅要带走舒窈的话他要不要亲自去见舒窈一面，但是他低估了韩郅的残暴，又高估了韩郅对舒窈的感情，他的判断力因为舒窈失去了标准，他将太多的精力放在了舒窈身上，却忘了韩郅的目标一直是他。也是到了后来，他才不得不承认他从未放弃过舒窈，也从未放下过舒窈。

舒窈看着傅亦寒的眼神确定了自己的猜测，他知道韩郅的身份，知道他的目的，可是他放任韩郅，为什么？

“为什么？”

“萧哲将自己在加韦的关系全部给了韩郅，我想知道都是些什么。”

舒窈还是看着傅亦寒，期待他的下一个答案。

“没有，我从没想过利用你，你家的事情是一个意外，是我看错了他对你的感情。”傅亦寒承认自己的错，也直面舒窈曾经的那段感情，哪怕他再不愿提起，也知道过了今天，舒窈不会再给他解释的机会。

舒窈依旧只是看着他，眼眸中写满了痛苦，有太多的问题，她却问不出口。

傅亦寒却知道她要问的是什么，将人狠狠抱在自己怀里，他在她耳边低低地说：“想过的，想过告诉你，但是你不肯见我，你讨厌我恨我，我不敢去见你。”

舒窈的泪水浸透了他的衣服，他似乎总在惹她哭，又不知道该怎么哄好她，所以多年前他明明对她最好，她却不肯留在他身边，他紧紧抱着她：“我不敢去见你，怕你用厌恶的目光看我，怕你有害怕的样子，我没承认过，但是我确实怕过。”

“现在，我也怕你这样哭，怕我哄不好你，噜噜，你不要生我的气了好不好？”

之前给傅亦寒设置的路障在顷刻间崩塌，他这几句话冲破了她的心防，让她想着就这样吧，不管怎样，就这样在一起吧。

可是温情只是片刻的，等车子停下来，十几辆军车前来接傅亦寒的时候，舒窈又不得不承认自己的软弱和迟疑，敢这么大阵仗来接傅亦寒，可见傅亦寒同对方的关系如何，再看对方同他说话时候尊敬的样子，她又怎会看不出傅亦寒对对方的影响力。

“傅先生，您终于来了。”说话的人叫许何劲，是加鲁众多军阀之中的一个，也是少有地被自己领域的民众拥护的军阀头子。

傅亦寒同对方握手：“许将军，久违了。”

“您走了一夜一定累了吧？我已经安排好了住宿的地方，只是条件不太好，还希望您不要介意。”许何劲做了一个“请”的手势，目光快速掠过舒窈。

“麻烦你了。”傅亦寒微微颔首，扶了扶身边的舒窈，一起走上了对方安排好的车子，而傅亦寒带来的保镖已经快速地检查过了车子的安全性。舒窈在保镖做这件事的时候看了对方来的几个人的表情，没有表现出任何不满，可见这些人对傅亦寒的信服。

从未见过面，怎么收复这些人？又或者这些人根本就是他安排在这里的？

舒窈猜不出，跟着傅亦寒上了车子，原先他们乘坐的车子已经被开去了另外一个方向，舒窈已经接受了自己身处加鲁这件事，在这里她什么都做不了，只能紧紧跟着傅亦寒。

“再坚持一下，马上就可以休息了。”知道舒窈对新环境的惶恐，傅亦寒声音尽量低柔，不想她太过于神经绷紧。

“嗯。”舒窈的目光依旧在车窗外游离，只是夜色太黑，她只能隐约看清外面的轮廓，前方全是未知数，能让她安心的也只有傅亦寒。

车子没有开多久，就停在了一座郊区外的独立院落外，舒窈下车的时候不小心踩空，傅亦寒单臂抱住她，稳稳地将她放在地上，用目光询问她，舒窈低声说：“没事。”

许何劲已经走过来：“傅先生，就是这里了。”

“好。”傅亦寒牵住舒窈抬脚往里走。

“这里以前是一个富商的宅子，但是后来他女儿被朱虎的人抓走了，他给了一大半身家才把女儿接回来，后来听说带着家人偷渡去了孟巴。”许何劲一边领着两个人进宅子一边解释，一直将两人送到房间门口，他才道，“周围都已经排查过，您尽管放心。”

朱虎是当地的一个大军阀，名声不太好，而且据说为人残暴，这些消息外面的人也大多是猜测，经过多张嘴添油加醋，不知道有多少是真的，但是听许何劲这口气，大约此人真的不是什么好人。

舒窈不知道的是，朱虎这人连坏人都比不上，那是什么人？当地人没人敢评价。

“好，麻烦你了。”傅亦寒客气道。

许何劲哪里敢担一声他的客气：“您早些休息。”目光从头到尾不敢再看一眼舒窈，能被傅亦寒领着来这种地方，还处处维护的人，必须当天神对待，多看一眼都是犯罪。

许何劲离开之后，傅亦寒便领着舒窈进房间，房间被提前打扫过，很干净，但是傅亦寒还是走过去将被子移开仔细看了看，因为舒窈每次到陌生的环境睡觉之前都必须做这个动作，仿佛害怕被子里藏着小虫子，总要确认一遍才安心。

舒窈有些累，在傅亦寒确认之后便坐在了床上，面上是显而易见的疲惫，看得傅亦寒有些心疼，也有一丝后悔带她来这里。他走过去单膝跪在地上替她脱了鞋子，手上轻柔地帮她揉了揉脚踝。

舒窈出门之前他特意让人帮她拿了厚衣服，连袜子都是厚袜子，傅亦寒褪去她的袜子，又看到了她的脚，那里永远少一根脚趾，他低头看着，那是他的隐痛。

其实他问过自己很多次，若是当时他肯早一点承认自己这辈子非舒窈不可的话，是不是就不会让她去汤山，也不会让她少一根脚趾。虽然舒窈没说过，但是他知道她是极其介意的，每次洗澡若是淋浴的话便会很快，但若是泡澡的话总是比淋浴慢上半个小时，不是因为泡澡舒服，而是因为泡澡的时候她总是会看到自己的脚。

第一次的时候他以为她睡着了，推门进去，看到她抱着脚哭，那一刻他恨死自己。

拇指蹭了蹭她的断指处，他似是开玩笑地同她说："以后你丢了我就不用害怕找不到你，特征明显。"

难得轻松的气氛，说得舒窈也笑了起来，她低头看着傅亦寒，灯光打在他的侧脸上让他刚硬的脸上带上了异样的温柔，舒窈看着他，心里忽然涌出许多难过，低声求着他："不要打仗好不好？"让一个国家陷入战乱，他怎么能保证自己能够全身而退？又怎么保证战火过后事态会按照他所想的那般发展？

傅亦寒依旧轻轻地揉着他的脚踝，并不看舒窈，他怕自己看到那双眼睛便会忍不住投降，可他不是女人，事情已经走到这一步，他绝不可能放弃。

"亦寒，我爱你，我是不是没有对你说过这句话？那我现在告诉你，"舒窈低低地说着，就像是倾诉，在安静的环境中很容易让人沦陷。傅亦寒抬头看她，明知这是糖衣炮弹，却还是忍不住陷进去，听她继续用甜蜜陷阱一般的声音说，"但是我爱你并不代表我要丧失自己的原则。我是一个普通人，但是像我这样的普通人有千千万万，我虽然不能代表那千千万万人，但这也是大多数人的心声，那些人的心声你不肯听，至少听一下我的，哪怕是为了……"舒窈摸了摸肚子，打算告诉他，只是傅亦寒没给她机会，直接打断了她。

"如果我们回到加韦的时候你还是这个想法的话，我会认真考虑你的话，好吗？"傅亦寒已经站起身，俯身在她额头上吻了一下，"休息一下？"

舒窈有些失落，他不想听她说这个话题，也不想知道她想要告诉他的不算惊喜的惊喜。

躺在床上，身后是傅亦寒炙热的胸膛，睡觉的时候他一直喜欢这样抱着她，他不在的那几天，她的失眠更加严重，整个人都焦虑不已，而现在她躺在他怀里，除了失望之外，竟还有安心。或许还有一些遗憾，也许是因为环境所致，让她对傅亦寒的依赖增加，她不想继续瞒着他，想要告诉他她怀孕了，但或许是天意，傅亦寒打断了她。

舒窈忽然醒过来的时候，已经日上三竿。

收拾好自己走出房间，整个大宅里都空荡荡的，不过楼下大厅里每个角落都有人，有人看到她立刻去向傅亦寒报告。傅亦寒走过来的时候正好看到舒窈下楼梯，他皱了皱眉头，拿了让人准备好的外套在楼梯口接住她："今天天气比较冷，不要穿成这样乱跑。"原本他是想帮她把衣服拿到房间，但是没来得及。

舒窈"嗯"了一声，看了眼客厅外面放着的军用黑提包，没有明显的标志，也并不新，但是从凸起的形状上看，舒窈知道里面装的都是武器，看来他们已经整理好准备出发了。她有些惭愧，知道是因为自己才耽误了行程。

傅亦寒却毫不在意："先过来吃饭。"

舒窈跟着傅亦寒进了餐厅，因为知道周围的人都不是他的下属，她有些担心地问："大家都吃过了吗？"

傅亦寒嘴角牵着，对于舒窈能够考虑到他的处境感到开心，虽然她的担心是多余的："只有你了。"

舒窈有些不好意思，端了碗快速地吃，傅亦寒敲了敲桌面："慢点吃。"

舒窈透过碗沿看傅亦寒，从傅亦寒的角度只能看到她的一双眼睛，就如小动物一般，一秒钟便让人不战而降。

离开的时候傅亦寒拿了帽子帮舒窈戴上，低声说着："别冻到了耳朵，这边天气不好，你不舒服的话一定要早点告诉我，知道了吗？"

舒窈点头。

两个人的互动周围没人敢多看一眼，除了留下的保镖，其他人已经去车里等着了。

许何劲也已经早早等着，见到傅亦寒和舒窈走出来，立刻迎上去报告今天的行程："今天我们要从烟口地区穿过，这一带是朱虎的地盘，一般不会出什么事，我走前面，有事在对讲机里说。”说着他帮傅亦寒打开车门，“请。”

傅亦寒让舒窈先上车，然后在车外又同许何劲说了几句，只见许何劲不停地点头，舒窈倒是没听到他同许何劲说了什么。

待到傅亦寒上车，舒窈问他：“你们说了什么？”

“我让他在市中心停一下让人去买一些暖贴。”傅亦寒说。

舒窈愣了一下，明白过来傅亦寒的意思，在场的只有她一个女性，买暖贴总不可能是给别人用的吧？

“不用了，我又没那么娇气。”舒窈说的是实话，虽然确实有些冷，但是傅亦寒给她穿的衣服很保暖，不至于冷到必须采取外来保暖措施的地步。

傅亦寒握住舒窈的手，似在解释：“没事的，这条路我走过好几次，没你想的那么危险。”

舒窈愣了愣，着实没想过傅亦寒竟然来过加鲁许多次，所以他不是心血来潮才想要加鲁回归的？一时间她的目光又复杂起来，但是她也知道傅亦寒不愿意提起这个话题，便匆匆移开了目光。

车子在公路上行了一段时间之后零散地经过了几个镇子，让舒窈没想到的是加鲁的环境比加韦竟然差这么多，傅亦寒说那些是镇子，可在她看来也就是比村子繁华一点，人也并不多，女人更不常见。不过舒窈发现了一件不可思议的事情，路上不多的行人里面残疾人占不小的一部分，有些是少一只胳膊的，有些是两只胳膊都没有的，还有人没有腿，若是说出意外的话，不会这么多人一起出意外。

傅亦寒给她解释：“这些都是被抓去打仗偷跑的人，被雇佣军抓到之后并不当场击毙，而是剁手剁脚，能活下来的不多，即便活下来也只能活成这个样子。”傅亦寒目光落在一个失去双臂的人身上，他肩上担着两个框子，看不清框子里是什么，但是看得出很重，他的背被重重压下去，仿佛将全世界的重量都放在了自己肩上。比死亡更可怕的是这般生不如死。

傅亦寒说的话一字一字地砸在她心上，她不敢相信现代社会竟然会发生这么可怕的事情，下意识地，她觉得傅亦寒在骗她。

傅亦寒没有继续说，也知道舒窈不相信，他第一次来的时候也不相信，可现实就是这么残酷。

“一会儿车子会经过一段已经被打扫过的雷区，现在正是绿植生长的时期。”只可惜那片土地上没有任何植被。

舒窈还沉浸在他说的残酷故事里，问傅亦寒：“为什么非要让他们去打仗？就算在这里，总是需要平民来种粮食的吧？”

“加鲁百分之七十的土地掌握在军阀手里，剩下百分之三十是高山和湖海，平民是没有土地的，要想活着，就要依靠这些军阀，这些军阀要做大，便需要有人帮自己扩大地盘，强征是避免不了的，做大的军阀有两三个，但是打了这么多年，谁也没赢过，受伤的永远是平民。”

平民……舒窈昨天才和他说起过平民的权利和意义，今天他再提到这两个字已经是截然不同的意义。

和平国内，平民叫平民。战乱国内，平民叫奴隶。

但这都是傅亦寒说的，舒窈从未听过这种说法，她必须亲眼看看才能相信。

信息时代，若加鲁真的是这样，为何外界从不知道？

车子再往前走，果然看到稀稀拉拉的黑土上零星地长着一些小麦，麦子绿油油的看起来很喜人，周围地势有些不平，舒窈还能看到山坡上黄黄的油菜花，只是都非常稀疏，和她以前见过的完全不同。

“他们要扩充地盘便要打仗，打不过就在土地上埋满地雷，轰炸几次，土地便变成了这样，再这样下去，这些土地什么都长不出了。”

舒窈内心复杂，焦黑的土地在阳光下看起来让人心里格外沉重。

傅亦寒问舒窈：“要下车拍照吗？”

舒窈瞪着眼不敢相信，这是开玩笑的时候吗？不过傅亦寒的表情一点不像是开玩笑，她摇了摇头：“不要。”若是将来她被人发现来战区，还微笑着在战区留念，有十张嘴也说不清。

想到这里舒窈心跳漏了一拍，若是她和傅亦寒分开的话，也不会再有人关心这些吧？

车子继续往前开，不出三分钟，舒窈的眼睛瞪得越来越大，若是说之前土地上还零星长着一些植物的话，再往前便什么都没了，只剩下焦黑一片。若是说之前她还迟疑的话，那么现在，傅亦寒的话她相信了一半。

“再往前面开半个小时，你会一直看到这种景色。”傅亦寒并不愿意把这个地方用“景色”来形容，但是他也不愿意舒窈听太多沉重的话题。

舒窈紧紧地握住手指，远处田里有几个人，戴着帽子似乎在土地上翻看什么，她还没想明白，便听傅亦寒道：“这些人都是来种地的，打不了仗的便被分到这里来，每人给一片土地，不管你用什么办法，到了收成的季节必须交出一定量的粮食，不够数就用家人的性命来凑，他们甚至不肯给人一个痛快。”

傅亦寒总能知道她在想什么，然后给她一个震惊的答案，连她都忍不住要问，谁能够在这样的土地上种出够量的农作物？

“这样的地方有很多，所以加鲁越来越穷，越穷便越要打仗，所剩不多的良田是他们活命的资本，到最后，便成了全民战役，再没有人愿意站在和平一方。”

这世上怎么会有这样的地方存在？战争成了家常便饭，不打仗便会死，打仗反倒成了他们唯一的活路，是因为震惊太多吗？舒窈感到有些麻木。

路边站着几个做农活的人，手中还拿着工具，几个人站在路边抽烟，脸上有笑，舒窈无法形容那种笑容，看似轻松，却并非真正的轻松，而是压力过后松了一口气那种片刻轻松。其中一个人少了一条腿，手中撑着一根木棍，似乎对方说了他什么，他笑着拿起棍子打对方，结果自己摔倒了，对方不但不来扶，反倒在他空着的小腿处踩了踩。

这是一个不需要尊严的国度，舒窈又给了它一个新的定义。

车子越开越久，舒窈看到的景象也越来越多，还有一些瘦弱的孩子背着枪似乎在打闹，脸上带着属于他们这个年纪该有的活泼，但是看到他们的车子的那一刻便全部停下来握紧了枪支，面上严肃，眼神冷酷，随时准备开火。

“这里没有学校吗？”舒窈问。

“有。”傅亦寒声音低沉，“但是孩子们在学校里更危险，若是双方爆发战争，首当其冲的便是医院和学校，所以敏感时期大家都不愿意把孩子送到学校去。”

教育缺失，常年战乱，这就是加鲁的现状，还有一些是傅亦寒没说的，他不愿意舒窈知道。

不知道过了多久，焦黑景色终于到了尽头，车队却碰到了两个开破吉普穿军装的人，对方按了喇叭，车队和对方对头停了下来。

舒窈紧张地看向傅亦寒，傅亦寒却没事人一般替她拉了拉衣领，低声问她：“冷不冷？”似乎一直很关心她冷不冷这个问题。

即便是北方，这个时节也并不寒冷，只是比起加韦来冷上一些罢了，舒窈无心和他谈论这个话题，只是紧张地盯着他，直到傅亦寒说：“没事。”

虽然知道傅亦寒只要开口，说出的话至少有八成把握，但是舒窈还是很紧张，看到许何劲下车同对方交涉，双方似乎认识，互相拍着肩膀说笑，舒窈放下心来，不过很快，她的心再次悬了起来，对方有一个人大概是不放心，一辆辆车子挨着检查。舒窈看到他们前面那辆车子的司机嘴角叼着烟一副不在乎的表情，甚至还和对方打招呼：“哟，你们的装备还不换？不是说老苍这边的都换了吗？”说着还从副驾驶座旁边拿了自己的新装备给对方看，舒窈认得那是他们研究组的其中一个项目，没想到已经配置到了前线。

对方果然被吸引，拿着一把微声冲锋枪翻来覆去看了许久，骂骂咧咧不舍得放手，摸过枪杀过人的雇佣兵都以有一件自己的专属武器而骄傲，若是再有一件高级配置，那约莫就算荣耀了。

“哪儿来的？这可不是公共配置吧？”

“前两天不是和加韦闹了一下嘛，他们派了那么多人来，半夜我们出去一趟摸回来的，就两把。”

“什么时候真正打起来，我也摸一条去。”那人手里反复掂量着枪支，就是不肯撒手。

舒窈紧紧盯着，唯恐那人起兴来检查他们的车子，大约是她的动作太过于僵硬，傅亦寒强制性地扭过她的身子将她抱在怀里，让她的脸靠在自己胸口：“不用怕，噜噜，这几个人不足为惧。”

舒窈知道他的意思，即便被发现他也能妥善处理这些人。另外她也明白了一件事，从许何劲到这里的每一个人，除了随着他们一起来的司机，全部是朱虎的人，又或者是傅亦寒安排到这里的人，蛰伏这么多年就是为了这一刻。她又想到，若不是为了她的话，他或许没必要曝光这么多手下，傅亦寒根本不该带她来这里。

不知道过了多久，就在舒窈准备认命的时候，车子缓缓启动，她却不愿往外面看一眼，头一直埋在傅亦寒怀里，她的原则已经一点点乱了。

一整个下午过去，窗外的景色几乎是在一遍遍地复制前面的色彩，不是稀稀拉拉的城镇便是大片的废弃黑土，也经过了一个较大的市区，人多了起来，每个人看起来都很警惕且忙碌，而且……舒窈发现无论在哪里，女人都很少。

心里有了猜测，仿佛怕得到验证，她不敢开口问。

天黑的时候他们终于到了天石，天石是加鲁的第三大城市，倒是有一些高楼大厦，竖立在一片矮房子之中显得尤为醒目，整座城市灯火通明，和加韦的城市一般，只是不知道这里面又藏着什么和加韦不一样的东西。

傅亦寒递了零食给舒窈吃，舒窈心神不宁地摇摇头：“我吃不下。”

“待会儿下车了就可以吃点热饭，你再忍一下。”傅亦寒没有强迫她，从保温瓶中倒了热水给她，“喝点。”这次是直接帮她倒好，不许她拒绝，目光在她已经发白的唇上流连了好几次。

舒窈抱着杯子喝了一口，热水流进她的胃里，让她整个人都舒服了许多，她游移不定，想和傅亦寒说她不看了要回去，可是又怕自己看到的都是假象，她肩负着劝导傅亦寒的责任，若是草草地做决定，这历史责任她背不起。

下车的时候，许何劲简单地说了今晚住宿的地方，说的时候特意加了句：“那边是富人区，环境很好，相对来说也安全一些。”这句话他是说给舒窈听的，因为她的脸色看起来不太好。

他们先到的是吃饭的地方，天石一座比较出名、不被各方势力监视也没有摄像头的酒楼，就在红谷旁边，而红谷是天石的一个大黑市。在红谷什么都可以买卖，毒品、女人、古董，甚至是奴隶和器官，那是一个不需要良心的地方。

许何劲领着两个人进了包间，其他人都散落在周围，饭菜已经点好，大约是傅亦寒提前吩咐过，大多是舒窈喜欢的。傅亦寒吃得并不多，看着舒窈吃得像个安静的小白兔，也知道今天让她接收的信息太多，但是他并不后悔。

舒窈吃到一半，傅亦寒已经放下筷子：“噜噜，我要出去一下。”

舒窈愣了愣，下意识地慌了一下，在这里她只有傅亦寒，他怎么可以走？她放下筷子：“我也去。”

傅亦寒自然不可能带她去，他要去的是红谷，要见的人虽然没有危险，但是他还是不愿意让舒窈冒险，他所有的危险只有两个字，那就是：舒窈。

“等你吃完我就回来了，最迟二十分钟。”在选择来这里吃饭之前他也迟疑过，想要选一个离红谷远一点的地方，但是那样一来一回时间太久，他不放心舒窈一个人。

“我也去。”舒窈定定地看着他，眼中写着坚定。她不是在同他撒娇或者商量，她这是通知，她必须和他在一起，哪怕有危险。

在看到两个人一起从包间里走出来的时候许何劲愣了一下，显然没料到傅亦寒要带舒窈去，那个地方可不适合女人去，更不适合漂亮女人。

临到进红谷之前，傅亦寒停下来帮舒窈拉了拉衣服，她穿的是一件黑色的厚外套，又拉了下帽子，即便这么普通的颜色也挡不住她那双有神的眼睛，傅亦寒忽然有些后悔，舒窈却已经拉住了他的手，他只能说："走吧，进去之后不要乱看。"

"嗯。"

穿过长长的甬道，路上碰到的每个人都带着打量的目光，许何劲这帮人不但不怕，还亮出了自己的武器震慑对方，像一群地痞流氓。

他们说这个地方是黑市，果然如名字一般脏乱不堪且吵闹喧哗，路过几个吸粉吸大了的人，看到舒窈，紧紧盯着她，流里流气地便要过来。许何劲二话不说利索地给了对方一脚，似乎觉得自己做得不到位，将对方逼退之后上去又是一顿拳打脚踢，身上那种狠厉和流氓的气质尽显，看得舒窈皱眉头。原本她对许何劲的印象是克制、周全，傅亦寒的这些人总是在刷新她的印象。

傅亦寒像是没看到，从头到尾只看了一眼，舒窈看到他的眼神，带着漠然和冷意，或许还有一些不屑，对于他看不上的人，他一直是这样，多看一眼都不愿意。

到了较为宽阔的地方之后，人也多了起来，就像是夜店，整个空间被一个个铁丝网分开，每个格子中都聚集着一些人，大多是男人，有的光着膀子，身上有文身。在舒窈的印象中这些人的统称是黑社会，不过在她看到几个人压着一个男人在桌子上拿刀比画着他的胳膊的时候，她觉得自己对他们的定义太低了。

"别看了。"傅亦寒揽了她一下，将她换到了自己左边，"你救不了每一个人。"

舒窈也知道自己现在想这些不合适，虽然心里还是希望傅亦寒去救对方，但是现在时机不对，地点也不对，可是对方看起来才十几岁，还是个孩子，她眼底有些热，舔了舔干裂的唇，紧紧抿着唇，没有开口，表情和动作却已经告诉了傅亦寒一切。

难道人的原则和底线都是随着环境而改变的吗？若是今天她退让了，明天又有什么是需要她退让的？

十几岁，一个人的人生才刚刚开始，她又想到自己的十几岁，忽然之间天黑了，在那之后黎明便没有再来过。

“你帮帮他吧。”舒窈小声开口，知道自己底气不足，却还是带着乞求道。

傅亦寒停下来，低头看着舒窈，舒窈抬头看他，眼眶红红的，他看了她片刻，冷声开口：“许何劲！”傅亦寒知道舒窈肯定会求自己，也已经下定决心不管，但是看到舒窈的眼睛，他知道即便舒窈问他要整个世界，他都会给。

舒窈倔强，有时候也心狠，她甚至会杀人，但是她心底永远保留着最初的赤诚，不像他，除了爱她，他已经失去一切感情，他不想舒窈变成自己这个样子。

许何劲已经快步走了过来，听傅亦寒吩咐：“刚才那个男孩子，去帮他。”

“是！”即便知道不合适，但是许何劲干脆利落地应承了，军人的天职是服从，而他正在执行。

舒窈动了动嘴唇，想和傅亦寒说谢谢，但是一句谢谢太轻，又太客气。

反倒是傅亦寒抬手在她的脸颊上蹭了蹭：“没关系。”他想说让舒窈不要变，就这样，但是他现在正在试图改变她，所以只能说一句没关系。

这里的混乱程度超过了舒窈的想象，甚至有一群衣衫褴褛的人大声吼叫着将一个姑娘抛来抛去，有打黑拳的人被人打倒在地上狠狠地砸着脑袋，明明已经没有反抗能力，周围人却还是欢呼尖叫，这一切让舒窈恍惚，傅亦寒说得对，她救不了所有人，这才是最可悲的地方。

穿过脏乱的铁丝网区，舒窈感觉他们在往地下走，有刺鼻难闻的气息，就如下水道，虽然灯光明亮，舒窈还是觉得不舒服。

最后一行人停在一间屋子旁边，已经有人打开了屋门，傅亦寒将舒窈推进去："我就在隔壁，你在这里等我。"

舒窈看了看房间内，烂掉的沙发、脏污的地板，墙上贴着卷起的裸女海报，整个房间内散发着一种馊掉的气息。

"这次真的不能去了，不会超过二十分钟，好吗？"傅亦寒也走了进去，抱了抱舒窈，"不要怕，你喊一声我就能过来。"

"好。"舒窈知道傅亦寒肯定是去做一些不想她看到的事情，这些东西要么残忍要么血腥，又或许说的根本就是她在他办公室听到的事情，她不想听，有些逃避的心理。

傅亦寒皱着眉头打量了一圈，眼中写着满满的嫌弃："这里有些脏，忍一忍，我马上带你走。"

待到傅亦寒离开，舒窈并没有坐下，而是站在离门口很近的位置，门微微关着，门外站着两个人，其中一个是跟他们一起来加鲁的司机。有熟人在舒窈有些微安心，她站在那里一动不动，这屋子里的任何一样东西她都不想碰。

等了十分钟左右，舒窈听到外面有人说话："这是我的房间，你们站在这里做什么？"

舒窈听到那司机说："现在不是你的了。"

那人不但不走，还流里流气地说："不仅这个房间是我的，里面的女人也是我的，要命的赶紧滚！"舒窈透过门缝看过去，那人身后竟然又多了好几个人，她吓得后退了一步，因为对方每个人身上都有武器，摆明是来找碴的。

黑衣司机面无表情地看着对方："那你们进去吧。"他后退一步，抬手推开了门。

舒窈大吃一惊，不敢相信地看着对方，下意识地要往外跑，那些人却已经进来了，舒窈连连后退，张口就要喊傅亦寒的名字，却听到那司机说："舒小姐，要委屈你一下了。"

流里流气的男人们哈哈大笑："那可不就是要委屈这位美妞了，谁让你们喜欢多管闲事呢，东哥的事情是你们能管的吗？瞎替谁出头呢！"说着有人毫不客气地抬手扯掉了舒窈的帽子狠狠地丢到地上，这让她看起来狼狈不已。

舒窈心惊，竟然是为了刚才那个男孩子的事情，但是男人的动作惹怒了她："你干什么！"

"干什么？当然是干……"他的话没说完，一把锋利的匕首已经穿透他的喉咙，他脸上还带着之前威胁的表情，僵硬又恐惧还有难以置信，十分滑稽，十分恐怖。

舒窈知道傅亦寒带来的人都不简单，温热的血溅到她的脸上、发间，她的呼吸有一瞬间停滞，胸口剧烈地起伏了一下，看着男人在他面前倒了下去。

她紧紧地靠着墙，另一个保镖始终护在她身边，看到那司机和对方几个人打在一起，他身手很好，动作快、准、狠，毫无怜悯之情，挥动着手中的匕首如死神一般收割生命，人命在这一刻变得一钱不值，他甚至都不需要拿出枪，如地狱来者一般，所到之处不留一丝生机。

其中一个人趁势想劫持舒窈，舒窈的背紧紧贴在墙上，死死地盯着眼前的一幕，她无法不看着，这一切都是她造成的，是她所谓的善心、所谓的良知造成的，但是此刻她什么都想不到，人到绝境的时候对所有的价值观判断都是失效的，她只是不停地急促呼吸着，黑眸剧烈地收缩着，看着一个个死人倒在自己脚边。

身边的保镖早有准备地拿出消音手枪直接在对方眉心来了一枪，就是这么滑稽，明明可以用枪械解决问题，却非要用冷兵器，等你要用冷兵器的时候，对方却用了枪。

刀子插入肌肉是什么声音？一刀致命又要怎么选择要害？这一切舒窈有了答案。

待到只剩下他们三个人站着的时候，那个黑衣司机看过来，目光冷冽，表情坚毅。舒窈哽咽了一下，却没哭出来，她是在那一瞬间明白了一件事，他是故意的。

这是一个警告，鲜血和生命带来的警告。

让她再选一次的话，她要这些人的命还是要那个男孩子的命？

无解题目。

门被人踹开，傅亦寒的目光很快锁定舒窈，他准确地避过一具具尸体，冷漠得仿佛这些人根本没活过，脚步稳健地一步步走到舒窈面前。舒窈看着他，心里复杂极了，他是现在才知道的吗？还是只是现在才过来？让她知道在这个地方善心是没用的，让她认识到她所谓的善心只会害人？

这是傅亦寒能做出来的事情，在看不到她的地方，关于她的决定他能下得更痛快一些。

傅亦寒掐着舒窈的腰将她抱到身边，上下打量着她，看她一下下抽搐着，他用温热的大手摁住她的肩膀："受伤没有？"

舒窈看了他许久，他没有解释，没有追问，他知道这里发生的一切，他是故意的，舒窈推开他快速往外走，到门口便蹲在地上吐了起来。

她错了，她一直都在错。

韩郅只是让她看到了世间的黑暗，而傅亦寒根本就是处于黑暗之中没出来过，还想带她看遍这世间的黑暗。

今天只是第一步。

他想她看到，他想她知道。

他想她陪他一起走在黑暗里。

傅亦寒看了眼蹲在地上吐的舒窈没有走过去，而是吩咐道："你们两个留下来善后。"

接着是坚定的回应声。

舒窈吐得有些难受，却还是很快调整好自己站了起来，傅亦寒也已经走到她身边，盯了她片刻才开口："还好吗？"

可能是因为两人都对这件事心知肚明，舒窈觉得他话里的柔意少了许多，不过这才是真正的他不是吗?

“没事。”舒窈摇摇头，她不该总是对着他一副软弱的模样，不该总是向他哭诉，不该乞求他，不该埋怨他，他要她再成熟一些，再黑暗一些，她要做到，做不到的话，她不知道还有什么场景等着自己。

傅亦寒腮帮子鼓了鼓，听舒窈主动又开口，声音冷淡疏远：“你的事情好了吗？”

“走吧。”傅亦寒紧紧地握住她的手，似有许多话要同她说，却什么都没说。

离开的时候很顺利，或许只是因为舒窈已经在心理上接受了这里有可能会发生的一切，所以漠视了这一切。

坐在车上舒窈靠在椅背上死死地闭上眼睛，不知道谁拿来的暖贴，傅亦寒撕开贴了两片在舒窈的衣服里，将她抱过来放在自己腿上，让她靠在他怀里。这过程中舒窈没有反抗，就像听话的洋娃娃，但是她这样并不能让傅亦寒感到高兴。

到了住宿的地方，傅亦寒直接将人抱下车，舒窈没睁过眼睛，任由他将自己抱进房间里，甚至没打量一眼这房子。

房子里没有女佣，傅亦寒不可能让其他人进房间帮忙处理琐事，便亲自帮舒窈放了洗澡水，又打开淋浴头，确定卫生间暖烘烘之后才将舒窈抱进卫生间。

舒窈强打起精神洗了澡，傅亦寒同她一起洗，整个过程中两个人有碰触，却没有情欲，更没有交流，仿佛又陷入了之前的那个怪圈。

洗完之后傅亦寒甚至帮舒窈吹了头发，自己则是随便擦了擦，赶紧去帮舒窈收拾床褥，让舒窈站在一旁，他提起被子抖动了一下，动作带着讨好。

舒窈躺进去顿时觉得全身的疲惫都袭来，难受得很，恨不得现在就睡着入梦。傅亦寒也上床，一滴水滴到舒窈的脸上，她嘟了嘟嘴推了他一下：“把头发吹干。”说的是家常闲话。

“嗯。”傅亦寒闷闷地答应了一声然后又下床去吹头发，等到他整理完回来的时候舒窈已经睡着了。

他坐在床边看她，鼻头还红红的，躺在那里小小的一坨，柔弱得仿佛只要他一伸手就可以让她消失，明明是这世上最弱的人，却比所有的武器都强大。

他还能怎么爱她？

/ 第十章 /

太阳强烈，水波温柔

第二天傅亦寒是听到舒窈急急下床的声音才醒过来的，天蒙蒙亮，舒窈平时不会在这个时间起床，而且她的脚步有些急，光着脚跑进卫生间便吐了起来。傅亦寒掀开被子下床想走过去，还没靠近便听到她压抑的呜咽声，顿时让他僵在了原地。

昨天她也是这般推开他，他曾经看过她家里出事那天的监控，她回到家看到那一切之后整个人像是掉了魂一般，好像风一吹就能死去，然后她也是这般蹲在地上吐。

她见不得这样的黑暗，这些和她无冤无仇的人，她到底还是心存善念。

舒窈觉得难受，知道这是迟来的孕吐反应，又或者是被昨天的事情刺激到，生理和心理都紧绷着，大约是因为怀孕，她觉得自己娇弱了许多。又或者是抗压能力太低，她从清醒的那一刻便想让傅亦寒送自己走，可她不能。

傅亦寒要带她来看他要收复加鲁的原因，她还没看完，她不能走，傅亦寒也不会让她现在走。

白天车队继续出发，穿过天石往北，舒窈比前一天更沉默，几乎一整天都不开口说一句话，其实她很想问问傅亦寒他们要去哪里，但是知道了又怎样？傅亦寒不会单单为了带她来看加鲁的黑暗而穿越大半个加鲁，他有自己的目的，也有明确的目的地，不问也罢。

非城镇的地区，和舒窈昨天看到的景象并无二致，她想问问傅亦寒来过加鲁几次，又走过这条路线几次，可是她开不了口，所有的话都哽在喉间，一个字都说不出口。她猛然想到那一年她被吓到整整三天没说话，明明有很多话想说却说不出口，她有些急切地转头看着傅亦寒，张了张嘴，有些艰难，眼中写满了焦急，却说不出口。

傅亦寒握住她的手："怎么了？"

舒窈嘴唇动了好几次，才缓缓开口："没事。"她终于说了出来，悬着的心也落在了地上。

"哪里不舒服？"傅亦寒捏着她的胳膊，一路上没看到她动一下，他也不想她这样。

舒窈摇摇头："没有。"

"要不要停车休息一下？"

舒窈还是摇头。

傅亦寒深深地看了她一会儿，将车座往后移动，拿了靠枕放在她两边，又拿了薄被出来："你靠一会儿。"

舒窈果然靠下去，整个人舒服了许多，闭着眼睛又不理人了。

接近中午的时候，车队停下来吃饭，舒窈不想动，傅亦寒便让人买了饭在车上吃，舒窈不想吃，傅亦寒便一口一口喂到她嘴边哄着她吃："后天我们就可以回去了，噜噜，再忍一忍，我们马上回去。"

舒窈不想提、不敢提的事情被傅亦寒说了出来，她心里复杂又难受。

"我去索图见个人，我们穿过边境出去到胥伍，直接坐飞机回加韦。"傅亦寒说出自己的行程，事实上他加快了自己的行程，再这样下去不是舒窈受不了，而是他先受不了，多么可笑。

胥伍是加鲁的临界国，这个国家曾经辉煌过一阵子，却在前几年陷入内战，一直不太平，但是傅亦寒已经清理好道路，只等他去便可以迅速结束然后离开。

舒窈低低地说："我不想吃。"因为声音太低，有气无力，柔柔的，像是撒娇。

"多少吃一点，不然坐车难受，好不好？"傅亦寒哄着她。

舒窈接过去吃了两口，开了车门便下去吐，却什么都吐不出来，只是难受地蹲在那里，傅亦寒拿了热水给她："不想吃就不吃了，喝点水。"

一顿饭吃得极其艰难，舒窈吃不下，傅亦寒也没吃多少，周围有人看过来，却没人说什么。舒窈知道他们在想什么，肯定在想他们的长官怎么这么宠爱一个这么不知好歹的女人，肯定觉得她又烦又讨厌，可是舒窈不在乎，在生死的严峻考验中，她不再在乎这些无关的情绪。

大概傅亦寒是知道她看到那个司机不舒服，今天开车的换了个人，对方训练有素，绝不往后视镜中多看一眼。

舒窈软软地靠着傅亦寒，看起来娇弱极了。

不过舒窈很快就发现了不对的地方，不仅司机换了人，连之前车队的车子都全部换掉了，偶尔停车的时候舒窈看着周围一群陌生人明白他们是换了地界，也换了保镖，唯一熟悉的便是许何劲和之前那个开车的保镖。

"我们现在在哪里？"

"已经进了林奇的地盘，这些年萧哲之所以能够做大是因为林奇和朱虎有世仇，最大的三个军阀便是他们三个，其他两个打得厉害，萧哲便捡了便宜，一直对外宣传他组织的政府是正规军，其实他也只是比另外两个强一些而已。"傅亦寒同舒窈分析，"各地还散落着一些小军阀，那些地方更乱一些，为了抢占劳动力，他们什么都做得出来，小孩子长到十几岁便派出去当前卫，打仗的时候多杀一个人多给一袋粮食。”

说到这里，傅亦寒轻轻“呵”了一声，带着讽刺：“一袋粮食。”

一袋粮食便让一个孩子去帮你送命，这样的地方，为何还要让孩子出生呢？

傅亦寒为她解答：“女人们被关在一起，白天去劳动，晚上……”他顿了顿，“生孩子是她们活下去的出路。”

舒窈眼睛一眨不眨地看着傅亦寒，想他让保证自己说的是真话。

“舒窈，这个世界上战乱地区就是这样的，不需要尊严和荣誉，大家都只想活命而已，他们没有所谓的自由选择。”

舒窈收回目光：“不都是这样的。”

傅亦寒不说话了，对于她的执拗也并不生气，只是握住她的手反复揉弄，说起了别的话题：“你新买那个房子不是想装修吗？我之前找人帮你做了设计，还没来得及拿给你看。”

那个房子是舒窈拿自己的奖金买的，还高高兴兴地跑去拍了空荡荡的毛坯房照片给傅亦寒看，回到易园之后又交代他许多次让他帮自己找设计师，连续几天拿了手机翻看装修案例，选了许多风格给他看，让他帮忙参考。傅亦寒倒是很有兴致地帮她选了一个，两个人又一起看了好几个设计师的作品，过了许多天才选出来一个满意的设计师。

只是傅亦寒还没来得及将设计图拿给舒窈看便爆发了后面的事情，舒窈一直对他冷暴力不理人，一心求走，这件事便耽搁了下来。

这个时候舒窈反倒没有了兴趣，蔫蔫地说：“整租出去好了，租十年，让别人去装修。”

傅亦寒沉默了下来，他不喜欢舒窈对生活失去兴趣的模样。

舒窈解释：“装修好了我也没办法去住，还不如租出去。”

这不是要不要去住的问题，而是她对于生活态度的问题，每个女人心里大约都有一个亲自设计房子的梦想，以前舒窈也有的。

“回去再说。”傅亦寒结束了这个话题。

舒窈知道傅亦寒不开心了，可是在这样的环境中舒窈无法去想加韦的生活，她抱歉地握住傅亦寒的手，傅亦寒抬手将她抱在了怀里。

舒窈甚至有一瞬间想认命，就这样认命吧，这里的人确实需要拯救，不是吗？

可到底是心有不甘。

傅亦寒在一点点地侵蚀她的决定，他做到了。

一路上停了许多次，舒窈知道傅亦寒是在照顾自己，心里很过意不去，又觉得他是活该，他不该带她来这个地方。她不是救世主，为什么要做这样的选择题？可她又是这世上唯一能劝动傅亦寒的人，所以这又是她的责任。

舒窈不知道本地人怎么想，但是她知道傅亦寒身边的这些人都是希望加韦能够收复加鲁的，所以他们看她的目光才这么不友好，才会觉得她是一个大麻烦，才会这般警告她。

这些人长期在加鲁收集情报，有些甚至混迹在各地的雇佣兵团队里，她见到且不能忍受的，他们每天都见到，或许已经麻木，或许深恶痛绝，所以在看到傅亦寒的时候才会眼中写着光亮，期待他的拯救？

就在舒窈想着这些乱七八糟的事情的时候，外面忽然传来巨大的爆炸声，连他们的车子都震了震，舒窈对这种声音有些敏感，整个人紧紧往后靠过去。傅亦寒第一时间抬手挡住了她，车子猛然刹车，傅亦寒紧紧抱住舒窈，用背挡了一下前车座才阻挡了惯性冲击。

“后退！后退！”许何劲探出头往后面喊，他的话音才落，又是巨大的爆炸声，伴随着子弹出膛的声音，空气都变得紧迫恐惧起来。

舒窈一动不动，任由傅亦寒抱着自己，从声音来判断爆炸的地点离他们并不远，但是也不近，他们刚刚穿过一座小城市，可能是因为昨天的事情被人跟上了，又或者是傅亦寒的身份暴露了，舒窈胡思乱想着，傅亦寒没说话，这次大概是真的有事。

车子往回开，从声音来听很急迫，外面不断传来爆炸声，舒窈判断不出是什么武器，但是从声音来看杀伤力应该不小。

车子没有沿着大路走，而是进了一条小路，舒窈看到许何劲的车冲在前面，显然对这路段很熟悉。

又走了一会儿，声音慢慢小了下来，舒窈听到傅亦寒的声音："没事了。"

舒窈的心却始终悬着落不下来，许何劲很快便在对讲机里说明了情况："报告，报告，前方朱虎和林奇的人发生冲突，我们需要改变路线。"

司机拿了对讲机等傅亦寒示意。

"同意。"傅亦寒简单地说着，大手一下下地拍着舒窈的背安慰她。

舒窈却推开了傅亦寒的怀抱，她不能永远躲在他怀里，她是应该好好看看，即便是傅亦寒，在这种时候还要改变路线，那么普通人的话逃命又要多狼狈？

"报告，前方六公里处有一个防空洞，我们需要暂时躲避。"

"同意。"

舒窈惶惶地听着，她到底只是一个女人，而不是一名军人，在这种时候她什么都想不到，家国大义都只是笑话而已。

车队很快便行到了防空洞，没想到这里已经聚集了一部分村民，只是他们都待在外沿，似乎已经习以为常，见到他们走进来赶紧避让，能够清楚地将平民和军人或者雇佣兵区分开，面对他们的时候弓着身体姿态卑微，显然遇到过许多次这种情况。

许何劲从车上取了两张折叠的凳子过来："先生，您先休息一下。"

傅亦寒没坐，扶着舒窈坐下，自己则站在她身边让她靠着自己。

周围有人看过来，目光怪异，大约是看出傅亦寒和大家的不同，虽然他没有穿军装或者西装，但是笔直地站在那里，即便是一身风衣也能让人感受到他不属于这里。

他单单站在那里，便已经是人群中的异类。五官俊美、衣着不凡、表情从容，丝毫不像是身处战火之中，给人带来一种奇异的安定感。

外面的爆炸声和枪械发出的"突突"声还在持续，而且有越来越烈的趋势，村民们脸上从之前的平淡慢慢转为焦虑，有被大人抱在怀里的小孩子开始号啕大哭，在这种环境中这种声音一直将人往下拉，拉入绝望的恐惧中。

舒窈却从这哭声中慢慢清明起来，她一向喜欢小孩子，又怀了孕，对小孩子有一种天然的亲近感，只是周围人便没有那么好脾气了，有个五大三粗的男人粗声粗气地骂："哭哭哭！哭丧啊！还没死呢！"

抱着孩子的女人连连道歉："对不起，对不起，我正在哄他……"说着背过身子去开始焦急地哄孩子，孩子哪里懂得这些，在一枚炮弹落在防空洞上方的时候哭得更大声了。

整个防空洞摇晃了一下，舒窈抬手抱住了傅亦寒的腰，傅亦寒坚定地站着，一下下地摸着舒窈的头发安慰她。

摇晃感过去之后，婴儿的哭声终于引来了另外一种情绪，是绝望中情绪的发泄，一个女人也哭了起来："我儿子，我儿子还在外面……"她哭哭啼啼地说，"孩子的爷爷上个月才被炸死……"想到伤心事，她哭得更大声了。

大概是她的情绪感染了其他人，有人冷嘲热讽："你儿子活着也没用，过不了多久不是饿死就是被炸弹炸死，早晚得死，不如早死早托生，下辈子说不定能生到加韦去，那他可要幸福了。"

舒窈听到这话顿住了，原来在这些人心中出生到加韦是一种幸福吗？

"可我儿子，我儿子才六岁，才六岁……"女人还是哭，也只能哭。

没人说话，过了许久，不知道谁说了一句："小孩子不知道疼，一下就过去了。"

舒窈心中钝痛，才六岁，确实还不知道害怕，但是不可能不疼的，她将手放在自己的肚子上，明白原来人从一出生便已经被命运划分好，而她是幸运的那一类。

她仰头看傅亦寒，傅亦寒笔直地站在那里，正朝外看，外面传来汽车爆炸的声音，是他们的一辆车子被炮弹炸到，没有人出去看，所有人都沉默着，这种沉默让人难受。

感受到舒窈的目光，傅亦寒低头，大手在她脸颊上蹭了蹭，说得最多的还是那句话："别怕，没事的，这里经常发生这种事，这个防空洞很安全。"

舒窈拉下他的手，双手捧住，正想拉他俯身摸自己的肚子，外面忽然传来嘈杂的声音，一群穿着军装、形容邋遢的男人冲了进来，有人身上还流着血，顺着胳膊往下淌，看得出是刚从战区出来。

站在傅亦寒身边不远的人互相交流了一个眼神，这种时候，这种地方来了一群卷入是非的人可不太好。

新来的这群人每个手里都提着一把轻机枪，态度很横，有个男人挡了他们的路，他们直接一脚将对方踹开，嘴里骂骂咧咧："没长眼吗？"

来者不善。

没一会儿那帮人便进到傅亦寒这边来，上下打量傅亦寒一群人，最后目光落在舒窈身上，大约是觉得他们这群人不好惹，竟然没吭声。

舒窈往傅亦寒身边躲了躲，躲避对方的目光，男人们看到女人的目光让人恶心。

傅亦寒只是站着，表情冷冷淡淡，许何劲已经抬脚挡在了舒窈面前，对方对上他的眼神："兄弟，哪条路的呀？"说话的时候胡子一动一动的。

许何劲面无表情地回应："过路的。"

对方挑眉，没回话，倒是同身边的人说："去把凳子给我搬过来。"

原本是两张凳子，傅亦寒不坐，便空了一张出来。

小兵看了傅亦寒一眼，又看了许何劲一眼，见两人没吭声，便明了，是一群不想惹麻烦的人，不再害怕地过来搬凳子，搬好之后直接给了发号施令的胡子男人，那人便大大咧咧地坐了下来。

孩子还在哭，没有人说话，因为这群人的加入，使得原本便严肃的气氛更加严肃，外面的炮击声越来越少，这些人既然主动躲进来，看来是要输。

或许是因为太沉闷，胡子男人从口袋里掏出烟点上，重重吸了几口，他身边的人有样学样，都吸了起来，一时间不通风的空间内全是烟味。

舒窈将脸靠在傅亦寒身上，呼吸着他身上的气息，希望赶出自己恶心的感觉。

"不要抽烟。"一直没开口的傅亦寒冷声开口，语气带着命令。

胡子男显然没料到傅亦寒敢这么同他说话，目光阴狠地看了他片刻，见傅亦寒只是淡淡地回望着，丝毫不害怕，他冷笑一声，将烟头丢在地上，吩咐身边的人："都不准抽烟！"

傅亦寒收回目光，仿佛这些人根本不存在。

外面的天色渐渐暗下来，也只偶尔才能听到炮击声，舒窈觉得胸口闷得难受，连声音都闷闷的："我们什么时候走？"

傅亦寒低头看着她，她的小脸白白的，本就皮肤白皙，因为紧张脸上更是没什么血色，只剩下大眼睛格外突出，他心疼道："已经派人去探了，这边是交界区，经常这样，不用怕。"

"我有点难受，想透透气。"舒窈站起身，实在无法再忍受这里无法流通的空气。

她一站起身，对方七八个男人的目光全部落在她身上。舒窈长得漂亮，又高又白，出现在这种地方本就突兀，吸引大家的目光很正常，只是自从傅亦寒说了要对方不准抽烟之后对方看她的目光便更赤裸裸了，虽然没有和傅亦寒对着干，但是挑衅意味很明确。

傅亦寒皱着眉头，片刻后，看舒窈坚持，便道："走吧。"

许何劲挡住他："先生！"

"没事，在入口站一会儿。"傅亦寒已经下了命令。

到了入口处，舒窈呼吸着外面的空气舒服了许多，可能是因为中午没吃什么东西，她腹中传来强烈的饥饿感，叫喊声连傅亦寒都听到了。舒窈脸红起来，怀孕之后她胃口不但没有大，甚至常常吃不下东西，很少有饿成这样的时候。

“等着，我去拿吃的给你。”傅亦寒眼睛里有笑意，似乎在打趣她中午不肯吃饭。

舒窈嘟了嘟嘴：“别去，外面不安全。”她饿一会儿没事，不想傅亦寒冒险。

“没事。”傅亦寒拍了拍她的胳膊，“等着。”

许何劲一直跟在傅亦寒身边，听到这话没有阻止，不过傅亦寒出去的时候他也跟了出去。

胡子男人不知道何时也走了过来，侧着脸赤裸裸地打量舒窈，舒窈有些厌恶又有些局促地往旁边站了站，她身边很快便有了人，是随他们从加韦来的司机。

舒窈不喜欢他，甚至不想问他的名字，这人也是话少的，几乎不开口。

胡子男看不到舒窈，抽着烟看她身边的人，问：“你们要去哪儿？”

黑衣司机看都没看他一眼，这情景莫名让舒窈觉得喜感，傅亦寒身边的人都这么有个性吗？

胡子男大概觉得丢了脸，骂骂咧咧地走了回去，他身边的人阴狠狠地瞪了舒窈一眼，舒窈觉得憋气，难道她看起来就很好欺负吗？浑蛋！

傅亦寒很快便回来了，手里提着一袋东西走到舒窈身边低头拿袋子里的东西，舒窈问：“怎么去这么久？”

“热了下饭。”傅亦寒打开陶瓷碗盖子，里面是热气腾腾的牛肉饭。

他们乘坐的车子并不显眼，所以看起来都是老旧的，舒窈没想到竟然还可以在车上热饭，傅亦寒为她解答：“我们自己带了发电机。”

难怪。肯定又是因为她，只有她一个人娇弱地只能吃热饭。

傅亦寒让舒窈拿了下菜，又从袋子里拿出装饭的盒子递给她，用手帮她举着菜：“快吃。”

此情此景，令舒窈有些窝心，她本来想问他饿不饿，开口却只能问："大家都怎么吃？"

"一会儿我和他们一起吃，你不用担心。"

于是舒窈便站在防空洞门口吃饭，傅亦寒则一直帮她端着菜，看她吃得迅速，忍不住教训她："慢点，一会儿又不舒服。"

旁边不远处还散落着傅亦寒的人，舒窈有些脸红，讷讷地没再开口。

等她吃完后许何劲提了许多便装盒饭来，是经常会在便利店见到的冷冻饭，加热之后就可以直接吃，每个人来领了饭之后还剩下许多，许何劲将东西递给一直往这边看的一个男人："分给大家吃。"

胡子男人的一个手下想过来拿饭吃，被他踹了一脚，几个人到底没有过来，也没人招呼他们，因为有热饭吃，大家紧张的情绪舒缓了一些，还有人小声交谈着，外面已经有一会儿没传来异响，所有人都希望这一刻赶紧过去。

吃过了饭舒窈也不想回到原来的地方，那些男人的眼神实在恶心。

接下来是片刻的宁静时光，舒窈站在傅亦寒身边没多久便觉得累，低声问："我们还不走吗？"

"快了。"傅亦寒摸了摸她的肚子，又要倒热水给她喝。

以前不是没有遇到过这样的情况，若是只有他的话，他早已带人离开，但是现在不行，他不能让舒窈有丝毫危险。

他确实是想要舒窈看到加鲁普通民众的生活，但是这不是演戏，没有剧本，所有的子弹都是真实的，他要确保她的安全。

舒窈除了累之外，还有些瞌睡，许何劲搬来了凳子，舒窈从善如流地坐下又靠在傅亦寒身上休息起来。孕妇多瞌睡，没一会儿她便靠在傅亦寒身上进入了浅眠状态。

她是被一阵孩子的哭声吵醒的，还是之前那个小朋友，仿佛一直在哭，还夹杂着女人的哭声："他还小，还小，我哄一哄，马上就不哭了。"

"我帮你哄。"是胡子男人的声音。

舒窈看过去，胡子男人已经连夺带拽地将孩子抱了过去，女人走到他身边低低地乞求着，被他的手下拉走，一直拉到防空洞更深的地方去。

舒窈攥着的拳头紧了紧，所有人都只是看着，没人吭声，一群男人拉走一个女人，还能干什么？

舒窈没有动，也没有求，她救不了她，她看得很清楚。

她开口，会有两个结果，一是这里的村民都活不下去，二是这些雇佣兵都要死，这不是选择题，而是判断题，只需要打上对错就可以。

她不想做那个做题的人。

一个人的良知被环境反复考验大约便是这样，正也煎熬，反也煎熬，这是一个不需要良知、不可以有正义的时刻。

不一会儿远处果然传来女人凄厉的叫声，舒窈身体紧紧绷着，觉得这个国家简直可笑，又觉得悲哀！不是她的悲哀，是这群人的悲哀，因为没有一个人愿意站出来，而这些人中竟然也包括了她。

到后面女人的叫声带着一种惨烈，似乎在承受着巨大的疼痛，尖锐得让人心惊。舒窈几次想站起身，都被傅亦寒摁住肩膀，她仰头看着他，傅亦寒也低头看着她，缓缓说了两个字："别管。"

别管，是他能说出的话，因为与他无关，他要做的是更大的事情，一条人命算什么？

傅亦寒在舒窈心中从来不是英雄，这也符合他做事的风格。舒窈颓然地坐在那里，听到女人又是一声尖叫，仿佛撕裂了生命一般，持续了许久，久到舒窈觉得身处地狱。

感受到掌心下舒窈的颤抖，傅亦寒一下下地拍着她，将她的头揽在自己身上，像是安慰孩子一般安慰着她。

时间好像停滞了，等到终于结束，舒窈听到了枪声，是消音手枪发出的声音，在安静的气氛中显得闷闷的，也如击打在人心上，舒窈不敢相信地睁大眼睛，猛地吸了一口凉气。他们不是没把那个女人当女人看，而是没有把她当人看，这世上怎么会有这么残忍的人？

胡子男人仿佛是故意的，大大咧咧地带着自己的人往外走，将村民赶到里面去，他们反倒又坐在了舒窈这边。

此情此景让傅亦寒也皱起了眉头，只是他这一方的人似乎都已经对这种事情司空见惯，没有人流露出别样的神情，舒窈看着，更觉悲哀。

女人似乎还没死，断断续续的呻吟声传来，是痛苦的哀鸣。舒窈站起身便往外走，傅亦寒没拦住她，她一直走到防空洞外面才停下来，蹲在地上吐，将刚才吃的东西全部吐了出来，弓着腰手扶着墙，动作有一种说不出的悲意。傅亦寒蹲下身去拍她的背，被舒窈抬手用力地推开，她不愿意被他碰到，仿佛一切都是他的错。

舒窈在迁怒他。

吐完之后舒窈又蹲在原地许久许久，觉得周围一切都有些不真切，她知道自己在迁怒傅亦寒，这件事没有对错，连她这个生活在正常世界的正常人都判断不出对错，又有什么资格去评判傅亦寒呢？

好的一点是，舒窈没哭，傅亦寒知道她的想法在一点点改变，这种成长的阵痛他曾经也经历过，在他第一次来到加鲁的时候，他也震惊过、正义过，也像正常人一般冲动过，但是结果是什么？不过是更糟糕而已，让他不得不用理智到残酷的判断力去重新评估，那种灵魂的震荡他至今难忘。

舒窈不肯再回去，傅亦寒也不逼她，只是站在外面陪着她，哪怕下一刻有炮弹落下来，他也绝不动一下。

舒窈扭头将脸放在膝盖上，红着眼睛问傅亦寒："你看你，有什么目的就去做什么事，现在你满意了，我再也不会干涉你了，再也不会了。"

傅亦寒喉咙动了动，他总是以为自己能够很好地保护她，却是他亲自带着她来看黑暗的世界，他不想让她离开自己身边，所以走了这条路，说不清是否后悔，但是看着舒窈这样，他的心如撕裂般疼痛。

千言万语，只化成一个字："好。"

两人之间的安静并没有持续太久，里面竟然又吵了起来，似乎是一个男人同胡子男人的人吵了起来，太过嘈杂，舒窈听不清他们在说什么，没一会儿男人便被胡子男人的人踹了出来，重重地倒在地上，却很快爬了起来，嘴里嚷着："那还是个孩子，你们别这样，你们别这样，他还太小了，帮不上你们什么的，等他大一点我就给你们送去，让他帮你们打仗，帮你们……"男人的声音带了哭腔。

舒窈看清那人，之前他一直站在女人身边，大概是她的家人或者丈夫，在她遭遇那样的事情的时候他没有站出来，现在却站了出来，一个大男人哭着求人，遭受了这样的屈辱却没有一丝骨气，让人又恨又怜。

那群人流里流气地说："什么孩子，我们再养十八年不就是成年人了吗？你放心，我们肯定对他好。"

舒窈看不到孩子，不知道里面发生了什么，只听到孩子大声地哭，哭得撕心裂肺，就如之前那个女人一般，舒窈忽然意识到什么，不敢相信地看着防空洞内。那孩子才多大？一岁多一点？他们竟然连这么小的孩子都想带走，他们到底想干吗？

她下意识地要往里面冲，被傅亦寒拽住胳膊，傅亦寒就这么盯着她的眼睛："舒窈，不要管。"他叫她的名字，只有在他要对她狠下心的时候才会这么叫她，这是一种变相的警告。

舒窈抬手便推他，嘴里怒斥："那是个孩子！还是个孩子！傅亦寒，你要让我连这一点怜悯之心都丢掉吗？是这样吗？"她丝毫不退让，一遍遍地推着他，傅亦寒却不放手，任由她又打又骂。

"可你知道你管了之后会发生什么吗？"傅亦寒反问。

舒窈红着眼重复着："可那只是个孩子，还是个孩子……"她声音呜咽，泪水肆意地流下，再也忍不住哭着说，"傅亦寒你知道吗？我要当妈妈了，我要当妈妈了……"她张着嘴呜呜地哭，很难看，一点没有梨花带雨的样子，却让人忍不住想为她挡住全世界的黑暗。

傅亦寒整个人僵在了那里，不敢相信地看着舒窈，拉着舒窈的手也仿佛失去了知觉，他觉得自己出现了幻听，仿佛听到了这世上最让他震撼的声音。他死死地盯着舒窈的眼睛，声音喑哑：“你再说一遍。”

舒窈一字一字地重复：“我怀孕了，傅亦寒，我怀孕了。”所以这件事才会这么触动她，所以她才想不顾后果，不管对错，要他去做这件事，现在就去。

舒窈怀孕了，是他和她的孩子。

孩子。

一个孩子。

会哭会笑会闹，会喊爸爸。

傅亦寒失神许久，直到舒窈的哭声将他拉回神来，他低低地开口：“好。”他答应她，为了她的怜悯之心，也为了……他的孩子。

只是他还没开口，便又听到那个男人开始大喊大叫：“这里有个女人！很漂亮的！比我老婆漂亮！你们会喜欢的！你们会喜欢的！”他指着舒窈大声地叫喊，仿佛她是绝望中的希望。

舒窈僵在了原地，人性的复杂大概就体现在这种时刻，没有秩序没有道德的约束，力量决定一切，底层的人什么都可以出卖，良知算什么？廉价到丢到地上任人去踩。

傅亦寒有些恼怒，许何劲已经招呼身后的人动手，男人被一拳打倒在地上，瞬间昏了过去。

傅亦寒的人原本便有一部分在防空洞内，接到命令之后迅速将几个人围住，交缠之中难免有人开枪，舒窈目光紧紧地盯着里面，知道会死人，要死人，既然傅亦寒出手，那些人必定是留不得的，急切决定之后是迷茫，还有人性的交缠。舒窈不知道对错，或许有无辜的人，她无从得知，事到临头再后悔，也已经没用。

她头痛欲裂。

一切都很快，只要傅亦寒肯出手，一切都解决得很快，一场闹剧仿佛就这么散场了，待到尘埃落定，舒窈晃了晃身子，被傅亦寒拦住，听他在她耳边低声说：“你没做错，他们死有余辜。”

这样的话并不能安慰到舒窈，她迫切地想要结束这一切，现在就结束，一刻钟她也无法再忍受。

“我要回去，我想回去。”舒窈埋在傅亦寒怀里不自觉又流出了眼泪，她真是个懦弱的人，无法不嫌弃自己。

“好，我们回去，现在就走。”只要她说，他便应。只要她要，他便给。

许何劲招呼人都过来，准备上车离开，一辆车子风驰电掣一般开过来，中间路过一个被炮弹轰炸过的不大不小的坑，车子歇了一下，又稳稳地开了过来，急刹车停在空地旁边，来人开车跑下来：“先生，有林奇的人过来了，是来找之前那些人的。”

许何劲皱眉，转身便领了两个人回防空洞去，没两分钟便拿了一个黑色盒子过来，是一个信号源：“估计是他们的内奸，朱虎的人输得不亏。”有内应，人去哪儿子弹打哪儿，怎么会不输。

傅亦寒点了点头，叫了一个人的名字：“沈千，有问题没有？”

“之前已经得了消息，这边的人是林奇的小老婆的表兄弟，叫林仓，我和对方认识，基本没问题。”叫沈千的男人简单地做了汇报，显然他之前是在林奇这边做卧底的。

“好。”傅亦寒点头，“大家准备一下。”

强行离开的话必定会狭路相逢，难免有一场恶战，身边带着舒窈，傅亦寒不愿意冒险，只能选择另一种柔软一些的方式，但是为了以防万一，他还是要做最坏的打算。

所有人上车依次开出去，舒窈心里有事，留意到傅亦寒留了两个人下来，她知道他的打算，他不是那种做事不干净的人，之前动了那些雇佣兵，那么以他的做事风格，这些村民也是留不得的。

舒窈拉着傅亦寒的手：“那些村民……”

看她果然惦记着，傅亦寒低低地笑了，笑得特别温柔：“没事的，我让人给他们用了利培酮，等他们一觉醒来会出现短暂的记忆错乱，不会威胁生命的。”

舒窈这才放下心来，见傅亦寒将手放在她的肚子上，目光沉沉地一直盯着她的肚子，她忽然有些愧疚，愧疚没有早一点告诉他。

“我们马上回去。”傅亦寒再次开口，语气肯定，又后悔，恨不得打自己一顿。他怎么能在舒窈怀孕的时候领着她来这种地方，还让她不停地担惊受怕？

“嗯。”舒窈听着他的声音无比安心，她要把这个孩子生下来，小小的，会叫爸爸妈妈，她要让他生活在安全的地方，一辈子保护他。

同时傅亦寒又有些生气，她明明知道，为什么不告诉自己？

触到傅亦寒的目光，舒窈知道他在想什么：“是你生日那天，本来想告诉你的。”

提到那天的事情傅亦寒沉默了，他知道舒窈和自己在一起会觉得辛苦，一直以来都是他不愿意放手，现在舒窈怀孕了，他更不可能放手，过了片刻，他开口解释：“昨天我不是故意的。”

傅战一直是他身边的死卫，身手好、听话、忠心，只是太过于忠心，他想给舒窈一个教训，让舒窈不要干涉傅亦寒的事情，傅亦寒接到信号过去的时候事情已成定局，那一刻他心里是有着滔天怒气的，从昨天到今天他一直在自责，而现在，这种自责到达了顶峰。

舒窈不知道该不该信，但是既然他说了出来，在她心里这件事便慢慢放了下去，不愿意多追究，就当是他说的那样。

车队很快和林奇的人遇上，对方来势汹汹，沈千在第一辆车子里，许何劲跟在后面，靠路边缓缓停下，朝着对方的车队不停地闪灯，最初是一个小兵下来确认，沈千已经下车同对方交涉，在安静的夜里他们的声音格外清晰。

“你们谁手下的？”沈千问对方，亮了什么东西给对方看。

对方拿过去仔细看了，声音格外客气：“我们林爷在车上。”

“林仓吗？我去会会。”

如果是林奇的话，对方会称呼林将军，因为林仓也姓林，又和林奇有沾亲带故的关系，所以大家都喊他一声林爷。

沈千走过去，半道上便见林仓下车，两个人抬手互相打了一下对方的手臂算是兄弟之间的招呼，因为隔得有些远，听不清两人在说什么，没一会儿沈千便上车了，对讲机里传来他的声音："林奇在这附近有个庄园，招待大家去他那里做客，今晚大家在他的庄园休息，明天早上走。"

他声音平稳，看似通知，事实上是在商量。

傅亦寒应允之后，司机在对讲机里回复了对方，舒窈看到林仓的三辆车子朝着防空洞的方向去，大概是确定沈千说的话是不是真的，而他们这一队人已经随着林仓的车队一起开了出去。

路程并不近，开了足足一个半小时才到所谓的庄园。路上稀稀拉拉有几个站岗的人，哨楼上有人在抽烟，没有正规军的严肃，处处都透露着懒散，反倒是林仓的别墅里灯火通明，美艳的侍女端着镏金盘子将饭菜酒水一一端上，林仓招呼沈千："沈老弟，咱们好不容易聚一回，今晚一定一醉方休！"

"请！今晚不醉不归！"沈千的声音没有之前和傅亦寒说话那般恭敬，带着豪气，声音又大，一时间只能听到两个人比谁声音更大。

傅亦寒这边的人站得并没有那么规律，却正好将他挡在林仓的视线之外，他微微做了改装，不知道是谁帮他调整了五官的妆容，虽然依旧英俊，舒窈也能第一眼认出是他，但是不熟悉的人很难看出是他，加上那个虚拟装置，在别人眼中他俨然是另外一个人。

偌大的宴会厅里足足摆了二十桌，对于沈千带来的其他人林仓并不在意，甚至没有给一个多余的眼神，便任由他们坐下了，倒是亲热地拉着沈千坐在主桌上给他介绍自己的人。

舒窈已经吃过一顿，桌上这些饭菜即便看起来很诱人，她也没什么胃口，只傅亦寒不动筷子，桌上坐的其他人也都不敢动筷子，傅亦寒又一直在帮她布菜，她觉得很不好意思，便用脚踢了一下傅亦寒的腿，傅亦寒看了一圈："大家吃。"

所有人这才动了筷子，只是舒窈面前的两盘菜没有人敢将筷子放过来一下，她草草地吃了几口，傅亦寒并不勉强她，看她偶尔动筷子，很快将她的碗里补上其他的菜。

沈千那一桌人说话的声音一直很大，舒窈只看了几眼便没有再仔细看，在桌上坐的也有女人，不过都是五大三粗，一看便是长期混迹在一群男性雇佣兵之中，说话举止已经失去了女人该有的柔美。

没多久，林仓安排的节目便开始了。第一个便让舒窈皱起了眉头，是一个十七八岁的光头少女，五官极其漂亮，穿着一身艳丽却裸露的红裙子，两颗桃子般的乳房仿佛随时会跳出来，提着裙角走到中央做了一个妩媚的动作，人群中一片叫好声，女孩子表情不变，仿佛司空见惯。

傅亦寒眉头紧紧皱在一起，并不想舒窈看到这种污秽的事情，有些人的下作是没有底线的，只有你想不到，没有他们做不到。

舒窈无法想象，如果有一天自己的孩子生下来被人这么对待，她知道自己不该个别现象普遍对待，但是她心里明白自己已经站在了傅亦寒那边。

节目结束之后，林仓将人叫了过去，女孩子恭敬地小步走过去，没一会儿舒窈便听到林仓大声对沈千说："这个，今天晚上给你玩，紧着呢！"他显然有些醉了。

沈千不接："兄弟，我在这里谢谢你了，不过门口那个……"

站在门口的女人闻言也只是微微一笑，显然经常遇到这种情况。

"也拿去！好好玩！"

虽然已经看到许多，但是舒窈还是觉得不舒服，便下意识地往傅亦寒身边靠了靠，傅亦寒的手放在她腰上，朝着旁边的人给了一个眼神，对方点头，假意去卫生间，在门口不经意地碰了那个女人一下，成功吸引了沈千的目光。

几分钟之后，林仓站起身宣布其他人可以先离开，大家纷纷站起身，包括沈千那一桌，所有人都转了过来，因为他那一桌林仓正在宣布散场，多说了几句，舒窈也随着大家的目光看过去，然后猛然愣住，死死地抓住傅亦寒的手，紧张得一动不敢动。

傅亦寒顺着她的目光看过去，并没有看到太异常的情况，只是舒窈似乎吓到了，竟往他身后躲了躲。傅亦寒反手握住她的手，没说话。

舒窈不敢再光明正大往那边看，但还是忍不住担心地看一眼，再看一眼，紧张得不敢呼吸，更害怕对方的目光会忽然看过来，因为有一个人她认得。

之前那人一直背对着她坐在那里，现在他转过身，舒窈认了出来，那是韩郅曾经的一个手下。她只见过一次，那时候她和韩郅正在外面吃饭，正好遇到对方，两人说了些很奇怪的话，男人对韩郅很恭敬，想来是两人约好的，而不是偶遇。现在，她在这个地方再次遇到了那个人。

幸运的是，一直到他们离开宴会厅，那人都没有注意到她。

林仓让人安排好了房间，到了房间，舒窈立刻开口："坐在沈千右首边的第三个人我在加韦见过。"

傅亦寒站在门口看着她，过了几秒钟才开口："和韩郅一起？"

舒窈目光闪烁了一下，随即想到那时候两个人并没有在一起，她和谁在一起也是自由，她看向他："亦寒，过去我没办法改变，我没有让你必须接受，但是你不要用这种口气可以吗？"

傅亦寒低头在她唇上印了一下，又一下，再也不肯放开她，攫住她的唇和她的小舌纠缠在一起，许久才放开，下巴搁在她的肩膀上，声音闷闷的："我有点嫉妒，那时候你都不肯见我一面。"

舒窈心软下来，回抱住他："对不起。"

"嗯。"傅亦寒又在她唇上印了一下，"等我。"

待到傅亦寒出去，舒窈兀自笑了一下，她喜欢听他说甜言蜜语，很喜欢。

/ 第十一章 /

你的底线，如归途初见

傅亦寒回来得很快，进了房间便拉着舒窈往外走："我们现在走。"

舒窈心中一跳，知道事情不好。

"那人不见了。"傅亦寒说明情况，他不相信巧合，所以肯定是哪里出了问题，他的直觉一向很准。

所有人一起离开的话动静太大，傅亦寒走的时候只带了许何劲和傅战，剩下的人都留在庄园里，车子开出去的时候原本以为会有人阻拦，谁知竟然没碰到岗哨，太过于顺利，情况不对。

傅亦寒手指敲了敲膝盖，当机立断道："把周围的人全部叫过来。"

"是。"许何劲回答。

车子没有上主路，反倒开进了一片少有的良田里，果然没一会儿不远处便传来爆炸声，舒窈狠狠抽了一口气，是刚才他们待的庄园，傅亦寒还有许多人在里面！

"没事，刚才我已经让他们全部撤出来了。"傅亦寒在炮火的间隙中安慰舒窈。

许多车子排队开进庄园的小路，舒窈有些后悔，应该当时便告诉傅亦寒的，不应该拖时间，那种情况下，不是已经到了你死我活的地步吗？

车子压倒一片农作物往外开，最后在一处停下来，许何劲下车步行离开，十五分钟之后回来：“我让人在庄园那边吸引火力，前方的道路也让人去清理了，我们现在冲出去。”

“走吧。”傅亦寒目光冷冷地盯着窗外的月色，这注定是一个不眠之夜。

舒窈有一种感觉，他们今天可能出不去了，她被认出来无所谓，现在的情况是傅亦寒被认了出来。

那人既然跟过韩郅，肯定和萧哲有着千丝万缕的关系，不管是萧哲还是林奇，都不可能让傅亦寒活着走出加鲁。

在炮火中，车内显得尤其静谧，又很沉重，车子上了主路之后并没有遇到敌人，可能是被人清理过，舒窈知道若是没有自己的话傅亦寒是可以脱身的，但是因为有她，所以他只能坐在她身边。

时间被无限拉长，舒窈转头看着傅亦寒，声音坚定：“你把我放下去吧。”

傅亦寒皱眉：“胡说什么？”

“你们单独走，脱身的概率更大，我一个人活着的概率也更大。”舒窈说的是实话，傅亦寒是一个军人，他或许遇到过许多次这样的情况，他知道怎么让自己活下去，但是带着她不行，她是个累赘。这种情况下，若她独身一人，一个女人，活下去的概率也会更大一些，只是命运如何便不知道了。

“不行。”傅亦寒毫不犹豫地拒绝。

舒窈没有再劝，他这个回答也莫名让她安心许多，若是说刚才她的话里没有丝毫试探的话，她自己是不信的，这种情况下，她谁也不信。

车子再往前，远远地便听到装甲车的声音，许何劲拿了卫星电话在打电话：“前面什么情况？”

“对方调来的人越来越多了，萧哲和林奇的人都出动了，全部在往这边聚拢，车子不能开了。”

许何劲猛地刹车，下车将后车门打开：“下车！”

舒窈被许何劲扶着下车，傅亦寒从另外一侧下车，傅战坐上了驾驶座和许何劲互相致意一下，很快将车子开远，若是车子丢在这里的话，对方的人很快便会追来。

三个人走进田里，刚开始舒窈的脚步还能跟上两人，但是很快便慢了下来，许何劲在一旁说：“天亮之前我们翻过这座山，到对面会有人接应我们的。”

舒窈心中一阵悲哀，知道自己不可能翻过这座山的，她怀孕了，承受不住这样强的运动量，所以她可能会被一个人丢在半山上。

“到达安全地方就可以，通知霍述让他现在就发动攻击。”傅亦寒凉凉的声音在冰冷的月色下显得更加寡情，这个命令下得毫无感情。

许何劲脚下一顿，很快便道：“是！”

原本在他们的计划中是要晚两周进攻的，可是傅亦寒显然没有放弃舒窈的打算，所以就算国际舆论将他压死，此刻他也要将舒窈带出去。

舒窈听到许何劲打电话，脚下一深一浅地被傅亦寒扶着往前走。人都是趋利避害的，虽然想到了战争的可怕，可是现在她想的是若是不可避免的话，那么现在便开始也好，至少他们还能活着。

原来知道到了必要的境地，什么样的决定都是可以做的。

周围好几处都有战火声，那是傅亦寒的人在吸引火力，只是他们轻装简行，带的最厉害的不过是火箭筒，对方开来了装甲车，若是不能很快撤退的话，无疑是在送命。

舒窈无比愧疚，若不是因为对方认出她的话，傅亦寒便不会暴露，也不会发生现在的一切，而现在她还在拖累他，因为她的体力已经渐渐耗尽。

傅亦寒忽然拉住了舒窈，蹲在她面前：“上来。”

舒窈没有矫情，很快便爬了上去，傅亦寒的背很宽广，也很温暖，舒窈搂住他的脖子，热泪洒在他的脖子上，她不想拖累他的。

傅亦寒感觉到温热的液体流进自己颈内，他没有说话，也没有安慰她。舒窈被韩郅那样伤害过，最后他在临死之前还想杀了她，她害怕他会在这种时候将她丢下也是正常的，如果他说的话她不信的话，那么他会慢慢用行动来让她相信的。

“先生，我来背一会儿吧。”虽然傅亦寒的步伐没有慢下来，但是两人已经快步走了将近二十分钟，在月光下他甚至能看到傅亦寒额上落下来的汗水。

“不用。”傅亦寒拒绝。

许何劲没有反驳，傅亦寒不喜欢别人碰他的女人，更何况这人还是舒窈，他能理解。

“再走十五分钟左右那边有条小路，傅战可能会在那里等我们。”之前许何劲联系了傅战，但是傅战一直没回应，他们用的电话全部是加韦的军用卫星直接接收信号，别人查不到的，既然他没有回应，那么要么是本人出了事，要么是手机离身了。

霍述发动攻击，从边界到这里至少要一个半小时，只要他们忍过这一个半小时便会没事。

又走了十分钟左右，他们身后忽然落下一枚炮弹，发出巨大的响动，地面有了明显的震动，舒窈搂紧了傅亦寒的脖子，傅亦寒加快脚步，没一会儿，不远处又是一枚炮弹。

三个人心里都清楚，这是被发现了。

傅亦寒脚下却没停下来，步子越来越快，走出了田地后，他们走上了碎石很多的斜坡，炮弹越来越密集，周围也都响起炮击声，许何劲在黑暗中开口：“他们在无目标射击，刚才是凑巧。”

舒窈大大地松了一口气：“你放我下来，我自己走。”

傅亦寒思忖一番，将她放下来：“不行的话不要勉强。”他的话音才落，舒窈便越过他的肩膀看到一枚炮弹落在他们不远处，她脑子里嗡嗡的，炮火照亮了傅亦寒的侧脸，她眼中只剩下惊恐，微微张着嘴，整个人被人扑倒，在原本便有弧度的山坡上重重地滚了下去，爆炸的气浪推得他们往下滚的速度加快，舒窈感觉到自己的背不停地蹭在石头上，尖锐的疼痛一下又一下从身上传来，天旋地转，连头都被碰到好几次，再后来傅亦寒的大手放在她脑后将她整个人护在怀里，不知道过了多久才停下来。

舒窈脑海中一片空白，耳边是嗡嗡声，整个世界都还在转，她手掌撑着地面，知道他们已经停了下来。

傅亦寒起身后第一时间检查舒窈，将她扶起来，声音有些焦急："噜噜，噜噜，回我一声。"

舒窈闭了闭眼睛，又睁开，缓缓开口："我没事。"

傅亦寒扶着她的胳膊："能起来吗？"

舒窈顺着他的力道起身："能。"

许何劲已经快步蹿到了两人身边："先生，有事吗？"

"没事。"傅亦寒回答，还是上下打量舒窈。

舒窈握住他的手："我没事，我们走吧。"去他要去的地方。

傅亦寒又要背她，舒窈不同意："我自己走。"

傅亦寒拉住她的手："跟不上就和我说，不要勉强自己。"

"嗯。"舒窈简单地回答，一行三人再次朝着半山的路走去。

落在这一片的炮弹越来越少，另一处反倒越来越密集，舒窈紧紧拉着傅亦寒的手，心也微微放下来。

之前的路重复走了一次，舒窈没有拉慢进度；反之，她好像比另外两人更急迫一些，脚下速度一点不慢，傅亦寒问了她三次能不能走，她都是简单地回答："可以。"

离路面还有一小段距离的时候，山坡上冲下来一个人，低低地喊着："先生？"

"这里。"傅亦寒回答。

是傅战，舒窈不喜欢的那个司机。

"到了。"傅亦寒浅浅地握了握舒窈的手安慰她。

“嗯。”舒窈的声音气力有些不足，傅亦寒转头去看，月色下看不出什么。

一行人沉默着到了路边，傅战开了车子过来，傅亦寒引着舒窈往车边走，忽然听到舒窈支离破碎的声音：“亦寒……”

傅亦寒心头一跳，转手便抱住了要往地上落的舒窈，他难以置信地瞪大眼睛，但是很快便反应过来，将人抱起来便往车子旁边走，小心地将人放在后座上，微颤着声音开口：“开灯。”

傅战没动，许何劲也没动。

傅亦寒的声音高了一度，语气带着强硬的命令：“开灯！”

许何劲抬手开了顶灯。

舒窈面上白得没有一丝血色，整个人躺在后座上，若不是还睁着眼，就如死人一般没有生气，短促的呼吸泄露了她的痛苦，她努力地睁着眼，似乎想说话，却又说不出，整个人被痛苦淹没，想要蜷缩起来，却没力气动一下，身下的车座被血渗透，上半身无意识地一颤一颤的，看着傅亦寒，又委屈又疼。

终于还是走到了这一步，终于要面临抉择，舒窈到底还是无法和他们一路，她会死的。她知道，她会死。

所以她害怕，却哭不出来。

傅亦寒艰难地俯身用手掌搓着她的脸，声音有了明显的颤抖：“别怕，噜噜，别怕，我们去医院，现在就去。”

他们去不了医院，他们怎么可能去医院呢？那里是重点排查的地方，所有人都在等着他去送死。

这次连许何劲都没动，这个命令他执行不了：“先生，我们不能去医院。”

傅亦寒小心地将舒窈放下，再次说了一遍：“去医院，不要让我说第三遍。”

“先生，您要明白，您活着，她才能活。”

傅亦寒转头看他，目光凌厉：“错了，是她活着我才能活。”

一句话，所有人心里都震荡了一番，原来对方的生命已经这么重要了吗？重要到……宁愿去送死。

舒窈去拉傅亦寒，傅亦寒反手握住她的手，再次说：“去医院。”

傅战最先上车，许何劲迟疑了一下，还是上了副驾驶座。

舒窈头枕在傅亦寒的腿上，侧着身子蜷缩在一起，疼痛一下下地凌迟着她，脑子却异常清醒，清晰地感受到自己的生命正在流失，背上剧烈地疼，炮弹的碎片嵌进她的背上，在路上的时候她便已经渐渐脱力，硬咬着牙才走到这里。

一个小生命已经远离了她，而她，似乎也即将离开傅亦寒，或许是疼痛给了她这种错觉，她心中有许多歉意，连她都没想到傅亦寒会在这种情况下做出这种选择。他用行动告诉她他和韩郅不是同一类人，他没有说的，他做了。

她不舍得就这样离开他，只能紧紧握住他的手，她甚至能感觉到傅亦寒的手在颤抖，她无比心疼他，泪水无声息地流下来，脑海中一遍遍闪过在加韦的时候两个人相处的情景。他总是很有耐心，时不时地给她惊喜，有一次甚至在一个全国性的会议上对她比了个爱心，那是特意给她一个人的。

而现在，这个选择也是给她一个人的。

傅亦寒从未有过这种无力感，看着舒窈的生命一点点流失，他无能为力，只能紧紧地握着她的手安慰，事实上这个动作更像是在安慰自己。

舒窈有些艰难地开口：“亦寒，我们不去医院。”

傅亦寒大手在她额头上擦了擦，擦去冷汗：“别怕，我们马上就到了，你会没事的。”这一路上他总是在对她说“别怕”“别担心”“没事的”，那时候他是十分确定会没事，但是现在再说这句话，他不是在安慰舒窈，而是在安慰自己。

他很怕，非常怕。

舒窈许久没说话，紧紧闭着眼睛，意识已经开始恍惚，能感觉到傅亦寒的大手不停地在她脸上轻轻拍着，他的语调很轻，甚至不温柔："别睡，噜噜别睡。"

舒窈想要睁开眼睛，却睁不开，她好累，她觉得自己撑不过去了。

时间被无限拉长，她感觉到自己脸颊上有潮湿的泪滴落下，那不是她的泪水，那是傅亦寒的泪水。在她的记忆中傅亦寒从来都是冷峻的，别人都说他寡情，其实在她心里多少是有些认同的，可这个人将所有的柔情全部给了她，若是她出事，他的情感又该怎么寄托？若是没人劝着他，以后他又要发动多少战争？

他是一个失去了感情能力的人，所以……所以她要看着他，要看着他……

"别睡了，噜噜，别睡。"傅亦寒手上的力道大了一些。

然后，舒窈缓缓睁开了眼睛，艰难地说："嗯，不睡。"

傅亦寒的一滴热泪滴入她的眼窝，混着她的泪水一起流下。

静谧的空间中，两人的声音让人觉得格外难过，即便是傅战和许何劲也沉默下来，特别是许何劲。那天他特意对舒窈介绍了那宅子的历史，却没说过那个富户人家最后的结局，即便是花了大价钱将女儿带回来，女儿的命运也并不好，回家三天后便死在了家里，后来是他安排一家人偷渡出去的。

在这个世界上从来没有公平可言，只有绝对的权力和力量，他做过许多事，下过许多命令，是朱虎最大的心腹。而那个死去的女孩，是他亲自牵着她的手介绍给朱虎的，也是在他出任务的时候死在了朱虎手里。

那是他的女朋友，原本他是想任务结束的时候向她求婚的。

这世上并不是真心待人就可以换来真心，他被派来加鲁多年，他的女人为了更高的权力主动献身给朱虎，而朱虎就这么坦然地接受了，并且害死了她。

可笑吗？

许何劲觉得可笑，他不信女人，但是他相信权力，也相信忠诚可以换来忠诚。对国家的忠义他从未忘记过，对傅亦寒发过的誓言他也没有忘记过，可是现在他心中信念一般的人露出了最脆弱的一面，就像他知道那人死的那天，他恨天恨地，最终也只能嘲笑天地，嘲笑自己。

这世上最大的谎言，是女人。

只是不知道他们的指挥官会不会后悔今天的决定？

而耳边还是他那句话："再快点。"

车子很快开进市区，许何劲熟门熟路地将车子开到最近的医院，傅亦寒抱着舒窈快步往里面走，夜里人不多，急诊室很快便接了诊，只是医生在简单地检查之后看了傅亦寒三人一眼又一眼。

傅亦寒一直跟在推床旁边："我也进去。"

医生在看到舒窈背上的伤的时候就知道这三个人不简单，心中正想着怎么报警，傅亦寒便说了这句话，而他在看到傅战摸了摸别在腰上的短柄手枪的时候迅速打消了报警的念头，更何况许何劲手上还提着两个大箱子，从样子上来看，应该是重击型武器。

"准备手术室，叫妇科下来轮转的李医生过来协助。"

舒窈早已昏了过去，即便她已经什么都不知道，傅亦寒还是紧紧握住她的手，听到医生让护士准备输血袋的时候他有一阵恍惚，周围这些声音并不怎么悦耳，他却觉得动听。舒窈没穿衣服，被一群人摆弄着，他紧紧地握着她的手，听到"刮宫""清理"的词语，才终于意识到他刚刚得到的孩子又失去了。

心里不是不遗憾的，虽然他没有想过有一个可爱会跑会跳的孩子，但这是舒窈生的，是他和舒窈共同的孩子，他怎么可能不期待？

看了舒窈半天，他又觉得可笑，怎么会有"保大还是保小"这种选择题呢？他是肯定要选择舒窈的。

急诊室外许何劲和傅战站在角落里抽烟，两个人都没有说话，却又仿佛说了许多话，一切都已经在一路上说完了。

每人抽了三根烟，抽完之后许何劲将烟头狠狠踩在脚下："这样也好，以前我总是担心指挥官变成战争狂人，你知道的，他这种人，这种地位又是这种性格，很容易反社会的。"就像一些知名的战争狂人，一生几乎没有输过，而一旦惨败之后，庞大的帝国瞬间瓦解，后世毁誉参半，一个没有情感束缚的人很容易走上那条路。

傅战在傅亦寒身边时间最长，他以前是没有姓氏的，就是为了傅家出生，他的前半生一串编码便概括了，是傅亦寒给了他姓名，他便一直跟着傅亦寒。两个人性格很像，所以他从不觉得傅亦寒有什么问题，有问题的是在舒窈身边的傅亦寒，那让他变得不像他自己。

不过既然是傅亦寒守护的，现在也变成他守护的。

外面传来战机飞过的声音，轰轰隆隆，不在少数，是霍述来了，两个人放下心来。

过了二十分钟，医院里四面八方开来各种各样的车子，各种衣着的人冲进医院，所有人手中都提着武器，只用了十分钟便戒严了医院所有地方。

许何劲有些吃惊，他不知道傅亦寒在加鲁的人竟然有这么多，难怪之前他们被追的时候那么多不同的地方都传来炮击声，原来并不全是无目的射击。傅亦寒说让他联系周围所有的人，他确实联系了，却不知道这些人下面还串着这么多人。

他不禁笑了一声，他算是跟傅亦寒比较久的人，却不知道傅亦寒布下的这盘棋到底有多大。

城外不到一百公里的地方一个军事基地被轰炸机轮番轰炸，周围的据点全部沦陷，导弹从远方射出，无情地轰炸着这里的每一寸土地，绝对的武力压制，让对方没有丝毫还手的余地。

萧哲在辉城的基地情况也并不好，他甚至不知道发生了什么，加韦的炮弹便一颗颗地落在了家门口，反击是必然的，只是对方派来的轰炸机密密麻麻地布满了整个天空，而边境已经被加韦的战车摧毁，无数辆装甲车开进加鲁，无数的武器配备被载入加鲁的土地，而他甚至没来得及布置反击……

加韦军队进入加鲁的新闻迅速在世界范围内扩散，加韦公开了一份声明，声明中称加鲁地区常年战争不断，各地军阀用残忍手段控制地区人民，为了打击彼此使用核武器，严重威胁了地区和平。加鲁本是加韦的一部分，现在加韦政府本着人道主义精神要帮助加鲁人民共渡难关，统一加韦。

声明还附带了被袭击的平民临死的视频，视频一出，又是一片哗然，世界各国发出声明批判加鲁军阀，却也没有放过加韦，声称加韦是故意制造战争，吵得很凶，一副要联合攻打加韦的嘴脸，只是加韦还有大批量的核武器，所以也没谁敢真的动手。

舒窈在做过紧急手术过了危险期之后，傅亦寒带着她坐上飞机回了加韦，那里已经有五个顶尖医生等着，他不放心加鲁的医疗水平。

回到加韦之后他才敢松一口气，舒窈还能呼吸，她还活着，这很好，非常好。

舒窈醒来的时候已经过了一整天，她似乎运气总是不好，总是受伤，每次又都很严重，但是她命大，每次都能够醒来，而且醒来又总是能够见到傅亦寒。

傅亦寒在她病床旁边的单人沙发上睡着了，即便睡着了，他也皱着眉头，本就严肃的面上此刻更加严肃，舒窈看着他的脸很心疼他，肯定一直陪着她没睡觉。

她微微动了动身子，想帮他盖上毯子，谁知她一动傅亦寒便醒了，对上她的眼睛他似乎愣了一下，但是很快便反应过来，站起身："醒了？我去叫医生。"

"嗯。"舒窈没反对，想让他放心。

医生很快便来了，拿了一堆仪器在她身上比来比去，又问了许多问题，舒窈一一答了，医生和傅亦寒走出去说了一会儿话，傅亦寒走回来的时候表情比之前轻松了许多，舒窈也跟着笑了起来。

掀开被子，傅亦寒本来想躺进去和舒窈一起躺一会儿，但是想到她背上的伤，怕弄到她的伤口，又将被角压了回去。

舒窈拉住他的手："陪我躺一会儿。"她想要他的怀抱。

傅亦寒难得地挣扎了一会儿，还是躺了进去，小心翼翼地不碰到她，抬手让原本趴着的舒窈枕着自己的胳膊，看着她一时无言。

最后反倒变成了舒窈安慰他："我们以后还会有孩子的。"

傅亦寒大手摸了摸她的脸，声音低哑："嗯。"

他心里有许多话想和她说，有许多承诺想要给她，但是现在切实地抱着她，他又什么都说不出口。

"亦寒，你是不是很自责？"舒窈问他，知道他在想什么，这个问题也只有在这种时候可以剖析明白，过了这个时机，没有人会再提起。

"我是不是对你很坏？"傅亦寒问，他经常会这么问自己，对舒窈很多时候他不知道该怎么办才好。

舒窈的小手放在他的手背上摸来摸去："不是，这一切都是有因有果，我们成长的背景不一样，对事情的看法也不同，性格也差很远，在小事上可以彼此妥协，但是大事上就会有彼此的坚持。我到现在也不知道我就这样放弃劝你是不是对的，这个问题对我来说是一个巨大的难题，所以我心里存了逃避的心理，只能做到不闻不问，但是亦寒，我希望你答应我，在这件事上我希望你能够问心无愧。"

傅亦寒如何不知道她这是在无声退让，他心里松了一口气："好，我答应你。"这是他的承诺。

空气安静了片刻，舒窈一直用手摆弄傅亦寒的手指，两人难得有这种什么都不做也不说话互相又不生气的时候，傅亦寒低头盯着舒窈小巧圆润的耳垂，一动不敢动，唯恐扯到她的伤口："噜噜，我没有不顾别人的生命，我没有恶意挑起过战争，收复加鲁是我的心愿和责任，我也只是顺势而为，如果我不做的话，下一次不一定会有这样的机会，这对加鲁的人民不公平，他们不该这样活着。"他少有地剖析着自己的心理，只想舒窈能够放下，能够明白。

舒窈捏着傅亦寒的手指的手重了重，心中无不感慨，动了动，想要起身，被傅亦寒的大手压住："别乱动，你想的那些不会出现的，只要你还在我身边，我不会变成你想的那种人。"

舒窈的心彻底安了下来，有她在，他就不会变成一个战争狂人。

接下来的时间傅亦寒很忙，新闻里每天都有不一样的新闻，加鲁本地的战争成了报道的重点，霍述的名字每天都会出现在新闻中许多次，这个在加韦原本并不显眼的军人在这次的战争中发挥了巨大的作用，他的作战手法每天都有军事专家在分析，但是每天又都不一样，众人对他的打法都摸不到章法，关于他的生平外界知道的并不多，但是他家中满满的军事书籍的照片被人广为流传，他除了被标上"冷酷"的字眼之外，更多的人对他的评价是"有才"。

相反，关于傅亦寒的报道却很克制，而且大都是正面报道，没人敢惹他，媒体也不行。

与此同时，加韦本地秘密逮捕了许多人，各种各样的身份，平民、白领、商人、商界大鳄、军队将领，在加韦和加鲁彻底撕破脸之后，这些特工意识到了危险，只是他们没来得及撤退便已经被逮捕，显然已经被盯上许久。

这些新闻舒窈都不想看，每天基本不打开电视，某天傅亦寒来的时候对她说："我让人调了一个没有新闻只有娱乐节目和电视剧的电视软件，你没事的时候可以打发一下时间。"说完又叮嘱她，"不要总是看那么多书，对眼睛不好。"

他向人打听了流产的注意事项，甚至打听了怀孕和生产之后的注意事项，然后把这些注意事项全部用到了她现在的情况上。

"适当控制时间就可以了，你不要大惊小怪。"

虽然她这么安慰傅亦寒，但是她病房里的书还是被傅亦寒收走了，只留了一本给她，还让护工每过四十分钟提醒她一次不能看太久。

傅亦寒不在的时候，舒窈大多是一个人待着，电视和书不能多看，那些护工在她面前多说话都不敢，更何况是聊天。她想让傅亦寒多陪陪自己，但是他每次来的时候都带着一身的疲惫，显然打仗是很耗费精力的事情，她便开不了这个口。

这天她正无聊地躺着，护工进来说："舒小姐，有人来拜访。"

舒窈愣了一下，能来拜访她，并且护工敢进来报告，显然是被傅亦寒允许的人，她猜是舒沄："请进来吧。"

谁知来的却不是舒沄，而是金怡和朱潭他们，金怡一进病房便夸张地跑到舒窈身边："舒窈你生病了怎么不和我们说？还瞒着大家，知道我们有多想念你吗？"

金怡往舒窈背上拍了两下，舒窈疼得厉害，抬手推她，还没推开，便听到没离开的护士说："金小姐，病人背上受伤了。"

金怡吓一跳，赶紧放开舒窈："有事没？有事没？"她又绕到病床另一边去看，只是舒窈穿着病号服，什么都看不出来。

舒窈嘴角挂着笑："没事没事。"又招呼大家，"你们都坐。"

朱潭一直站在舒窈的病床旁边，目光复杂："这段时间你一直住在易园吗？"

这么明显的询问舒窈不好回答，思索一番之后说："嗯，身体不太好，你们今天怎么都有空来看我了？"舒窈一笔带过，不准备多说。

刘向明客气地看着舒窈："你一直不回来，我们的项目进度滞后了许多，大家每天都让我联系你早点回来上班，结果一直找不到你。"

有一段时间是舒窈故意切断了和外界的联系，她有些不好意思："组长，我身体不太好，可能以后就不回去了。"

所有人都愣住了，在他们心中，舒窈的技术和能力都是不可企及的，她竟然说不回去了。那他们之前讨论的方案怎么办？那些方案若是他们自己来的话，不知道要多久才能研究出来。

"为什么？等你身体好了，大家都等你回来的。"现在加韦和加鲁的征战点燃了他们心中的火焰，他们想要造出更好更先进的武器让加韦所向披靡，这是在场每个人的梦想，可是最有希望完成这个愿望的人却要退出，他们怎么能接受？

“我不想再做研究了，嫁人之后我的事情可能会很多，所以……”她没有说完，意思却明白。

关于嫁人的话不过是托词，傅亦寒和她都没有说起过结婚的事情，他每天忙到都没时间来看她，哪里有空和她结婚？

众人沉默了一下，她要嫁的人是傅亦寒，傅亦寒那样的身份将来肯定有很多事情要舒窈忙，人的精力都是有限的，舒窈既然要做傅亦寒的夫人，肯定无法分出过多的精力来做研究，结果也是一样的。

只是以她的天赋未免太可惜，大家没有办法不沉默。

“难道就因为要嫁人就毁了自己的终生事业吗？”一直站着没出声的姚凯严肃地问，他以前不喜欢舒窈是觉得她没能力，后来喜欢她是因为她能力太强，而现在这个人说要退出，他无法接受。

舒窈顿了一下，曾经她确实以为这是自己的终生事业，和他们在一起奋斗的近一年时间，她以为自己的每一天都会这么过下去，毕竟当时她确实在心里背负着强国的责任，想要保护所有自己想要保护的人，但是现在不是了。

傅亦寒发起的这场战争师出有名，对加鲁人民又是好的，但毕竟是战争，被牵连更多的是无辜的平民，她可以支持傅亦寒，却无法继续为他提供杀人的武器。说到底，对于这场对平民来说毁灭式的战争，她还是心存愧疚，或许她应该做一些事来补偿他们。

“每个人都要有自己的选择，我不觉得我的选择有什么错。”舒窈直视姚凯，她不亏欠，也不愧疚，没必要因为他的质问退让。

金怡永远是众人之间的润滑剂，有些滑稽地羡慕舒窈道：“窈窈！你竟然要嫁人了！还嫁给我的偶像！天哪天哪，以后我还能经常找你玩吗？我也想经常见到我的偶像！”

紧张气氛顿时散去，舒窈笑道：“你可以每天都来。”显然是在笑话她。

金怡撇着嘴："我很忙的，每天有处理不完的国家大事。"

众人哄笑起来，仿佛刚才的尴尬不曾发生。

当天晚上傅亦寒来的时候坐在沙发上握着舒窈的手，嘴角挂着好看的笑："听说你要结婚了？"

舒窈在他面前早已学会厚脸皮："是呀是呀，你要不要来参加？"

"哦，那我得考虑考虑。"傅亦寒握着她的手在唇边吻了吻。

舒窈笑起来，他既然知道她说要嫁人，肯定也知道她决定从此以后不再参与研究的事情，他肯让她的同事们来探望她就是想从中知道她的态度，她也表明了自己的态度，傅亦寒尊重了她，两相欢喜。

想到这里，她又觉得两个人这么迂回地试探彼此实在好玩，这种相处方式也只有他们会这么做，怕彼此太过于顾虑自己，所以才用其他的方式探知对方的心意，她并不反感，相反有些感激傅亦寒。

"想要什么样的婚礼？"现在不是最好的举行婚礼的时机，但是傅亦寒想知道。

舒窈怎么会不懂："可以先不举办婚礼。"

傅亦寒眼睛里、嘴唇边全是笑意，整个人都变得柔和又温柔："那我们明天就办结婚证。"说着他扫视了一下周围，"明天我让人来这里。"

舒窈想说不用那么急，傅亦寒摁住她的手："就明天。"他显然很急。

第二天，舒窈难得地在白天见到了傅亦寒，明明早上出去了一趟，她以为他去工作，谁知没多久便回来了。他换下了军装，穿一身修身手工剪裁的西装，领带是有一次她和金怡逛街的时候帮他买的，整个人笔挺修长，头发高高地梳起来，因为没有穿军装，凌厉的气势散去许多，加上眉眼柔和，站在那里竟有一种儒雅的感觉。

舒窈穿了一袭白色的一字领连衣裙，有些许贴身，原本傅亦寒不许她穿这么贴身的衣服，怕动到她的伤口，但是舒窈坚持，虽然不办婚礼，但是签字仪式她也不希望自己看起来太狼狈。

现在舒窈坐在床边休息，傅亦寒则沉默地站在一旁，没一会儿，他便进了卫生间，这倒没什么，关键他出来没一会儿，竟然又去了。

在他第三次从卫生间出来的时候，舒窈拉住他的手问："是不是不舒服？"

傅亦寒皱着眉头，对自己越来越不满意，问舒窈："这个西装颜色是不是不太好？和领带不太搭配？"

舒窈不敢相信他再三去卫生间是去看自己的仪容，而且越看越不满意，原来傅亦寒也会紧张，紧张起来竟是这样的。

"好看死了，你最帅了。"舒窈伸手拉住傅亦寒的大手，仰头看着他，"亲一下。"

傅亦寒低头看了她两秒钟，然后低头在她唇上印了一下，很快离开。

舒窈不满意，瞪着他，不说话。

傅亦寒摸了摸她的脸颊，低头再次吻住了她，温柔细致又认真，那颗心也慢慢沉了下来。以前他亲吻舒窈的时候最喜欢摁住她的背，将她整个人桎梏在自己怀里，仿佛这样就可以完全占有她，而现在他害怕碰到她的背，只能小心翼翼地吻着她，就像是对待易碎品。

直到舒窈有些喘，傅亦寒才放开她，她这种时候最娇媚，他不想别人看到这样的舒窈，却忍不住在她唇上轻轻碰了一下，又一下，声音低低地说着："噜噜，我爱你。"

他看着她，希望得到她的回复。

舒窈眼睛里噙着笑意："我也是。"

傅亦寒又在她唇上碰了碰，仪容的事情早已忘到了九霄云外。

门被人敲响："指挥官，可以开始了吗？"门外是杨粒的声音。

傅亦寒顿了一下，舒窈站起身帮他扶了扶领带，然后点点头："真帅。"

傅亦寒翘起嘴角："来。"说着他拉着舒窈去了外间。

原本以为只是一个简单的签字仪式，舒窈无论如何没想到竟然来了这么多人，每个人都是电视上能够见到的熟面孔，军队重要长官和地方主要领导全部来了，虽然没有举办婚礼，但是傅亦寒并不想委屈舒窈。

工作人员将准备好的文书拿进来放在桌上，放了两支签字笔，傅亦寒扶着舒窈感谢各位："多谢各位百忙之中前来参加傅某的签字仪式，现在的局势不允许举办婚礼，所以无法更好地招待各位，今天请大家给我做个见证，改天补上婚礼，还要请各位赏光。"今天他是主角，说话比平时多，也比平时客气，用了许多敬辞，大家却都听得心惊胆战。

有人大声回了一句："能来参加指挥官的签字仪式是我们的荣幸！"

众人此起彼伏地附和，傅亦寒这人虽然专横独断，但是能力有目共睹，大家对他都是信服的。

傅亦寒扶着舒窈坐下，听主持人宣读誓词，傅亦寒听得并不认真，将舒窈的笔拿起来打开笔帽递给她，又指了指在哪里签字，显然是已经看过内容，动作细心又温柔，让大家无法不诧异。

他竟然这么急。

舒窈斜着头看他，正好对上他的眼睛，那是一双含情的眼睛，她回头利索地签下自己的名字，从此以后用这份关系束缚彼此、牵住彼此，她心甘情愿。

签字之后，傅亦寒从口袋中掏出戒指，舒窈几乎已经忘了这个环节。那是之前他送自己的那枚戒指，而她要帮他戴的戒指工作人员也已经放在她面前的桌上，她低头看着傅亦寒帮自己套上戒指，这是一种很奇怪的感觉，仿佛跨越了两人之间所有的界限，这一刻才有了更真实的感觉。

结束之后，大家排着队恭喜两个人，舒窈有些拘谨地看着傅亦寒同众人握手，接受众人的恭喜，他面上没什么表情，但是看得出他心情很好，连眼角都微微上扬，舒窈不自觉放松下来。

"恭喜傅先生，恭喜傅太太。"每个人的贺词都很一致，大约是傅亦寒交代过大家不许浪费时间，怕她要应付太久。他总是时刻把她当成易碎品，明明医生说她背上的伤已经好了许多，而小月子也并没有他想象的那么可怕。

舒窈面上有温和的笑，不停地颔首致谢，整个过程很快，大家不敢多耽搁时间，恭喜之后便纷纷退了出去。舒窈看着空荡荡的屋子，不敢相信自己已经身为人妇，瞪着眼有些迷茫，傅亦寒握了握她的手："还没结束呢。"

下一刻舒窈便看到了许多熟悉的人，程笑、舒沄、金怡和一些同事，可能是因为傅亦寒在场，气氛并不轻松，程笑最先扑上来："舒窈你太不够意思了，结婚大事都不通知！"

舒窈笑着反问："没通知你怎么来了？"

程笑看了傅亦寒一眼，有所忌讳："你下次再这样我可不来了。"

"下次办婚礼一定第一个通知你。"舒窈握着她的手承诺，以前她便同程笑关系好，都是一个圈子里的，年轻人到一起就是比家世，舒窈家算是很一般的，所以大家不免对她说话不太客气，程笑总是跟在她身边，谁怼她，程笑便怼谁，现在想起来还觉得好笑，一转眼她竟然都嫁人了。

"那得看我有没有时间。"说着她忍不住瞪了傅亦寒一眼，明明来参观签字仪式是好事，谁知道傅亦寒提前给他们规定了时间，待的时间不能超过半个小时，这人真是专断，她怀疑以后舒窈能不能幸福。

呸呸呸，舒窈肯定会幸福的。

她紧紧握住舒窈的手："反正你一定要幸福，要是……"她再看看傅亦寒，不甘心，却不敢说。

傅亦寒难得有心情应对女人们的话："我不会欺负她的，你放心。"

待到金怡上前说话，握了舒窈的手第一句话便是："指挥官肯定会对你好的！"这句完完全全的恭维，还带着紧张情绪，说出来无比滑稽，大家都笑了起来。

金怡一点没有平时说起傅亦寒时候的羡慕嫉妒恨，反倒十分紧张，听到大家笑，还反问了傅亦寒一句："是吧？"

舒窈也笑起来，转头看傅亦寒，对上他的目光，听到他说：“是的。”

舒沄抱着孩子一直待在最后面，到最后也没上前说一句恭喜的话，更像是事外人一般，待到大家都离开，她却留了下来，原本傅亦寒不准备走，舒窈却推了他一下：“你去忙吧。”

傅亦寒沉默片刻，扶着舒窈坐在沙发上：“哪里不舒服便叫人。”待到舒窈答应之后他又在她的额头上吻了一下才离开。

而在作战指挥部中，不知内情的人看到傅亦寒都有些惊讶，在这种场合从未见过他穿便装，看他的眼神未免诧异。

只是傅亦寒本人仿佛丝毫不自知，这件西装穿了一整天，下了许多军人的命令，做事风格和往日明明一样，那么是发生了什么？

似乎有点……高兴？

/ 第十二章 /

待到浓雾散开，待到你归来

所有人都离开之后，外间只剩下舒窈和舒沄，因为孩子小的时候两个人闹过不开心，舒窈便没有主动要去抱孩子，而是问舒沄："你最近去上班了吗？"

"没有。"舒沄将睡着的小孩子放在沙发一侧，上下打量着舒窈，"怎么受伤了？"

舒窈笑："不小心呗。"舒沄审视的目光让她有些不舒服。

舒沄却直接问："你们是不是去了加鲁？"

舒窈下意识地看了下摄像头，却还是否认："没有。"

舒沄扯着嘴角笑了笑："他对你确实不错。"

其实她和傅亦寒之间并不是单纯对彼此不错可以概括的，两人的原则融合也让双方付出了巨大的代价，只是这些她都无法和外人说。

舒窈半开玩笑地说："你以前不就说他对所有人一个样，只对我最好吗？现在还是那样。"

"爸爸知道吗？"舒沄又问，每次问的都是尴尬的问题。

舒窈不知道傅亦寒是否和舒擎宇说过，自从舒擎宇被判入狱之后她便没有再见过他，这样互不相见其实对大家都好，舒擎宇也未必想要知道她和傅亦寒在一起。以前他便不同意，虽然没说过，但是处处体现在细节里，那时候舒窈理解那是父爱，他不想她的一生都待在最让人瞩目的位置上小心翼翼、战战兢兢、如履薄冰地过完一生，他也曾隐晦地和她说起过这个问题，只是那时候舒窈并不喜欢傅亦寒，便没有往心里去。

再后来，发生了那件事，舒擎宇要杀她，可能有过犹豫，但是最后还是下手了，虽然舒窈不怪他，但是提到他，还是有一种无法言明的感觉，以前那种亲密的父女关系再也不可能回去了。

又或者说，自从妈妈死了之后，他们便不可能再回到过去，他心里始终是介意的，所以后来那几年才总是忽略她，她没说过，但是她都懂。

“等他出狱了我当面和他说。”舒窈心中不是没有感慨。

两个人相顾沉默，舒窈心中对舒沄永远含着一份亏欠，所以无论舒沄多过分她都能忍着，但是她和舒沄已经没有可以持续下去的话题，她甚至找不到一点共同话题，就怕自己说了什么引得舒沄冷嘲热讽，因此只能沉默着。

“舒窈你知道吗？从小我就特别羡慕你。”舒沄打开手机看了一眼，然后将手机放回去，同舒窈说起了其他话题。

这倒是舒窈没有想到的，舒沄长得好看，人又聪明，朋友很多，她和舒沄一起出去的时候永远有人在路上同她打招呼，她活得张扬又肆意，舒窈总是喜欢跟在舒沄身后，永远当她的小妹妹，她有什么好让舒沄羡慕的？

“你总是比我更容易讨人喜欢，小时候是爸爸妈妈，长大了是喜欢的男孩子，你好像永远比我幸运，不用付出什么就可以轻易得到自己想要的。”说到这里舒沄兀自笑了笑。

舒窈不敢相信，明明是舒沄更招人喜欢。

“那时候大家都喜欢傅亦寒，圈子里就那么多人，我见过无数女孩子向他表白，无一不被他冷嘲热讽。那时候我和所有人都一样，总以为自己是最特别的，可是你知道傅亦寒是怎么说的吗？”舒沄面色平静，仿佛说的不是自己的往事一般。

舒窈震惊，从不知道原来舒沄和傅亦寒有着这样的往事，她忽然有些不想听，想要起身却被舒沄摁住了手：“我和他又没什么，你怕什么，随便和你聊聊，你不会就这么要赶我走吧？”

舒窈紧绷着神经，不知道舒沄还会说出什么惊天地泣鬼神的话，只干巴巴地说：“怎么会？”

舒沄沉默了一会儿，说：“之前的事情是我不对，你不要往心里去，发生这种事情我心里不好受，最近我一直在看医生，也在吃药，你不要怕。”

舒窈当然不怕，听到舒沄这么说她心里更加愧疚：“舒沄，我知道你没办法打开心结，如果你需要我帮忙的话，随时告诉我，好吗？”

“我能有什么要帮忙的，傅亦寒这边已经很照顾我，工作顺利，家里也井井有条的，出门甚至有保镖跟着，你别担心。”舒沄说起自己的现状，“回头你帮我谢谢傅亦寒。”

舒窈知道傅亦寒和舒沄肯定没什么，既然舒沄这么说，她也不避着傅亦寒的话题：“行，那你和我说说当年傅亦寒怎么说的？”

舒沄挑眉，似乎想起了往事，兴致很高：“你又不是不知道，他那个人高冷，嘴巴又坏，我话还没说出口，他就说：‘你是舒窈的姐姐，别让我说难听话，现在赶紧走。’”舒沄学着傅亦寒的表情，“一句话就把我打发走了，那天晚上回去，我还找借口向你发了一顿脾气呢。”

这些事舒窈已经不记得了，舒沄一向有大小姐脾气，偶尔发作，她通常是不理的。

“他就那样，我还见过他指挥保镖把人家女孩子架出去呢。”舒窈也想起往事，那时候她才不管那么多，反正她不喜欢傅亦寒，甚至一度以为她是因为不喜欢他才被允许待在他身边那么久的。

“真不知道当年你怎么忍得了他的。”

舒窈笑起来，其实舒沄这句话说反了，是真不知道傅亦寒是怎么忍受得了那时候的她的。傅亦寒即便到现在也不喜欢同人说废话，对女人更没有什么好说的，性子从来没变过，也只有她敢在他面前放肆地来来去去，所以一直是他在忍让她。

“因为我对他是真爱嘛。”舒窈半开玩笑，很珍惜和舒沄这难得的轻松时光，她已经许久没有同舒沄开过玩笑了。

“他对你是真爱我倒是信的，他后来还到家里找过你。”舒沄说起了舒窈不知道的往事，“那时候你们已经分开两年了，当时他自己开车子来家里的，似乎等了许久没等到你，见到我便叫住了我。当时我很惊讶，他问我你去了哪里，我就和他说你和男朋友去约会了，他听完沉默了许久，然后自己开车走了。”舒沄没有直接提起韩郅的名字，这是一种默契。

舒窈并不知道这件事：“你当时怎么不和我说？”

“当时你刚开始谈恋爱，我说了有什么意义？”舒沄道。

舒窈沉默，确实是的，按照当时的情况，即便她知道了，也什么都不会做的，甚至可能会偷偷祈祷让傅亦寒不要再来找自己。

短暂沉默之后，舒沄笑着说：“其实当时我也有私心，我就是不想告诉你，心里想凭什么傅亦寒也是你的？其实现在想一想，我也没有多喜欢他，就是不甘心吧，和其他人的那种不甘心是一样的。年轻嘛，难免想法多，现在你和他结婚了，我也很为你们高兴。”

“都过去了，还提这些做什么。”舒窈笑着，倒是很想知道傅亦寒为什么去找自己。

“是啊，都过去了，所以说年轻真好啊。”舒沄感慨。

舒窈有一瞬间在她脸上看到了沧桑感，有些心惊：“你是不是……”她不知道该不该问，谁知舒沄已经点头了。

“打亲情牌，真的是找你有事。”舒沄无所谓地笑起来，有些自嘲。

“能帮忙的我一定帮。”舒窈郑重承诺。

舒沄稍微斟酌：“是加鲁的事情，我不明白为什么要打仗。”

舒窈张张嘴，千想万想没想到舒沄竟然提这件事，而且按照舒沄的经历来说，应该恨透加鲁才对，她阻止舒沄继续说下去："这件事不是我能管的，虽然我嫁给了傅亦寒，但是政治问题不在我能够插言的范围内。舒沄，以前爸爸只是在地方上工作的时候，都不允许家里任何人问他工作的事情的。"更何况如今傅亦寒是那样的身份。

舒沄似乎早就知道舒窈的答案，没有诧异，也没有怪罪："既然连你都同意了，那说明加鲁真的很有问题，我不问就是了。"

舒窈心里却没那么静，两个人又说了许多以前的事情，直到小朋友睡醒哭起来，舒沄才抱着小朋友离开。

当天晚上舒窈抱着大抱枕翻来覆去睡不着，原本是新婚夜，该甜甜蜜蜜的，傅亦寒也早早便回来了，他却没有动她，即便医生说她可以做适当的运动，看到她下床走来走去他还是担惊受怕。

此刻他手臂放在眼睛上，耳边是舒窈的唉声叹气。

没一会儿，舒窈果然推了推他："哎，你说……"她似乎有些犹豫，说了开头又后悔，没说下去。

傅亦寒拿开手臂："你别滚来滚去，小心伤口又裂开。"

"哦……"舒窈果然不动了。

过了片刻，她又用手指戳了戳傅亦寒，却没说话，最终是傅亦寒无法忍受她不睡觉动来动去，主动开口："你和韩郅是怎么认识的？"

舒窈瞪大眼睛，黑葡萄似的眼珠子里一闪一闪的，不知道傅亦寒为什么忽然问这个。

"不是舒沄先和韩郅认识的吗？"

舒窈愣了一下，反应过来傅亦寒不是在翻旧账，之前两个人说起过这个话题，他明知道她不喜欢讨论这个。但是现在他一开口她便懂了："你是说……"

"舒沄喜欢韩郅，有那么难看出来吗？"

舒窈虽然已经猜到了，但是傅亦寒说出来她还是有些震惊，猜测被落实，她只能怔怔地看着傅亦寒。有一件事在她脑海中迅速过了一遍，直至震惊到无以复加。那段日子她下意识地逃避整件事情，现在想起来，舒沄怀孕按照她被掳走时计算，孩子早产了一个月，可是当时并没有早产的迹象，说明她没有被韩郅掳走的时候已经怀孕了。

“孩子有可能是韩郅的。”傅亦寒再次落实了舒窈的怀疑，他没有对比过孩子和韩郅的DNA，事实上他并不愿再知道任何和韩郅有关的事情，但是他又不愿意瞒着舒窈，她猜到和他直接告诉她是两码事。

如果是以前的话，舒窈可能会愤怒，毕竟自己的男朋友出轨了，但是经过这么多事，她心里更多的是唏嘘，舒沄回来之后的反常也都有了解释。她下意识地想问既然韩郅和舒沄在一起，那为什么当时还要那样对她？

随即想到自己和他在一起那么久，他还能毫不犹豫地杀了自己，更何况他和舒沄可能只是偶尔的性伙伴，既然韩郅这么对她，舒沄的这份执着又是从何而来？舒窈此时才认识到舒沄的心理问题真的很严重，甚至可能已经扭曲了。

“舒沄说她一直在看心理医生，是很严重吗？”

“嗯，她一直强迫自己选择性遗忘，然后幻想出了另外一个事实，强迫自己接受自己和韩郅是因为爱才在一起，你不要刺激她。”

这也解释了为什么她去看舒沄的时候舒沄的态度总是反反复复，今天又为什么来为加鲁求情。

韩郅已经死了，舒窈不想再想起关于他的任何事情，但是舒沄总在强迫她面对，现在她还不得不考虑舒沄以后该怎么办。

“医生说她的情况很稳定，你不用太担心。”傅亦寒安慰她。

舒窈不是没有想过假如自己没有和韩郅在一起过会怎样，可是韩郅既然盯上了舒家，不是她也会是舒沄，况且因为当时她不愿意和韩郅在婚前发生关系，他便和舒沄失控，一切都是命运的安排。

不过，男人是不是都不太能忍这种事情，傅亦寒呢？他是怎么解决的？

她不想把怀疑的种子种在心里，所以直接问傅亦寒："你以前有过几个女人？"

"五个。"傅亦寒想都没想，直接回答。

舒窈瞪大眼睛，心塞得要死，早知道不该问的。她紧紧闭住嘴巴，真的不再问了。

过了片刻，她下床去卫生间，在卫生间磨蹭了二十分钟，回来之后立刻躺到床上闭上眼睛，不想再和傅亦寒说话。

傅亦寒拉她的手："是你说的要我不要对你撒谎。"

舒窈如鲠在喉，不是还有一句善意的谎言吗？她声音闷闷的："可我不想听，以前不在意，现在我不想知道你和其他女人的事情，你以后也不要再在我面前提起来。"

"嗯，不提了。"傅亦寒见她背对着自己，将她圈到怀里，却不敢靠她太近，怕碰到她的背，这些天他都是平躺着睡觉，夜里醒许多次，唯恐自己换了姿势不小心动到她。

虽然两人约定好了，舒窈也知道自己不该太计较，但是紧接着她又开始失眠，翻来覆去，直到傅亦寒在她面对着他的时候摁住她的肩膀："睁眼。"

舒窈睁开眼，有些气地盯着他。

傅亦寒伸出没被她压着的那只手："一二三四五，正好五个。"

舒窈看着他修长的手指有些不能回神："骗我！"

"每天那么忙，哪里有时间想女人。"这倒是真的，他每天恨不得有四十八个小时可以忙，加上周围的手下都知道他对女人的态度，没人敢往他面前凑，即便有极少的女性工作人员会大着胆子凑过来，他也觉得对方失了专业水准，当时便解除了对方的职务，哪里有什么后续发展的可能。

这些年唯一让他忍不住的人只有舒窈。

舒窈瞪着他："那你……"

“偶尔想，自己解决。”这就是答案。

他倒是没什么精神洁癖，当然也有生理需要，有时候甚至要靠着幻想才能解决问题。

幻想谁？

半晌后，舒窈望着天花板无语，她怀疑他说的话的真实性。身旁傅亦寒在帮她捏手腕按摩，她决定不管真假都不再追究，即便真的得到了真实答案，那她会高兴吗？现在他给的答案不管真假，至少她心里舒服。

鸵鸟心态。

空气中还散发着暧昧的气息，舒窈有些累，却还记得白天的事情：“舒沄说你去找过我？”

傅亦寒沉默了片刻：“去过。”

“找我做什么？”舒窈动了动，换了个舒服的姿势。

傅亦寒揽着她，久久没有开口，就在舒窈要睡着的时候，听到他说：“刚开始没觉得，后来越来越想你，那天喝了点酒，发了疯似的非得见到你，到了你家门口又不敢进去。”

舒窈听着这话心里有些难受：“以后想我的时候随时给我打电话。”

“嗯。”

第二天舒窈睡醒的时候傅亦寒已经离开了，舒窈有些逃避心理，从来不问他外面的时局，傅亦寒也不会主动说。

等她洗漱完毕之后傅亦寒的电话便来了，她接起来：“亦寒？”

“起了吗？”傅亦寒在电话另一端问。

“刚起，准备吃早餐，怎么现在打电话来？”舒窈已经走到外间，护工已经摆好了早餐，都是清淡的菜色。

“没事，那你吃，我挂了。”傅亦寒说完便挂断电话。

舒窈摸不着头脑，不懂他为什么忽然打电话来，又为什么忽然挂掉。直到一天中傅亦寒第三次打来，简单地说几句又挂断电话之后，舒窈才忽然想到，昨天晚上是自己说让他任何时候想自己便给自己打电话。

傅亦寒表达爱意的方式永远是这么委婉。

转眼间舒窈已经可以出院，直到她出院的时候才知道这所医院是傅亦寒在一年内专门建的，地址选在使馆区，周围有重兵把守，一流的医生，顶尖的医疗设备，支持各种各样的先进科学项目，其中一项便是断肢再生。

舒窈觉得这是天方夜谭，无论科技多么发达，这种技术都是不可能实现的，傅亦寒却支持这种不科学的项目。而这所医院的成立，多少也有她的因素吧？难怪这次没有着急着让她回易园。

舒窈回易园的时候，穆修早早地便在等着，见到她便上下打量："身体都好了吧？"

舒窈有些不好意思，之前她和傅亦寒闹别扭的时候，穆修来劝过她好几次，她都不肯听，穆修说她还像小时候那样不如意便闹脾气，那时候她听到这话有些生气，原则问题被说成是闹脾气，她不想见穆修，他来的时候她便不出现，就像是对傅亦寒，不想见、不喜欢，便躲着，现在想来，不是闹脾气是什么？

"都好了，穆叔叔怎么不去看我？"

"先生不让我们去，我说让曼因和良因过去照顾你，他也不许。"穆修跟在她身边一起往鹿林走。

"为什么？"

"每次你生病受伤的时候他就不相信任何人，都亲自去挑选自己培养出来的人放在你身边才放心，他就是那样，对你总是太过小心。"穆修比他们老一辈，看着他们长大，说话便随意许多，这些话别人是决计不敢说的。

舒窈倒是没想过这个，和穆修说起了其他事情："之前的工作我不打算去了。"

"那以后你想做什么？"

“我和亦寒已经签字结婚了，你知道吗？”舒窈问，有些不好意思，毕竟没请对方。

穆修点头：“知道。”

“现在公开不合适，但是早晚我要走出去的，所以总要为以后着想。”

“是，你可以效仿别国的夫人们，做点慈善工作。”

穆修说的话正中舒窈下怀，这件事她已经想了许久，除了将来要站在傅亦寒身边，她本人也想为加鲁人民做一些事情，所以她想从事的慈善工作的主要方向便是战争中难民的物资和战争后加鲁的重建工作。她不能再设计武器，但她可以做这些，可以真正做到问心无愧，也算是在帮助傅亦寒。

“那还要麻烦穆叔叔你帮我留意一下。”她对这个一窍不通，但是她可以学。关于她不再从事武器设计这件事，穆修竟然一句多余的话都没有，可见傅亦寒早就交代过，他永远最懂她。

“你可以成立一个慈善基金会，有先生的身份在，组建个团队，可以很快做起来的。”穆修建议。

舒窈点头：“这些我都不太懂，穆叔叔你帮我找一些资料看可以吗？组队的事情我再想一想。”

傅亦寒名下也有慈善基金会，但是她不太想用，她想要做属于自己的事情。

这件事舒窈不是只有想法，更是行动了起来。团队是穆修帮忙找的，申报流程一周便走完了，原始基金全部是她自己的钱，为此她还卖了妈妈留给她的一栋房子，这件事她没有和傅亦寒正面讨论过，只说自己要做些事，傅亦寒自然是答应。不过从整个基金会成立的过程来看，傅亦寒的动作并没有少，在审批文件这一点上她便看出来了。

有一次吃饭的时候她问傅亦寒：“我现在做慈善，可能要经常出去，行不行？”

傅亦寒看着她夹了西蓝花：“想做什么就去做，我都支持你。”

他对她的活动范围宽容度比之前更宽泛了一些，其实现在还是非常时期，他并不愿意舒窈在外面走动，但是他不愿舒窈对加鲁人民心怀愧疚，如果她能够通过为他们做事获得心理平衡的话，他自然是支持的。

舒窈的第一场慈善晚会是在两个月之后举行的，在傅亦寒的办公室里，他面无表情地看着桌上的请柬，那是舒窈发给别人的请柬。

杨粒站在一旁解释："这个慈善晚会的目的是帮助战区的难民，给他们提供必要的生活物资，帖子发出去许多，回应的却不多。"

"你吩咐下去，她邀请的人都要去。"傅亦寒合上请柬丢在桌上，往后一靠，点了一支烟，"多派些人保护她。"舒窈对这项工作的热情超乎了他的预料。

杨粒退出去之后，没五分钟，又被傅亦寒叫了进去："把宴会场所的设计图拿来。"

这是要自己布置安全措施。

加鲁虽然一直很落后，但是毕竟经营这么多年，一夕拿下是不可能的，不过进展一直都不错，基层的民众是热烈欢迎加韦军队的，他们所到的地方民众从不反抗。那些雇佣兵却和民众不同，他们手上都沾了太多血，新政府对他们来说是致命的，不如拼一拼，能多坚持一刻是一刻，双方的战争一直很激烈。

霍述是难得的将才，一直牢牢地将战争地区控制在加鲁地区，拿下一处之后便将民众输送至城市地区，所有的学校全部重新开放，有了新的校舍和老师，儿童上学，大人学习生存技能，加韦的大部分手工业都转到了战后的加鲁和平地区，电视上时时有报道，网络和新兴科技的普遍性接入让当地人看到了外面的世界，这种冲击无疑是致命的，被旧时加鲁困住的身体和灵魂在一点点挣扎着释放，至少他们明白了一个道理，那就是接受加韦对他们来说是正确的选择。

有人自发组成组织宣传成为加韦人民的好处，但是也并不是没有任何负面新闻，在和平区域，每个月都会传出平民被袭击的消息，那些雇佣兵接到命令袭击平民想要打击加韦军队，消息传出去却变成了战后和平地区的平民被加韦军队虐杀，时时有新闻，却没有阻挡住霍述进攻的脚步。

有外国媒体进入和平地区采访，做了深入调查，和那些负面报道完全不一样的结论让国际上众说纷纭，大家更相信阴谋论，加韦政府一直遭受着巨大的压力，但是傅亦寒一次也没有退让过，他要加鲁，这一点他一直很明确。

舒窈除了给难民提供物资之外，还多方奔走，希望给加鲁地区提供更多的就业机会。她不得不和那些商业大佬打交道，大家都买傅亦寒的账，所以舒窈的基金会一直进展得很顺利，就连舒沄也加入了她的基金会，两个人一起做事，不提过去的事情，最终的目的都是将这件事做好。舒沄比舒窈还要努力一些，就像疯魔了一般，甚至多次往返加鲁，舒窈看在眼里却从来不说。

每个人多多少少会有一些自己的问题，傅亦寒曾说只有弱者才会有弱点，舒窈时常想到这句话，当这场战争不可避免，那么她要做的便是做好善后工作，她要像傅亦寒那样，去做对的事情，哪怕过程残酷，却有意义，许多年后提起来才不会遗憾，没有后悔，也无愧于心。

她要做的是和他并肩站在一起，绝不掉队。

转眼两年过去，这场战争也基本结束，剩下萧哲的一小部分人还在负隅顽抗，关于这场战争，国际上的舆论也越来越疲软，最终还是傅亦寒赢得了这一场战争。

经过两年的拉锯战，加鲁地区和之前相比已经发生了翻天覆地的变化，地方军阀基本被清理干净，战争不再出现在人们身边，言论自由和新兴工业的兴起让人们脸上重新有了笑容。他们甚至开始主张自己的权利，认为现在他们已经是加韦公民，应该有加韦公民的权利，至少不该再设置界限妨碍两方人员的流动沟通。

政府对这一块不是没有担心过，但是毕竟战区的人思想落后，长期生活在战争之中，法律意识也薄弱，这样的融合会发生什么样的摩擦都是可以预想到的，所以即便解放了战区，他们依旧将对方屏蔽在属于自己的空间里，除了军队进驻，其他人员不得随意流动。

经过两年的时间，大家都意识到了这个问题，强烈要求开放南北方的界限，这一段时间正闹得凶狠。

舒窈的基金会所在的地址是单独的一栋楼，离安全部不太远，整栋楼笼罩在武警守护的范围内。

韩琦已经两岁多，舒沄每天不管走到哪里都带着他，他经常在大楼里跑来跑去，舒窈很喜欢他，在基金会的时候总是将他带在身边。韩琦长得好看，嘴又甜，看到她便奔上来："小姨！小姨！"

舒窈将他抱起来，笑着逗他："怎么又乱跑？被坏人抱走了以后可见不到小姨了。"

"不走！"韩琦搂住舒窈的脖子，听到会被抱走，立刻抱住她不撒手了。

"看我给你带了什么？"舒窈从包里掏出一个恐龙玩具，韩琦立刻抱住。

"谢谢小姨！"

"怎么谢？"舒窈逗他。

韩琦立刻亲了他一口，舒窈笑起来，阳光洒在她脸上，看起来灿烂极了。

基金会的事情很多，舒窈很多时候都要待在办公室里处理工作，这也让她和韩琦多了许多相处的机会。她工作的时候，韩琦便在她的办公室跑来跑去，有时候故意跑到她身边拍她，闹着要她陪他玩，舒窈也总是很耐心地陪着他，对他的宽容总是最多。

下班的时候大家都先行离开，连韩琦都被舒沄抱走，她是最后走的，穿过静寂的走廊和大厅，自动门在她身后自动落锁，只是走出去还没来得及下阶梯便看到站在车边正在抽烟的人。

周围已经被戒严，傅亦寒站在车边一动不动，手中的烟亮着，显出一个小红点，似乎没发现舒窈已经出来，依旧直直地站着。

舒窈扑过去，傅亦寒反应很快地将人抱在怀里，听到舒窈有些心疼地问："等很久了吗？"

傅亦寒丢开手中的烟："没有，刚来。"

"怎么不让人叫我？"舒窈紧紧抱住他的腰，心里有万分愧疚。

"你爸爸打电话给我说打你电话没人接，他想约你晚上去他那里吃饭。"见舒窈扎进自己怀里不愿意动，傅亦寒就这么抱着她，也喜欢这么抱着她。

舒窈这才想起来："上周约的，我忘了。"

舒擎宇去年已经出狱，出狱之后便一直住在一个专门接收退休干部的庄园里，环境很好，没有公职在身，他比以前闲了许多，总是希望自己的两个女儿能够多回家，甚至主动提出要帮舒沄带孩子，不过舒沄没答应。

他那里舒沄不经常去，舒窈害怕他一个人孤单寂寞，便总是抽空过去，不过到底是没有过去那般亲密，经常是去了也相顾无言。舒擎宇似乎也觉得愧对舒窈，很多次舒窈去的时候两个人便在院子里有一句没一句地说话，然后舒擎宇不停地浇他那些花，次数多了，舒窈去得便不再那么频繁。

到山庄的时候舒擎宇已经在等，看到傅亦寒只是微微点头，然后招呼舒窈："阿窈回来了，饭菜做好半天了，你们快进来。"一副招待女儿女婿的模样，看得出兴致很高。

"爸，我手机静音一直没听到，已经调过来了，你再打响一声我就能听到。"舒窈解释，站在门口换了拖鞋。

"行行行，"舒擎宇乐呵呵地笑，"我给阿沄打电话她都不耐烦接我的电话了，我让她把孩子抱过来她也不肯同意。"

"她自己也是一个人，可能也是想孩子陪着。"舒窈拉着傅亦寒随着舒擎宇到客厅坐下，"之前你不是说有朋友要介绍男朋友给舒沄认识吗？怎么样了？"

这两年舒沄处处表现得很正常，除了私下里依旧对她不冷不热，在工作的时候她恢复了往日的神采，处事作风很是吸引人。

舒擎宇给自己倒了一小杯酒，没敢给傅亦寒倒，他对傅亦寒始终保存着一丝敬畏，但是作为岳父，他也不可能表现出卑微之态，所以看起来总是淡淡的，所幸没人介意："倒是谈了一个月，然后就没有然后了，你们不是在一起上班吗？你也劝劝她。"

"她不听我说，一心扑在工作上。"舒窈想到一个人，"黎谢呢？我上次还在家里见到他。"上次她来的时候正好碰到黎谢来拜访舒擎宇，他和舒沄在一起那么久，若是对她无意的话，不会现在还来拜访舒擎宇。

"他倒是每次从部队回来都会来拜访我，我也想撮合他们，那次叫了舒沄回来，到了门口看到黎谢她转头就走，后来好多天我打她的电话她都不肯接。"两个女儿，舒窈算是安定下来了，最让他担心的就是舒沄了。经历过那样的事情，还带着孩子，完全让人猜不透她的想法。

舒窈喜欢吃茄子，但是这道菜只有吸油才好吃，在鹿林里傅亦寒不让舒窈吃太多，舒擎宇爱护舒窈，总是让人做她喜欢的。傅亦寒看着舒窈已经对着这道菜吃了半天，便倒了温水给她喝，舒窈早已习惯傅亦寒在吃饭的时候对自己处处照顾，没有表现出任何异样，反倒是舒擎宇，总是不动声色地观察两个人，结果让人很满意。

"你们也这么多年了，什么时候生孩子？没空带的话我帮你们带。"傅亦寒很小的时候便没有了母亲，从小是父亲养大的，现在傅毅退居二线，早就什么都不管了，傅亦寒和他关系一般，至少他一次也没有带舒窈去看望过傅毅，所以让他家里的老人帮忙带孩子是不现实的。

这个话题惹到了舒窈敏感的神经，她拿杯子喝水的手明显僵在了那里，还没开口傅亦寒便道："这两年还不稳定，准备过两年再说，我们也不急。"

舒擎宇不敢反驳，但是又堵了一句话在那里："你几岁了都？还不急？"

"小孩子多让人照顾着点应该没事吧？况且现在局势也挺好……"舒擎宇还是没忍住，两个人在一起这么久不生孩子，谁知道会发生什么变故，况且现在都没人知道舒窈是傅太太。

"我和舒窈都还年轻，您也别急。"这话带了不易察觉的压迫感，成功让舒擎宇停止了这个话题，不过桌下，傅亦寒的脚却被舒窈狠狠踩了一下。

舒擎宇表情有些不自在，如果他没记错的话，傅亦寒已经三十二了吧？还年轻？原本他还想问婚礼的事情，看傅亦寒的态度，到底是没问出口。

因为这个话题，餐桌上的气氛有些沉重，没两分钟，傅亦寒起身去接了个电话，回来便说有急事要走。

到了车上，傅亦寒握着舒窈的手，鼻头蹭了蹭她的鼻头："小孩子那么烦，每天吵闹个没完，我们两个过一辈子也不错，不生孩子了好不好？"孩子是他们之间的敏感话题，这两年他都不敢提，今天趁着舒擎宇说出来，他也想和舒窈谈谈自己的想法。

舒窈知道他是在安慰自己，把头靠在他的脖颈里："不好。"她喜欢小孩子，若是有个孩子的话，鹿林里肯定能热闹一些。

傅亦寒低低地笑："那就生，你想生几个我们就生几个。"

回到鹿林，舒窈引着傅亦寒回房间，关上房门她抬手便搂住他的脖子吻了上去，傅亦寒起初一愣之后立刻将人压在墙上狠狠地吻住。事后傅亦寒帮舒窈洗了澡把人抱到床上，看舒窈累得闭着眼睛不想理人，他一下下地啄着她的唇瓣，不肯放过她。

舒窈累得要死，抬手推傅亦寒的脸，傅亦寒轻笑着退开，看着舒窈沉沉睡去。

接下来两个月舒窈忙得脚不沾地，她在牵头做一个高科技研发公司的北方落户工作，除了低端的手工业，舒窈希望北方的科技产业和重工业也能够慢慢发展起来。

另外，基金会最近一直在做关注战区儿童心理创伤的公益活动，舒窈身边多了一个人，三十多岁，一个很干练的女性，叫白薇，是傅亦寒给基金会派来的一个针对战区儿童公益活动的心理顾问。

白薇话不多，才来基金会没几天便已经上手了，舒窈最近频繁地来往于福利院，总是将白薇带在身边，也因此和她熟悉起来。

白薇大约就是每个人都会喜欢的那种人，从不和人开玩笑，但也绝非一本正经的人，她说的每一句话似乎都恰到好处，没有废话，却不会让人觉得冷漠疏远，舒窈和她一起工作也很舒心。

福利院有一批战后孤儿，全部是从北边接过来的，多是一些年龄小的孩子，大一些当过雇佣兵的在挑选的时候便被剔除了出去。现在的这些孩子多是常年在战火中长大，性格自卑怯弱，脸上、眼睛里写满了惊慌，对现在和明日都不确定。年纪更小一点的，什么都不记得，反倒更活泼开朗一些。

再广泛一点的，舒窈不是没想过将他们接到这边来，但是条件通不过，证件办不出，她也害怕那些当过雇佣兵的孩子在这边闹出大事情来引起这边人的反感，便只能小面积地帮助他们。

“我想把他们都安排进公立学校。”舒窈看着满院子踢足球的孩子说，自从这些孩子来到这边之后，她便很喜欢来这所福利院，这所福利院之前人数并不多，是舒窈考察了好几家之后选定的。

“我觉得不太合适，他们来得早一点的已经安排了学校，对于这些经历过创伤的儿童来说，第一时间的心理救治是很重要的，但是当时他们没有得到及时的救治，没有回归到属于自己的集体，现在处理不好会对他们造成二次创伤。”

舒窈看着她，示意她继续说。

白薇指了指小一点的孩子：“遭受过创伤的孩子应该在第一时间帮他们开辟属于孩子们的天地，让他们感受到来自大人们带来的安全感，给他们简单的玩具和学习条件。若是能找到家人或者亲戚的话，会更好一些，可以让他们更快地建立起心的友谊和亲情，从而找到安全感和归属感。但是现在将他们放到公立学校去，他们之中的大部分人会敏感，会感觉自己不被接受，这对他们的成长没有好处。”

“你的意思是最好还让他们留在巴塘？”巴塘是附近的一处特殊教育学校，来这边的孩子几乎都在那里上学。

“是，他们已经形成了一个集体，我觉得现在的时机不适合再将他们逐个分离。”

舒窈表示理解，她是一个大人也无法忍受那么多次分离：“那以后他们大一些呢？”

“等他们有了自己的价值观会更容易接受新的环境。”

一颗球朝着她们的方向滚过来，舒窈含笑看着，守球的人没守到，球直接滚到了舒窈脚边，一个六七岁的小孩子跑过来，嘴里说着：“我们的球。”

白薇没动，看着舒窈动了动脚，小幅度地将球踢到了男孩子身边，小男孩看了她一眼：“谢谢。”

舒窈笑着摆摆手：“去玩吧。”

谁知下一个男孩子弯腰抱起球就朝着舒窈砸去，舒窈站在原地一时间没反应过来，生生被砸了一下，脸颊都红了。

小男孩砸了人，转身想跑，被保镖制住。如果是成年人，了不起打一顿关进去，可是对方是个小孩子，打人都不好下手，保镖只得看向舒窈。

白薇正在帮她检查，确定只是蹭到脸颊没有受伤之后便道：“问题不大，过一会儿就能好。”

舒窈心里有些恼，看着在保镖手里挣扎着大喊大叫的小孩子吓唬道：“你叫什么，你打我，我让他打你有什么不对吗？”

“你这个坏女人！你快放开我！”小孩子张着手在空中挥舞着要打人却打不到，撒泼耍赖道，“你是个坏人！你们这里全部是坏人！

我要回家！你们毁了我的家！杀死了我的亲人……”接下来是一堆土语，舒窈没听懂。

院长面色惶恐地跑到舒窈身边小声解释了一通，末了期期艾艾地看着舒窈，唯恐她恼了怒了，他们都不会有好果子吃。小男孩的父亲很早便被雇佣兵抓走，之后便没有回过家，他和爷爷奶奶相依为命，那场战火让他失去了仅有的两个亲人，后来便流落到了这里。

小孩子五六岁，却已经明白了打仗的含义，还有生死的区别，看着她的时候一双眼睛里盛满了仇恨，甚至朝着她吐口水，用土语辱骂她。小孩子那么小就已经有了自己的世界观，在他的观念里是这场战争夺走了他相依为命的人，所以他恨加韦人，这种仇恨并没有随着他来到加韦而消失。

舒窈连有人当面骂她这种事都遇到得很少，更何况是被吐口水，她往后退了两步，有大一点的孩子要冲过来，嘴里喊着：“你们放开他！放开他！”

舒窈抬手，让保镖松开那小男孩，小男孩得了自由，挥舞着拳头还想过来打人，保镖想拦，舒窈抬手制止，亲自捉住了那小男孩的胳膊：“这里这么多人，你不打别人，干吗偏偏打我？是看我好欺负吗？”

“因为你最坏，他们都说你是大领导的老婆！是坏人！”小男孩振振有词。

“我是坏人，我供你吃饭，供你穿衣，供你读书，别的坏人怎么不帮你们安排？”

“要是没有打仗，我的亲人就不会死，自然轮不到你供我吃饭穿衣！我才不稀罕！”舒窈一下子没捉住他，被他抬手打了一下胸部，顿时疼得松开了他。

回程的时候，舒窈坐在车里沉默了许久，快下车的时候，忽然开口问：“你觉得他说的对吗？”

白薇自然知道她问的是什么：“人生有无限种可能，他只是假设了其中一种，而他的假设正确的概率不足百分之十，他只是需要给自己一个心理安慰和情绪宣泄，是一种自救，随着时间推移，他会慢慢懂得的。”

“那如果他是那百分之十呢？”舒窈又问。

“事实证明并没有那百分之十，这是鸡生蛋和蛋生鸡的循环问题，答案在时间里，而不是在这个问题里。”白薇笑了一下。

舒窈笑：“你们心理学家怎么和哲学家一样说话高深莫测。”

晚上舒窈回到鹿林的时候傅亦寒已经到了，正站在廊下喂小鹿，舒窈笑着走过去：“今天怎么回来这么早？”

傅亦寒上下打量她，看她哪里都好好的才开口：“听说你们基金会那边出了点事？”

“小事。”舒窈并不想傅亦寒知道，也不想他帮自己出头。

见傅亦寒看着她，她明白过来他回来得早是因为知道了这件事不放心她，立刻解释：“一个不懂事的小屁孩，等他长大了还不得好好来谢谢我？为了这些孤儿的事情我都累了两个月没给自己放假了。”

“那就休息几天吧。”傅亦寒提议，捉住她的手，低头看她的脸，大手在她的脸颊上蹭了蹭，“事情那么多，没必要所有事情都亲力亲为，基金会人不够的话我再调一些给你。”

舒窈脸上含着笑，语气柔和：“真的只是意外，让你担心了吧？”

“还打到了哪里？”傅亦寒的目光忽然落到了某一处。

舒窈捂住胸，瞪着他：“你流氓！”

傅亦寒这才笑出声来，知道她是真的没事，掐着她的腰将人抱到台阶上：“以后别让我担心了，嗯？”

舒窈眯着眼，做了个踟踟的表情：“不让你担心你怎么知道自己有多爱我？”她这其实是在拒绝他，拒绝他想要自己减少工作量，少去做一线工作的真正意图。

傅亦寒明白她的意思，也不多说，其实他是愿意舒窈做一些事情的，但是他总是担心她的安危，这有些自私，舒窈这两年已经为当初的加鲁做了许多事，落实了许多工业的落地，也解决了许多人口就业问题。她做的事情比她想的多，她却不自知，总觉得自己做的还是不够多，他看在眼里，疼在心里。

吃过饭，他牵着她的手去消食，难得地主动说起了时事话题：“现在大家吵得很热闹，要两边互相流通，我还没想好，你觉得呢？”

“如果太快开放的话，北边的人很快便会大批量涌入南边，北边本就在重塑阶段，人流量流失太快我觉得不太好。”舒窈从不干涉傅亦寒的任何决定，两人在一起也基本不谈政事，她这是在守心，也知道傅亦寒做的事情多是为了长远发展，无论从哪一方面看她都必须得支持他。

不过，能被傅亦寒拿出来和她讨论的，也都是她不会反感且一定会接受的话题，她的答案差不多就是他的答案。

傅亦寒点头：“两边的差距还是有一些，若是贸然完全放开流通可能会有很多矛盾摩擦，特别是那些现在已经放下武器的雇佣兵，不知道会做出什么事情来。我准备批准流通方案，但是双方的人必须持有效通行证才可以通行，这样可以避免很多事故的发生。”

这样很好，无论是对南方还是北方，都是一次突破。

傅亦寒继续说：“接下来我还会批准更多北迁的企业，只要经济发展起来，大家的心态都会更好，到时候再彻底解放两边的自由流通就流畅自然一些，没那么多事端，两边的人民也能更好地接受。”

舒窈赞同：“凡事只有对等，才能更好地互通，你给的缓冲我觉得……”舒窈看他，眼睛带笑，“非常英明。”

傅亦寒揉了揉她的发，在昏暗的路灯下看她如泉水的眼睛，竟然忍不住将她推到树后吻了一通。正好有一队卫兵巡逻通过，舒窈急急地推开他，红着脸不敢看周围，谁知这队卫兵这么没脸色，竟然停下来敬礼！

舒窈原本站在傅亦寒身后，觉得不妥，又靠边站了一点，听卫兵大声道：“指挥官好！夫人好！”

舒窈只想原地消失，丢死人了！

待到卫兵走开，她正要发脾气，便听傅亦寒一本正经地问："不过这样的话，又会引发一波舆论，你说，我给媒体的权力是不是太大了？一件事做了他们批评，不做他们也批评，左也不是，右也不是，反正都不如他们的意。"

舒窈一愣，明知道他是在逃避刚才的事情，却还是虎着脸接话："媒体是一面镜子，你让他们说，才能看到自己的缺点，若是关闭言路，岂不是变成了以前的加鲁？就像是你刚才做的，直面应对才是最好的！"

傅亦寒闷声笑，看着舒窈气鼓鼓地跑走，在她身后喊："慢点，刚吃了饭剧烈运动会得胃下垂！"

哼！

KUWEI
酷威文化
图书 影视

地狱的星辰

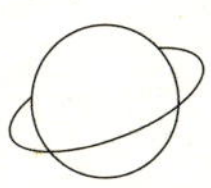

下

next

苏苏 著

四川文艺出版社

Contents

目录

/ 第十三章 /

一直看云，一世爱你

基金会。

天朗气清，江纶科技的代表团第三次来到基金会，双方人马已经谈过好几次，各有立场，统统不肯让步，但是江纶又不肯放过这么好的机会，得到了薇慈基金会的支持几乎等同于得到政府的支持。虽然舒窈和傅亦寒结婚这件事并没有公开，但是刁钻的商人的信息来源四通八达，他们比两位当事人更重视两人的婚姻。

舒沄随着舒窈一边往会议室走一边道："我私下找人问了，那边的定价最多只肯低三成，我们是不是也让一步？"

"不让，如果他们不肯我们就找别家，天盛一直和他们打擂台，江纶不接的话，天盛会接的。"舒窈皱着眉，舒沄总是有很多消息来源，她没有仔细问过，但是知道她和那些政府官员以及富商关系都很好，舒窈不知道这是好是坏，但是总觉得无论如何这件事不该由她来说。

舒沄还想说什么，舒窈的手已经放在了会议室的门上，她转头看着舒沄："这个决定我不会改的。"也算是给舒沄一个提醒，正常公务的话舒沄不会一而再地提，里面肯定有人情关系。

关系到北方局势，舒窈不愿意妥协。

舒沄抿了下唇，没有再说话。薇慈的高管随着舒窈一起走进会议室，对方的领头人立刻过来和舒窈握手："舒小姐，又见面了。"

舒窈微微一笑："麻烦林总又来一次了。"两人朝着主位走去。

"应该的，能够和薇慈合作是我们江纶的荣幸，能够为北方人民做些事、为国家做些事我们也都很乐意，以后还要请舒小姐多多关照。"林东姿态放得很低，他是江纶的执行CEO，在公司向来说一不二，能让他亲自出马的人一只手就查得过来，舒窈便是一个。

不过舒窈从不应酬也从不和人攀私交，所以他们只能来她的基金会，只求混个脸熟。

今天来的路上，离基金会还有十里地的时候，人口密度便骤然少了许多，因为是在使馆区，每几十米便有官兵把守，林东仔细观察了一下，所有人荷枪实弹，稍微隐蔽一些的地方还有许多哨岗。他每次来都能遇到至少百分之三十的岗位换岗，如此高的频率只有在重大情况才会有，从各方面来看，这边的安保措施绝对是顶级的，这也从侧面说明了傅亦寒对舒窈的看重。

舒窈在主位坐下，侧头看了一眼林东，怎么就上升到为国家做事这么大的格局上来了？

她抿了下唇，微微转了下椅子，笑着道："现在北边百废待兴，能够入驻北方对江纶来说也是好事，前期能够带动北方科技发展，解决就业问题，后期你们有了口碑，品牌效应在全世界所有地区都是通用的。"舒窈的语气软，但是态度并不柔软，她和这些商人打交道的次数太多，他们只要有一条缝隙便会得寸进尺，这种亏她吃过好多次，所以她会守好自己的底线，"而且只要是真心为了人民，我们薇慈都会全力配合。"

林东也笑，不浮夸也不谄媚，倒也算有风度："舒小姐说的是，无论在哪里做生意，口碑最重要。"

两人寒暄结束，会议才算是正式开始，江纶拿出了一系列数据，证明如果落户北方的话，产品定价比在南边低百分之四十对他们来说是赔钱生意，每个人用数据滔滔不绝地说着一些外行人根本听不懂的话，意思却只有一个，那就是不行。

薇慈的人也做了许多调查，直接反击道："你们有完整的生产线，成本一直控制在二十五个百分点之内，定价给南边低四成也是盈利的，你们给的数据根本撑不住调查。"

"可是我们还有人力成本、物流成本，还要新建厂房，所有设备都要重新购买，这对我们来说是一笔不小的花销，况且我们还要另外拿出百分之十做慈善，对我们来说负荷太重。"

舒窈动了动手指，原来重点在这里。

下一刻，果然听到林东说："如果基金会能够赞助我们厂房车间和办公楼的话，四成我们这边可以再开会讨论下。"

舒窈面上不显，心里却有些不耐烦，国家已经赞助了免费的土地和二十五年的免税收，他竟然还想让政府帮忙盖楼盖厂房。

"我们基金会的运营状况虽然还算不错，但是盖楼是有些困难的，不过我们可以赞助厂房，设备需要你们自行购买，定价也不能再调整，同样的条件，天盛已经在做预算，如果林总诚心合作的话，不如再好好想一想。"

天盛和江纶都是本土科技产业的扛把子，只是江纶一直走高端品牌路线，天盛则一直是亲民价，舒窈倾向江纶是因为普通人对奢侈品的仰望更多，如果江纶能够入驻北方，六折的价格可以带动加韦人去北边消费，购买力上去，收入会增加，这世上无论哪里的人，金钱永远是抵达安全感的通行证，安抚民心的最好方法不外乎让他们富足。

林东看出舒窈的态度，立刻道："我们今晚之前必定给出回复，还望舒小姐再给我们一点时间。"

舒窈点头："好。"

其实这个价格他们基金会是算过的，对江纶来说甚至是小有盈利，做事情时间久了，手里又有一些资本，舒窈便更喜欢直接一点的方式，这一点大家都知道。

晚一些的时候，江纶果然给了肯定的回复，听到这个消息的时候舒窈并不意外，其实就她个人而言，她也是愿意扶持一些奢侈品牌的，因为不只是加韦人喜欢奢侈品，全世界都喜欢，这些奢侈品在世界上就像一张名片，也像一道动人的风景，只站在那里别人便会高看你一眼。

回到鹿林，舒窈和傅亦寒说了今天的事情，她每天都会和他讲自己工作上的事，傅亦寒从不会不耐烦，而且还会认真地听完给她一些建议。

“江纶一直在和天盛争市场，北边的空白市场对他们来说是巨大的潜力，他们不傻的话都会答应，你开五成也会同意。”傅亦寒不在意地道。

“我是那么黑心的人吗？”舒窈咳了声，睨了傅亦寒一眼，郑重其事道，“我做事是很公道的。”

傅亦寒眯着眼笑着点头：“是是是，我们噜噜做事又公道又厚道。”

“其实，”舒窈握住他的手，“我有事求你。”

傅亦寒表情顿了一下，手抚过她的眼睛：“什么事用得上‘求’字？”他有些不高兴，事实上只要舒窈想，他可以把全世界捧到她面前，绝不用她求他。

舒窈半跪在床上抱住他的脖子：“说生气就生气，你再生气我不理你了。”

傅亦寒声音软下来，低头看着舒窈：“不用求，都答应你。”那双眼睛中盛放着无数的星星，他仿佛被她施了魔咒，任其予求予取。

“你都不问什么事吗？”舒窈咬着下唇，微微嘟着唇，可爱极了，也对他不满意极了，好歹应该问一下什么事。

“还能有什么事，不就是北边的事？”这双眼睛里写得清楚明白，如果是其他的事情，舒窈只会自行消化，并不会求他。

这两年她仿佛把自己包裹了起来，在他面前似乎永远只有公事，她自己都没发现，她从未因为自己的事情和他说过一句软话，宁愿委屈自己也不肯。

舒窈一下下地拍着他的胳膊，像个小孩子：“你怎么知道的？”

傅亦寒伸出手让她打手心，然后包住她的小拳头：“说说，什么事能隆重到让你求我？”

舒窈下床，从包里掏出了一堆宣传册，喜滋滋地问他：“好看吧？”

傅亦寒随手翻了翻，都是些北方的自然景色：“好看。”

这是舒窈两个月前便一直让人在收集的一些照片，还有一些动态景色，都存在基金会的电脑里，如果不是实在欠不起这个人情，她便自己花钱做了，不会麻烦傅亦寒。

加鲁归入加韦之后，“加鲁”这两个字媒体便不再提，而是将之称为“北加韦”，傅亦寒在签署了南北加韦通行令之后，随即签署了一批推动北加韦经济的文书，对于落户北边的企业给予了更多的优待，比如免税、政府补助等，一时间南方许多人都去北方寻找商机，低廉的劳动力已经让他们欢喜不已，不过很快政府便出台政策提高了北加韦的最低工资水平，看得出政府对北加韦还是很看重的。

北加韦也有大批人想要来南边寻找更好更多的就业机会，只是通行证一次只能待两个月，对于特殊贡献的人才政府格外优待，会延长期限，这样的结果大部分人都是满意的，北加韦有许多山川河流，也吸引了大批南方来客，旅游业一时间也蓬勃发展。

舒窈看准了这个，制作了许多那边的风景宣传片，想要在电视上不间断地播放，又不想花钱，便求到了傅亦寒这里。在加韦，媒体本就控制在国家手里，但是各台都有不同的利益，舒窈不可能一家家地去谈，这些电视台对她无所求，用的全部是人情，如果她把全国所有电视台的人情用一遍，以后必定是无法还的。

“你想让我下文件强制所有电视台帮北边宣传美景？”傅亦寒听完她说的，立刻说出了中心问题，看到舒窈表情讪讪的，觉得有趣极了。

舒窈握着拳头举起来："一切都是为了人民！"旅游业的潜力远比她想的大，人员流通带来的经济效益也必定比她预料的好，所以无论如何她都得让傅亦寒答应。

傅亦寒将人捞到怀里，笑意温柔，声音低哑："你准备怎么求我？"

舒窈立刻亲了他一下："以身相许。"

傅亦寒攫住她的唇，将她狠狠摁在怀里，口齿不清地说："我考虑考虑。"

第二天傅亦寒便签署了一个新的文件，强制性要求所有地方电台播放北边的旅游宣传片，当天舒窈便在电视上看到了她让人拍的宣传片。媒体大肆宣传，所有人都知道连政府都号召大家去北加韦旅游，一时间促成了旅游热。

舒窈记起那晚傅亦寒问的话："这是结婚后你第一次对我有要求。"

舒窈不肯承认，只倔强道："我要是有钱，才不用你帮忙。"

结果被傅亦寒修理了一整夜。

不过看着电视上循环播放的北加韦的美景，舒窈难得地高兴了许久。之前一直有媒体想要给薇慈做一个专访纪录片，今天又被人提起来，她最终答应了，而且还和对方拟定了纪录片的内容。已经两年了，她从未藏着掖着，但是也并没有走到人前，合适的时候，她是愿意露面的，因为她终将走到傅亦寒身边去，她的履历也必须配得上他。

双方约定对方可以跟着薇慈去北边，因为舒窈准备亲自去北边看看，顺带看下自己这两年做的事情是否真的如下面人说的那般好。另一方面，她接受纪录片的采访也是因为想要帮北边做宣传，待到有一天她走到人前公开和傅亦寒的关系，她所做过的一切都会被放大无数倍，那时候的自由也没有现在宽泛，所以她想现在去。

不过，她还没有和傅亦寒说过这件事。

这日，舒窈让人腾出时间准备去福利院一趟。这两个月白薇一直在那边做每个儿童的心理测试，她偶尔过去，总会遇到那个对她仇视的小男孩，每次她都捉住他温柔地吓唬他：“你再打我我可就还手了！”

小男孩每次都狠狠地瞪着她，小豹子似的冲着她喊：“我就打你！打死你！”

舒窈指指自己的保镖：“看到他们没有？他们不会让你打我的。”

小男孩似乎委屈极了，站在原地大哭，一直哭，怎么哄都哄不住，舒窈只好妥协：“不过我知道一个你可以打我他们又不能管的办法，你想不想知道？”小男孩噙着泪不哭了，仰着头看她。

舒窈自口袋中拿出一个薄荷糖：“张嘴。”

小男孩张口要反驳，舒窈迅速把糖塞进他嘴里，看他又怒又委屈的表情好玩极了。她本身是很喜欢小朋友的，又特别喜欢逗弄对方，摸了摸他的脑袋在他发怒之前赶紧道：“我们两个可以玩剑术啊，你打得过我随便打，没人会拦你的。”

到了剑术室，小男孩穿着剑术服装整个人胖胖矮矮的，好玩极了，舒窈故意让他，被他打到好几下，并不疼，权当逗他开心。

下一次来，她还带他玩，有一次小男孩刺疼了她，她蹲在地上装哭，小男孩手足无措地站在那里，不知道该怎么办，舒窈拿掉头套看着他：“你这么粗鲁，小心以后找不到女朋友。”

小男孩或许是愧疚，或许是害羞，当时便跑走了，一直到现在，舒窈想到对方的表情都忍不住想笑。

让舒窈没想到的是，今天她在福利院转了一大圈都没看到那个叫连晨的小男孩，她随口问了身边的人，结果对方说：“刚刚还在操场上玩单杠呢，院子里的花开了，他每天都跑去折几朵，怎么说都不肯听，皮得很。”

舒窈笑了下：“小孩子嘛，皮一点才好，不要总是拘着他们。”她对小孩子总是更放纵一些。

“是是是，这一大群全是皮孩子。”

一群人笑起来。

在会议室，白薇简单地说了下福利院的情况，她给福利院的每个人都做了心理测试，倒是没单独提某个小朋友，而是提了一位男护工，语气有些担忧:“根据心理测试,这个叫刘蒙的护工是属于边缘性人格，而且怀疑存在暴力倾向，建议辞退对方。”

舒窈皱眉：“是怀疑存在，还是已经存在？调查过没有？”

所有人都沉默，他们这家福利院本就是敏感的存在，如果传出护工施暴，就不仅仅是一个有问题的福利院员工的问题，而是会变成一件南北方的大事。

舒窈懂了，面色有些不好看：“现在就去调查，我在这里等。”她不喜欢逃避问题，更不喜欢掩盖问题。

一个小时后，院长面色难看地回来，所有人都没说话，等着他开口，他看了舒窈好几次，直到舒窈开口：“据实说。”

“有好几个小朋友说他私下体罚过他们，不过都不是很严重，校医也过去看过了，做了记录，没有明显外伤，不过几个人倒是被刘蒙吓得不轻，一直不敢说，哄了好久才说的。”

舒窈冷着脸：“交给警察处理吧，另外出一份报告正式辞退他，报告贴在告示栏里警告所有在职人员，以后绝不许发生这种事。”

立刻有人反驳:“可是如果这件事被媒体知道的话，恐怕会……”

舒窈抬手往下压了压：“我们做事保证透明化问心无愧就可以，压下去有弊无利，会助长歪风邪气，如果下次还发生这种事还压得下去吗？这样的话，哪里还有受害人敢开口？我需要外界知道我们的官方态度，我们绝不容许这种情况存在，也绝不会包庇任何犯错的人。”

回去的车上，舒窈看着窗外，其实她义正词严说的那些只是其中一部分罢了，这种事情只要和她沾边早晚会爆出来，她需要把这类事情的苗头掐死在摇篮里，同时她个人也不愿包庇这种人，每个人都应该为自己的行为付出代价不是吗？

白薇说起了其他话题：“连晨每天都跑到大门口看一看，我觉得他是在等你，今天你一来他就跑走了，不好意思见你，他还挺可爱的。”

舒窈面色柔和下来：“是的，其实我们给小孩子什么样的价值观，他们便会长成什么样子，我有时候觉得自己太自私了，把他们弄到南方来，离开故土和家乡，不知道对他们来说究竟是好还是不好。”

“我倒是认为新的环境有利于他们重塑心理，是你自己心理压力太大了。”白薇隐晦地说了一句。

舒窈愣了下，面上有片刻的不自然，却没有说什么。

接下来几天，舒窈和白薇搭伙做一个新的项目，是一个向山区学校募捐校车的慈善活动，前前后后忙了一个星期。待到结束，舒窈和大伙一起回基金会，其他人全部忙着收拾东西，舒窈和韩琦玩了一会儿，他便被舒沄带走了。舒窈回自己办公室，紧张的工作结束，只觉得到处都空落落的。

白薇敲门进来，手里拿了这次活动的数据，舒窈却坐在办公桌后面没有回答，只是示意她坐下。白薇知道自己这么久的细节渗入终于有了成效，面上却不显，在舒窈对面坐下。

她没有说话，舒窈也保持着沉默。

舒窈的办公室是傅亦寒让人设计的，办公桌是他亲自选的，白色的，曲线优美时尚，让人看了便觉舒服的空间，处处都能看到他对舒窈的用心。

安静了三分钟之后，舒窈开口，语言间有些艰难：“我有些自己的问题想要咨询一下。”

白薇微笑：“可以另外收费吗？”

舒窈也笑起来，气氛立刻轻松下来，她不经意地问了句：“你会和傅亦寒说吗？”

“作为一个心理医生，我有职业道德，我一般不会说细节。”

也就是说对方问的话，她还是会说，只是不会说得太细致。

舒窈点头：“如果我要求你不告诉他呢？”

“你们本就是一个共同体，我不说他也会知道。”

舒窈抿着唇，她确实也没有其他人可以倾诉，再次沉默两分钟之后，她还是开口说了自己的问题。

“我自己偷偷查了一些北加韦的新闻，有个本子，每次事故死多少人我都记下来。”

她抬手挡住自己的眼睛，这种话让她觉得不堪，她不想对视白薇的眼睛，这有一种被侵犯的感觉，让她很不舒服。

看到舒窈出现逆反心理，白薇声音低柔：“我也有一个名单，从我来到基金会到现在，基金会一共救助了八千三百名儿童，帮助十八家企业落户北边，带来的就业机会超过一万人次，落实了三所高校，收了四万三千名大学生，推动的旅游人次超过两千万，而我来这边才只有两个多月。”白薇缓缓说着，目光柔和地盯着舒窈，只是舒窈没有任何反应。

“在此之前，那边的就业率是百分之二十六，伤残比例高至百分之三十，儿童死亡率超过百分之五十，幸福指数是负数，和之前相比，他们像是生活在两个世界。”

舒窈动了动手指，目光直视白薇：“你早就知道了？”

白薇并不否认：“是的，我见到你的时候就知道了，你现在处处都表现得和正常人无异，但是你的心理状况有些问题，只是你自己没察觉。你背负着不属于你的错误，却又总看不到自己为这个国家做出的贡献。”

舒窈并不逃避，只是直视白薇的眼睛：“严重吗？”她知道自己有些问题，却只以为是一些自己想不明白的问题，没想到会被人这么直接地看出来，一时间心里没底。

白薇声音轻缓：“不严重，不过需要你正视它，如你想的那般，你需要亲自去检验下自己的成果，确定自己从未做错过。用一句俗话来说，你现在只是在钻牛角尖，出来就好了。”

舒窈松了口气，她确实需要一个专业的人来确定自己没多大问题，不过她还是笑着问：“不会是傅亦寒让你这么说的吧？”

白薇摊摊手：“我的职业素养可不允许任何人干涉，包括指挥官大人。”

两人笑起来。

易园。

“我建议舒小姐能够亲自去北边看看，可以加深她的认识。”在傅亦寒的办公室里，白薇如是说。她没说的是，这也是舒窈拜托她这么和傅亦寒说的。

傅亦寒没说话，目光淡漠地落在某一处，像是没听到她说话。如果可以的话，他希望舒窈这辈子都不要再去北边。

“舒小姐很清楚自己的问题，并不严重，只需要简单地确认便可打消她所有的疑虑，您……”

“好，我会安排。”傅亦寒打断她，冷硬的脸上依旧没有多余的表情，他按了通信器，很快有人打开办公室的门。

“送白小姐出去。”傅亦寒简单地吩咐。

白薇随着杨粒离开，倒是第一次见傅亦寒如此不绅士，以前他至少会送她到门口，这次却如此不客气，只因为她劝他让舒窈独自去北边看看而已。

就如……她从他身边夺走了舒窈。

作为一个医生，作为一个加韦公民，她比谁都希望舒窈没问题。反倒是傅亦寒，对舒窈的重视已经到了不正常的地步，至少舒窈一直在努力，在用行动化解自己的问题，主动要去北边，傅亦寒便不同了，他只是在为舒窈妥协而已。

这两个人都不正常，爱得太过，自责得也太过。

让傅亦寒没想到的是，舒窈会用这么轻松的语气提起自己的问题。

这天他回鹿林有些晚，舒窈已经吃过饭在运动房练瑜伽，他进去的时候她正在做一个有些难的动作，他便帮她稳定了一下姿势，舒窈立刻放下手脚站好看着他说：“白薇和你说了没有？她觉得我心理有点问题。”

傅亦寒愣了片刻，一时间竟然找不到话来撒谎。

舒窈抬手打了他一下，又一下，涨红着一张小脸："她果然是你派去的！是不是？是不是？"

傅亦寒捉住她的手，掐着她的腰将她抱到桌上坐着，目光和她平视，然后才承认："是我。"

舒窈掐他的脸，掐得他五官变形："你怎么这么坏？"语气却是笑着的，连眉眼都比平时放松了许多，更显娇美。

傅亦寒任由她蹂躏，开口，语气听起来竟然有些委屈："噜噜，你算下你有多久不和我说心里话了？"

舒窈愣住，仔细想了想，竟然想不起上次和傅亦寒说心里话是什么时候，她确实太过于忽略他。松开手，她看着他的眼睛，永远都深邃的黑眸中带着认真和关切，还有委屈。她的语气终于低落下来，低低地说："对不起，我不是有意的。"

傅亦寒捧着她的脸，不让她逃避他的目光，认真地说："和我说说，行吗？"

舒窈想抱他，可傅亦寒不允许，她嘟了嘟嘴，笑了："其实我们都没做错，只是我心灵鸡汤看多了，总是觉得人生本该有无数种可能，战争会连累许多无辜贫民伤亡，他们的生活就这样被偷走似乎太过分，如果从这个角度来看，我觉得我是应该阻止你的，可是对更多生活在水深火热里的人来说又太不公平，取舍中总要有牺牲，可我就是自责。"

顿了顿，舒窈又说："如果我阻止你的话，我会更自责，因为他们明明可以有更好的生活，所以才矛盾，总是把这些人的不幸归结在自己身上，说明白些，我这是软弱。你是不是会笑话我？"

傅亦寒正要说话，舒窈的手放在他唇上做了个禁止的动作，笑着继续说："我这样是不是配不上你？你有远见，心怀天下，我却这么小气，还爱想东想西。可我已经很努力了，不给你拖后腿，还一直为北方做事，连白薇都说我为他们做了很多事，以后我愿意把所有的时间奉献给北边，让他们过得富足又幸福，这也是我后半生的目标。我和你说这些是想告诉你我很努力了，我会站到你身边，让所有人都觉得我们相配，所以……”

傅亦寒拉下她的手，只问了一个问题：“那我呢？”他看着她的眼睛，她的眼眶红红的，让人想要将她抱在怀里柔声地哄，绝不让她受任何委屈。可舒窈一直是坚强的，她知道自己要什么，知道大是大非，也知道该怎么做，可她独独忽略了自己，也忽略了他。

“你把后半生都想好了，我怎么办？”他又问。

舒窈被他问住，半晌笑出声：“你呀，当然是宠我爱我喜欢我包容我，给我当好丈夫，给我的孩子当好爸爸，你的后半生都是我的。”她很少说情话，但是她愿意让傅亦寒更开心一些。

傅亦寒勾着唇笑，在她唇上印了一下：“我们再生个孩子吧，我会保护好你，也保护好他，上次的事情绝不会再发生，我发誓。”那个孩子的事情他们都没有再提过，舒窈对小孩子的喜欢他看在眼里，却不敢提，如今她提起来，他才敢说，“我们的孩子会在和平的环境下长大，他会有最好的父母，最好的教育环境，会明辨是非，会懂善恶，会知道王者富民，霸者富士，仅存之国富大夫，亡国富筐箧、实府库。我会教给他对的一切，他会替你守护好你现在为之奋斗的一切，他会和我一起保护你，永远偏袒你，好不好？”

舒窈眼眶有些湿：“你怎么知道一定生儿子？万一生女儿呢？”

“无论生什么我都喜欢。”傅亦寒并不介意孩子的性别，哪怕易园权力更替需要的是男性继承人，可他们傅氏一族人口众多，能者居上，这是自古以来的道理，并非必须他的儿子才可以。

舒窈看着他，还在等他回复另外一个问题。

傅亦寒微微别开脸，似乎在组织语言，舒窈也有些诧异，因为她从未见过傅亦寒这样。片刻后，她听到他说：“我没有和任何人说过，曾经有心理医生对我做过测试，说我有轻微的反社会人格，我做事只看结果，总是忽略过程，所以才会有那么多人怕我。噜噜，你知道吗？我只有对着你的时候才会心软和心疼，只有对着你的时候才更像是个正常人，有自己的喜怒哀乐，也只有对着你才会反思自己。你是我最后的善良，所以你很重要，一直都是我配不上你，所以我才不敢去找你，我怕把你拉到地狱里。这世上这么多人，能将我从地狱里拯救出来的人却只有你。”

傅亦寒的性格舒窈多少了解一些，但是听他亲口说，她还是觉得心里难受，一直都是她爱得比他少，这两年她总觉得自己努力了便够了，实际上却远远不够。

不管傅亦寒有多么不愿意，舒窈的这趟北行最终还是提上了日程。

基金会一半的人都参与了这次考察，有一个详细的列表，细致到每天每个时刻的行程，既有之前项目的现状确认，也有旅游景点，算是半游玩的形式。还有更重要的一点是落实江纶在北方的落地，舒窈很重视，所以也愿意亲自去。

临走的时候傅亦寒站在舒窈身边表情不太好看，脸上写着“不高兴”三个大字，舒窈晃了晃他的胳膊：“我又不是不回来了，而且大家这么多人呢。”

傅亦寒不说话，只是看着她。

“下次带你去。”舒窈保证。这次不是她不愿意带傅亦寒，只是他身份特殊，她是去工作的，带他不合适。

况且，有他在，她无法确定自己看到的是不是真实情况。

这个事情两个人谈过三次，傅亦寒每次刚开始谈的时候都很坚持，必须他陪着，但是最后每次都被舒窈动摇。连白薇都建议他不要去，事实上若不是白薇建议的话，他是肯定要去的。

此刻还没出发，他便后悔了。

他不想舒窈离开他的视线，即便知道她去的都是和平地区。他害怕舒窈在他看不到的地方发生危险，他却不在她身边。

“你不是都帮我安排好了吗？那边还有霍述在，不会有危险的。”舒窈声音细细的，像是在哄人，事实上连去那边的飞机都是傅亦寒帮她准备的。

傅亦寒依旧是高冷样，任由舒窈说什么都没用。

舒窈踮着脚看他：“亲我一下。”

傅亦寒认命地低头在她唇上亲了一下，抱住她，在她耳边说：“只有这一次，以后不许离开我身边了。”

“答应你了。”舒窈朝着他调皮地一笑。

傅亦寒又吻了她一下：“每天打电话给我。”顿了下又道，“有事没事都打。”

“一个小时报告一次。”舒窈大方地答应了。

所有人已经上了飞机，只等舒窈，舒窈却忽然舍不得走了，抱住傅亦寒：“你要每天都想我。”腻腻歪歪的人反倒变成了她。

“嗯。”傅亦寒自喉咙里发出低沉的声音。

舒窈上飞机已经是二十分钟之后的事情，她有些不好意思，让大家等了这么久。

大家都知道她是和谁一起来的，见她进了机舱便打趣她：“舒窈姐，和指挥官依依惜别这么久？怎么不让他一起来？”

舒窈微赧：“下次让他一起来。”说完不管大家说什么，赶紧坐在了舒沄身边，那是她帮自己留的位置。

韩琦伸出手：“我要小姨。”

舒窈将韩琦抱过去逗弄他：“你又不去上学呀？”他年岁还差几个月，但是已经安排了幼儿园。

“不去，不去，我要去玩。”韩琦眼睛大大的，听到要上学立刻表现出不开心，瞪大眼看着舒窈，样子萌萌的，让人心都忍不住化掉。

“那你想去哪里玩呀？”舒窈学着他的语气逗弄他，语气软软的、柔柔的，带着不易察觉的母爱光辉。

以前她对韩琦的身份是心存芥蒂的，但是随着她对傅亦寒的感情加深，韩郅在她心中早已变成风吹的往事，加上韩琦可爱，又是舒沄的孩子，她便不自觉地越来越喜欢这小子。

有时候她问自己是不是把对没出世的那个孩子的爱转移到了韩琦身上，但是没有答案。

“小姨去哪里，我就去哪里。”韩琦坐在舒窈腿上朝她卖萌。

“小姨去幼儿园你要不要去？”

孩子的反应最真实简单，舒窈看着韩琦瞪大眼睛一副要哭的模样，忍不住将他抱在怀里哄：“不去不去，小姨带你去玩。”

两个人又玩了一会儿，舒沄将睡着的韩琦抱过去：“你都把他宠坏了。”

“小孩子就是要宠着，长大一些每天有那么多事情要做，哪里还能享受家人的宠爱。现在的孩子三岁要上幼儿园，这学一上便是二十年，终于毕业踏入社会，又要开始工作，一辈子最幸福的时候是他什么都不知道的三岁之前，你还不让他幸福一点？”舒窈不是歪理，是真这么认为。

“人家都说三岁看老，从小就由着他的性子来，以后谁还管得了他。”舒沄才不接受她的歪理。

“你管你的，不用管我。”两人各执一词。

到了北边，舒窈也将自己的方针贯彻了始终，只要韩琦想要，她便给，处处都带着他。

基金会虽然是她成立的，但是对外的负责人并不是她，所以在外人看来她只是基金会的一员，对她并无优待，也让她真实地看到了北边的情况。

江纶前期已经派人在辉城开办了办事处，因为有政府的支持，工业用地也已经划分好，正式动工之前还邀请政府和薇慈一起举办了一个动工仪式，舒窈也一起去参加。

政府划分的办公用地在新区的中心，工厂用地是在郊区偏远的地方，从长期规划来说是很合理的，他们要去的地方是工厂那边的开工仪式，报道出去面子里子都好看一些。

辉城之前是加鲁的行政中心，舒窈以前没来过，到了之后还是有些出乎意料，街上三五成群、有说有笑走着的人，马路上川流不息的车辆，正在建设的高楼，所有的一切都带着生机，和她往日对加鲁的印象完全不同。

以前加鲁是黑暗的、无法喘息的，现在是生机勃勃的。

白薇跟在她身边："这边要建一个新的科技园，机器人、无人驾驶汽车、生态手机，那边有一座生物楼……"

舒窈看了她一眼，无论任何地方，生物化学永远是敏感问题。

白薇立刻解释："药物类管制比较严格，这边的医药行业又相对弱势，这一块政府已经出台了政策，引了专家过来，医疗体系也会慢慢完善。"白薇解释。舒窈知道自己多疑，白薇再解释什么的时候她便不再多问。

到了郊区，下车之后舒窈远远地便看到了林东，没想到他竟然亲自来了，没走几步他便迎了上来："舒小姐，您来了。"

舒窈觉得有些不好意思，这个时候北边的天气还有些寒，郊区的风也大一些，林东五十多岁的人虽然穿着得体，但是因为冷面色都有些青，还要和她寒暄，她心中有些不忍："怎么不在车里坐着？"

"我们也是刚到。"林东立刻接话，一点不让舒窈难堪，"五分钟都没有呢，舒小姐真准时。"他一边说一边引着舒窈往前走。

这边的政府官员并不知道舒窈的身份，只以为是江纶的合作方，几方人简单地打了招呼，还有人和林东开玩笑："老弟，这可是八百亩地，你们有四十年使用权呢，可得好好发展，积极带动本土发展啊。"

林东是生意人，最会左右逢源，连连点头："必须的必须的，为人民解决就业问题是我们的第一要务。"

对方哈哈大笑，说起了江纶的广告语："你们的第一要务不是用科技改变人民的生活方式嘛。"

众人大笑。

林东也笑："人民不得先有生活嘛。"

舒窈也跟着笑起来，林东这个人还挺有趣的。

对方官员点头，似乎很肯定他的话："北边确实是回归之后才有了正常生活，经济上却还是要靠南边来带动，所以还是要多辛苦你们这些做企业的。"

林东顺从地点头："不辛苦，这是我们该做的，而且政府已经给了我们这么多优惠，我们也应该多多回馈社会，以后我们会和薇慈基金会有专项合作，专门拿一笔钱出来用做北方的慈善工作。"

那些官员简单地和舒窈这边的人打了招呼，并没有表现出特别的热情，只以为林东对舒窈这边的人态度恭维是因为商人的常态。

舒窈并不介意，一行人开车沿着圈占的土地绕了一圈，到了其中一处地基的地方，所有人都下车放鞭炮，舒窈被围在人群中，待到放完，林东特意将舒窈请出来请她单独点一挂鞭炮算是祝福也算是喜庆。

舒窈自然没有拒绝，不过那之后一群人看她的眼光便有些不一样了，总在她和林东身上来回穿梭，眼神暧昧。

一个企业家专门请一个做慈善的来，又给钱又给态度，对方又长成这个样子，让人不得不往这边想。

不知谁看着舒窈说了一句："林总好福气啊。"

舒窈没急，林东倒是急了，一点不给对方脸："胡说什么呢！舒小姐为北方做了不知道多少事，我一直都是她的忠实拥趸，绝不许任何人侮辱她！"

一时间所有人都下不来台，林东主动给舒窈道歉："舒小姐，您别往心里去，他这完全是胡说。"

舒窈不愿意场面更难堪，阻止了身边要说话的基金会的人，语气温和道："我们继续往前看看吧。"

因为这个小插曲，一直到正式动工仪式气氛都有些僵硬，林东安排了媒体进场，一群人还拍了一张大合影，因为林东说想挂在办公室里纪念一下。

临到结束的时候，林东主动和舒窈说："一年后舒小姐再来看，这片土地必定已经有了翻天覆地的变化，林某先为这里的人感谢舒小姐了。”

舒窈自然知道他的心思，也不拆穿：“如果有什么困难的话，你可以和我们这边的工作人员沟通。”算是承诺了他。

事实上已经有了一些困难，有些文件一直被卡着下不来，任何地方的潜规则都一样，这里也不例外。

不过林东没说，如果现在就说的话，吃相未免太难看，只是让他没想到的是，他担忧的问题第二天便有人主动联系了他，他要解决的文件一天便到位了。

林东一个人站在空旷的土地上想了许久，五十多岁的人竟然迎着风傻笑起来。那天他明明只是下意识地维护，哪里想到傅亦寒会这么报答他啊。

真是……歪打正着！

解决了江纶的事情，舒窈一行人连续走了三座城市，每一座城市都如新升起的太阳，带着生机勃勃的朝气，仿佛过去那些对这片土地的伤害不曾存在过，走过的地方多了，舒窈的心也慢慢放了下来。

有些问题，结果确实比过程更重要。

又走过两座城市，他们去了行程中早已安排好的一站，天石。那边有一座山，叫丽山，最近炒得比较火，因为这座山从山下到山顶可以让游客感受到一年四季的景色和天气，在山下的时候明明是艳阳天，山顶可能是暴雪，而且每一处景色都不同，所以吸引了大批游客。

大家都跃跃欲试，连舒窈都有些心动，她原本就喜欢登山运动，只是不知道霍述派来跟着她的保镖肯不肯，她先答应下来，若是他觉得有难度的话会让人和她说。结果到了第二天大家出发的时候都没有任何人前来警告，看来是安全的。

从山脚下到山门走了半个小时，刚开始舒窈还抱着韩琦，到后面累得不行，便让他自己走，行程不自觉慢下来。

周围人很多，更多的人是有意无意地跟随在他们的队伍里随着他们慢慢前行，舒窈知道那些都是保镖，她心里有些歉意，因为自己要来，就要麻烦他们这么多人。

韩琦走了没一会儿便张着手要舒窈抱：“小姨，小姨，抱抱！”

“小姨抱不动，你自己走好不好呀？”舒窈哄着他，向舒沄求助。

“你自己非要带他来的，你抱吧。”舒沄在一旁袖手旁观，好笑地看着她。

“宝宝走不动啦！”韩琦开始闹脾气。

“好了好了，小姨抱。”舒窈妥协。

“舒小姐，我来抱吧，我力气大。”基金会里的一个男孩子走到她身边说道。

舒窈仿佛看到救星，那些保镖都秉持不打扰她的原则，她不开口他们不会主动帮忙，倒是自己的人靠谱：“这小子沉得很，还要麻烦你。”她记得这个人，叫李磊，是个热情开朗的小伙子，能来她这里工作的人都是调查过背景的，据说他家里都是高知分子。

年轻的男孩子一身运动装：“没关系。”一把将人抱了起来。

韩琦扭着身子朝舒窈伸出手，示意她抱：“小姨！小姨！”

舒窈无奈地看着他：“哥哥抱可以去坐车车，你要不要坐车车？”她说的是观光缆车。

韩琦一脸纠结。

舒窈再接再厉：“小姨抱的话不能坐车车了哦，然后别人都坐车，只有我们两个要走路。”

“坐车车！”韩琦嘟着嘴，又要坐车又要舒窈抱，舒窈一直跟在他身边同他说话，李磊偶尔会扭头看舒窈，她平时除了工作很少说话，因此她这么说话的时候有一种温柔的魅力，有一瞬间无法让他别开眼。

过了半个小时、四十分钟、五十分钟，舒窈去观察李磊，因为半山的天气渐渐凉爽，他脸上没有一滴汗，步伐稳健，表情轻松，她收回目光，顿时明了他的身份。

“你当兵几年了？”舒窈开口。

李磊正要回答，猛然转头盯着舒窈，片刻后才缓缓开口：“舒小姐说什么？”

“很难猜吗？”舒窈笑了一下，并不觉得反感，傅亦寒对她的安全问题看得很重，无处不渗透着他的人。

李磊收回目光，脚步稳健地往上走：“我上的少年军校。”

这个舒窈是知道的，加韦有几座比较隐秘的少年军校，小孩子五六岁便送进去，学习各种技能，然后派到各国去当特工，这些人有很多身份，每一个身份都很隐秘，若是他不说，舒窈肯定是猜不到的。

不过她没有继续问，而是看着趴在他肩膀上睡觉的韩琦说：“谢谢你了。”

“我的责任，也是我的荣幸。”

一路上舒窈又同李磊聊了许多，到了第二段山路的时候大家坐了缆车，很快便到了山顶，每人领了一件大衣，舒窈领到的和别人明显不同，她领到的是新的，而且还带着温度。

山顶有终年不化的积雪，站在观景台看出去，有一种一览众山小的感觉，舒窈原本便喜欢山景，看到这种景色更加开心，连续拍了许多张照片发给傅亦寒。

傅亦寒很快回复：“往东走有一处天然的水晶洞，你去选一块做首饰。”

舒窈：“你怎么知道？”

傅亦寒的电话很快便打过来：“我以前去过，那时候才十几岁，被人追着跑，无意中闯了进去。”

舒窈看着远景：“为什么追你？”

傅亦寒笑，舒窈立刻懂了：“那你在山上没事吗？这上面这么冷。”

“还好，没待多久就离开了。”傅亦寒避重就轻地说，“那个坑洞现在已经开发了，不过不允许游客私自开采，你有喜欢的让人标记一下，回头我让人拿给你。”

“不要。”舒窈才不要这种特权。

“韩琦还在睡觉？”傅亦寒不多说，换了个话题，丝毫不避讳他让人随时报告她的行程的事情。

舒窈却立刻从中听出了他的深意：“有帅哥抱着呢，对他温柔，还给他讲故事，还能飞高高，一路上都睡三次了。”

傅亦寒低笑：“是啊，连我都羡慕他。”

舒窈面上讪讪的，正色道：“那以后我是不是连和人说话都要挑一挑？看谁不帅就去和谁说话？”一路上她都和李磊在一起谈笑，傅亦寒肯定吃醋了。

“没有。”傅亦寒说了两个字就没音了。

“再过两天我就回去了。”舒窈低低地说，像是在哄人，“你这两天是不是又抽很多烟？”

“没有，听您的吩咐一根也没抽。”傅亦寒故意糗她。

“那你要保持，回去我要检查的。”舒窈傲娇又像撒娇。

挂了电话之后舒窈看到李磊正朝自己这边看，韩琦已经又是一觉醒来，吵着要再往前。

舒窈不想傅亦寒多想，便将韩琦扯回来去另外一个观景台，下山的时候也没有再让他帮忙抱韩琦，缆车下到半山腰，有另外的人主动接过了韩琦。

韩琦短短不到一天时间倒是和李磊混熟，死活搂住他的脖子不撒手，舒窈看得笑起来：“没事，还让他抱吧。”算是解释，自然没人反驳她。

有一段山路要走路下行，一群人说说笑笑，没走多久，便见一群穿着制服的人往上冲，舒窈下意识地拉着身边的人靠边，立刻有人挡在她面前，将她放在保护圈之中，不过那群穿制服的人没有多在意他们，很快从他们之中冲了过去。

基金会里有人好奇地拉住落在后面的人：“你们这是干什么去啊？”

“有驴友走野路子迷路了！”

“那有必要去这么多人吗？”

“山顶马上要下暴雪了！”那人一边往上跑一边大喊。

往下走了一段，白薇到舒窈身边解释：“这种天气若是御寒设备不够的话，很容易失温而死。”

“什么是失温？”

“就是人还没死，身体先失去温度，导致人无法行走，一旦失温，几乎没有活命的可能了。”

舒窈点头，她不是资深户外运动迷，这些都不太懂，不过还是有些心惊，给傅亦寒发信息说了这件事。

傅亦寒总是能在第一时间回复，无论他在做什么。事实上他很喜欢这种交流，就像热恋中的人，所有的一切都可以分享。

傅亦寒：“我再让人关注下，你不要担心，他们不会有事的。”

舒窈：“你那时候在山上有危险没有？”

傅亦寒：“有一点，不过我都能应付。”

舒窈：“不会觉得很害怕吗？”

傅亦寒：“……”

难得地无语。

舒窈：“不会吗？怎么会有人不知道害怕？”

傅亦寒：“正确来说，和你在一起之前，我没遇到害怕的事情。”

舒窈：“……”

一个男人，对全世界都冷漠，只对你温柔。这对任何女人来说都是致命的。傅亦寒说起情话来可真是一点都不逊色。

到了晚上十点钟，舒窈洗漱完毕准备睡觉，傅亦寒发来信息：“那些驴友全部救出来了，现在都在医院，没有伤亡。”

舒窈躺在那里抱着电话笑，身边的韩琦动来动去，白天睡得多，这会儿活泼起来：“他们是不是都要感谢你的救命之恩？”

傅亦寒丝毫不客气：“是的。”

舒窈笑出声："你在做什么？"

傅亦寒："床上躺着，和你聊天。"

舒窈敢肯定，若是他们的聊天截图外泄出去，傅亦寒的高冷人设肯定要崩塌，全国人都想不到他们的指挥官大人会躺在床上玩手机吧？

两个人一直聊到舒窈睡着，韩琦还在那里玩自己的小火车，动来动去，偶尔还推一下舒窈，舒窈在他背上拍了拍："乖乖，快睡觉。"

原本韩琦是和舒沄住一起的，但是今天他到了舒窈的门口便不肯再挪步，死活赖上她，舒窈也乐得他陪自己。

／第十四章／

三餐四季，余生唯你

舒窈一向起得早，第二天一大早醒来的时候韩琦还没醒，她起床去洗漱，然后便看到了床头的一张便笺纸，眼睛陡然瞪大。

她拿起便笺，上面写着一行字：喂！有人请我来杀你！你的保镖可真不专业！

舒窈的心一直往下沉，迅速打量四周，没有任何异样。她手下一动，发现还有一张纸，她立刻翻开，上面写着：我已经帮你解决了买凶杀你的人！自己注意点！

丢开手中的纸，舒窈抱起韩琦便往外走，没一会儿她房间里便进去八九个人开始详细地排查，舒窈冷着脸站在走廊里一言不发。

整层楼都被戒严，这么大的动静，原本住在这里的基金会的人全部出了房间站在走廊里，舒沄上前将韩琦抱走："怎么了？"

"有人进过我的房间。"舒窈抿着唇，一脸严肃。

韩琦有起床气，醒了便哇哇大哭，舒窈像是没听到，舒沄抱着他哄，一时间也没了主意。

霍述来得很快，楼顶传来直升机轰隆隆的声音，没一会儿他便到了，身后跟着一队穿军装手上拿专业器材的人，他走到舒窈身边："太太，让您受惊了。"

舒窈对霍述的感觉很复杂，她见过他几次，在傅亦寒身边他永远是恭敬的下属，不在傅亦寒身边的时候他是温和的中年人，但是上了战场，他又像是换了一个人，她避开霍述的目光："没事。"

"早餐已经准备好，您先用餐，我一定给您一个答复。"

其他人都听到了，但是没人问。舒窈知道随她来这边的人有不少是傅亦寒的人，但是再具体一点她知道的并不多。

早餐在安静的环境下进行完毕，李磊一直跟在她身边，舒窈从头到尾没有看他一眼，一直沉默着。

傅亦寒知道这件事第一时间给舒窈打电话："你还好吗？"

舒窈声音很冷静："我没事，没受伤，也没磕着碰着。"事实上她的声音还是有些紧绷。

傅亦寒快速道："我让人送你们回来。"

可是……

舒窈放松下来，玩了一下衣服上的流苏："我的工作还没做完呢，这次有人过来跟拍，总要拍点东西回去，而且行程上还有一半的地方我都没去看呢。"

傅亦寒沉默："安全最重要，下次我陪你去。"

"不要，这只是个例，我让人加强警卫就行了，而且霍述也在这边，接下来我请他作陪。"其实即便她不说傅亦寒也会这么做，但是她说了，也就给了他定心丸，她的声音软下来，"亦寒，走在你身边，这种事情是避免不了的，而且我也有心理准备，我不可能一直避着不见人，也不能就这样被对方吓倒，我没做错事，就绝不会因此躲着，如果我连这点胆量都没有，我以后还怎么敢走在你身边？"

她这句话同时也拒绝了让他来的意思。

舒窈总是这样，永远知道自己要什么，也知道该怎么做，以前傅亦寒说他没变过，只是她长大了，现在却变成是他一直在改变。

最终，他只说了句："如果有下一次，立刻回来。"

舒窈自然是应了。

待到霍述同舒窈上了同一辆车子并且在她身边坐下，舒窈扭头问他："不耽误你的事情吧？"

"不耽误，按照原定行程，后面的行程我陪您一起。"霍述简短回答。

这辆车子里基金会的人只有她和白薇，她特意拒绝了和大家同一辆车，甚至拒绝和舒沄、韩琦坐在一起，因为她不知道下一刻会发生什么。

安静的环境中，霍述开口："监控没拍到对方的任何信息，是专业的杀手，但是他似乎对您没有敌意，目前无法知道对方的目的，最迟两周我会给您他的消息。

"派他来的应该是萧哲的人，现在萧哲盘踞在沙漠里，偶尔才出现一次，但是很快又消失，我们一直在追踪，您放心，我会尽快解决掉他的。"

霍述每一句话都用的是肯定句，他不畏惧任何人事，且目标明确。

舒窈点头，只庆幸舒沄不在这里，她记得那次从这边回去的时候舒沄还求过她，希望她能够让傅亦寒改变决定不对加鲁发动战争。只两年多的时间，北边的一切都变了，一切都在朝着好的方向发展，只是不知道舒沄放下没有？她有韩琦，总得放下的。

车子在路过某一地方的时候，霍述忽然开口："这里是红谷，以前是个黑市，聚集着无数犯罪分子，整顿之后天石的治安好了许多，现在这里是个菜市场。"

舒窈看过去，她记得这个地方，傅战还在这里给了她一个自以为是却让她终生难忘的教训。

三三两两的人从里面走出来，每个人手上都提着菜，有老夫妻互相扶着走出来，似乎在商量什么，站在路口一直比画。入口处是许多小商家，有一家糕点店门口挂着买十元送十元的牌子，门前排起了长队，和她曾经来的时候相比，简直像两个地方。

车子再往前行，傅亦寒发来信息："我把那人捉来给你当保镖好不好？"

舒窈笑了起来，作为当事人，她并不觉得留字条的人有多少善意，因为他给自己造成了紧张的感觉："嗯，那看你能不能找到他。"

傅亦寒："他应该和你有些渊源，他这一行最忌出尔反尔，他肯为你违反行规，又不被利益收买，正常情况下是不会伤害你的，这种人放在你身边我也放心。"

舒窈："他吓唬我，你找到他要好好虐他。"

傅亦寒发了一个笑脸的表情："必须。"

傅亦寒没能来，路上倒是上来了另外一个人，还是舒窈的老熟人。

许何劲一上车便向舒窈示意："太太。"

舒窈看向他身后，许何劲立刻解释："傅战没来，他在先生身边。"

"嗯，辛苦你了。"舒窈回应，其实她是下意识地看看傅亦寒有没有来，既想他来，又不愿意他来，她不可能去哪里都让他陪着，以后她还会遇到比这更危险的事情，她总要独立面对。

今天要去考察的是农业产品，大片的土地被炮弹摧毁过，还有更多的雷区在人工排除，在这样被摧毁过的土地上农作物长势并不好，一连看了半天车程的农作物，所有的地方都差不多。

舒窈吩咐下去让员工每隔两公里便采集一次土地样本，准备拿回去给有关部门研究一下。良性土地是整个国家的根本，加韦不可能常年靠大面积进口粮食维持，必须有自己的粮食产出，粮站也要有足够维持民生的储备才可以。

一整天很快过去，傅亦寒坐在办公室里许久没有动一下，事实上今天一整天他什么都没做，所有的工作都推后，一直心神不宁。

一直到夜色越来越深，他按了通信键："安排一下飞机。"

杨粒似乎早已猜到这个结果，立刻打电话出去开航线，飞机也早已准备好，十分钟后就可以出发。

无论舒窈用什么样的理由拒绝他去北边，他还是担心她，想要亲眼确认。

傅亦寒抵达舒窈住的地方的时候，在酒店外面便感受到了不一样的气氛，明明都是他的人，但是每个人进出都带着紧张情绪，傅亦寒心跳漏了一拍，抬脚便往里面跑。

在电梯里的时候，杨粒拨通了霍述的电话，第一句话便是："太太怎么样？"

那边说了几句话，杨粒转头看着傅亦寒，不知道该不该说。

"说。"傅亦寒目光浸了冰，双拳紧紧握着。

"太太没事，但是舒沄和韩琦不见了。"顿了下，他又道，"是基金会的几个员工，说要出去逛逛，舒沄就抱着孩子陪他们一起去，然后她在监控拍不到的地方消失了，应该是主动消失的。"

傅亦寒表情不变，在电梯打开之后立刻大步迈出去，一路上许多向他敬礼的人，他统统看不到。

到房间门口的时候，房门没关，傅亦寒在门口顿了一下，很快走了进去，绕过客厅进了里间。舒窈一个人孤单地坐在沙发上，目光没有焦点地落在某一处，长发落下来遮住半张脸，整个人看起来失魂落魄。

白薇看到傅亦寒进来，立刻站起身，正要说什么，被傅亦寒锐利的目光扫到："出去。"

白薇不敢多说，微微颔首，走了出去。

听到声音，舒窈黑白分明的眼睛转了转，看向傅亦寒，傅亦寒心中一痛，快速走过去将她揽在怀里："没事，噜噜，我在这里。"

舒窈像是抓住落水的浮木，紧紧捉住他的衣服，声音支离破碎，半晌，才抬起头，似乎想笑，却变成了一个奇怪的表情："我已经让人在排查了，她不会有事的。"明明是想用疑问句，最后却变成了肯定句。

傅亦寒吻了吻她的发："我们一起找她，我这边有许多追踪专家，你也参与进来，好不好？"

舒窈打起精神："好。"

几分钟后，两个人出现在临时的小会议室，一群人围着桌子坐着，傅亦寒进去之后并没有坐，直接道："说明情况。"

立刻有人将视频映射到大屏幕上报告道："两人在云安街避过监控，五分钟后出现在隔一条街的上埠街，没有被人胁迫的迹象，她是自愿离开的，现在正在全城排查她的踪迹。"

傅亦寒牵着舒窈，盯着屏幕道："分析她有可能会去的所有地方。"

"是。"

房间里响起键盘"噼里啪啦"的声音，没有人说话，所有人都很严肃，不知道过了多久，舒窈盯着舒沄消失的画面缓缓说了一句："她去找萧哲了。"

舒窈不知道舒沄的行程，但是她有这个直觉。舒沄很正常，从头到尾都表现得很正常，她对韩郅的爱可以让她在韩郅对她做出那样的事情之后依然为他生下孩子，她为加鲁求情，在基金会里她能力出众，处处为这边着想，现在她无故消失。

空气静默，所有人都看向舒窈。

"排查萧哲最可能出现的地点。"

又是忙碌的"噼里啪啦"声。

傅亦寒牵着舒窈出去，低声向她解释："霍述这边一直在追踪萧哲的踪迹，他最有可能出现的地方都已经在排查，一定会找到舒沄的。"

"不会的。"舒窈定定地看着傅亦寒。

傅亦寒低头看着舒窈的眼睛，听她继续开口："舒沄会帮你杀了他，韩琦是她的诱饵，她知道怎么造威力最大的炸弹，是我教她的。"曾经有一段时间舒沄对这个很感兴趣，缠着舒窈教她，舒窈便教了她最简单却威力最大的炸弹制作方法，舒沄学会之后便对此没有兴趣了。

傅亦寒盯着她，依旧不开口。

“你高兴吗？”舒窈声音很轻，轻到残忍。

傅亦寒猛地盯着她，薄唇紧紧抿着，沉着脸轻讽道：“你怀疑是我做的？”

砰！

爆炸的声音不大，听得出是从远处传来的，可就是这不大的声音让舒窈整个人都僵住了，脸上的血色瞬间褪去，直直地看着傅亦寒。现在，她不用再回答他的问题。

傅亦寒收回目光，从她身边经过，进了临时会议室。

里面的人立刻报告情况：“霍将军已经赶过去了，在爆炸前半个小时舒沄出现在附近的摄像头里。”

“戒严了吗？”

“已经戒严。”

“派鹰队的人去，我希望这次能够彻底解决。”

“是。”

舒窈站在门口听着里面的声音，不大，正好是她能听到的音量，后面傅亦寒还下了一系列命令，舒窈却已经听不进去。

她一个人站在门口，傅亦寒没有出来过，也没人管她，将她一个人丢在原地。舒窈觉得周围的一切都虚幻起来，连脚下的地面都变成了一面镜子，而她飘浮在半空中无法着陆，她的紧张害怕和挣扎没人关心，终于连傅亦寒都失去了耐心。

不知道过去多久，她听到远处有人说：“已经确认死者舒沄和其他八人，萧哲负伤逃离，正在追捕。”

舒窈的心终于落到地上，整个人无意识地往下坠落，被人抱住：“舒窈，舒窈……”

是白薇。

混乱中，舒窈感觉到自己被人换了地方，周围的一切却都像是在做梦，她宁愿在这样的梦中不要醒过来。舒沄明明在前一刻还和她有说有笑，说要去逛街，回来帮她带当地特产。她骗人，一骗就是这么多年。

她从未忘记过自己的仇恨，花了四年来编织这么大一个假象，然后把自己的命也送了。

为了这样的男人值得吗？

报复一个和韩郅关系并不好的父亲又有什么意义？让她如何不痛，如何不恨？

手机上是舒沄发来的定时短信，只有四个字：好好活着。

舒窈跪倒在床边，拳头用力地捶着床榻，泪水肆意地往下流，却哭不出声音，也正因为哭不出声，让她看起来格外绝望悲惨。

不一会儿，房间里传来砸东西的声音，人愤怒绝望到一个极限就需要发泄，恨不得周围的一切都毁灭，这种破坏欲最直观的表现便是砸东西。

听着里面“噼里啪啦”的声音，白薇很纠结，最终还是从门口离开去找傅亦寒。

“再说一遍。”傅亦寒看着眼前报告的人，目光如浸了冰，将所有的怒意都敛起，整个人都武装起来，唯有那双眼睛透露了情绪。

“太太不见了，带走了一把946冲锋枪，还有一把手枪。”946冲锋枪还是舒窈研发的，她带走它，要去做什么？

傅亦寒看着对方，明明是看着他，目光却仿佛没有落在他身上，半晌笑了一声，丢下手中的东西，在桌上发出不大不小的声音。

原来如此。

舒窈一直这样，有仇自己便报了，从不考虑他，哪怕一次。

而且她……演技一次比一次精湛了。

所有人都不敢说话，不太懂傅亦寒的反应，按照他平时对舒窈的看重，这种时候他不是应该亲自冲出去找人吗？

谁知，到了最后，傅亦寒没动，只是按照旧方案吩咐：“把所有人都撒出去找萧哲，尽可能抓活的。”萧哲在哪里，舒窈便在哪里。

“那太太……”那人踟蹰。

“找到萧哲，在他方圆五公里内找，人一定在那里。”

“是。”

夜越来越深，街上的人在慢慢散去，只剩下路边街道上做生意的店还在坚持，她背上的琴盒有些重，里面装的是那把冲锋枪。她的脊梁一直直挺，面上没有表情，穿梭在黑夜中，像一道疾风。

每次路过有摄像头的地方，她都远远地看一眼摄像头，然后避过可视区域，不能避免地弄脏了衣服，却一点都不介意。最后，她停在了舒沄消失的那个摄像头不远处。

找到一个隐蔽的地方，舒窈拿出望远镜开始观察舒沄最后买了一条丝巾的店，是一家小饰品店，里面卖的全是加韦一个小饰品贸易城市产出的东西，老板正在盘活，似乎准备打烊。

右边的墙上挂着羽毛制品，一整面墙壁全是，门口有两个柜台，上面摆放着围巾和帽子，左边是许多格子，里面各自放着杂物。最后，她的目光停在了一座船上，是全木雕刻，零件一件不少，细节处还有花纹，帆布是墨绿色，十分漂亮。

她在舒沄家见过这条船。

舒窈没动，就这么盯着周围看了十分钟，然后收起望远镜走出去，琴盒落在原地，她并没有带着。

如果傅亦寒派了人来，那么早该来了，他没让人来找她。

舒窈无心去想傅亦寒的想法，她给了他错误的引导，他大概是不会让人来这边的。她戴上帽子，整张脸都隐在阴影里，然后走进了那家饰品店，听老板招呼道：“想要什么随便看。”

舒窈在店子里转了一圈，然后才站到那条船面前，还未抬手，便听老板说：“这条船已经被顾客预订了，钱都付过了，小妹看看其他的。”

“好。”舒窈应了一声，还是抬手端起了那条木船，然后底部露出一张白纸。

舒窈拿了那张白纸便走了出去，待到消失在摄像头的可视区域她才展开那张纸，上面是一个地址。

在监控视频里，舒沄曾背对着摄像头手指敲动着，那是舒沄留给她的暗号，要她来，所以她便来了。

她没有带通信设备，但是她在临时会议室看过这个地区的地图，在不确定的时候便会停在路口找个人问一下。周围正好路过三四个男人，在舒窈问路对方离开之后，他们便停在了舒窈面前。

“哟，这么漂亮的妞，大半夜不回家，是要多少钱一晚啊？”语气流里流气，不带好意，连动作都不客气，越靠越近。

舒窈往后退了一步，笑了一下，对方几个人都怔了下，本来是调戏的话，哪里想到一笑，在路灯的照射下竟然真的这么漂亮。

舒窈吐出一句话：“多少钱你都睡不起，滚开！”

对方恼羞成怒：“有的是钱，你倒是说！”说着就要抓舒窈的胳膊。

舒窈身子侧了一下，然后拿出了手中的枪对着对方，目光中没一点温度：“给你十秒钟，滚出我的视线。”

对方低骂一声，倒是真的后退了一步，却站着没动，有人发声：“假的吧，吓唬谁……”他的话音还未落下，一颗子弹便穿过他头顶的发蹿了出去，脸颊上也落了些碎发。

气氛安静一下，一时间没人说话，似乎没明白过来发生了什么。不出几秒钟，几个人转身就跑。舒窈不敢多停留，也转身进了一条小巷，然后从另外一个出口出来，再然后，她看到了墙上的红点，整个人僵硬在原地，一动不敢动，有一瞬间她想到傅亦寒，有些后悔没带电话。如果真的死在这里的话，至少应该和他告别的。

然而，那个红点一动不动，对方似乎并不打算开枪。

舒窈往前走了一步，那红点也跟着往前移动了一下，舒窈朝着一个方向看去，下一刻，抬脚便闪进了一个拐角处。

而在看不见的黑暗中，一个如豹一般的身影也迅速蹿了出去，在楼顶处跳跃，完全无视几十米高的距离，直接从一栋楼上跳到另外一栋楼上。

舒窈换了一条路，已经感觉到有人跟着自己，月光下，她看到墙上折射出金属制品反光的影子，往下一蹲，立刻感觉到头顶有风扫过，是有人拿刀穿过了她头顶的空气。

舒窈剧烈地呼吸，她做过体能训练，却只是非常简单的训练，和杀手比起来根本不值一提，对方一刀落空，很快便发动了第二次进攻，舒窈拿出枪，甚至没有上保险的时间，对方的刀刃便已经近在眼前。

她往后退一步，跌在地上，眼睛直直地看着刀刃，吓得连呼吸都忘记了。

然而，那把刀最终并没有落下来，拿刀的人却如山一般倒在了地上，血源源不断地从他的太阳穴处流出。

舒窈大口呼吸着，看着背光处一道颀长的身影朝着她慢慢走来，那不是傅亦寒。

舒窈的手有些颤抖，却还是举起了手中的枪，指着对方，却不知道该不该开枪。

来人一点都不怕，也没有对她举枪，只是走到死者身边用脚随意踢了踢对方的头，见毫无生机，然后才看向舒窈："你杀我干吗？该杀的人不杀。"

舒窈狠狠呼吸了一口，却没有放下枪："你是谁？"背着光，她看不到那人的脸。

"知道有多少人等着你死吗？"对方没回答，却反问她，"刚刚在那边我已经帮你解决一个了，这又是一个，你说你一点功夫没有出来瞎跑什么？是不是傻？"

舒窈放下枪，对于对方的辱骂竟然不知道该如何回复，她站起身，也不理对方，直接往前走。

对方跟上来："你去哪儿啊？"

"你当保镖吗？我聘请你当我的保镖，条件随你出。"舒窈也不看他，只开口问，已经猜到对方是谁，傅亦寒还说要把他捉来给自己当保镖。

对方不屑地发出一个气声："我要的你才给不起，不过这会儿我倒是可以帮你。"

舒窈转头，愣了片刻，对方竟然戴了帽子和面罩，她只能看清他模糊的眼睛："谢谢你了。"

对方愕然，骂了一声："你这人也太打蛇随棍上了吧！"

舒窈不理他，继续往前走。

那人似乎气了，气呼呼道："你把那个小宝贝给我养我就答应你。"

舒窈猛地回身，举起枪就对准对方的眉心："你再说一遍。"

那人举起手："不敢不敢。"

见舒窈收了枪往前走，也不理人，那人又跟上去："老大，跟您报告一下，您最好往左走，您现在走的方向正好在狙击手的视线范围内。"

舒窈没说话，却朝着左边的方向走了。

那人跟在舒窈身后，自言自语，有些烦恼的样子："你说傅亦寒都来了，萧哲不留着人去杀他，跑来杀你干吗？

"哦哦哦，你怕傅亦寒亲自来找，那孩子有危险啊？我就说嘛，你不是那么蠢的人。"

两人踏着月光往前走，很快便走到了字条上的地址周围，舒窈却在一千米距离的地方停了下来，转头看着一直跟着自己的人："对方开几枪你能找到对方的位置？"

"那还不是小……"话没说完，看着舒窈要恼，他赶紧改口，"一枪。"

舒窈点头："待会儿我走过去，你解决掉对方。"

"好说。"他顿了下，"不过你死了怎么办？我可不救那孩子。"

舒窈瞪了他一眼："保护好你自己吧。"

走出暗处，舒窈又戴上帽子，然后抬头朝左右看了看，加快步伐往前走，甚至小跑起来，没跑几步，整个人仿佛忽然定住。

一颗子弹穿透她的帽子，落在了墙面上，墙上出现一个很深的弹孔，下一刻，舒窈的身影直直地倒了下去。

在一处窗后，黑黑的枪洞后面，有人迅速找到了枪手的位置，然后毫不犹豫地开枪，没几秒钟，有庞大的身体自楼上落下，重重地砸在一辆车的车顶，发出了很大的声音。

枪后的人收了枪，迅速换了个位置，从另外一个窗口跳出去，脚轻巧地在墙上踩了几下便翻到了房顶，然后从房顶跃至另外一个房顶，才趴下来朝着舒窈的方向看过去。只见街面上原本倒在地上的人急速爬了起来，疯了似的往前跑，一颗子弹落在她身后，枪口挪动很快，动作也很利索，枪后的人迅速射出子弹，这次从高处落下来的不是尸体，而是歪歪斜斜的狙击枪。

舒窈摔了一跤，迅速爬起来，又急速地往前跑，这次没有遇到任何阻力。

她跑到几棵树掩着的垃圾车处，也不嫌脏，快速地扒拉着里面的垃圾，没一会儿便拉到一只胳膊，将人抱出来，也不敢跑，只敢抱着韩琦躲在树后，一动不动。

韩琦不知道是死了还是昏迷了，待在舒窈怀里一动不动。舒窈深呼吸好几次，才探出手去摸他的鼻息。

一秒、两秒、三秒。

还活着。

舒窈的泪顿时便落了下来，张着嘴要哭又不敢哭出声，发出细微的呜呜声，又很快止住。她要活着，也要韩琦活着。

路上有人朝着这边走过来，舒窈摸到枪，却不敢轻举妄动，只是保持高度注意力去听对方的动作。

谁知对方只是一个行人，在树干的另一面发出解皮带的声音，下一刻便开始小便，没一会儿便离开了。

舒窈从怀里拿出用细纱包住的镜子往外面看，街道上空荡荡的，没有人。不过即便如此，她也没敢动。

没一会儿，有汽车开过来，舒窈看了下，是警车，许多辆，她却依旧没走出去。

四五辆警车开过去，也夹杂着一两辆私家车，都是大型越野车，而且都是同一个牌子、同一个型号。待到同一个型号的第五辆车开过来的时候，她抱着韩琦走出去，朝着车子招了招手，车子立刻停了下来。

舒窈打开车门坐进去，车子立刻开出去，没几秒钟，一颗子弹击破车窗镶入靠背，司机吓了一跳，正要说话，听到舒窈厉声道："快加速！"

司机一个激灵，将油门踩到了底部，车子飞也一般朝前冲去。

远处的黑暗里，一个身影跳起来，不敢相信道："把我丢下啦！浑蛋！混账东西！"

一口气开出五个街区，才听那司机颤巍巍地问："能减速了吗小姐？"

舒窈往后看了看："减吧。"

司机慢慢减速，速度却还是在80以上，松了口气说："小姐，我们就是接婚庆的，您这得有生命危险吧？"

舒窈也有些不好意思，她来之前找了一家最近的婚庆公司，高价让对方帮自己找同等型号的越野车，在萧哲出事周围几个街区巡回走动来接自己，听对方这样说，她立刻道："很抱歉，我会给你一百万加韦币补偿你的，麻烦你把我送到林月路的街口。"

说着她递出去一张卡："你可以明天去取，可以取现金，不会有人阻止你的。"

对方觉得舒窈是在开玩笑："小姐，大晚上的就不要开玩笑了。"

"我没有开玩笑，你明天可以去取。"

对方倒是不气了，将卡接过去，扭扭捏捏地问："我能找台机器查一下吗？"

"可以。"舒窈改变计划，"你的电话我用一下，我想打个电话。"

舒窈没打傅亦寒的电话，倒是打了霍述的电话，十分钟后，那司机正在取钱，被一群士兵围住。他吓了一跳，举起手做出投降的姿势，见一个中年男人跃进来，目光上下扫了一眼，冷声问："她人呢？"

他话音才落，舒窈从角落走出来："霍将军。"

一直到一群人离开，那司机还举着手，妈呀，这是招惹了什么人啊！

舒窈坐在车上的时候前后看了好几次，没看到傅亦寒，他没来接自己。

霍述看出她的心思，开口道："指挥官让我来接您，说要您直接回平原。"

舒窈愣了一下，要她直接走？他不和她一起？她抱着韩琦的手僵了僵，呼吸也有些不稳。

霍述见她不说话，又道："萧哲的事就快要结束了，指挥官在这边建立了指挥部，很快会肃清这些势力，以后您再来，肯定不会遇到这种事的。"

舒窈低头片刻，掩住表情，找了个借口："韩琦一直昏迷着，让医生给他看看我再走行吗？"她语气里带了乞求。

"飞机上已经安排好了医生，太太您直接上飞机就行。"霍述坚持。

"我还有事问他。"舒窈道。

"您可以回头再问。"霍述不为所动。

到最后，舒窈还是和韩琦一起被送上了飞机。

在飞机上，医生帮韩琦检查了一下，他只是睡着了，舒沄或许喂他吃了什么药，舒窈低头一下下地拍着他的背，大脑中一片空白。这一切就像是做梦，她不明白舒沄怎么忽然就没了，韩琦以后就要这般一直一个人，没有父母，他余下的除了两个亲人，只剩下噩梦，他以后又该怎么办？

舒沄到底还是没那么狠心，没让韩琦和她一起去送死。

太多的真真假假，舒窈觉得好累。

她质问傅亦寒那些话，也并非空穴来风，他又对她保留了几分真？而她现在只想听他开口说一句，她便相信他。

“太太，您受伤了。”医生忽然开口说了一句。

她穿的黑色外套，结果血将她身后的靠背染红了。

舒窈怔了怔，扭头看了看，这才觉得后肩处剧痛，一时间白了脸，她颤巍巍地脱下外套，对医生道：“你帮我看下是不是被子弹打到了。”

一时间整个机舱似变成了真空，仿佛声音被阻断，无法传播，气氛却急迫了起来。

鹿林里有医生进出，并不频繁，因为舒窈伤得并不重，子弹擦过她的后肩，伤口深，却并不致命。

韩琦留在鹿林，看到舒窈便会问：“小姨，妈妈呢？

“妈妈什么时候来接我？

“小姨我想妈妈了，你让她快来接我。”

舒窈谎话说了一个又一个，每说一次便伤心一分，她不仅失去了舒沄，也失去了傅亦寒。

她受了伤，傅亦寒却根本没有回来看过她，时间已经过去一个月，他在北边彻底解决了萧哲的事情，却没有再来过鹿林。

两个人的关系仿佛彻底进入严冬时期，这让鹿林的人都焦急不已。

舒窈依旧去基金会上班，因为除了忙碌的工作，她不知道自己还能做什么。

舒擎宇那里她将近两个月没有去过，害怕他的询问，也害怕他的指责，她就这么逃避着，什么都不想。

她每天在办公室里待得越来越晚，现在再也没人催促她回去，因为傅亦寒根本不再回鹿林。

人与人之间到底有多少缘分？若非有心，哪里有那么多遇见？即便都在易园，互相没有避着彼此，舒窈也只在偶然的情况下见过傅亦寒一次。

那天两人的车子同时开出去，在车里透过车窗她看到了傅亦寒，两人的车玻璃都落着，她转头看他，他却像是没发现她，直直地看着前方，两人就这样错过。

舒窈心中涌起阵阵痛意，两人走到这个地步，她只要他的一个解释，他却一句话都不愿意再和她说。

不知道是不是她的错觉，连基金会里都安静许多，助理是新来的，拿了文件进办公室问："之前那个校车项目，一家做饮料的公司想捐三十辆车子，但是他们要一个税务免减政策。"

舒窈从一堆文件里抬头："要政策不问政府要，问我们要是什么意思？"

小助理脸上有为难的表情，这事基金会以前不是没有操作过，只是最近忽然办不了了，大家都猜测问题出在舒窈这里，才派她来询问。

"那您看不行的话我让人推了。"

"推了。"舒窈果断道。

小助理退了出去。

舒窈愣神许久，这些事她以前没管过，有人专门处理这些业务，现在对接的人离职了，她不确定问题出在哪里，也不愿意多想。而另一方面，她没有去找舒擎宇，舒擎宇倒是打电话约了她。

在离安全部不远处一个周围政府部门人员专用的咖啡厅里，舒窈进去的时候一眼便看到了舒擎宇，他仿佛瞬间老了许多岁，她鼻头一酸，错过和舒擎宇的对视。

两人面对面坐着，舒擎宇拿了保温壶放出来："我让人熬了骨头汤给你，上次程笑来看我，说你瘦得不成样子，最近是不是都没有好好吃饭？"

他绝口不提舒沄和韩琦，这才最让舒窈难过。

看着舒窈眼眶有些红，舒擎宇拿了勺子递给她："阿沄自己做的决定她不后悔就行了，你不用为了那没良心的丫头自责。"他声音平静，仿佛看破了一切。

舒窈捏着勺子，明明是该她来劝舒擎宇的："对不起，爸爸。"

她声音很低，低着头，不敢看舒擎宇。

“和你无关。”舒擎宇没有更多的动作，也没有更多的语言。

舒窈有些食不下咽，但是不想辜负舒擎宇的关心，现在家里只剩下她和舒擎宇两个人，即便两个人离了心，她也不愿他再伤心。

相顾无言许久，舒擎宇开口：“你和傅先生要好好的，别再让我担心了，知道吗？”

听到舒擎宇称呼傅亦寒傅先生，舒窈愣了愣。

“你们也老大不小了，不如要个孩子，婚礼该办还是要办，现在全国上下还都以为他是单身，不像样。”

舒窈有些恍惚，半晌才说：“知道了。”

“噜噜，做人有时候不要太较真，你活到我这个岁数就会明白，自己的一生是不是幸福才最重要，难道你要到了我这个年纪还孤家寡人才醒悟吗？婚姻生活最怕的是互相磋磨，等到感情耗尽了，到时候要怎么办？”

舒窈捏着手指：“是不是他去找你了？”

舒擎宇摇头：“很难看出来吗？电视里每天他都在到处跑着开会，或者去国外出访，以前他没这么忙的。”

舒窈低着头，她没有特意去关注傅亦寒的行程，如今从别人口中听到，像是在听另外一个人的故事。

舒擎宇又劝了几句，见舒窈不想谈，便说起了另外一个话题：“阿沄已经下葬了，我知道你解不开这个心结，但是你也不用太内疚，阿沄她……

“在那年便已经死了。”

人最可怕的不是身体的死亡，而是灵魂的死亡。

舒沄在那一年便死了，真真正正死了。

/ 第十五章 /

下个路口，请你回头

回到易园的时候，舒窈在鹿林外面的小花园徘徊了许久，最终还是缓缓走向了远处的行政楼。

卫兵们对她客气依旧，路上遇到的用人也都停下来后退让她先行，舒窈却有些踟蹰，最终还是走到了傅亦寒的办公室外。

她问舒擎宇要不要把韩琦带去养着，他竟然拒绝了，他从心里，还是不愿意再和她有任何牵连。

杨粒似乎早就知道她要来，已经候着，见到她走过来立刻迎上去："太太，您来了。"

舒窈点头："我找傅亦寒。"

"指挥官在开会，您等一下可以吗？"

舒窈看着他殷切的目光有些不自在："不用了，你和他说一下就行。"

杨粒哪里敢："还是等指挥官回来您亲自和他说。"

舒窈坚持："就一句话，你让他不要再让人去我父亲那里了。"傅亦寒不愿意见她，舒擎宇也不愿意见她，但是如果不是有人去找过舒擎宇的话，舒擎宇是不会来见她的。

杨粒表情有些扭曲，看舒窈要走，拦着她："指挥官马上就要回来了。"

"我不用见他。"

最终舒窈还是走了，留下杨粒站在原地不敢动，早知道舒窈来说这个话，他死活都不会出现的。真是发哪门子疯，竟然让他传话，他又不想死。

一直到傅亦寒回来，杨粒还在原地站着，对上傅亦寒的目光，他硬着头皮说："刚才太太来过。"

傅亦寒目光立刻在周围转了一圈，最终落在办公室的门上，见他如此，杨粒不敢隐瞒，立刻说："她已经走了。"

傅亦寒手里还拿着文件夹，闻言朝杨粒看过去："来干什么？"

杨粒对上他的目光，压力山大，又不敢不说，咬咬牙，冲上去："太太说让您以后不要再派人去找她爸爸了。"

傅亦寒嗤笑一声："去查查人是谁派去的。"

"是。"这个时候杨粒绝对不敢触他的逆鳞，他说什么就是什么。

见傅亦寒表情没有特别不悦，他心里松了一口气，在傅亦寒进了办公室之后立刻走开，这会儿他不想让任何人想起自己。

第二天舒窈准备出去上班的时候，穆修已经站在花园里等她，刚出门舒窈便看到了他，很快便明白过来他来的目的："穆叔叔。"

她兀自笑了下，知道傅亦寒是不会让人去找舒擎宇的，傅亦寒大概已经懒得管她的事情。她不过是卖了个关子，想让他回来，想和傅亦寒谈一下，傅亦寒却这样戳穿了她，一点情面不愿意给她留，这样打她的脸。

穆修看她的目光总是带着惋惜："噜噜，是我让人去和你爸爸谈的。"

舒窈点头，已经猜到："您以后不要去找他了，昨天我都和他说过了。"昨天舒擎宇虽然一直在劝她，但是舒窈了解他，从他的语言动作中已经看出了其他的含义。舒擎宇不想见她，也不想劝和她跟傅亦寒，他甚至是有些怨恨她的。

舒窈能够理解他，以前是妈妈，现在是姐姐，全部和她有关。若是她站在舒擎宇的位置上，恐怕也会怨恨自己。

“你听叔叔一句话，这件事你怎么怪也不该怪在先生头上，他对你怎样，你心里没数？若他真要做这样的事情，会让你看出来？”

舒窈当时确实是迁怒他，但是穆修搞错了，现在不是她在怪他，而是傅亦寒不愿意原谅她。

舒窈笑了一下：“穆叔叔，您别操心了，我知道自己在做什么。”

“先生他现在每天都超负荷工作，不肯休息，身体可熬不住，你能不能劝劝他？”穆修尝试着和她商量，却不知自己找错了人，他该劝的对象不是她。

劝和的中间人总有各种各样的借口，舒窈心里想到傅亦寒每天拼命工作确实舍不得，但是嘴上还是说：“那您多劝劝他，我要去上班了。”她给自己找了个借口，再让穆修说下去，她会现在就去找傅亦寒。

可他根本不愿意见她，如果他愿意的话，今天来的人不会是穆修。

看着舒窈离开的背影，穆修叹了口气，明明是好好的一对儿，问题到底出在了哪里？

当天舒窈在办公室空想了一整天，什么事都没做，待到晚上回到易园，还是去了傅亦寒办公室所在的地方。

杨粒看舒窈的目光有些复杂，舒窈假装没看到：“他不在吗？”

杨粒摇了摇头：“出去了，还没回来。”他不懂，最近傅亦寒每次出门都不带他，偏偏把他留在这里，可舒窈来了他也留不住啊，傅亦寒自己还留不住呢。

这次他没有再说让舒窈留下的话，舒窈倒是自己说了：“那我进去等他。”

杨粒又为难了，不知道敢不敢答应，上次他答应的时候惹了那么大的祸，后来傅亦寒再也没有单独让舒窈待在他的办公室过。当然，后来舒窈基本也不来他的办公室。

舒窈看他一脸为难，心生退意，如果不是傅亦寒交代过，杨粒不会露出这样的表情。到最后，她还是压着心痛低头道："不方便吗？我在旁边休息室等吧。"

杨粒不敢私自做决定，却还是客气道："您还是在指挥官的办公室等吧，就是不知道他什么时候能回来，一会儿我就给他打电话。"

舒窈却不肯去了："我在休息室就行，休息室的沙发舒服一点。"全是鬼话。

进了休息室，杨粒一退出去，舒窈便摸了摸眼角，唯恐自己先哭出来。

一个小时过去，两个小时过去，舒窈的退意越来越强烈。傅亦寒或许以前经常这样对她，嫌她烦，嫌她吵，便把她支开，或者让人和她说一些五花八门的借口转移她的注意力。那时候不爱他，她只觉得生气，现在这样对她，她却只有伤心。

当他不再爱她，也不愿意再包容她的时候，她来找他都要看人脸色。也是在这一刻，她忽然认识到了两个人的差距，他们从来都不属于同一个阶级，也从不平等，那些平等的假象都是他营造的，当他不想的时候，他可以拿走她的一切，包括自尊。

人的好心情会有顶峰，坏心情却是无限循环的，舒窈站起身不愿意再等，只是打开休息室的门刚走出去便看到从走廊走过来的傅亦寒。

舒窈站着没动，任由傅亦寒朝自己走近。

她的心跳重新剧烈起来，看着傅亦寒，他似乎瘦了一些，挺括的西装穿在身上好看极了，原来不是公事，而是私事。

是什么私事让她在这里等这么久？

傅亦寒并没有为舒窈停留，只留下冷淡的声音："过来。"

傅亦寒离开，连杨粒都为舒窈尴尬。舒窈朝他扯了一个难看的笑，然后朝着傅亦寒的办公室走去。

进了傅亦寒的办公室，他正将桌上的东西收拾起来，大约是不能给她看的一些东西。

见她进来，傅亦寒看了她一眼，指了指沙发：“坐。”

舒窈不想坐，吸了吸鼻子：“不坐了，刚才坐了好久，有点难受。”

傅亦寒抬眼看她，目光定定的，却没有说话，这让舒窈觉得心慌，直到他开口：“说吧，什么事。”

“我爸的事情……”舒窈本是找个话端，谁知才说了开头，便被傅亦寒打断。

“不是我让人做的。”傅亦寒一点面子不愿意给舒窈留。

舒窈看着傅亦寒，傅亦寒也看着她，她觉得心里很闷，他的针对性太强了，她想假装不知道都不行。

咬了咬牙，舒窈道：“我想和你谈谈。”

傅亦寒收回目光，坐在椅子上换了个动作，然后点了一支烟，以前他是不在舒窈面前抽烟的，在烟雾后，他淡淡开口：“说。”吩咐人时的语气。

舒窈唇颤了颤，低头看了看地面，不敢再看他，只再一眼她便会逃跑。

“舒沄的事，我想听你怎么说。”既然是摊开了来说，那么便要一件一件来，只能从最初的那一件开始。

傅亦寒指间的烟缓缓燃着，听了这话，他嘲讽地一笑：“我们之间是不是连最基本的信任都没有了？”

舒窈的目光一直落在他的手上，他的手一直很好看，即便拿着她不喜欢的烟，也好看：“我想听听你的说法。”

“什么说法？说舒沄弄死了萧哲我是不是高兴？”傅亦寒自嘲地一笑，“最大的敌人死了，你说我高兴吗？”

舒窈黑白分明的眼睛看着他，这双眼睛曾经很清澈，如今只剩下难过：“那你的答案呢？”

“我知道。”傅亦寒开口，他不对舒窈说谎，“她找过霍述，这件事我知道。”

舒窈美目看着他，难以置信，里面写满了痛意和震惊。

傅亦寒漠然地盯着她："我让霍述拒绝了她的请求，也让霍述加派人手保护她，但是，" 傅亦寒扯了一个笑，走到舒沄面前，直直地看向她的眼睛，"舒沄很聪明，她从小就聪明，她永远知道给自己留一手，这个你是知道的，对吧？"

"你知道她聪明，知道她会有自己的办法，你都知道。" 舒窈肯定地说，胸口剧烈地颤抖着，她了解傅亦寒，他能猜到，也能想到。

那天她那么说，并不肯定，现在傅亦寒说，却在凌迟她的心，知道她不愿意听，却还是一句掩盖的话都不愿意说，把责任揽到自己身上，她的求和在他看来根本就是可笑的，所以他才拿这种话刺激她，他根本不愿意和她回到过去，努力一下都不肯。

"可霍述不知道。" 傅亦寒抽了一口烟，看到舒窈皱眉，依旧没有停下，"我提醒了霍述两次，白薇说最好让你留在那里，我不放心，让霍述提前带舒沄回来，但是我和他说的时候事情已经发生了。" 当时霍述也应了这个命令，只是紧接着事情便发生了，而傅亦寒已经在去北加韦的飞机上，一切都成了变数。

"亦寒，我了解你，若是你想做好一件事，不会让这件事有任何意外，你已经猜到了这个意外，是不是？" 傅亦寒那么聪明，他现在肯说，那就让她一次性死心，给她一个最真实的答案。

"若是我能确保所有的事情都按照我的计划行事，哪里还会有意外这个词？"傅亦寒声音带着淡淡的讽刺，还有些自嘲，"舒窈，我是人，不是神，你不要总把我想成万能的，你应该走出来多看看世界，而不是缩在自己的小世界里自怜自艾，你现在还不觉得你的这场心病生得莫名其妙吗？"

舒窈几乎是落荒而逃，因为她那天说了那样的话，傅亦寒再也不愿意原谅她，她触到了他的底线，他说他们之间是不是再也没有信任了，现在，是他不肯再信她而已。

他不要她了，所以才说这些话，将人的肌肤刺破，血流一地。

她也从未想过，傅亦寒会用这样的语气提起她这两年多以来的心病，漫不经心，语带讽刺，那是他对一个外人常有的态度。

接下来的许多话，她也已经不愿意再同他讲。

接下来的时间，两个人似乎达成了某种默契，这种默契就像是夫妻之间的七年之痒，互相进入了疲惫期，没人愿意再往前走一步，也没人愿意就此离开，只能这样拖着。

基金会每年年中都会举办一次为无钱无保险患有重大疾病的人群募捐的慈善舞会，每到舞会开始前的两个月工作人员便开始收集富商政要要捐献的物品，有文物字画也有贵重珠宝，就看想出风头拉关系的人是想给钱还是出物，这一段时间舒窈一直在忙这件事。

每年这个时候程笑便会挨家挨户去帮舒窈收集，她在上流的圈子混得开，加上大家也都给舒窈面子，她办的宴会质量一直不差。

程笑打电话过来："窈窈，跟你说个好事。"

舒窈听到程笑的声音，难得放松："什么事？"

"我给你找了个冤大头，要捐十六件张固的画出来，每幅都超过三平方尺，这妥妥的好几个亿啊。"程笑在电话的另一端很兴奋，"不过他要求必须和基金会最高领导人谈话，我去见过那人，就是个商人，胖胖的，很健谈。"

舒窈有些犹豫，怕是别人的陷阱："他是不是知道我的底细？"

"这个说不准，不过我们可以去王都，任他千般计策，到了王都也让他施展不开。"程笑提议。

王都是直属政府的，专门接待外宾和贵宾，常年守卫森严，虽然平常也接待食客，但是没有关系谁也进不去。

"我想一下。"

"你可要想好了，他说见面要带着这十六幅画直接捐呢。"程笑鼓动她，"你想想这是多少钱。"

舒窈笑："好了，我会认真想的。"

两天后，舒窈还是带了两个人出现在王都，去之前她没有和任何人说过，关系是程笑找的，她倒是和李磊提起过，意思是可以多安排一些安保。

王都很安静，舒窈曾经来过两次，只许在里面安静地吃饭，吵闹是不准的，任何人来都要守规矩。之前她一直不明白规矩这么严的地方为什么还有这么多人趋之若鹜，后来她懂了，为了面子，为了权势。

她到的时候程笑和对方已经到了，见到她进门，两人立刻站起身相迎，程笑在一旁介绍："这是舒窈，基金会的总经理。这是刘总，大慈善家。"

舒窈立刻和对方握手："你好，刘先生。"

被称作刘总的男子胖胖的，看面相是个敦厚人，笑呵呵地和舒窈握手："舒小姐，久仰久仰。"

舒窈抽出手："请坐。"

两人依次坐下，刘总也不废话："东西我已经带来了，舒小姐你带专家了吧？可以直接鉴定。"

舒窈倒没想过此人这么直接，不过她喜欢这种性格，给了身后的人一个眼色，身后的人立刻走向箱子旁边。

两人在一旁鉴定，刘总丝毫不在意，只和舒窈说话："舒小姐做基金会一定很忙吧？"

"还好。"

"敝人涉足的产业比较多，主要做地产和新兴网络科技，文化类略有涉猎，但是不专精，以后舒小姐有什么需要帮忙的地方只管和我开口就是。"

舒窈不懂他为何一开口便是这么大一个人情："这话该是我对刘先生说才是。"

刘总不接话，只是道："让人上菜，上菜，先吃再说。"

菜很快便来了，程笑一边吃一边说："刘总，你可真不够意思，之前我问你那么多次捐献这么多东西到底图什么你都不肯说，现在舒窈来了，你赶紧说说，我实在是好奇。”

刘总笑了一声：“我能图什么，这些年我一直做慈善，不过现在的慈善行业太乱了，所以我捐献之前都会直接和对方的最高领导谈，然后还要监管资金，我自己倒是也做了一个慈善基金会，但是总有无法涉及的地方。”

舒窈和程笑对看一眼，还有这样的好人？

“那这次的资金您还要监管吗？”

“舒小姐的为人我信得过，这次全权交给您来处理。”

舒窈不置可否。

程笑倒是笑了：“那您可真是个大善人。”

“不敢当。”

这位刘总倒真的像是来这里吃饭的，接下来谈论的全部是菜色，连字画证实是真品也没能打断他谈话的欲望：“现在食品安全现象实在是太让人害怕，我自己有地，每年都自己让人种瓜果蔬菜，外面的东西不敢吃。”

舒窈和程笑这种吃特供的倒是不好接话。

“我觉得这一块儿也应该呼吁起来，舒小姐觉得呢？”

“是，民生问题都是大问题。”舒窈不好多说，毕竟她只是普通公民身份。

不过舒窈并不认为这位刘总真的只是来捐钱吃饭的，在这顿饭结束的时候，他果然犹犹豫豫地说：“舒小姐能不能给我一分钟单独谈话的时间？”

程笑直接帮她拒绝：“那肯定不行，她的身份你知道吧？”

刘总有些急：“你们可以搜身，我身上什么都没带，就一分钟，开着门，我离您三米远，行不？”

看样子是真的有事情求舒窈。

舒窈却并不心软：“抱歉刘先生，您知道不行的。”

刘总有些泄气，半晌才说：“要不程小姐也留下，我就几句话，我坐这边。”边说着他边去了离舒窈最远的位置。

舒窈思考片刻，说：“一分钟，不能多。”说完她转向程笑，“没事，保镖在门口。”

程笑有些不愿意，但是看舒窈心意已决，便站起身道：“一分钟，一秒也不能多。”

“知道了。”

前后真的只用了一分钟，保镖询问的时候舒窈没答，立刻有人冲进来，姓刘的商人表情也不太好，依旧站在原地，保镖看舒窈表情不太对，立刻将那位刘总请出去。

程笑奔过去：“怎么了？”

舒窈有些茫然地转头看了她一眼，似乎不明白她在问什么。

“是不是他求你做什么为难的事情？这种人到处都是，你不要搭理他就好了。”程笑安慰她。

舒窈这才收回神：“没事，不是什么难事，你不要担心。”

“真的？”程笑反复确认。

舒窈勉强笑了一下：“真的。”

两人又聊了一些其他的，看舒窈心神不宁，程笑好几次想问，但是看舒窈不欲多说，她便没有问出口。

王都是围绕式的建筑结构，又有些仿古，地方很大，有三层和四层错落起来，整个外形也是一道风景。中间围绕着一处偌大的园景，走几步便又是不同的景色。

出了包间，程笑拉着舒窈不让她走，两人在园中边走边说话，程笑知道她同傅亦寒最近关系不太好，心里想着劝劝舒窈，又怕她反感，指着一处：“喏，看到那边没？我至今都没进去过。”

舒窈看过去，不明白，难道王都也分三六九等？

“那边要够级别才能去，有关系也不行，上次刘家的老三在那里和人打了一架也没能进去，反倒被列进了黑名单，以后连来王都的资格都没有。”

对上流社会的人来说，这不是能不能进的事情，而是面子的问题，舒窈想到印象中那个张牙舞爪的刘家老三的样子摇了摇头：“他那样的，在家里待着挺合适。”

程笑哈哈大笑起来：“我们靠近点看看。”

舒窈不解：“真那么想去？”

“想啊！以后我说出去不知道多少人羡慕我。”谈资很重要。

舒窈不确定：“要不我带着你过去试试，不过我也不知道我能不能进。”

程笑瞪大眼睛，激动地抓住舒窈：“真的？！”

“试试吧。”

让两人没想到的是竟然真的没人阻拦，身后的保镖只进来一个人，舒窈对于保镖不能去的地方一般不怎么踏入：“随便看看就走吧。”

程笑哪里肯：“进去参观下，就一下。”她一脸哀求。

舒窈不忍心拒绝她：“不能太久。”

“好好好。”要命也答应。

厅堂里摆放着多宝槅，架子上放着古董，每一样都价值千金，屏风后面的房间里传来钢琴声，程笑抬手招来一直站在暗处充当背景的服务员：“谁在里面弹琴？”

“程小姐、傅太太，是陆心颖女士在弹琴。”

程笑张大嘴：“陆心颖啊？是那个陆心颖吗？”

“是的。”虽然程笑没说明白，对方却给了她肯定的回答。

舒窈知道这个人，是国内有名的钢琴家，在国际上也拿过许多大奖，所以今天在这里吃饭的人地位都不会太低。

“我能进去看看吗？”程笑嘟着嘴一脸乞求地看着对方。

对方却看了看舒窈，有些不确定该不该说的模样，最终还是道：“傅先生在里面。”

舒窈愣了一下，瞬间明白过来，这人说话的语气分明是怕她遇到尴尬让她避嫌，连程笑都听了出来。

“那不是正好？我还能进去找陆心颖要张签名。”程笑毫不客气，她不是那种会退让的人。

但是舒窈不是，她不想在这种场合用质问的方式出现，所以她只是沉默地看着程笑。

程笑气不打一处来，但是看着舒窈这样又撒不出气，若是傅亦寒和那陆心颖没什么关系的话，服务员不会特意提示，这都什么事！

“算了！今天不想她当我偶像了！”程笑倒是自己气得转身就走，走了几步，又停下来等舒窈。

一路上两个人都很沉默，走出门之后，程笑仿佛给自己找解释：“那里面人多着呢，这女的就是来给大家表演的，你别多想。”

舒窈嘴角噙着笑看她：“是你在多想。”

里面那人可能和傅亦寒确实有点关系，但是绝对不是别人以为的那种关系。这点自信她还是有的。

程笑放下心来：“都是我多嘴，有什么好看的，还给你添堵。”

舒窈安慰她：“都说了是你多心。”

不管怎样，程笑还是觉得抱歉，虽然那位刘总不知道说了什么，但肯定是让舒窈不开心的事情，又加上傅亦寒的事情，她拉着舒窈说了许久才肯放开她。

舒窈趁着傅亦寒那边散场之前先带着保镖回了易园，回去之后便洗澡上床。躺在黑暗里，她却一直没有闭眼，心里想着那个姓刘的说的话，心里渐渐又生了一些恨意。

在她迷迷糊糊要睡着的时候，房间的门被打开，她整个人猛然惊醒，坐起身看着门口，手指紧紧抓住毯子一角，直到夜视灯打开，她才看到站在门口的傅亦寒。

傅亦寒进来后关了门：“是我。”

舒窈依旧紧紧地抓着毯子没说话。

“打扰你睡觉了？”夜视灯并不很亮，却能够让人看清他的表情，走到床边坐下，他盯着舒窈，“吓到了？”

舒窈摇摇头："没有，刚刚睡着。"

傅亦寒似乎喝了酒，舒窈能在他身上闻到淡淡的酒气："你喝酒了？"

"一点点。"傅亦寒声音有些沙哑，没有了那日的冰冷和冷硬，"你今晚去了王都吃饭？"

"嗯。"舒窈靠下去，身后的抱枕往下陷落。听他的语气他似乎是后来知道的，他现在已经不时刻关注她的行程了吗？

这也正常。

"去了怎么不找我？"傅亦寒握住了她的手，舒窈立刻松开毯子，任由他握着，心里生出一些委屈，千万般怨他，他肯靠近的时候，她还是忍不住原谅他。

"也没什么事。"

傅亦寒倒是没多谈这个，转了个话题："晚上和谁一起吃饭？"

"一个捐献人。"舒窈简短回答，感觉傅亦寒这话有些逼问的味道。

"刘在？"看，他什么都知道。

"我不知道他的全名。"在夜里，两人的声音打破了这一份静谧，就像打破了孤寂。

"他和你说了些什么？"傅亦寒拇指在舒窈手背上蹭了蹭，语气明明像是随意在问，舒窈却感受到了压迫感。

原来他来是为了问这个，为了一个无关紧要的人。舒窈面色有些不好："你喝多了，去休息吧。"

傅亦寒果然没再多问，起身去了卫生间，没一会儿里面传来了流水声。

舒窈头闷在毯子里，听着流水声，不明白傅亦寒怎么忽然要留下来了。

没一会儿，傅亦寒换了睡衣准备上床，舒窈开口说："把头发吹干。"

傅亦寒"嗯"了一声，声音有些闷，转身又进了卫生间。

直到舒窈又落入傅亦寒的怀抱，她才有了一些真实感，她心里想着乱七八糟的事情，又想自己要不要趁机和他谈一谈，不过最终她没有开口，因为傅亦寒睡着了。

傅亦寒很少有睡得很深入的时候，看来是真的休息时间不正常，舒窈看着他的脸颊，即便在睡梦中依旧紧紧皱着眉头。不知道梦里有些什么，眉头越皱越紧。

舒窈动了一下，傅亦寒下意识地将人更紧地抱在怀里，舒窈干脆不挣扎了，任由他抱着。

第二天她睡醒的时候傅亦寒已经离开了，吃饭的时候舒窈问了一句："他什么时候走的？"

"五点半左右。"曼因回答，今天正好她值早班。

舒窈愣了下，那就是说他只睡了五个小时？工作有那么多吗？看来他们真的有必要谈一谈，无论两个人怎么往下走，都不可以折磨自己，他以前不是这样的。

不过傅亦寒没有给她谈话的机会，这一晚的温存也并没有让两人的关系破冰，傅亦寒依旧如往常一般不回鹿林，仿佛从来没有回来过。

一周过去、两周过去，舒窈也没有了谈话的欲望。

她觉得自己有些消极，不该这么随波逐流，但是她又不知道该怎么改变。

基金会有许多事情，舒窈也每天都很忙，其实她不必事必躬亲的，但是她不想让自己停下来，只能一直找事情做。

其间她收到一封邮件，上面写着寄件人：刘在。

她没有打开，直接丢进了柜子里，像是染了病毒一般厌恶。

金怡也来过基金会一次，大力游说舒窈回去工作，舒窈将每天要做的事情列表给她看她才肯罢休。程笑也为了弥补上次给舒窈带来的不快，经常邀她去一些宴会，另一方面也想让舒窈改变下生活方式，让她开心一下。

"这次你可不能再拒绝我了。"程笑电话约不到舒窈，干脆来她的办公室堵人，“这次可是赵老爷子亲自办的，他过八十大寿，肯定很热闹，我们也去凑凑热闹。而且你们的慈善宴会马上就要开始了，这种事情本来就是你来我往，你去了，别人才肯来，对不对？”

舒窈有些无奈：“你又不是不知道，我不能乱跑。”

“赵家军人世家，家里的安保措施不比易园差，没事的。”程笑发誓，拉着她的胳膊撒娇，“反正你要陪我去，我连我们俩要穿的衣服都选好了，一个系列的，藕粉色，你穿长的，我穿短的，咱俩一起去回头率肯定超高。”程笑还拿出手机给舒窈看照片，她性格好，对朋友也有义气，对感情却不认真，男朋友最多只肯谈三个月，不过这些都不是缺点，舒窈只认为她是没有遇到命定的那个人，或者是心里早早装了人。

舒窈的好朋友不多，最后还是被程笑拉了去，程笑不敢带她去不安全的地方，造型师就在外面候着，待到舒窈一答应，立刻招呼了一群人进来，加上保镖，站满了她的办公室。

“化妆品都是我自己亲自去挑的，你说你怎么都不化妆的？这得错失多少缘分啊。”程笑在一旁抱怨，捧着脸痴汉样看着舒窈。

舒窈本就长得好看，但她是很纯那种好看，别人看到她的第一眼都会觉得这种美让人不敢随便接近，当初若不是舒窈主动开口和程笑说话，两个人恐怕是做不成朋友的。

“窈窈，你怎么这么好看呀？”程笑痴汉地开口。

舒窈斜着眼看了她一眼，因为上了眼妆，这个眼神在程笑看来完美地诠释了“眼波潋滟”这四个字，她捂着胸口：“我不行了，我已经阵亡。”

舒窈笑：“你再这么贫我不去了。”

程笑最喜欢逗她：“你不去我不走，你不来我不老，反正你得陪我去。”

“那你可千万别老。”程笑的心愿是永远年轻，然后有许多许多男朋友，舒窈希望她梦想实现。

“还是你最懂我，”程笑换了个姿势，继续痴汉，“要不我扮个男装怎么样？你演我女朋友。”

“我不要这么娘的男朋友。”舒窈打趣她，程笑不知道想到什么，在旁边笑成一团。

两个人到赵家的时候赵家门口已经宾客云集，所有人穿着礼服拿着邀请卡依次入内。程笑拉了拉舒窈：“等会儿我先下，然后你再惊艳亮相。”

“我要那么惊艳做什么？”舒窈有些无奈，总觉得程笑是带她来相亲的。

“你以前就不喜欢参加宴会，好不容易来一次，又弄得这么好看，肯定要惊艳一下大家啊，闪瞎他们的眼。”程笑推开车门，“你别动，让司机帮你开。”

说话间司机已经打开了车门，舒窈呼出一口气，迈步走下去。

司机扶了她一把，舒窈朝对方点头示意，程笑已经走过来挽住她的胳膊：“别人都是一男一女，只有咱们两个都是女的，多特别。”

舒窈笑，程笑总是喜欢奇特的东西。

人流进得很顺利，舒窈和程笑站在人群中随着人流慢慢往里走，主家有子孙辈的人站在门口迎宾，舒窈不过是朝那边打量了一眼，那人便立刻看到她，小跑着走过来，面上有些激动：“傅太太，您来了。”抬着手想让她走特别通道。

“赵先生，我来恭喜老先生大寿，您这里忙，不用特意陪着我。”舒窈打断他想说的话，表明了自己的态度，知道她身份的人毕竟都是小圈子里的，舒窈不想表现出自己的特殊。

“是，是。”赵家老四态度恭谨地应着，他是没有资格去参加傅亦寒的签字仪式的，但是他父亲去了，回来之后便立刻让全家人聚集在一起拿了舒窈的资料给他们看，看完之后立刻损毁，这位可谓整个加韦第二不可得罪的人。

舒窈见他这么说着却不肯离开有些无奈，又不好开口驱赶，程笑看出来，笑着对赵四说：“四叔，您都没有看见我！”

赵四这才看到一旁的程笑，笑道：“这不是小笑嘛！多久没来家里玩了？”

“我这不是来了嘛，上次我去了北边给您带了玉回来，结果送到家里您都没在。”程笑和他拉家常。

“你阿姨特别喜欢，整日戴着，还没谢谢你呢。”因为舒窈在旁边，赵四的态度格外客气。

程笑也看出他的不自在，道：“您快去忙吧，不用招呼我们，我们就是来玩儿的。”

“行。”赵四松一口气，又看向舒窈，“那傅太太有事随时招呼。”

“麻烦你了。”舒窈含着笑说。

赵四离开之后没有继续迎客，而是去了安保处再次升级了这次的安保系统，交代所有人特别注意舒窈和程笑的安全，这人若是在他这里出了事，赵家也就到头了。

进了会场之后，舒窈和程笑去给老先生拜年，老先生早已得了她的消息，早早地已经在留意，见到舒窈进场并没有过去，而是等着她来，待到她走近，他立刻同她说话：“这丫头许久没见了。”

舒窈立刻握住老先生的手：“爷爷您身体可还好？”她以前随着舒擎宇来拜访过赵家几次，虽然说不熟，但是也绝不生疏。

“好好好，你这孩子倒是越来越瘦了。”老爷子上下打量她。

寒暄几句，老爷子没有留舒窈，之前也强调了让赵家人都不许表现得太过于明显，虽然安保稳妥，但是老爷子谨慎习惯了，绝不让更多人知道舒窈的身份，怕有麻烦。

赵家人这样让舒窈感觉轻松了许多，在场也有其他知道她身份的人，或许是怕失礼，都会上前攀谈几句，态度客气又恭谨，不敢多耽误她的时间。舒窈说着重复的话，脸上挂着笑面对一个又一个假装不经意遇到上前攀谈的人，有些她甚至不知道是谁，脸上没有表现出丝毫不耐。

这个时候她忽然想到傅亦寒，难怪他一直冷着脸，任何场合都没有过多笑意，确实省事。

“窈窈，你的脸都僵了，不想笑可以不用笑的，没人会怪你。”程笑和很多人都熟识，说起话来自然没有太多忌讳。

舒窈果然收了笑，用手揉了下脸颊：“确实有点累。”

“这个时候想一想傅亦寒是不是又觉得他挺好的？”程笑笑着问，对上舒窈的疑问，她接着说，“想对谁笑就对谁笑，不想对谁笑，他就得忍着，好幸福。”程笑做了个太阳花的表情。

舒窈被逗笑：“自己心情不好干吗要传染给别人，回头对方觉得你对他有意见害人担惊受怕可不好。”

程笑一脸不甘愿：“你每次见我的时候都一副不高兴的样子，你就不怕我多想？”

“你歪理真多……”舒窈笑着摇头。

“走我们去那边，好多人你都认识的，这些人以前都眼高于顶，现在肯定不敢了。”程笑倒没有要去他们面前出一口恶气的意思，“这些人迟早将他们的父辈更替下来，打好交道也是有必要的。”

该来的早晚会来，舒窈并没有拒绝，任由程笑拉着自己走过去。

大家看到舒窈果然默契地保持了看不出的尊敬和热情，说话间又稍带轻松，想要表现出熟稔。

“舒窈，你那个基金会我去年就问你们工作人员要帖子了，结果竟然要不到，当时想联系你你又换了电话，你可真难找。”冯雪边笑边抱怨，她和舒窈关系向来不远不近，舒窈因为家里的关系，圈子里对她整体都一般般，和他们不过点头交。

舒窈对于以前的事情并不介意：“那是我疏忽了，回头一定把帖子送到大家府上。”

大家七嘴八舌说着家里有什么用不到但是又珍贵可以售卖的东西，舒窈静静听着，偶尔插一句话。

“我们家门廊里放着一个两百多年的花瓶，长得又不好看，我一直觉得放着碍眼，又有这个市场价值在，不如捐出去帮助需要帮助的人，赶明儿我就让人鉴定一下送过去。”人群里有人说道。

“你们家门口那个丑花瓶确实只有卖了作这个用途。”程笑吐槽。

“那我先帮大家谢谢你了。”舒窈和对方不熟，只能说一些得体的话。

不知道谁喊了一声：“舒已，这里！”

舒窈猛地愣了一下，顺着对方的目光看过去，果然看到舒已站在不远处正在同人说话，一身西装革履，褪去了少年的青涩，已然是一个成熟的男人。

她怔怔地看着，有些退缩，不敢主动打招呼。她在研究所上班的时候曾经联系过舒已几次，心里对他存着太多愧疚，总想得到他的原谅，只是舒已一直不肯见她。

舒已是二叔唯一的儿子，以前她同舒已的关系也很好，只是二叔在她家出事之后，舒已便不愿意再理她。

舒已对上舒窈的目光，她似乎有些怯怯的，不敢上前。她总是这样，一眼便能看到底，在舒窈要转身之前，他朝她走了过去。

同大家打过招呼之后，舒已带着舒窈去了阳台上，白色的纱帘在舒窈背后慢慢飘动，她站在那里握着手有些局促，抬头看着舒已没有先开口。

舒已点了一支烟：“舒窈，你没错，所以不用对我觉得抱歉。”

舒窈低头，不禁苦笑，这不是真心话，不然他也不会一直不愿意见自己：“对不起。”她听到自己低声说。

舒已大口抽一口烟，目光显得有些焦躁，半晌才开口：“之前我确实不想见你，爸爸走了之后，我和妈妈的生活都发生了巨大改变，我不想怨你们，但是又不知道可以怨谁。”他自嘲一笑，“既然见了面也避免不了互相埋怨，不如以后都不要再见。”

舒窈一滴泪滴在脚上，这些日子她都不敢想，但是看到舒已，她又不得不想。

"舒沄的事情我也已经听说了，你心里不好受，但对她来说未必不是一种解脱，所以你也不用总是责怪自己。"舒已公事公办地说，看着舒窈低着头流泪的样子到底还是心软了，声音放柔，"你别和自己过不去，即便没有你这些事情还是会发生，所以根源不在于你，知道吗？"

舒窈胡乱地点头，抬手去擦眼角。

"看你瘦的。"舒已抬手，半晌才落在她的头上，"老大不小了，过好自己的日子才最重要。"

舒窈依旧只是点头，越哭泪水越多。

"小时候你可不爱哭。"对于这个妹妹，其实舒已一直是很喜欢的，小时候舒窈活泼开朗，见到他嘴巴特别甜，有一次两人单独出门，回家的时候她喊累，他便背着她，背了足足一路，那时候心里是为人兄长的担当和责任。所以后来出了那样的事他才不愿意见舒窈，不想见了她便埋怨她，只留下美好的回忆不是也很好吗？

"哥，我举办婚礼的时候你也来好不好？"舒窈找不到下一次见面的理由，又怕他拒绝，只能拿人生大事说事。

舒已果然顿了一下，半晌才说："好。"

"那你要和爸爸一起牵着我的手进教堂。"

舒已浅笑："哪里有两个人牵引新娘的？"

"那你来当伴郎。"

舒已依旧不应："那要新郎同意的吧？"

"他肯定同意！"舒窈想都没想道。

舒已低笑一声："阿窈，不管我们是不是经常见面，你知道我心里是牵挂着你想要你好就行了，知道吗？"

舒窈怎会不明白他的意思，心里一阵难过，知道两个人再也回不到过去兄妹的亲密，他这是变相拒绝："嗯。"

舒已很快找了借口离开，留下舒窈一个人恍惚地站在原地，屋内传来人们欢快的说话声，舒窈却无法将自己代入这场盛宴之中，又不想程笑看到自己这样，急急地问了用人卫生间的位置，便朝着卫生间去了。

脸上的妆没有花，舒窈对着镜子看了许久，也觉得自己陌生。以前她从不这样顾影自怜，而现在不但自己感到人生晦暗，连周围的人也因为这份同情不忍心苛责她，这不是她。

想洗把脸，但是怕花了妆，舒窈只是呆呆地站着，不知道过了多久，有个穿冰蓝色连衣裙的女人走了进来，舒窈从镜中看了对方一眼，对方正好在看她，看到她看过来，对方给了她一个微笑。

舒窈收回目光，却留意到女人有一双漂亮的手，女人去了洗手间的隔间里，舒窈觉得很怪异，说不出的怪异。

就在她准备出去的时候，又有两人走进来，其中一个人说："指挥官近看可真帅，天哪，怎么会有这么完美的男人？"

舒窈终于知道哪里怪异。

"他那个女伴也漂亮啊，郎才女貌。"

"比她漂亮的多了去了……"女人说话的时候正好看到舒窈，低声和同伴说了一句，"看到没，到处都是美女。"

舒窈抬脚走了出去。

程笑给她准备的裙子有一个隐藏的口袋，她掏出手机给程笑发信息：我有事要先走了。

程笑立刻打电话过来，舒窈没接，没一会儿收到她的短信：你跑什么！你是要气死我！

舒窈看了眼便把电话调成静音收了起来，周围的保镖看到她要离开，立刻跟了上来，舒窈在走到院子里的时候听到大厅里传来喧闹声和尖叫声，无数安保人员从暗处冲出来，有背着枪穿军装的人大喊："为了避免误伤，所有人在原地不要动！"

舒窈被保镖密不透风地围起来，困在原地不能动弹，对这种事情早已习惯，只是淡定地站着，若是有人想在这种地方要她的命，恐怕不太容易。

没一会儿有人跑到她身边："太太，我安排好了人，您先走。"

舒窈点头，和保镖一起随着人走了出去，周围路过有人的地方不免被人侧目，不过舒窈只想快些离开。

另一边，在傅亦寒知道舒窈也在场的时候，巡视了一圈没找到人，出事的第一瞬间他不是随着保镖退开，而是拨开保镖直接朝着事件发生地走去，步子又大又急，周围的保镖增多，一时间去卫生间的长廊上全部是人。

傅亦寒手心有汗，呼吸有些不稳，一眼能看清长廊尽头花瓶里的花朵，明明没多远，傅亦寒却觉得这条路格外长。

待到终于走到卫生间，他盯着躺在地上周围一身血的女人，目光没有任何温度地盯着，手指微微松开。

不是舒窈。

“傅先生，有人要杀我。”陆心颖靠在墙上白着一张脸，声音有些颤抖，似乎想强迫自己冷静下来，整个人看起来楚楚可怜。

傅亦寒看过去，对上她含着波光的眸子表情不变，对身后人道：“带她去录口供。”言毕立刻沉声吩咐人调查，自己则大踏步往外走。

赵家老大早已急急地跟在人群里，之前不敢开口，见傅亦寒要走，他赶紧凑过去：“指挥官，我已经派人安全地送走您太太了，刚才有些乱，我怕出乱子，也没敢让她再进大厅找您……”他声音惶惶的，唯恐倒霉事落在自己头上。

傅亦寒见他提到舒窈，才给了他一个眼神：“老爷子那边你帮我告别，改日我再单独和他叙。”顿了顿，他又道，“我太太的事谢谢你。”

赵家老大哪里担得起他的谢：“应该的应该的。”

“这件事我会让人调查清楚，你们别让老爷子再扫兴。”傅亦寒多说了两句，今天别人过寿宴，又是开国元勋后代，出了这种事他应该亲自主持的，但是他心里惦记舒窈，只得让赵家老大来主持。

回易园的路上傅亦寒给舒窈打了好几个电话，舒窈都没接，他显得有些急躁，让人联系了舒窈的保镖，确定她的位置已经离易园很近才放下心来。

到了易园，他并没有让人将车子直接开到鹿林，而是走了过去，短短的一路却抽了三支烟，在路上遇到垃圾桶，他站在垃圾桶旁边抽完手里的烟，然后将那一丝明火摁灭丢进去，又站了一会儿才抬脚往鹿林走。

进了鹿林，女佣看到他似乎有些惊讶，小跑着要去叫舒窈，傅亦寒抬手：“不必。”

女佣欲言又止，最终退了下去。

舒窈在房间里，傅亦寒推门进去的时候她正在卫生间里讲电话，声音低低的：“嗯，我刚到，你不用担心。”

傅亦寒坐在单人沙发上等，摸了摸口袋，又想抽烟，最终还是忍住。

电话那边程笑又问傅亦寒在哪里。

舒窈有些无奈：“不知道，我还没联系他。”

“你就不怕他被野女人勾走了？”

舒窈想到在镜中看到的那双修长的手，之前她相信傅亦寒绝不会和外面的女人有什么关系，现在她忽然不确定了：“他不会。”不管她怎么想，嘴上却只能这么说。

“都带着出席公开场合了，还有什么不会的？！”程笑没好气，“你这么好看，用点手段，什么男人留不住？”

舒窈失笑，谁能对傅亦寒用手段？他可不傻。

“我们之间是有一些问题，但是我会处理的。”其实舒窈并不想和别人谈这个问题，但是对方是程笑。

“他今晚回了你那里，你得让他给你立下保证，以后绝不和那个陆心颖有牵连！趁着他对你还有感情要先下手为强，不然等他们的感情渐渐深了，你说什么都没用了！”

舒窈有些恍惚，傅亦寒和别人感情渐渐深了？她从未想过这种问题，傅亦寒这些年目光似乎一直在她身上，她从来没有将他和其他女人联系在一起过。

“哦，行。”她的声音越来越低。

“窈窈，”程笑有些欲言又止，“要是他真和那个陆心颖有关系，你打算怎么办？”

舒窈站在卫生间里看着镜中的自己，又想到镜中的那双手，程笑的话她听进去了，却不知道该怎么回答：“真有关系还能怎么办？我们还没举行婚礼呢。”她苦笑，这是最坏的打算。

程笑在那边摔了什么东西：“你这样，如果以后真的分开了，你想过你以后怎么办没有？那人可是傅亦寒，谁敢招惹他的女人？所以你得赶紧把他的心抓牢！不能有任何其他想法！”

“行，我知道了。”舒窈将乳液抹在自己手上，闭了闭眼睛，又是手。

好烦！

程笑听出她不愿意谈这个事情，便说起了刚才发生的事情，又是一顿懊悔：“我今天不该带你去的，幸好你走得早，谋杀就是发生在卫生间门口的，你说最近怎么这么乱啊？”

舒窈心里彻底确定了又是一个和自己有关的事件，但是她并没有说出来，和程笑又说了一会儿才挂了电话。

挂了电话之后她没有立刻出去，而是坐在浴缸上脑袋空了许久，想要想一些事情，却什么都想不到，脑海中不断出现那双手，一双钢琴家才会有的手，细长、优雅、弧度优美，若她是一个男人的话，也会被拥有这样一双手的女人吸引。

所有的话她都听进去了，却无法预料自己的反应。

外面传来轻微的开关门声音，舒窈吓一跳，立刻开门走出去看，在看到空荡的房间的时候，心里有片刻的失落，她原本以为是傅亦寒来了。

这些天她不是没有反思过自己，两人冷战，时间越久，便越会觉得是自己的问题，舒窈很多时候会想是不是自己的姿态还不够低，想得多了又觉得委屈。爱情便是这样，并不是你先低头便能够赢回对方。对方不再心疼你的时候，你流泪和流血一样一文不值。

/ 第十六章 /

水来，我在水中等你

翌日舒窈吃早餐的时候听到曼因无意中提了一句：“先生昨天出来之后坐了好久都不肯走，又抽了好多烟。”

舒窈大脑有些死机：“他昨天来了吗？”

曼因也愣了下，昨天傅亦寒进房间许久，两人竟然没碰面？

舒窈想到昨天听到的细微的开关门的声音，呆愣了许久，所以她打电话他都听到了？那她昨天都说了什么惹他生气的话？不然他怎么会不碰面就走？

傅亦寒的办公室里，霍述正在报告北加韦的事宜，傅亦寒认真地听着，不时地发表一句自己的意见。

“萧哲死了之后他下面的人也都散了，但是不免会有极端分子，我这边正在让人追踪，”说着他顿了一下，“穷寇末路，我建议那些危险性不大的不必追捕，不然不知道他们会做出什么事，您说呢？”

傅亦寒点头：“让他们再逍遥两年吧。”

“这两年北边发展得好，平民们安居乐业，不会有太多人惦记加鲁，对极端分子的监控我这边也会升级，昨天的事情我也正在查是不是和北边有关。”

“那个人找到了吗？”傅亦寒问。

昨天安保人员到现场的时候人已经死了，而这个死的人，恰恰是一个杀手，他们推测是之前留字条给舒窈的那个人弄死了对方。

“对方似乎一直在平原，很善于隐藏自己的行踪，我们没有在任何一个监控中看到过对方的身影。”霍述皱着眉头，“不过他对舒小姐没有恶意，似乎一直在保护她，昨天那人应该也是他动的手。”

傅亦寒眼中有一丝兴味：“找不到？那就上天入地把他找到。”

“是。”

接下来是片刻的沉默，傅亦寒用目光询问，霍述有些踟蹰地说：“奥马那边希望我们能出售一批战斗机，他们和伊斯的边境冲突越来越白热化……”

傅亦寒抬手打断他：“你觉得我们加韦立国的根本是什么？”

“强大的武力。”

“强大的武力靠什么支撑？”

霍述有些迟疑：“经济。”

“若是周边一直处在动乱状态的话，你觉得加韦的这种稳定还能维持多久？”

霍述浑身一震，这倒是他没有想过的问题，他的本意是趁着周边国家动乱可以销售武器大赚一笔，以前不是没有这样的先例，毕竟是有国家成功过的。

周边地区的动乱已经持续了许多年，而加韦之所以能够成功地在这种动乱地区自保，一是因为傅毅的正确领导，二是加韦的军事能力让人不敢随便打主意。但是这一块一直是一些国家眼中的肥肉，他们借着维稳的名义派驻军事力量进入动乱国家控制别国主权，侵吞别国资源，这几乎是所有国家默认的事情。

他从未想过傅亦寒的目光这么长远，目标这么宏伟，他要的竟然是整个地区的稳定。在热血沸腾中，他看向傅亦寒的目光带了钦佩和肃穆，隐约觉得这个时代最伟大的政客要出现了。

“可是就算我们不卖，也总会有其他国家要卖的。”霍述有些迟疑，“效果有什么不一样吗？”

“那就让他们卖不成。”傅亦寒肯定地说。

霍述不敢深问，若是傅亦寒肯说的话会主动说。

傅亦寒往椅背上靠过去，面上有些寂寥：“不过这件事可能要等一等。”

霍述愣了下，他这语气不是暂时等一等的意思，而是近期或者近几年都不会动的意思。他不敢相信地看着傅亦寒，在霍述的印象中傅亦寒向来是想到就去做的人，况且他觉得傅亦寒这个想法已经不是一天两天了。

“舒窈……”傅亦寒停住不再说，有些自嘲地笑，又有些无奈，他很少在别人面前提自己的私事，一是为了安全，再是性格所致。可霍述不同，霍述从本质上来说和他是同一类人，同样狠，同样无情。

霍述自然知道傅亦寒说的是谁，很多时候他都是佩服傅亦寒的，他无情起来让人觉得恐怖不敢沾惹，但是他深情起来又让人感慨。这完全是两个极端，可在他身上完美融合了。

“太太是个善心人。”霍述说不出舒窈的不好，他这把年纪，又一直有官在身，什么样的女人都见过，内心里来说他觉得舒窈有些作，但是这话轮不到他来说。不过舒窈不是没有用处，就像是许何劲和傅战说的那般，傅亦寒太过于无情，所以需要有个人来牵绊他，舒窈是最合适的那个人。

傅亦寒笑一声：“行了，你去忙，有需要的地方让许何劲帮你。”

“是。”

霍述退了出去，傅亦寒打开世界地图一遍遍地看着，他以前一直认为一个男人胸中若是没有宏图大志，一辈子必定是没有意义的，就像古人说的那般，天下和美人他都要。而现在……

下午的时候，杨粒小心翼翼地跟在他身边说了句：“那位陆小姐想见您一面。”

“哪位陆小姐？”傅亦寒正在为新一轮的出访做准备。

“就那个陆心颖陆小姐。”杨粒不知道该怎么称呼陆心颖，却又很好奇傅亦寒对陆心颖的定位。从原则上来说，他是要坚持站在舒窈这边的，况且傅亦寒已经是已婚人士，他有责任帮舒窈看好他。

傅亦寒皱紧眉头，停下脚步转身看杨粒：“你闲着没事？她给你送了什么好处让你帮她传话？”

杨粒心里一跳：“她不是您的女伴嘛，而且刘家……”

傅亦寒脸色沉了沉：“找个合适的时机警告一下刘家，不要什么乱七八糟的女人都往我身边送。”

“是。”杨粒没有不应的道理，舒窈的地位可算是保住了。那位陆心颖确实有几分勾人的本事，连他都担心傅亦寒把持不住了，幸好是他想多了。

“昨天舒窈见到舒已说什么打听到了吗？”

“太太说要举行婚礼，让舒已来参加，舒已答应了，”杨粒说着打听来的消息，“不过看样子两个人似乎没和好。”

傅亦寒微愣：“她说要举行婚礼吗？”

杨粒看他心思有所动，不知道该不该解释：“太太估计是想缓解和舒已之间的关系才找的借口。”他小心翼翼地解释，若是傅亦寒跑去质问舒窈，两人的关系恐怕会更差。

傅亦寒给了杨粒一个眼神，抬脚便走。

杨粒苦笑，他也不想这样解释呀！

接下来的一段时间，奥马总统出访加韦，新闻里着实热闹了几天。奥马国土面积不大，又常年动荡不安，加上经济落后，两国虽然是邦交，但是加韦人民对奥马总有一种上国心理，所以即便新闻里天天提，现实里人们的热情却并不高。

而在基金会里，小助理已经记不得是第几次和舒窈提起这件事：

“舒小姐，那位刘先生又来了。”

是曾经一起吃过饭的那位刘总刘在。

舒窈眸中闪过不耐，这人门路广，总能通过各种渠道找到她，让她烦不胜烦，她丢开手里的小剪刀：“让他进来。”顿了下，她又道，“让保镖也进来吧。”

没一会儿，胖胖的刘在便走了进来，脸上挂着些许讨好之色：“舒小姐，又见面了。”

舒窈本不欲请对方坐下，但是看到他脸上有汗，还是不忍心道：“坐吧。”

“哎，”刘在坐下，“谢谢舒小姐了。”

保镖站在门口，刘在有些不自在，一时间没有开口。

舒窈先开口：“可能刘先生没有明白我的意思，若是你想捐献这些东西的话，我们基金会很欢迎，但若是你想将这些东西给我个人，我不能接受。”

“可是遗嘱里写明了您是唯一继承人，我这边没办法安排捐赠。”刘在有些为难。

“刘先生人脉这么多，还有您做不了的事情？”舒窈盯着刘在，面上没有一丝表情。

“这件事是……”刘在看了她一眼，没敢说出名字，“是他唯一的遗愿了，我知道你们之间发生过许多事情，不管他做过什么，但是他的心意……”

“住口！”舒窈站起身，胸口剧烈起伏，整个人有些失态，随即有些难堪地转过脸静默了片刻。

刘在则一脸抱歉地一直看着她，不知该不该继续说下去：“舒小姐您可以接受之后再全部捐出去，无论您用在哪里都是您的自由。”

待到舒窈平静之后，转身看着刘在，声音平淡地开口：“东西我不要，你若是再来的话我就让警察处理了。”她顿了下又道，“刘先生，恕我直言，你觉得你和他那样的关系为什么现在还能好好活着？是因为有人想让你好好活着，别自掘坟墓。”

“是，是是。”刘在站起身，脊背微微弓着，还是说了最后一句话，“我那老弟的事情我都没参与，也不知道，我和他纯粹只是朋友，朋友之托，我片刻不敢忘，还望舒小姐体恤。”

舒窈不看他，刘在又期待地看了她片刻，才缓缓退出，脸上全是失望。

待到所有人退出去，舒窈脱力地坐在椅子上，自嘲地笑了片刻，眼角却微微湿润。

她想到多年前的一天，她和韩郅谈到将来人生走到终点的时候会怎么安排后事，韩郅开玩笑地说：“若是我先走了，就把所有财产全部留给你，不管世人对你有多坏，只有这些才是真的。”

当时她没有想过自己的身后事，她觉得自己作为一个平凡人，死亡离自己是很遥远的事情，她有着正常人的乐观，所以没有给自己的身后事做假设。却没料到，韩郅真的说到做到了，多年后有人突然跑出来告诉她，韩郅曾经拥有过的许多匿名资产全部由她来继承。

一个想要杀了她，她也想对方死的人，竟然将身后物留给了她。她不想要，觉得恶心，曾经她问自己是否后悔认识韩郅，那时候她并不后悔，因为不是她也会是舒沄。

现在再问自己，她后悔，后悔认识这个人，后悔没有早些看清他的真面目，后悔没有早些送他下地狱。

同时她又不明白世上怎么会有韩郅这么复杂的人，让人看不透他的心，一个人是怎么做到又狠心又真心的呢？

不知道过去多久，静谧的空间里传出轻盈的钢琴曲，是傅亦寒的专有来电，舒窈就像看到救星一般捞起电话，很快接通，却没有说话，听着傅亦寒在那边说：“舒窈？”

“嗯。”舒窈闷闷地应了一声。

“晚上有安排吗？”傅亦寒听出她的声音有些不正常，却没有问。

“没有。”舒窈低低地回答，没有问傅亦寒想做什么。

“晚上陪我一起出席一个私人聚会可以吗？”傅亦寒询问，不待舒窈回答，又加了一句，“是奥马的楚博，晚上约一起聚餐，只有他和他太太我们四个。”他语气十分客气。

舒窈吸了吸鼻子：“好。”不知道为什么，她又想到了那双手，别人称呼她是傅亦寒的女伴，为什么不带她去？难道是这种场合不合适？也对，他根本都不想理她的。

事情说完，舒窈没有挂断，傅亦寒也没有挂断，半晌后，傅亦寒客气地说：“那晚点我让人去接你，晚上见。”

“嗯，拜拜。”舒窈先一步挂了电话，心里更加失落，以前每次打电话傅亦寒都不肯挂，若是碰到她情绪不好，又总会想方设法地哄着她，大概真的是对她失去了耐心。

接下来的时间她一直在想这件事，时间过去许久，直到有人敲门，她才猛然惊醒：“进。”

有黑衣人打开门：“太太，先生让我来接您。”是傅亦寒的保镖。

舒窈这才彻底清醒，有些慌乱地起身收拾，东西很乱，一时间她想不到都要收拾什么，只慌乱地四下看着。

“太太，我去车里等您，您慢慢收拾。”

待到保镖离开，舒窈重新坐下，捂着脸重重呼吸了几次，脑子这才清醒。她迅速收拾了东西，提着包往楼外走，一点没耽误时间。

司机远远地看到她便上前帮她开车门，舒窈侧过身往里面坐，没想到和傅亦寒看了个对眼，心跳似乎消失了，只是愣愣地看着傅亦寒。

傅亦寒永远打扮得一丝不苟，侧过脸看她的时候，略带禁欲的气质有一种别样的英俊。

看着舒窈对着他发呆，目光中似乎有许许多多的话，又带着许多委屈，傅亦寒朝舒窈伸出手：“上来吧。”

舒窈握住他的手，顺着力坐进车子，快速收回手：“你怎么来了？”

傅亦寒手中一空，淡然自若地收回自己的手：“顺便。”

舒窈有些后悔问这个这个问题，手指无意识地捏紧了长裙，没有再说话。

车厢内陷入静默，舒窈低头看着自己的手，有些感谢车内的偌大空间，可以让两人不用紧紧挨着，否则会更尴尬。

车子开出去许久，一直没人说话，舒窈踟蹰了许久，终于扭头，想要问傅亦寒去哪里吃饭，谁知傅亦寒已经闭上眼睛在休息。也因为他闭着眼，她才能这样肆无忌惮地打量他，没有变胖，也没有变瘦，仿佛没有她在身边这段日子对他没有任何影响。

舒窈只是这么肆无忌惮地看着，心中滚过许多不合时宜的感觉，让她觉得荒谬。她正要收回目光，傅亦寒陡然睁开眼睛。

舒窈有些慌乱地想要避开他的目光，又觉得太过于刻意，便开口询问："我们去哪里吃饭？"

"王都。"傅亦寒淡淡开口。

舒窈愣了一下，随即想到上次在王都吃饭遇到的事情，避开傅亦寒的目光，仿佛真的只是为了问这个问题。

又是片刻静默。傅亦寒开口："刘在又找你了？"

舒窈手指动了动："嗯。"

"他找你什么事？"傅亦寒贪婪的目光落在她的脸上，声音却淡淡的，就像是面对其他人一般。

舒窈别过脸看向窗外，躲过他的目光，片刻后才回答："你不是都知道吗？还问我做什么？"她有些气，不喜欢他这种审犯人一般的口气。

傅亦寒果然没有再问，却也没有再说话。

舒窈气过之后又有些难受，早知道这样今天不该答应他一起吃饭的，何必让两个人都不开心。

到了王都之后，傅亦寒先下车，又用手撑着车门让舒窈下车，车子很高，他却轻巧地用手支顶，在舒窈下车的时候还扶了她一把。

下车站定之后，舒窈看了看自己的衣服："不用换件衣服吗？"今天她穿的套裙，不出彩，也不职业，显得有些随意。

傅亦寒上下打量一下："挺好的。"伸出手臂，让舒窈挽，又解释，"私人聚会，不用太庄重。"

舒窈瞥了他一眼，又想到那双好看的手，配的是冰蓝色裙子。

王都今晚全面戒严，上次来的时候还能看到几个零散的客人，现在则只剩下隐在暗处的保镖，和各处站岗的军人。

进了宴会厅，楚博夫妇已经到了，两人都会说加韦语，四个人互相招呼之后便坐下。楚博有四十多岁，他太太跟他的姓，叫楚郦微，看起来很年轻，岁月并没有在她脸上留下太多痕迹，只留下了优雅。舒窈注意到楚郦微私下拉了一下楚博的手，楚博立刻反握了一下，两人的感情一定很好。

对方一坐定，楚郦微便道："傅先生，这是您太太吗？和您可真配。"

"我太太舒窈，"他又向舒窈介绍，"这是楚太太。"相比之下，舒窈和傅亦寒的关系看起来便冷淡了许多。

楚郦微不失热情地握住舒窈的手："亲爱的，听说你经营一个慈善基金会，这样真好，我一直也想做这样一家基金会，但是事情太多，一直分身乏术，回头一定要向你请教。"

"好，到时候只管问我。"舒窈含着笑，同对方说客气话。

饭桌上男人不能谈工作总是有所局限，这种情况就变成了女人的天下，楚郦微奋力活跃气氛，同舒窈说起了时尚资讯，两人倒是颇有话可说。傅亦寒也引了新的话题，同楚博说起了当前的国际形势。

楚博此番前来本来就是为了让傅亦寒卖武器给他，但是他并不直接说，只是顺着傅亦寒的话题不停地诉苦："伊斯自己乱就算了，边境问题本就是几十年都解决不掉的大问题，他们却借题发挥，多次攻入我们奥马，国际大环境一直倡导文明和谐，倒是没人去管管他们。"

傅亦寒不接他的话，只是说："这件事可以请国际法庭仲裁，不管怎样，他们不可能忽视仲裁结果，你们也可以有站得住脚的根据。"

楚博苦笑，这次他来加韦已经一周，但是无论明示暗示，甚至上了谈判桌，傅亦寒始终不松口。眼看马上要离开，他也急，却找不到门路，最后有人给了他提点，他送了一批上好的玉去舒窈的基金会，这才换来了这次的私下碰面。

“可是国际法庭走一圈一年半就没有了，在这一年半的时间里还不知道会发生什么。”

舒窈听得云里雾里，不明白楚博为什么要向傅亦寒诉苦，一国总统，怎么干到这份儿上了？

“奥马和伊斯都是加韦的邻国，站在加韦的角度，我希望你们能够和平共处，”傅亦寒看了舒窈一眼，似乎在对她解释眼前的境况，“但是你们国内常年战乱，未必不是有心人想要借着你们对方的手来打击彼此，事情的根本还是你们自己要先稳。”

舒窈明了，原来楚博是在向傅亦寒求救。

这件事让她有些震撼，竟然可以主动邀请别国干涉自己国家的政治主张吗？

“我们倒是想稳，但是我们国内的形势你又不是不知道，今天军方要当政，明天又要民主大选，我被推出来才稳了两年，军方又不肯干了，边境地区又一直闹着要独立，不交权军方不肯动，还要吃财政，我这实在不好做。”

不待傅亦寒评价，他又说：“我们政府没有军权，只能利用媒体舆论控制民情，但是政府给不出满意的答卷，民众自然分成两个阵营，一方力挺政府，一方要求军方接管政府强势平定边疆局势。小冲突一直不断，若是冲突再大一些，可不就变成民变？民变很快就会发展成政变，到时候政府不得不交权给军方，军方控制政治，这不是没有先例，但那种可怕的后果平民是无法承受的，那种政治高压我也不希望有。虽然我干不了几年了，但是只要我在位，就有责任，我不能眼睁睁地看着这个国家走向毁灭，不能眼睁睁地看着这好不容易得来的一点点民主再被收走。”

说到最后楚博有些动情：“您都能帮助北加韦，就不能帮帮我们吗？”

舒窈愣了一下，原来傅亦寒对加鲁做的事对外人来说是“帮忙”。不过，目前看来，似乎确实称得上这两个字。

楚博看向傅亦寒时候的眼神没有作假，紧张中又带着期待，十分希望傅亦寒能够答应他，连楚郦微都有些紧张地看向傅亦寒，手指绞在一起，屏住呼吸，眼睛一眨不眨。

舒窈看到她的手绞在一起，以前舒窈紧张的时候也会这般，却没想到楚郦微会为了傅亦寒的一句话这般紧张，看来他们真的很期待。

舒窈大概听懂了这些事，他们这样的态度和立场，求的却是一场战争，对于傅亦寒的答案，她也有些期待。

很快，傅亦寒开口：“上菜了，私人时间不谈工作，你们的想法我知道了，我会认真考虑的。”说着他提起水壶帮舒窈添了水，又加了一勺蜂蜜进去。

舒窈无意识地搅动着杯子，大约是今天的谈话太过于私密，周围没有留任何人，只有保镖隐在暗处。

“好，好。”楚博一连说了两个好，态度如傅亦寒的手下，带着恭谨，又有许多失落。他迫切地需要这一批军备，只要政府能弄到这一批顶尖装备，军方没理由依旧耗着不动，只要他们肯动，国内的局势就有稳定的希望，民主政府依旧可以当政，他绝不让民主从他手中失去。另一方面，他又希望傅亦寒出手，这样可以很快稳定边境，若是两国贸易额增加的话，那会更好。

只要傅亦寒肯帮忙，丢脸又算什么？

他没有想过若是傅亦寒的人来了不肯走会怎样，加韦和加鲁是关起门来的自家事，所以即便全世界都骂他，也没人真的敢对加韦政府怎么样。但是他若是想要侵略奥马，国际上其他的大国家不会眼睁睁地看着他接二连三地发动战争干涉别国主权，到时候肯定会联手制裁加韦，加韦现在还处于上升期，没必要做这种得不偿失的事情。

另外，奥马同其他国家不同，是宗教国家，这种大环境傅亦寒更不会沾手。所以，傅亦寒若是肯出手，对奥马来说绝对是帮忙。

饭菜上桌，话题已经又变了，无论对方说什么话，傅亦寒都能接，

很多时候舒窈都不得不承认傅亦寒确实是很有魅力的一个男人，当他说话的时候会让人忍不住沉沦。

席间舒窈起身想去卫生间，楚郦微也站起身，笑着对舒窈道："正好我也去，一起吧。"

"好。"舒窈微微笑着，和楚郦微一起离开。

傅亦寒依旧同楚博交谈，目光却不自觉随着舒窈而动，楚博笑："你们夫妻关系真好。"

傅亦寒笑了笑，没说话。整个席间他和舒窈甚至没说几句话，楚博不过是看他的目光总是落在舒窈身上，连外人都看得那么清楚，舒窈却永远视而不见。

去卫生间的路上，楚郦微也说了相同的话："傅先生的目光一直黏在你身上，你们夫妻关系一定很好。"

舒窈也同傅亦寒一般没直接回答，而是避开了这个答案："楚先生也很照顾你。"

楚郦微微微摇了摇头，看她的表情，舒窈猜到什么，却没说，家家有本难念的经，她不想知道陌生人的私事。

两人说起了慈善事业，楚郦微说："现在奥马大环境不稳定，即便我想做些什么，也没人领情，做慈善是举步维艰，以后若是环境能好一些，我也想做这些。"

舒窈看她想提楚博求傅亦寒的话，便说起了加韦境内的许多需要救助的人群，一来一去间已经把楚郦微要说的话堵了回去。对于傅亦寒要做的事情，她早已不再提出任何异议，她对时政的了解不如傅亦寒，对未来的远见也不如他，如果是傅亦寒做出的决定，那必然是对的。

其实很早的时候她便想过，只要是傅亦寒的决定，她便会鼎力支持，只是他似乎并不需要。而楚郦微的话她之所以没回复，是因为她的态度有可能会影响到傅亦寒，所以她不能有任何表态。

楚郦微自然能够明白她话里的深意："以后若是有机会，一定请

你去我们那里做客。”她说这话的时候有些无奈。

“好。”

楚郦微出了卫生间之后便在洗手台旁边照镜子整理仪容，待到舒窈出来，两人低声说了几句之前的话题，楚郦微说话很知道进退，一句没有让舒窈为难过，所以她也愿意同对方多说几句。

待到两个人走出去，一眼便看到站在不远处的清场保镖和他身边的女孩子。女孩子穿一袭白裙子，黑长直发衬得她的五官越发清丽，她身材很好，身上的裙子让她有了一些仙气，只是站在那里便让人不忍为难。

所以保镖才没有打发她去另外的卫生间吗？

舒窈的目光落在对方的手上，真是一双好看的手。

女孩子直视舒窈，不卑不亢地开口：“傅太太，这么巧。”

舒窈收起面上的表情，冷冷地看着对方：“确实很巧。”

楚郦微看出两人气场不对，抬脚挡住陆心颖的视线，牵住舒窈的手：“我们快回去吧，他们还在等呢。”

舒窈点头，没有再看陆心颖，心口却像是堵了石头，第一次怀疑自己，也怀疑傅亦寒，若是两人没什么的话，陆心颖敢这么上门挑衅？而且今天是什么场合，她怎么敢出现在这里？又是谁允许她出现在这里？

回去的一路上舒窈都没有说话，回到席间之后更是沉默。

一直到餐宴结束，双方在王都的门庭内分开，待到楚博夫妇一离开，傅亦寒便问：“怎么了？”

“没事。”舒窈避开他的目光，“要回去了吗？”这里她一分钟也不愿多待。

傅亦寒见她不肯说，转身要招呼保镖，舒窈却拉住他的胳膊：“我月经来了，身体不太舒服，和别人无关。”

她绝不肯在这里再听到陆心颖这个名字，更不会与她当面对质。

傅亦寒一愣，看她面色确实不好，推算一下时间，虽然她月经紊乱，每次都会推后几天，也应该差不多是这个时间。

“我们回去。”他脱了外套披在舒窈身上，亲自打开车门，护着她上车。

上了车，傅亦寒又特意叮嘱司机不要开空调，路上又问舒窈：“热的话稍微开一点窗户？”竟比之前温柔了一些。

舒窈摇头，这是防弹玻璃，窗户几乎是不开的：“没事，就是想休息一下。”

回到易园，两人沉默地一前一后走着，舒窈心里很乱，不想见到他，走到一半，她开口：“你不用送我，我自己能回去。”

两人半分居状态已经持续很久，舒窈不想再遮遮掩掩。

傅亦寒猛然停住脚步，见舒窈不肯看自己，沉默片刻才开口：“是以后都不让我回去了吗？”

舒窈心中一痛，泪水几乎涌了出来，心中有许多话要问，或者说要质问，但是她不想弄得太难看，她的骄傲也让她问不出口：“我想回去了。”她逃也似的想离开。

傅亦寒拽住她的胳膊，将她扯回自己怀里，居高临下地看着她：“回答我的问题，我想知道你是怎么想的。”

舒窈挣扎了两下，徒劳无功：“你放开我！”

傅亦寒笑一声：“怎么，我碰也碰不得你了？”

舒窈举起那只自由的手便去打他：“傅亦寒你松手！我不想和你吵架！”

傅亦寒站着不动，任由她打，看她眼眶都红了，一时间有些心软，但是想到那天她用无所谓的口气说“还没举行婚礼”，是庆幸吗？即便以后离开他，是不是也无所谓？

他看着她，依旧美丽动人，那双大眼睛里写满了委屈，以前他在心里发誓谁都不可以欺负她，也发誓不再惹她哭，这次是他惹了她吗？

“刘在和你说了什么？”傅亦寒又问一遍，从接到她，她便不正常，一直到现在。

舒窈根本不听，只是捶打他，连声音都染了哭腔："你浑蛋！你松手！"

"问你话呢！回答！"傅亦寒声音硬了硬，三番五次地问，明明知道，却还是希望她主动开口说。只要她开口说，就证明她心中没那么在意，可她不说，一个字都不愿意和他说。

"不关你的事！"舒窈已经什么都想不到，只要想到他和别的女人有什么，她便无法忍受，此刻她只想冷静下来，让傅亦寒从自己面前消失，她看着他，一字一顿道，"傅亦寒，不关你的事。"

傅亦寒握着她的胳膊的手紧了紧，自嘲地轻讽："是，不关我的事，以后都不关我的事！"他语气有些重，被气红了眼睛，这世上总有一个人能让他失去理智，"走吧。"

舒窈浑身一震，不敢相信地看着他，没想到他会说出这种话，泪水几乎是在顷刻间从脸颊上滑落。她无法不把傅亦寒的这种反应和陆心颖联系起来。

傅亦寒冷着脸后退一步，转身大步离开。

舒窈一个人被留在原地，久久地站着，心里难受得无以复加，她从未有过这种感觉。以前和韩郅分开，没有痛，只有恨，现在有人给了她这种感觉，她不知道该怎么应对，只能惶惶地站在原地，如果可以的话，她想重来一次。

穆修不知道什么时候来到她身边，陪她站了一会儿，唉声叹气道："噜噜，你到底想要什么呢？"

舒窈看着他，不知道该如何回答。

不是她想要什么，而是傅亦寒想要什么吧？

"亦寒他对你的心意难道你不明白？你们的事情我也听说了一些，"穆修已经同舒窈谈过许多次，奈何舒窈有金刚不坏之心，怎么说都没用，他不知道该不该继续说，"奥马的人已经联系易园许多次，不过是想要一批装备，亦寒却一直没有答应，他怕你多想，处处顾虑你。"

这事情舒窈不知道。

“他连这种和你无关之人的事情都能为你考虑，你怎么会以为他会参与策划舒沄的事情呢？”穆修一语中的，若是和舒窈无关的人，穆修可能会怀疑是傅亦寒做的，但是舒沄绝无可能。

傅亦寒将舒窈看得太重，总想处处周全，许多事又不肯同她说，他们走到这一步倒也不奇怪。

舒窈低头看着自己的鞋子，其实她和傅亦寒早已不是舒沄的问题了，只有外人才这么认为。

最后穆修将人送回鹿林，鹿林现在只有舒窈一个人住，整座宅子都静寂了许多。

穆修在门廊站了许久，最终叹一口气离开，他们这样互相折磨多久了？

鹿林静寂了三天，到了第四天，舒窈只提了简单的背包便出门，面上一派平静，行为也和往常所有时候一般正常，谁也没料到舒窈这一走根本没打算回来。

保镖是在中午吃饭时间发现她根本没有在办公室的，当时谁也没想过舒窈竟然那么大胆会独自离开，在基金会搜了一圈毫无发现之后他们才开始急起来。在向易园报告之后，很快一群穿军装的人便控制了基金会，拿了专业的设备前来搜索，依旧毫无收获。

一个小时不到，整个平原市开始戒严，对外公布的是接待奥马总统参观，但是对于所有过往车辆彻查便显得有些不寻常。

霍述有些担心：“这样大肆吸引人注意，会不会给太太带来危险？”

傅亦寒已经沉默许久，基金会他亲自去了，所有舒窈可能会出现的地方都没有她这个人，仿佛她那天根本没去过基金会一般。

保镖那边所有的程序都没有出纰漏，那么她是怎么离开的呢？

“刘在那边怎么说？”

“咬死了说太太去签字接收了那批遗产，其他什么都不知道。”

傅亦寒冷笑："是不是我没有把他怎么样，他就觉得我不能把他怎么样了？"

傅亦寒没动刘在不是毫无原因的，除了他并未参与过韩郅的事情，他名下还有一家国内最大的科技公司，研发的机器人技术在世界都是名列前茅，而且他本人是慈善家，名下百分之八十的财产全部拿出来做慈善，在业界口碑很好，他不会因为对方和韩郅关系好便随便打杀对方，但对方若是敢沾舒窈，他有一百种弄死对方的办法。

"这个刘在可能是真的不知道，他说太太那天很反常地主动联系了他，他本人没有去，是让别人拿了文件去给太太签字的。"有件事霍述迟疑着不知道该怎么说，说不好会得罪舒窈，得罪舒窈等于得罪傅亦寒，他不想得罪傅亦寒，"他转给太太的东西，我这边查出来都是程笑程小姐接手的，而且她直接让人变现了。"

傅亦寒看了他一眼，缓缓道："我知道，我已经让人去抓她了。"

霍述微愣，没想到傅亦寒动作这么快，中间有好几个经手人，他费了一些事才查出来，而傅亦寒竟然已经派人去捉逃去国外避难的程笑。

"她和太太是好朋友，是不是……"他怕傅亦寒到时候把人弄死了不好给舒窈交代。

"不会对她怎么样，就是想知道……"傅亦寒顿了一下，没有说完，又是自嘲地笑。舒窈有事宁愿找程笑都不找他。

"平原这边你接着排查。"傅亦寒下了逐客令。

霍述离开之后，傅亦寒久久地站在落地窗前一动不动，什么事也做不成，只等电话响起来，或者其他人前来报告舒窈的消息。然而得到的都是失望的消息，所有舒窈可能会去的地方都没找到人。

他心里很焦急，有一个想法明知是对的，却不敢去深想。

舒窈或许是故意离开他的。

当天下午楚博和楚郦微要回国，他按照程序相送，面上没有多余的表情，和楚博说话时也井井有条，完全看不出被什么事情影响。

倒是楚郦微说了一句："加韦国人才辈出，我有一个不情之请，不知道傅先生能不能帮我讨要一张陆心颖的签名？回头我还想请她去奥马开演奏会。"

傅亦寒皱眉："我会安排下去。"这种琐事他向来不放在心上。

"傅先生不是和她认识吗？回头还要请您安排。"楚郦微不轻不重地提醒。

傅亦寒眉头皱得更紧，锐利的眸子盯住对方："你怎么知道我和她认识？"

楚郦微比傅亦寒大上许多，也是见惯风浪的人，却还是被他的目光逼得紧张了一下，酝酿一下才淡定开口："那天一起吃饭的时候我和您太太遇到她，她还向您太太打招呼。"

傅亦寒一瞬间眸子紧缩了一下，似乎盛了滔天的怒气，很快却归于平静，微微点头："我会让人专门送到你府上。"

待到楚博夫妇一离开，傅亦寒立刻让人召来了当天所有的保镖，在得到了确定的答案之后，他挥散了所有人，当天所有有关的保镖全部打回部队被分去了边界，知道内情的人都知道这些人这辈子都不会再被召回了。

傅亦寒独自坐在那里，目光一直落在办公桌上的一只小木马上面，那是舒窈有一次逛街的时候买的，那个时候两个人感情还很好，她亲自拿来放在他的办公桌上，还在底部写了她的名字，那时候她笑得明明那么好。

光影慢慢变换，唯一不变的是傅亦寒的坐姿，独自静静坐在那里一动不动，在无限静寂的时空里显得孤独又寂寥。他到底做了什么，让保镖以为这是稀松平常的事情？就因为陆心颖当过他的女伴？

或者说，他不经意的态度让人认为这是他的默许，连他和舒窈一起出去吃饭，都敢堂而皇之地安排陆心颖来弹琴。

那日舒窈在王都遇到他在里面吃饭，他知道服务员说的话之后立刻赶回鹿林，怕舒窈多想，可她一句话都没多说，他不想因为这种无所谓的事情同她解释，显得此地无银，那时候舒窈必然也是知道的。

可是当她第二次在王都碰到陆心颖，又会怎么想?

即便换了他，也不得不多想。

而他又在回到易园之后对她说了那样的话，怎么能一次次地伤她的心呢?活该她离开他。

傅亦寒捂了捂胸口，有些疼。

从未有过这样一个人，明明你还在和她生气，等着她认识到自己的错误，等着她来道歉，僵持了这么久，有了这么多误会，第一时间还是心疼她。

真是栽在她手里了!

/ 第十七章 /

火来，我在灰烬中等你

车子开进山道，车窗外奇石林立，同其他的山不同，这里的山全部是石头组成，山顶又有绿色植被，就让山脉看起来有一种别样的美感。而因为悬崖多，这条山道被誉为加韦最危险的一条路，而舒窈正走在这条路上。

车上一群年轻人在喊着：“你们看！好漂亮的日落！”

“那边有一个旋转式的登山梯，足足一百多米高呢，我们明天也去登吧！”

“正事不干！你以为来旅游的！”

被骂的男生嘿嘿一笑：“忙完正事再来，一定得来。”

“那得大家都同意。”

“大家肯定同意！”男生大声叫道，果然所有人都回应。

“还有人呢，你以为只有你们啊！”说话的女孩子转向舒窈，“同学，你想去吗？”

舒窈点头：“想的。”

男生奔过来拉舒窈的手：“小姐姐你真好！”

舒窈笑，有人推了那男生一把，坐到舒窈身边："你别介意，他们都是刚毕业的，正是喜欢玩闹的年纪。"

舒窈点头："年轻人就是要这么有活力才好。"

之前那男生又问："小姐姐，你长这么好看，怎么说话这么老气横秋的？"

"滚一边去！"带队的队长林奇受人嘱托一定要照顾好舒窈，更何况她可是大财主，他笑着踢了那男生一脚，又同舒窈说，"你别理他们。"

"没事。"舒窈依旧是淡淡地笑着，无论别人怎样都影响不到她似的。

"还有小半天的车程，你累的话就先休息一下，我让人把最后一排腾出来你可以躺着。"林奇说着就要起身去招呼最后一排的人。

舒窈拉了他一下："我没事的，外面风景好，我想看会儿风景。"

"那行，反正你有事随时找我。"刘奇还要去最前排看路，这条路他已经走过好几次，无比熟悉。

舒窈看着窗外，青山绿水，风景极好，就连他们走的这条路都是两年前才修好的，这条路的尽头有加韦最贫穷的一个区县，舒窈原本不想要韩郅的那笔钱，但是刘在一而再地通过别人找到她，再一次听到陆心颖的名字之后，她鬼迷心窍似的答应了，而来到这个地方，完全是为了逃避。

每每想到傅亦寒说的那句话，她就难受到不行，想彻底消失在他的生活里，看他会不会后悔，会不会难过。

她这是在惩罚傅亦寒，却更像是在惩罚自己，才刚刚离开便后悔，害怕傅亦寒担心，害怕他找不到自己会做出什么不理智的事情。

只是，他现在还会为了她不理智吗？

明明已经过了任性的年纪，为什么要像个小女孩一般朝他发脾气？以前她也这般对他发脾气，他从来不理，等到她熬不过去去找他，他就如什么事情都没发生过。这次是不是还是这样？说不定他已经厌烦，根本不想她再回去？

这几天，她觉得她把一辈子的委屈全部用掉了，如果是以前的话她肯定跑去朝他闹朝他吵，可是现在她不敢。

每天回到鹿林，她都会想傅亦寒会不会跑回来向她认错，可是一天又一天地失望，这种失望积累到了一定的地步，让她再也无法忍受，只能逃走。

可又忍不住想，若是她不走的话，傅亦寒会不会今日便去鹿林？即便只是假装什么都没发生过？

像个初恋的小女孩，舒窈看着窗外，外面是悬崖，她一点都不觉得害怕，自暴自弃地想，掉下去的话或许会让傅亦寒后悔一辈子。

车子走完柏油路之后又在土路上走了一段时间，直到车子无法开过去，所有人才下车组队，舒窈随着人群走下去，林奇一直在车门口等，看到她下车抬手扶了她一下，然后才走到空地旁边去朝所有人喊："大家排下队，有几点注意事项需要你们了解下。"

舒窈戴了鸭舌帽隐在人群里，穿一身休闲装，背上背着个双肩包，和这些刚毕业的大学生没什么两样。她包里有一把太阳伞，她想拿出来打，又怕别人觉得她矫情，只能忍着太阳站在那里。

待到大家都站定，林奇在最前面大声说："我们从这里走过去要走三个小时，路不好，所以要求一对一，一个老人带一个新人，所有人都不可以脱队，装备要拿好，不要因为重就丢掉，不然到了地方你们肯定会后悔。"

舒窈看每个人背上都背着大大的行李包，再看看自己的双肩包，听对方这意思，那边的条件应该很艰苦，自己什么都没带怎么办。

林奇又说了一些注意事项之后，大家一对一地走上小路，林奇走到舒窈身边："舒窈你跟着我，我来带你。"

舒窈知道程笑特意让人叮嘱过要对她特别照顾，也没有矫情，直接问："我没有带任何东西怎么办？"

林奇拍了拍自己的背包："没事，我都带了。"

路很不好走，脚下有许多尖锐的碎石，程笑给自己准备的是白色的运动鞋，即便隔着厚厚的鞋底舒窈也能感受到硌脚的感觉。她牢牢看着脚下，唯恐一不小心摔倒。

在她滑了一下之后，林奇伸出自己的手："你抓着我吧，这条路我走过好几次了。"

舒窈有些迟疑，她和林奇甚至说不上熟悉。

看出她的迟疑，林奇表情不变："你抓住我的胳膊好了，这一路还长着呢。"

舒窈不好再拒绝，便抓住了他的胳膊："谢谢你。"

林奇不在意地笑了笑："来之前没想到环境是这样的吧？"

确实，舒窈从没来过这种穷乡僻壤，当时也没多想，只让程笑帮自己找一个靠谱的慈善机构，要资助全国最穷最落后的地方，心里有气，哪怕天涯海角也去。谁知天涯海角没有去，来了这么一个环境恶劣的地方。

"还好吧，"舒窈违心地说，"本来就是来看哪里需要帮助的，去别的地方也没意思。"

林奇听了这话很受用，他本身就是做慈善的，什么艰苦环境都去过，而这座山他也来过许多次，这里物产丰富多样，土地环境也占有强大优势，但是没有路，没有城镇规划，这里的人祖辈贫穷，即便有东西也运不出去。

"你看那边，"林奇指着前方的延绵山脉，"那里的土质我让人检测过，可以种药材，他们当地人经常上山挖药，医用效果比其他地方产的药材要好上许多，前面一批我们可以提供技术和种子让他们来种，过两年看到好处就会有很多投资商要来。"

舒窈点头："授人以鱼不如授人以渔，这样对他们本地人确实好一些。"

"等到路修好，这边可以做一个国家公园，不过政府审批那边要费一些力气。"

舒窈看着脚下的云朵，确实如梦似幻，若是交通方便，愿意来这里的人恐怕不少："只要能创收又能保护环境，政府应该是愿意的吧？"

林奇笑了笑，看了她一眼。

舒窈觉得这个眼神有太多深意，又有太多不友好，果然林奇又说："做慈善不但要有钱，还得有人脉，这种吃力不讨好的事情很多人不愿意做。"

"那是因为他们没看到利益。"

"确实。"林奇顿了顿又道，"只要我们把前期做好，政府看到盈利点后，剩下的他们自己会做。"

一路走，林奇一路指着他们做的开发方案，规划了每一条路、每一座山，村落和看不见的城镇，在他口中缓缓道来，舒窈仿佛看到了他说的繁盛景象，竟然也有些期待。

"领导只是让我带你来看看，你要不要把钱捐到这里主要还是看你自己的考虑，不用管其他的。政府一直希望山里的人都迁徙出来，但是他们不愿意，这么多年了一直耗着，不如开发了好。"

林奇掏出一瓶水递给舒窈："你喝点水。"

舒窈拿过去一口气喝了半瓶，实在很想打伞，可是空不出手来，胳膊被晒得有些疼，又不好问什么时候能到，只能一直坚持着。

"你们做这个不考虑盈利点吗？"舒窈自己做慈善，知道一个项目进去其实可以开发出许多副业来。

"可以和政府签订协议，达到双方的要求的话，将来国家公园这一块的基建也由我们牵引来建设，到时候可以分四十年百分之二十的门票收入。"

舒窈点头："那还好，得了这个钱还可以继续为其他地方做慈善。"她的基金会就是这么做的。

"我包里还有水，你喝完了我还有。"

"谢谢。"舒窈觉得自己的腿也已经不是腿了，像两根筷子，直直的，完全无法打弯，刚开始人群里还有说说笑笑的声音，到了后面便安静下来，大家都累了。

“再有四十分钟就到了，再坚持一下。”林奇大喊着，回应的声音稀稀拉拉的。

舒窈更是一直低着头，一个字都没应。

林奇做这一行已经有十年，虽然舒窈是大客户要热情对待，但是背着她走多少有些掉份儿，所以他只能对她多有照顾。

路上，舒窈脚下不小心滑了一下，旁边便是山坡，若不是林奇拉住她，她说不定已经滚下去，后怕的她站在原地直直不动，脸色如纸一般白，一时间所有的情绪都涌上心头，委屈、劳累、恐惧、害怕，眼眶立刻红了，却摆了摆手示意自己没事。

人群里有一半是刚毕业的大学生，虽然没人抱怨，但大家显然也已经都坚持不住了，林奇站在中间大声说：“大家原地休息下，喝点水补充体力，觉得特别不舒服的喝点葡萄糖！”

舒窈坐在地上，心里恨死了傅亦寒，下决心这辈子都不理他，再也不见他，好一辈子惩罚他。到了这种地步，她已经没有心情去想风花雪月的事情，只有责怪他，因为他，自己才在这里担惊受怕，他却一点不知道不心疼，想一想她就恨死了他。但是现在要她说回去，她也不可能单独回去，只将脸埋进膝盖，眼泪到底是没忍住，落在了土地上。

林奇蹲在一旁，声音低低的，也知道来这种地方委屈了舒窈：“饿不饿？我背了巧克力。”

舒窈吃了一块，已经冷静下来：“抱歉，我拖累大家的进度了。”

“没事，本来就该休息了。”林奇又拿了其他的零食递给舒窈，哗啦啦从包里倒出来一堆，站起身说，“大家都吃点东西再走，不够的话我这里还有。”

舒窈坐了一会儿，还是打开了太阳伞，林奇已经站起身说教：“你们这些刚毕业的没遇到过这么苦的环境，可这也是我做慈善以来遇到的最坏、最艰苦的环境，只要你们能把这个项目做下来，接下来任何项目你们都能单独做，所以大家不要气馁，环境只是暂时的，等我们做完整个项目，你们就会为此感到自豪……”

自豪？舒窈做了这么多年慈善，却从未想过这两个字。

待到一群人到了地方的时候，天色已经黑下来，他们住的地方是一间长期空着的连廊状空屋子，是村长特意安排的，有几扇窗户都掉了，用木头挡起来，完全不透风，一群人住通铺，洗脸要去三里地外的河里打水，舒窈坐在属于自己的一小片床铺上一动不动，只想休息个三五天。

饭菜是村长带人准备好的，全是山里挖的野菜和自家种的蔬菜，那群大学生在一旁低声地抱怨。

吃完饭已经进入夜里，林奇喊舒窈洗脸，舒窈很沉默，并没有拒绝林奇大老远提回来的水，她刷牙的时候林奇就站在一旁，声音有些抱歉：“你一看就是家庭条件很好的人，当时我就不同意让你来，不管怎样，既然来了就坚持下去。”

“我能坚持，你不用担心我。”舒窈吐掉水说。

林奇抬头看着夜空：“你看，虽然这里的人很艰苦，但是这里的星空很美，他们也不算一无所有。”

舒窈抬头看，果然看到许许多多的星星，她从未见过这么多星星，城市的环境已经在逐渐恶化，连像样一点的星空都很少见，更何况是星星这么多的夜空。

“以后这边按照你们的规划做起来，这些人才有真正的理由留下。”舒窈感慨，“是不是所有人都是这样，不管外面多好，都没有家里好？”

林奇笑一下：“也不尽然吧，天天生命被威胁的话，那还是外面好一些。”

舒窈疑惑地看向他，听到他说：“就像北边。”

舒窈一愣，转头看他。

林奇挠了挠头：“政治问题我们不谈，我觉得那种夸夸其谈没有意义，只说这个村落，”他望着无边的夜，“周边的山脉常年有山体滑坡现象，他们何尝不想出去？可是迈出这一步不只需要勇气，在这里他们还能生存，出去了能做什么？他们没有在外面生存的能力，所以只能选择留在这里。”

舒窈倒是没想过这个解说。

晚上睡觉很热，热得舒窈几乎一整夜都没有合眼，快到天明的时候才睡着。太阳升起来，大家便纷纷起床了，吵闹声让舒窈睡不着，干脆也起床了。

有几个刚毕业的年轻人是学测绘的，吃了饭便背着仪器出门看，林奇站在舒窈身边同她解释：“之前我们的人已经做过规划，这次再带人来看看，没问题的话就把材料交上去，政府出了批文就可以开始修路了。”说完他又看着几个大学生的背影，“年轻真好，有干劲。”

舒窈的状态和那些人截然相反，整个人蔫蔫的，面色发白，显得眼睛越发大，看人的时候有一种可怜巴巴的感觉，让人不忍心埋怨她。

第一天的时候，舒窈一个人在空荡荡的大房间里待了一天，第二天依旧是她一个人，有不明白真相的女孩子晚上提水回来洗脸的时候冷嘲热讽：“当大小姐可真好，每天吃吃睡睡就够了，洗脸水都有人端到面前来。”

舒窈假装没听到，隔一天却随着他们一起出去了，只是一直慢吞吞地走在队伍末端，林奇一直关注她，最后小跑到她身边看着她的脚：“你的脚怎么了？”

“没事。”舒窈侧了下身体，不想他看到。

林奇却已经蹲了下去：“什么时候崴的？”

这个地方肯定没有医生，舒窈不愿意麻烦大家，这几天便一直忍着，见林奇问，瞒不过，便说：“就来的那天。”

林奇皱眉：“你怎么都不说？”

“好得差不多了，不用管它。”不活动的话其实不疼，但是走路或者大幅度运动都会疼。

林奇这才明白为什么舒窈这两天脸一直都是不正常地白，他气急：“你这人怎么这么不爱惜自己？”说着他蹲下去，“快上来，我带你去找村长。”

不待舒窈说话，他又说：“我们待不了几天，走的时候肯定要走好远的山路，你可别耽误大家行程。”

舒窈知道他是为自己好，有些窝心，在这里几乎没人关心她：“要不我在这里等，你问问村长有没有人能治这个，有的话你过来直接背我过去。”

这么折腾一大圈下来，等舒窈脚上包好草药已经是三个小时之后了，林奇特意去别人家借了几个鸡蛋煮了端去给舒窈吃，舒窈没什么胃口，只吃了半个，这一天到底是又没有出门。

林奇不知道从哪里知道有人找舒窈的碴，晚上的时候特意把人约出去谈了谈，之后大家看舒窈的眼神便带了许多的小心翼翼，都知道能捐那么多钱在这个项目里面的人家必定不是好惹的，再不敢去惹她。

队伍里每个人都很忙，男孩子们大大咧咧的，待舒窈都很友善，倒是女孩子们，经常聚集在一起私下说话，偶尔会朝舒窈这边看一眼，却都不肯同她交朋友，都觉得她太骄矜，即便有人来同她说话，舒窈的态度也是不冷不热的，渐渐除非必要，大家都不同她搭话。

又隔两天，舒窈能正常走路的时候主动示好，吃过早餐就去问她们：“你们今天准备做什么？我和你们一起去可以吗？”

大家彼此沉默了一下，舒窈有些尴尬地站在那里，她没有受过这种冷遇，也不知道该怎么办。

其中一个女孩子跑过来看她的脚：“你的脚好啦？”

“正常走路没问题。”却不能走太久，但是舒窈没说。

“他们这边村落很多，我们在做整体规划，你今天和我们一起去吧。”女孩子顿了一下，又说，“不过可能要走很久的路，你行吗？”

舒窈实话实说：“我可能走不了太远。”

“那你和莫莉在 A 点做记录吧。”A 点是他们已经标号的一个基站点。

叫莫莉的女孩子撇了撇嘴，没接话，不过临走的时候还是主动喊了舒窈。林奇不明白女孩子之间的波涛汹涌，临走的时候特意跑过来叮嘱莫莉一定要照顾好舒窈，结果一路上她都在快走，一句话都没有和舒窈说。

舒窈默默地跟在后面，不远不近地跟着，没有再主动和莫莉说过一句话。

到了基站点，莫莉拿出一堆舒窈看不懂的设备开始忙碌，简易的桌子上放着图纸，舒窈帮不上什么忙，便站在一旁看着。女孩子做事情很认真，似乎已经忘记了她的存在。

在她休憩的时候，舒窈问："城镇规划不是政府的事情吗？你们做这个政府认吗？"

"我们出规划、出钱、出人力物力，政府只是走个流程，为什么不认？"

"可是不需要他们先出文件吗？"

"他们要做政绩，不花钱的政绩人人都想要，"莫莉看了舒窈一眼，以为她不懂，便有些烦躁地说，"反正就是这个事情已经谈得差不多了，就差资金进来了。"说着她又看了看舒窈，似乎很想确认林奇说的是不是真的，又不好意思问。

舒窈没主动说，只是和她拉家常："你们都是学这个的吗？我看你们都还挺年轻的。"

"朱师傅和赵师傅以前主导过封城的开发，单位花了好大力气把他们请来，我们这些刚毕业的都是要竞争名额才能来的，单位招人考核很严厉，而且是一带一的，所以大家都很珍惜这个机会。"莫莉抬头看了看太阳，语气淡淡的，"你不会懂的。"

舒窈确实不懂，她没有过多接触过普通年轻人的理想和梦想，在她那个圈子里只要不惹事，一辈子都顺遂，莫莉却要为了这样一个名额而奋斗，她转了一个话题："那你们规划的依据是什么？"

“这里的人口其实并不少，而且村落很多，我们要做的就是把这些规整起来，有计划地实现能源、交通、通信、绿化等基础设施的建设，将这里打造成一座山中城市，让人工和自然完美结合，既要科学，又要有美感，还得实现经济效益和社会效益……”说起自己的专业，莫莉顿时说了许多话，足足过了几分钟，她才停下来，有些不甘心地看着舒窈，又是那一句，“你不懂。”

舒窈点头：“这确实不是我的专业，但是我听你们说的，似乎很不错。”

“不是似乎，是确实很不错！”莫莉指了指不远处的风景，一愣，又讪讪地收回手，除了风景，别无其他，“你学什么的？”

“我学了两门小语种，没什么用处。”舒窈学语言纯粹是消磨时间，磨炼脾气，不说也罢。

莫莉倒没有很大的反应，女生学这个专业很正常，工作条件也好：“那你现在从事相关行业吗？”

舒窈摇头：“我做一点自己的事情。”

莫莉看她不欲多说，便不再问，不过她对舒窈的印象倒是稍有改观，舒窈原本给人的印象就是冷淡傲气，真正和她接触起来会发现她是个很好相处的人。

中午的时候林奇送了饭过来，还特意把舒窈的太阳伞带了过来，一脸不好意思：“我看你的伞在桌上就拿了。”毕竟动别人的东西不好，所以他一脸歉意。

舒窈笑着接过去：“没事，谢谢你送饭过来。”

“你怎么总是这么客气？”林奇三十岁，长相中上，从行业到收入都算是女孩子会喜欢主动追求的类型，却每每在舒窈面前显得局促。

临走的时候他又嘱咐舒窈：“下午你早点回去，你的脚还是要多休息，”他本想和莫莉说别让舒窈拿重物，想到会引起莫莉对舒窈的敌视，便说，“东西太重的话你们就放在这里，不会有人拿的，回头我再来拿。”

莫莉撇撇嘴，知道这话是特意说给她听的，待到林奇离开，两人坐在树下吃饭，碗里的东西都一样，有鸡蛋，她知道自己是沾了舒窈的光："林总监对你可真好。"她忍不住酸道。

舒窈笑："他是对我客气。"为了不必要的麻烦，她还是说了出来，"我那里有一笔钱想要捐给你们基金会用来做这个项目，本来他们不肯让我来，是我非要来看看的，所以林奇会多照顾我一些。"

莫莉虽然已经猜到，但是舒窈说出来，她心里还是有些不好受，人与人的差距怎么这么大呢？她也是女生，长得不丑，甚至称得上漂亮，却处处比不过一个身边人，这让她心里有些失衡。

舒窈虽然不太了解人心，但是莫莉把心事写在脸上，让她无法忽视。大概是这个原因，下午两个人几乎没有说话，回程的时候莫莉也没有让她帮忙拿东西，舒窈倒是主动开口："简易桌子我来拿吧。"

莫莉没有拒绝，直接递给了她，东西不重，但是很大，舒窈拿得小心翼翼，下坡的时候不可避免地又碰到了脚踝，脚踝隐隐有些痛，她却没有说，晚上回去之后把之前的废药又贴了上去，一整晚都没睡好。

接下来两天舒窈依旧继续跟着出门，脚上没好，却也没有更坏，她没说过，林奇倒是看了出来，又跑去拿了新药给舒窈送来，比之前似乎更关心舒窈了。

这天一群女生嚷嚷着要洗澡，舒窈也有些心动，这里没有洗澡的设备，更没有澡堂子，大家商量好让男生把关，女生都去河里洗澡。

林奇带了人在远处守着，女孩子们得了一处净水的地方难得地畅快，有说有笑，比之前几天都活泼了许多，甚至连对舒窈都亲切了许多。

"喂！舒窈，你家里做什么的啊？"大家这几天已经好奇死了，特别是从莫莉口中确定舒窈真的是来捐钱的。

"做点生意。"舒窈不算说瞎话，她做的慈善事业确实和做生意差不多。

"大生意吧？"大家大笑，又期待她的回答。

“和你们做的差不多。”她不能说自己也是做慈善事业的，不然会被人怀疑动机。

“那以后我们失业了能投靠你吧？”其中一个大胆的姑娘给自己找后路。

舒窈有些为难：“我们那里用人都是我先生把关，我说了不算。”这是实话，说完她看那女孩子面色不悦，又接了句，“如果真的有需要，你可以来试试。”

有人好奇地问：“你在家里说话都不算数的吗？”

莫莉心里有些平衡了，一个在家里没有地位的有钱女人，比一个有钱的名媛要好接受许多。

“看什么事的。”舒窈已经感觉到大家的幸灾乐祸，虽然有些不喜欢，却也知道这是大多数人的正常想法，人们总会嫉妒那些看起来不努力却比自己活得好的人。

“看来谁都会有烦恼哈。”满足了好奇心，女孩子们很快将话题转到别处。

一个三十多岁的女人碰了舒窈一下：“你别在意，现在的孩子们都没什么心眼，却又喜欢攀比，没坏心的。”

说话的人大家都喊一声赵姐，是来这里的一批老员工的其中一个，年轻的女孩子们听到她说话，虽然很想反驳，但是赵姐是这里的老资格，大家都不敢正面怼人，只能假装没听到。

“嗯，她们都还是年轻孩子，没什么对错的。”舒窈是真的不在意。

待到洗完澡大家一起往回走的时候，有女孩子走到舒窈身边同她说话，还关心她的脚，热情得很，她说一句，舒窈应一句，从不让对方的话掉在地上。其他人看不惯，朝她大喊一声：“你的手机要不要充电了？今天他们刚把发电机弄好，晚点可就又充不上电了！”

“来了来了！”女孩子笑着跑开，舒窈又落在了最后面。

大家对她的这种排斥渗入每一个细节，虽说她不在意，但是次数多了，难免会难受，现在独自走在一群人后面，像是被抛弃的小鹿一般。

林奇不知道从哪里走出来走到舒窈身边，低声问她："她们又和你不对付了？"

舒窈没忍住问："我是不是很不招人喜欢？"所以自己一直没什么朋友，舒窈想。

林奇不知道该怎么说，但是又不能不回答："她们就是觉得你家里条件好，为人又有点傲气，所以处处针对你。"

"傲气？"舒窈不知道这话怎么来的。

"你不知道吗？你不说话的时候就给人感觉很傲。"他没说的是另一层感觉，是一种孤傲，但是这话在这种环境说太暧昧，他便没说。

舒窈不知道，陌生人对她是这种感觉，那熟人呢？鹿林的人都是怎么想她的？傅亦寒又是怎么想她的？

怎么又想到傅亦寒，舒窈有些恼，如果他想找自己的话，这么多天足够了，可他没有找，说不定以后都不会再找。

大概是看到林奇又和舒窈亲密地走在一起，一直对林奇有点意思的女孩子跑过来："林总监，你知不知道舒窈已经结婚了？"

林奇果然愣住，心中的那一丝好感还没敢表现出来就得了这么个消息，一时间非常诧异。

那女孩子又转向舒窈问："是不是舒窈姐？"

舒窈冷着脸没说话。

"你以后可要和林奇哥走远点哦。"

舒窈有些怒了，第一次知道有人说话可以这么没有分寸："我和林奇是捐助人和基金会员工之间的正常交流，麻烦你不要这么说话。"

"这么正常你每顿饭都让林总监给你送？连洗脸洗脚水都让他帮你提？"女孩子被她说得有些恼，顿时不留情面了。

舒窈胸口剧烈起伏，十分生气，冷着脸不再说话。

林奇往两人中间站了站："舒小姐是我们的大客户，我照顾她都是应该的，你不要乱说话。"

路上一行三人都不再说话，每个人各怀心思，舒窈脚步略快，忽略脚上的不适，只想快速离开这两个人。

林奇无比尴尬，快到住宿的地方的时候，抬手拉住舒窈的手臂，然后对那女孩子说："你先回去，我和舒小姐说句话。"

"抱歉，我不想谈。"舒窈抬脚便走，再次后悔自己来这个地方。

林奇拉住她的胳膊不松开："只一句话。"

那女孩子气势汹汹，正要说什么，听到有人插话进来："噜噜。"

声音不大，带着凉意，却让舒窈整个人猛地一惊，继而转身不敢相信地看着站在不远处的人。即便是在夜色下，那人依旧修长挺拔一身气势，保镖散落在四周，他独独站在不远处，目光直直地看向这边。

林奇看呆了，一直到傅亦寒走到面前都没放开舒窈的胳膊，傅亦寒在舒窈面前站定，冷声道："放手。"

林奇像是摸到了热铁般弹开自己的手，下一刻看到舒窈已经抱住傅亦寒，哭得委屈，就像是第一天来的时候蹲在地上偷偷地哭，委屈得让人不忍心多责怪一句。

一直站在旁边的女孩子眼睛一眨不眨地看着傅亦寒，眼中是难以置信的目光。舒窈说她说的不算的时候她还在心里找平衡，可是看到她所谓说了算的人，她脑海一片空白，什么都想不到了。

傅亦寒抬手在舒窈背上轻轻拍着，没有安慰的话，只是紧紧抱住她，给了另外两个人一个眼神，两人才猛然回神，惶惶地离开，连脚步都有些凌乱。

舒窈哭个没完，傅亦寒却一点不觉得烦，他来之前是有些生气的，但是在他将舒窈走过的路走了一遍之后又有些心疼，看到舒窈和一群女孩子洗完澡回来被甩到最后面，而且和身边的两个人也闹不愉快，他心里又开始生气。现在，舒窈在他怀里哭得委屈，所有的情绪又归为心疼。

舒窈身上的重量全部压在傅亦寒身上，来这里的第一天她发誓这辈子都不再原谅傅亦寒，来这里的第三天，她告诉自己只要傅亦寒肯来，她就原谅他。今天，她已经等到不抱希望，他来了，她觉得他把这世上所有的委屈都给了她，她却只想抱着他诉说委屈。

哭了足足十分钟，舒窈觉得自己太矫情，又有些丢人，更不知道该怎么面对傅亦寒，于是靠着他一动不动，松开抱着他的手，用肢体语言告诉他自己还没有原谅他。

“他们给你气受了？”傅亦寒皱着眉头，这里没有吹风机，舒窈洗了澡头发湿答答地落在身后，衣服都湿了。

舒窈在他怀里摇了摇头，声音闷闷的：“没有。”

傅亦寒推开舒窈，低头看了看她的脸，舒窈还在生气，不肯和他对视。傅亦寒抬手在她眼角蹭了蹭，低声说：“程笑本事不小，做事没一点痕迹，在国外消失得无影无踪，果然是警察家庭出身，反侦查能力不错。”

舒窈这才抬头看他，眼角还挂着泪珠，唇微微嘟着，像个受气的小女孩：“你把她怎么了？”

傅亦寒仿佛看到了以前那个舒窈，依赖他，爱慕他，会对他哭对他笑对他发脾气：“我给她爸升了职，她在国外给她爸打电话祝贺就被我给抓到了。”

舒窈放下心来，知道傅亦寒不会对程笑怎么样。又想到自己离开的原因，低着头又不说话了。

“我中午才知道你在哪里，”傅亦寒拉开她绞在一起的手，低头看她，“有毛巾吗？”

舒窈水光滟滟的眼睛看着他，不明白他问这个做什么。

“去拿来。”傅亦寒轻轻推了一下她的背，两个人顺势往住的地方走去，门边窗户里有好奇的人一直往这边望，傅亦寒冷着脸，一个眼神都没给。

想到舒窈在这里的几天一直被人排挤他就忍不住有些生气，就像是知道自己孩子被人欺负的父亲，忍不住迁怒全世界。

到了门口傅亦寒没有进去，只是在门外站着，舒窈快速进了屋子开始找自己的毛巾，是林奇给她拿的一套新的洗漱用品。

周围人的目光都落在她身上，却没人敢主动开口，大家各有所思，想得最多的还是自己这几天有没有得罪过舒窈。

倒是莫莉，仿佛忘记自己挤对过舒窈，走到她身边问："找什么呢？我帮你找。"

舒窈挑出自己的毛巾，看了莫莉一眼，不想对方有心理负担，便道："找到了，谢谢你。"

之前舒窈也总是喜欢说客气词，他们都当她太傲不好接触，话都不想同她多说，现在再听，完全是另外一种感觉。

"不用不用，你还有什么需要帮忙的只管和我们大家说。"莫莉笑着，打量着舒窈看有没有其他需要帮助的地方。

"嗯。"舒窈笑了笑，拿着毛巾走了出去。

傅亦寒看到她走出来，抬手接了毛巾，他长得比舒窈高，直接将毛巾放在她头上擦了起来，舒窈乖乖站着，一下没有反抗。

"转身。"傅亦寒低低的声音自头顶传来，他的动作不轻不重，有些弄乱舒窈的发，看着她呆呆地站着，嘴角翘了起来。

舒窈果然转身，傅亦寒低头帮她擦身后的头发，在发梢处不停地揉擦着，将她的湿发和衣服分开，还用手拉了拉湿了的那一处衣服。

"去换件衣服吧。"傅亦寒皱着眉还是说了一句。

"没事，一会儿就干了，这边热。"舒窈说到这里才扭头看了看傅亦寒，他这人向来注意仪态，这会儿还穿着衬衫和西装外套。她皱着眉看了一会儿，说，"热不热？你把外套脱了吧。"

傅亦寒看了眼这个通着的男女通用的房间，皱着眉头没有再提："嗯。"

擦完头发，傅亦寒果然脱了外套，递给舒窈拿着，穿白衬衫的傅亦寒在灯光下显得越发俊逸，这边用的是自备的发电机，所以各处都要省电，用的是节能灯，在夜色里像是给人打了光。

两人在空处站着，舒窈冷静下来，也感受到了傅亦寒漫不经心的态度，她不知道他在想什么，也不知道他在因为哪件事生气，两人这么久以来似乎一直在冷战。

过一会儿，舒窈看到不远处傅亦寒带来的人在搭帐篷，她声音低低地问："我们晚上不回去吗？"

"明早回去。"傅亦寒回答。

舒窈看了看夜色，心里有些疑惑，不至于是因为夜太黑直升机过不来吧？不过她没说："哦。"

两人挨着彼此站着，谁也没有说话，最终还是傅亦寒先开口："我和那女的没关系，那天是被人安排来弹琴的，我不知道。"他甚至不愿意说出陆心颖的名字，打心底里厌恶这么一个人。

舒窈听了并没有觉得开心，低头踢了踢脚尖，没说话，显然十分介意。

傅亦寒继续解释："我和她只见过三面，都是刘家安排的，那天在宴会，是老爷子特意打电话说她在易园附近，让我带她过去，她家里和赵家关系好，一直得赵家的喜欢，大概是刘家的人特意拜托了赵家……"他没说完，"我不想知道他们乌七八糟的关系，以后我不会见她的。"

舒窈依旧低着头，脚尖一次次地翘着，她一点不喜欢傅亦寒和别的女人的名字连在一起，他亲自说她也不想听。

气氛安静片刻，傅亦寒继续道："那天是我说错话，我道歉，当时我太生气了，想错了你的心思。"

舒窈终于抬眼看他，眼角红红的，傅亦寒从不对她说假话，他这么说，就证明他和陆心颖真的没有任何关系。

下一刻，她听到傅亦寒问："你呢？到了现在你到底有没有明白我为什么生气？"

舒窈目光闪了闪："我不该猜测你故意送舒沄去死。"当时或许有片刻的冲动会那么认为，但是后来她一直知道自己是错的。

傅亦寒面色沉下来："重新说。"

舒窈看着他，她不知道。两人不就是因为这件事有嫌隙的吗？

傅亦寒别开脸，吐了一口气，缓缓开口："舒窈，你总是自己去送死，那天故意误导我，知道我会选择错误的方向，你比任何人都了解我，可怎么偏偏假装猜不到呢？我爱你、看重你、爱护你，自认待你比对我自己还看重，所以我不明白你为什么要这样对我。"

舒窈的眼眶已经湿了，想让他别再说，可是傅亦寒用目光制止她开口。

"你一个人去那么危险的地方，心里是怎么想的？即便死了最起码也问心无愧？我就只想问一句，你去赴死的时候有没有哪怕一刻想起过我？"

舒窈哭着摇头，不是这样的，不是这样的。

"你总是这样，韩郅那一次是这样，这次又是，总觉得无论自己做什么到了最后我都会原谅你，也不得不原谅你。可我时时想，如果你爱我有我待你心意的十分之一，也不会贸然这么做，作为一个男人我不该这么计较，换一个女人……"傅亦寒被舒窈捂住唇，截断了没说完的话。

换一个女人的话，他不会再被迷惑，也不会有这些烦恼，可舒窈只是舒窈，不是别人。

"不许换。"舒窈捂着他的嘴眼睛瞪得圆圆的，看傅亦寒看自己，开口说，"我爱你，明明和你一样多，你为什么总是猜忌我？"

傅亦寒不再开口，面上的沉色缓了一些，盯着她的眼睛，等她继续说。

"如果我和你说，你肯定要自己去，和我去是一样危险，而且那种情况下，我不知道我们这边有没有内鬼，我自己去不会那么引人注意，所以才自己去的，不是你想的那些原因，也不是因为怀疑你故意送舒沄去死。当时我有些冲动，可我知道你不会那么对我身边的任何人，你对他们的看重和对我的看重是一样的，我从来没有怀疑过你的心意，后来我找你去说，是你不肯和我谈，我以为你不爱我了，这么久，你一直不愿意理我……”

“我不理你？我给了你多少机会来找我？你说你爱我，可是我看到的是什么，你见我一面，就彻底否定了我，因为一个莫须有的女人便怀疑我的忠诚，是我对你做得不够多吗？说到底你还是不愿意相信我罢了，包括去救韩琦，你自己想想，最深的原因也不过如此。”

“我没有！”舒窈强烈地反驳，“我没有！我只是怕事情复杂化，怕你受伤，我……”不知道该怎么说下去，也不知道该怎么证明，泪珠子不要钱似的往下掉，她捉住傅亦寒的衣角，只巴巴地说，“我不敢让你去，我知道你会亲自去的，我不敢……”

他还有那么多梦想没有完成，萧哲大树倒了，但是有多少猢狲没人知道，临时调配警卫，哪里会那么严密？她丝毫不愿意他去冒险。而且，她不愿意说的是，她当时有一腔热血，凭的全是冲动，确实忽略了他。

傅亦寒忽然抬手，将人揽到怀里，许久许久才开口：“这件事过了，噜噜，以后我们都不要再提。”

舒窈靠在他怀里，傅亦寒说这件事过去了，但是她知道这只是他对她的包容而已，因为他爱她，所以才愿意就这样算了，他不是原谅了她，只是不再计较，只是算了而已。

/ 第十八章 /

虽有黑暗，也有清晨

不知道过去多久，傅亦寒牵着舒窈的手："我们去帐篷里，我看看你的脚。"在卫星传回来的影像里，他看出她的脚有些不灵便，便一直记在心里。

走路的时候他扶着她走得很慢，到了帐篷里便让她坐下，帮她脱了鞋子和袜子，皱着眉头看她黑青一片的脚踝，声音有些凶："你再这样不注意，以后会变成习惯性扭伤，再想穿高跟鞋可就穿不了了。"

舒窈坐在那里看着自己的脚，细细地和他解释："来的那天在路上崴的，到了这里不好去麻烦别人，就一直忍着，他们还怪我每天只顾着休息什么都不肯做，过了两天林奇才发现我扭伤了，叫了当地的人来帮我上了草药。"

见傅亦寒一直皱着眉头，手上拿着药油帮她抹，她加了一句："都不管用，一直都没好。"

傅亦寒侧脸看她，眸色很深："我心里已经很不好受了，噜噜，我说过去便是过去了，你不用再说这些让我原谅你，我已经原谅你，你看你，跑了这么远，稍微受点伤我都恨不得杀了自己，又有什么不能原谅你的。”他没说假话，且很少情绪外露，但他的话让舒窈更不好受，仿佛看透了她的小把戏，却不肯配合她。

舒窈垂着眼，像个被大人教训的小孩，乖乖地不说话。

傅亦寒自嘲地笑了声，继续道：“我来的时候特意走了一遍你走过的路，对我来说并不难走，但是走的时候我一直在想，你走的时候肯定觉得很委屈，而且这些委屈都是源自我，来之前我想好要打你一顿出气的，到了之后我又特别心疼你，恨我自己没有早点找到你，让你在这里受委屈。”

舒窈扑在他身上蹭了蹭，低声说：“对不起。”

傅亦寒最终叹了口气，抬手在她背上拍了拍：“是我做得不好。”

他想过许多次这个问题，在爱情里是不是爱得深的那一方就更卑微一些，每次两人遇到什么情况他总是在自己身上找原因，觉得是自己做得不好，所以才会出那些问题，后来他找到了答案，没有谁爱得更深一些，只有最深切的感情，希望对方过得好，无论如何要比自己好。

舒窈知道他心里最后那一丝气都消失了，到了这种时候，舒窈也已经敞开心怀：“刘在来找我说韩郅留了遗产给我，我不想要，他就一直来找我。”后面的事情傅亦寒已经知道了，说这话的时候，舒窈觉得无比愧疚，她不该拿韩郅来惩罚傅亦寒，不该拿这个人来引起傅亦寒的注意，她很后悔自己这么做。

她曾经在电视上见过拿前男友暧昧来刺激现男友的剧情，她没想过自己也会变成那样。

见傅亦寒不说话，她抬头看着他，不再逃避：“我不喜欢你和别的女人在一起，听到都不行，所以我特别难受，也想让你知道我很难受，所以……”

傅亦寒知道她的难堪，阻止她继续说下去，低头惩罚似的便吻住了她。如果说要惩罚她的话，那么这就是他能给的最重的惩罚。

长廊似的屋子里，一直有人在床边绕来绕去，不停地报着帐篷里的状况，在那边安静了一个多小时之后，终于有了动静。

“出来打水了！打水了！”一个男声压低着声音叫喊着，所有人都特别激动，恨不得都冲到窗户边去围观，奈何为了不被那些保镖看出来，他们采取的是轮班制，每人只能看十分钟，不许两个人同时挤在窗边。

“指挥官自己端了水呢！”

“又提了一大桶水进去，指挥官可真健壮，提那么大一桶水跟没事人一般。”

女生们也好奇地挤在一起：“亲自给她端洗脸水洗脚水？对她可真好。”

“舒窈说那是她先生，两个人不会是隐婚吧？”

“她为什么跑到这里来？一定是俩人吵架了。”

“看着不像啊，指挥官还亲自给她擦头发呢，两人腻歪着呢。”

“真幸福。”

“没想到有一天能亲自看到指挥官，感觉自己进了童话故事一般。”

“你们没谁得罪过舒窈吧？”一个男生忽然问。

大家静默了片刻，男生还好，那些女生虽然称不上得罪，但是对舒窈绝对和友好无关。有人感觉出气氛的尴尬，立刻活跃气氛：“你们说我去毛遂自荐的话，能得到赏识不？”

“你想得真多。”气氛一下子活跃了起来。

大家都聚在一起讨论傅亦寒和舒窈，只有林奇端坐在角落里低着头。震撼过去之后，他自然检查了自己的行为，他对舒窈有好感，但是绝对没有过任何逾越行为，傅亦寒那句“放手”一次次打在他心上，除了去理清自己有没有得罪这个国家的掌权人之外，他也有些失落。

他三十岁，事业正好，收入不低，交过几个女朋友，不能说没有认真过，但是没有过想要共度一生的人。

若是说他想和舒窈共度一生未免太扯，但是舒窈太不同，眼睛像是会说话，让他忍不住想看，一个对视便欢喜半天，她说的每一句话他都可以反复斟酌许久，这大约就是心动。

迟来的三十岁的心动，对着一个不该的女人。

原来这世上真的有些人是你永远不可能去碰触的，比如傅亦寒，比如舒窈。

不远处，窗边换了人，在小声说："指挥官出来倒水了！"

"天哪，保镖都是做什么的？怎么什么都要亲力亲为？"

"蠢货，你不懂。"

"你懂你说。"

"喂喂喂，是不是要换人了？"

"保镖怎么往这边来了？"

窗边的人尽数散开，片刻后，保镖走了过来，声音不大不小地问："抱歉，问一下有没有风扇？"

室内一片安静，你看我，我看你。

没一会儿，有人低声说："报告，我有个小的，但是风力很小。"

"麻烦拿来用一下。"

没一会儿，众人看着保镖提着风扇去了帐篷旁边，傅亦寒亲自出来接了风扇，和保镖说了几句话，对方躬身听着，最后点了点头。

很快保镖便回来了，对大家说："指挥官阁下说这边马上会通电，以后各位再来可以用空调。"

人群一下子炸开了，他们虽不说家里多么富有，但是都是娇生惯养长大的，可到了这里，之前有个小电扇还要换着吹，还谈什么空调？不过，傅亦寒给出了这种承诺，是不是代表着这里的开发政府会全力支持？

大家因为这句话激动得不得了，当即召开了全体会议，所有人都从忐忑变为高兴，这句话等于认同了政府的简化程序，认同了这里的开发，这不比他们在这里努力一整年更有用吗？

不过，有人提出来："指挥官阁下为什么要同意？"

他们对舒窈又不好，他为什么要开绿灯？

没有人能从中得到答案。

帐篷里，虽然有了电扇，舒窈也睡得并不安稳，傅亦寒坐在边缘的地方让舒窈枕着自己的腿睡，手里举着电扇一直帮她扇风，倒是有一些效果，舒窈很快睡着了。不过因为她睡得不安稳，傅亦寒就一直没睡，一直在帮她扇风。

他从不是什么慷慨的人，也并不怜惜这些年轻人为国家做奉献的心，连他父亲都说他的心很冷，他也一直承认这一点，可这世上就是有一个让你想要不计较任何只想要为她付出的人，那个人就是舒窈。

他之所以成全这些年轻人的心，不过是想着以后假如舒窈还有机会从他身边跑走，至少不用在这个国家的某一片土地上受苦。

所以，他要让这个国家更加富足，即便付出一些代价他也可以接受。

他低头看着舒窈，心柔软得一塌糊涂，不明白一个女人怎么会有这么大的魔力。

舒窈翻了个身，傅亦寒抬手在她背上拍了拍，她很快便安稳地再次睡了过去。

傅亦寒背上的衬衫已经湿透了，可他没有给自己扇一下，有些自虐似的自我惩罚。他今晚留下，也是想让自己记住这样的环境、这样的温度，舒窈受了好几晚，以后他想对她发脾气的时候都记住此刻的感受，还有此刻的怜惜。

第二天早上的时候，有几个男生被分配去河里取水，原本想给傅亦寒那边送两桶，但是保镖竟然拒绝了，而是他们自己去取了水。

大家聚在一起洗脸刷牙，不时地往这边看看，明明已经过了日常他们出发的时间，却都耗在那里没有走。

没一会儿傅亦寒便先出来了，准备好了水和洗脸刷牙的东西，待到舒窈出来，他把挤好的牙膏递给她，然后才去忙活自己的事情。

舒窈刷完牙洗脸的时候，傅亦寒便一直站在她身边帮她拿着毛巾，待到她都整理好才开始自己清理。

人群里又炸开了锅，有人小声说：“你们昨天说的是不是真的？舒窈真的说在家里她先生做主？”

“对啊，看着情形也不像啊。”

“肯定是在外指挥官做主，在内舒窈做主。”

“指挥官真的好有反差萌啊，天哪，这么冷酷的一个男人怎么可以这么温柔呢？我的心都要碎了。”

“今天早上比前两天热一点，你们看，指挥官带了一把扇子进帐篷了。”

“恨恨恨！我要变成那把扇子。”

舒窈去拍化妆水的时候，傅亦寒亲自去那座长屋中帮她取换洗的衣服，就像是普通人家的丈夫照顾妻子，什么都肯做。

女孩子们都假装在忙，却一个都不肯离开，不时地偷看傅亦寒一眼，想着能和他说上一句话才好呢。

莫莉最主动，主动走过去：“傅先生，您是要帮舒窈收拾东西吗？”

傅亦寒抬眼看了她一眼，没有在她姣好的脸上停留：“对。”

“我帮你吧。”她毫不客气地快速动作收拾起舒窈挂在绳子上的衣服，同傅亦寒搭话，“舒窈说她先生管她管得比较严，她说的是你吧？”

傅亦寒把一个小镜子丢进舒窈随身的背包中，转身看着莫莉：“是吗？”他没有问舒窈还说了什么，因为知道对方会主动说。

莫莉笑了笑：“她说在家里她不做主，我们想去她家里的企业上班得经过她先生的同意。”她声音娇俏，笑容甜美，眼神清纯，看起来毫无心机，只是并没有吸引到她想要吸引的人。

傅亦寒将另外一样东西丢进包里，低笑一声，他确实喜欢管着她。

见傅亦寒没有答话，莫莉一时间不知道该不该继续搭话。

直到傅亦寒把舒窈所有的东西都收拾好，莫莉也将手里的东西递出去：“傅先生，你们可真配。”

傅亦寒可有可无地“嗯”了一声，没有多看她一眼，抬脚走了出去。

别说这种女人他见得多，即便见得不多，他也不愿浪费自己的时间。

直升机很快便来了，停在村子中央的一处空地上，保镖们带来的装备并没有带走，送给了驻留在这边的人。以傅亦寒的身份自然不可能去亲自和他们告别，保镖们拉起了警戒线，不许他们靠近，即便他们想送，也无法送，更别想套近乎。倒是舒窈，让人喊来了林奇，两人站在一处人少的地方说话。

这几日林奇一直很照顾舒窈，而且两人有业务对接，虽然知道傅亦寒会不高兴，她还是决定像正常人一般和林奇告别。

“这几天麻烦你了，后续的捐助和监督我会让人来和你对接，其他人我不一一告别了，你帮我和他们说一声。”

林奇点头，脸上没有特殊的表情：“行，我知道了。”顿了一下，他又说，“之前是我过分了，你不要介意。”

“没事，你帮我和许念说一声，我没怪她。”许念就是昨天那个女孩子，虽然对方一直找碴，但是她不想对方因为自己的身份而感到害怕，所以特意和林奇说一声。

“行，我待会儿和她说，你不用挂在心上。”林奇说不出心中的滋味，没想过舒窈不但知道许念的名字，还挂心她会不会担惊受怕，明明都是许念的错。

这么好的舒窈，就该配指挥官那么好的人。

“那行，我们就先走了，再见。”舒窈和外人说话的时候声音总是不大不小，不热情也不冷淡，但就是让人感觉到难以言说的疏离，这种疏离让大多数人却步。

林奇气息有些不稳，看了看不远处走过来的保镖，明显是提醒舒窈要走，他没忍住问：“你和……”顿了下，他没说出傅亦寒的名字和称呼，“会结婚吗？”

舒窈愣了一下，随即想到，林奇这是怕自己不明不白地跟着傅亦寒吧？想了想，她说："我们已经结婚了，只是没对外公布。"

林奇这才失魂落魄地点了点头。

傅亦寒虽然没同舒窈一起告别，但是一直站在远处看着这边，见舒窈回来，立刻握住她的手，想像其他人的丈夫那般问问舒窈都和那个男人说了什么，最终又觉得自己有些好笑，一个字没问，只是牵着她的手再没有放开过。

舒窈倒是主动说："昨天那个女孩子喜欢林奇，所以才处处针对我，我和林奇说让他转告对方不要害怕。"她抽出自己的手抱住傅亦寒的胳膊，他换了干净的衬衫，站在山林之间完美得无法用语言表述。

"嗯。"傅亦寒应着，"待会儿飞机上有早餐，你忍一下吃一点，到了市里我们再换飞机。"

舒窈抿着唇笑："我现在什么都吃得下去。"顿了下，她抱怨道，"我在这里每天都吃一个水煮鸡蛋，没一点味道。"

傅亦寒盯着她看了片刻："等这里以后开发起来，旅游业会带来人口增长，再来的时候应该会物资齐全了。"傅亦寒这句话几乎就是承诺了。

舒窈心情复杂，她本只是随口的抱怨，想让他哄一下自己而言。不过知道他的打算她也觉得欣慰，不再往这边说。

"这边好多山，以后路修好了我们可以来登山，那边有一个原始森林，有一条有氧林道，我还去了一次呢，风景特好。"

"那你下次带我去。"

直升机很快升空，回到易园已经是三个小时之后的事情，穆修早就得了消息，早早在鹿林外停车的地方等。舒窈见到他很是不好意思，穆修一脸包容："在外面受苦了吧？我让人给你做了好多好吃的，帮你约了美容师，还约了个造型师，吃饱了再打扮得美美的，心情也就好起来了。"

舒窈在外面晒了几天，确实最担心自己的皮肤，有些不好意思地松开傅亦寒的手："谢谢你，穆叔叔。"

"快去吧。"

鹿林众人见到舒窈都和穆修是一个表情，仿佛她只是日常归来。舒窈绷着脸回了房间，挑选新的睡衣准备去卫生间泡澡，看到傅亦寒跟进来，便叮嘱他道："你要去忙吗？我今天不出门。"

傅亦寒随意"嗯"了一声，帮她拿了一套黑色的睡衣。舒窈肤色偏白，人长得又清纯，无论穿什么颜色都给人一种清丽的感觉，不过她穿黑色衣服的时候有一种若隐若现的性感，更有女人味一些，所以他帮她准备的外出穿的衣服几乎没有黑色的，倒是有好几套黑色的款式不一样的睡衣，这是他难得的趣味。

舒窈接了睡衣，说："你早点回来。"

傅亦寒看她的眼睛，百看不厌，点了点头。

舒窈几不可见地嘟了嘟嘴："在那边每天都不能好好洗澡，"说到这里她顿了下，皱着眉，"衣服我都不要了。"傅亦寒帮她收拾东西的时候都装进了包里，她刚才才看到。她现在看到那几套衣服浑身难受，那样的天气和环境，不能洗澡，连换洗衣服都要穿两天才可以，她以后都不想再穿那几件衣服。

"嗯，待会儿帮你丢了。"傅亦寒应着，听她抱怨觉得是一种隐秘的享受，因为舒窈并非那种喜欢抱怨的人，她抱怨，是因为对象是他。

洗澡水是傅亦寒帮舒窈放的，舒窈躺进去，浑身舒畅。其实她不是非要现在泡澡，而是因为每个人看她的眼神都让她不好意思，也让她这会儿不想面对傅亦寒，对他的许多抱歉，说一万次也不够。

过了许久，外面一片安静，舒窈尝试着喊了一声："老公？"她没这样喊过傅亦寒，因为知道他听不到，也并不那么难为情，喊出来又自己乐了一会儿。

谁知下一刻，卫生间的门便开了，傅亦寒穿着衬衫出现在门口，对着舒窈无辜又惊讶的大眼睛，他眼中盛着笑意："叫我？"

舒窈往水下移了移，黑葡萄似的大眼睛瞪着他："你怎么没走？"

刚才她试探了好几次，他都是要出门的表现啊。

傅亦寒走过去坐在浴缸旁边低头看着她：“今天休息。”

舒窈有些恼了：“你刚才没说！”

“你没问。”傅亦寒理直气壮。

舒窈无语，又往下缩了缩：“你先出去。”

傅亦寒不动：“这几天我也好累，一起泡好不好？”

“不好！”

舒窈抬起一只手去推他，傅亦寒趁机捉住她的手将她捞出来，手把着手放在自己的衬衣扣子上：“帮我。”

……

鹿林的人第一次见这样的情景，午饭竟然直接是傅亦寒端进屋子里的，惊呆了一群人。

傅亦寒这人是军人出身，最厌恶别人邋里邋遢，做任何事都要求身边的人干脆利落，在房间吃饭这种事是绝不可能发生在他身上的。

可是……现在发生了。

爱情的魔力真可怕。

在床上躺着的某人一动不肯动，趴在羽毛枕上侧着脸，肩膀露出优美的弧线。

傅亦寒身着黑色睡袍，坐在床边揉了一会儿她的耳朵：“吃完饭再睡。”

舒窈闭着眼睛不理人，傅亦寒低头在她肩上吻了一下，舒窈缩了一下，傅亦寒已经拿了睡衣过来，舒窈乖乖地坐起身抬手，穿好之后又被傅亦寒掐着腰放在了地上。

舒窈很少这么不讲究地在房间里吃饭，不过被傅亦寒虐惨了，一句意见也没有，在傅亦寒夹菜的时候还发脾气故意去抢他的菜，傅亦寒干脆把她喜欢的都夹到她碗里去。

若是别人在他面前这样，这辈子怕是都见不到他了。不过他更讨厌有人看到舒窈现在的模样，娇气又柔美，浑身全是女人味，让他想藏起来，一眼不给别人看。

吃完饭，舒窈拿着傅亦寒递过来的纸巾，一个眼神也不肯给他。

“下次不这样了。”傅亦寒捏捏她的耳朵，毛茸茸的，很可爱。

舒窈瞪他一眼。

下午的时候傅亦寒依旧没有去忙，舒窈靠着他，难得地享受两个人在一起的休闲时光。都说床头吵架床尾和，现在她才深刻体会到，因为傅亦寒这会儿待她比之前温柔多了。

拽着傅亦寒的手指，舒窈懒洋洋地问：“你喜欢狗还是猫？”

不等傅亦寒回答，她“哦”了一声：“你都不喜欢。”

“养只猫吧，不掉毛的那种。”

舒窈怒了，又发脾气，在他身上拍了一下：“只有一种猫没有毛，你是不是早就了解过了？！”丑得要死，她才不要！

傅亦寒自胸腔中发出闷笑：“你喜欢什么就养什么，以后家里都听你的。”他还是很介意舒窈说家里的事情都是听她先生的，明明他很尊重她的意见。

舒窈倒是没多想，高兴道：“那再养条狗！”

……

那以后再有个孩子，家里还有他的地位吗？

傅亦寒摸着下巴，有些疑惑，看来这个家还得他来做主。

舒窈在鹿林休息了好几日，不想去基金会，傅亦寒去工作的时候她便跟着他去他办公室里待半天，傅亦寒有好几次出入办公室的时候都会看杨粒一眼，杨粒会立刻道：“太太在您办公室呢。”

他冤啊，上次拒绝舒窈进傅亦寒的办公室完全是意外啊！

不过傅亦寒工作又多又忙，去了几次舒窈便不去了，每天在鹿林待着，等他下班的时候就跑到外面的小花园去等着。

结果和傅亦寒的关系没有明显增进，倒是和院子里的两头鹿关系越来越好，每次见到她它们便围绕在她身边等着她投喂。有时候舒窈会带着鹿去外面逛逛，日子重复如昨天，有时候也无聊。

她打电话给程笑让她来鹿林玩的时候，程笑的第一句话是："傅亦寒呢？"紧张得犹如他是洪水猛兽。

舒窈一头黑线，傅亦寒有那么可怕吗？"他在忙，今天去木洪那边视察，这不快要过节了嘛。"当领导人也不容易，任何一个节日都要做点事情表达出自己对节日的重视，纯粹浪费时间。

程笑迟疑半天，还是说："要不算了，我也忙……"明显是被傅亦寒吓破胆了。

"那我去找你？"舒窈尝试着提议，之前的事情她还没谢谢程笑，又牵连了她，舒窈心里觉得很对不起程笑。

"别别别，"程笑连忙拒绝，"姑奶奶，您再跑了，我这命还要不要了？还是我去找你吧。"在易园里人丢了可怪不得她了。

待到程笑到了鹿林，先喝了三大杯茶，倒是没有抱怨傅亦寒。

"讲讲，他逮到你的时候有没有打你一顿？"

当时傅亦寒把她逮回来之后亲自见了她，那模样感觉像是要杀了她。不过刚开始傅亦寒倒是心平气和地和她分析了目前的情况，甚至给她父亲升了职，讲了以后程家的辉煌未来，深意是让她识抬举。她知道此劫难逃，她之所以还好好活着，能听到他好声好气地说话，全是沾了舒窈的光。

于是，她干脆利落地交代了自己拐了八拐的关系，然后傅亦寒翻脸不认人了，到现在她还记得当时他语气中的杀气："要是她没事，我刚才说的都作数。"

程笑毛骨悚然，盯着他，再不敢得罪他，听到他说："要是她出一点事，你知道后果的。"

这事她当然不可能告诉舒窈。

舒窈听了她的问话，不在意地努了努嘴："他怎么可能打我？"她打他还差不多。

一句话程笑便听出了其中的暧昧，给了舒窈一个猥琐的笑："这么说……你们俩和好啦？”

“本来就没什么和好不和好的。”舒窈别过眼不和程笑对视。

程笑也不多让舒窈难堪，和她挤在沙发里说悄悄话，说话的时候还看了看周围，没有用人上前叨扰，她压低声音：“陆心颖那事儿你们说清楚了？”

听到这个名字，舒窈心里还是不舒服：“他们没什么事儿。”

“他说的？”程笑龇牙，“男人这话都不可信。”

舒窈想找人倾诉，但是又觉得事情已经过去了，自己一直斤斤计较也不好，便说：“他说以后不会再见她了。”

程笑难以置信地看着舒窈：“这话怎么听起来像是出轨被抓之后立下的保证？”完全一模一样的版本嘛！要是舒窈不说这句话她还有可能相信傅亦寒和陆心颖没什么，但是……舒窈只谈过韩郅那一场恋爱，在感情里面是很单纯的一个人，但是这种话骗不了她，所以她才更担心。

舒窈皱着眉：“他们确实没什么，他说那人是刘家安排的，那天在宴会上是赵老爷子托的……”舒窈有些烦躁，越说越乱，程笑却听懂了。

“你别急，这事儿你别在傅亦寒那边提，男人都讨厌对方翻烂账。”程笑迅速在脑海中过滤了一遍，“陆家家世不行，和刘家是亲家，刘家帮她安排也很正常。”

顿了下，她又道：“刘家老头儿和赵家老头儿关系好，仗着有点地位就想摆谱，想往傅亦寒身边送人，这也是正常想法。你也知道，年纪到了，该内退了，总该给自己的子孙谋个好退路吧？以前倒也不是没人这么干过，不过傅亦寒都没要，很厌恶这种行为，现在则不一样了……”程笑看了舒窈一眼。

舒窈不懂什么意思：“怎么不一样？”

“现在不是开荤了嘛！”程笑讪笑一声，这事儿不该是她来讲啊，“男人嘛，最懂男人，特别是开了荤的男人，都有一种猎奇的心理，好点的女人就想圈起来，他们是这样，就以为傅亦寒也是这样，这不，踢到铁板了。”

舒窈有些想不明白，可若是傅亦寒没有对那人表现出不同的话，是不会有人敢把人往他面前凑的。

“这刘家也算是作死作到头了，前两天他们家那个不争气的老三被人查出来和银监会勾搭成奸，现在正在接受调查呢，刘家老头到处活动，没人敢接他的梗，也是虐。”

舒窈怔了怔，这事倒是她不知道的，不过一看就是傅亦寒的手笔。

她心里好受一点，若是傅亦寒对陆心颖哪怕有一点不一样，也不会这样做。

掐着点到了傅亦寒会回来的时间，程笑拿了包就跑：“我的车不让开进来，我还得走出去呢，马上天黑了，我这么美，肯定不安全，先走了哈。”

连舒窈说帮她叫车过来都不肯，一溜烟跑走了。

傅亦寒果然没多久便回来了，他去的地方离平原有两百公里，这样来回未免会有一些风尘仆仆，见到舒窈，将她从台阶上抱下来：“程笑走了？”

“你把她怎么了？她怎么一副被你吓到的模样？”

傅亦寒语气淡淡的：“没干吗，就是谈了谈。”

可以想象是哪种谈谈……

舒窈摸了摸他的肚子：“饿不饿？今天我做饭。”

傅亦寒翘着嘴角：“行，那我先去洗澡。”他覆上舒窈的手，“饿坏了，你快点做。”

舒窈在他怀里蹭了蹭：“嗯，你快去。”

待到傅亦寒洗完澡出来，舒窈还在小厨房忙活，他在客厅沙发上看电视，看不到舒窈的身影，却能闻到饭菜的香气。他年纪不小，在舒窈之前没想过成家，对于他们家族来说，更重要的意义是传承，他也并非独生子，只是他没有给过那些同父异母的兄弟上位的机会，兄友弟恭这种事在他的家族里从没发生过，所以他的家庭观念一直很淡薄，即便和舒窈在一起之后，他也没有过强烈的要个孩子的欲望。知道她怀孕的时候他很开心，因为那是两个人的孩子，即便不是他计划中的，他也要。

但是现在，他忽然想要一个孩子，或者再加一只猫一条狗。

开饭之后傅亦寒吃得不多，一直在看舒窈。孩子的事情他当然不会主动提，那是舒窈的一块心病，他甚至已经想好了，若是真的没有孩子也没关系。

舒窈咬着筷子："不好吃吗？"

"好吃。"傅亦寒开口，一连吃了两碗饭，绝对的肯定。

吃过饭，两人牵手出去散步，舒窈忍不住问："你今天有心事？"

两人去的是大花园，气候的原因，一年四季花开不败。

"没有。"

"是吗？"舒窈不相信地反驳。

"一出门就挂念你，知道你在家里等着，所以急着想回来，"傅亦寒明明说着情话，声音却很冷静，只希望舒窈能懂，"回到家你在家里做饭，觉得很不一样。"

舒窈心里有些难受，她和傅亦寒在一起这么多年，从未想过他也有对家的渴望和需求，而且还总是给他带来许多麻烦，傅亦寒明明样样待她都好，一直都是她做得不好。

似乎感受到她的情绪低落，傅亦寒开口解释："其实你在我身边就好了，其他的我都不在乎。"

"我是不是对你特别坏？"舒窈还是问了出来，有些生气，不知道生谁的气。

"你以前对我更不好，跟我说这辈子都和我没有任何可能，我当时离开之后，好几年都想不明白。"那是他在舒窈拒绝他之后去找她的时候她说的话，红着眼说得坚决，又有些害怕，怕他对她怎么样，他不舍得她那样，便急急地走了。

那是他第一次不敢去见一个人。

舒窈无辜地瞪着眼，怎么又说起以前了？那都多少年了？！

“所以你现在对我已经很好了，我很满足。”傅亦寒笑起来，捏了捏她的脸，“以后要对我更好一些。”

他顿了下补充：“要每天做饭给我吃。”

“嗯，”舒窈有些傲娇地道，“可以吧。”

又走了一会儿，舒窈说：“我明天准备去上班了。”

傅亦寒没有回答。

舒窈转身去看，和傅亦寒看了个对眼，他眼睛里含着笑，似乎有些期待：“我们先把婚礼举行了，你再出去上班好不好？”

舒窈愣了下，快速地说：“我要坐南瓜马车绕城内走一圈！”平原有一道古城墙，正好将城内这一块围起来。

傅亦寒立刻皱眉，第一反应是不安全，不过看着舒窈亮晶晶的眼睛，还是点了点头：“好。”他想给她一个最完美的婚礼。

完美不是多么盛大的场景，请来多少尊贵的嘉宾，或者价值多少的皇冠，而是她的愿望。

满足她的愿望，就是完美。

夜半，舒窈枕着傅亦寒的臂弯，累得说不出一句话。不知道是不是她的错觉，傅亦寒比以前的需求大了许多，在床笫间也不像之前那般温柔了，每次都要将她榨干的感觉。

傅亦寒倒不是故意这般，只是很多时候都忍不住，以前是怕吓到她，现在知道她不会害怕，难免会放肆一些。而且，疲惫之后的舒窈心防没那么紧，他可以和她说一些心里话。

“程笑都和你说了些什么？”

舒窈抬了抬眼皮子：“没有告你的状。”

“……”

舒窈撇了撇嘴：“谁敢告你的状啊？”这是实话，他都把程笑吓得不敢来找她了。

“她没教你一些御夫之术？”其他的事情傅亦寒当然是不肯承认的，只想知道他想知道的事情。

“没有。”舒窈声音瓮瓮的。

傅亦寒只听语调就知道两人肯定说了什么，她不高兴，只能和女人有关，能让她介意的只有那个女人，可他和那人什么都没有，她介意什么呢？

两人都没了声音，傅亦寒想不出会是什么原因，便捏了捏舒窈：“噜噜，和我说说陆心颖。”

舒窈心里本就压着这个事情，听到他提起，抬手便在他身上打了一下，声音响亮，又狠又气，抬脚便要下床，被傅亦寒摁住。

傅亦寒盯着她的眼睛：“你不高兴，我又想不明白，和我说说，嗯？”

舒窈别着头不理他，心里气得不行。

傅亦寒一用力就将她换了个方向，看她眼睛都红了，心里心疼：“你不说我要去问别人了。”

“那刘家别人不送，干吗给你送陆心颖？”这事就像她心头的一根刺。

傅亦寒愣了愣，脸上的郁烦顿时散开，想了想整件事，将记忆定格在某一刻。

那天他有个推不掉的饭局，席间喝了点酒，恍惚中听到舒窈以前常弹的那首曲子，他侧着头看了片刻，怎么弹琴的人连背影都那么像？

那一刻他有点魔怔，竟然站起身走了过去，席间很安静，一直到他走到弹琴的女孩子身边抬手放在她的肩膀上，女孩子没有被吓到，微微转身看向他，倒是看到来人是他的时候震惊了片刻，连忙站起身，慌乱地喊了一声：“傅先生。”

傅亦寒当时便醒了，很快收回了目光：“抱歉，认错人了。”

那场宴会他没有待很久，发生这件事之后没几分钟便离席了，谁知这么一个举动就被人看在眼里惦记上了。

舒窈听完之后并没有开心："哪里像？"

傅亦寒低笑："当时喝多了，特别想见你，又不敢来见你，你不知道你那时候有多可恨。"明明是她错，最后却是他不敢去见她。

舒窈抱着他，一个好的爱人，不只是在生活各方面将你照顾得很好，还能抚平你心里的伤口，而傅亦寒总是能在不经意之间让她窝心暖心又满含愧疚。

接下来的半个月，舒窈一直在忙婚礼的事情，傅亦寒请了专业的策划团队，很多事情都不需要舒窈操心，不过会有许多方案让她来做决定，所以她一直没闲着。

婚纱是傅亦寒早就定制好的，只是一直没有和舒窈说过，他做事一向妥帖，有时候会陪着舒窈一起挑选场景布置的细节方案，整个人都比以前看起来面善许多。周围的工作人员胆子也大了许多，有时候还能说上两句玩笑话，傅亦寒从不生气，如果有人夸一夸舒窈，他还会和对方多说两句。

反应最大的是国民，这个消息一出，大家便炸开了锅，纷纷询问舒窈到底是哪路大神，只是网上没有任何关于舒窈的背景，大家也就是过过嘴瘾。

傅亦寒作为这个国家的领导人，年轻又帅气，迷妹无数，之前没有结婚的时候大家都心理平衡，不是我的，至少也不是你的。但是现在人有主了，酸舒窈的人便多了起来，没几天网络平台便放出了舒窈的职业还有她经营着的一家慈善基金会，将她这几年帮助过的对象全部列了出来，新闻导向一直把控得很好。

渐渐连酸她的人都转了话锋，一时间舒窈变成了人们口中争相传颂的配得上傅亦寒的那个人。

这件事在网上沸沸扬扬地闹了两个月，待到婚礼进行的前两天，又忽然有人出来爆料，说两人早已领了结婚证，并且有一个官方大号证实了这条消息，直接将两人要成婚这件事推上了高潮。

国民的兴致很高，提前两天便有人去占位等婚车经过。

婚礼当天舒窈并没有坐着马车穿过整个内城，而是和伴娘团、亲友团驱车前往教堂，程笑坐在车上一直叮嘱她：“下车之后就一直保持微笑，不要有任何其他的表情，记住了吗？”

“记住记住了，我脸都僵了。”

“打针了？”

“……”两个人笑成一团，笑容比之前真切了许多。

傅亦寒比舒窈早到十分钟，见到她的车子，第一个迎上去，这并不合规矩，但他还是亲手接她下车，看着穿婚纱的舒窈，他脸上难得地呈现出了最直接的笑容。

舒窈早上很早便起床化妆准备一切，其间一直不停地有人叮嘱她该怎么做，神经一直保持高度紧张，握住傅亦寒的手，她忍不住放松了一下。

傅亦寒低头低语：“累不累？很快就结束了。”新娘的事情向来比新郎多许多，傅亦寒已经特意叮嘱过鹿林的人让她一定要吃东西垫肚子，不过传回来的消息说舒窈吃不下，她化了浓妆，看不出脸色，但是眼睛里有疲惫，他心里后悔，昨天不该闹她的。

舒窈没有摇头，只是微微笑着，不远处有许多摄像机，她不能胡乱动作，所以只是拍了拍傅亦寒的手：“没事。”

这个举动很快通过网络平台流传出去，大家对傅亦寒都有了新的认识，他不再是那个可望不可即的谪仙人物，整个人都有了烟火气，成为新晋暖男。

婚礼到场将近两千人，有将近一百个国家的皇室成员到场，其他国家也都派了代表人来，各国的大使馆纷纷发出贺电，一时间盛况无人能及。

舒窈是由舒擎宇牵引至傅亦寒身边的，在这一点上舒窈很感谢傅亦寒，他没有因为舒擎宇犯过的罪而判定她有人生污点，更没有因此拒绝舒擎宇参加婚礼。

能够做到让舒擎宇当她的牵引人，舒窈知道很为难傅亦寒，这件事若是被媒体爆出来，会给整个易园造成不可逆转的形象损失。可他做到了，排除众人的异议拍板了这件事，舒窈有时候觉得他简直是男友力爆棚。

一步一步走得很稳，快走到傅亦寒身边的时候，她看到傅亦寒伸了伸手，不过很快便收了回去，只是站在原地看她，让她忍不住步子快了一些。

舒擎宇牵着她的手交给傅亦寒的时候，傅亦寒的目光一直落在她的脸上，很快便接住了她的手，紧紧握在手心里，没有再松开过。

说誓词的时候，傅亦寒的声音不高，好听得就像是大提琴的鸣音。戒指是家族传承的那一枚宝石戒指，舒窈一直看着他，可能是因为高兴，他脸上都带了柔意，让她忍不住想吻他。

直到牧师说出："现在，阁下您可以亲吻您的新娘了。"

傅亦寒靠近一步，刚低头，舒窈便微微踮脚吻住了他，傅亦寒扶着她的腰忍不住想加深这个吻，却理智地退开，眼睛里全是笑意，没忍住抬手用拇指蹭了蹭舒窈的脸颊。

这个画面连带他之前伸手却克制住自己的短视频在网络上播放了一次又一次，简直让所有人大跌眼镜。

女观众点赞最多的一条是：没想到你是这样的指挥官！说好的霸道鬼畜、冷血无情呢？

舒窈看到的时候，没忍住用小号点了赞，这两个词简直完美形容了傅亦寒。

仪式过后，傅亦寒引着舒窈出教堂，和大家一起拍照，傅亦寒提前下了通知，拍照时间为半个小时。舒窈在人群里看了半晌，然后寻到了舒已，舒已脸上带着笑，似乎也很为她高兴，拍照的时候舒窈紧紧挨着舒已，听舒已说了句："看到他对你这么好我就放心了。"

舒窈鼻头有些酸，却还是笑着点点头："哥，谢谢你能来。"舒已对她的意义不同，她是由衷地希望他能来。

反倒是舒擎宇，一直表现得淡淡的，拍照之后立刻便走了，没有多留的意思。即便是傅亦寒的父亲都走得比他晚一些。

半个小时到了之后，排队的人很快自动散开，傅亦寒牵着舒窈的手前往车队准备离开，舒窈在车队中间看到金色的南瓜马车的时候还是惊讶了片刻，扭头去看傅亦寒，傅亦寒低头看着她："绕城是不行了，不过可以从教堂到易园。"

舒窈心中涌出许多感动："亦寒，你真好。"

不等傅亦寒说什么，舒窈又说："要一直这么好。"

傅亦寒捏了捏舒窈的手，低低地"嗯"了一声，笑意从眼中溢出。

南瓜马车除了构架，周围全是防弹玻璃，路上舒窈看到两道夹杂着许多行人，还有人为了看一眼上了树。国人本来就爱看热闹，最高领导人结婚是这个国家最大的热闹，而傅亦寒不介意大家来凑热闹。

两人偶尔还挥手致意，听到飞机升空的声音，舒窈和所有人一样抬头，是之前便安排好的飞行表演，第一架出来表演的飞机是喷火战斗机，直直地升空，翻了几个身子，又直直地降落，连舒窈都忍不住捏了一把汗。

可惜她不能一直盯着看，以后被媒体说成是喜欢看飞机表演的傅太太可不是什么好听名号。

"改天让他们再飞一遍。"傅亦寒简直像个贴心大棉袄。

回到易园，两人在鹿林让媒体拍照，鹿林没有重新装修，但是换掉了许多软装，看起来喜气洋洋的。

走完所有流程，傅亦寒便去催饭了，舒窈换下衣服还没休息片刻，便被傅亦寒拉着强行要求她吃饭。

可能是因为忙，她胃口并不好，不过傅亦寒准备好的前面的菜色全部是开胃菜，他很少让舒窈吃酸辣的东西，今天破了例。

下午并没有休息很久，因为晚上还有晚宴，作为主人，舒窈一直待在傅亦寒身边，这场招待会没有邀请记者，让舒窈松了一口气。

宴会来了大约四百人，傅亦寒牵着舒窈的手发表讲话，舒窈不太习惯站在人前，所以几乎都是傅亦寒在说话，说了足足五分钟，大家都在期待着舒窈的讲话，不过傅亦寒说完之后直接说了谢词，让众人有些摸不着头脑。

在象征性地敬酒的时候，舒窈倒是说了祝酒词，短短的两句话，大家都很买账，而且看傅亦寒保护的姿态妥妥的，也没人敢给他找不痛快。

最后傅亦寒让舒窈提前退场，舒窈虽然没做什么，还是累得够呛。程笑被傅亦寒打发去陪舒窈，而他要留下来招待宾客。

在鹿林里，程笑颇为气愤："真应该让那个陆心颖来你们婚礼上弹琴，也让她知道知道自己的斤两。"

之前误会的事情舒窈已经和程笑说过，不过显然程笑并不解气。

"你这么喜欢她，我和傅亦寒说下让他安排回头你结婚去给你弹琴。"

"开玩笑，那种女人别来恶心我，"程笑说完才反应过来自己说了什么，"我可不是故意让她来恶心你的，你不知道，就你结婚前一天她还开演奏会呢，摆明了是想抢新闻。"

"不说她了，"舒窈不太想吃水果，但是曼因说那是傅亦寒特意嘱咐让她必须吃的，于是她把水果盒子递给了程笑，"听说你有了新的男朋友，准备什么时候结婚？"

"又不是有男朋友就要结婚，现在谁还这么老土。"

舒窈笑而不语，程笑这个男朋友可不一般，两人断断续续谈了三次，没一次是有结果的。

"觉得合适就先定下来，以后不管怎么闹，总是分不开的。"

程笑讪讪的，不接话，没一会儿便把水果吃完了，舒窈看了看空的水果盒子接过去放在桌上，企图蒙混过关。

谁知没一会儿曼因端来了一盒新的……

不知道程笑有没有把舒窈的话听进去，不过在傅亦寒回来之前她这个伴娘已经迅速消失了，反正以后她会是网上的"最美伴娘"，不愁嫁。

这个新婚夜和别人的新婚夜都不同，没有想象中的香艳情景，傅亦寒回到鹿林的时候舒窈已经睡着了。

他在床头坐了许久，月光洒在舒窈身上，他看在眼里，觉得连时间都慢了下来，心灵上的静谧大约便是如此，让他血管中都流淌过舒适的河流。

半睡半醒之间，舒窈睁开眼睛看了看身边的人，抬手抱住他的腰，便又睡了过去。

一直到舒窈睡熟了，傅亦寒才敢动，轻轻拿开她的手臂躺进去，舒窈立刻滚进他怀里。他心里想，人生圆满，大概就是如此吧。

/ 第十九章 /

红尘不度，韶华白首

婚后并没有太过明显的不一样，舒窈依旧出去上班，只是基金会附近的安保人员增加了两倍。她一直担心婚礼过后媒体会不会爆发出关于舒擎宇的话题，但是没有，平静得就像是什么都没发生过一般。

有一次舒窈尝试着输入了舒擎宇的名字，直接出来几个字：根据治安条例此词条禁止搜索。

很多事情越是遮掩，人们的偷窥欲越强，但是这件事网上几乎没有任何浪花，看得出傅亦寒的整治力度。放心了的舒窈便没有再去管过这件事。倒是基金会的捐助人一下子多了许多，其中不乏想来攀交情的生意人，舒窈毫不客气，一一受了。

傅亦寒名下有许多财产，之前都是托管出去给人打理，前几天他拨了一项最值钱的业务出来，盈利全部捐给基金会做慈善，基金会一下子多了许多闲置资金，舒窈便让人去关注一些比较罕见的疾病，因为这些疾病医保都是不能报销的，林林总总做了几项，每天都过得充实。

不过她每天都回鹿林做饭，傅亦寒工作很忙，却每天都能赶上饭点，而且几乎不出去应酬。他这样的身份，不去应酬也没人敢说什么，两人过的日子倒像是普通的小夫妻生活。

加韦的一百周年纪念很快便来了，普天同庆，易园亲自发出政令，全国放假十天。这不是最激动人心的，最激动人心的是由政府补贴每位公民三千加韦币，可做任何用途，连舒窈都领到了。阅兵仪式之后舒窈拉着傅亦寒亲自去逛商场，选的是傅亦寒名下的一处商厦，安保做得很周全，两人都戴了帽子，一直到结账的时候才被人认出来，惊得结账的服务员一动不动，连扫码器都拿不好了。

傅亦寒不动声色，将舒窈钱包里的三千加韦币抽出来："不用找了，麻烦装一下。"

舒窈有些不愿意，却没有驳他面子，走出去之后却一脸不开心，直到傅亦寒说："总共要三千一百五十八呢。"

舒窈瞪大眼睛，倒是没惊讶他数学好，更惊讶的是：没想到他真的是这样的傅亦寒！

"明天新闻上就会写你利用美色少付人家一百五十八，丢不丢人？"

隔天，舒窈果然看到了这个新闻，连标题都和她想的差不多，舒窈羞得几乎不敢看。不过新闻的后半部分着实出乎意料，因为他带去的安保人员在后面又补了一千块过去。

舒窈撇着嘴，就知道傅亦寒不会给人留这种把柄，果然是逗她开心的。

假日之后，易园已经准备好了出访国家名单，共有四大洲八个国家，其中四个发达国家，两个人口大国，还有两个周边国家，媒体已经放出消息，傅亦寒即将携夫人出访八国。

全国上下对于舒窈第一次作为第一夫人出访他国这件事做了高度评价，舒窈偶尔上网看一眼，自己都觉得不好意思，简直被夸得不像是她本人。

第一站是罗尼，一个靠武力强国的国家。从下飞机开始便不停地被拍照，接受别人的敬意，为了不让她总和不喜欢的人握手，傅亦寒给她准备的贴身包都是手拿包，两只手拿着包，自然没办法握手，社交场上大家也都知道是什么意思，倒是一次都没让舒窈为难过。

与对方领导人碰面之后，便是男人与男人、女人与女人的社交了，舒窈第一次去这样的场合，傅亦寒很不放心，却也无法将舒窈留在身边，只得让人多照看她。

舒窈语言不通，带了翻译，没有共同语言的一群女人坐在一起说一些场面话，话题五花八门。刚开始说一些时政，但不是普通聊天，每句话都要斟酌许久，怕被报道出去变成另外一个样子，舒窈便引着大家说一些时尚话题，大家坐在一起也算热闹。

一天还没结束，傅亦寒便派了人来接。

回到下榻的庄园，傅亦寒帮舒窈捏肩膀："累不累？"

"一直要笑，还有人不停地拍照，"舒窈没有抱怨，只简单说了自己做的事情，也是傅亦寒想听的过程，"不过也不累，他们招待用的咖啡豆好香，你打听一下是什么品种，我们走的时候带一些。"

"好。"傅亦寒在穴位上用了力，舒窈发出舒服的低吟，"这种场合她们不会冷场，她们说话你应着就行，不要担心说错话，要是有人为难你，你也不用忍着，知道吗？"

舒窈觉得好笑："要是真的有人为难我，我和对方翻脸了怎么办？"

傅亦寒手往下，捏着她的背："那就让他道歉。"

"在人家的地盘上，人家为什么要道歉？"

"总有办法让他道歉。"傅亦寒声音淡淡的，却带着一种肯定，仿佛任何事情到了他那里都不是难事，舒窈好喜欢这样的傅亦寒。

"你别多想了，我不会说错话，也不会和人发生争执的，我现在做事要符合身份的，只有你爱瞎操心。"

傅亦寒嘴角噙着笑，其实对他来说他也希望舒窈能够做这样一个人。事实上，她早已能够做到，一直只是他在过度地保护她，很多气他不愿意她受，很多委屈他也不愿她遇到，现在不是舒窈的问题，而是他的问题。

第二天，两人被邀请去总统的一个私人庄园，接下来的整个行程舒窈都没有和傅亦寒分开过，虽然傅亦寒没说，但是舒窈知道这是他特意和对方商量好的，不想她去应对那些不认识的人。

他的细心总是表现在方方面面，舒窈好几次想提，但是想到这是别国，他不放心她也是正常的。

最后一天的时候两人被邀请去骑马，原本打头的是四匹马，双方夫妻每人一匹，不过在舒窈牵马之前，傅亦寒便抬手制止了，看着对方总统直接道："好久没骑马了，有没有兴趣比赛？"

对方哈哈大笑，自然应承："障碍赛我这种老身子骨是跑不了了，我们就自由跑吧。"

"好，规矩你来定。"

两人定好规矩，傅亦寒上前用手碰触棕马的头和颈间位置，熟练地和马儿打招呼，马儿回了他一个友善的出气声。

没一会儿两人便骑着马跑远了，舒窈捏着手有些紧张，傅亦寒这样的身份，无论输赢都不妥，对方的夫人却毫不在意，拉着舒窈说起了其他话题。

舒窈认真听着，每句话都回应，不过都很简短，注意力一直在傅亦寒那边。而两人的赛程已经有了明显的区别，傅亦寒领先太多。舒窈倒是没见过傅亦寒骑马，也不知道他骑得这么好，忽然之间发现自己对他好像一点都不了解。

她还未感慨完，便见傅亦寒放慢了速度，明眼人都看得出他是不想对方输得太难看，最终两个人同时跑到终点，没有分出输赢。舒窈松了一口气，这确实是最好的结果。

下了马之后两人牵着马说说笑笑地往这边走，两位太太迎上去，对方拉着她的手："走，我们也骑马去。"

舒窈学过，但是并不精于此，也不好拒绝，不过傅亦寒快了一步，直接将马缰递到舒窈手里："你骑我这个。"

这时候大家才品出味儿来，难怪他刚才那么反常要比赛，虽然不失礼，但是也怕会有不好的结果，所以一般人都不会提这种要求。现在才发现他竟然只是要帮舒窈试一试马，怕她发生意外。

舒窈当然也发现了，握着他的手笑盈盈地看了他一眼，傅亦寒重重地回握了一下，除此之外没有其他任何情绪外露。

大家都心照不宣，不过对方夫妻的马速明显慢了许多，所有人都在照顾舒窈，傅亦寒在离开之前同对方签订了一项贸易协定，允许对方的天然气进入加韦，原本在这件事上他有两个选择，而且条件都差不多，权衡多次之后也并没有必须和谁合作的理由，对方倒是给了他一个很不错的理由，他们对于舒窈的照顾显然也让他称了心。

接下来的行程不紧不慢，偶尔舒窈还能空出来一天什么都不做，她这个身份有好的地方，也有不好的地方，明明到了时尚之都，却不能自由地出去逛一逛，不过傅亦寒却让人送了大批的衣服过来让她挑，他自己也帮她挑了一些，两个人倒是颇有兴致地挑了一整个下午。

出访和旅游不同，精神时刻都紧张着，难得有放松的时候，舒窈也给傅亦寒挑了几身西装，还搭配了领带。傅亦寒长得好，怎么穿都好看，每次多看他一次，舒窈都有一种捡到宝的感觉。第一次后悔当初为何没有答应傅亦寒，而且她也没想过当初那个冷心冷肺的少年会长成今天这般稳重成熟的忠犬。

到最后两个国家的时候，傅亦寒有一次一本正经地和舒窈说：“这次是每逢十年一次的外交活动，以后不会有周期这么长的活动的。”这次出来太久，舒窈虽然没有抱怨，但是看起来有些疲惫，他不自觉地开始解释。

舒窈觉得好笑，傅亦寒总把她当成易碎品：“亦寒，从和你结婚那天起我就知道自己该做什么，我不会抱怨，也不会觉得有压力，更不想你时时为我担心，你已经很照顾我了，我心里又爱你又感激你，所以不要总是因为我而有心理负担，好吗？”

傅亦寒低头看她，眼睛里带着暖意：“再说一遍。”

“什么？”

“中间那句。”

舒窈假装不懂：“不要有心理负担？”

“嗯？”傅亦寒掐着她的腰淡淡地威胁。

舒窈正好被他掐到痒肉，顿时“咯咯”地笑起来，求饶道：“爱你爱你爱你……”

傅亦寒在她唇上印了一下，回应道：“我也是。”

舒窈复读机一般：“我也是也是也是。”

傅亦寒掐着舒窈把她抱到没人的地方闹了她一番，直到舒窈抱着他笑得喘不过气，骂他：“你再这样我不理你了。”

傅亦寒这才收手，搂着舒窈走了出去。

他们所处的位置是倒数第二站的木东，木东是加韦的临界国，国内形势复杂，又总被周边动乱国家影响，经济形势一直很差，但是这个国家一直对加韦很亲和，对加韦是永久友好国家，无论加韦出什么政策，他们都坚决拥护。有一点大哥和小弟的意思，所以历代加韦的领导人出访都不会错过木东，算是对周边国家的一种表态。

这个国家虽然很穷，但是舒窈从细节可以看出他们用来招待的东西都是最好的，整个都城全部被戒严了，平民不允许外出走动，电视新闻里每天循环播放着傅亦寒到访的消息，连舒窈都跟着在电视上火了一把。

只剩下两个人的时候，舒窈同傅亦寒说闲话：“木东为什么对加韦这么亲和？”

“他们曾经有接连三代领导人是加韦后裔，执政将近四十年，也宣传了四十年亲加韦路线。”

这些事不算什么秘密，稍微打听就能知道，只是这些传说一直没有被证实过，现在被傅亦寒亲口说出来，舒窈才惊讶道：“这事竟然是真的？”

“不过当年也有政府扶持的因素，因为当年加韦内外交困，迫切需要同盟国……”

舒窈捂住他的嘴：“这种秘密我不听的。”她倒不是害怕这些秘密，更害怕的是傅亦寒告诉她这些事情会被别人发现。

傅亦寒拉下她的手：“都是以前的事情了。”

“既然两国关系这么好，为什么不帮他们发展一下经济？”加韦在这片地区的经济绝对算得上老大，若是想帮谁的话没有帮不到的。

“木东挨着奥马和伊斯，这两个国家常年征战不断，国内又一直不太平，木东比它们还弱一些，发展木东不过是让木东变成他们眼中的肥肉，现在虽然他们国内的局势一天一变，但是没有战争的侵扰，若是木东发展起来，武力又跟不上的话，很快也会卷入战争。”傅亦寒看着舒窈道，“匹夫无罪，怀璧其罪。”

舒窈想事情没有这么深入，不过也不会蠢到去问为什么不帮木东武装国家。全世界没有一个国家会干这种蠢事。

傅亦寒知道舒窈是重情义的人，别人待她好，她便想对对方双倍地好，于是拉着她的手道：“这些年木东有什么大的事情，加韦都提供帮助的，有一个隐形基金专门针对这些周边国家，这是大家心照不宣的事情。”你帮我，我依附你，有事我挺你，就那么回事，各为利益而已。

舒窈张了张嘴，没想到政府也干这样的事情，真是……满满全是套路。

“你们这……不算是受贿吗？”

“互相交换利益而已，哪有你说的那么严重？”傅亦寒笑，舒窈的形容太贴切，让他忍不住笑，不过各国都这么干，也没什么好奇怪的。

舒窈觉得自己的三观被刷新了，这么高级的受贿她也是第一次见，原来这才是大佬们的游戏平台啊。

离开木东前往奥马的那天下了雨，一路上都有当地的军人保护，车子经过的地方军人连番敬礼，确实如他们宣传的那般，对加韦秉持友好至上的原则，连舒窈都看得有些感慨。

而傅亦寒之所以把最后一站定在奥马，更多的是考虑到舒窈，毕竟舒窈和楚博还有楚郦微见过，最后一程他希望她能轻松一点，和熟人待在一起会好一些。

另外一点，楚博之前说的事情他依旧在考虑，平衡地区局势一直是他想做的，只是怎么做才能让舒窈更好接受一点，他正在往这方面努力。若是舒窈能和楚博夫妇关系更近一些的话，以后理解起这件事会更容易接受一些。

楚博夫妇亲自来机场接，楚博很热情，一直在梯下等着，见到傅亦寒走下来，立刻握住他的手："已经等您许久了。"他又看向舒窈，热情且礼貌道，"傅太太，很高兴见到您。"

"您好，楚先生。"舒窈没有和对方握手，倒是和楚郦微互相拥抱了一下。

紧接着，奥马几位穿制服的高官同傅亦寒握手，舒窈一直跟在他身边接受对方的致意，之后乘车前往奥马的权力中心宁府。

楚博有事求傅亦寒，自然处处安排得妥当，而且整个会晤过程一直保持让舒窈待在傅亦寒能够看到的范围内。在加韦的时候他便发现傅亦寒对自己的这位太太很不一般，无论她走到哪里，他的目光始终追随着她，而且一点不介意被外人发现。

两人的交谈并未提及那日私下说的事情，更多的是对两国共同追求和平的方针做了交谈，这些大话他们作为领导人已经说过许多遍，在镜头面前依旧一次次地说着，若非傅亦寒太帅，守着新闻的群众根本不想多看一眼。

另一面，楚郦微也同舒窈攀谈起来："你们举行婚礼的时候我和楚博也去了，只是一直没机会私下说说话，没想到这么快又见面了。"

一般国家都是派代表前往，舒窈那天晕晕乎乎的，几乎没有记住都有哪些宾客前来，也没有机会和楚郦微单独说话，现在说起这件事她倒是不好意思了。

"我和楚博结婚的时候，一整天忙下来一张脸都没记住，后来还要翻照片看都有谁来参加婚礼，那种心情真是紧张又激动，哪里是结婚，根本就是上战场。"楚郦微见舒窈有谈话的欲望，立刻打开了话匣子。

“是的，那天天不亮就被折腾起来了，前一天一整夜都没睡着，整个人晕晕乎乎的。”头一天她被傅亦寒折腾得很累，却又睡不着，紧张得有些怯场，恨不得第二天不要到来。

只是天还没亮，化妆团队便来了，几乎没有睡觉。

“傅先生照顾你，所有的流程全部简化了，也就只有他能这样了，全世界都关注的一场婚礼，愣是被他强制改了流程。”

舒窈嘴角噙着笑，傅亦寒关于她的事情向来都是如此，强制到只让她一个人舒坦而不去管外界怎么说。

“他有时候是有些霸道。”舒窈接话，虽然这么说，但是表情已经出卖了她，不知道多喜欢傅亦寒这份霸道。

“我最羡慕的还是他亲自接你下车，”楚郦微似乎想到了那天的事情，“你知道的，他们这种身份的人最在意礼仪，礼仪比情义都重要。”她没有说楚博，但是舒窈还是看出她的遗憾。

舒窈转头看向不远处的傅亦寒，他面容严肃，正在听楚博说话，神色认真严谨。舒窈一直知道他是个有魅力的人，而一个有魅力的男人，又各种光环加身，怎么能让女人不动心呢？

下一刻她便遇到了傅亦寒的目光，傅亦寒似乎没料到她在看他，愣了一下，很快收回了目光继续和楚博交谈。

舒窈听到楚郦微低声说：“傅先生每隔两分钟便看你一次。”

舒窈没想到在她看不到的地方傅亦寒是这样的，这让她意外又窝心，不过她面上不显：“我正坐在他目光能看到的地方吧。”

楚郦微笑了笑。

让她没想到的是，当天晚上奥马的即时新闻推送便发布了这个消息，标题为：“傅亦寒：一个政治家的二十七次注视。”

里面有一个被剪辑为五分钟的视频，将傅亦寒的每一次注视都拍得清清楚楚，明明只是五十分钟的会晤，却有二十七次之多的目光注视。

网上炸开了锅，傅亦寒的“冰山指挥官”人设再次崩塌，大家都称呼他为“暖男”。

舒窈手指迅速翻动着手机屏幕，听着傅亦寒洗完澡开门的声音，跪在床上举着手机喊：“大暖男，过来让我抱抱。”

傅亦寒嘴角噙着笑：“什么东西？”

待到傅亦寒走近，舒窈抬手搂住他的脖子和他对视：“他们说你是暖男，快让我看看哪里暖？”说着在他脸上乱摸一气。

傅亦寒低头看她，扶着她的腰免得她重心不稳：“摸到了吗？”

舒窈靠近他一点，一下子歪头靠在他的肩膀上，调皮极了：“哪里都是暖的。”

傅亦寒抱了她一会儿，问：“刚才出了什么新闻？”有一点可以肯定，绝不是什么不好的新闻。

“说你五十分钟的会面时间看了我二十七次。”舒窈紧紧抱住他的脖子，不敢和他对视。有些害羞，想他承认，又不想他承认。

谁知，傅亦寒说：“只有二十七次吗？”

舒窈直了身子，瞪大眼睛看着他：“你干吗一直看我？”

“猜。”傅亦寒只说了一个字，掐着她的腰将她放平在床上，已经低头吻了下去，不等她猜，便给了答案，“喜欢看，看到你心里踏实。”

舒窈眼眶有些潮，瓮声瓮气地说：“我以后都要对你好。”

傅亦寒弯着嘴角：“嗯。”

杨粒说女人都喜欢听情话，甚至评价女人是用耳朵谈恋爱的，以前傅亦寒很少说这种话，以为自己做得多了她总会懂，可果然如杨粒说的那般，她不懂。后来他偶尔说，总能看到她感动和深情的目光，他喜欢这样的她，所以总是不吝啬地说给她听，也让她知道他的真实想法。

面对舒窈，傅亦寒其实很多时候都是想克制的，可是看到她娇美的样子他便忍不住，想要狠狠蹂躏她，等到舒窈哭出来，他依旧不放过她，将她翻了个身，看不到她的眼睛，他便能对她狠心一些。

电话响起来，舒窈抓他的手背：“电话……我的电话……”

知道她想逃，傅亦寒更不放过她，将电话捞到她身边，继续狠狠地对她。

舒窈没忍住在他手背上狠狠抓了一下，看着电话屏幕上程笑的名字闪了又闪，就是不敢接。

半个小时后，舒窈穿着睡衣背对着傅亦寒坐在床边打通了程笑的电话："怎么了笑笑？"

程笑倒是没说自己的事情，听她声音不对，问道："你怎么了？不开心啊？"

"没有……"舒窈咳了咳，尽量让自己的声音听起来正常，却还是沙沙的。

"吵架了？"

"没有，有点着凉了。"舒窈随便找了个借口，"你找我什么事？"

"哦，是这样，我家不是有寒江的四条幅画吗？收集了这么多年只收到了三幅，我刚才才得到消息最后一幅在奥马，明天就在苏兰拍卖行拍卖，你一定要去帮我！"程笑语速很快，带着激动，连听到舒窈生病她都忘记了关心一下。

舒窈笑吟吟道："好好好，你别急。"苏兰拍卖行是世界连锁，经过他们鉴定的古董几乎都是真迹。

"不管多少钱，你一定帮我拿下！"

"行，我知道了，你放心，事情肯定给你办成。"

"我乘明天早上的飞机过去，如果能赶上的话还能和你一起回国。"

"你不用来了，我让傅亦寒帮我找几个鉴定专家带着一起去就行，不会出岔子的。"顿了下，舒窈又道，"你要是想来玩的话也行，他们首都的治安还是可以的。"

程笑倒是迟疑了一下："你真的一定要帮我办妥！"她咬咬牙，"我弟明天要考大学了，早和他说好了陪他的。"

"行行行，你真啰唆。"舒窈笑吟吟的，知道她在乎这幅画，上学的时候就天天说有一天能集齐这四幅画这辈子就没有遗憾了，这些年她的大部分积蓄都花在了之前的三幅画上，眼看要人生美满了，“我亲自去还不行？”

“你一定要亲自去，”想来想去，程笑还是不放心，“你让傅亦寒也去。”

“他哪里有空？不过我可以让他找找关系帮你留住这幅画。”舒窈说话的时候没经过傅亦寒同意，也没看他，还在生气呢。

一直到挂了电话，她依旧背对着傅亦寒坐在那里，纤细的背影仿佛一揉就碎，一直低着头在看手机。

程笑在对话框中发过来一个八卦：“我跟你说，那个陆心颖可算是得了报应了，你知道她跟谁在一起了吗？”

舒窈看着屏幕有些反应不过来，程笑怎么对这个女人这么关心？

程笑：“东城那个赵邦！就是有强迫症那个！他好几个女朋友都因为被他虐待而报警了，不过他人脉多，最后都不了了之了。”

舒窈：“你不要这种幸灾乐祸的语气，我们又不认得她，无论她怎样都和我们没关系。”

两个人聊了足足二十分钟，舒窈退出聊天软件，又去翻网页。刚开始确实有些生气傅亦寒的毫无节制，后面已经不生气了，谁知傅亦寒毫无反应，根本不理会自己，那口气便又上来了。

她赌气不肯理人，背后的傅亦寒甚至翻了一页书，没打算理她。

待到舒窈忍不住扭头去看他，正对上他含着笑意的眸子，他穿黑色睡衣，领口微微敞开，露出精壮的胸膛，看到舒窈的目光，他微微合拢了一下睡衣：“你不求我帮你找关系了？”

舒窈瞪他一眼。

“过来。”傅亦寒伸出手。

舒窈不动。

“让我亲一下，就帮你。”傅亦寒说得理所当然又不要脸。

他还需要找关系？明明下个命令就好了。

看舒窈依旧不动，他挑眉：“真的不贿赂我？”他低笑一声，“刚才已经帮你安排好了。”

舒窈嗔叫一声，扑过去打他，被傅亦寒搂在怀里，傅亦寒闹她的时候最喜欢摸她的痒肉，没一会儿舒窈便笑得喘不过气，明明要骂人，却一个字都说不出口，只能用脚使劲地踹他。待到傅亦寒松开她，她立刻反扑过去打人，傅亦寒任由她闹，没一会儿她便泄力地歪在他怀里不动了。

“明天楚郦微会陪你一起去，我也会让人跟着你，不要乱跑知道吗？”傅亦寒原本是不肯让舒窈单独去的，但是舒窈很重视和程笑之间的感情，他说的话未必好用，便帮她安排好了所有需要用到的人。最重要的是那个拍卖行他曾经了解过，安保措施一向不错，而且位置离他明天所处的位置不远，否则他不会答应的。

“嗯。”舒窈懒懒地应了一声。

不知为何，傅亦寒忽然有些后悔，还是想时刻把她带在身边。但是想到白薇的话，他又忍了下去。

白薇说要让他学会适当地放手，才能让舒窈在这段关系中透气，才能有更合适的距离。

当时听到这话的时候其实他是不赞同的，但是从行动中看，白薇说得确实对。他才明白，有心理问题的不只是舒窈，还有他。他太过于重视她，才将这段关系越拉越紧，这让两个人都紧绷，他确实需要适当松手。

舒窈的脚跷在傅亦寒的腿上，圆润的脚趾在灯光下白皙透明，漂亮极了，她靠着他忽然说起了奥马的事情来：“穆叔叔说奥马要买一批武器，你不肯卖给他们，还说是因为我，是这样吗？”舒窈本是不愿意干涉傅亦寒的工作内容的，但是这件事似乎和她有关，她不得不多说几句。

傅亦寒看着她，没说话。

舒窈的唇动了下，过了一秒才说：“是因为我的病吗？其实没那么严重，我早就自己想明白了。”

傅亦寒揉了揉她的头发："你现在还觉得自己错了吗？"

舒窈摇头："这种事情没有对与错，之前一直是我自己狭隘了，最终的结果是好的，这也是我愿意看到的，亦寒，你可以让他们更好，所以不必顾及我。"

傅亦寒垂着眼，片刻后，和舒窈说了自己的计划和打算。

如当初的霍述一般，舒窈有震惊，有震撼，也有难以置信。统一加韦已经是许多人不可企及的高度，而傅亦寒只是拿它当跳板，他要的更多，也更广阔。一时间，舒窈看傅亦寒仿佛在看一个陌生人，又仿佛今天才真正认识他，心中五味杂陈。世间文字千万，她却组不出一句话来。

傅亦寒也看着舒窈，他不确定舒窈的反应，但是这对他很重要。

过了许久，舒窈才握住傅亦寒的手："亦寒，一直以来都是我配不上你，以后你不要丢下我。"

傅亦寒放下心来，紧紧反握住她："永远不会。"

第二天一大早，傅亦寒便起床重新检查了一遍所有的细节，可能是因为不是在自己的地盘，对于舒窈要离开自己的视线这件事他还是有些紧张。他甚至给白薇打了电话，白薇只听了一句便明白过来，她知道傅亦寒想要什么样的答案。在网络上看到二十七次注视的时候，她便觉得傅亦寒的问题似乎更严重了，她一句话阻断了傅亦寒想说的话："傅先生，爱情不应该变成较量。"

"好。"傅亦寒算是应下了这件事。

送舒窈离开的时候，他还是忍不住牵着她的手："到了给我回话。"

舒窈知道他不放心，抱了抱他："事情办完我就回来，你不要担心。"

"嗯。"傅亦寒别过眼，不和她对视。

舒窈临走的时候踮起脚在他唇上印了一下，不过傅亦寒没有回应，护着她上车，一路上话都很少。

坐进车里，舒窈朝他笑："那我去了。"

傅亦寒点头："好。"目送舒窈离开，傅亦寒在原地站了许久，才将手插入口袋转身离开。

会晤的地点是在一座宫殿里，这是奥马的一处皇家别苑，后来被改成了一座会议中心，位于市中心不远处，驱车到拍卖会只需要十分钟。

傅亦寒的目光一次次地飘向不远处，却没有搜索到那个想看的身影。

楚博当作什么都不知道，同傅亦寒说话的时候语速却慢了下来。

到了媒体休息时间，傅亦寒拿出手机给舒窈发信息："开始了吗？"

楚博也笑了一下："我给郦微打个电话去。"

傅亦寒微微颔首，知道楚博这是给自己留下空间。

舒窈很快回过来："已经开始了，不过时间有些靠后。"

傅亦寒："我在你包里放了没填的支票本。"

舒窈："嘻嘻，谢谢老公。"

傅亦寒勾了勾嘴角："有什么事让楚郦微扛，你不要出头。"

舒窈："知道啦啦啦啦啦。"

楚博很快回来，笑着同傅亦寒一起往外走，别苑的风景很好，楚博邀请傅亦寒一起去湖面上打猎，湖上有许多鸭子和自养的鹅。

傅亦寒本身就是军人出身，对于打猎这种事从不拒绝，不过在登船之前，他接了个电话，是霍述打来的："什么事？"

"昨天您让查的事情已经查出来了，那幅画是在上个月流入奥马的，之前一直被一个巴利的富商收藏。"

傅亦寒呼吸重了重："确定？"

"是的，确定。"

傅亦寒挂了电话，抬脚便往外跑，楚博赶紧跟上去："傅先生，怎么了？"

傅亦寒在打电话给傅战："带着舒窈快找个安全的地方躲起来！"

楚博一听，立刻紧张起来，吆喝身边的随行官员："快将苏兰拍卖行附近的道路全部封起来，所有人员不得随意流动，加派警力保证傅太太的安全！”

说完，他才想起自己的太太：“还有我太太！”

所有人都在慌乱地往外跑，打电话的声音此起彼伏，一直不断。

傅亦寒上了车，将舒窈的号码拨出去，没人接听。

他脑海中闪过舒窈昨晚笑得喘不上气的模样，感觉自己连呼吸都要停滞了，声音却依旧镇定：“再快点。”

“先生，这是市区……”

“加速！”傅亦寒语气重了重。

“是！”

原本十分钟的车程，不到六分钟便到了拍卖行，一群军人和保镖哗啦啦地穿过大堂，电梯整个被控制了，所有人员靠边站全部不许动一下，傅亦寒走楼梯上楼，速度比电梯还要快一些，一直上到拍卖会所在的厅，消防通道的门却被锁死了，傅亦寒拿了枪几枪下去，一脚便踹开了。

整个拍卖会的所有人都被迫待在原地，抱怨声此起彼伏。楚郦微和舒窈原本是待在VIP厅里的，后来傅战不知道从哪里冒出来，将两人带到了一个完全封闭的安全室，一直到傅亦寒出现在她面前，她还没明白发生了什么事。

傅亦寒推开门站在门口看着舒窈，手一直搭在门上，脸上没有多余的表情，心里的那口气却并没有松下来。

他想到早上白薇说的话，难道真的是因为感情蒙蔽了他的理智？

舒窈走到傅亦寒身边去拉他的手：“怎么了？”

傅亦寒这才放松下来：“没事，不放心你。”他顿了下，原本想说安排给别人去竞拍，看了看舒窈，又觉得自己小题大做，“走吧，我陪你一起去。”

说着他又看向楚郦微：“楚太太，很抱歉吓到你了。”

楚郦微微微笑着：“没事，你们感情好，互相担心才正常，更何况还不是在自己家里。”她和舒窈熟悉之后说话不打官腔，两人倒是能多说几句。

傅亦寒伸出手："请。"

楚郦微颔首首先走出，傅亦寒才牵着舒窈的手往外走。

一直到走出走廊，舒窈才拉着傅亦寒的手："要不我们回去吧。"傅亦寒来得这么急，她隐约觉得事情没那么简单。

"不用……"

傅亦寒没说完，舒窈便打断了他："回去吧，让别人去也是一样的，这么闹一场大家正好都不敢和我们竞争，我也不用在场看着了。"

傅亦寒看向舒窈，面上有抱歉，还未说什么，舒窈已经拉着他的手大步往前："快回去，我已经不想待在这里了。"除了体谅之外，她也想为他有所付出。

"好。"傅亦寒声音柔下来，真的是自己大惊小怪了。

哗啦啦一行人又往下走，空旷的大厅里，一群人依旧被限制待在原地，舒窈看到那个场景的时候顿时感到抱歉，因为她的关系才打扰了这些人的自由活动，她加快步子，只想快些离开。

只是拍卖行一楼的大厅很大，足足有四百平方米，舒窈才走出没几步，便有一个蹒跚学步的小朋友嘻嘻笑着一步一步往这边走，路都走不稳，张着嘴笑，口水直往下流。

保镖一下没看到，小孩子已经快走到大厅中央。

人群中有妇女焦急地同穿警服的人道："那是我儿子，让我去抱回来，可以吗？拜托你了。"

警察看了眼小孩子，皱着眉："你不能过去。"说着就要招呼那边的兄弟帮忙把孩子抱过来，谁知一个五六岁的小女孩弯下腰一下子便跑了过去。

这边的骚动舒窈自然不可能没看到，她目光落在那个笑嘻嘻的小朋友身上，心顿时软了一下，又有些失落，她现在同傅亦寒这么好，依旧没有怀孕。

小女孩才跑出去没几步，人便被捉住，提着胳膊整个人被提了起来。

舒窈有些急：“喂，你不要这样对她……”她的话音才落，小女孩已经顺着警察的力道动作轻巧地解开他腰上的枪套，拿出枪熟练地上膛对着舒窈射去。

舒窈瞪大眼睛，谁能对一个孩子怀有戒心？谁又能对一个母亲怀有戒心？

在子弹射出的一瞬间，她一动不能动，连闪躲的本能都失去了，完全没反应过来，只是看着，连难以置信的表情都还一直停留在脸上，甚至来不及害怕。

时间被拉慢，舒窈无法喘息，甚至想到昨天晚上和傅亦寒吵闹，自己死了傅亦寒怎么办？

怎么办？

腰肢被大力拖拽，舒窈感觉到自己被人护在怀里，连冲过来的保镖，在她眼中也似乎成了幻影，时间明明过得很慢，却又忽然变得很快，她对上傅亦寒的眼睛，傅亦寒也在看她，依旧深沉，依旧克制，也依旧冷静，和任何时候都一样。

她看到子弹朝着他们袭过来，看到保镖伸出手遮挡，看到子弹穿过保镖的手臂朝着傅亦寒射来。

舒窈的唇颤了颤，不敢往其他地方看，呼吸声却忍不住重了起来，喉咙一下下动着，害怕极了。

傅亦寒的手还紧紧握在她的肩膀上，嘴唇动了动，却一个字都没说出来。

许许多多的人冲上来，舒窈看着傅亦寒倒下去，也终于看到他的伤口，子弹射入他的头部，鲜血染红了他的西装，他紧紧地闭着眼睛，一动不动。

俨然如一个死人。

/ 第二十章 /

踽踽独行，无人问及

舒窈拨开人群跪下去握住他的手：“亦寒，亦寒……”她很急，却只能叫他的名字，焦急地看向四周，眼神无法聚焦，“医生，医生呢？”

下一刻她被人拖开，她奋力挣扎着发出呜呜的声音，想要叫他的名字却叫不出口，早已泪流满面，很快便被拖远了。

她是乘坐另外一辆车子跟着去的医院，她失魂落魄地坐在车上，目光不敢乱看，怕看到不好的事物，懦弱将她包围。

手抖得厉害，连膝盖都一下下地抖着，她仿佛这个时候才彻底明白发生了什么事，手捂着脸不能哭、不敢哭。

到了医院，车门打开，舒窈听到一个声音：“下车！”语气并不好。

舒窈恍恍惚惚地看过去，过了几秒钟才聚焦，是傅战。

傅战待傅亦寒向来忠心，又对舒窈有一种爱屋及乌的意思，只是现在傅亦寒出事，他迁怒于舒窈。

舒窈下车的时候踩空了一下，傅战捉住她的胳膊让她站稳，很快放开，一个字都不肯再同她说。

舒窈无暇顾及别人的情绪，只是紧紧地跟着他进了医院。

整座医院都被军方和警察把控，每一个房间包括卫生间门口都全部戒严，所有人都不许走动，所有人都不许靠近急救室，没有人说话，没有人走动，一切都严肃且静默。

舒窈坐在急救室外的椅子上，脊梁直直地挺着，微微低着头，长发遮住了她的脸，滴落在膝头的泪水打湿了裙子，只是她这种无声的哭泣没有引起任何人的怜悯，所有人射向她的目光都带着责怪和冰冷。

到了中午吃饭时间，傅战拿了饭盒直接放在她的位置旁边，一个多余的字都没有。

饭盒和椅子碰触的声音带入了他的不满，让舒窈整个人震了一下，猛然从自己的思绪中走出来。

不过这饭她一口都没吃。

怎么可能吃得下？

急救室的灯一直亮着，舒窈希望永远不要灭，这样就可以不用知道结果。

鸵鸟心态。

不知道过了多久，舒窈隐约听到战斗机低空滑行的声音，再然后她看到了霍述，她坐在椅子上抬头看着他，就像看到一个大家长，顷刻间泪便再次流了出来。

霍述一向待舒窈不错，因为他和傅亦寒的关系近，有时候还能和舒窈说上几句轻松话，而且他年纪比傅亦寒和舒窈都大，舒窈一直是很尊敬他。

霍述直接走到舒窈面前："太太，您有事吗？"

舒窈摇摇头，想和他描述傅亦寒的伤情，却又有些无力，说这些有什么用呢？

霍述点头："您不用害怕，指挥官一直随身带着顶级外科医生。"他本想多安慰几句，却又不知道该如何安慰，干脆闭嘴。

又恢复了安静，舒窈不时地看看急救室的门，幻想了无数次最坏的情景，一口气堵在胸口怎么也出不来。

早上她走的时候分明看出他舍不得，千言万语，一次又一次，明明已经用目光告诉她，可她为什么要选择忽视？

是她自己想要一些距离，是她自己不满足现状，是她自己……

心痛得无法呼吸，她情愿躺在里面的是自己。

霍述在她身边坐下来，声音低沉："吃点饭吧，别指挥官还没好，您又倒下了。"

舒窈听了这话心里更难受，捧了饭盒子也不看里面都是些什么，一味地就着泪水往下咽。

吃完之后她知道自己吃了肉，也知道这是傅战表达不满的一种方式，可她对此没有任何不舒服的地方，那些在她心里根深蒂固的东西似乎也变得不那么重要了。

待到手术室的灯灭的时候，所有人都围了过去，只有舒窈依旧坐在那里一动不动，目光凄凄地往这边看着。

她想去的，可她一步都走不动。

所有人都屏住呼吸听医生说话。

"子弹碎片已经取出来，你们快让开，人要进重症室。"

有人跟过去，推着病床哗啦啦地往外走，舒窈这才仿佛松了一口气，急急地站起身也跟了过去。

重症室不允许有人进去，舒窈便站在外面看，隔着厚厚的防弹玻璃看到傅亦寒身上插满了管子，面上毫无血色一动不动。

舒窈在心里数数，曾经有一次傅亦寒说："要是我惹你生气的话，你就数数，数到一百我肯定给你道歉。"

舒窈一直在数，一个一百、两个一百、一百个一百，傅亦寒依旧没有道歉，甚至没有动一下。

然后舒窈开始按天数，一天、两天、三天……十天过去，傅亦寒依旧没有动过。

舒窈刚开始几天还说几句话，到了后面，一个字都说不出口了。

她是到了后面才知道楚郦微也受伤了，一颗子弹穿透了肺部，也同傅亦寒一样在重症室里一直没出来。

楚博每天来一次，整个人憔悴了许多，这件事并没有上新闻，但是有媒体捕风捉影，没有正式的官方消息，看得出楚博也承受了很大的压力。

临走的时候他对舒窈说："傅太太，不管怎样，请您一定要照顾好自己的身体。"看着舒窈，他好像还有话要说，最终却叹了口气转身走了，连背影都佝偻了一些。

从进手术室到现在，所有的医生都是加韦人，霍述来的时候又带来了一个精尖团队，全面接手了傅亦寒的后续治疗，连护士和用药都是经过全面检验，药大多是从加韦带来的，非自带的药材，必须经过检验才可以用。

霍述从来都是这么细心。

舒窈就这样每天站在玻璃窗外看着，除非必要的吃饭和休息，她一步都不离开。直直地站一整天，仿佛不会累。

霍述劝过他许多次，甚至连傅战都委婉地说了几句话，但是舒窈都不为所动。

有一次舒窈听到霍述在和医生讨论移动病人的可能性，舒窈还没听完便冲过去道："你不能动他！他现在的情况不适合移动！"

霍述抿着唇看了她片刻，然后点点头："好，我会让人运更多的仪器过来。"

其实哪里的仪器都一样，只是他们都自我安慰一般认为加韦的比奥马的好，可这是奥马顶尖的医院，所有的设备也都是一流的。

舒窈垂着头，露出优美的脖颈："谢谢你。"

"应该的。"霍述语气很沉，谁都没有聊下去的心情。

程笑打来了许多次电话，舒窈一次没接。虽然她知道这件事肯定和程笑无关，但是她多多少少是有些迁怒程笑的，所以她不想见程笑，不想让自己这份愤怒放大。

舒窈晚上休息的地方就是傅亦寒的隔壁，原本是另外一间重症室，但是临时被清理了出来。

这晚她做了一个梦，梦到了少年时候的自己，还有傅亦寒，梦里那天正好是阅兵仪式，她作为家属也被邀请了去，不过是在最后一排。傅亦寒自然是在最前面，她在后面看飞机表演看得认真，不过表演很快便过去了，接下来是无休止的一个方阵又一个方阵，她实在不明白有什么好看的，坐在那里昏昏欲睡。

无聊的时候她拿了手机给傅亦寒打电话，梗着脖子看最前面的他有没有带手机，而傅亦寒只是掏出手机看了一眼，迅速又装回了口袋里，看都没看舒窈一眼。

舒窈嘟着嘴在心里骂他，结束的时候她早早地便跑了，待到傅亦寒回电话过来，她直接摁掉，表示自己在生气。

那天晚上傅亦寒出现在了她家里："带你去个地方。"

"不去。"

"那行，我走了。"那时候的傅亦寒根本不会哄人。

舒窈追出去几步："好好好，我去！你怎么这么讨厌！"她声音里带了浓浓的不高兴。

傅亦寒勾着嘴角似乎笑了笑，朝她伸出手："走。"

舒窈不高兴地拍掉他的手，直接走到了前面去。

傅亦寒带她去的地方是一个空军基地，白天表演过的飞机还都停在空旷的停机坪里，原来他是带她来坐飞机亲自体会特技表演的。

舒窈坐在飞机上忽上忽下，紧紧抓住傅亦寒的手，然后猛地醒了，急促地呼吸着，跳下床就往外跑。

傅亦寒不在了。

他不在了。

舒窈瞪大眼睛惊恐地看着监护室，不敢相信之前还躺在那里的傅亦寒竟然消失了。

“太太。”是霍述的声音。

舒窈转头看着他：“人呢？”

霍述没有回答她，而是问：“您觉得您和指挥官在一起合适吗？”

舒窈不答，看着他，重复着问题：“人呢？”

“您的心不够冷酷，善心又总是用在没必要的地方，而指挥官不需要一个这样的太太。”

舒窈闭了闭眼睛，她一直知道这个问题，被人这样说出来倒是第一次，她的心一次次地坠入深渊：“我问你人呢？”

之前还一直温和的霍述，变了一种口吻：“你去汤山吧，我让人送你去。”

舒窈忽然便崩溃了，边哭边推霍述：“你回答我！回答我！回答我！”

霍述捉住她的胳膊：“若是有一天有人去接你的话证明指挥官好了，听懂了吗？”

舒窈仰头看着他，葡萄似的眼睛里盛满了泪水：“我不去，我要等他好起来。”对她意见最大的傅战没有来为难她，来为难她的反倒是一直待她亲和的霍述。

霍述叫了一个人的名字，对方立刻跑过来，听霍述吩咐：“带太太上飞机。”

舒窈狠狠地推开霍述，转头便跑去了自己原本睡的屋子，摘掉昨天打过的营养液吊瓶摔在地上捡起地上的玻璃片对着赶过来的霍述说：“我要见他，不然就让我死在这里。”她手里拿着玻璃片狠狠摁在细颈的动脉上。

可她忘记了一件事，要用伤害自己来威胁一个人，首先那个人要真正把你放在心上。

而霍述不是傅亦寒，他直接冷着脸走过去，大力地夺走了舒窈手里的玻璃片，血弄了两人一手，舒窈剧烈地挣扎着，狠狠地咬他的胳膊，霍述一动不动，任由她发疯。

“你看看你，哪里配得上指挥官？已经走到绝境了吗？竟然想要用自杀来威胁别人。”

舒窈蹲下身呜呜地痛哭，是啊，这世上不是每个人都是傅亦寒，能够容忍她的一切行为。

“带她走。”

曾经，傅亦寒也想将她丢到汤山去，那时候他对她心狠又无情，仿佛年少的那些温情根本不曾存在。

可是他终究没有，现在她却被另外一个人丢到了汤山。

飞机抵达平原，舒窈被人“请”上了车子，反抗无用，舒窈只是一遍遍地说着：“你告诉霍述，我可以去汤山，但是我要知道傅亦寒的状态，所有的最新状态。”

车子穿过市区很快上了高速，行了六个小时之后才进入荒无人烟的山麓，从有路到无路，行过山脉，穿过草原，最终进入了隐蔽的丛林。

加韦不为外人所知的最大军工基地就藏在这片丛林之中，云雾掩盖了这一片丛林和山麓，车子绕来绕去，在没有路的丛林中不断穿梭，最终穿过一条长长的隧道，停在了一处较为空旷的地方。

来接待她的是个五十岁的干瘦中年男人，孤零零地站在大路旁边。将人交给干瘦男人之后，送她来的人便要开车离开，舒窈挡住他们：“麻烦你们一定要和霍述说。”

没人理她，几个没有表情的人推开她便上车发动车子离开，舒窈跟了几步，车速很快，车子很快便消失在她的视线里。

舒窈在原地站了许久，直到干瘦男人说：“到吃饭时间了。”

舒窈点头，沉默地跟在干瘦男人身后，穿过许多陌生的景致，最后走到一栋半新不旧的公寓里，男人将她领到十二楼停在一处门口：“这是钥匙，他们只说要送人过来，没提你的任何事，也没有让你参与项目。这里管得严，你没事不要乱跑，到了饭点就去食堂吃饭，刚才不是给你指过地方了吗？记住没有？”男人说话一板一眼，也没有过多表情，语言间更无关心，仿佛只是告知，让人的心情无法有任何起伏。

他在电视里见过舒窈，自然知道她是谁。外面沸沸扬扬地传说着傅亦寒的事情，即便他不想知道也知道了，原本的不肯定在见到舒窈的时候也肯定了。

若是没有权力的变动，傅亦寒的太太怎么会被送到这种地方？

可若傅亦寒严重到会死的话，杀了舒窈岂不一了百了？

“谢谢您。”舒窈拽紧自己的包，他说的那个地方她有点印象，却记得并不清晰，不过她此刻不想吃饭，也不想问。

男人离开之后，舒窈拿着钥匙开门进屋，是个面积不大的一室一厅，家具一应俱全，不新不旧，所有的色调都是中老年才会喜欢的样式，不过她无心理会这些，进屋之后便躺在了沙发上。

躺下之后她便再也不愿意动一下了，窗外的天色渐渐变黑，再变白，再变黑。她一个人待在这个地方没有人理会，没有人爱惜，连她自己都不肯再爱惜自己。

第三天的时候，有人打开了她房间的门，骂骂咧咧道：“什么玩意儿！凭什么把老子抓来！”大踏步进屋，屋里没一点烟火气，他四下打量一番，甚至跑进卧室看了一眼，嫌弃地用手打开乌色木质衣柜，里面空荡荡的，他撇撇嘴，大摇大摆地往外走，嘴里还在骂着，“你以为这种地方就能关住老子？想得美！”他一屁股坐在沙发上，然后整个吓得一跳而起。

“什么东西？”他利索地转身，便看到躺在沙发上气若游丝、一动不动的舒窈。

愣了一下，他俯身用手指点了点舒窈的肩膀：“喂！喂！喂！”

舒窈紧闭着眼，一动不动。

那人将手指往她鼻下探了探，嘟囔着：“这不没死呢嘛！”

杀人他会，救人他可就不会了，不过这些人把她弄到这里做什么？

坐在地上想了一会儿，他开门出去，找到之前领舒窈来这里的干瘦男人，不耐烦道："我的事情可以先不和你们计较，但是那里面的人死了可不关我的事儿啊！"

"她死了当然关你的事。"男人目光没什么温度，配着干瘦的脸，典型的电视剧中的反派角色。

"凭什么？！"

"这可不是我说的。"男人名字叫守平，自出生起便一直待在汤山，倒是出去过几次，也有过很多次可以离开汤山的机会，但是他自己选择留下的。父亲为他起的名字里面有一个守字，本意便是让他守护汤山。

年纪不大的年轻人一脸愤恨："那她已经快死了，你说怎么办吧？"

"你叫什么？"守平问。

少年人不答。

"不说我就帮你起一个名字……"

他没说完，少年人便打断他："冯乔！你见过谁随便改名字的？这可是我爸帮我起的！"叫冯乔的暴躁少年恨不得一蹦三尺高。

"哦，冯乔。"男人目光依旧冷峻，"你要照顾好她，送她来的人说了，得让她好好活着。"

"你连饭都不给人家吃，还怎么让人好好活着？"

男人指了个方向："那边有医院，免费的，带她去吧。"

汤山很大，人口也不少，一切设施都是比照一线城市来的，而且在这个小世界里是不需要花钱的，一切全部由国家免费提供，只要你想要什么，列出单子，自然有人会在每个月的月中给你送来。

见守平要走，冯乔跟在他身边："你们不是吧？不会真的不知道她是谁吧？就这么把她交给我你们真的放心吗？我可是会杀人的！"

守平停下脚转头看他："霍将军已经把你抓住了，你想跑是不可能的，你的活路就是照顾好她。"

"……"冯乔嘟着嘴，耍小孩子脾气似的踢了踢脚下的小石子，不偏不正地踢到了守平的小腿上。

守平低头看了看自己的腿："不要耍花样。"其实他不是不管舒窈，相反每到饭点他都让人把饭送到舒窈的门口，然后敲门，只是舒窈一次也没出来拿过。

守平离开之后冯乔站在原地骂了足足三分钟，不过最后他还是回了舒窈住的地方，用一张纸牌打开门，走到沙发旁边轻巧地将人扛起来去了医院。

走在路上，他继续愤愤不平道："遇到我你这辈子真是有福了。"

舒窈醒来的时候闭着眼睛一时间睁不开眼，意识却慢慢清醒过来。

耳边有一个少年人烦躁的声音："你们不是说她很快会醒吗？怎么还不醒？"

"那可能很快就醒了。"一个女声不紧不慢地说着，一点不生气少年的态度。

"你再给她打两针吧，让她快点醒。"

"那可不行，病人怀孕了，不能乱打针。"

少年人沉默了两秒钟，气愤地说："那岂不是说，以后这孩子老子也得养？"

"你又不是他老子，也没人让你养啊，再说了，山里面东西都不要钱，你养什么？"

舒窈懵懂了片刻，怀孕？孩子？是说她吗？她怀孕了？在这种时候？她努力睁开眼，抬手摸了摸肚子，孩子，她和傅亦寒的孩子……

床边微微下陷，少年人手撑着头："有个孩子也挺好的，我可以把我的一身本事交给他……"有个小小少年，什么都听他的，天天跟在他身后，似乎也不错。

"你醒了！"女护士走到舒窈床边，"你手别乱动，手上还有吊针呢。"

舒窈眼珠子往她这边移了移，用另外一只手去摸了摸肚子："我怀孕了？"声音如被风吹干的沙石，难听得很。

“对啊，你怀孕了，不到两个月，还是双胞胎呢。”小护士抬手调整了一下输液管滴落的速度，“你不知道吗？”

舒窈缓缓摇头，目光又看向那个少年，少年嘟着嘴，一脸的不情愿。

舒窈动了动，护士立刻帮她把床头升高：“你睡的时间有点久，慢慢就缓过劲了。”

“嗯。”

“可不能再不吃饭了，你现在不是一个人了。”

“嗯。”

“你也要看好她，平叔可是说过了，以后她归你管。”护士看向冯乔。

冯乔依旧撇着嘴不说话，一脸的不高兴。

护士离开之后，冯乔见舒窈一直摸着肚子不说话，生气道：“你这人怎么这样？我送你来医院救了你你都不感谢我？”

“谢谢你。”舒窈收回神，认真道。

“就这样？”少年人不满意了，气得跳脚。

舒窈看了他片刻，问：“你从外面来的？”

冯乔又重新坐下，嘟着嘴不说话了，有个性得很。

“我知道你从外面来的，我见过你，那天我去救韩琦，是你帮了我。”舒窈认得这个少年，“他们把你送到这里来做什么？”

“你记得我？”少年反倒有些不好意思了，抬手摸了摸头发，一脸期待地看着舒窈。

“我救过你。”傅亦寒带她去北加韦那次，在那个充满血腥味道的黑市，一群人要砍他的手，是她求傅亦寒救他的，她记得这双眼睛，当时是绝望又迸发着强烈求生欲望的眼睛。后来在那天夜里遇到，他的眼睛像个少年，带着稚气，却一直帮她。现在，这双眼睛清澈又倔强，可他还仅仅是个孩子而已。

傅亦寒曾经说要把他捉来给自己当保镖，她紧紧攥着手，想听外面的消息，但她不敢问，又希望他主动说，说出一些好消息来。

他来了，是不是证明傅亦寒已经脱离危险了？

少年往背靠上一靠，又变成了倔强少年的模样："你只救了我一次，我可救了你好几次！"

过了会儿，见舒窈完全没任何印象的样子，他气愤地说："你在北加韦，有人跑你酒店去杀你，都是我帮你的！"

舒窈没说话，看着他，心里的一些事情也有了解释，那张字条确实是他这种性格的人会留下的。

"你去参加宴会！"冯乔给了个提示，不肯说了，见她一点不感恩，气呼呼的。

舒窈想到那次宴会，她要走的时候死了人，当时她便觉得和自己有关，果然如此。

"还有那晚，那人要用刀杀我，是你救了我，谢谢你。"舒窈补充。

冯乔一脸得意，像是被夸了的坏学生。

"谁要杀我？"舒窈想喝水，嘴巴干得厉害，她眼睛往桌上的空水杯看了看。

冯乔不情不愿地站起身倒了杯水递给舒窈："我怎么知道？傅亦寒仇家那么多，加起来都能绕地球三圈了。"

听他提到傅亦寒的名字，舒窈直直地看着他，葡萄似的眼睛里仿佛写着千言万语，冯乔故意不告诉她："前面的事你都可以不谢我，但是要杀你那一家三口，两个是小孩子，别人下不了手，我已经帮你杀了他们，老的那个肯定也不会太好过。"

舒窈摸了摸肚子，她无法对那两个小孩子再起怜悯之心，霍述说得对，她的善心总是太多余。

冯乔继续嘟囔着："我跟你说，这种小孩子的杀手才可怕，四五岁就被关到集中营里学习杀人，一般人都对小孩子没有戒心。他们也是丧尽天良，为了权力这种事都干得出来。"顿了顿，他又有些失落地说，"我小时候也是在那种地方长大的。"

说完他自己唉声叹气一会儿，又说："其实也不完全是啦，北加韦以前有很多小军阀的雇佣兵，我们那个团体是因为太穷了，招不到人，就把那些手无缚鸡之力的孩子捉去学杀人，一代代下来也是小有所成呢。”

“是不是很苦？”舒窈忽然问，才几岁的孩子，怎么可能不苦。

冯乔有些疑惑，有些迷茫，不知道该怎么回答，苦？说不上：“习惯就好了。”

舒窈摸着肚子，习惯？她的孩子长大了，她绝不让他接受这样的习惯。

两人沉默片刻，冯乔见舒窈一直看着他，就是不肯问那个话题，他别过脸：“我不知道，新闻里又没正式通告，网上都是大家自己猜的，再说了，现在这种情况，你觉得我能混进去看情况吗？”

舒窈有些失落地垂眸，她本就虚弱，这么垂着头，给人一种哀怜的美感，冯乔看一眼，哼一声：“我真的不知道！本来要去打探的，就被捉住了！”他气呼呼地呼出一口长气，可惜没人理他。

舒窈点点头：“谢谢你。”

“哼！”

片刻后，冯乔的声音小了一些：“这次的猜不到，不过上次在宴会上，我觉得那些人可能还是萧哲留下的，他后来发了必杀令，付了一大笔钱出去，所以即便他死了，这个交易也是成立的。”

舒窈想到那天晚上的那些杀手，也偏向了冯乔的想法。

病房里安静了十分钟，冯乔一句话没有便走了出去，出门的时候还重重地摔了门。

舒窈心思不在他身上，也没有在意他生气的原因，手一直放在肚子上，随着时间慢慢推移，才开始觉得真切起来。

她竟然真的又有了孩子。

如果傅亦寒知道了，一定会很高兴吧？

傅亦寒……傅亦寒……

舒窈的眼睛渐渐又湿润起来。

冯乔不知道什么时候走了进来，看舒窈这样，重重地将手里的保温饭盒放在桌面上："喂！你这样哭对孩子不好的！"事实上他也不知道，但是看到她哭，他就忍不住想说。

刚开始知道她有身孕的时候，他一个头两个大，简直是"喜当爹"的心情。但是在舒窈没醒的时候，他已经迅速接受了这件事，并且想到了自己带着会跑会跳的小朋友玩耍的画面，所以看到舒窈这么不爱惜自己格外生气。

舒窈用手背擦了擦眼角，还是有源源不断的泪水涌出来。

冯乔将小桌子撑开，把饭菜打开放上去："快吃吧，可别耽误孩子发育。"他已经关心孩子比关心舒窈还多。

这话舒窈显然听了进去，拿了筷子便吃，连菜色都没看。

不过冯乔知道她不吃肉，给她弄的全是素菜，虽然那些人把她弄到了这里，却没有亏待她的意思，一切一应俱全。

冯乔原本托着脸在发呆，过了一会儿才发现舒窈在大口大口地吃饭，噎到了也不知道慢一点，他抢过她的筷子："你慢点吃！别噎到了孩子！医生说你要先吃点流食！"说着他倒了一杯温牛奶给她，"喝！"

舒窈抱着杯子咕噜噜地喝，他说什么就是什么，让冯乔好受了许多。

待到舒窈吃完饭，依旧把手放在肚子上，冯乔问："这次是因为撑到了吧？"

舒窈看了他一眼，眼睛湿漉漉的，让恶声恶气的冯乔顿时变得蔫蔫的。

"要不要下床走走路？"冯乔问。

见舒窈不吭，他说："对孩子好。"

舒窈动了下，冯乔看输液已经接近尾声，便利索地帮她拔了针，扶着她下床，难得声音温和："这才乖嘛。"

舒窈顿了一下，看着这个一脸稚气的少年："你多大了？"

“十九。”

“哦。”果然没超过二十，还是个喜怒不定的杀手。不过她一点不怕他。

两人走出医院大楼在外面转了一圈，院子里的绿化很好，不远处还有一个湖，不像个医院，倒像是疗养院。

湖面上有几只天鹅，舒窈站着看了一会儿，问冯乔：“这是野生的吗？”

冯乔答：“怎么了？你想吃吗？我去给你捉。”

“不想。”

“哦，野生的病菌多，最好不要吃。”冯乔劝她。

舒窈没接话，又安静地走了一段路，听到冯乔又说：“你要实在想吃，我让人用高压锅给你多炖一会儿。”

舒窈转头看冯乔，直接明了地表达：“我不想吃。”

“哈，你终于看我了！”冯乔有些开心。

“我想安静一会儿。”舒窈没有和他开玩笑的心情，心里压着事儿，高兴不起来。

“行行行。”冯乔闭嘴。

散完步，两个人回病房，快走到门口的时候，冯乔有些为难地说：“医生说你没什么事的话就可以出院了。”当然医生还嘱咐了许多，比如保持心情乐观之类的，只是他没说。

舒窈脚步顿了一下：“那就出吧。”

“行，你等我一下，我收拾东西。”

舒窈正疑惑有什么好收拾的，听到冯乔说：“医生送过来好多东西，一堆孕妇注意事项的书，还有些水果我们得带走。”

舒窈站在门口等他，没一会儿冯乔就提了两个大包出来：“走吧。”

舒窈沉默地跟在他身边，刚才出去逛的时候她便发现了，冯乔才来没多久便已经熟悉了这里的地形。果然，冯乔带着她七拐八拐，到了一栋她眼熟的楼前，冯乔边走边说：“他们说，你怀孕了，给你换了个好一点的地方，我去看过了，装修比之前那个破房子好，也干净，特别适合女孩子住，两居室，咱们俩住正好。”

又走出去一段，他发现身后的脚步声不见了，转身去看，果然看到舒窈站在楼外没有要进来的意思。

冯乔又走出门：“你干吗呢？”

“你知道这里的最高长官是谁吗？”舒窈问他。

“你想去问外面的消息？”冯乔不用想也知道她在想什么。

舒窈沉默以对。

“我之前去找了守平那老头好几次，他从小在这里长大的，不是官但也算个官，他爹以前就是这里的总指挥，他在这边说话挺有分量的，但是他什么都不知道。”才多大一会儿，他就已经打听清楚了。

想了想，冯乔又说：“可能是什么都不想说吧，他们这些当兵的很麻烦的，讲究什么忠诚、保密之类的。”

“他在哪里？我去找他。”舒窈执着地问。

冯乔拗不过她，又不放心她：“好好好，你等着，我放了东西下来和你一起去。”真是欠了她的。

没几分钟，冯乔便跑着下楼了，俨然一个追风少年，一点不喘气地站在舒窈面前：“走吧走吧。”非常没有耐心的语气，他大跨步走出去几步，余光看舒窈没跟上来，又倒回去，得看好孩子才行。

守平住的地方离舒窈并不很远，没十分钟便到了，他住的是独栋的房子，冯乔恨恨道：“他自己住独栋的，让孕妇住高楼，安的什么心？”就是一唠叨少年。

守平似乎知道他们要来，早早便在院子里等着，冯乔走在前面：“喂，老头儿，我姐姐有事问你！”

守平永远一副枯井无波的模样：“你们问。”

冯乔让开，露出舒窈白皙柔弱的面孔：“我想问问外面有没有消息。”

“没有，新闻上没有，系统里也没发来任何消息。”

“能问问吗？”舒窈诚挚地看着他，希望得到他的回答。

守平皱着眉头：“不好问，问了也不会有人说的。”

舒窈垂着双手，知道他说的是实话。

守平并没有打算为难舒窈，想了想说：“有好消息的话我会通知你的。”

舒窈眼中闪过亮光，就像是已经知道了好消息一般，拼命地点头：“谢谢你，谢谢你。”

“你们回吧，我还有事。”他的目光似有若无地扫过舒窈的肚子。

舒窈站着不走：“如果有新的情况麻烦你一定要告诉我。”

“好。”守平做出送客的姿势。

舒窈依旧站着不动：“你这里有网吗？我想看看外面的消息。”

“整个基地都不接外网，你不知道？”守平皱着眉头反问。

舒窈自然是知道的。

守平看她失魂落魄的模样，还是道：“基地里每隔一周都会让大家集体看一次外面的新闻，到时候你也来看。”

舒窈点头：“谢谢你，谢谢你。”她已经完全不会其他的表达方式。

守平点头：“去吧。”

舒窈这才挪动脚步，冯乔跟在她身边对守平说：“那我们就走了，老头儿！”走出去几步他又喊，“等到有消息了，一定及时通知我们！”

守平没理人，关了大门直接往相反的方向而去。

/ 第二十一章 /

此去经年，各生欢喜

回到房子，舒窈有心情打量了一番，在去见守平之前她还不确定，但是现在她确定了。

若是傅亦寒已经死了的话，傅家这个大家族的人肯定有人要出来争权夺位，定然不会让她继续活着。

没有动作，就是最好的消息。

她甚至相信傅亦寒已经醒了过来。

身在平原医院的傅亦寒确实已经醒了，事实上他在舒窈被送走的那天便已经醒了，第一个看到他醒来的人是霍述，而他问霍述的第一句话是："这是哪儿？"

"我们是在奥马的首都。"霍述同傅亦寒说话的时候向来谨遵属下的身份，语气总是尊敬又紧绷，见到傅亦寒开口，他的声音莫名温和下来。

傅亦寒问的第二句话是："在这里做什么？"

"您来奥马出访。"霍述有些心惊。

见傅亦寒不欲再开口，霍述尝试着问："要不要把那位小姐叫来您见上一见？”他故意避开了舒窈的名字。

傅亦寒看着他，虽然虚弱，但是目光依旧沉稳，没有露出疑惑或者好奇之色，只是看着他，问：“谁？”

“就是之前同您一起那位小姐。”

傅亦寒闭了眼睛，没有再说话。

霍述出了重症室之后脱去防护服，目光如海浪，此起彼伏，然后他做了一个大胆的决定：既然傅亦寒不记得舒窈了，那他便送走她。

没有了舒窈，傅亦寒争取地区和平的打算就会提上日程，他迫不及待地想要看到那一天。

因为舒窈，傅亦寒做不了这个决定，现在，他来帮傅亦寒做决定！

而现在，傅亦寒依旧在加护病房中，人已经完全清醒，甚至还能每天批阅一些文件。他醒来后签署的第一份文件便是批准对奥马销售YD57M型战机，即便他失忆了，依旧有着政治家该有的敏锐和警觉。

而他问霍述的原话是：“地区的平定高于一切，为何这份文件现在才到这里？”

霍述在心中感慨，失去了感情的傅亦寒果然能够更理智地看待一切，他没有做错。他没错。

舒窈就是一个不该出现的人。

却不知，傅亦寒要做的事情，早已得到了舒窈的支持。

许何劲同傅战和霍述不同，他这个人重感情一些，好几次想冲到病房里去和傅亦寒说说舒窈的事情，但是每次都被外面的重兵阻挠。

另一方面，若是傅亦寒哪天记起来，他会饶过这些故意隐瞒他的人?

所幸这么多天过去了，傅亦寒一次也没问过，仿佛舒窈这个人根本不曾存在过。

待到他的伤彻底好起来能够出院，他依旧没有记起关于舒窈的任何事。

没有了爱情的羁绊，他再次变回那个工作狂人，每天都有忙不完的工作，见不完的属下，一心扑在整个北地区的地区稳定上，几乎每天都有新的政令发出去，电视上他的身影也渐渐多了起来，之前关于他被人袭击遇害的传言也消失了，他的威望和人气丝毫不减，之前一段时间关于权力的动荡也似乎从未出现过。

关于舒窈，他从周围人的态度中不是没有怀疑过，似乎每个人都不愿意提起她，可他结过婚，举办过婚礼，这么大的事情，即便全世界都骗他，又怎么可能瞒得过他？

看完舒窈的资料，他坐在办公室的椅子上沉默了许久，他觉得资料中的那个自己十分陌生，他怎么可能会为了一个女人做那么多愚蠢的事情？又怎么可能让一个女人这般影响自己？

想到最后，连他自己都认定舒窈这个人是不该存在的，是应该被抹杀掉的。

现在的他很好，不需要这样一个左右自己的女人。

合上资料，他也如其他人一般，再也没有提起过这个女人。

舒窈第一次知道傅亦寒还活着的消息是守平让冯乔通知她的，当时她正在厨房做饭，每日无事可做，唯有做饭、散步、看电视打发时间。但是电视里只能看一些录制的节目和电视剧，并没有时事新闻。

那天冯乔风风火火地冲进来，拉着她的手腕就往外走："走走走，那老头儿说有消息了，让你去看。"

舒窈猛地在原地怔住，然后快速进了卧室换衣服，冯乔看着她："人又没来接你，你打扮这么美做什么？"

舒窈这才反应过来，越过他往外走，脚步有些急："走吧。"

一路上冯乔都在说："慢点慢点，别摔了孩子！"

舒窈没能慢下来，一路小跑去了守平那里，门外的花开得特别好，但是舒窈无心欣赏，推开铁门便冲进去，连同主人打招呼都没有。

守平也不在意，引着两人进了屋，电视上正在重播一条新闻，是傅亦寒在开会的视频，他坐在主席台上面无表情地听人发表讲话，拇指微微动了动，那是不耐烦的反应。

他瘦削了许多，面色红润了一些，依旧英俊，只是他眼中再无往日的温和，就如……就如初次遇到的时候一般，那时的他也是这样冷峻，也是这般面无表情。

舒窈站在那里，心一直往下沉，泪水忍不住地往下落，这么多天的提心吊胆终于落到了地上，她蹲下去，哭得不能自已。

两个男人就这么看着，谁也没有上去劝说，结果舒窈越哭越厉害，根本停不下来。

冯乔疾步走到她身边拽着她的胳膊将她拽起来，然后扯着她走到沙发边将人摁进去："你坐沙发上哭！"

被冯乔一捣乱，舒窈的哭声反倒小了起来。

冯乔垂着手坐在她身边："你别哭了，医生说你情绪起伏过大对孩子不好，我还等着孩子出世呢。"

守平看她这样，犹豫着要不要调其他的新闻给她看，还没想好，舒窈已经问："还有吗？"

"有。"守平点头。

舒窈花了许久的时间把所有的新闻看了一遍，傅亦寒步履矫健、成熟稳重，和以前一模一样。

可他已经出席了这么多次活动，按理说早应该来接她，为什么直到现在都还不来？

舒窈坐在沙发上一动不动，即便电视屏幕已定格，她也像是没发现。直到有人来找守平，她才急急地站起身道歉："对不起，耽误你的时间了。"

守平点头："没事，有什么消息再通知你，集体新闻你也可以去看。"

"好，谢谢你。"每次关于傅亦寒的事情，舒窈都说不出其他的话，唯有一次次地道谢。

离开之后，舒窈没有回住的地方，而是往前一直走一直走，毫无目的、漫无尽头。

冯乔跟了她半个小时,看了看她已经有些显怀的肚子:“你再这样,孩子会受不了的。”他不是不能强制阻止她，但是他又能体谅舒窈此刻的心情。

舒窈果然停下来。

“走吧，我们回家去。”冯乔牵住她的手拉着她往回走，说不出违心的话。傅亦寒眼看好了这么久都没来接人，舒窈又怀着孕，这明显是不肯来了。

舒窈心里很乱，沉默地任由冯乔牵着，她已经失去了方向，脑海中一片混沌，无法理清现在的所有事情。

冯乔很想唠叨两句，但是舒窈明显无心理会他，他便嘟着嘴沉默地走了一路。

他将舒窈带回家，将人领进卫生间站好，拧了湿毛巾递给她：“擦脸。”

舒窈安静地将毛巾盖在脸上，许久不肯拿下来。

过了片刻，冯乔将毛巾强行拽走，嘴里不高兴道：“你们女人真麻烦。”

待到被人领到沙发上坐下，舒窈便靠着靠背半躺在那里，手臂遮着眼睛不肯再动一下，就如她来的第一天，整个人都消沉极了。

冯乔也不理会她，干脆躺在另一边的沙发上睡大觉，他本就不会照顾人,看在孩子的分儿上他对舒窈已经够委曲求全了,他还委屈呢!

到了晚上吃饭，舒窈依旧不动，以往都是她做饭，这会儿她一动不动，冯乔也不想理人，直到将近十点钟，他肚子饿得难受才出门去食堂找人特意做了饭。

守平特意吩咐过食堂和水果自取店，无论任何时候，只要舒窈这里有需要都必须给她准备好。冯乔第一时间当然想的不是家里还有个人等着他吃饭，而是自己必须先吃饱，待到他吃好喝好之后才拎着饭回去，舒窈倒是没有再抗拒，沉默地吃完了饭。

冯乔以为她想开了,谁知道她吃完之后说了句:“他肯定会来的。”

冯乔顿觉无语，这就是女人，一点不能理性思考！

集体播放新闻的时候舒窈又去了一次，把之前看过一遍的新闻再次从头到尾一点不漏地看了一遍。

冯乔本来担心她会发疯，谁知舒窈平静得很，就像什么都没发生过似的。不过冯乔知道她还在等，对此他觉得她是痴心妄想，不过他没说什么，每天跟在舒窈身边。

在这里能把人憋疯。

他不是没想过逃跑，不过好像汤山每个人都认得他，只要他走得稍微远点就有人立刻阻止他，若他真是要走，拼一拼也不是不行，但是想到舒窈即将出生的小宝宝，他就好想看看再走，说到底还是他自己放弃了离开的机会。

日子过得风平浪静，舒窈每天都有固定的活动范围，若不是有冯乔在身边，她的日子过得没一丝人气，所以她心里其实是感谢冯乔的。

肚子一天大过一天，舒窈心里坚信傅亦寒会来，一定会来。

每隔半个月，她固定地和大家一起去看集体新闻，不再单独去守平那里，但是每个月末的时候都会去他那里坐坐，无声地询问系统里是否有什么新的消息发来，不过一直没有任何消息。

孕期六个月的时候，舒窈的肚子已经很大，连出去走动散步都有些辛苦，有一次她在公园里看到一对夫妻，老公紧紧护在怀孕的太太身边，小声地责怪她不该这样不该那样，魁梧的汉子小声小气地说话，一脸紧张，让舒窈看了许久。

原本不敢再抱有希望的舒窈看得眼红，心中再次开始期望傅亦寒能够在某一天忽然出现。

可是没有，七个月的时候依旧没有。

八个月的时候，舒窈想，只要他出现，哪怕他什么都不解释，她也可以接受，假装什么都没发生过。

九个月的时候，舒窈想，不要来了，就当从未有过这个人。

到了预产期的时候，舒窈每天都觉得很心慌，没有一点安全感，打心底里抗拒所有的人，甚至害怕自己会就此死在手术台上。

有一天她忽然问冯乔：“你和接生的医生和护士混得熟吗？”

冯乔当然知道她在想什么，舔了一口冰激凌，懒洋洋地看了她一眼：“我连他们家几口人都知道。”

舒窈还是不放心，黑葡萄似的眼睛盯着他。

冯乔大口吃一口冰激凌：“不会让你有危险的，放心吧，那么多女人生孩子都没死，你怕什么。”在他说“死”字的时候，舒窈的脸白了一下。

冯乔觉得自己这辈子的心软都给了舒窈，有些烦躁地说：“都说了没事了，你自己吓自己做什么？我连大出血的可能性都给你想到了，血袋早就让他们准备好了。”

顿了一下他又说：“都检验过了，没任何毛病。”

舒窈点点头，看着冯乔，心里有些难受：“我不知道该相信谁。”静默了片刻，她又说，“我有点害怕，还没见过孩子们呢。”

冯乔有些心软，坐在她的病床旁边握住她的手：“你放心吧，谁要是敢使坏，我肯定杀了他全家。”他这话可不是危言耸听，而是说到做到。

舒窈听了这话安心不少，却还是忍不住说：“你现在是良民了，以后可不要再打打杀杀了。”

冯乔漫不经心：“再说吧。”

舒窈知道他听不进去，干脆换了话题：“你什么时候生日？今年都没有给你过生日，都二十了吧？”在她眼里，冯乔就是个骄纵的孩子，而且是个会照顾她的孩子，前面几个月的产检都是冯乔陪她去的，他也只有在这件事上才最积极，每次都指着屏幕里的孩子：“你看，还跳来跳去游泳呢！”

每次产检完他都特别高兴，也对舒窈比平时好，恨不得把她当祖奶奶一样供起来。

舒窈对他有一种本能的放心，可能是两人一起经历过那么多次生死，互相拯救过彼此，所以舒窈把最后的信任押在他身上，冯乔也并没有辜负她。

“我没生日，我们那样的人，还过什么生日啊。”过死日的倒是有，谁死了，队友们给他买个蛋糕埋进去。

“那你给自己想个生日，回头我每年都帮你过。”虽然冯乔嘴欠人贱，但是待她是真的好，舒窈把他当弟弟待。

冯乔想了想：“要不孩子哪天生，我就哪天过生日，这样以后你就绝对不会忘了我的生日了。”说完他自己一阵得意，真聪明！

“好。”

真正到了生产的时候，舒窈已经阵痛了一天一夜，头发被汗水浸湿，整个人苍白地躺在病床上，像一条被丢到岸上的鱼，又像是为了寻食从悬崖上跳下去的年幼的白颊黑雁，勇气似乎被无尽的等待消磨殆尽，留下的更多是恐慌和害怕。

待到舒窈终于可以进手术室的时候，冯乔一直握着她的手：“别怕别怕，没事的。”

舒窈拉着他的手，就像抓住最后一块浮木一般，怎么都不肯松开，有些吃力地咬着牙，半晌才说：“你陪我去。”

冯乔一愣，甚至没问医生行不行：“好好好，我陪你，陪你，真是欠了你的，不知道男人进产房影响运道吗？”

有人过来阻止冯乔，冯乔先开口：“反正我要进去，你看着办吧，最好别惹我。”他威胁人，“不然杀你全家！”

“你穿上隔离衣……”

……

此时的傅亦寒开完会回到办公室的时候，发现办公桌上多了一个首饰盒，打开，里面是一对珍珠耳环。

他皱了皱眉，打开门问外面的人：“刚才谁来过？”

没一会儿做保洁的女佣便恭谨地走了进来：“这是刚才整理书柜的时候在里面找到的，不是您的吗？我这就收走。”

傅亦寒看着那对耳环对此没有任何印象。

女佣见他沉默，以为是应允了，上前两步便准备取走首饰盒，谁知手还没伸出去，傅亦寒便道：“留下吧，没事。”

待到女佣离开，他才警觉自己的反常。

这是女人的东西，而且根据他的猜测，有可能是自己那位妻子的，他有些不明白自己刚才的心情，怎么就拒绝了那个女佣拿走这首饰呢？

打开雪茄盒拿出一支雪茄，傅亦寒捏在手里来回转动，很想记起一些关于这位妻子的事情，可是只是徒劳，过去的许多事他都不太记得了，这位妻子，他更是没有任何印象。

丢开雪茄，他将耳环放在自己手心，珍珠的色泽很好，耳环的样式也很复古，看得出购买这份礼物的人花了心思。

不过，自己会有那样的心思吗？

内线通报霍述过来了，傅亦寒将耳环收在手心让他进来，霍述似乎很高兴，一进门便说：“比乌妥协了！”虽然对此早已猜到，他却还是高兴，“联盟成员国又多了一个，大局势已经定了，奥马这一步走得真好！”

奥马和伊斯之间的问题最终还是用武力解决了，奥马以绝对强势的态度解决了边境问题，加韦的海军也成功驻入奥马的海军基地，而且是南北方各一个，导弹射程几乎覆盖了整个奥马地区，这就是一来一往的利益关系，加韦从不做没有利益的事情。

以加韦为首的联盟成立之后，奥马成为第一个成员国，伊斯则是第二个，求和的态度并不好看，但是加韦全盘接受，并且驻入陆军基地。除了对奥马是一个震慑之外，也是发展联盟的一盘棋。

成员国很快便发展为十二个，而这片地区最为富裕的比乌一直持观望态度。比乌一直靠石油发财，海上原油资源在整个世界范围内都是数一数二的。

但在海上，许多事情便有了不同的争议，因为在此发现原油开采地，引来周围三个国家的争抢，一个个都说之前的争议岛屿属于自己国家，岛屿附近的原油资源自然也属于自己国家，每天都有他国军舰和比乌对峙，不出三周，比乌主动要求加入联盟。

傅亦寒倒没有得意或意外的表情，只是淡淡道："意料之中。"

"是。"霍述的激动还未平复。很快，他的目光落在了办公桌上打开的首饰盒上，不过他很快便收回了目光。

傅亦寒捉住了他这目光："认识？"

霍述没有避着，语气平淡："认得，这是您曾经要送给太太的。"他不多说，又都是实话，总要给自己留一条后路。

那件事过去许久他才觉得自己太过于大胆，竟然敢干涉傅亦寒的私事，但是傅亦寒后来自己也不再提，他便也放下了。

傅亦寒自然也知道舒窈是霍述送去汤山的，不过他没打算因此迁怒他，只是问："她是个什么样的人？"

舒窈？又大胆、又狠心、又善心，怎么评价都不具体："她是个善心人。"

傅亦寒点头："大多平凡人都善良。"一句话概括了一个人。

这个话题就此揭过，首饰盒被傅亦寒随手丢进柜子里，两个人很快便再次开始讨论局势问题，仿佛这个首饰盒子没有出现过。

产房里。

冯乔见血多，自然不害怕，不过舒窈生孩子的模样……真丑。

他一手拉着舒窈，另一只手替她擦汗，感觉以后自己无法再喜欢舒窈了。

待到舒窈委屈地哭喊傅亦寒的名字，他叹了口气："得亏他没来，来了看到你哭这么丑也得后悔。"

舒窈抬手便打他，冯乔不动，任由她打，嘴还贱贱的："打我你也丑。”他别过眼，实在不想看她。

“滚！”舒窈在喘息的瞬间给了他一个字。

中间她因为脱力晕厥了一次，医生在商量要不要剖腹产，毕竟是双胞胎，冯乔二话不说一巴掌把人打醒了：“你得再努力点，人家都说剖腹产对身体不好。”

待到两位小朋友终于生下来，冯乔立刻丢开舒窈的手，寸步不离地待在小朋友身边。

天哪，和舒窈刚才的样子一样丑。

昏迷过去的舒窈被推回病房，冯乔则跟在护士身边等着护士清理小朋友，用手指点了点两个小朋友，温柔得很：“一男一女，真好，弟弟可以保护姐姐。”

护士笑话他：“又不是你的孩子，你高兴什么？”

“你不懂。”冯乔才不和她多说，用毯子将她清理干净的男孩子抱起来，用脸蹭了蹭对方，真软，真嫩，真鲜，小脖子，揉一揉就会断一样。

没一会儿他就一手抱一个孩子高兴地在楼道里转悠，仿佛真的是自己的孩子一般。

一直到舒窈醒过来，他都还没高兴完，还是护士通知他要把小孩子抱回去。

冯乔抱着两位小朋友健步如飞地进了舒窈的病房，献宝一般：“你看，多丑！”

舒窈伸出去的手顿了一下，瞥了冯乔一眼，见他是真高兴，便没有多说，伸出手去小心翼翼地碰了碰，冯乔把女娃子抱过去：“你抱抱！很轻的！”

舒窈把小朋友抱在怀里，果然如冯乔说的那般，很轻，很丑，看着这样的小脸，舒窈却觉得心里柔软得不得了，这大概就是血脉的神奇力量，如果傅亦寒在的话……

想到这里，她猛然醒过来，她生孩子傅亦寒都没来，以后更不会来了。

见舒窈许久不动一下，冯乔便知道她在想什么了，假装不在意地说：“我可不会伺候月子，所以你这个月得在医院里过了，我白天过来看你，晚上我把宝宝们抱回家……”

“不行。”舒窈拒绝，“孩子得在我身边。”

冯乔气得跳脚，正要骂她不相信自己，便听她又说：“他们还要吃奶的。”

冯乔瞬间蔫儿了。

一个月过得很慢，每天不能看电视，不能看书，更不能出门，只能围绕着两个小朋友转悠。

不过，很多时候小朋友也不在身边，而是被冯乔抱着出去转悠。小朋友很喜欢冯乔，冯乔抱着的时候从来都不哭，把冯乔乐的，到处见了人就说。

有两个年纪大点的护士轮流值班，舒窈有什么事她们也很照顾，不过到了晚上睡觉的时候小朋友喜欢哭闹，舒窈总是失眠，没办法睡觉，又不愿意夜里孩子给护士照顾。

后面冯乔干脆睡在外间里，晚上的时候他便逗孩子玩，他精力好，晚上睡得晚，白天照样抱着孩子出去玩，一去能去多半天，要不是小孩子哭闹着饿了还总不肯回医院。

月子期最开始的一周，舒窈还能忍着没洗澡，但是后面实在受不了，谁劝说都没用，愣是抱着东西去了卫生间，医院的水不是很热，洗头的时候冷得有些明显，她愣是保持一周一次的洗澡频率直到出院。

刚出院的几个月没什么明显的症状，一直到了九月份雨多的季节，落下的毛病才渐渐凸显，一到下雨天，舒窈便控制不住地头疼。

到医院熬了一些药吃了没几天，宝宝们便闹着不吃奶，舒窈便把药断了，每到头疼的时候便硬是忍过去。

时间久了，她这毛病便越来越严重，冯乔拉着她去医院看，又是开一堆药，回到家舒窈依旧不吃，来去几次，气得冯乔便不管她了。

待到过年的时候，小宝宝们已经爬得很利索了，冯乔每天列个单子跑去后勤要东西，隔半个月，后勤那边就会送来一大堆宝宝的小动物样式的衣服，冯乔每天把两个小朋友打扮成各种小动物拍视频，每个视频都备份好几次，看得出对宝宝们有多喜欢。

孩子一天天长大，舒窈也渐渐忙碌起来，家里除了她只有冯乔，大部分的家务都落在她一个人身上，不过幸好大部分时间孩子是冯乔在带。每天两人都会带着宝宝们下楼玩一趟，一人推一辆宝宝车，时间久了，同他们打招呼的人也越来越多。

大家自然没有忘记舒窈的身份，只是也早已习惯她和冯乔一起出现，冯乔看起来就像个阳光大男孩，对舒窈也好，很快便有人将他们当成一对儿。

但冯乔从未逗过孩子喊他爸爸，对舒窈也没有什么暧昧的态度。他对舒窈的感情是很奇怪的，恩人、姐姐、宝宝的妈妈、自己要保护的人、家人。

有一次，他在定义这些的时候把自己吓了一跳，他竟然也有家人了？

自那之后他待舒窈越发殷勤，搞得舒窈丈二和尚摸不着头脑："你到底想干吗？"

冯乔握住她的手，一脸真挚地看着她："你是我的家人吧？"

舒窈愣了愣，笑起来："瞎想什么呢？"

"我认真的，我会对你们好的，给你们忠诚，保护你们的。"以前他只杀人，或者被追杀，现在忽然有了几个要他保护的人，这种感觉很奇怪，他却莫名地喜欢。

舒窈喉咙哽了哽，这不就是家人的定义吗？互相忠诚、互相守护。虽然冯乔没说过，但是他做到了。

她抬手摸了摸冯乔的头："我们不是已经是家人了吗？"冯乔给她带来的一直是善意和守护，担得起这声"家人"。

冯乔一把抱住她，头靠在她肩上，激动得不得了："是是是！你最好了！"舒窈还没反应过来，他已经跳起来去捉小宝宝了，"来，舅舅给你打扮个小恐龙！"

舒窈无语地笑。

转眼间宝宝就要一岁生日了，也是冯乔二十一岁生日，舒窈一大早便起来做蛋糕，冯乔尤其高兴，从此以后他也是有生日的人了。

在舒窈做蛋糕的时候，他推着两位小朋友去外面转了一圈，然后跑到守平家门口大喊："老头！今天宝宝过生日，你要不要来一起吃蛋糕？"

守平从屋子里走出来，打开栅栏看了看推车里的两位小朋友，个个大眼睛，水灵灵的，漂亮极了，脸色不自觉柔和了许多，蹲下来摸了摸宝宝的小手，宝宝欢喜地挥舞着双手，守平说："这么快就一岁了。"

"是啊，今天是我们仨的生日。"其实冯乔就是为了说这句话，得意得不得了。

守平看了他一眼，没接话："等一下。"说完他起身往屋里走。

没一会儿他从屋里拿出一个半新不旧的拨浪鼓在小朋友面前摇了摇，弟弟伸手要捉，嘴里发出"啊啊啊"的声音。

"真乖。"面对小孩子，守平连说话都柔了许多。

冯乔却很嫌弃："这不会是你小时候玩的东西吧？"

守平瞥了他一眼，冷冷道："这是我父亲留给我的生日礼物。"

冯乔噎了一下，老爷子，按您这岁数"小时候"这个词，不客气地说至少得四十年前吧？

弟弟把拨浪鼓拽过去摇来摇去，却摇不响，姐姐便去抓，一时间两人热闹极了。

守平看了一会儿，问冯乔："孩子还没起名字？"

冯乔冷哼一声："等着孩子爸爸给起呢！"

守平没吭声，现在傅亦寒什么态度，大家心知肚明。

冯乔又哼一声："我们要回家了，舒窈给我们做蛋糕呢，你要不要去？"

"你们去吧。"守平没应。

冯乔也不是真心邀请他，唯恐他反悔似的，当场便推着孩子回家了。

回到家，他在门口便喊："刚才我碰到守平那老头儿，问我们有没有给孩子起名字呢。"说着他转身把两个小家伙抱出来。

弟弟已经会走路了，姐姐走得有些不稳，见弟弟跑远了，干脆爬着去追。

蛋糕已经有了雏形，舒窈听了这话，只是淡淡地说："那待会儿起一个吧。"

"真的？"冯乔大叫一声，抱过在地上爬的姐姐便进了屋里，没一会儿抱出来一本厚厚的字典，"那我开始查啦！"

连字典都准备好了，显然他是早就想起了，不过是做做样子，怕舒窈后悔。

"行，你查吧。"舒窈给蛋糕上挤上一个熊猫头。

没一会儿冯乔已经写了满满一张，在客厅里大喊："你听哈！女孩子可以用好，是美丽和智慧的代名词；还有筱，细竹子的意思，也叫箭竹。女孩子嘛，瘦一点比较好，我把她养大了肯定能和箭竹一样厉害……"

舒窈探出头："是这样解释的吗？"

"差不多吧。"他没上过几天学，看这个字好看就记了下来。

最后两个人翻着字典给姐姐起名舒望，弟弟起名舒灏。冯乔心里得意，这可是在自己列出来的名单里，他给起的名字。

吹蜡烛许愿的时候，冯乔足足许了五分钟，姐姐和弟弟都已经开始抓蛋糕了，他才好，然后一脸神秘地问舒窈："你猜我许了什么愿？"

"每年都能和姐姐弟弟一起过生日？"舒窈尝试着问。

冯乔瞪大眼："你怎么知道？！"

你表现得太明显了，少年!

下一刻，冯乔拍掉弟弟的手：“快，我们合张影。”

待到两位小朋友两岁生日的前一天，冯乔偷偷把弟弟抱出去许久，回来的时候舒窈发现弟弟的发型变得和冯乔一模一样，冯乔还特得意地摸着弟弟的头发问他：“灏灏的新发型好看不好看呀？”

灏灏像模像样地回答他：“和舅舅一样好看。”

冯乔满意了，又去问姐姐：“姐姐，弟弟的发型好看不？”

姐姐看了一眼，继续玩自己的洋娃娃：“还行吧。”一副少年老成的模样。

冯乔去找手机录像，抱着灏灏两个人在阳台上拍了半天，还要求弟弟唱首歌，弟弟真的给他唱了一首刚从电视上学的流行歌曲，逗得冯乔笑得合不拢嘴。

冯乔和两个孩子关系特别好，几乎把所有的时间都用来陪孩子，前不久又给孩子报了早教班，每天都陪着他们去上课，回来之后把视频拿给舒窈看，夸个不停。

舒窈很少有闲下来的时间，有时候三个人都不在的时候她会在沙发上坐上一下午。

她来这里三年，倒是有几个熟人，但是人际关系没有任何提升，所有人都知道她的身份，对她不敢深交，又不敢离太远，所以只能是熟人。

傅亦寒就像是从未存在过，有时候她看着两个孩子会觉得特别恍惚，不过也因为多了这三个人的陪伴，让她的日子没那么枯燥乏味。

/ 第二十二章 /

孤独和夜长，玫瑰和清晨

生日过完之后，有一天舒窈又头痛，弟弟午休的时候总喜欢抓着她的头发，每次都把她抓得很疼，她思来想去，决定去剪头发。

冯乔不让她一个人出门，带着两位小朋友陪她一起，两位小朋友已经不需要推车，人小步子也小，跟在两个人身边，俨然就是一家人。

“等他们再大一点就给他们弄辆自行车骑，这样还能快一点。”冯乔高兴地说。

只要是关于两位小朋友的，他都高兴。

“再大一点，我还可以教他们打枪。”冯乔越说越高兴。

舒窈知道他三句话不忘自己的老本行，说不定还教自己儿子杀人，她忍不住道：“灏灏以后是要读大学的。”

“当然要读，当一个有文化的杀手也不错。”

舒窈看他疯魔，干脆不理他。

让两人没想到的是，理发店竟然拒绝帮舒窈剪头发，舒窈站在那里皱眉：“为什么？”

店员有些抱歉：“师傅不在，我一打杂的，不会弄。”

“那他什么时候回来？”

“不知道。”

舒窈连着去问了几次，都是同一个答案，分明是不想帮她剪。冯乔自然也看出来了，拉着她坐下来：“你别生气，你想要什么样的我给你剪。”

“你会吗？”舒窈毫不客气地质疑。

“我可是玩刀的，有什么是我不会的？”

舒窈想了想，给他比画了一番：“剪到耳朵下面，不要太长，也不要太短，前面可以稍微长一点点，后面要有个弧度，然后还要一个刘海。”

冯乔按照她说的剪了一番，两人在镜子里比画来比画去，剪一刀要争半天，姐姐在旁边看热闹：“妈妈好看！”

这么一说，冯乔更有自信了，三两剪子下去就完事儿了，然后对着镜子看了半天，抱着姐姐跑走了。

舒窈抱着镜子看了一眼，气得摔门：“冯乔！你故意的！”

“真不是！”冯乔的声音在门外传来，没一会儿没音了。

姐姐在他怀里咯咯笑：“妈妈那个发型像动画片里的。”

“好看吧？”冯乔有些虚心地问。

耿直的姐姐：“不好看。”

“……”

最后舒窈还是去了理发店，依旧是之前那个自称助理的人，见了舒窈的头发，倒是痛快地帮她修了一个赫本头。

舒窈长得好看，眼睛也大，脸小小的，配这个发型倒像是换了个人，整个人看起来更加立体好看了，没了以前的清纯，给人一种画中走出来的复古美人的感觉。

回去的一路上大家都在看她，舒窈摸了摸自己的头发，问旁边的冯乔：“很难看吗？”

冯乔看了她一眼，很快收回目光，脸色有些不自然，嘴里嘟囔着："难看死了！"说完他也不看舒窈，抱着舒灏就跑走了，"我带他去湖边看天鹅。"

舒望站在原地看了一会儿两个人跑走的背影，小脑袋里不知道想了什么，小步子两步迈过去捉住舒窈的手："妈妈我们回家。"

这还是第一次冯乔只带一个孩子离开的，舒窈低头温柔地问舒望："姐姐要不要抱？"

舒望摇摇头："不要。"

"姐姐不高兴啦？"舒窈低着头看她，舒望也在低着头走路，嘴巴一直嘟着。

舒望抬头看她："妈妈头发好看。"说着她抬起小手，很快发现自己摸不到，又放了下去。

舒窈蹲下去："你摸摸。"

舒望果然抬手摸了摸，笑得天真烂漫："妈妈真好看。"

舒窈被表扬，心里高兴，摸了摸舒望的脸颊："那和妈妈说说为什么不高兴？"

舒望一下子哭出来："我听到舅舅偷偷和弟弟说给他捉一只小天鹅养……"她越说越委屈，扑到舒窈怀里搂着她的脖子用力地哭。

没有想到是因为这个，舒窈把姐姐抱起来边走边哄："舅舅最喜欢姐姐了，怎么会不给你捉呢？待会儿他回来肯定带两只回来，一只是你的，一只是弟弟的，舅舅就是想给你一个惊喜，不信的话妈妈和你打赌好不好？"

姐姐还是抱着她哭，小孩子最难哄，但是舒窈有耐心，和她分析了一路，还哄她说："妈妈回去了给你做蛋糕，只给你一个人吃，不让舅舅和弟弟吃好不好？

"前两天过生日的时候，你不是说要妈妈给你做个小熊模样的吗？妈妈马上给你做，姐姐不委屈了好不好？"

姐姐点了点头，还带着哭腔："嗯，谢谢妈妈。"

舒窈亲了她一下，笑眯眯地说："姐姐真乖。"

姐姐也扑过去亲舒窈的眼睛："妈妈的眼睛好看。"

"姐姐的眼睛像妈妈，也好看。"

"弟弟和我不像。"姐姐挣扎着要下地，舒窈把她放地上，姐姐立刻牵住了她的手。

"因为弟弟像爸爸呀。"舒窈接话，接完之后立刻发现不妥，把话题往旁边引，"姐姐觉得妈妈好看还是弟弟好看？"

"妈妈好看。"姐姐果然很快就忘记了舒窈的话。

两人一人一句地走回住的单元楼，舒窈正和姐姐在说晚上吃什么的问题，上台阶的时候一抬头便愣在了那里，整个人僵了一下，目光下意识地往对方周围看，只有他一个人。

许何劲看到舒窈牵着个小女孩，虽然早就知道她有两个孩子，亲眼看到还是有些震惊，他走上去停在舒窈面前，目光落在姐姐身上："孩子都这么大了？"

舒窈抿着唇看着许何劲，呼吸有些不稳，半晌才开口："你来做什么？"

许何劲知道她在想什么，赶紧道："我一个人来的。"

舒窈垂下眼，虽然已经猜到，还是忍不住难受了一下，低头看了看姐姐："没事的话我们要回去了。"其他的话，她已经不想听了。

许何劲赶紧道："有事，我能和你单独谈谈吗？"

"孩子还小，没人照顾。"舒窈拒绝。

"就几句话。"许何劲抬手挡住舒窈的路。

姐姐小步子过去一脚踩在他脚上："你放开妈妈！"

许何劲低头看姐姐，脸上带着笑意："好好好，我不欺负你妈妈，可我想和你妈妈说几句话，行不行呀？"他声音软软的，一副哄孩子的模样，顿了下才对舒窈说，"我老婆怀孕五个月了，马上我也要当爸爸了。"

舒窈看着他的脸有些恍惚，一下子就过去这么多年了，当年他送她去医院的情景还历历在目。

她心软了一下："你来家里坐坐吧。"

许何劲有些局促地搓了搓手："哎！"几年过去，许何劲对舒窈的感觉依旧很亲近。舒窈不高傲，不会自持身份给人难堪，不会在他们面前摆谱，而且不争名夺利，这在许何劲看来已经很难得。她和傅亦寒走到今天这步，即便他是个外人，也觉得颇为遗憾。

他跟在舒窈身后上楼，在电梯里，姐姐抱着舒窈的腿一直抬头打量许何劲，许何劲低头和她对视，正要抬手去摸她，姐姐闪了一下，跑到了舒窈另一边。

舒窈解释："孩子认生。"电梯门打开，她率先领着姐姐走出去，抬手挡住电梯门，许何劲看她这样客气，赶紧出去，一刻不敢耽误。

"孩子小时候就要教好不能随便和陌生人打招呼，太太你教得很好。"许何劲看着舒窈开门，用的是老式的钥匙门锁，心里有些泛酸，舒窈不该是活在这种地方的人，孩子们更不是。

进了屋子，果然和许何劲想象的差不多。虽然温馨，但是一点不大气，而且这么大一点的地方想要有格局也比较困难。

地上放着一个爬行毯，上面都是小孩子的玩具，白色墙面上有孩子们拿蜡笔画的涂鸦，看不出都是些什么，倒是颇有童趣在里面。

舒窈把沙发清理了一下："随便坐吧，地方小。"说着她又去帮姐姐脱鞋，把姐姐放在爬行垫上自己玩。

姐姐抱着玩具一直看着舒窈和许何劲，显然是要听两个人说什么，对这个陌生叔叔好奇得紧。

许何劲坐下，看着舒窈去倒水，忙道："不用忙，我什么都不需要。"

舒窈递了水杯给他："来了就是客，家里乱，你不要介意。"

"不敢不敢。"许何劲喝水掩饰着尴尬，看姐姐还在看自己，他看过去，正在考虑要不要过去抱抱她，姐姐已经收回了目光自己去玩儿了。

两人沉默地对坐了片刻，许何劲在心里琢磨该怎么说，还未开口，便听舒窈说："我阳台上种了花，你要不要看？"

许何劲立刻明白过来，站起身随着舒窈一起去了阳台，阳台上果然种了花，有几盆开得竟然还不错，见舒窈沉默，他没有多耽误，直接道："先生他当时头受伤了，医生说差点伤到脑干部位，不过幸好子弹是穿过保镖的手臂才击中先生的，有了缓冲才能留下一命，可还是伤到了延髓，后来终于挺过来，只不过血块压迫到了记忆神经，以前的事情他就不太记得了。这两年好了许多，但是他对过去依旧没有任何记忆。"

舒窈拿花洒浇花，低着头，就如没听到许何劲说的话，水一直流到了外面她都没发现。她心里难受极了，虽然已经猜到了，听到许何劲这么说，她还是难受得一个字都说不出。

傅亦寒忘了她，即便知道有她这个人，在考量一番之后，按照他的思维，也做出了现在这般的选择。一个没有用的人没必要留下，这就是他的选择。

许何劲看着她这样，心里也不舒服："霍述不想让你回去，他们现在一心在稳定联盟，地区的局势也已经稳定下来，但是先生他……"

许何劲不知道该怎么评价："他现在做事虽然很稳，但是多少有些激进，加韦走到今天已经很辉煌，我觉得步子应该稍微慢一点，"别人怎么想他不知道，但他是这么觉得的，"他的心思都在工作上，这几年身边也没有过女人，所以你不要多想。"

"不过现在整体都是很好的，经济发展得也好，霍述对这边渐渐看得也没那么严了，所以我才能来。"许何劲声音很低，不时地看一眼在爬行垫上的姐姐，姐姐很乖，似乎知道舒窈和他有话要说，不吵也不闹。

"程笑很好，她没有受牵连，当时查出来的结果是伊斯的人为了给先生警告，不让他卖武器给奥马，本来是针对你的，没想到后面会那么严重，不过他们也得到了惩罚，奥马后来给了他们重重一击，他们国家连皇室制度都取消了，现在仰仗着加韦过活。

“先生倒是没有难为过他们，一切都是为了大局势。

“韩琦被送去你爸爸那里了，我来之前还去看过他，已经长成了一个大孩子，过得挺好的。”

许何劲看舒窈背对着自己，肩膀微微抖动，知道她在哭，他叹口气：“先生这个人心有点冷，他是因为不记得你了才会这样，”他又看了一眼往这边观望的姐姐，“不过先生是有责任心的人，有孩子在，他肯定会接你们回去的。”

“霍述能让我来汤山，说明他那边对你回去这件事不再阻挠，我来就是问问你自己的意思。”

其实来之前他就已经想好了，不管舒窈愿不愿意，他都会把这件事告诉傅亦寒，即便傅亦寒不想要舒窈回易园，至少不要再把人关在汤山。

外面有人拿了钥匙开门，姐姐已经跑过去，待到冯乔一进屋，她便向他告状：“那个人欺负妈妈，妈妈都哭了！”

冯乔一听，立刻看过去，在进门之后他便敏感地察觉到有陌生人入侵，一转头便和许何劲看了个对眼，许何劲站得离舒窈有一点距离，和姐姐口中的“欺负”大概还是有点差别的。

许何劲本就是军人出身，几乎是在瞬间感受到了杀意，两人对峙着，紧绷着，谁也不肯退一步。这个少年他来之前了解过一些，真正见面，才有了更真切的感受。在他阳光的外表下，掩盖的是杀欲和冷意，就如嗜血的小兽，他无法想象舒窈竟然和这种人在一起待了三年。

舒窈红着眼走到许何劲前面几步，看着冯乔，问他：“在外面给弟弟喝水没有？”巧妙地化解了两人之间的剑拔弩张。

冯乔手里还捧着一只小白鹅，闻言把小白鹅递给姐姐：“喝了，找守平那老头儿要的白开水。”他又温柔地对姐姐说，“这是给你的小鹅，你和弟弟一人一只。”

弟弟手里果然也拿着另外一只小白鹅。

姐姐走过去把弟弟的小鹅拿走，凶凶地说："都是我的！"

弟弟抬手就去打姐姐，被冯乔捉住，厉声说："怎么可以打姐姐？你是男子汉，要保护姐姐的！"

弟弟眼里含着泪，看着冯乔，眼看要哭，冯乔又说："男人流血不流泪，谁哭谁是狗。"

弟弟包着嘴不哭了，反问冯乔："舅舅你明明说小鹅是给我捉的！"

"舅舅明天再带你去捉好不好？"

弟弟背过身子不理人了。

冯乔看了许何劲一眼，舒窈介绍："这是许何劲，我一个朋友。"她又向许何劲介绍，"这是冯乔，我弟弟。"

冯乔收回目光，没打算和许何劲打招呼，抱着弟弟进去："舅舅先帮你把小天鹅的窝做好，好不好？"

"我也要！"姐姐迈着小短腿跟了进去。

舒窈丝毫没有责怪他的意思，再次回到阳台上，声音放得很低："冯乔的事情也要麻烦你。"这算是给了许何劲答案。

许何劲难得高兴："行！一定给你办妥了！"

王都。

为期十七天的联盟会议结束，平原的严打也终于结束，傅亦寒同十几名属下在王都一起吃饭宴饮，他庆祝的方法很简单，大多是吃饭，其他人玩的那些花哨东西他向来不参与。

不过即便只是吃饭，他也很少来，私生活无趣得很。

席间因为有他在，大家说话都很克制，说是私下宴饮，不如说是开会，谈论的事情也都和工作有关。

外间有钢琴声，音准很好，弹的是《月光曲》，席间不知道谁说了句："这里弹琴的姑娘手艺倒是越来越好了。"

不知道内情的人跟着附和，知道的人尴尬地笑，倒是傅亦寒坐在那里没什么表情，仿佛这个话题和自己无关。

傅亦寒一般是半场的时候走，待到他一走，立刻有人说："那个弹琴的对指挥官有意思，只要他来，那女的肯定来，你们不知道啊？"

"不会吧？"

"我刚才没说错话吧？"

已经走出去却发现忘记东西的傅亦寒才走回门口便听到大家七嘴八舌讨论的声音，他皱紧眉头听了一会儿，没有进去，而是转身离开。

保镖进去拿东西，心里有些奇怪傅亦寒为何没进去，进门的时候正好听到一句："那指挥官艳福可不浅，那个姓陆的长得倒是不错，就是……"

看到傅亦寒的保镖，大家静默了一瞬，保镖没理，拿了东西便走，将炸开锅的声音撇在身后。

傅亦寒走出去之后直接出了园子准备去乘车，不远处一个穿藕色礼服的女孩子站在那里，看到他便低低喊了一句："傅先生。"

傅亦寒停下脚步，他自然认得这个人，不然保镖也不敢让对方靠近。他手插在口袋里站着不动，女孩子走到他身边，裙摆被带起来，在夜色和灯光下格外好看："有事？"傅亦寒淡淡地问。

女孩子低头笑了笑，又抬头看他："听说您来王都吃饭，我正好是这边的特约琴师，上次还没谢过您。"

"哦，"傅亦寒不轻不重地回了一声，低头便看了对方一眼，避不过地扫到了对方几乎半裸在外的双乳，在这种时候这种地方穿成这样来找一个男人，目的可想而知，"不必了，随手而已。"

女孩子眼里噙着泪："知道傅先生会来这边吃饭，您每次来都是我弹的琴，一直想见您一面，如果可以的话，我想请您吃个饭。"

"不必。"傅亦寒抬脚欲走。

女孩子一下子扑到他怀里，胸前的柔软蹭在他的胸口，连脸都贴着他，声音里带了哭腔："傅先生救救我，救救我……"

傅亦寒忽然觉得不耐，抬手直接将对方扯开，后退一步，目光冰冷："自重，有事可以报警，警察会公正处理的。"

说完他毫不犹豫地转身便走。

傅亦寒离开之后，女孩子依旧站在那里，泪水越流越多，这次倒是真的在哭。

程笑不知道从哪里出来，显然已经看到了刚才的热闹，这几年她父亲一路高升，连她都可以进王都的内园逛一逛了。

看到陆心颖哭，她勾出一个冷笑，踩着高跟鞋走过去，语气不阴不阳的："哟，这不是陆大明星嘛，谁欺负你了？"

陆心颖抬头看到程笑，两个人不对付，程笑每次见了她都少不了冷嘲热讽，但是陆家家世不行，她从不和程笑硬碰硬，没想到会在这里见到程笑，她不欲多说，转身便走。

"跑什么跑啊？"程笑看着她的背影气不打一处来，"就你这样的也不多照照镜子，你以为当初赵邦有那么大胆子敢强迫你？你又不是没一点背景，怎么不动动脑子想想为什么？"

陆心颖咬着牙回头："我和你从来无冤无仇，你干吗总是针对我？"

"无冤无仇？那可是我闺密的男人，你犯贱能不能看看对象？"

"是傅先生主动帮我的，我求一条活路而已……"陆心颖咬着牙，若不是那一次她被赵三打正好被傅亦寒看到，傅亦寒派人警告赵邦不要惹事，她也不会把心思放在他身上。

这么多年，能让她动心思的人，一直都只是傅亦寒一个人。

"那你就敢动别人的男人？"程笑恨她恨得咬牙切齿，"你最好收敛点，否则别怪我不客气。"

"傅先生现在是单身。"陆心颖堵着一口气，还是要争一争。

啪！

程笑一巴掌甩在她脸上，声音犀利："你说谁单身！他又没离婚单什么身！"

陆心颖捂着脸，被打得头侧在一边，却还是看着程笑倔强道："他太太都多少年没出现过了？"

程笑抬手便又要去打她，被赶过来的保安将两个人分开，程笑气得胸口一起一伏："陆心颖，是你自己要得罪我的，这个仇我记下了！"

陆心颖面容依旧平静，不再回她，转身便走。既然她能靠近傅亦寒，那么机会多的是，她没必要和程笑这种人计较。

陆心颖离开之后，程笑狠狠地挥开了身边的保安，竟然就这么蹲在地上哭了。

当年网上闹得沸沸扬扬，她却得不到任何真实消息，后来傅亦寒出面了，她就一直等着舒窈出面，可是几年过去了，舒窈一直没有出现，就像是她这个人从不存在。她很多次通过各种办法要进易园，那一段时间易园却一直戒备森严，连一年一度在易园举办的宴会都取消了，后来她终于得了机会进去，还没靠近傅亦寒便被拦住。她大哭大闹大吵，把一个女人能用的所有泼皮手段都用上了，也没能换来一个和傅亦寒说话的机会。

傅亦寒只是站在一群保镖后面冷冷地看了她一眼，一个字都没有说，一句交代都不肯给。

后来她通过各种渠道去打听，依旧没有任何收获。

这几年她一直失眠，无法入睡，刚开始的时候要喝点酒才能睡着，现在要喝一整瓶，称为酗酒一点不为过。

她和舒窈一起长大，是最好的朋友，舒窈这些年受的苦，她都看在眼里，总是想逗她开心，舒窈没什么亲人，她是拿舒窈当亲人看的。

最重要的是，出事的地点她知道，正是她要舒窈去的地方。

这种愧疚像蚕蛹一般将她包裹起来，所以她才恨一切勾引傅亦寒的女人。只因为她想舒窈回来的时候，看到的依旧是一个完整的傅亦寒，而不是带着别人印记的傅亦寒。

当晚傅亦寒做了一个梦，梦里他正在和一个女人在床上打闹，他甚至挠对方痒痒，对方的笑声很好听，银铃一般，却又有些痛苦，抬脚去踢他，他竟然任由对方踢打。

过一会儿，对方坐起身，不笑了，换上生气的表情，用拳头砸他，砸了一会儿，他主动捧起对方的手，声音低柔："我看看打疼没有。"

他垂着头还没看，便将对方扯到怀里低头吻了下去，双手在对方身上游走，呼吸渐渐加重，有些急迫又有些急躁，口中喊着："噜噜……"

傅亦寒猛然惊醒，梦中的景象太真，让他怀疑那些事可能真的发生过。可他从不知道自己原来还有这么失控的一面，还会这般去容忍一个人，那些男性的反应做不得假，这些年他身边没有女人，不是不想，而是太忙。

忙到连这种事都没有时间吗？也并不是。

可不知道为什么，对着那些女人他没有那个欲望。

而现在，他低头看了看自己，欲望难忍。

没多久卫生间传来一声闷哼，傅亦寒洗了冷水澡，欲望已经平复下去，他脑海中却不断闪现梦里的情景。

不知为何，有那么一刻，他特别想要去了解梦里的那个女人，而他知道那个女人是谁。

舒窈的资料很快再次被呈上来，傅亦寒细细地看，从小到大，几乎每一个成长时期，明明很熟悉，他却一点记不起来。

长大后的舒窈比小时候还漂亮，照片给人一种惊艳的感觉，她侧头微微笑着，时光静好，就是一个容易让人欢喜的人。

资料最后两页是新加进去的，傅亦寒在看到其中一项的时候，眸子紧缩，心脏莫名一击。

上面写着：三年前育有两子，一男一女双胞胎。

下面还有配图。

傅亦寒盯着照片看了许久，里面没有舒窈，只有两个孩子，女孩子的头发有些自然卷，头顶夹着一个小兔子发卡，正好把前面的头发都夹起来，两边的头发卷卷的，特别可爱。

男孩子则直直地看着镜头，似乎在因为什么事情不高兴，拍照的时候还嘟着嘴，让人忍不住想要去安抚。

傅亦寒的拇指在两个孩子的照片上滑过，心底划过说不清的感受，几乎可以确认这就是自己的孩子，在他不知道的时候便被生下来的孩子。

他又想到了舒窈，给了她一个新的定义：孩子的母亲。

第二天一大早，许何劲便被叫进了傅亦寒的办公室，他进去的时候傅亦寒靠坐在沙发上盯着他，双手交叉放在腿上，一副审犯人的模样。

许何劲心里有些发怵，他最近做什么会惹到傅亦寒的事情了吗？

傅亦寒用下巴点了点桌上的东西，许何劲立刻便看到了桌上摊开的文件，文件正好翻到舒望和舒灏那一页。

许何劲看了看傅亦寒的脸色，看不出什么特殊表情，他的心定了定，开口："我前一段去汤山检查下新型侦察机的进度，顺便去看了看太太和孩子们。"

傅亦寒面色不改，淡声开口："然后呢？"

许何劲立刻把所有的情况都说了一遍，看傅亦寒没有不耐和反感，便道："他们住的地方不太好，还是楼上，不过周围的人待他们都还不错，没受什么苦。"

见傅亦寒依旧不说话，他猜想傅亦寒是还想听更多，便说："孩子们也很可爱，我去的时候，那个冯乔去给他们捉了两只小鹅，两个孩子特别喜欢，我走的时候太太还在给小鹅煮玉米糊呢。"

傅亦寒依旧不说话。

"太太认的这个弟弟对她很好，还帮忙照看两个孩子，孩子们都特别喜欢他，好像晚上都是他陪孩子们睡的。不过这个冯乔以前是摸血的，底子有点不干净，待太太倒是很忠诚，之前还救过几次太太的命。"

"冯乔？"傅亦寒终于开口，皱着眉，似乎有些不高兴。

许何劲便把这人的来历说了一遍，包括他和舒窈之间的渊源，不可避免地要提及傅亦寒，因为当时在那个黑市里是大家都在场的，只有傅亦寒一个人不记得了。

说完之后见傅亦寒还是不表态，许何劲有些忐忑地说：“太太说，如果您不愿意让她回易园的话，她可以去别的地方。”其实这是他私心加的一句话，舒窈根本没说要离开傅亦寒。

顿了下，他又道：“她怕孩子们一直待在汤山不好。”

傅亦寒点头：“好。”

见傅亦寒只一个字，许何劲搞不懂他的好是哪个好，不过傅亦寒很快给了他答案：“你去把她和孩子们接回来。”

许何劲心里一喜，没想到这件事这么容易就成了：“那冯乔呢？”

“关着他。”傅亦寒简短地回答。

许何劲心下一沉，没想到傅亦寒都不记得舒窈了，可知道舒窈身边有其他异性反应还是这么大。

“你去吧。”傅亦寒抬抬手，示意许何劲可以离开了。

许何劲却站在原地没动，脸上有些为难，曾经腥风血雨走过那么多年，从未有过什么事让他露出为难的表情，但是这件事确实很为难。

“说。”

许何劲这才敢开口：“是这样，太太待这个冯乔就像亲人一般，把他当弟弟的，所以她说人她是一定要带的。”

已经许久不曾有人这般挑战过傅亦寒的权威，面都没见就敢叫板，傅亦寒眉头皱得很紧，许何劲有些紧张，谁知傅亦寒最终还是说了句：“带吧。”

这让许何劲非常惊讶，因为傅亦寒已经许久没做过反复的决定了。

又是因为舒窈？

汤山。

舒窈发现最近几天冯乔一直兴致不高，连逗两位小朋友的积极性都大大打了折扣，这天把两位小朋友从早教班接回来之后，她便让两位小朋友去看自己的小鹅，自己则把冯乔叫进了厨房。

“今天做你想吃的老咕噜肉，你帮我打下手，把肉剁了。”

冯乔向来是个剁肉的好手，沉默地拿了刀便去剁肉。

舒窈在洗配菜，边洗边问他：“你这几天怎么了？”

冯乔有些烦躁，剁肉的声音都大了许多：“没怎么。”

舒窈说：“说不定过几天我们就可以出去了，怎么还不开心？不想去外面了吗？之前不是还说好想吃哪家餐馆的什么菜？”

冯乔一刀下去顿在那里，扭头看着舒窈，声音都欢快了许多：“我们一起走啊？”

“一家人当然一起走，难道你更喜欢这里想留下？”果然是在想这个，可是冯乔为什么会以为她会把他丢下呢？

“不想不想不想！”冯乔一连说了三个“不想”，连剁肉的速度都快了许多，“今晚得加餐，再做个炒鸡，做个红烧大虾，弟弟昨天还说要吃虾呢！”

舒窈低着头笑，他总说姐姐和弟弟是小孩子，她看他和小孩子也没什么区别。

接到要走的消息的时候，是守平亲自来舒窈家里说的，因为早就猜到了结果，舒窈并没有特别高兴，不过激动还是有一些的，想要立刻见到傅亦寒，仿佛两人是昨日才分别。

守平说完这个消息之后没有立刻走，而是留下来看了一会儿姐姐和弟弟和小鹅们玩耍，临走的时候还摸了摸他们的头，这已经是他能表现出不舍的最明显的方式。

舒窈送他下楼的时候特意抱了姐姐一起下楼，因为姐姐嘴甜一些，在电梯里她还在逗弄姐姐：“姐姐喜不喜欢爷爷？”

“喜欢！”姐姐伸手要守平抱。

守平立刻抱过去：“姐姐真乖。”他单手抱着姐姐，另一只手从口袋里掏出一个天鹅发卡夹在了姐姐的头上，沉默地摸了摸姐姐的头。

守平一辈子没有结婚生子，对孩子的这种沉默的喜爱也只能如此表达，大约是因为要分别，这一刻才更真实起来，舒窈心里也有些难过。

“以后有机会我会带孩子们回来看你的。”

“妈妈我们要去哪里呀？见不到爷爷了吗？”

“要去看爸爸，看完爸爸就回来看爷爷好不好？”

孩子对爸爸的概念还很陌生，听完立刻摇头：“我要爷爷。”说着抱住了守平的脖子。

守平立刻拍了拍姐姐的背，低声说：“见完了爸爸，回来告诉爷爷爸爸好不好，行不行呀？”竟然带了语气词。

姐姐依旧抱着他的脖子，因为冯乔经常带她去守平家里，她一直很喜欢这个爷爷：“我不要去。”

守平一个人把姐姐抱在角落里安慰了半天，舒窈站在一楼的门厅里等，过了足足十分钟守平才抱了姐姐回来，姐姐倒是开心地说：“那我明天就回来看爷爷！”

“好好好！”

临别的时候，守平再次摸了摸孩子的头，然后转身离开，一次都没回头。看着他的背影，舒窈有些心酸，守平年纪不小了，却连一个家人都没有，就和以前的她一般，也和冯乔一般。

自从她生了孩子之后，守平经常会来家里，她这边需要的东西，在汤山里从未有人说过一个不字，舒窈当然知道这是守平每个月去打一次招呼的结果。

现在看着他孤独的背影，她多少有些感慨，低头同姐姐说：“爷爷也很喜欢你的。”

“我知道！爷爷刚才说了！”

来汤山接人的人是许何劲，舒窈原本一大早带着孩子准备去和守平告别，谁知他家的门紧紧锁着。

“爷爷不在家吗？”弟弟捉着栅栏扭头问舒窈。

“爷爷出门了，等我们回来就可以看到他了。”舒窈低声安慰他。

姐姐搂着舒窈的脖子，待在她怀里：“爷爷昨天没说要出门。”

“爷爷有急事吧。”舒窈柔声说着，转头看了看不远处的许何劲，“我们改天再来看爷爷。”

他们的东西不多，收拾了几个大箱子，许何劲已经让人搬上车。两只小鹅两个人无论如何要带走，抱在怀里不肯撒手。

弟弟跟在冯乔身边，看到姐姐一直被妈妈抱着，也伸出手：“舅舅抱。”

“好嘞。”冯乔笑着把弟弟抱起来，看着他怀里的小鹅，“等我们到了平原，我带你去游湖，可以让小鹅也游游泳，好不好？”

弟弟还没说话，姐姐便探出头叫喊：“舅舅带我去！”

“好好好，带你们两个！”大概是因为要出去了，冯乔特别高兴，这几年说他没想过出去是假的，他甚至偷偷去探了几条路，都无功而返，汤山确实是一个天然屏障。

姐姐探出手：“我也要舅舅抱！”

冯乔走过去，空出一只手，一左一右把姐姐和弟弟抱在怀里：“你们俩越来越大了，以后舅舅可抱不动啦。”

“再抱十年！”姐姐挥舞着小手，完全不知道十年是什么概念，只是舒窈之前说了一次她便记住了。

“一百年！”弟弟也喊。

喊完了，两个人咯咯地笑，怀里的两只小鹅也叫得响亮，一时间特别热闹。

上车的时候两个孩子既不愿和舒窈分开，也不愿和冯乔分开，干脆许何劲开车，冯乔坐在副驾驶座，舒窈和两个孩子在后排。

一路上四个人热闹得很，完全就是一家人的样子。许何劲看着四个人这样有些发愁，又有些心惊。这几年舒窈和冯乔相依为命，亲密一些也是应该的，听说进产房的时候她都紧紧抓住冯乔的手，这说明她在心底对冯乔是相当信任的，舒窈能相信一个人不容易，当时她对傅亦寒的猜忌他是看在眼里的。

坐车劳累，时间过去三个小时，两个孩子已经抱着小鹅睡着了，小鹅安心地待在他们怀里，一时间车厢里安静极了。

前后还各有两辆保镖车，一行车子很快开上国道，之后车速便快了很多，冯乔坐在一旁抱怨：“又不是去赶死，能在服务区休息一下吗？”

许何劲：“可以。”

他原本就是打算就近停车休息一下的，只是去服务区太惹眼，他当然记得车上还有个女人、两个孩子。

车子很快在一处空旷的平地上停下来，到了雨季，舒窈头有些疼，抿着唇白着一张脸坐在后座上，怀里还抱着熟睡的姐姐，整个人看起来娇弱极了。

冯乔不知道什么时候已经拿了水瓶奔过去，打开车门让舒窈透气：“来喝点水。”

舒窈睁开眼接过水壶喝了一些，冯乔又递了药过去：“吃一片吧，不然过一会儿更难受。”

许何劲看了看他手心的药片，应该是晕车药，没有说话，不过心里却想，这两个人是不是太过于亲密了？傅亦寒能忍吗？

待到安顿好了舒窈，冯乔又拿了湿巾帮姐姐和弟弟擦了脸和脖子，刚才在车上他不准许何劲开冷气，也不准开窗户，热得许何劲已经决定换人开车了。

姐姐先醒了过来，睁开眼看了看妈妈，又看看舅舅，小手抱着舒窈的胳膊，坐在那里眼睛瞪得大大的，特别可爱。

有一瞬间，许何劲觉得自己的心都要化了。

“姐姐饿不饿？”冯乔将她抱出来放在地上，“跑一跑运动下。”

姐姐抱着小鹅不动：“饿。”可怜巴巴的，让人心疼。

冯乔从保温箱里拿出奶瓶递给姐姐：“吃饭饭啦。”其实姐姐和弟弟已经在断奶期，不过舟车劳顿，怕两个小孩子太辛苦，还是事先帮他们准备好了奶粉。

姐姐咕噜噜喝了半瓶：“弟弟也饿。”

冯乔想了想，最好还是不要在车上吃东西，怕呛到气管，便走过去越过舒窈把弟弟抱了起来，看到舒窈睁开眼，他低声说："让弟弟吃点东西，不然路上饿。"

舒窈点头，没说话，头痛欲裂。

弟弟一时间没醒，冯乔抱着他走了几圈，和他说了一会儿话他才彻底清醒，然后冯乔才将他放在地上拿了奶瓶给他。

弟弟和姐姐拿着奶瓶站在一起，冯乔帮他们拍视频，嘴里还喊着："姐姐不可以拍弟弟的奶瓶哦。"

姐姐喝着奶看他："舅舅对弟弟好！"

"舅舅最喜欢姐姐了，舅舅给你做了个小皇冠，等舅舅收集一些宝石镶上去你过生日的时候送给你好不好？"

"我一个人的？"

"姐姐一个人的。"

"那舅舅送给弟弟什么？"

"姐姐想要我送给弟弟什么？"

姐姐扭头看了看弟弟，有些害羞地笑了笑，然后走过去抱了抱弟弟，弟弟也咧嘴开始笑。

许何劲站在车边看着，这冯乔……真是难搞。

看了一会儿，他收回目光，压低声音问舒窈："太太，您这弟弟回去之后怎么安排？"

有冯乔照顾两个孩子，舒窈很放心，并没有下车，依旧靠坐在那里："我和他说好了，等到回去让他住我东城那套房子，给他安排个生意做。"

许何劲哽了一下，做生意？冯乔？做杀人的生意吗？

舒窈对许何劲的反应在意料之中："做个小生意吧，在闹市区开个咖啡厅，每天有事情做就不会想那些乱七八糟的事情了。"

乱七八糟……瞧这形容词。

舒窈对冯乔的安排不止如此："以后他想做其他的也可以，只要是正当生意就行，我那里有笔钱正好可以给他用。”

还真是当亲人了，未来的路都铺好了。

“不让他进系统里吗？”许何劲尝试着问，如果舒窈肯的话，他倒是乐意接手，这孩子绝对是个好苗子。

舒窈瞥了他一眼：“别想。”

“……”

“我们再开半个小时，到市里坐飞机回去，这样能少折腾些时间。”许何劲说完，去招呼兄弟们原地休息吃东西。

/ 第二十三章 /

喜欢星光，也信仰月亮

转过飞机之后，一行人很快便到了平原。下飞机的时候舒窈有些紧张，马上就要见到傅亦寒，他不记得她了，所以她要怎么开口说第一句话？还是直接扑过去抱住他？

为了这种可能性，姐姐让她抱的时候她都硬下心拒绝了姐姐，姐姐瞪着黑葡萄似的大眼睛看了她一路，看得舒窈都有些不好意思了。

不过让她失望的是傅亦寒没来，来的人是穆修。

穆修一直搓着手在等，有些紧张，自那一年之后他一直不知道舒窈的下落，一直以为人已经没了，没想到昨天忽然通知他来接人，还有……孩子。

人到中年，能让他感慨的事情不多，这件事着实让他又紧张又激动。

舒窈没看到傅亦寒心里说不失落是不可能的，不过能看到穆修，还是很高兴的："穆叔叔。"

"哎哎，"穆修看看她，又看看两个孩子，"好，好，真好！"激动得有些说不出话，更没想过傅亦寒会有这么大两个孩子。

两个孩子一个人抱着舒窈，一个抱着冯乔，好奇地打量穆修，穆修不敢贸然去摸他们："一个叫阿望，一个叫阿灏，是吧？"他弯着身子和姐姐弟弟说话。

"我叫姐姐。"姐姐接话。

弟弟没理人。

"真乖，真乖。"穆修没忍住抬手摸了摸姐姐的头，犹豫了一下，又摸了摸弟弟，弟弟还是看着他，不说话。

舒窈又同他介绍："穆叔叔，这是我认下的弟弟，叫冯乔，以后还要麻烦你多照顾。"

穆修对小孩子好，不代表对成年人没有戒心，闻言立刻去看冯乔，不过没有过多表现出来，倒是温和地对冯乔说："噜噜的事情就是我的事情，以后你跟她喊我一声穆叔叔就行。"

冯乔待他不是很热情，却还是说："穆叔叔。"

穆修点了点头："好，好，这些年多亏你照顾噜噜和孩子们了。"冯乔的事情他听说了一些，但是知道的不多。

冯乔没吭声，这些事轮不到别人来谢。

他们停的是私人停机坪，临着离开的时候，冯乔一脸不舍地把弟弟放在地上，蹲下来让姐姐和弟弟站在一起，温声和他们说："舅舅去卫生间，你们和妈妈先去坐车，舅舅马上就到好不好？"

他心里有些不好受，这还是他第一次骗孩子们呢。

弟弟上前一步："我和舅舅一起。"

"不行，舅舅是大男人了，不用人陪。"

姐姐歪着脸，把脸贴在冯乔手上："那舅舅要快一些。"

冯乔摸了摸姐姐的脸，有些不舍："乖。"

看到冯乔背着一个小包要离开，舒窈追过去两步，低声叮嘱："我的电话要是打不通的话，我们就发邮件，你不要乱跑，知道吗？"

冯乔垂着头，一脸不高兴："哦。"

舒窈好笑地拍了拍他的手臂："周末我带孩子们出来，你不是说要去游湖吗？东城旁边就有个升斋湖，到时候我们一起去。”

冯乔依旧不说话，把不开心写在脸上：“那我走了。”他赌气似的，转身就跑走了。

舒窈回去的时候，姐姐拉着她的手问：“妈妈，舅舅不开心吗？”

“没有，舅舅急。”

回易园的路上，穆修纠结了许久，还是说：“先生白天忙，大概晚上会回来。”

舒窈面上含着笑，心却一直往下坠，她想过了所有的可能性，却独独没有想过这个，见穆修一直望着自己，她笑道：“没事。”

穆修见她反应不那么强烈，才接着说：“现在有了孩子们，鹿林太小了，我让人安排在了星苑，保姆要了四个，女佣四个，还有一队保镖，人都是查过背景的……”

舒窈不知道搬地方是穆修的意思还是傅亦寒的意思，但是听穆修的口气，应该是已经定了，便没提出来，只是问：“曼因她们呢？”

“曼因和良因已经辞职了，曼因现在已经当妈妈了。”

舒窈又是一阵沉默，物是人非说的大概就是这个意思。

“你要是喜欢的话我让她们都回来。”

“不用，有了家庭肯定会忙一些，不要打扰她们了。”

“新来的几个女佣都挺活泼的，对孩子们成长也好。”这是他特意安排的，易园这几年气氛很压抑，导致每个人的性格都变得很沉，他不想孩子们在这样的环境里成长。

舒窈点头：“行，您看着安排，人可靠就行。”

弟弟在一旁听得似懂非懂：“妈妈，舅舅不来了吗？”

舒窈顿了一下，她一直觉得弟弟有些早慧，怕是已经感觉到了，她将他抱在怀里：“来的，不过要晚一些。”顿了下，她又说，“周末让舅舅带你去游湖，还有你们的小鹅。”

“我们去看爸爸吗？”弟弟又问。

姐姐也看了过来。

“对，我们去看爸爸。”舒窈摸了摸他的头。

“看完就走吗？”姐姐问。

舒窈顿了一下，看了一眼穆修，低声和姐姐说：“要陪爸爸一段时间。”

到了易园，车子没有停下，直接开到了星苑，保镖过来拿他们带回来的行李，舒窈牵着两位小朋友进屋，装修是女人和孩子都会喜欢的地中海风格，姐姐和弟弟却紧紧地拽着舒窈不肯进去，舒窈蹲下来安慰两个人：“我们家买了大房子，以后就住在这里了，喜不喜欢？”

“我们家的吗？”姐姐打量着四周，高桌上放着一个她喜欢的船模。

舒窈点头：“嗯，我们家的，”说着她又补了一句，“爸爸买给我们的，所以以后我们要和爸爸住在一起。”

弟弟时刻念叨着舅舅：“舅舅一起吗？”

“舅舅也有自己的房子，所以暂时不和我们一起。”

弟弟执着地问：“舅舅什么时候来？”

舒窈心软：“刚才舅舅打电话说车子坏在了路上，车子修好他就来了。”

弟弟这才开心起来，不过到底还是小孩子，到了陌生的环境中还是有些局促，一直待在舒窈身边。

舒窈跟着女佣简单地参观了一番，有两间儿童室，两个房间挨着，男孩子和女孩子的风格很分明。

舒窈却皱起眉头，姐姐和弟弟晚上一向是冯乔照顾着睡觉的，现在不但要他们和冯乔分开，还要让他们彼此也分开吗？

弟弟的房间是简约风，舒窈想了想，对女佣说：“晚上让他们都住这间吧。”

“可是先生吩咐……”女佣有些为难。

“我和他说。”

“是。”

舒窈在弟弟的房间陪了他们三个小时，又帮他们把小鹅的窝搭好两个人才活泼起来，弟弟催促舒窈：“妈妈快给小鹅弄软软的饭吃。”

冯乔特别爱惜姐姐和弟弟的这两只小鹅，只让它们吃软乎乎的东西，舒窈坐在地上的坐垫上问他：“那姐姐和弟弟要不要陪妈妈一起去给小鹅做饭？”他们迟早要适应这里的环境。

几分钟后两个人便跟着舒窈穿过走廊下楼去了厨房。

小厨房本就配备得有厨师，一切东西一应俱全，舒窈拿了炖锅用冷水下了小米，不让小米太软，又动手帮姐姐和弟弟做软蛋糕，两个人到了新环境，她怕他们不好好吃饭，就对他们宽容了一些，平时她是不肯让他们经常吃蛋糕的。

舒窈在烤蛋糕，姐姐和弟弟围绕在她身边，除了舒窈，所有的人都是陌生的，所以他们也不愿意离开舒窈。

傅亦寒回来的时候看到的就是这幅情景，女人在烤糕点，孩子们在一旁玩儿，他心底生出一股怪异的感觉，却又抓不到。

不可控制的感觉，让他想要摒弃的感觉。

“弟弟不可以玩面粉哦，小心弄到眼睛里。”舒窈转头和弟弟说话，一转头便看到站在门口的傅亦寒。

心脏被重击，她有片刻的眩晕，浑身所有的血液都涌到心脏，分开的那些时光风一般逝过，她看着这个人，忍不住泪水涌入眼眶。

傅亦寒却很快移开目光，低头看向地上的两位小朋友，淡声问：“这是孩子们？”

一句话又让舒窈回到现实，所有预想的见面情景都没有用上，傅亦寒用这么一句话便将舒窈打入地狱。

“嗯，是。”她用手扶了扶姐姐和弟弟，蹲下去和他们平视，“这是爸爸，你们和爸爸说‘初次见面，多多关照。’”她没有让两个小孩子去和傅亦寒亲近，第一是因为傅亦寒对他们来说只是陌生人，第二，傅亦寒本就不是好亲近的人。

姐姐往弟弟身边靠了靠，不愿意往陌生人身边去，不过还是说：

“请你多多关照。”

傅亦寒面色温和了一些，也蹲下身和两位小朋友平视，温声开口：“爸爸给你们带了礼物，你们要不要来看？”

“姐姐带着弟弟去。”舒窈有意识地想要两人和傅亦寒亲近。

弟弟站着不动，也不说话。倒是姐姐，听到有礼物，妈妈又那样说，有些意动：“什么礼物？”

“一只小猫。”

“真的？”姐姐立刻高兴了，看了看妈妈，然后走到了傅亦寒身边。

傅亦寒牵住她的手，又问弟弟：“要去看吗？”

弟弟垂着眼，还是不动。

傅亦寒站起身，牵着姐姐走了出去，没一会儿便听到姐姐的欢呼声：“好可爱！”

没一会她儿又问：“它会长大吗？”

“会。”是傅亦寒清冷却耐心的声音。

“会长很大吗？”

傅亦寒比画了一下：“这么大。”他没有去接孩子们，心中本有些愧疚，礼物是肯定要带的，杨粒建议他带一只小动物，当场便被他否决了。

杨粒说小动物除了能初次见面讨孩子欢心，以后也更好建立关系，思索了三秒钟，傅亦寒答应了。

现在他确实需要和孩子们建立感情，趁着他们还小。

弟弟听外面热闹，不住地看舒窈，舒窈拍拍他的头：“去找姐姐玩。”

弟弟迈出去两步，又回头看舒窈，舒窈把他送到门口，喊了一声：“姐姐让弟弟也看一看礼物。”

姐姐听到之后立刻小跑过来把弟弟牵过去，舒窈在门口目光落在傅亦寒身上，眼睛依旧发酸。他瘦了一些，受伤的地方被头发掩盖着，完全看不出伤疤，身上那种寡情的味道又回来了，就如所有外人看到他时候的感觉，而她……在他眼里也只能算得上外人吧？

她还没来得及收回目光，便被傅亦寒锐利的眼神缠住，他平静地看了舒窈一会儿，沉声问：“你要看吗？”

舒窈摇摇头，转身进了厨房。

厨房很大，舒窈站在洗菜池旁边打开水管让水哗啦啦往下流，泪水滴入水槽，很快消失不见。她不是不想去，而是无法忍受傅亦寒用这么陌生而冷淡的目光看她，这让她觉得这几年的等待毫无意义。

不知道站了多久，身后忽然一个声音说：“烤箱叫停了。”

舒窈胡乱地擦了擦眼泪，点点头：“嗯，我现在就去弄。”说着她侧着身子避过傅亦寒便要往烤箱那边去。

地方很大，傅亦寒却离她很近，一抬手便握住了她细细的胳膊，低声问：“怎么了？”

原本便有些委屈的舒窈听到这句话，所有的委屈奔涌而来，扑进他怀里“呜呜”地哭了起来，这一刻真切地触摸到他的怀抱，她才觉得一切真实起来。

傅亦寒没有躲开，也没有推开舒窈，这是他的妻子，曾经关系还很亲密，这种时候他应该给她一个怀抱的。

温热的泪水浸湿了他的衬衫，傅亦寒皱着眉头有些不舒服，却说不上是心理不舒服还是生理不舒服，他抬手拍了拍舒窈的背，没有更多的动作。

姐姐不知道从哪里跑了过来：“妈妈，你们在干什么？”

舒窈赶紧推开傅亦寒，有些急，整个人往后靠了一下，傅亦寒的手抵挡在她和洗手台中间，舒窈感觉到他大手的温度，又转头看了他一眼，泪水还挂在睫毛上，看起来楚楚可怜的。

傅亦寒皱着眉头：“好点了吗？”

舒窈点点头，低头去看姐姐：“怎么你一个人？弟弟呢？”

“弟弟在和小猫玩。”

舒窈吸了吸鼻子：“叫弟弟来吃蛋糕。”

“好！”姐姐的声音高兴又清脆。

姐姐离开之后，傅亦寒递了纸巾给舒窈："擦一下吧。"

舒窈用纸巾擦了擦眼睛，闷闷地对傅亦寒说："谢谢。"

"嗯。"

舒窈看了他一眼，问："你是不是不记得我了？"

傅亦寒顿了一下："不太记得了。"

"那是一点都不记得了吗？"舒窈追根究底。

傅亦寒不知道该怎么哄女人，也没想好要不要哄她，嘴巴却快一步，诚实道："嗯。"

舒窈抬手想要去握他的手，还没握到姐姐和弟弟便进来了："妈妈，蛋糕呢？"

舒窈这才叫一声："呀，还在烤箱里。"手忙脚乱地跑去拿蛋糕。

弟弟跟过去，姐姐反倒跑去拉傅亦寒的手："爸爸你要吃吗？"她已经叫上"爸爸"了，在她心里，"爸爸"和路边的"叔叔""阿姨"一样，不过是个称谓。

柔软的小手，柔软的小孩，让傅亦寒的心也忍不住柔软了一下："爸爸不吃，不过爸爸可以陪你吃。"说着他将姐姐抱起来，姐姐已经很喜欢他，顺势便搂住了他的脖子。

"妈妈做的蛋糕可好吃了。"

傅亦寒原本想说小孩子不要吃那么多蛋糕，但是看到姐姐清澈的大眼睛，顿时噤声。

"那你多吃点。"到底是忍不住心软。

因为还要吃晚饭，舒窈不许姐姐和弟弟多吃，姐姐和弟弟向来听话，听到舒窈说，他们便真的不吃了。

傅亦寒说了一句："你把孩子教得很好。"

舒窈的手僵了一下，傅亦寒这话可不是什么亲密语气，完全是老板对下属赏识的态度，她闷闷不乐地"嗯"了一声。

一顿饭吃得并不热闹，只有姐姐和弟弟在说话，傅亦寒偶尔插一句，舒窈兴致一直不高，整顿饭都很沉默，她心里有些失落，又有些迫切，希望黑夜早些到来，希望可以和傅亦寒独处，她有许多话、许多事想告诉他。

姐姐和弟弟每天吃完饭之后都有出去散步的习惯，舒窈拉着两个小人问傅亦寒：“我们出去散步，你要去吗？”

傅亦寒看了看三个人，点头应允。

星苑以前舒窈不常来，对这边也不太熟悉，便带着姐姐和弟弟随便逛。姐姐和弟弟牵着手走在一起，每人手里还牵着自己的小鹅，小猫太小，舒窈不许他们带，便留在了房子里。

舒窈走在傅亦寒身边，明明同样的景色同样的人，却又很陌生。舒窈很想去捉住傅亦寒的手，又很怕他会拒绝，一时间犹豫不决。

傅亦寒很快将手插入口袋中，舒窈看到之后，有片刻失落。

空气太沉默，傅亦寒转头，看到舒窈闷闷不乐的样子，他没有问舒窈是不是因为自己在这里她不自在，而是说起了其他的话题：“孩子的早教课你是想让人带他们去上集体课还是单独请人在易园上课？”

这个事情舒窈早就想过了：“他们早晚要去上集体课的，而且之前也一直是上的集体课，让冯乔来接送他们就可以。”以前也都是冯乔做的。

傅亦寒没说答应，也没说不答应，只是强硬道：“那我让人安排一下带他们去。”

舒窈转头看他，向来知道他做事强硬，只是他从来都让着她，几乎让她忘记了他的本性：“他们没有和我或者冯乔分开过，自己去不行的。”

“总要适应的。”傅亦寒态度很坚决。

舒窈心里又难受了一下，停下来看着傅亦寒：“他们还不到三岁呢。”

傅亦寒也停下脚步看着舒窈，对于这种忤逆他竟然没觉得对方愚不可及：“我小时候也是这样的，他们也可以。”

舒窈瞪大眼，所以他还是不答应了？

她尝试和傅亦寒讲道理："小孩子离开熟悉的环境会很容易失去安全感，要不以后就我陪他们去。"

傅亦寒没回答，而是抬脚往前走："走吧。"

舒窈从未见过这样的傅亦寒，失忆把自己失成浑蛋了吗？她追上去，坚持道："明天我陪他们去。"

傅亦寒不看她："你不要无理取闹。"

接下来一路上舒窈都很沉默，傅亦寒倒是和她说了一句话，但是她没接，心里又气又委屈，待到姐姐跑到她身边的时候，她便把姐姐抱起来不肯放开了。

回到星苑，舒窈带着两个孩子去了他们的房间，姐姐和弟弟把小鹅放进窝里，洗了澡便爬上床，舒窈躺在他们中间，左右各抱一个，拿着画册给两个人讲故事，以前这都是冯乔的事情。

果然，两个人听了一会儿故事便想起冯乔来了："妈妈，舅舅怎么还不来？"

"你明天就能见到舅舅了，明天我和舅舅一起送你们去新学校好不好？"

"为什么要去新学校？"弟弟问。

"因为我们要在爸爸这里住一段时间呀。"

"那宝荣怎么办？"宝荣是弟弟的好朋友。

"所以你要去新学校学得更好，然后回去打败宝荣啊。"舒窈用孩子话哄人。

三个人正说话，冯乔的电话打了过来，是视频电话，弟弟接通之后立刻问："舅舅你车子还没修好吗？什么时候来呀？"

"明天早上你就能见到舅舅了，开心吗？"舒窈来星苑没多久便收到了冯乔的信息，刚才她便已经和冯乔说过傅亦寒不许他们去接送姐姐和弟弟的事情。

“舅舅现在来！”姐姐抢着跑到镜头前大喊。

“可是舅舅还没有吃饭怎么办？”

“妈妈给舅舅做饭吃！”

舒窈在一旁听得想笑。

而门外原本想来看看孩子们的傅亦寒驻足听了许久，大大小小的声音透过门缝传出来，孩子们和他在一起的时候虽然也活泼，但是绝没有这样的亲密和默契，若是如此对比的话，他只能算得上是个外人。

他听了一会儿，转身回了房间。

这几年他大多时候住在行政楼，偶尔会来这边，鹿林他也去过几次，想要找到自己曾经会失控的答案，可是他没有找到，渐渐地便很少来休息区，即便来，也是住在星苑里。穆修说星苑地方更大一些，适合孩子们居住，他没有意见，现在他便多了三个家人。

很奇妙的感觉。

舒窈回房间的时候，傅亦寒已经洗了澡坐在单人沙发上手里拿着一本书在看。舒窈和孩子们待了一会儿，之前心里的郁结已经散去，可是看到傅亦寒，又开始生气。

在对上傅亦寒的目光的那一刻，所有的情绪又都如见了太阳的迷雾乖乖散去，她听到傅亦寒问：“晚上一起住有问题吗？”

舒窈倒是忘了这个问题，因为她觉得这是理所当然的，可是傅亦寒这么礼貌地问，带了客气的疏离，又让她感受到了那种距离感，她闷闷地“嗯”了一声。

傅亦寒抿着唇看了片刻闷闷不乐的舒窈：“要洗澡吗？我们谈谈。”

舒窈眨了眨眼，说：“我去洗澡。”

“嗯。”傅亦寒收回目光，继续看书。

去更衣室拿新睡衣，都是很规矩的款式，她随手挑选了一件，拿着去了卫生间，关门的时候她看了一眼傅亦寒，他低头看书，没注意她。

闷闷地关了门，舒窈站在镜前放东西，然后瞪大眼睛，天哪！她的眼妆花了！什么时候的事情？！

舒窈不敢相信地看着镜子里的自己，为了能美美地见到他，她特意早起化了妆，谁知道到了之后又是激动又是生气，竟然忘了这件事。

她的眼妆是什么时候花的?

脑海中闪过一个镜头，是在厨房里傅亦寒拿纸给她用，所以……她从那个时候开始花到现在吗?

想死!

敲了敲头，舒窈闭着眼睛不想再看。

片刻后她恨恨地脱了衣服去洗澡，该死的傅亦寒，为什么不告诉她?其他人也都瞎了吗?姐姐和弟弟也不贴心了。

心碎!

磨磨蹭蹭地洗完澡，舒窈穿了睡衣，又磨磨蹭蹭地吹了头发才走出去，嘴巴一直嘟着，看到傅亦寒看过来也没理人。

傅亦寒的目光一直追随着她的身影，他发现只要她出现，他的目光便会不自觉地一直跟着她走。又是那种失控的感觉，陌生，却并不让人讨厌。

舒窈身材很好，配上蕾丝边黑色睡裙看起来就像个精灵，和照片里有些不一样，短发的她看起来没有长发那般清纯和邻家，却有一种森林里的精灵一般的感觉，微微嘟着嘴，黑葡萄似的眼睛里写满不开心，像个闹别扭的小仙女。

傅亦寒很少去关注一个女人，也不会用这么多具体的形容词去形容一个女人，这些词语却不受控制地自动蹦入他脑海里，他摇了摇头，收回了目光。

舒窈坐在梳妆台旁边擦脸，透过镜子不自觉地一次次看傅亦寒，可他就像个木头人，一次都没有看过来过。

擦完脸，舒窈又坐了一会儿，才坐在傅亦寒不远处的床边，盯着他:“谈什么?”

说好的再也不原谅他，可是看到他舒窈还是忍不住推翻自己的一切坚定。

傅亦寒合了书认真地看着她，灯光下她的皮肤白到发光，就如一个瓷娃娃："头发怎么剪了？"

舒窈有些错愕，又有些惊喜，他怎么知道她剪了头发？

傅亦寒很快给了她答案："资料里你是长发。"

舒窈目光里含着失落："哦。"

沉默片刻之后，舒窈才想起自己还没回答他："早些时候弟弟午睡的时候喜欢抓着我的头发，太疼了所以就剪了。"

傅亦寒皱了皱眉头："你应该让他们自己睡。"

又是教育孩子的问题，舒窈嘟了嘟嘴，没理他。

傅亦寒依旧皱着眉头，见她不愿意谈这个问题，便不再提，而是说："我的事情你知道一些，这几年一直忙……"

舒窈忽然开口问："是不是没有孩子的话你根本不会接我回来？"

空气安静了下来，舒窈不敢看他的眼睛，从这安静中找到了自己想要的答案，她忽然难受得想哭。

傅亦寒果然避过了这个问题："以后我们要一起生活，你的责任和义务会和你享受到的特权一样多，孩子们也需要一个更好更正规的教育方式，我希望一切能够按照最科学的办法来，我也会尽量做一个好丈夫，关于我忘记你这件事，我很抱歉，而且……"

舒窈再次打断他："你是不是再也不爱我了？"她仰起头，泪水已经滴了下去。

晶莹的泪珠顺着她白皙的脸颊流下，就像是森林中的清泉，甚至还能够听到声音，仿佛流进了他心里去，可是女人都这么爱哭吗？

傅亦寒站起身拿了面巾纸给她，舒窈没有接："你帮我擦。"

傅亦寒的手顿了一下，却还是轻柔地帮她擦了起来，擦完之后舒窈又说："你还没回答我呢。"

回答？怎么回答？傅亦寒没有答案，只能抱歉地说："我不知道，但你是我的妻子，我会给你我能给的一切。"

舒窈站起身，推了傅亦寒一下，傅亦寒没动，舒窈说："坐下。"

傅亦寒皱着眉头，不明白女人怎么这么胡搅蛮缠，但他还是坐了下来。只是他刚坐下，舒窈便坐在了他身上，探过身子去吻他，她感受不到傅亦寒的呼吸，也感受不到他的回应，但她并不气馁，小舌伸入他的口腔中，试探一次之后傅亦寒便反客为主，狠狠吻住她。就如以前一般，他的吻是霸道的、密不透风的，带着侵略者的强势，一阵天旋地转，她已经被他狠狠摁在了床上。

傅亦寒从不把自己的欲望归结为身体的欲望，那个起点太低，让他不屑。他的欲望应该是和他的身份和手中的权力成正比的，他的欲望应该是和家国天下有关系的，绝不简单是男女之间的欲望。

可他此刻的欲望却又那么明显，周围虚幻了的环境、女人的呻吟、男人的粗喘，一切都昭示着他的欲望。

他能看到自己的大手流连在她身上，能从她葡萄似的眼睛中看到自己的倒影，从她的泪水中感受到自己的满足，他要这个女人，他无法控制自己，他必须承认这一点。

他以前大约真的是很爱她的，他这么想。

待到一切结束，舒窈侧着身子手搭在他身上，问他："这几年你有过其他女人吗？"

舒窈不想问，却还是忍不住。傅亦寒是一个正常男人，而且身份地位在那里放着，以前就有人不停地想要往他身边塞女人，那时候她不怕，但是现在她有些怕。更害怕傅亦寒的答案，她不了解这几年的他。

傅亦寒原本不想回答这么隐私的问题，但是身边的人是他的妻子，他们刚刚做过最亲密的事情，他不想她难堪："没有。"

舒窈顿时松了一口气，小手在他胸前抚过："真乖。"表扬他。

傅亦寒紧紧皱着眉头，这不是形容动物的词语吗？

"亦寒。"舒窈叫他的名字。

"嗯。"傅亦寒应了一声，发现自己声音中全是松懈，他从未如此过，在任何人面前他都没有放松过警惕，难道这就是这个女人的魔力？

“你要像以前一样爱我，忘了我也要继续爱我。”舒窈的手再次在他胸前蹭过。

傅亦寒捉住她的手，微微侧身在她眼睛上吻了吻，他想要吻她的眼睛，葡萄似的眼睛。因为吻她的眼睛的时候她就不会看着他，也不会让他有那种不受控制的感觉。

再往下，他吻她的唇，温柔了许多，大手放在她腰上，将他往自己身上揽，这种感觉，仿佛要她多少次都不够。

怎么会有一种欲望是这样的呢？

舒窈有些累，不过心里却开心，虽然傅亦寒忘了她，但是他的本能反应骗不了人，在那种时候他还是她最熟悉的那个人，最喜欢的那个人。

她往傅亦寒的臂弯里蹭了蹭，说起了两个孩子的事情：“姐姐嘴巴甜，班里的小朋友都很喜欢她，平时她也很照顾弟弟，但是她喜欢争宠，一定要我和冯乔更喜欢她才行，弟弟都不和她计较的。”

傅亦寒原本大手有一下没一下地拍着舒窈的背，在听到她说冯乔的时候僵了下，他不喜欢她在这种时候提别人的名字。

舒窈继续说：“弟弟比姐姐懂事一些，不喜欢吵闹，总是安安静静的，但他喜欢跟着冯乔，晚上睡觉也必须和冯乔一起睡，姐姐也闹着必须和冯乔一起睡才可以。

“他们两个刚出生的时候喜欢哭，我晚上睡不好，都是冯乔陪着他们，冯乔待他们两个是真的好，不知道半夜他们醒了没看到冯乔会不会闹？”

舒窈的本意不是一直提冯乔，只是想和傅亦寒说说两个孩子的生活，谁知道就说到了这里，便忍不住又说：“这个世界上，如果说有谁对孩子们绝对没危险的话，冯乔是其中一个，所以我还是想让冯乔接送他们上下学。”

说来说去还是这个问题，原本舒窈已经想好明天强行去，但是想到傅亦寒的专制，还是没忍住先和他商量，不然明天这事儿绝对不成。

最重要的是，冯乔那边还不知道会有什么反应，那可是个小狼狗。

舒窈说完之后就等傅亦寒的反应，而傅亦寒的反应是，低头看着她，缓缓道："你以前也这样？"

舒窈一时间没明白他的意思，过了三秒钟才明白过来。

以前哪样？在上床之后对他提要求？他这么想她？

她猛然坐起身难以置信地盯着他，薄被从她身上滑下，她下意识地拉起来遮在身前，却没有再去看傅亦寒，而是颤抖着双手取了被丢在一旁的睡衣套上便匆匆进了卫生间。

合上门她便泄力似的靠着门滑了下去，胸口像破了一个大洞，怎么也填不满，她难受地捂着胸口紧紧闭着眼睛，面上一片苍白。

是她哪里做错了，让傅亦寒以为她是那样的女人？一个靠在男人床上承欢换取条件的女人？

舒窈一动不想动，脑袋里那种剧烈的痛感再次袭来，比白天的时候还要痛一些。

而外面的傅亦寒自从舒窈进了浴室之后便也起身，有些烦躁，想抽烟，这几年明明他已经不怎么抽烟了。

舒窈那个眼神让他在一瞬间觉得自己做错了事情，而他只是问了一个很理智的问题而已，他甚至在判断如果答案是肯定的话他要不要杜绝她的这种行为。

十分钟过去，舒窈没出来。

半个小时过去，舒窈依旧没出来。

傅亦寒紧紧皱着眉头，走过去轻声敲了门："舒窈？"

里面没人应。

傅亦寒又敲了敲，力度重了一些："舒窈？"

依旧没人应。

傅亦寒直接开门往里推，门却很重，他立刻意识到什么，放慢速度，挤进去便看到靠坐在地上的舒窈了无生气地坐在那里，面色苍白，双手垂地，紧紧地闭着眼睛。他心中一痛，立刻俯身将人抱起来往外走。

舒窈很轻,仿佛身上只剩下骨头,头侧在他的胸口,却如有千斤重。

将人安置好之后他立刻让人叫了医生，又寻了正常一些的衣服帮她换上，坐在床边看着她，眉头紧锁。

他知道她没晕过去，她只是不想睁开眼，甚至有一滴泪水从她眼角滑落。

傅亦寒握住她的手，尽量用温和的声音对她说："对不起，刚才是我说错话，你哪里难受？"

舒窈依旧闭着眼，一动不动。

傅亦寒大手在她额头上摸了摸，全是汗："医生马上就来了。"

他很想解释一些什么，又觉得没必要，世上这么多事这么多人，一件件一桩桩全去解释的话那还不乱了套?

一直到医生来，舒窈都没有睁过眼，医生来看过之后，倒是问了傅亦寒几个问题，傅亦寒一个都答不上来。不知道舒窈哪里不舒服，也不知道病因是什么，他什么都不知道。

医生又低声问了舒窈几个问题，舒窈没反应。

傅亦寒打电话让人调取了舒窈的病历过来，很快她的病历打印文本便被呈了过来，傅亦寒皱着眉头看了一会儿，交给了医生。

因为是慢性病，医生先开了止痛药，希望傅亦寒明天再给他时间来全面会诊一下，这种没有原因的疾病最是折磨人，他需要更多的人来制定最优的方案。

待到医生离开，傅亦寒低头看着手中的止痛药，眉头紧锁，让人端了温水来坐在床边低声说："我知道你听得见，吃了药再睡好吗？"

舒窈不理人。

傅亦寒单手将她半抱起来，舒窈睁开眼抬手便打翻了他手中的杯子，垂着头不看他，表情委屈得要死。

傅亦寒没说话，简单收拾了一下起身走了出去，没一会儿又端了一杯水走回来。他回来的时候舒窈半靠在床头，整个人没一点生气，他走过去把药递出去，舒窈倒是乖乖地接了，就着他手里的水杯咽了下去，两个人谁也没理谁。

傅亦寒看着她这样，本想和她谈谈，又有些犹豫，最终道："不舒服就休息吧。"

舒窈看了他一眼，他依旧站在那里，说："我出去抽根烟。"

舒窈的手紧紧抓着被角，回来前她明明已经想好，无论遇到什么状况，都一定要待在他身边，让他重新爱上自己，可是这才一天，她便已经无法忍受了。

傅亦寒回来的时候舒窈已经睡着了，他摸了摸她的枕边，湿答答的，显然是哭过了。

他不善于和女人打交道，还是这种不需要理由的争吵，原本他是想离开的，他没必要这样忍受一个女人，可是坐在外厅抽了两支烟之后，他又不想走了。毫无理由地，不想走。

摸了摸舒窈的额头，已经不出汗了，他拿了湿毛巾帮她擦了擦才躺下，身体像是有思想一般，直接抱住了身边的人，又让他愣了许久。

第二天早上，舒窈早早便起床了，两个小家伙还没起，她帮他们准备出门的东西，又喂了小鹅，小猫她倒是没有管，傅亦寒带来的东西肯定会有人精心照看。

弟弟揉了揉眼睛，眼神蒙眬地看着她："妈妈。"

舒窈把他抱起来在怀里抱了一会儿："要不要喝点水？"

"嗯。"弟弟把头放在她肩上，"舅舅来了吗？"

舒窈顿了下，转移话题："妈妈给你倒水喝。"

"谢谢妈妈。"弟弟揉了揉眼睛，挣扎着要下地。

舒窈把他放在地上，他立刻跑去看小鹅。舒窈去帮他倒水，没一会儿弟弟跑过来接过水杯抱着便喝起来，舒窈摸摸他的头："你去叫姐姐起床。"

"哦。"弟弟立刻跑过去，推了推姐姐的被子，姐姐没动，他又推了推。

姐姐依旧没反应，弟弟转头看舒窈，舒窈含笑："没事，你再喊。"

"姐姐！姐姐！"弟弟趴在她耳边大声喊。

姐姐忽然睁开眼笑了："妈妈，我早就醒了！"

舒窈闻言也笑了，怎么这么可爱呢？她走过去拿了姐姐的小兔子拖鞋放在地上，又把姐姐抱下地，柔声问她："你骗妈妈是不是？怎么这么坏呢？"

"我不坏，我爱妈妈。"姐姐趁着舒窈抱她的时候搂了搂她的脖子。

舒窈顺着她的话说："妈妈也爱你。"

"我还爱弟弟！"姐姐跑过去亲了弟弟一口，弟弟完全不知道发生了什么事："还有舅舅！"

傅亦寒觉得有些头疼，为什么每个人的话题都绕不过那个冯乔？他抬脚走进房间，看了舒窈一眼，舒窈也在看他，不过她很快便收回了目光。傅亦寒不着痕迹地把目光移到孩子们身上，两个孩子围着小鹅在看，他走过去看了一眼，眉头紧紧锁着，却也知道现在说这个不合适。

弟弟先看到傅亦寒："爸爸早上好！"语气平淡得就如在说"叔叔早上好"，没有任何亲昵的表现。

"早上好。"傅亦寒摸了摸他的小脑袋。

姐姐笑嘻嘻地看着他："爸爸起床好早，每次舅舅都要我们叫才肯起。"

傅亦寒忽略了她后面半句："阿望起床更早，比爸爸还厉害。"

舒窈看他寒暄得为难，一手摸着一个小脑袋："你们两个该去洗漱了，今天去了新学校要交新朋友，所以要保持整齐干净哦。"

"好的！"姐姐和弟弟争相跑着去了卫生间，里面所有的东西全部小一号，专门为两个人准备的，所有的东西都没有棱角，边角处全部用软软的材料处理了一遍，很适合小孩子在里面活动。

舒窈没看傅亦寒，抬脚也跟了上去，谁知却被傅亦寒捏住了胳膊，掌心的温热自皮肤传递进她心里，她转头去看傅亦寒，听到他问："头还疼吗？”

舒窈闷闷地摇了摇头：“没事。”他离得很近，怀抱也很近，她很想要，却知道自己太急了。

傅亦寒没有放开手，甚至有些想要将她拉入怀里，低声说：“昨天的事情我很抱歉。”

“不用，”舒窈理了理思路，“你那样想也没错。”毕竟他根本都不认识她。

傅亦寒紧紧抿着唇，他想听的不是这个：“你昨天晚上说的事情我会咨询下专家再给你回复，今天你可以送他们去。”

舒窈觉得两人在这方面的差异太大，孩子的成长离不开感情的依托，他不能要求每一个孩子都像他那般长大，如果父母任何事情都要咨询专家再让别人来觉得你该不该做这件事，那太可笑了。

她看着他，正想和他认真说一下这个问题，便听到弟弟喊：“妈妈，姐姐吃牙膏！”

舒窈赶紧跑了过去，以前都是冯乔招呼的，她自己也是手忙脚乱。

傅亦寒站在门口看了一会儿，说：“我让保姆过来。”

没一会儿进来了两个穿制服年纪不大的保姆，手脚利索地帮姐姐和弟弟洗脸梳头，舒窈反倒被挤到了一边去。她心里有些不痛快，却也总不能说人家做错了，只能沉默地站在一旁。

吃早餐的时候，弟弟又问一次：“舅舅送我们上学吗？”

傅亦寒停下筷子看了一眼舒窈，舒窈笑着说：“今天你们第一天上学，舅舅当然要陪着你们啦，妈妈也陪着你们。”

傅亦寒拇指动了一下，这话太古怪，他不喜欢。

一直到三个人上车，傅亦寒站在那里还听到弟弟在说：“妈妈给舅舅打电话，看他在哪里。”

一直到车子消失，傅亦寒才收回目光。刚才有一刻他想说他陪他们一起去，但是他还有一个重要的会议，家人和工作……当然是工作更重要。

车子才开出易园，舒窈便看到了一直等在路边的冯乔，两个孩子看到他更是开心，车子停下来之后冯乔坐进车里，弟弟立刻伸手让他抱，冯乔从前排把他抱过去，听弟弟问："舅舅你怎么这么晚才来，车子修好了吗？"

"修好啦，以后舅舅每天陪你们去学校好不好？"

"我呢我呢？"姐姐立刻探过头去。

"当然要带着我们姐姐啦！"

一时间车厢内欢声笑语。

早教学校是一所贵族学校，保安成群，说是保安，看起来更像是保镖，可见这里有多少富贵子弟。

舒窈和冯乔把两个人送到学校之后没有立刻离开，而是陪了他们一整天。以前也都是冯乔从头陪到尾，但是现在舒窈对冯乔有规划，不能让他把所有的时间都浪费在孩子们身上，他还那么年轻，又不是保姆。

姐姐和弟弟在和小朋友们做游戏，舒窈和冯乔在说话，冯乔安慰他："他不同意也没事，反正我有办法能见到姐姐和弟弟。"

"你别乱来，"舒窈皱着眉，"他身边很多高手，我不知道你怎么样，但我知道人外有人天外有天，没必要硬碰硬。"

冯乔听了这话立刻明白了，他是多么通透的人，舒窈这一句话就他看出了她和傅亦寒之间的距离来："他是不是待你不好？"

舒窈闻言笑了笑："我和他有什么好不好的，他忘了我，若是我一回来他便待我好才不正常呢。"

冯乔手肘撑在隔断上："他以前对你确实挺不错的，你给他一些时间。"他跟踪过两人一段时间，以傅亦寒的地位，能待舒窈那般确实是很不错了。

"嗯。"舒窈想了想，建议，"要不这段时间我接送他们吧。之前我和你说的照旧，地方我已经在让人找了，不管怎样，我不准你再去干之前那些事了，你还年轻，人生还有那么多可能，不管发生什么，你都要像正常人那般去处理事情，知道了吗？”

冯乔瞥了她一眼:“以前怎么不见你对我说教？”以前都是他说她，生活能力没有，生活技巧不会，生孩子不会，养孩子更不会，明明什么都不会，他却还是听她的，唉。

舒窈依旧笑着:“这不好不容易有了机会可以对你说教嘛。”

冯乔哼哼两声不说话了，其实他很满意舒窈的安排。

“不过接送孩子还得我来，他们习惯我了，这样贸贸然地让他和生人待在一起，他们会不习惯的，”冯乔想了想，“而且按照我对你老公的了解,他不会安排固定的人陪着姐姐和弟弟,这样对他们不好。”

谁养大的孩子谁心疼，昨晚冯乔看了一整晚的儿童心理学书籍。

舒窈还不待说什么，冯乔又说：“他也肯定不会让你来，你的身份他肯定已经帮你安排好了，我觉得他会让你继续做你之前做的慈善事业。”

舒窈不答，这确实是傅亦寒会做出来的事情。

待到回易园的时候，冯乔又陪着他们到了易园门口才离开，哄了姐姐和弟弟足足二十分钟，编了十几个故事才脱身，两个孩子一整天都没有提起爸爸，回了星苑也没有提起过，倒是和傅亦寒带来的小猫打得火热。

/ 第二十四章 /

一生只够爱一人

傅亦寒此刻还在会堂的观众席上观看歌舞表演，这是一个民族之间的促进会，有很多媒体也到了现场，新闻也直播了这个画面，以示政府对这个问题的重视。

傅亦寒的目光落在领舞的女孩子的腰上，很细，很软，就如他昨晚抱着的腰肢，他不禁想到舒窈。早上走的时候她表现得很冷淡，一点没有昨天的热情，他还是喜欢热情一点的舒窈。

不过，喜欢？

他怎么会用这个词来形容这个人？

她现在在干吗？这种时候应该在厨房给孩子们做菜吧？听说在汤山的时候她每天都是自己做饭的。

低头看了看表，他转头给了杨粒一个眼神，果然二十分钟之后，这个载歌载舞的会议便结束了，傅亦寒先走，脚步有些快。

有人跟上他的脚步，是他最近重用的一位官员，对方跟在他身边低声说："指挥官，刚才那个领舞的女孩子说有几句话想和您说。"

对方有些忐忑，若不是刚才指挥官的目光一直落在她身上没有移开过，若不是那个女孩子有点人脉，他是绝不敢来说这句话的。

傅亦寒脚步顿了一下，眼神凌厉地看着对方："和我说？公事还是私事？公事找她领导，私事我和她不熟。"说完他不管对方脸色难看，抬脚便走，远远将对方甩在身后。

为什么总有人认为美人计在他身上会成功？

对方若是……

傅亦寒闭了闭眼睛，怎么又想到了舒窈？

回到易园，傅亦寒在外面抽了一支烟才进了星苑。舒窈果然在给孩子们做饭，她总是不嫌麻烦地做一道又一道的小菜，量不多，却能让孩子们营养均衡。

两个孩子围绕在她身边，弟弟穿着小短裤抱着小鹅站在她身边，一直在看着她正在炖的虾子，姐姐则在玩一个西红柿，小猫被他们放在厨房门口的盒子里。姐姐先看到他，大喊一声："爸爸！"却没有跑过去。

傅亦寒走过去把她抱起来，他似乎特别喜欢抱姐姐："阿望在做什么？"

"西红柿！"姐姐把西红柿往他面前递了递，"爸爸要不要吃？"

傅亦寒一时没有回答，还在考虑。

舒窈原本已经看到傅亦寒，只是没理人，听到姐姐说这个话，立刻跑过去训人："你把这个在地上滚了几圈了？怎么能让爸爸吃？"

傅亦寒："……"

姐姐笑嘻嘻地往傅亦寒肩上靠了靠，下一刻却被他的肩章磕到，直起身子摸着脸："疼！"

傅亦寒把人放到地上，温声说："爸爸去换衣服再抱你。"

姐姐笑嘻嘻地看着他："谢谢爸爸！"

傅亦寒离开之后，舒窈蹲在地上问姐姐："为什么把脏东西给爸爸吃？"

姐姐嘟着嘴不说话，低头看着手里的西红柿。

舒窈拉直她的身子："告诉妈妈为什么？"

"我不喜欢爸爸！"姐姐见妈妈要批评自己，立刻大声反驳。

舒窈一愣，觉得自己是不是哪里做错了，不然才一天工夫姐姐怎么就不喜欢傅亦寒了？

"为什么？"舒窈问得直接，这个时候讲道理是没用的。

"我要和舅舅在一起！我不要爸爸！爸爸来了舅舅就不见了！也不来和我们玩儿！"姐姐"哇"的一声大哭起来，站在那里小脸上全是泪，委屈得很。

舒窈没去安慰她，倒是弟弟跑到她面前笨拙地用小手替她擦泪，姐姐见有人安慰自己，仰着脸哭得更大声了。

换了便装的傅亦寒把这话听了个八九不离十，不过他更想知道的是舒窈的反应。

下一刻，他听到舒窈说："好了，别哭了，明天就能见到舅舅了，你哭得这么丑舅舅就不喜欢你了。"

姐姐立刻闭住嘴不敢再哭，大眼睛里泪水却如泉眼一般一直往外渗，可怜极了。

门外的傅亦寒握了握拳头，是不是在这三个人心里，那个冯乔都比他重要一些？可这几个人……明明都是他的。

舒窈已经看到了门外的傅亦寒，对此她觉得有点抱歉，但是孩子们的心意不由她控制，孩子们对冯乔的喜欢是从在一起的点点滴滴中积累来的，她无法去否定这种感情。

拿湿巾帮姐姐擦了脸，舒窈抱着她安慰了一会儿，又给她吃了虾子，她才安静下来，和弟弟两个人在小桌子旁一人一边坐着，吃舒窈端给他们的水果，没一会儿就又笑又闹，小孩子就是这般，情绪来得快，去得也快。

晚饭也是舒窈做的，餐桌上有许多个小盘子，里面装的全部是给姐姐和弟弟的小食，每一样都不多却很精致，给傅亦寒和自己吃的却是几样大菜，两人之间话很少，甚至连眼神对视都很少。

舒窈也不想这样，但是碰到傅亦寒她没办法不娇气，换个人那样说她的话她不会介意这么久，可偏偏那个人是傅亦寒，她心里介意得很，一点不想原谅他。

傅亦寒没吃多少，舒窈看着心里难受，于是说："你要是不喜欢吃的话，以后还是让厨房的人做饭好了。"

"不是，我很喜欢。"傅亦寒很快接话，他不想再惹她，"我在想事情。"

舒窈没说话，这顿饭沉默得可怕，连姐姐和弟弟都有些沉默，没人理傅亦寒，到了最后，连舒窈都觉得尴尬，便说了两句姐姐和弟弟在班上的事情。

傅亦寒倒是温和地问了两个小家伙："你们在新学校交新朋友了吗？"

"有！"姐姐已经忘了自己对傅亦寒的不喜欢，率先喊，"有个叫韩吉的特别喜欢和我玩儿。"

对于那所学校的子弟傅亦寒心里有数，很快便想到了是谁家的孩子："他都和你玩什么？"

"他会变戏法！"姐姐瞪着眼睛看着傅亦寒喊得特别大声，唯恐傅亦寒听不到，说着拿了桌上的一个隔热垫放在自己嘴巴旁边，"他就是这样张大嘴巴，一下子就把东西吃掉了！"

"这么厉害。"傅亦寒眼睛里含了笑意，"爸爸也给你变一个好不好？"

连弟弟都看过来，傅亦寒手里捏了一枚硬币，然后在两个小家伙的目光中，硬币在五指间翻来覆去，利索地走了几遍，然后东西在他手上消失了。

弟弟探过身子去捉他的手，傅亦寒任由他把手拉过去翻来覆去地看，直到弟弟抬头看他，他才问："要学吗？"

姐姐凑过去接话："要学！"

看着凑在一起学变戏法的三个人，舒窈心中不是没有感慨，她曾经设想过许多次这样的情景，一家四口其乐融融地坐在一起，傅亦寒肯定会特别爱孩子们，也会特别宠爱她。她相信“爱屋及乌”这个词是适用于傅亦寒的，以前他会因为爱她而更爱孩子们，而现在，他也会因为爱孩子们而多少爱她一点吧。

毕竟在这样的家族中，孩子的母亲、他的妻子，都必须是一个完美的角色，要平衡这个角色，他必须给她一些爱，施舍一些爱。

“你要学吗？”傅亦寒忽然转头看舒窈。

舒窈还没有从自己的思绪中走出来，听到这话迷茫了片刻，听到傅亦寒又说：“孩子们已经学会了。”

舒窈立刻笑起来：“姐姐和弟弟好聪明啊！表演给妈妈看好不好？”算是没接傅亦寒的话，她才不要学。

弟弟先来，他向来聪明一些，虽然小手很笨拙，却很努力，舒窈甚至看到他偷偷将钱币藏进袖子里，但她还是夸张地道：“哇，弟弟把钱币变没了，弟弟好厉害！”

“妈妈！妈妈！我也会！”姐姐把钱币夺过去跑到舒窈面前去表演。

傅亦寒看着低头认真看着姐姐的舒窈，心中忽然一软，他没有对自己的妻子有过具象化的想象，这一刻却勾勒出了自己想要的妻子的模样，正是舒窈这样，待孩子们耐心又细心，待他……

“哇，姐姐也好厉害，怎么会这么厉害呢？妈妈真骄傲！”舒窈亲了她一下。

姐姐问：“那我更厉害还是弟弟更厉害？”

“你们俩一样厉害！”

一顿饭终于吃完，舒窈例行带两个孩子出去消食，傅亦寒也跟着去。不过同昨天不同的是舒窈没有像昨天那样黏在他身边，而是一直追着两个孩子跑，仿佛是故意的，不愿意再亲近他。

看着舒窈的背影，在路灯下他能看到她柔和的面色，她和孩子们说话的时候，无论内心多么生气，表现出来的全是温柔，待他却不同，他不过说错一句话，她就这样给他脸色看。

傅亦寒觉得肯定是自己曾经把她惯坏了。

姐姐追着小鹅在玩，弟弟紧紧跟在她身边，舒窈在两人身后目光一直绕在两人身上，却忘了注意脚下，一不小心便在路道边缘崴了一下，整个人就要侧倒，被一只有力的大手拉回去，整个人倒进一个坚硬的怀抱里，傅亦寒一只手放在她腰上将她固定在自己怀里，低声问她："还在生气？"

"没有。"舒窈挣扎了一下，却没敌过傅亦寒的力道，离得近，她甚至能听到他的心跳声。

傅亦寒怕她更不高兴，便放开她，却没放开她的手，将她固定在自己身边："以后就按你说的，让冯乔接送孩子们好不好？"

他不自觉用了询问的语气，明明是咨询过专家之后告知她而已。

舒窈自然也想到了他为何会妥协，所以只是"嗯"了一声，并没有因此觉得开心，因为这不是傅亦寒自己的主意，也不是因她而改变的主意，只是个专家建议而已。

"你以后有什么打算？"傅亦寒牵着她的手往前走，不肯再松开。

舒窈被他拉着，有些生气，又有些欢喜，还有些赌气："你不是都已经帮我打算好了吗？"

傅亦寒听了这话竟然轻笑了一声："我打算好了有用吗？"他说出来才发现自己的语气里竟然带着宠溺。

舒窈没听出来，还在想他为自己做的打算，回来之前她便已经想到了，也愿意配合："我还去之前的基金会就可以了，你不用为我费心思。"

傅亦寒本也是这种打算，见她主动说了，便应了下来："行，如果将来做得不开心可以再换。"他的本意是让她有点事情做，他很忙，不可能每天都有空陪着她。而女人这种生物，一旦闲下来就会想很多，现在他已经无力招架了，更何况是以后。

"舒窈，无论怎样，你是我太太，我希望你记住这世上没有人能让你做你不开心的事情。”说完之后他想了想，觉得自己已经说得够直白，只要他在，就没人能随意对她，没人能欺负她，这是他给她的承诺。

舒窈一点不怕别人欺负自己，她怕的是傅亦寒欺负自己却不自知：“知道了。”

傅亦寒见她回应冷淡，捏了捏她的手，舒窈转头看他，这次认真了许多：“我知道，没人欺负得了我，除了你。”说完她直直地看着傅亦寒，傅亦寒也在看她，两个人在无声地拉扯。

最终，傅亦寒再次道：“我真的很抱歉，今天一整天我一直在想，确实是我过分了。”今天一整天她的身影不断出现在他的脑海里，他已经开始喜欢上这种不可控的感觉。

舒窈觉得自己是在逼他道歉，从昨天到今天，顿时觉得没意思：“没事，我已经接受了这件事，你不用再道歉。”说完她又觉得自己太作，刚刚她的意思不还是在怪他？

两个人沉默地往前走了一段路，傅亦寒问她：“明天我陪你去医院检查一遍好不好？”

舒窈拒绝：“不用，我这是老毛病，医生开的药还有。”

“这边的医生更专业一点，明天还是去看看。”这次他用了肯定句。

舒窈扭头看着他又想反驳，看到他坚定的目光之后便选择了妥协：“好吧，不过应该也检查不出什么，之前我去检查了好多次。”

“嗯，看一看我也能放心一些。”傅亦寒这么说道。

舒窈依旧看着他，吸了吸鼻子：“你有什么不放心的？”

傅亦寒想了片刻：“你是我太太，这是我的责任。”

果然是这样的回答。

回到星苑，舒窈照例先哄姐姐和弟弟睡觉，两个人和冯乔视频，傅亦寒没过来，早早回了卧室。

舒窈回去的时候傅亦寒如昨天一般坐在同一个位置，见到她回房间便站起身："孩子们睡了？"

"嗯。"

"以后让保姆哄他们吧。"舒窈一去便是一个多小时，傅亦寒皱着眉不知道在想什么。

舒窈顿了一下，看了他一眼，决定还是认真和他谈一谈孩子的事情，于是她走过去："今天早上的时候我正在照顾孩子们，你却忽然叫了用人过来。不管我做得有多么不好，但是最起码我愿意陪着他们成长，这是一种陪伴和经历，如果连这样的小事都不愿意做，以后只会更多地把他们丢给别人，"舒窈一口气说了很多，却没有说完，"对我来说，我已经什么都有了，不缺钱、不缺时间，而我又要追求些什么呢？更多的钱和权力？这些没有意义，我更愿意陪着孩子们一起成长，你明白吗？"

关于幼年的事情傅亦寒记得一些，绝不包括舒窈说的这些，他的幼年只有无尽的需要学习的东西，甚至要学习如何对周围一切冷酷无情，学习如何面无表情地看着一条生命消失，所以舒窈说的这些他不完全理解，却也知道平常人家的孩子都是这么长大的，但他的孩子不是平常人家的孩子。

只是，现在这个时代也已经不是他年幼的那个时代了，他可以给他的孩子们一个更和平的时代，让他们可以不必再去学会残忍地活着。

舒窈说完之后一直看着他，手绞在一起，傅亦寒的成长经历她多少知道一些，所以两个人会在这方面发生分歧她也早就想到了，只是她不知道要怎么去说服他。

谁知，下一刻傅亦寒说："我觉得你说得很对，养孩子不是做工作，感情和时间肯定要投入进去，我不能经常陪着他们，有你陪着也挺好的，只是他们也不是平常人家的孩子，所以除了你说的这些，他们还是要接受一些有针对性的教育，关于这一点我们可以慢慢商量。"

意料之外，舒窈半晌才点点头："好，谢谢你。"说完她想咬舌头，怎么就说谢谢了？这么疏远的词，她才不想和他说。

看她撇着嘴一脸不开心，傅亦寒抬手摸了摸她的短发："洗漱一下早点睡？"

舒窈立刻转身跑掉了，傅亦寒原本想说的话没说出来，看着她的身影忍不住失笑。才一天而已，他觉得自己已经被征服了。

舒窈洗漱完出来的时候傅亦寒已经半躺在床头，手里依旧拿着昨天的那本书，她爬上床朝他手里的书看了一眼，傅亦寒递过去给她看，竟然是一本犯罪类小说，她脱口而出："你什么时候开始看小说了？"

"偶尔看，打发时间。"联盟缔结之后，地区局势牢不可破，他便有了许多空闲时间。

舒窈还是觉得很奇怪，她从未见过他看小说，这种东西感觉和他也太不相配了，有一种反差萌，可是看他一本正经，她又说不出什么不对来："这是谁给你推荐的？"

"杨粒。"

"哦。"杨粒的话就正常了。

舒窈躺下来，傅亦寒合了书，抬手关灯，躺回去顺势抱住舒窈，舒窈很喜欢这般和他依靠的感觉，傅亦寒抬手动了动手臂，舒窈很快默契一般把头枕在了他的手臂上。

黑暗中，怀里抱着个大美女，说傅亦寒没想法也太看低舒窈，可他不想惹她，便只是抱着她躺着，这种气氛不说些贴心话又显得有些破坏气氛，于是他说："我没想永远把你留在汤山。"他只是没打算这几年去接她而已。

这个话题他自己提起来倒是超乎舒窈的意料："那你决定什么时候去接我？十年后？"

每次舒窈质问他的时候傅亦寒都会心情特别微妙："也不会那么久。"

"九年？八年？"

"等我确定你不会影响到我的时候。"

舒窈撇了撇嘴，这是变相求和的好听话，但是她喜欢："那现在呢？”

傅亦寒没有回答，而是问：“你以前气性也这么大吗？”

又是以前以前以前，和昨天那个问题一模一样的开头，舒窈又生气了。

“又生气了？”傅亦寒抬手在她脸颊上摸了摸，被舒窈拍开，低笑着说，“看，我也没说错。”

舒窈抬手便打他，傅亦寒不动，任由她出气，女人就这样，这口气出了就好了。谁知道舒窈打着打着竟然哭了起来，这下可为难了傅亦寒，又是为了什么就哭了？

替她擦去眼泪，傅亦寒低声问：“不是打完了？怎么还哭？”

你看，忘记过去的傅亦寒根本体会不到她此刻的心情，气得她脱口而出：“我们这样还不如离婚算了……”说完她又哭了起来。

傅亦寒沉默了许久，久到舒窈已经哭了一场，才听到他的回答：“不行。”

舒窈不答，却知道他接下来绝对没有好话，果然，傅亦寒开口了：“我这样的身份不适合离婚，孩子们也最好不要换母亲比较好。”言外之意是即便离婚孩子也是必须留下的。

舒窈发现失忆了的傅亦寒可一点都不蠢，什么便宜他都占完了，还说得这般冠冕堂皇！

月光下傅亦寒看清了舒窈的泪水，他低声说：“除非必要，我希望你好好考虑一下。”顿了一下，他有些顾虑地说，“我个人也并不想离婚。”

舒窈终于听到一句勉强的贴心话，于是闷着声音问他：“你个人为什么不想？”

傅亦寒又是沉默许久：“我现在给不出你答案。”才一天而已，说他舍不得她、离不开她，这显然不现实。

到目前为止，他肯定是能割舍掉她的。

舒窈哼哼两声：“那我给你一段时间好好考虑一下。”

“好。”

两个人说了一些什么，舒窈沉沉地睡了过去，傅亦寒却一直睁着眼，其实他已经有了答案。

第二天冯乔来接孩子们，而且是直接到了星苑，舒窈特别高兴，招呼他来吃饭，冯乔这人天不怕地不怕，更不怕傅亦寒，只要傅亦寒不对他耍手段，他自认能在他眼下脱身，所以大大咧咧地便在餐桌上坐了下来。

可能是有外人在，傅亦寒恢复了一贯的清冷，整个用餐期间可谓惜字如金，连一个表情都吝啬给予。

冯乔和两个孩子特别开心，打打闹闹，完全忽视了傅亦寒，餐桌上每个人都很高兴，倒显得傅亦寒像个外人。

待到冯乔一手抱着一个孩子开开心心地离开，傅亦寒也站起身：“你收拾一下，我们去医院。”

舒窈有些奇怪地看了他一眼，已经没有外人在了，他怎么还是冷着一张脸？

待到她收拾好出来的时候，傅亦寒已经在车子旁边等，车子直接开进星苑，傅亦寒看到她，抬手帮她拉开车门，舒窈顺势坐进去，傅亦寒进来坐在了她身旁。

去医院的路上很安静，舒窈看了傅亦寒好几次，他都一直冷着一张脸，她大概猜到了什么，抬手升起了隔断，才缓缓开口：“如果你是生气我请冯乔来吃饭的话，可以告诉我。”

傅亦寒终于给了她一个眼神，不过这个眼神的温度并不高：“不是。”

舒窈像是没听到，依旧解释：“这几年冯乔一直陪在我身边，照顾我也照顾孩子们，早已经是家里的一分子……”

“所以我才是那个外来的？”傅亦寒打断她，审视的目光盯着她，等她回答。

一句话问住舒窈，虽然她很想否认，但是从某种意义上来说确实是这样的。

她抱住傅亦寒的胳膊：“当然不是，你是孩子们的父亲，是我的丈夫，我们是一家，只是冯乔也是我和孩子们的家人，这不是一个选择题。”

这确实不是一道选择题，因为孩子们已经毫不犹豫地选择了冯乔。

傅亦寒侧着脸，面色冷峻，目光黑沉，舒窈离她很近，他却想推开她：“我知道了。”

舒窈见他还是不开心，便想哄他：“你是我老公，他只是我弟弟，我和孩子肯定更爱你的。”

“舒窈，不要说这种假话。”傅亦寒抬手将她的手拉下，却没有牵在手里，到底还是推开了她，“我不喜欢听。”

再赖皮一点的招式舒窈也学不来，而且这种情况下她再凑上去不过是自取其辱，这样的傅亦寒很难打交道，她有些头疼，雄心壮志早已丢到了海里去。

傅亦寒看着车窗外，面上没有表情，也猜不透他的内心活动，不过坐在前排的杨粒却知道傅亦寒此刻肯定在生气，他从星苑出来的时候表情在那里放着，不用想也猜到了。

看到舒窈和另外一个男人关系这么好，即便忘了她，也受不了吧？

报应呀……

杨粒倒是希望舒窈多虐一下傅亦寒，这几年他几乎把大家当牲口使，有时候连牲口都不如。

到了医院，舒窈做了许多项检查，杨粒一直跟在不远处，清楚地看到两人虽然没怎么说话，但是舒窈的每一项检查的单子傅亦寒都仔细看了，说他不关心舒窈，鬼才信。

傅战总是能躲到所有人都看不到他的地方，杨粒把他揪出来特别高兴地问：“你说哪天指挥官要是记起来的话，会不会弄死你们这些共犯？”那次傅亦寒没带他去，后来过了好久他才知道是怎么回事，当时吓出一身冷汗，妈呀，幸好他没去。

傅战冷冷地看了他一眼：“你确定你能活到看到那天？”

杨粒眼唇狂抖，甩甩手：“我是文人！不和你们这些武夫一般见识！”

傅战斜了他一眼，没说话。

查了一圈，各项身体机能都没有问题，医生又问了舒窈一些问题，到最后也没给出一个确切的结论来，将舒窈之前开的药又重新开了一些，谨慎地说要做一个专家会诊再做结论。

傅亦寒放下心来，不是病理性疾病便好，其他的都可以慢慢调养。

“我让人先送你回去，我还有些事。”傅亦寒侧头对舒窈说。

他已经冷淡了舒窈一早上，舒窈心情不太好，听了这话简单地点头：“好。”

两个人并肩往外走，出了医院，傅亦寒开车门让她上车，舒窈在原地站了一会儿：“你为什么每天都要惹我生气？”

傅亦寒手扶着车门侧身看她：“你想多了。”

“我没想多，你就是给我脸色看。”舒窈觉得自己对傅亦寒的忍耐力越来越强悍。随即又想到，自己以前是不是也是这么对傅亦寒的？那时候他心里是不是也如自己此刻这般不痛快？

傅亦寒抿着唇不说话，看到三个人和冯乔在一起熟稔又亲密的画面，他心里确实不舒服，但是他说不出口，况且是对着这个只认识两天的妻子。

“回去吧。”傅亦寒再次道。

舒窈拉下他扶着车门的手，推他：“你坐进去，我有话和你说。”

傅亦寒顺着她不大的推力坐进去，司机和保镖已经识相地退开，车厢内很快便只剩下他们两个人。

“你说。”傅亦寒认真道。

舒窈被他的直爽和直接弄得尴尬，半晌才说：“你别再生气了，我知道你是介意冯乔，可是没有他的话，这几年我和孩子们不会过得这么好，他对我来说是弟弟，也是我的责任，我不能因为你生气就抛开他。你对我来说和他是不一样的，我爱你，所以我想要你能理解并接受这件事。亦寒，为了我不要再纠结这件事了，好吗？”

“没有生气。”傅亦寒实话实说，“只是在接受这件事而已。”

舒窈搂住他的脖子：“对不起。”对不起的只是他对她的感情，以前他每次见到她和男性走得近都会默默吃醋，更何况她和冯乔已经不能用走得近来形容了。但是关于她和冯乔之间的关系这件事，她并不觉得有什么好道歉的。

傅亦寒低头看着她，葡萄似的眼睛里写满了娇气，唇微微嘟着，唇蜜有些残了，却让人忍不住想要蹂躏一番。

他抬手用拇指蹭了蹭她的脸颊：“我真有事要去办，你早些回去。”说着他毫不犹豫地打开车门下车。

舒窈看着他的背影消失，半晌反应不过来。以前傅亦寒从不会这样对她，也不会将她不上不下地丢在这里。

让她没想到的是，下午才三四点，傅亦寒便回了星苑，连孩子们都要六点多钟才回来呢。

傅亦寒回来的时候舒窈正在瑜伽室做瑜伽，生孩子的时候她胖了一些，后来为了保持身材她每天都会做一会儿。

傅亦寒回卧室换了衣服，站在瑜伽室门口看了一会儿才出声喊她：“舒窈。”

舒窈正在做一个盘腿下蹲的动作，忽然有人出声吓了一跳，当时便摔到了瑜伽垫子上，傅亦寒不但没来扶她，还站在门口笑了起来。

舒窈爬起来瞪着他：“你干吗忽然吓人？”

傅亦寒没回答，而是说：“有个东西找不到了，你过来帮我找一下。”说完便转身先走了。

舒窈跟在他身后进了卧室，卧室门没关，傅亦寒站在离门不远的地方，舒窈边往里进边问：“你今天怎么回来这么早？要找什么？”

傅亦寒越过她关了门，舒窈疑惑地看着他，不知道他要做什么，傅亦寒朝她伸出手："过来。"

舒窈果然走过去，只是才靠近他，整个人便被他拉进了怀里，炙热的吻便落了下来，一整天都落不到地上的心忽然落了下来。

傅亦寒的脑海中一整天都是舒窈葡萄似的眼睛，还有她说对不起时候的表情，所以他回来了。

他要她。

她是他一个人的。

这种占有欲并不随着他记忆的消失而消失。

他确定，自己曾经真的很爱她。

冯乔送两个孩子回来的时候没有见到舒窈，倒是看到傅亦寒永远背对着他的冰山脸，一个眼神都没给他。不过冯乔不介意，他还是风风火火地在星苑转了一圈，卧室自然没敢进，没看到舒窈之后便离开了。两个人谁也没理谁，仿佛要把对对方的意见全部写进自己的每一个动作里。

冯乔离开之后，傅亦寒让人做了给两个孩子吃的东西，姐姐吵着要妈妈，傅亦寒不肯让她去打扰舒窈，便教他们学新魔术，可能是身边没人，他对孩子们耐心了许多，吃过饭又带着他们出去消食，要睡觉的时候孩子们又开始吵吵闹闹要妈妈。

傅亦寒躺在中间，一边一个孩子，给他们读了足足两个小时的故事书，两人才睡着。临走的时候，他皱着眉头看了一直留在卧室的那两只小鹅许久，他不喜欢把这种有病菌的鹅放在孩子们的卧室里，但是他又不能反对，他需要一个更合适的方式让孩子们亲自将小鹅放到外面去。

接下来的几天，傅亦寒每天回家的时候都能看到舒窈和孩子们玩在一起，他越来越习惯这样的星苑，有一种家的感受，别人口中的婚姻生活大约就是这样的吧，吵闹却温馨。而他是因为到了一定的年纪了吗？竟然也开始向往这种生活。

之前是舒窈每天陪着孩子们，现在则是傅亦寒陪着他们睡觉，给他们读故事，和孩子们的感情也渐渐好了起来，有时候舒窈故意制造一些小难题，孩子们也更愿意去找傅亦寒，与他亲近了许多。

偶尔舒窈也同傅亦寒一起哄孩子们睡觉，不过为了让他和孩子们更好地相处，大多时候她都是让傅亦寒单独去的。

这天傅亦寒回到卧室的时候，舒窈从门边一下跳到他身上，手挂在他脖子上："孩子们睡着了？"

傅亦寒手放在她臀上抬着她："嗯，刚才还在念叨着要吃你做的南瓜饼，你明天做给他们吃。"

舒窈下巴搁在他肩上："你呢？你想吃什么我给你做。"

"我不挑。"傅亦寒走到床边将人放下去。

舒窈坐在床边抬脚踢他的小腿，仰头看着他："你不挑？你不吃香菜、芹菜、胡萝卜，等等等等。"

傅亦寒嘴角翘着："不吃别人做的。"

"骗人！"舒窈知道他是想讨自己开心，这几日两人处得很好，傅亦寒偶尔会说几句讨巧的话，显然她也是很受用的。

"工作怎么样？有没有遇到什么麻烦？"傅亦寒在她身边坐下，半靠在床头将她揽在怀里和她说贴心话，他很喜欢每天的这个时刻，也喜欢听舒窈说些自己的事情。

"没有。"舒窈懒懒地说道。工作的内容和之前都差不多，而且各个部门都给优待，几乎遇不到什么麻烦事。

"有事给我打电话。"傅亦寒主动给她开后门。

舒窈往他怀里蹭了蹭："嗯。"想了想，她又说，"冯乔那边已经进入轨道了，他让我谢谢你。"开店的事情对舒窈来说不难，但最后还是傅亦寒一句话的事情。

傅亦寒想到傍晚冯乔送姐姐和弟弟回来时候的情景，到了星苑也只顾着和两个孩子打闹，哪里有一点感谢的意思。于是他说："你让他自己来谢我。”

“……”

这么明显的针锋相对。

傅亦寒没理舒窈的小情绪，而是说起了孩子们的宠物的事情：“那两只鹅慢慢就长大了，我想让孩子们把鹅放在院子里养。”

“那你得自己和他们说，那两只鹅带回来之后他们就一直带在身边的。”

两个人晚上还在商量着怎么搞那两只鹅的事情，没想到隔天两个人便把小鹅装进书包里带去了学校。姐姐弟弟和小伙伴约好带自己的宠物来比一比谁的宠物更厉害，结果小伙伴的狗更厉害一些，把姐姐的小鹅咬伤了。

这下不得了，姐姐哭得跟天塌了似的，学校里的领导和老师都是人精，怎么可能不知道这两个孩子的身份？每天来送孩子们上学的军车都是警察开道的，而且他们来了之后这里的安保全部换了一批，一看便知道是军队出来的，专门看管这两个宝贝的。

姐姐哭哭啼啼地给舒窈打电话：“妈妈，妈妈，你快来。”

舒窈提了东西就往外冲，其间又给冯乔打了电话，冯乔早一步赶到学校，没人拦他，他到的时候姐姐还抱着小鹅在哭，不许任何人碰小鹅，冯乔看到的时候心疼死了，恨不得把这些人都给杀了。

姐姐抱着小鹅仰头看着冯乔哭：“舅……舅舅，小鹅，小鹅受伤了。”

“没事没事，舅舅带小鹅去看医生好不好？”只是他看着姐姐手上的血，觉得这只鹅大概没什么活的运气了。

“你快，快！”姐姐凑过手要把小鹅递给冯乔。

外面传来直升机盘旋降落的声音，没一会儿便冲进来一群人，还有人穿着白大褂，傅亦寒走在人群中，到了姐姐身边一把把她抱起来，温声安抚她：“爸爸带了医生来，小鹅会好起来的。”

姐姐哭得上气不接下气，搂着傅亦寒的脖子死死不放开。

几个医生从冯乔手里接过小鹅便去了一旁，手中拿着专业的工具箱，没一会儿小鹅腿上和背上的毛便光溜溜了。冯乔看着有些不是滋味，但是又不得不佩服傅亦寒，想得周全，又有能力解决问题。最重要的是，他没有因为这是一件小事而对姐姐置之不理。

对于身居高位的人来说，大多时候能够给予的最昂贵的已经不是物质和金钱，而是心意和时间。傅亦寒愿意做，也的确做到了。

冯乔有些心酸地把一直站在一旁没人理的弟弟抱了起来，不是安慰弟弟，而是求弟弟安慰。

他感觉自己要失去孩子们了，可他的宏伟计划都还没有开始呢。

舒窈来的时候看到的便是这么一幅乱糟糟的情景，姐姐挂在傅亦寒身上哭得厉害，手上的血抹在他的西装上，她心里一紧，跑过去："姐姐哪里受伤了？"

傅亦寒看到她，眼神柔和下来："孩子没事，是她的鹅受伤了，医生正在……"他目光往一旁的三个医生身上转了一圈，却说不出"抢救"两个字，毕竟只是一只鹅，还不是冯乔骗小孩子的天鹅，真真只是一只鹅，而已。

舒窈掰着姐姐的手看了看，确定她没受伤，又跑去看了看小鹅，安慰姐姐："爸爸厉害极了，给你带来了救小鹅的医生，肯定会没事的，姐姐是不是要谢谢爸爸？"

姐姐哭哭啼啼地说："谢谢爸爸。"

弟弟靠在冯乔身上一直往这边看，舒窈凑过去摸了摸他的脑袋："弟弟的小鹅呢？"

弟弟侧了侧身子，给她看抱在怀里的小鹅，好好的。

"弟弟将小鹅保护得真好，是个小男子汉。"舒窈夸奖他。

弟弟却委屈地掉泪："是我没有保护好姐姐。"

"但这不是弟弟的错呀，这只是一个意外而已，而且男子汉不可以哭哦。"舒窈没有去抱弟弟，知道这种时候再把弟弟抱走会让冯乔觉得自己被排挤，她待冯乔是很看重的。

舒窈正在这边安慰弟弟，谁知道不远处忽然又传来一个男孩子的大哭声，之前谁都没有注意到站在角落里的几个人，男孩子一哭，大家才都看过去。

小男孩比姐姐和弟弟高一点点，大概也是三岁的样子，他旁边有家长站在一旁，没敢去抱他，一脸惶恐地盯着傅亦寒，等他下命令。而傅亦寒看过去的时候，他的第一个动作是捂住了小孩子的嘴，不让他哭。

舒窈皱起眉头，看了傅亦寒一眼。

傅亦寒还抱着孩子，姐姐脸搁在他肩上，听到男孩子哭也被吸引了注意力看过去，傅亦寒拍了拍姐姐的背，对对方说："孩子们的玩闹，你吓唬孩子做什么？"

以前在宴会上他不是没见过别家的小孩子，却一直没什么耐心，也不想理会这些什么都不懂的孩子们的喜怒，但是有了姐姐和弟弟之后，他下意识地会偏向孩子一些。

对方吓得赶紧松开孩子，领着孩子到了傅亦寒身前："指挥官，这是内家侄子。不懂事，得罪了小公子和小小姐。"

"没什么得罪不得罪的，小孩子玩闹而已。"傅亦寒自觉说话已经很温和，只是用这种语气说出来，还是有一种让人感觉公事公办的模样，更何况搞这么大阵仗，怎么可能让人相信这件事会善了？

"是是是。"对方点头哈腰，一副认罪的态度。

舒窈看不下去，将姐姐抱下地，也蹲下身看着姐姐："姐姐，你看你哭这么大声，把小哥哥都吓到了。"

姐姐撇着嘴，看一眼小男孩，还在生气担心自己的小鹅，不想原谅他。

"小哥哥的小狗把你的小鹅咬伤了，他已经很内疚，如果你不原谅他的话，他会更内疚更伤心的，比你还伤心，你忍心吗？"

姐姐还是撇着嘴，却摇了摇头。

傅亦寒很喜欢舒窈处理这种事情的态度，温柔、柔和、不含任何锋刃，若是没有她在场，事情绝不会这样轻易化解。

“那你去和小哥哥说没关系好不好？”舒窈一直握着她的手，化解她的悲伤。

姐姐想了一会儿，上前一步，对小男孩说：“哥哥，你不要伤心，我原谅你了。”

旁边的家长迫不及待地想替他说话，被傅亦寒微微一抬手阻止，一个眼神便吓退了对方。

对方家长也觉得委屈，为了一只鹅！一只鹅！怎么就得罪了这么大一人物！

小男孩在一群人来来去去的时候便知道自己做错了事情，一直战战兢兢地站在一旁，听了姐姐这话倒是不大哭了，抽泣起来，也是极其委屈：“对不起，我没看好莉莉。”莉莉是他的小狗的名字。

“没关系。”姐姐说完又后退一步到了舒窈怀里。

因为舒窈是蹲着，姐姐这样退过来她一时不稳，手下意识地要触地去支撑，一只大手扶住她的肩膀，将她稳住，下一刻扶着她的手臂站了起来。是傅亦寒，她站起身的时候无意识地握住了他的手，傅亦寒任由她握着，没有松开。

几秒钟之后舒窈才意识到周围还有这么多人，立刻抽出自己的手，听到傅亦寒问：“过来得很急吗？”他目光落在她的丝袜上，不知道什么时候破了一处。

舒窈脸色腾地一下红了起来，将姐姐推到他身边：“我去下卫生间。”

“我陪你。”傅亦寒跟了上去，弯腰把姐姐也抱了起来。

留下冯乔和弟弟。

弟弟看着一脸不开心的冯乔：“舅舅我们去吗？”

“不去！”冯乔声音气呼呼的。

进了卫生间，舒窈干脆把丝袜脱了，她皮肤白，穿的是套裙，光着一双腿倒显得更风情了。

傅亦寒抱着姐姐在外面等，舒窈出来的时候很是不好意思，傅亦寒的目光则只在她腿上转了一圈便没有再看，道："要让人送双袜子来吗？"

舒窈摇头："没事，出门太急，不知道在哪里蹭了一下。"

傅亦寒点头："确实挺急的。"

舒窈一听便知道他话里有话，他每次说这种有深意的话的时候都是……吃醋啦？

舒窈想了一圈，立刻知道他为什么不高兴了，赶紧解释道："冯乔离这边近，所以我先给他打了电话。"

傅亦寒睨了她一眼："所以你后来是忘记给我打了吗？"

"……"

明知道她根本没想给他打。

"你那么忙，又不是孩子受伤，这种小事……"舒窈帮自己辩解。

"对我来说是不是小事得我来决定。"傅亦寒声音淡淡的，听不出他的情绪，但是话里的意思已经透露出来，他是极其重视孩子们的。

舒窈说不过他，向姐姐求救："姐姐姐姐，你帮我和爸爸说对不起好不好？"

姐姐侧着头看她："妈妈做错什么事？"

"妈妈自己帮爸爸做了决定。"

"哦，"姐姐又转向傅亦寒，"爸爸，对不起。"

傅亦寒看看孩子："爸爸原谅你了。"

"爸爸你真好。"嘴甜的姐姐。

"嗯。"傅亦寒嘴角又牵了起来。

往回走的时候，傅亦寒又对舒窈说了一句："我希望没有下次。"

舒窈一愣，觉得傅亦寒这话客套生硬又带着命令，之前的那种感觉又回来了。

小鹅被救了回来，医生还很贴心地用了浅粉色的纱布，让姐姐去摸一摸小鹅的时候，姐姐小心翼翼地碰了一下，问医生："小鹅真的不会死了吗？"

"真的，叔叔跟你保证。"

姐姐又哭了："谢谢叔叔！"她又跑去抱住冯乔的腿，"舅舅小鹅又活了！"

冯乔一直没机会抱姐姐，正心酸呢，赶紧把姐姐抱起来："乖乖乖，没事的，等小鹅好了，舅舅再带你们去游湖。"

其实小鹅已经有两个多月大，应该每两天适当下水一次的。

傅亦寒一直站在一旁看着，对于姐姐和冯乔的互动不置一词，倒是弟弟一直跟在姐姐身边安慰她："姐姐不要哭，我保护你。"

舒窈心里乱乱的，对刚才傅亦寒说的话还在纠结，不懂他现在怎么这么反复，明明之前好好的，忽然就变脸了。

男人的心，也并不比女人更好猜一些。

回去的时候，受伤的小鹅和随行的医生待在一起，傅亦寒说要让医生照顾小鹅一直到康复，比姐姐还激动的是那个年轻医生，这样的机会不是人人都有的，怎能让人不激动？

车上，大家都比较安静，连平日里活泼的弟弟和姐姐都安静了许多，姐姐哭得有些累，上车没多久便睡着了。

弟弟一直窝在舒窈怀里，也安静地闭着眼。

舒窈心里有事，一直没去看傅亦寒，谁知下一刻她的手却被傅亦寒握住，听到他低低的声音传来："我希望下次你第一个想到的人是我，而不是别人。"

舒窈一愣，立刻明白他是在解释之前那句话，瞪着眼睛看着他，傅亦寒凑过来在她眼睛上吻了一下："别生气了，我不是故意的。"

舒窈眼眶立刻有些湿，觉得委屈，也觉得他待自己越来越随意了，想发脾气的时候就冲自己发脾气，过后一句话就算是解释了，她不喜欢这样。

傅亦寒把姐姐抱到另外一边，靠过去，低声安慰她："别气了。"

舒窈的泪水瞬间落了下来。女人就是这样，你不安慰她，她自我安慰一下便过去了，你来安慰她，她只会觉得越来越委屈，反正都是你的错。

“舒窈，我喜欢你，也喜欢孩子们，在我心里你们是排在第一位的，所以也想我在你们心里排在第一位。”

舒窈显然只听进去了前面一句：“那你什么时候爱上我？”

傅亦寒勾着唇笑了，这次是真的笑了：“很快吧。”按照这个速度，应该会很快吧。

斤斤计较的舒窈，让人喜欢的舒窈。

真好。

/ 第二十五章 /

南风起，爱你成疾

随着舒窈去基金会上班，之前媒体关于她的各种猜测也都被推翻，因为舒窈的消失，媒体说什么的都有，甚至怀疑她是被人暗杀了，可她现在不仅完好地出现了，身边还多了两个孩子，网友们在得到这个消息的第一时间便炸了，敢情他们的夫人不是死了，而是去生孩子了？而且他们的指挥官大人已经有了两个孩子？怎能让人不爆炸？

这则消息曝出来之后，舒窈也收到了各方打来的电话，金怡是第一个，激动地拿着电话和她说了足足半个小时，问完了舒窈又说自己也生了一个小宝贝，闹着一定要几个小朋友见见面，舒窈自然应了。

朱潭也打了电话来，声音有些沉，没有和舒窈说很多，简单地确定之后便挂了，不过金怡已经说过他有了女朋友，大概是为了避嫌吧。

舒窈的电话响个不停，只要有人打，她便接，这些来自四方的心意她都是珍惜的。

没多久，穆修便匆匆赶来了，低声说了几句，舒窈赶出去便看到了舒擎宇，她急急朝着他走去："爸爸。"舒擎宇还和她走的时候一样年轻，之前穆修已经和她说过，他身边有了新的人，虽然没有结婚，但是据说彼此很相爱。大约是人逢喜事，舒擎宇的状态很好，整个人看起来年轻极了，和那时候的沉如死水完全是两种状态。

舒擎宇目光一错不错地落在她身上：“好，好，好。”看到她无恙他便放心了。

其实他很早便知道她无恙，傅亦寒那时候刚回到加韦的时候各方的消息都瞒得很严，后来他出现了，舒窈倒是一直没出现过，他来易园找了许多次，才被霍述告知舒窈安全的消息，只是却不让见人。他又来找了许多次，霍述让人拿了一段视频给他看，后来他才不再去易园找人。

舒窈激动过后才看到舒擎宇身后的小男孩，已经长成了一个大孩子，她愣了一下，立刻认出这是长大了的韩琦，韩琦仰头看着她，目光怯怯的，一直往舒擎宇身后躲。

她早已知道韩琦被送去了舒擎宇那里，今天猛然看到，才感到时光的流失，小小的韩琦已经长到了那个时候的两倍高，而韩琦看她的目光完全就像个陌生人。

舒擎宇拉了拉韩琦：“小琦，叫小姨。”

韩琦立刻站出来，乖巧地喊了一声：“小姨。”语气陌生，却能看出教养很好。

舒窈面色柔软，摸了摸他的头：“乖。”她明白，再想将韩琦放在自己这里养是不可能的了。进了屋，舒窈细细说了自己这几年的事，舒擎宇听得心惊，在得知傅亦寒失忆的时候还是吓了一跳，因为完全看不出来，而且从未想到过这种可能。

“孩子们晚一点才回来，你正好可以见一见冯乔，我认他当弟弟，是当亲弟弟来相处的。”舒窈说了自己，却没有问舒擎宇的任何事情。自己离开几年，再回来总有一种物是人非的感觉，在得知舒擎宇已经有了新的小家庭之后，她几番犹豫踟蹰，还是没有去找他，本想这几日去的，没料到他先来了。

他们大概是这世上最面合心离的父女，经历的事情太多，其中又夹杂着母亲和舒沄，说原谅彼此与否太轻易，再好好做父女已经断然不可能，只能隔得远远的互相祝福，这才是他们相处的最好方式。

舒擎宇也没有提起过自己的身边人，但是态度已经给了出来，不希望再被打扰。

两个孩子回来的时候，远远地便奔过来：“妈妈！妈妈！”

舒窈没有去抱他们，而是一手拉着一个，向舒擎宇介绍：“女孩子叫舒望，男孩子叫舒灏，都特别乖。”她又同两个孩子说，“这是外公，叫外公。”

“外公！”两个人同时喊，却都不去同舒擎宇亲近。

“还有小琦哥哥。”舒窈又介绍韩琦给他们认识。

几个小孩子很快打成一团。

舒擎宇嘴角含着笑，看着两个孩子点头道：“真好，都这么大了。”只是并不去同两个孩子亲近。舒窈倒是不在意他的态度，又同他介绍冯乔：“这是冯乔，”她转向冯乔，“冯乔，你叫一声叔叔吧。”

冯乔这次倒是乖巧：“叔叔。”

舒擎宇看着他依旧只是点头：“这孩子乖。”客气地夸奖。

他没有留许久，见过三个人之后便带着韩琦告辞。言谈之间的客气连冯乔都能感受到，待到他离开，冯乔看着蹲在地上同弟弟和姐姐温声说话的舒窈，虽然她没说，但是他还是看出来她有些难过，每次她难过的时候就会特别温柔地和姐姐弟弟说话。

没一会儿姐姐便拉着弟弟去看小鹅了，舒窈和冯乔站着说话，院子里有几株木槿，开得特别好，冯乔随意拽了一朵在手里玩，安慰舒窈：“这老爷子有了第二春，不希望和以前的家人有来往也正常，你可别多想，经营好你自己的家才是正经。”

他很少和舒窈说这么严肃的话题，不过是看她实在难过，才没忍住说几句。

舒窈听了这话倒是笑起来：“这几年我和爸爸的关系一直很远，那时候他用枪顶着我，都要开枪了，舒沄推了他一把，子弹才打偏了。”

对于冯乔，这些往事她并不瞒着，“后来又发生那么多事情，我们两个在心里埋怨彼此，也很正常，现在这样就很好。”

冯乔从未有过亲情这种东西，对于人与人之间的情谊理解也很淡薄，听了这话也只是说：“那这老头儿心还挺狠的。”

不过他也知道这话安慰不到舒窈，又加一句：“以后我会对你好的！”

舒窈看着他认真保证的样子笑出声来，换了一个话题：“店里生意怎么样？”

冯乔立刻点头：“可能是地段的原因，每天都很多人，盈利是没有问题的。”他想了想，又说，“不过店里有个很奇怪的客人。”

舒窈有些警惕：“有人要找事？”

“不是，”冯乔摇头，谁敢找他事？他不去找事已经要谢天谢地，“是个女人，每天都来，长得特好看。”

舒窈睨了他一眼，特好看？他用来形容一个女人？

“比你大吧？”

“我又不娶她。”冯乔说得直接，“给你看照片，我还拍了照片的。”冯乔拿出手机给舒窈看。

舒窈探过身子，离冯乔很近，在看到照片的时候愣住了，没想到照片上的人竟然是程笑。

程笑是早就知道她回来了，却不敢来找她吧？

若是要问她这几年有没有怨过程笑，说没有那太假，她知道这样的祸事是躲不过去的，但是在那些漫长没有尽头的时间里，又忍不住去想假如当初没有答应程笑的话，那件事是不是就不会发生。

说到底，她还是怨程笑的。

现在一切又重新回到轨道，她倒是没有再想过这件事。没想到程笑也是害怕自己怨她，所以才不敢来见。

她想了想：“明天我去店里一下吧，你安排一下，我去见见她。”

已经从舒窈的神色中看出她认识照片中的人，冯乔回忆了一下，若是和舒窈关系很密切的人的话，他应该是知道的，可他不记得这个人。

“这是程笑。”

冯乔立刻想了起来，不敢相信：“她怎么变成这样了？”以前她可不喜欢这样浓妆艳抹、烈焰红唇，现在完全变了一个人一般。

舒窈摇头：“我也好久没见过她了。”看照片中程笑的神色，怕也是过得不好。不过许何劲不是说她家里一路高升吗？

“那行，我帮你安排，你明天来。”冯乔说着声音低了低，“要不明天让姐姐和弟弟也去玩，到时候我清场一下，还有保镖，不会有事的。”

装修是傅亦寒派去的人弄的，连玻璃都是防弹玻璃，而去他店里上班的人也都被各个部门调查了一遍，之前冯乔觉得傅亦寒太婆婆妈妈，今天听到舒窈要去，顿时觉得他这个决定太正确。最重要的是还有孩子们，要保证好孩子们的安全。

随即冯乔又想，在汤山的时候哪里需要担心这些问题，这些还是傅亦寒的错！

第二天，舒窈下班之后先去接了孩子们，然后带着孩子们去了冯乔店里。冯乔的店址选在一个商圈的正中心，昨天舒窈和傅亦寒说的时候，他一直皱着眉头不肯答应，舒窈好话软话说了一箩筐，他才松口。不过行车的过程中不许下车，车子要直接开到店门口，店里要清场，不能多逗留。

今天舒窈去的时候留意了一下，路上都有许多特警在巡逻，警犬都有好几条，到了冯乔的店周围，戴耳机穿便装的人也多了起来。那些都是傅亦寒派来的人，不管是为了她还是为了孩子们，傅亦寒做得都不算过分。

程笑在周围一切有变的时候便明白即将发生什么事，坐在店里一直不安地看着外面，没多久便来了一辆车，舒窈先下车，又转身把两个孩子抱了下来。程笑看着，鼻子有些酸，却没有动，只坐在原地。

冯乔看到孩子们便冲了出去，还没走到门口，两个孩子已经喊着"舅舅、舅舅"朝他奔了过去。冯乔左右各一边抱起姐姐和弟弟，姐姐立刻发问："舅舅今天怎么没有去接我们？"

冯乔轻声哄着她："因为今天妈妈特别想去接你们呀，而且舅舅一直想邀请你们来舅舅的店里吃糕点，舅舅已经准备好了，你们要不要尝尝？"

"要！"两个孩子齐声答。

"是彩虹蛋糕哦。"冯乔抱着孩子走远了。

程笑目光一直落在舒窈身上，看着她缓缓走过来，在自己面前坐下，同自己开玩笑："不认识了？"

程笑忽然站起身抱着舒窈就哭了起来，她和舒窈少年相识，感情早如家人一般，这些年她一直很愧疚，家里人也从不提起舒窈，对她也多有埋怨，冷淡自然是少不了。这几年虽然父亲步步高升，但是那把看不见的斧头却仿佛一直悬在程家要害处，就等傅亦寒一声令下的报复，而这一切皆是因她而起。

舒窈拍了拍她的背，心里多有释然："别哭了，我这不是好好的嘛！"

程笑听不进安慰，也说不出话，哭得像个大孩子，仿佛要把这几年的委屈都哭出来。

舒窈叹一口气："你看你，孩子都在看你了。"不远处，弟弟正站在那里好奇地看着两个人。

程笑想起她抱下车的两个孩子，立刻止住了哭声，擦了擦眼泪就扭头去看，果然看到一个小萝卜头正在好奇地看她，她扯出一个比哭还难看的笑："这是灏灏吧？来阿姨看看。"

弟弟不说话，也不过去，扭头就跑走了，嘴里还喊着："舅舅！舅舅！你去救救妈妈！"

舒窈笑起来，程笑讪讪的，听舒窈说："你妆花了，吓到他了。"

程笑赶紧从包里掏出小镜子照了照，然后拿了卸妆棉擦了半天，也没离开舒窈的视线，只是问她：“这几年我一直在打听，到现在都不知道你去了哪里，傅亦寒实在太过分了！”

舒窈把自己这几年的经历简单说了一遍：“这几年其实过得挺平静的，所以你千万别内疚了。”

“那你回来为什么不告诉我？”程笑还是问了出来，若是不问的话，这个问题会一直横在两人中间，两人以后就没有友谊可言了。

“我刚回来，和他关系又那样子，他想让我重回大家的视线，安排我继续回去上班，每天还要照顾孩子们，”舒窈想来想去，这个锅只能让傅亦寒来背，“所以我回来这事一直没有告诉任何人，想着稳定下来再来找你。”

至此她心里已经完全原谅了程笑。

程笑又哭又笑的，不知道她这话几分真几分假，却知道她说了这话就证明之前的事情都算是过去了。

程笑说起自己去找过傅亦寒几次的事情，连细节都说得清楚，傅亦寒态度冷淡，甚至不和她直接接触，她很担心：“傅亦寒要是不记得你的话，会不会对你很坏？”他那人她是见识过的，真是顶顶无情的一个人。

舒窈想到刚回来的时候，傅亦寒待她确实和“好”这个字没有任何关系：“还有孩子们，他对孩子们挺不错的。”斟酌一番，她又说，“我现在是母凭子贵，他对我也还好。”

“就知道他这个人，寡情得很，”程笑抱怨，“不过你魅力这么大，肯定能再次征服他。”

以前就是这样，傅亦寒看哪个女的都不顺眼，只容忍舒窈一个人。

两个人又说起以前的事情，舒窈感慨：“一下子就过去这么多年了。”

“可不，你孩子都生了两个了。”程笑看弟弟一直往这边看，便朝他招了招手，不过弟弟没理她。

舒窈喊了弟弟一声，弟弟立刻跑过来趴在她腿上，侧着脸看程笑，像是要保护妈妈。

“这是程笑阿姨，你喊阿姨。”舒窈摸着他的脑袋和他说话。

弟弟礼貌地喊：“阿姨。”

“真乖。”程笑看着弟弟心都要化了，弟弟完全就是小号的傅亦寒，除了这一点值得吐槽，她觉得这孩子长得真好，朝他伸出手，“阿姨抱抱。”

弟弟不肯，舒窈在一旁劝她：“阿姨是妈妈最好的朋友，你让阿姨抱抱好不好？”

弟弟似懂非懂，不过从语气中听出妈妈很希望自己答应，于是便走了过去张开双手。程笑喜欢极了，直接站起身将他抱了起来，嘴里说着：“怎么这么可爱呢？这么可爱。”

不远处的姐姐在吧台里和冯乔切彩虹蛋糕吃，听到动静也只是多看了一眼，她更喜欢冯乔一些，便没有过去。

冯乔哄着她：“好不好吃？”

“好吃。”姐姐嘴巴甜，专门挑冯乔想听的说。

“这是舅舅亲自做的。”冯乔闲着没事的时候总会学一些小孩子喜欢吃的东西，或者小孩子喜欢玩的把戏。

姐姐听了，立刻联想到妈妈每次做那么多好吃的之后求表扬的表情，嘴甜道：“舅舅真厉害！”

冯乔偷偷地问：“那有没有比爸爸更厉害？”

“舅舅最厉害！”姐姐毫不犹豫地说。虽然她现在也很喜欢爸爸，但是从小被冯乔灌输的都是“舅舅最好”“舅舅最厉害”的思想，她几乎是脱口而出。

冯乔得意得不得了，还录了视频，拿了自己在玩具店给孩子们买的玩具给姐姐玩。看着低头玩毛绒玩具的姐姐，冯乔也觉得恍惚，仿佛自己之前的许多年一直在孤独，除了接任务，便是漫长的毫无目的的等待。人与人之间的缘分大概真的是上天说了算，他遇到了舒窈，她不但救了他的命，还拯救了他的灵魂，让他不再孤独地飘荡，让他的心灵落到了地上。

有时候，彼此拯救也是一种缘分。

他喜欢现在的生活状态，有人管着也是一种幸福。

走的时候已经是两个小时之后，舒窈抱着弟弟："马上就八点半了，傅亦寒说他会回去得晚一些，回去看到我和孩子们都不在说不定又要来找，你没事来易园玩，工作时间我也都在上班，你来基金会找我也行。"

两人边说边往外走，其实程笑很想和舒窈说说傅亦寒和陆心颖的事情，但是两人这么久不见，她上来就说这个也不太好，于是便打算私下里解决陆心颖算了。另一方面她又在心里骂傅亦寒，以前只要舒窈离开他的可控范围超过一个小时，他必然亲自来接人，现在两个孩子都离开了这么久还不见他人，果然是人心易变。

这个猪头！

舒窈回到星苑的时候傅亦寒竟然还没回来，不过她在星苑见到了一个意想不到的人。

这次她回来，见到的不是往日常见的几个用人，而是站在廊下的一个熟悉的陌生人，对方见她回来，不紧不慢地指挥着身后的人去帮忙，自己则一直站在一旁。

舒窈将姐姐抱下车，已经想到了这个熟悉的陌生人是谁。

对方迎上来："舒窈，我们又见面了。"

舒窈不冷不热地笑了笑："莫莉。"竟然是当初为了赌气去那深山里做慈善的同伴，"你怎么会在这里？"

莫莉上前挽住她的手："后来易园招聘，我正好换工作，就也应聘了，没想到真的通过了，现在是星苑的管家，不过之前几天都请假了没在。"

对于她的亲热舒窈有些不适应，抽出自己的手："倒是听穆叔叔说过，没想到那个人是你。”之前穆修只说有个管家请假了，没说是谁。

“我也没想到一回来，星苑多了几个人，真是意外。”莫莉语气熟稔，而且领地意识强，仿佛星苑本是她的地盘，这种语气让舒窈有些不舒服。

一行人进屋，舒窈忙活着倒柠檬水给姐姐和弟弟喝，姐姐调皮，吃了一片柠檬，酸得哇哇叫，没忍住当时便吐了出来，保姆还没反应过来，便听到莫莉喊着：“快快，把地板擦了，别脏了地板。”

舒窈顿了一下，从未有人对她这样讲过话，况且还是一个用人。她心里有些堵，却没说话，任由照顾孩子的保姆将地板收拾了。

听到莫莉带着指责的语气，姐姐显然也意识到了是在说自己，有些无措地望着舒窈，舒窈轻声安慰她：“吐出来是对的，酸到了对牙齿不好，记住了吗？”

姐姐点了点头，却还是怯怯地看了莫莉一眼。

莫莉似乎也意识到自己刚才说的话有些不妥，弯下身对着姐姐柔声补救道：“姐姐不是说你哦，只是以后不要随意把脏东西吐到地上，知道吗？”

“哦。”姐姐低下头，躲过了她的抚摸。小孩子敏感，能够清楚地感觉到对方是善意还是恶意。

舒窈皱着眉，没忍住道：“你去忙吧，这里不用你管了。”

人都说为母则强，她向来不与人为难，但是她的孩子还轮不到别人来教。

莫莉讪讪的，低声说了句：“行。”

由于第二日不用上学，舒窈便让姐姐和弟弟多玩了一会儿才送他们回房间，读了故事，直到他们睡着才离开。

才没多久，他们已经学会了自己睡觉。

出了屋子，莫莉在外面等，见到舒窈立刻迎上来，一脸歉意：“刚才我不是有意的。”

舒窈面色淡淡的：“没事。”但是到底是熟人，她不想对方太过难堪，便问，“你怎么现在还不下班？”

“我之前都住在星苑的，傅先生有什么事也能及时应对。”莫莉回答，气焰小了许多。

舒窈又愣一下，住在星苑？她不信世上有这么巧的事情，莫莉和她认识，后来正好来易园上班，被分到傅亦寒经常会居住的星苑，而且还当了管家。

不过她没多说什么：“那行，时间太晚了，我先去睡了。”

“嗯。”莫莉跟了她两步，“那你先睡，我们明天再叙。”

舒窈点头，回到房间之后总觉得哪里不对劲，在房间里挨着看了一圈之后明白了，原来是有人进来过了。

她走进衣帽间，之前都是她收拾的，她最喜欢把自己的衣服和傅亦寒的衣服混在一起，等将衣服拿出来的时候仿佛能闻到傅亦寒身上的气息，这种感觉让她很喜欢。

只是现在，她看着衣帽间的衣柜，整整齐齐的，有人将她和傅亦寒的衣服分开，放在单独的柜子里，泾渭分明。

能做出这种事情的人，显然有自由出入这个房间的权力，而且绝不是第一次做。

舒窈心里闷闷的，她不知道自己不在的这几年发生过什么，但是傅亦寒说过他没有别的女人，他这人向来骄傲，既然肯说，绝不撒谎，那么莫莉又是凭什么将自己摆在这么高的位置？

她再一次觉得自己和傅亦寒的关系原来这么远，随便一个人都可以离间。说到底，还是因为她对不记得自己的傅亦寒不信任。

草草地洗完澡，舒窈便上床休息，闭着眼睛不愿意再去想，可这些细节一次次蹦到她的脑海里，甚至刚才在卫生间里，架子上的沐浴露都被人换掉了，而且是她和傅亦寒最初在一起的时候傅亦寒用的那一款，她不喜欢，后来便给换掉了，傅亦寒也没说什么，她用什么他便用什么。所以，在她离开之后，他又用起了最初那一款，连莫莉都知道的他喜欢的那一款？

这是一种无声的挑衅，成功地让舒窈难受了起来。

傅亦寒回来的时候已经过了十一点，他脚步很轻，唯恐打扰到床上的人，甚至没有开灯，却还是在下一刻听到舒窈的声音："亦寒？"

傅亦寒低低地"嗯"了一声："是我，还没睡吗？"说着他打开了小夜灯。

"睡了一会儿，又醒了。"舒窈答，半坐了起来，朝傅亦寒伸出手。

傅亦寒有些犹豫，却还是走了过去，舒窈抱住他，脸放在他怀里："怎么这么晚？"

"结束之后聚了一下。"他本是不愿意去的，但是对方身份有些特殊，有些面子还是要给的。

舒窈闷闷地"嗯'了一声。

傅亦寒听她声音不对，低头看着她："生病了吗？"他抬手放在她额头上，没有异样。

"没有。"舒窈吸了吸鼻子，"你以后不要回来这么晚，我担心你。"

傅亦寒低声笑了笑："好。"他喜欢舒窈说这种关心的话，心情也跟着好起来，"你先睡，我去洗澡。"

放开舒窈之后傅亦寒去衣帽间拿干净睡衣，到了熟悉的柜子却没有看到自己的睡衣，反倒全是舒窈的衣服，再往旁边看去，两人的衣服分得清清楚楚，他顿时皱起眉头，心里有些许不舒服。

他不喜欢这种感觉，仿佛要把两人分开、分清楚。

这种感觉一直持续到洗完澡，舒窈不喜欢他湿着头发睡觉，所以他总是自己吹干，今天也不例外，他吹干头发才回到床上，低声问："睡了吗？"

舒窈低低地应了一声，却没有说话。

傅亦寒大手将她捞到怀里，舒窈不舒服地动了动，他拍拍她的背："睡吧。"

舒窈没睁眼，听着他的心跳终于睡着了。

傅亦寒原本想要问的关于衣服的话也没问出口，事后又想，幸好没问出口，不然像个斤斤计较的小男人。

接下来几天，舒窈总能若有若无地感觉到莫莉无声地宣布主权，比如在吃饭的时候她会换掉傅亦寒面前的酱料，洗衣服的时候她会把傅亦寒贴身的衣服挑出来单独自己洗，甚至有时候房间里只有她和傅亦寒两个人的时候，莫莉也会敲门询问一些事情。而傅亦寒对此没有反应，也就是说他们以前也是这般相处的。

这种情况一直持续到某一天舒窈和傅亦寒带着两个孩子看动画片，她给两人倒了一杯低度数的葡萄酒，莫莉直接走过来拿走了傅亦寒手中的酒杯，嘴里笑着："先生，医生可是要我监督您不能喝酒。"

以前她也做过这样的事情，引来的只是傅亦寒冷冷的一瞥，第一次的时候，他说："退下。"只有两个字，却将距离拉到了天上地下。

后来是穆修强行将她留了下来，还说放在这里监督他，敢这么对他的女人不多了，他看在穆修的面子上没吭声。而且那时候他觉得只是自己不喜欢对方这样的举动，对方规矩一些便没什么，此刻他却下意识地看了舒窈一眼，他在这种事情上再粗心，也已经感受到了不妥。

舒窈没看他，低头在给弟弟喂水果，弟弟很乖，舒窈给，他便张嘴吃。

他的心软了一下，对莫莉摆了摆手。

第二天他亲自找了穆修，要他将莫莉调走，穆修问为什么，他却答不上来，难道要说为了自己莫须有的猜测？而舒窈可能根本没有留意过。

舒窈几乎是立刻便发现莫莉被调走了，她并不觉得高兴，反而想为什么傅亦寒会在这件事之后把她调走，这个问题一直哽在她的胸口，难受得很。

莫莉过两天自己回了一趟星苑，像没事人一般拉着舒窈话家常，嘴里说的却都是傅亦寒的注意事项："之前穆管家特意让医生来见我，和我说了许多注意事项，你也知道，傅先生这样的人没人敢在他面前多说，他不守规矩的时候更没人敢提，只有我能说上两句，所以穆管家才一直让我留下来。”

舒窈含笑看着她，神色不改，这些诛心的话却已经让她鲜血淋漓。

莫莉拉着她绕圈，兴致一直很高：“我和你说那些注意事项你可一定要记住。”说着她嗔怒地看了舒窈一眼，“以后我离得远，可就顾不上傅先生了。”说话该远的远，该近的近，她到底不敢直呼傅亦寒的名字。

舒窈点头：“行，我记住了。”顿了下她又说，“回头我会叫个医生来常驻星苑，你不用担心了。”

莫莉愣了愣，觉得这话是针对自己，可是看舒窈淡淡的面色，又不确定。一转弯，她换了个话题：“你还记得那个林奇不？”

舒窈看了她一眼。

“就是追你那个。”

“怎么了？”林奇舒窈自然是记得的。

“他现在升任到基金会的高层了，可真厉害。”莫莉一脸羡慕地看着她，仿佛她有这样的男人追应该感到荣幸。

“嗯，很厉害。”舒窈顺口接话，不欲多提之前的事情。

“你还记得傅先生……”

舒窈忍无可忍地打断她：“莫莉，别逼我把你从易园赶走，凡事适可而止。”这些年她的锋利已经全部褪去，此刻却忍不住尖锐起来，果然爱情改变一个人，一时间她又觉得惶恐，怕明日不知道又要变成什么样子。

莫莉脸色大变：“舒窈……”

“叫我太太就可以，我们之间没有私交，”舒窈冷冷地看着她，“还有，以后离我丈夫和孩子远一点，我不是次次都能容你的。”说完她朝着莫莉微微颔首，转身离去。

留下站在原地的莫莉紧握着拳头，骨节泛白，面上有些不甘却只能往里忍的扭曲。明明，明明她也是有机会的不是吗？若是舒窈不回来的话，她也可以近水楼台先得月的，不是吗？

傍晚冯乔送孩子们回来，见舒窈心情不太好的样子，便多留了一会儿，问她："你怎么了？"

舒窈微愣，自己表现得这么明显吗？

"没什么，今天店里生意怎么样？"

"还行吧，你那个朋友带了一堆人来消费，还非得让我给每样东西涨价。"冯乔觉得可笑，"她大概是想照顾我的生意吧。"只是方式有些奇葩，不过他倒是对对方挺有好感的，因为程笑做的这一切都是因为舒窈。他喜欢对舒窈好的人。

果然是程笑能办出来的事情。

"回头我给她打电话，她这人就是爱操心。"

冯乔看着她又问了一次："是不是谁惹你了？"现在他不能时刻和舒窈在一起，孩子们又不懂事，她受了委屈他也没办法知道，这么想着，他不自觉表现了出来，"谁要是敢惹你，你只管和我说，天王老子我也弄死他。"

这种贴心话，舒窈听了心里舒坦了许多："晚上你留下来吃饭，弟弟和姐姐今天要吃老咕噜肉，你不是最喜欢吗？"

冯乔听了这话立刻往屋里跑："那我先去陪姐姐和弟弟玩！"平时他顾及舒窈都不肯留下来，怕她和傅亦寒因此有间隙，不过今天既然舒窈留了，他倒是得留下来好好看看是谁这么不长眼敢惹舒窈。

姐姐的小鹅已经好了许多，那个兽医就住在易园里，每天都来照顾小鹅，这两天小鹅已经可以每天下地跑一跑了。

冯乔和他们做游戏，以前经常演一些童话故事里面的情景，还是姐姐和弟弟都穿上小动物的衣服，不过到了星苑之后他们便不被允许这么穿了，冯乔张牙舞爪地模仿一个怪兽同姐姐和弟弟玩，舒窈看了一眼，好笑地摇了摇头，冯乔也和姐姐弟弟一样，就是个没长大的孩子。

舒窈做好老咕噜肉的时候端了一小碗去给姐姐和弟弟吃，三个人正在玩乐高，弟弟张着嘴让舒窈喂，舒窈往他嘴里塞了一块。这边姐姐已经张着嘴在等，舒窈给她塞完，也往冯乔嘴里塞了一块："你们在这里堆，看一会儿怎么挪到其他地方去。"

"舅舅搬去屋里。"姐姐吃着肉笑眯眯地说。

"舅舅最厉害。"弟弟接话。

冯乔笑眯眯地看着两个人："没事，一会儿舅舅有办法。"说话吐字都不太清晰。

舒窈站在一旁，又给姐姐喂了一块，几个人在叽叽喳喳地说话，一室欢声笑语。

傅亦寒站在一旁看了一会儿，直到舒窈准备给冯乔喂第二块肉的时候，他才看了身边的人一眼，女佣立刻道："太太，先生回来了。"

舒窈收回手转身，果然看到傅亦寒就站在屏风处，身上还穿着军装，面色沉沉的，她立刻道："你回来了。"

冯乔扭头看了他一眼，咬了咬嘴里的肉，绷着嘴没理人。

姐姐和弟弟正和冯乔玩，只是扭头喊了一声："爸爸。"远近分明。

傅亦寒点头，抬脚往房间处走。

舒窈在原地站了片刻，踟蹰着要不要跟上去，虽然傅亦寒没说过，但是她知道每次他看到她和冯乔还有孩子们在一起的画面都会不高兴。

冯乔推她："快去做饭，说好晚上招待我的。"

"嗯。"舒窈转身朝着厨房去了。

吃饭的时候傅亦寒已经换了便装，他本就话少，吃饭的时候话更少了。饭桌上只能听到冯乔和孩子们的声音，舒窈觉得有些尴尬，不停地去看傅亦寒，只是傅亦寒一个眼神都没有给她。

孩子们不懂事，吃过饭就闹着要冯乔陪着继续玩乐高，竟然没人肯同傅亦寒亲近一下。

傅亦寒吃过饭就进了书房，舒窈看了一会儿便也跟着进了书房。傅亦寒面前是一堆摊开的资料，他正在看其中一份。看到舒窈进来，他合上手中的资料："有事吗？"

一句话让舒窈难受了一下，必须有事才能来找他吗？那种随意打发她的感觉又来了，而且看到她进门时，他下意识的动作，怕是觉得是机密不想她看到："没事，我看你没吃多少东西。"在冯乔的问题上两个人都不肯退让，所以也根本不提起。

"不是很饿。"傅亦寒没有动，目光却一直落在她身上，"孩子们还在玩吗？"

"嗯，"舒窈走到他身边拉起他的手，两手把他的大手包在手里，"以前他们就总一起玩。"本还有几句话，她硬生生咽了回去，"你是不是又不高兴了？"

傅亦寒反手握住她的手，正要开口说话，有女佣敲开门："先生，莫管家想见您一面。"

舒窈僵了僵，没想到自己警告她之后她还敢来，而且还趁着她也在的时候来找傅亦寒。

傅亦寒皱着眉："莫莉？"

"是的。"

傅亦寒看了舒窈一眼："让她进来吧。"

舒窈顿了顿，抽出自己的手："那你忙，我去陪孩子们。"

傅亦寒拉住她的手，不置可否道："留下来听。"正常情况下他是不该让舒窈留下来的，可是刚才有那么一刻他不愿意舒窈误会，即便很生气她和冯乔那么亲密，他还是想留下她。

莫莉进来的时候看到舒窈也在里面，大概没想到会碰到她，愣了愣，很快便反应过来，双手贴在一起放在腰间："先生、太太。"

傅亦寒玩着舒窈细长的手指，看了一眼莫莉："什么事？"

莫莉为难地看了舒窈一眼，舒窈面色冷冷的，目光也无温度，还带着不耐，莫莉把目光转向傅亦寒："先生，我就是想问一声，是不是我哪里做得不好，才把我调去别处？"

舒窈有些恼，要抽出自己的手，被傅亦寒紧紧捉住，听到傅亦寒说："上级的命令你听从便是，不需要问为什么。"

莫莉一下子便哭了出来，看了舒窈一眼又一眼，舒窈不愿意让傅亦寒没面子，只是抿着唇站着，也忍着，听莫莉哭着说："太太觉得我哪里有问题都可以说的，我想留在星苑，我工作以来一直在星苑，我……"

傅亦寒打断她："出去！"

莫莉一愣，见傅亦寒不是看向自己，心里微微松了一口气，下一刻便被他冷冽的目光扫到，一时间泪水无声地滑落，不敢再哭出声："是，是。"说着急急地退出去。

待到莫莉一走，舒窈便大力地甩开傅亦寒的手，抬脚便要往外走，傅亦寒站起身捉住她的胳膊，沉声问："你怀疑我和她有不可告人的关系？"

舒窈知道自己反应过大，傅亦寒和莫莉若是真的有什么关系的话不会是现在这个样子，傅亦寒向来敢作敢当，一个女人而已，他没必要不承认。她不喜欢甚至痛恨的是，在她消失再回来，竟然已经有人敢这么当着她的面一次又一次地挑战"傅太太"这个头衔，挑战她作为傅亦寒唯一的女人的权利。

说到底还是爱之深恨之切，她觉得这样的自己很难看，可她控制不住自己。

深呼吸一下，她看向傅亦寒："没有，我不喜欢她，就这样。"

"不喜欢让她走就是了。"傅亦寒皱着眉头看她眼睛红红的，他忍不住心软道，"你和一个用人生气做什么？"

这根本不是一个用人的事情，但是舒窈不愿意和他吵，只垂下眼低声说："我要出去了。"

傅亦寒依旧没松手，低头看着她，略带迟疑地问："吃醋了？"

这话一出，舒窈的泪立刻滴到了他的手背上，有一种被火苗烫到的感觉，他把人拉到怀里，觉得自己没必要和她解释那些无所谓的人和事，可看她哭得一抖一抖的，他忍不住说："如果我有别的女人的话，我会告诉你的，你不必这样猜忌。”

是啊，没有解释，只是告知。如果不是他的一次次容忍的话，那个女人不敢这样一次次地无声挑衅，她不喜欢这样的傅亦寒。

舒窈很快止了泪，一个问题解决完，总有另外一个问题等着你，她不喜欢现在的生活状态。推开傅亦寒，她有些尴尬地拿手背擦了擦眼泪：“我没有多想，我就是不喜欢有别的女人对你这样随意，以后我会注意一些。”

傅亦寒皱着眉头：“注意什么？”

舒窈忍不住又去看他的眼睛，注意什么，他不知道吗？

“你没必要去容忍那些无所谓的人，你是我妻子，”傅亦寒面色不太好，“舒窈，是我没有给你安全感吗？”

“还是她私下找你说过什么？”聪明如他，很快便猜到了。

舒窈沉默，黑长的睫毛闪着，上前一步抱住他的腰，声音颤颤的：“你以后都离别的女人远一点好不好？我不喜欢她们。”

傅亦寒的大手拍在她背上，低声顺从地应着：“嗯。”

“妈妈！妈妈！”姐姐在外面拍门。

舒窈赶紧退出傅亦寒的怀抱要去开门，傅亦寒拽住她，将她拉到身前，大手拇指蹭过她的眼角：“别让孩子看到。”

舒窈看了他一眼，没说话，在他心里孩子已经比她都重要了吗？不过本来就是，他就是为了孩子们才把她接回来的。

/ 第二十六章 /

此爱翻山海，江头潮已平

打开门，姐姐小小的一个人儿正仰着头看她，葡萄似的眼睛里全是清澈的溪水：“妈妈，舅舅要走。”语气里带着不舍。

舒窈把她抱起来：“那我们去送送舅舅。”

姐姐靠在舒窈的肩头，看到傅亦寒从书房走出来，小嘴嘟着，浓黑自带美瞳的眼睛看着傅亦寒，因为不开心，竟没说话，只是看着他。

舒窈下楼的时候冯乔已经牵着弟弟在院子里了，正低头哄弟弟呢，弟弟抱着他的手：“舅舅不要走。”

一场分别的戏演了足足十分钟，傅亦寒始终冷着脸站在台阶上看着。

临走的时候冯乔低声说：“是不是就是那个女人欺负你？”

舒窈立刻抬眼看他：“你别胡闹！”

冯乔看了傅亦寒一眼：“你放心，我帮你解决掉。”

舒窈拽住他的胳膊：“我说话你没听清？不准胡闹。”

“不闹出人命，放心吧。”冯乔推她的手，舒窈却不肯放开他。

“这件事不用你管，不然只会越来越复杂，你要是为了我好，就什么都别做。”舒窈有些急，怕冯乔“旧病复发”，她不想他再走那条路，下意识地看了傅亦寒一眼，见他正看着自己，她立刻收回目光，“你发誓。”

不待冯乔说话，舒窈又加一句：“你用姐姐和弟弟的性命发誓。”

冯乔立刻推了她一把：“你神经病！”他最喜欢姐姐和弟弟，比喜欢舒窈还多一些，所以才骂舒窈。

舒窈后退了两步，很快又走回去，压低声音说：“你要是再去杀人的话，以后你就见不到孩子们了。”

冯乔听了这话立刻生气了，气呼呼地看着她，上了车大力关了车门，不肯再多看她一眼，像个发脾气的臭孩子，发动了车子就要走。

弟弟跑到驾驶座旁边：“舅舅还没说再见。”

冯乔立刻缓了神色：“弟弟拜拜，姐姐拜拜。”

一直到冯乔的车子消失不见，舒窈依旧站在原地，心中总有些忐忑，怕冯乔真的做出什么不可理喻的事情。

两个小人儿恢复得很快，立刻从“舅舅已经走了”这件事中恢复过来，又进入了“爸爸可以陪我们玩”的模式。

桌上是两个人没搭建好的乐高，傅亦寒领着两个人玩，舒窈在一旁陪了一会儿，趁着几个人不注意出去打电话，只是冯乔一直没接。

她觉得自己那句话说得太重了，冯乔喜欢孩子们，自己又像个没长大的孩子，她说那样的话感觉像是要抛弃他，可那不是她的本意，她只是不想他再走重复的路。

舒窈打了好几个电话，冯乔都没接，她又发了几条短信过去，好话说尽，冯乔就是不理人。

晚一点孩子们睡着之后，舒窈还是有些烦躁，洗了澡，坐在小阳台上发呆，傅亦寒一直在用笔记本处理事情，也没空理她。

傅亦寒处理完手里的事情，看舒窈还抱着电话，看了片刻开口：“过来帮我看个东西。”

舒窈不疑有他，才靠近床边，便被傅亦寒拦腰丢到了床上去，舒窈刚要挣扎，他的大手便摁在了她的肩头，似乎很急，舒窈没有和他有过这么急迫的情事，几乎是立刻便和他缠在了一起。

傅亦寒做这种事情的时候不喜欢说话，只是他的每一个动作都很霸道，几乎要把舒窈吞下去一般，没一会儿便听到了舒窈的呜咽声。

电话传来一声响，舒窈下意识地推了傅亦寒一下，他眸中有利光闪过，拖着她死死压在自己身下，力道也更狠了一些。

待到结束的时候，舒窈已经累得晕了过去。

静谧的房间里，傅亦寒抬手拿了舒窈的电话，上面是冯乔发来的短信："知道了！啰唆！"

他冷着脸丢下电话，薄唇紧紧抿着，连目光都冷了冷。

他很少有生气的时候，可是最近他生气过许多次，却无法对舒窈明确地说出自己的感受，就如之前他执意每次都把自己的衣服挂到她的柜子里，隔一日他的衣服总是又回到自己的柜子里。又如晚上看到她喂冯乔吃东西，他觉得自己恨不得杀了这个人。

此刻他背对着舒窈坐在床边，总有一种无法控制的感觉，他想要舒窈以后都不再见这个人，不同他亲密地说话，也让孩子们远离这个人。

不知道坐了多久，他站起身把床上娇小的身躯抱到卫生间帮她清洗，舒窈迷迷糊糊地挂在他身上，他看着她白皙的肌肤，这个人就是自己的，必须是！

第二天舒窈醒来的时候所有人都不在了，连孩子们都已经去上学了，面对空旷的房子，她还是问了一句："冯乔几点把孩子们接走的？"

女佣有些为难。

"怎么了？"情况不太对。

"小少爷和小小姐是先生亲自送到学校去的。"女佣答。

舒窈愣住："冯乔没来接人？"

女佣摇头："没有。"

舒窈拿了电话打给冯乔，电话处于关机状态，无法接听。

白天在基金会，舒窈又打了许多次，依旧是无人接听，舒窈想去店里找他，但是没有事先安排，她怕给傅亦寒带来麻烦，只能忍着。

下午的时候打了电话给程笑问她有没有去店里，程笑大概是没在，却说："我和朋友正要过去，怎么了？"

"你帮我看看冯乔在干吗？我找不到他了。"昨天她说了那样的话，今天又这么巧是傅亦寒去送的孩子，她怕他多想。

"行，那你等我的电话。"

没多久，程笑便回了电话过来，说话的人却是冯乔："是我，找我干吗？"他语气臭臭的，舒窈可以想到，脸色肯定也臭臭的。

"给你打电话怎么不接？"舒窈直接问，心里担心，嘴里也着急，她是真的拿他当家人的。

冯乔沉默了片刻："手机没在身边。"

舒窈放下心来："是因为昨天我说的话你生气了吗？孩子也不接了？"

冯乔在电话另一端哼哼两声："知道了。"

"那你晚上去接，晚上留在星苑吃饭。"

"哦。"

舒窈听他语气还是不太高兴，低声说："昨天我不是那个意思，冯乔，你是我弟弟，我想让你过正常人的生活。"

"我知道，我没有怪你。"冯乔不哼了，认真说道，"那个事情我不管了，你自己解决好就行。"

舒窈笑了笑："行，那我们晚上说。"

晚上的时候，舒窈回到易园，发现傅亦寒已经把姐姐和弟弟接了回来，她到星苑的时候他正领着两个孩子在浇花，地上还有弟弟的小汽车，显然已经玩了一会儿了。

舒窈走过去看着在玩水的姐姐，问傅亦寒："你把他们接回来的？"

傅亦寒弯腰把姐姐的手又往前拉了拉，拿了水管帮她冲水，听到舒窈的话点了点头："嗯，下午没事就去接了。"

早上送，晚上接，傅亦寒什么时候这么闲了？

“妈妈，你要洗手手吗？”姐姐一只手放在水管旁边，笑嘻嘻地问舒窈，小孩子都喜欢玩水，姐姐也不例外。

舒窈摸了摸她的头：“妈妈不要，你自己玩。”

“我去换衣服。”她同傅亦寒说。

进了卧室，舒窈立刻拿了手机给冯乔打电话，依旧是关机状态。她换了衣服走出卧室，上楼去书房，路上碰到一个女佣，她问对方借了电话，拨通冯乔的电话号码，对方很快便接通了：“喂？”是她熟悉的声音。

舒窈挂了电话，深呼吸一口气，身子晃了一下。女佣过来问：“太太，有事吗？”

舒窈摇头：“没事。”

傅亦寒阻断了她和冯乔直接联系的门路。

他想做什么？

而冯乔，是不是下午打电话的时候便知道了？

舒窈觉得头有些晕，不过一整晚她都没说什么。

晚上到了床上，舒窈无心这个，傅亦寒却不放过她，折腾起来比以前厉害了许多，仿佛根本不顾她的感受。

第二天早上舒窈起了个大早，倒是赶上傅亦寒和孩子们一起吃饭。

吃过饭，傅亦寒穿着军装一手抱着弟弟，一手牵着姐姐出门，站在台阶下问舒窈：“要不要和我一起去送他们上学？”

舒窈看他的表情，没有任何异常，于是她问：“你不忙吗？怎么自己送？”

“不忙。”傅亦寒简短地回答，没有解释。

弟弟朝舒窈伸出手：“妈妈也去。”

舒窈笑着朝他走过去：“好，妈妈也去。”

送完两个孩子，傅亦寒送舒窈去基金会，路上还同她闲谈：“工作忙吗？要不要再帮你补充点人？”送上来的消息说她那里很忙，大概也和她的身份有些关系。

“不用，忙得过来。”舒窈简短地回答，无心聊天。冯乔的话题更不合适，可是压在她心里，让她觉得有些难受。

她能猜到傅亦寒是为什么这样做，却不能接受他的这种做法。

傅亦寒审视的目光在她脸上流连，从昨天到现在，她一直在无声地抵抗，他知道为什么，但是他不想妥协。

“后天陪我出席一个宴会。”他开口，不是商量，而是命令。

舒窈点点头，强笑道：“行。”这本就是她的责任和义务。

车厢里很安静，两个人各有心事，谁也不开口。傅亦寒抿着唇，有些烦躁，他不喜欢这样的气氛。

在舒窈这里，他总是有太多的不喜欢，太多无法控制的情绪。

到了基金会，一排车停下，有过往的员工看过来，看到傅亦寒跟着舒窈下车，不禁驻步。舒窈看起来想要走，傅亦寒拉住她的胳膊，两个人说了什么，表情都不太好，舒窈又要离开的时候，傅亦寒扯住她的胳膊把她拉到了怀里。

两个小姑娘惊讶，以前在电视上确实看过媒体说两人恩爱，没料到是真的!

舒窈任由他抱了一会儿，听到傅亦寒说：“晚上我接了孩子，一起来接你下班吧？”

看来他是铁了心。舒窈张了张嘴，到底只是说了句：“好。”

傅亦寒低头在她唇上印了一下：“去吧。”

舒窈走在路上，心里很复杂，自己仿佛又回到了以前那个傅亦寒身边，以前他经常会这样对自己，临走的时候亲她，或者抱着她，仿佛不舍得她走。现在又是这样，可又和以前不一样了。现在的他更多的是占有欲和情欲，而不是爱意。

莫莉的事情穆修来和她说过一次，直接被调出了易园，说是去了一个政府单位，舒窈没细问，也不想知道。

日子很快到了第三天，有专门的团队来帮舒窈化妆换衣服，傅亦寒没说是什么宴会，舒窈猜测可能是一个政府工作人员的私人大聚会，而她现在的妆容不浓不淡，礼服是黑色的露肩纱裙，做工细致，裙摆是花瓣式的，走起路来既有风情又不失庄重。

宴会就在易园里举行，傅亦寒来接人的时候，舒窈就站在一盏灯下等人，看到她的时候，他清晰地感受到自己的心跳漏了两拍。舒窈很适合黑色，现在的发型也很适合她这一身搭配，细腰盈盈一握，黑葡萄似的大眼睛看着你，哪怕提出条件让你去死，也不会多考虑一下。

傅亦寒忽然想把她藏起来，不许她出门见人。

最终，他朝她伸出手："走吧。"

舒窈手放在他的手心里，很快被他包住，傅亦寒侧头看她："今天很漂亮。"

舒窈笑了起来，以前他都不许她出门穿黑色的衣服，更何况是穿着黑色略带性感味道的裙子去参加宴会，她拉了拉他的领带："你也很帅。"

"我不是说恭维话。"傅亦寒顿了顿，不喜欢她的误解。

舒窈立刻正了神色："我说的也是实话，我一直觉得你很帅。"

"一直？"

"嗯，"舒窈点头，"第一次见你的时候就觉得，不过那时候你都不怎么说话的，也不理人，每次我都要逗你半天你才肯理我一下。"

傅亦寒想象不到那样的画面，不过应该很有爱吧？听说以前的舒窈特别调皮，又任性，还只对他一个人任性。

"那我不理你的时候，你会不会生气？"

"会啊，"舒窈想到以前的事情，"反正你最烦人了，经常不理我，生气了也不来哄我。"

"所以你跑去和别人谈恋爱了，是吗？"

舒窈愣住，不知道他为何忽然问起这个话题，也不知道他到底都记得些什么，看着他，想要从他脸上看出些什么。

傅亦寒主动回答："我看过资料，不过没提你为什么会和别人在一起。"

"哦。"舒窈忽然闷下来，她不想提这个话题。

"我不喜欢你和别的男人在一起。"傅亦寒忽然开口，在夜色中低哑的嗓音听起来有些迷人，又带着无以言说的霸道。说完之后紧紧地盯着舒窈，想看她的反应。他不愿意说起冯乔，却也不愿说起别的男人，但他还是想让她知道。

走道上有一个小石子，舒窈把它踢远了，忘了自己穿的是露脚的高跟鞋，大拇指狠狠地疼了一下，不过她没有去关注，回望着傅亦寒："所以才不让冯乔再来吗？"

傅亦寒收回目光，拉着她往前走："嗯。"走几步，他又说，"忍他很久了。"

舒窈觉得自己有必要和他认真谈一次，只是还没开口，傅亦寒便说："别帮他求情，我不喜欢听。"

两个人到了易园常开宴会用的明厅楼，舒窈才知道今天宴请的是军方的人，多是在职干部和家属，偶尔还能看到几个小朋友跑来跑去，可是傅亦寒没有让姐姐和弟弟来，人太多，他怕照顾不到。

两人刚进大厅，便有络绎不绝的人上来攀谈，大家看到她的时候都很客气，对傅亦寒则更多的是尊敬。

宴会的主持人是从电视台请来的，长得年轻漂亮，口才也很好，在台上侃侃而谈。舒窈在电视上经常见到这个女主持，叫许弋，她还挺喜欢她的主持风格。

原来宴会是庆祝海军舰队的环球巡航圆满结束，舒窈认真听了一会儿，听到主持人说："接下来我们请指挥官说几句。"

舒窈立刻看向傅亦寒，傅亦寒却没有看她，直接拉着她上台。舒窈没想到他会拉着自己，脚步踉跄了一下，傅亦寒立刻回身扶了她一把，接下来步子小了许多，一直照顾她。

他上台演讲拉着她做什么？舒窈嘀咕。

傅亦寒说话的时候怕舒窈不自在，便一直拉着她的手：“这两年零三个月，一直辛苦大家在海上漂泊，国防力量的建设离不开大家的努力，国家的……”

舒窈侧头看他，其实她经常会看看新闻，傅亦寒经常要在各种场合发表讲话，虽然他的讲话已经很简短直接，但是还是有许多避免不掉的客套话，而他现在就正在说这些客套话。

无论坐到什么位置，总有许多避免不掉的事情，傅亦寒平时连废话都很少讲，让他耐心地说这些话已经很不容易。

“另外，”长长的一段讲完，傅亦寒忽然换了个话题，“今天是我和我太太的结婚纪念日，她可能已经忘掉了……”

台下响起雷鸣般的掌声。

舒窈眼睛瞪得大大地看着他，她确实已经不记得这件事，这几天两人虽然没有吵闹，但是彼此之间又很沉默，往年也没有过过纪念日，没想到他竟然还记得。

看着舒窈大大的眼睛，傅亦寒笑了笑：“这些年我一直很感谢我太太肯陪在我身边不离不弃，”他看着舒窈，柔声说，“将来无论发生什么事，我都会是你最坚强的后盾，也希望未来的风风雨雨，我身边一直有你。”

台下的掌声越来越大。

舒窈心下有些感动，想抱抱他，场合又不太合适，谁知下一刻傅亦寒直接将人抱在了怀里，足足过了十秒钟，才在众人的鼓掌声中放开了她。

开场舞自然是两个人跳的，舒窈朝他抱怨：“我都忘记了今天的日子。”

“没事，以后我都会记得的。”

气氛这么好，连舒窈都不再提不愉快的事情：“你怎么都不提前和我说的？刚才傻傻地站在那里好丢脸。”

“没事，没人敢觉得你丢脸。”

“不敢觉得不代表没有丢呀！”舒窈依旧气鼓鼓的。

傅亦寒嘴角噙着笑，手臂环着她的细腰，带着她转了个圈，女性柔软的姿态尽显。

一曲完毕，舒窈被傅亦寒拉着退出舞池，大家纷纷进了舞池，也有人投机，故意来和傅亦寒套近乎，舒窈在一旁站着听都觉得累。

没一会儿，她看到了自己最不喜欢的人：霍述。

几年不见，霍述依旧意气风发，见到舒窈也一点不觉得难堪，仿佛那些事都没有发生过，端了酒面不改色地同舒窈打招呼：“太太，好久不见了。”

舒窈瞪着他，很想不理他，也不接他的话，几秒后，开口说话没忍住损他：“那是因为你不想见我。”

霍述没想过舒窈说话这么锋利，一时间笑了一下，看向傅亦寒：“指挥官，太太现在可比以前厉害多了。”言语间还带着调侃。

傅亦寒自然知道两个人打的什么哑谜：“她脾气不好，你以后多让着她，不要为难她。”傅亦寒同霍述的情谊不一般，两个人一起收复北加韦，又一起创立联盟，整个地区的和平稳定几乎都是两人创立的，所以他待霍述很是看重。

“那是自然，我以后可不敢得罪太太。”他这话听起来是调侃，却更像是另一种承诺。

可舒窈不领情：“你不把我抓起来我就谢天谢地了。”想到这几年受的苦，她不愿意原谅霍述，句句都在针对他。

待到霍述一离开，傅亦寒立刻道：“你是不是还怨我把你丢在汤山不管？今天是好日子，你不要不开心，我以后会补偿你的。”

舒窈笑起来，傅亦寒一本正经的时候可真可爱，她往前不经意地往他怀里靠了靠：“罚你以后都必须对我好，不许惹我生气，不许让我不开心……”有很多不许，单单不能提冯乔。

“嗯。”傅亦寒低头看她，胸腔中发出震动，他愿意，他都愿意。

他不止以前爱她，以后可能更爱她。

很快有其他人上前来攀谈，舒窈规矩地站在一旁认真听着，偶尔说几句，当好装饰。

没一会儿，竟然有人要请她跳舞，舒窈下意识地看了一眼傅亦寒，傅亦寒没说话，舒窈只能把自己的手放在对方手里。

傅亦寒同身边的人说话，目光却一直落在舞池里的舒窈身上，她身着黑色礼服，古典的发型，她的眼妆让她的眼睛看起来更大更漂亮了，对方不知道和她说了什么，她抬头笑着看对方，那笑容有些刺眼。

以后……以后不能再让她穿黑色礼服出门了，那不经意间流露出的妩媚的样子，同她跳舞的军官显然也看到了，目光一直落在她脸上没离开过。

他想上前去拽开对方的手。

"指挥官阁下，您看？"对方又问了一遍。

傅亦寒这才收回目光，同对方认真交谈起来。

一支舞罢，舒窈同对方一起退出舞池，本是要去傅亦寒身边，却被人半路截道："傅太太，我想和您说几句话。"

舒窈看着她，是那个叫许弋的电台主持人，她含笑对对方说："你说。"

许弋五官小巧，组合在一起有一种舒心漂亮的感觉，此刻却有些焦灼不安地看了看周围："我有个不情之请。"

"嗯。"舒窈点头，却不接话，只等她说。对方说，她便听，对方不说，她不知道也可以。

对方深呼吸了一口气，才赴死一般道："我希望傅太太您能高抬贵手放过我朋友。"

舒窈愣住，她最近不放过谁了吗？难道是莫莉？可她不是被调去政府单位吗？是因为单位不好？

看舒窈一脸不解，对方干脆道："我朋友是陆心颖。"

舒窈顿时沉下脸来："什么意思？"

"心颖她从小就聪明，也肯努力，能得到今天的地位不容易，不管她和……”她顿了顿，到底没说出来，舒窈却已经明了，气得站在原地发抖。

许弋还要说什么，舒窈冷声打断她：“我不知道你说的是什么事，也不知道你朋友有多优秀，我甚至都不认识她，更不会做什么下作的事情让她通过别人求我放过她，这样的事情只有这一次，别让我计较下一次！”说完她便欲离开，却被对方捉住了胳膊。

“是程笑，是她，你们不是好朋友吗？”

傅亦寒从一侧走过来，低头看着对方捉住舒窈的手：“什么事？”

许弋吓得立刻缩回手，战战兢兢又强笑道：“我想和太太做个朋友，不打扰你们了。”说着她后退一步，嘴里又虚虚地说着，“抱歉，真的很抱歉。”

对方一离开，傅亦寒便问舒窈：“怎么了？”

舒窈看了他一眼，又看了一眼：“没事，我都不认识她，她还拉着我一直说话，我烦她，就说了她几句。”

傅亦寒知道她没说真话，一般情况下舒窈不会这么没礼貌，除非对方触到了她的底线。而且他刚才都看到她生气的表情，不过他没表现出来：“一会儿待在我身边，不要去跳舞。”

舒窈看了他一眼，很快明白了他的意思：“为什么不能去跳舞？不是来开舞会的吗？”

“你想跳舞的话我陪你跳。”傅亦寒不答话，却给出了意见。

“不喜欢我陪别人跳舞？”舒窈问得直接，又带着一些恶意，“这样的场合经常会有，我不可能永远只陪你一个人的。”

傅亦寒抿着唇，垂眸看她：“我哪里又惹你生气了？”

会场里有音乐声，有大家的交谈声，舒窈目光瞥向别处：“有人过来了。”

傅亦寒同别人交谈着，舒窈站在一旁听了一会儿，找了个借口去卫生间，却从另外一个门直接走出了会场，她知道自己这样做有些任性，却还是忍不住自己的愤怒。更忍不住的，是自己的猜忌。

她无法直截了当地对着现在的傅亦寒质问，即便是以前，她也是踟蹰犹豫许久，才旁敲侧击地问，等他主动告诉她。

现在，她无法去问，傅亦寒更不会主动说。

傅亦寒已经不再是以前的傅亦寒，她却还是以前的她，依旧不喜欢他和任何女人的名字联系在一起，不喜欢他多看别人一眼，有太多太多的不喜欢。

离开会场之后，舒窈漫无目的地走，她不知道该往哪里去，也不能回去以这样的表情面对孩子们，她甚至开始怀疑自己离开汤山回到易园是否是正确的选择，更怀疑两人现在是否依旧合适。

她以前从未注意过这些问题，因为以前傅亦寒总会因她而妥协。现在他不愿意妥协之后，两人之间的矛盾便越发尖锐起来。他的霸道像是一把尖锐的刀，表现出来的不是事情本身，而是他个人的态度，他已不愿照顾她的情绪，连掩盖一下都不肯。

陆心颖不过是一个爆发点，也是因为这个名字，才放大了她对这种情绪的不满。

不知不觉她竟然回了鹿林，两只鹿远远地看到她便奔了过来，舒窈停下来，摸了对方许久，屋子里有用人跑出来："太太，您怎么来了？"

舒窈没看她："我回来拿东西。"

自从回到易园之后她便没有再来过鹿林，此刻她却发疯一般想要知道某些问题。

进了客厅，所有的家具都焕然一新，她的心一点点沉下去。再去卧室，女佣跟在她身后，她进门之后直接反手关了门，忍着痛意一步步丈量过卧室，入目的所有东西全是陌生的，打开抽屉，自己原本的物品早已不翼而飞。打开衣橱，没有一件属于自己的衣服。连原本她让人钉在墙里的一处专门放置她和傅亦寒甜蜜小信件的暗格都没有了。

傅亦寒曾在失忆之后回过这里，然后指挥人一点点清除了她的一切痕迹，就如除掉关于她的记忆一般要除掉她整个人的存在。

既然他要否定掩盖关于她的所有，那么他和其他女人有瓜葛不是很正常吗？

脑子里像是有人在打架，剧烈地疼，舒窈恍恍惚惚地爬上床，心里做了一个决定，可是痛意很快便掩盖了她的决心，她短促地呼吸，像是被丢到岸上的鱼，发出来的声音听起来让人难受。

傅亦寒几乎是立刻便发现了舒窈的离开，他心里有些急，面上却不显，杨粒上前报告了她的行踪，傅亦寒联想到她之前表情不对劲，几乎是立刻将酒杯交给了用人，本是要离开去寻人，走了两步，忽然停下来，看向某一处："把她带到楼上去。"

没几分钟，许弋便被保镖"请"到了楼上某一个房间，在对方走到她身边说有事请她帮忙的时候她便猜到了，只是没想到要见自己的人竟然是傅亦寒。

傅亦寒站在一张古典茶台旁边，西装革履身材修长，配上英俊的脸，和这个古色古香的房间有些格格不入，但是他脸上的冷意成功地震慑住了她。

许弋强笑一下，道："指挥官阁下，您找我。"

傅亦寒冷冷地看着对方，直接道："只给你一次机会，你全家的命运都在你的回答里。"

许弋变了脸色，大眼睛盯着傅亦寒，眼神全是惶恐。

"你和我太太说了什么？"

许弋急促地呼吸一声，张张嘴，又张张嘴，不敢说，也不敢撒谎。

"不说是吧？"傅亦寒抬脚欲走，不愿意和她浪费时间。

许弋也抬脚快速往他旁边走了一步："程笑这一段时间总是针对心颖，我想求您太太高抬贵手放过她，她很努力，长得又漂亮，不该……"她把和舒窈说的话又说了一遍。

傅亦寒打断她："程笑针对你朋友和我太太有什么关系？"

“因为，因为，心颖喜欢您……”

傅亦寒紧紧皱着眉头：“那么，心颖又是谁？”他脑中无任何印象。

许弋顷刻间白了脸，他连陆心颖是谁都不知道，心颖却被人针对到要去死的地步，为什么？

“她说，她说您救过她，她每次都去王都弹琴，就是为了见您一面。”

傅亦寒立刻将救人、弹琴这些因素和一个衣着暴露的女人联系在一起，又想到那天她竟然能接近自己，可见在外人眼中他们确实是有些关系的，以前他不在意这些，但是现在不同了。

“你和她说，”傅亦寒盯着许弋，一字一顿，“那天我不是救她，而是因为她被人打的时候叫得太大声，我嫌吵。”

说完他头也不回地大踏步走了出去。

下楼的时候他没有再去会场大厅，而是走另外一条通道直接往鹿林走，杨粒原本不想跟他去，但是傅亦寒出门的时候看了他一眼，他不得不跟上来，心里却叫苦，这不是神仙打架小鬼遭殃嘛。

走到鹿林外，两头鹿蹭到傅亦寒身边，傅亦寒停下脚步转头看杨粒：“我和那个女人到底什么关系？”

杨粒看着他，您和她什么关系您自己不知道呀？

“其实多年前您和那位陆小姐就传过绯闻，不过都当不得真，因为那些都是谣传，所以后来您为她出头，大家才会觉得你们关系不简单。”杨粒把前因后果说了一遍。

傅亦寒有些烦躁，记不得以前的事情太麻烦。

“多年前是什么关系？什么绯闻？”当时他还和舒窈在一起，不可能会招惹别的女人。

“那时候您和太太关系有些紧张，有一次吃饭的时候多看了陆小姐两眼，就有人打主意想把她送给您，后来您还陪她出席过一次赵家的宴会。”

傅亦寒盯着他，目光冷冷的，显然不相信他说的话。

杨粒冷汗落下："是刘家托了赵家的老爷子，让您去接了她一起去赵家的宴会，你们一起进门，大家看来当然是男女伴了，落在有心人的眼里……"后面就不用他说了吧？

傅亦寒听后面不改色，简单地点头之后便转身进了房子。杨粒在原地徘徊了一会儿，还是选择了赶紧离开，希望傅亦寒今天一整晚都不要找他。

傅亦寒穿过客厅和小厅，在用人的指引下直接去开了卧室的门，房间里没有开灯，他皱了皱眉头，抬手开了卧室的灯，然后便看到团成一团缩在一起的舒窈，背对着他，瘦削的肩膀露出来，看起来格外让人怜惜。

傅亦寒上前两步，入目的是舒窈白到不正常的脸色，还有挂在她睫毛上的泪珠，不知为何，他的心狠狠疼了一下。

他走过去将人抱起来："舒窈？"

舒窈紧紧闭着眼，他只听到了出气声，一声声，很重，打在他心上让人难受。

傅亦寒拍了拍她的脸，低声叫她的名字："舒窈。"

舒窈睁开眼看了他一眼，又闭上眼，抬手去推他，傅亦寒没动。

"哪里不舒服吗？"

"头疼。"舒窈脸贴着床单，闷闷地说。

"我带你回星苑，那里有药。"说完傅亦寒不由分说地将人抱起来，舒窈软软地靠在他怀里，像个病美人。

用人看到傅亦寒将人抱出来除了惊讶，不敢多说什么，只问要不要叫车来。

"不用。"

鹿林离星苑有一段距离，傅亦寒的脚步很稳，他想到当时医生会诊之后调整了用药，又私下同他说舒窈这病有一部分是她的心理原因，要他保证她能时刻心情愉快，再慢慢调理下会好起来。

今天有人同她说了那些混账话她就变成了这样，傅亦寒又恨说这混账话的人又恨自己，之前他虽然对那些女人不沾身，却也不会刻意避着，才会有今天的事情，说到底还是他的错。

回到星苑，两个孩子还在巴巴地等，看到他将舒窈抱回来立刻围上来叫："妈妈！妈妈！"

舒窈挣扎着要下地，傅亦寒不让："你们进屋来，妈妈不舒服，你们陪她一下。"

姐姐和弟弟听了这话立刻乖乖地跟在他身后，在他将舒窈放下之后，他们立刻爬上床趴到她身上问："妈妈你怎么了？"

弟弟问："妈妈是不是又头疼？"

舒窈摸了摸他的小脑袋："没事，妈妈不疼。"

傅亦寒去帮舒窈拿药，又兑了温水，看舒窈忍着痛安慰姐姐和弟弟，心里很不是滋味，坐在床边把药递出去："慢点吃。"

舒窈从他手心捏了药，就着他递过来的水杯喝下去，不肯多看他一眼，喝完便抱着弟弟缩进薄被里，姐姐也钻了进去，听她柔声安慰孩子们："晚上陪妈妈睡好不好？"

"好！"

傅亦寒本是想和舒窈说说话，她这般分明是不想谈，姐姐和弟弟又将床占了大半，根本没有他的位置。

弟弟趴在舒窈怀里问："妈妈还疼不疼？我给你呼呼。"小男孩已经知道怎么安慰母亲。

"弟弟乖，妈妈不疼。"

"我也给妈妈呼呼！"说着姐姐站起身跨过弟弟围在舒窈另一边。

傅亦寒开口："妈妈不舒服，你们不要和妈妈说话，让妈妈休息一下好不好？"

"好！"两个孩子都很听话，也很为舒窈着想。

傅亦寒又陪了一会儿，看三个人都闭了眼他才站起身走了出去。

星苑有好几间客房，他随意开了一间，洗了澡，忽然想到书房里放的舒窈的资料，忍不住找了她以前的资料一遍遍看着，却记不起任何事，他从未如此想要记起某一样东西，而这竟让他觉得暴躁。

杨粒到底还是没能躲过去，被傅亦寒叫到星苑聊了足足三个小时。他说了三个小时和舒窈有关的事情，傅亦寒听了三个小时。

待到杨粒离开，傅亦寒又打电话问医生自己的记忆能否恢复，得到的是否定的答案。

当晚他做了一个梦，梦里他正在同人说话，舒窈穿过花园走过来，形容狼狈，看到他的时候大眼睛里写满了委屈，却不敢靠近他，待到同他说话的人离开，她立刻埋进他怀里哭了起来，像个受了天大委屈的孩子。

猛然惊醒，傅亦寒深呼吸几口气，知道那些事是现实中发生过的，他又打了几个电话出去，打完站起身回了房间。

三个人睡得很好，他将姐姐和弟弟抱回自己的房间，直到将舒窈抱在怀里，才安心地睡去。

第二天他醒来的时候舒窈竟然已经离开了，而且带走了两个孩子，他心跳漏了两拍，打了电话出去，确认舒窈将孩子们送去了学校才放下心来。

不过接下来的消息却并不让他高兴，舒窈又去见了冯乔。

她和冯乔一起吃一起住将近四年，是四年，不是四天。

冯乔每天都可以看到她，同她说话，和她玩笑，他们有太多共同的记忆，连孩子们都只认冯乔，这让他嫉妒。

后悔吗？

后悔。

傍晚傅亦寒特意提前一些去接孩子，却被告知孩子已经被舒窈接走，而且是接去见冯乔，连那两只小鹅舒窈都派人送了过去，说是要去游湖。

舒窈，冯乔，孩子。

他才是那个融入不进去的人。

车子缓缓驶向他们所在的地方，傅亦寒说不清自己的感受，总觉得自己失去了最重要的东西，却不知道到底是什么。

待到车子即将行驶到舒窈所在的地方，傅亦寒接了一个电话，脸色猛地一变：“追上他，孩子的安全是第一位。”

他不敢相信冯乔竟然抱走了弟弟，当着舒窈的面！

车子很快开到舒窈旁边，她抱着姐姐站在湖边一处拉了警戒线的地方惶惶地看着他，似乎知道自己做错了事情，在他拉开车门的时候，她一句话也没有，立刻上了车。

舒窈已经给冯乔打了许多电话，冯乔关机，一个都不肯接，他是铁了心要把弟弟抱走，可这是加韦，就算他身手好，抱着一个孩子又能跑多远？

在傅亦寒第一天亲自去接送孩子们，不许冯乔再碰孩子的时候她就应该想到的。冯乔做事荤素不忌，却极其看重孩子们，这是他会做的事，他心智本就像个大孩子，孩子又是他养大的，肯定会觉得受了委屈，可傅亦寒不会这么想。

她看着傅亦寒阴沉的面色，甚至不敢开口求情。

现在无论她说什么，得到的都是反效果。

冯乔将车子开上高速，弟弟乖乖地坐在宝宝椅上，问冯乔：“舅舅我们去哪里呀？”

“舅舅带你去很远的地方玩好不好？”冯乔心情好，哄着弟弟。

“妈妈和姐姐不去吗？”弟弟看着前排的冯乔，并不害怕，在他心里舅舅是世界上顶顶可靠的人。

“妈妈今天不去。”冯乔从镜中看弟弟，真乖，真可爱，这就是他带大的孩子。傅亦寒想将他和孩子们分开，做梦！

“舅舅今天只带你一个人去玩，我们两个的秘密基地。”

如果可以的话他想把姐姐也带走，但是把孩子们都带走的话舒窈肯定要伤心。

“妈妈也不能知道吗？”

"只有我们两个可以知道。"

"可是我想让妈妈也一起去，妈妈不舒服，又不肯吃药。"

冯乔愣了愣："妈妈怎么了？"

"妈妈昨天痛痛，"他指了指脑袋，"早上又不肯吃药。"

冯乔嘴巴耷拉下来，肯定是傅亦寒又欺负舒窈！

早知道就不该回来！可是想到要在汤山待一辈子，他又不太愿意，左右都是烦躁，都是傅亦寒的错！

心里正骂人，头顶就响起了直升机的声音，他开了天窗一看，足足三架！

竟然这么快就找到他了！

冯乔车速不自觉快了起来，系统提醒："您的车速已经超过一百五，请谨慎驾驶。"

"舅舅，一百五是多少？"

冯乔猛地想起车上还有孩子，立刻减速，回到正常的九十速度，直升机不紧不慢地跟着，他知道自己跑不了多久。

又往前开了一些，他将车子停在消防道上，开了后车门直接将弟弟抱了下来，车上什么东西都没带，抱了人翻过栏杆直接沿着护道而下。

弟弟眼神好，看到不远处人家养的鸭子："舅舅，小鹅你让妈妈帮我带着了吗？"

"带了。"

"姐姐的小鹅呢？"

"也带了。"

"那家里有大鸭子。"弟弟指了一户人家，是村子里离高速道近的一户人家。

"弟弟喜欢吗？"

"喜欢。"

"想养吗？以后我们可以多养几只。"他嘴上这么说，却知道不可能实现，有些心酸，自己搞这么一件事出来，以后要见到孩子们恐怕更难了吧？

“好！舅舅真好！”弟弟说着亲了他一口。

冯乔抱着他一直走，一直走，走到夜色黑尽，直升机开了直射灯，帮他照亮了脚下的路。

“以后要是见不到舅舅会不会想舅舅？”

“舅舅要去哪里？不带我吗？”

冯乔吸了吸鼻子：“哪儿也不去，你把舅舅的电话号码再背一遍。”

弟弟背了遍，冯乔又让他背一遍，叮嘱他：“以后每周抽个时间给舅舅打个电话好不好？”

“不能每天打吗？”

冯乔又吸了吸鼻子：“能。”

一排车子呼啸而来，然后在他面前停下，冯乔紧紧抱着弟弟，看着傅亦寒的军靴落地，然后直直地朝自己走过来。

弟弟看到傅亦寒，喊了一声：“爸爸！”却没有伸手要他抱。

傅亦寒走过去，将弟弟抱走，弟弟不肯，冯乔安慰他：“听爸爸的话，去吧。”

弟弟这才依依不舍地被抱走，傅亦寒看着这样的弟弟，愤怒到了顶点。

他打开车门，将弟弟塞到舒窈怀里，舒窈目光惊恐地看着他，似乎有很多话想说，却坐在那里一动不动。

傅亦寒缓缓合上车门，然后目光冰冷地朝着冯乔走去，冯乔直直地站着，目光犀利，像个随时准备爆发的小兽。

想死，是吧？

傅亦寒还未走过去，冯乔便直直扑了过来，傅亦寒躲了一下，抬脚直接给了他狠狠的一脚，冯乔身手灵敏，躲过了要害，很快便反扑过去。

两个人都是老手，冯乔练的是杀人的技巧，他在力量上弱一些，但是对于要害的攻击很有心得，缠打的过程中傅亦寒竟然也吃了几次亏。

只是傅亦寒自小也接受军中训练，也曾执行过许多秘密任务，年少的时候随着父亲奔走加鲁，要谈狠，他从不认输。

/ 第二十七章 /

地狱有星辰，你有我

对打中两个人的动作都很干脆利落，拳风刚劲，最初还有一些套路，到了后面已经不是谁赢谁输，而是谁要谁的命，最终冯乔落了下风，接连吃了傅亦寒好几个拳头，嘴角不断有血流出来，他却并不就此收手，一脚直接将人扫到地上，又追过去毫不犹豫地给了对方几脚。

车上姐姐和弟弟都在哭，大喊着："不要打舅舅！不要打舅舅！"挣扎着要下车。

舒窈死死地拽住两个孩子，弟弟对她又捶又打："你放开！放开！我要找舅舅！找舅舅！"

温热的泪水滴到舒窈的手背上，她急促地呼吸，发出哽咽声，终于忍不住哭了起来。她不是不去，她是不能去。

只要她说一句，傅亦寒肯定会打死冯乔的。

傅亦寒终于停下来，看着被打倒在地吐血的冯乔，目光森冷，一句废话都不想同他多说，抬手："拿来。"

立刻有人递了枪过来。

傅亦寒拿在手里上了膛，动作不紧不慢，漫不经心地看了冯乔一眼，眸中杀机尽显。

冯乔死死地看着他，挣扎着一点点站起身，朝他大喊："杀了我吧！你杀了我！现在就杀了我！我不怕你！我告诉你！"冯乔一字一顿大喊，"我不怕你！"

他喊着喊着忽然大哭起来，哭得像个孩子："老婆是你的！孩子是我的！我养大的！"他一步步走近傅亦寒，死死盯着他，"我养大的！我的孩子！

"舒窈怀孕的时候是我每次陪她去产检，她生孩子的时候抓着我的手怕死在手术台上你知不知道！姐姐和弟弟生下来只有一点点，有个医生想让他们母子都死在手术台上，是我救了他们！弟弟生下来没多久发高烧，是我抱着他每天每天去医院！他会喊的第一个词是舅舅！我每天给他们讲故事，每天陪他们睡觉，送他们上学，教他们和别人做朋友，陪他们玩，保护他们！你呢？你在哪儿？！他们从出生到现在你在哪儿？！"

冯乔哭得不像个男人，一把鼻涕一把泪，还有一把血："现在他们长大了，我养大的孩子，凭什么给你！凭什么！"

"你杀了我！你今天就杀了我！不然我还是会把弟弟抱走！把姐姐和弟弟都抱走！"说完冯乔站在那里呜呜地哭，肩膀一抖一抖的，委屈得要死。

到处都是哭声，冯乔的、孩子们的，还夹杂着舒窈细细的呜咽。

傅亦寒沉默了片刻，子弹退膛，冷声命令："把他带回去。"

说完他便转身回到车边拉开车门，弟弟冲过来打他："欺负舅舅！欺负舅舅！爸爸坏！爸爸坏！"

姐姐坐在那里张大嘴巴哭，哭得惊天动地。

傅亦寒低头看舒窈，她脸上是还未散去的惶恐，还有松了一口气的庆幸，脸上全是泪，她却不自知。他抬手蹭了蹭她的脸颊，低声说："别哭了，不杀他。"

舒窈往后避了避，傅亦寒也没怪她，将弟弟抱起来，抬脚坐了进去。

回去的一路上两个孩子哭了一半的路程，剩下一半路程在喊舅舅，不然就是骂他。到了最后，到底是小孩子，哭累了喊累了就睡着了。

到了易园，车子直接开进星苑，傅亦寒抱着弟弟，本来要把姐姐也抱起来，舒窈抱着姐姐不肯撒手，他只得随她去。

进了儿童房，将孩子们放好，舒窈没有要走的意思，也不说话，只是坐在床边低头看着孩子们。

傅亦寒陪了一会儿，见舒窈想去和孩子们躺一起，分明是对他心存芥蒂，或者害怕他，他眸色沉了沉，上前一步直接将人抱了起来，舒窈乖乖的，没有挣扎。

这不是他的舒窈，她在害怕他。

他的舒窈是会据理力争的舒窈。

回到房间，傅亦寒将人放在床上，自己也躺了下去，半抱着她，心忽然安了下来，手放在她的小腹上："生孩子的时候疼不疼？"

舒窈摇了摇头，没吭声，睫毛一颤一颤的。

傅亦寒没继续问，却说起了昨天的事情："我和外面那些女人没什么乱七八糟的关系，连见面的次数都不多，多看一眼就有人求着要打包送给我，那些我不碰的。"

说到这个，舒窈倒是看了他一眼。

傅亦寒看着她黑葡萄般的眼睛，心软得一塌糊涂："以后你不要听信这种话，我这辈子没有对任何人心软过，不管是男人或者女人。"

大手抚过她的眼角："只有你，以前只有你，以后也只有你。"

"以前的事情我不记得了，但是以后不会再让你受这种委屈的。"

舒窈仿佛看到了那个熟悉的爱她的傅亦寒，抬手打他，狠狠地打，一边打一边哭："你把我也弄死算了，弄死我算了……"

傅亦寒任由她打，任由她出气："我生气，不喜欢你和他那么亲密，不喜欢孩子们那么喜欢他，不喜欢他这么堂而皇之、理所当然地出现在你的生活里，你每次都为了他和我生气，舒窈，我不喜欢。"

那一刻他是真的动了杀机的，甚至有些龌龊的思想，趁着这个机会彻底斩草除根，可是在冯乔喊出那些话之后，他猛然惊醒。

最初舒窈说起拿冯乔当弟弟、当亲人的时候，他不以为然，因为亲人这个词语在他的字典里形同“冷漠”二字。舒窈同他走得近，最初他可以忍，但是后来他发现自己忍不了，不如除之而后快。

那一刻，他忽然想到舒窈每次欲言又止时候的表情，明明很想和他谈冯乔的事情，却顾忌他每次都没说。冯乔说的那些点点滴滴，是共同生活过的记录，互相保护，互相妥协，不就是亲人的定义吗？而他，却只想弄死这个人。

直到舒窈打得累了，哭得累了，他才将她抱到自己身上，手圈着她的腰：“我是不是对你很坏？坏到让你害怕我？”

舒窈闷闷地“嗯”了一声，还带着鼻音。

“我觉得我再次爱上你了，这辈子都放不开了。”

舒窈猛地抬起头，看着傅亦寒的脸，依旧冷峻，也依旧英俊，说的仿佛不是情话，而是一种烦恼的倾诉。

傅亦寒在她唇上印了一下：“是的，我嫉妒得发了疯，所以做了不理智的事情。他是你弟弟，以后就是我弟弟，我不会再欺负他，还让他接送孩子们，你信他，我便信，好不好？”

舒窈又哭了起来，傅亦寒大手抹着她的泪水：“怎么这么喜欢哭？以前也这么爱哭吗？”

舒窈又去打他，不重，更像是撒娇。

傅亦寒忍不住又加一句：“以后不要再喂东西给他吃了，记住了吗？”

舒窈愣愣地看着他，那只是一个随手的举动，而且还有姐姐弟弟都张着嘴等着，他怎么想这么多？

“没有，就那一次。”她侧着脸贴在他胸口，听到他有力的心跳，心中的锁缓缓被打开，这是她的傅亦寒，会主动告诉她什么是喜欢的，什么是不喜欢的，会吃醋会生气的傅亦寒。

傅亦寒又低头亲了亲她：“把我的衣服和你的挂在一起。”敞开心扉，他一点点说出自己介意计较的事情，和他平日的外在完全不同，此刻他只是一个吃醋的丈夫。

舒窈没想到他注意到这件事了，更没想到他心里想了这么久，想了想，她解释道：“一直是挂在一起的，是女佣方便区分才分开的。”

傅亦寒立刻想到区分开的时机：“是那个叫莫莉的管家？”

舒窈没说话，实在不想否认，她不喜欢这个女人。

女人之间的明争暗斗傅亦寒了解得不多，但是从莫莉后来的表现看，平日里她应该没少给舒窈找不顺心，他皱起眉头：“以后有你不喜欢的人直接和穆修说，也要和我说，不要委屈自己。”

舒窈撇着嘴，她才不喜欢告状。

傅亦寒看着她微微嘟起的唇，心软了又软，不明白这世上怎么会有这么一个人，一个表情一个动作就能让他无条件地投降。

大手一下下拍着她的背，傅亦寒声音低哑：“以后我要是吓到你，你就打我，把我打醒，”他顿了下又道，“无论任何时候我都不会伤害你的。”

其他的他不确定，但是这一点他无比确定。

第二天，孩子们都不肯理傅亦寒了，也坚决不肯让他送他们去学校，坐在星苑里不走，一定要让舅舅来接。

即便过了一整夜，他们也依旧记得记恨自己的爸爸，记得担心舅舅。

傅亦寒没有哄人的经验，以前那些手段在孩子们这里已经失效，只要他靠近一点，两人便轮番打他。

保姆害怕傅亦寒生气，刚要将姐姐抱起来，便被傅亦寒阻止：“没事。”

他蹲下来和姐姐平视，姐姐小小的巴掌一巴掌打在他脸上：“你是坏爸爸！”

傅亦寒眼睛都不眨，问姐姐：“要不要和舅舅说话？”

姐姐果然迟疑了，看看他，再看看弟弟，弟弟抱着她往后退，要离傅亦寒远远的。

傅亦寒拿了手机出来，打开其中一个软件，屏幕上出现冯乔的身影，正在医院躺着呢，他将手机递出去："你们和舅舅说话，他能听到。"

弟弟率先一步夺过手机，又小跑着离傅亦寒远远的，拉着姐姐去了角落，没一会儿便听到两个人"舅舅、舅舅"的欢呼声。

两个小家伙叽叽喳喳地和冯乔说话，不停地"嘘嘘，舅舅不痛，不痛"，仿佛吹一吹真的会有效果。

"妈妈！妈妈！你来和舅舅说话！"弟弟大喊。

傅亦寒侧过头，看到舒窈穿着玫红色的吊带裙正站在不远处，听到弟弟的喊声立刻朝他们走过去，三个人围在一起低低地说话。

傅亦寒看了一会儿，拿了沙发上的披肩朝着舒窈走过去，今天温度有些低，舒窈的手不停地搓着胳膊，没一会儿肩上多了一条丝滑的披肩，她转头看着傅亦寒，眼睛还有些肿。

昨夜里两个人话都说开了，舒窈反倒有些不好意思了，有些迟疑地问："你要和冯乔说话吗？"

傅亦寒抿着唇，不太愿意。

"你应该给他道个歉。"舒窈嘟着嘴，这话说得很近，只是个妻子抱怨丈夫的口吻。

傅亦寒心中的波澜被她熨帖烫平，弟弟已经高高地举起电话，等着他给冯乔道歉，傅亦寒垂着眼看着屏幕里朝上看向摄像头的冯乔，脸和鼻子都是肿的，胳膊上还有绷带，不知道他是不是故意的，几乎让医生把他缠成了木乃伊，傅亦寒凉凉地看着对方："抱歉，昨天不是故意的。"

听不出太多诚心，但是能让他道歉的人不多。

冯乔果然在那边哇哇大叫："你还不是故意的！你都要打死我了还不是故意的！弟弟你千万不要……""原谅他"三个字还没说出口，傅亦寒已经切断了通话。

舒窈假装没听到，弯着腰问姐姐和弟弟：“爸爸已经给舅舅道歉了，你们要不要原谅爸爸呀？”

两个孩子为难地看看傅亦寒，再看看舒窈。

“你们做错事道歉之后妈妈都原谅了你们，所以也要原谅爸爸哦。”

傅亦寒目光落在舒窈的侧脸上，只要她出现的地方，他的目光总是不自觉地跟随。

姐姐很为难：“那好吧。”

舒窈又看向弟弟：“弟弟呢？”

弟弟嘟着嘴，显然不同意，不过还是闷闷不乐地应了一声。

“你们去亲一亲爸爸，让爸爸带你们去医院看舅舅好不好？”舒窈摸了摸两颗小脑袋，说着又去拉傅亦寒，让他蹲下身。

姐姐率先亲了他一下：“爸爸以后不可以犯错哦，也不可以打舅舅。”

“好。”傅亦寒牵着嘴角，“爸爸都听阿望的。”

弟弟也勉强亲了亲傅亦寒，叮嘱他：“不可以打舅舅。”

傅亦寒大手撑在他身后，这次说得真诚了许多：“爸爸这次做错了，以后保证不欺负舅舅了，好不好？”

“嗯。”弟弟被他说得有些不好意思。

“那爸爸带你们去看舅舅。”他今天没有出门，知道他们肯定要去医院，不如陪着，省得猜忌。

没几天，冯乔自己在医院待不住，活蹦乱跳地出院了。脸上还挂着瘀青，却不耽误他接送孩子们上下学，偶尔还带着他们出去玩，还经常出入星苑，看到傅亦寒从来不理，心情不好的时候还对他哼两声。

不知道是不是故意硌硬傅亦寒，他每天都会在星苑待很久再走。他来的时候姐姐和弟弟便围着他玩乐，偶尔姐姐看到傅亦寒会跑去和他待在一起，冯乔便气呼呼地大喊：“姐姐姐姐快来！不要和坏人玩！”

姐姐笑嘻嘻地迈着小短腿跑过去："妈妈说爸爸不是坏人。"

冯乔把姐姐抱在怀里："反正不能和他玩儿！"

像个长不大的臭孩子。

傅亦寒懒得和他计较，被他闹得烦了，正好给他找点事情做。

某一日，冯乔店里多了一个人，他眼神好，几乎是立刻发现了许何劲，端了一杯白水给他，在他对面坐下来："干什么？杀人的生意我不做的。"

许何劲在他面前放了个文件袋："做不做看你自己。"

接下来冯乔消失了足足半个月，再回来的时候人精神奕奕的，舒窈打趣他："最近谈恋爱了？"

"差不多。"冯乔笑嘻嘻的。

没两天，舒窈看到新闻，继奥马前总统的妻子被刺身亡之后，儿子也被刺身亡。

舒窈没有将这件事放在心上，直到某天无意中发现傅亦寒看新闻时候眸中满是冷意的眼神，才惊觉这件事和他有关。

那么他为什么要这么做呢？冯乔又这么正好消失了半个月。

和这两个人都有关，那么就是和自己有关。

难道当年那件事其实是楚博策划的？为了瞒过傅亦寒，连楚郦微都搭了进去，楚郦微还冠了他的姓，结发夫妻何至于此？

当初的目标是她，后来又栽赃给伊斯，只是为了惹怒傅亦寒获得他的支持？这是一个政治家会做的事情，却不应该是一个丈夫会做的事。

他没料到的是傅亦寒失忆了，没有了舒窈的影响，他作为一个国家首领，最理智的判断就是对奥马施以援手，而楚郦微就这么白白牺牲了。

而现在，被傅亦寒知道这件事之后，他又失去了自己的儿子。

事情过去这么久，傅亦寒或许会出手，但是不会这么狠，除非对方又做了什么。

冯乔说过她生产的时候有人想要她的命……

这么快傅亦寒便有了动作，只能是因为这件事。

这确实是傅亦寒会做的事情，他从不直面打击报复，但是他会拿走对你来说最重要的东西，让你后悔终生。所以他让冯乔杀了楚博的儿子，人到老年，孤独终老，这才是最严厉的惩罚吧？

舒窈心理活动复杂，一切因她起，她却不知该怎么评价这件事。更重要的是，楚博这件事做得绝对周密，不会留下任何把柄，傅亦寒又是怎么发现的？除非他已经记了起来，从和楚博相处的细节中发现了端倪。

这天她出门，故意选了一件黑色的一字领连衣裙，然后在傅亦寒面前绕了几圈，果然还没走出去，便见傅亦寒皱着眉头说："这件不好看，换一件。"

"不要。"舒窈提了包要出门。

傅亦寒掐着她的腰将她抱起来就往房间里走，舒窈大叫着打他，又闹又笑："我不要换，这个好看，好看死了！"

傅亦寒黑着脸："不好看！"进了房间，直接将门锁住。

舒窈搂着他的脖子："那你说我穿什么颜色最好看？"

傅亦寒将她放在地上，进了衣帽间，没一会儿丢出来好几套衣服，嘴里说着："都好看。"

舒窈抱着他的腰问："是不是黑色最好看？"

傅亦寒低头看着她，不答。

"我要不要把头发留长呀？"舒窈圈住他的脖子强迫他回答。

傅亦寒胸腔里发出震动，眸色温柔，忍不住去吻她的大眼睛："嗯。"

"那你是不是记起来了？"舒窈踮起脚，在他唇上印了一下，又用手指点了点他的胸口，"不许骗我！"

傅亦寒看了她片刻，才答："一点点。"

"都是哪些呀？"傅亦寒这个毛病她咨询过医生，说记起来的希望不大，所以她忍不住好奇。

傅亦寒笑了笑，然后揽着她的腰将她丢到了床上，欺身压下，一点点除去舒窈身上的衣服，声音无限性感："大多是这些。"

舒窈瞪大眼："你这人怎么这么不正经！"

傅亦寒笑出声："你让我说实话的。"他亲了亲她，仿佛亲不完，"以后不许穿黑色衣服出门了。"

"不要。"

傅亦寒低低地笑："这句话一会儿再说。"

"啊啊啊，你流氓！烦死你了！"

傅亦寒印上她的唇，不许烦他，也不能烦他。

至于那个总是给舒窈找不自在的女佣，傅亦寒对她的安排很简单。

此刻莫莉正待在一个偏远山区的政府办公室里，心里眼里全是恨，虽说工作是安排下来的，但是这种地方……这种地方！她怎么能来！

可是她又无法辞职，当时签的合同她没细看，谁知竟然不是标准合同，违约竟然要赔偿国家一笔巨款，一笔她这辈子都赚不到的巨款。

外面有人大喊："莫莉！有村民来访了！"

这就是她的工作，只要有人来访，她必须实地落实，在这山洼里，乡土里，她不愿意！

可又能怎样？

她这辈子完了。

舒窈是过了很久才知道傅亦寒是怎么记起来的。

那天她去找傅亦寒，杨粒闪烁其词，不肯和她说。她打傅亦寒的电话，无人接听，她进傅亦寒的办公室翻了一遍，没找到任何异常，但是在她离开的时候她看到了一个人。

一个只见过几面的男人。

曾经白薇跟在她身边治疗她的时候，她在医院里，见过这个人几次，没记错的话，这人是心理卫生协会的主管。

看到这个人之后，舒窈心里一直很忐忑，傅亦寒回来的时候她却没有问，只是傅亦寒怎么会看不出她的不安？

吃过饭陪着孩子们玩了一会儿，舒窈抱着孩子们回房间，躺在床上给他们讲故事，却讲错了好几处。傅亦寒在外面听了一会儿，抬脚走进去，接过舒窈手里的故事书给孩子们讲了起来，之前他还让人专门制作了情景声音，配上他的读书声，很容易让孩子们进入故事。几个故事讲完，孩子们兴奋过去便渐渐睡着。

傅亦寒把舒窈从床铺里捞出来，舒窈手圈着他的脖子，腿缠住他的腰，挂在他身上，依旧不开心。

傅亦寒托着她的臀，让她的力量都靠在自己手臂上，抱着她回房间，不远处的女佣不小心看到一眼，吓得心惊肉跳。她们以前并没有见过傅亦寒和舒窈在一起时是怎么样的，后来舒窈来了星苑，傅亦寒待她看起来也并不多么亲密，今天骤然见了，才知道两人私下原来是这样的！而傅亦寒宠起老婆来，真是……好有魅力啊！

傅亦寒将人放在桌上，舒窈依旧挂在他脖子上，问他："你今天干什么去了？"

傅亦寒捧住她的脸："猜到了？"

"嗯。"舒窈闷闷不乐，"你以后不要去了，谁知道有没有什么危险，而且……"

"没关系，我让人全程录音了，有一整组的分析师时刻关注，不会出问题的。"

舒窈拉开他的手，靠在他胸口，听他的心跳声："那我也不想你去。"他的身份在那里放着，若是碰到有心人的话……

傅亦寒沉默片刻："可我想记起来。"

通过深度催眠的方式去捕获梦中出现过的片段有一定的危险，但他觉得在自己的可控范围之内，也正因为自己的意志力太强，导致效果并不是很好，至今也并没有记起许多。

"你可以慢慢想，就算想不起来也没关系，我们还有那么久的以后，对于以后来说，现在都是回忆，所以我只想和你过好现在，而不是以后后悔现在的不快乐。你也不用为了我一定要去记得什么，我的心可能脆弱过、不自信过、生气过，但是没有变过。只要你爱我护我，以后这颗心也不会变。所以，不要再继续下去了，好吗？”

傅亦寒一生经历过许多事情，枪林弹雨，无数次与死神擦肩而过，也享受过许多荣誉，光鲜有许多，肮脏也和那些许多一样多。年少时或许善良过、正义过，一颗心早已枯井无波，学会了用一个政治家的心态去审视一切，情感早已被埋没，在权力的旋涡中只能用冷血无情去处理一切。

他曾以为自己会这样过一生。

一个人，没有情感依托，没有家庭支撑，那些成功不过是盐酸泡起的鲜花。将一生奉献给国家听起来感人，更多的不过是心酸和无奈，和人间地狱有何不同?

看着舒窈的大眼睛，仿佛无限宇宙，里面星光点点，而这，是他身处地狱中唯一的星辰光亮。

“答应我吗？”

“嗯，答应。”

只要你开口，哪怕是要命，我也答应。

/ 番外 1 /

不敢让你知道

某一日，舒窈带着孩子们去参加一个公益活动，结束之后被人请到了一个庄园里，来请她的人是傅亦寒父亲的人，说是爷爷想要见见孩子们，舒窈没有不答应的道理。

关于多年前那场权力更替的风暴，舒窈了解得并不多，只知道当时傅亦寒和傅毅闹得很厉害，最终是青出于蓝，傅亦寒赢得了那一场无声的战争。

傅毅正在田地里种花，见到孩子们特别开心地拿了水管冲洗手上的泥巴，又领着孩子们进屋去吃小饼干。

舒窈一直跟随在一旁，她同这位公公的关系并不近，见面的次数都少之又少，而且大都是在公共场合。傅毅一生也算传奇，年少时便接管了易园的权力，领着加韦慢慢走出了困顿，但是坊间对他的评价并不高，因为传闻他曾为了私人利益挑起了好几场没有必要的战争，在那个战后的年代大家对打仗都很忌讳，更渴求的是和平的现状。不过他却常年坐在易园的权力顶端，没人能撼动他的地位。

这种情况一直到傅亦寒着手推翻他。

是的，这是体制内大家对这件事的评价，不是正常的权力更替，而是由儿子推翻了父亲，完成了兵不血刃的权力交替。

舒窈很多次怀疑当年是傅毅做了什么事情让傅亦寒极为不满，不然傅亦寒不会做出这样的事情来，虽然他亲情淡薄，但是傅毅自小便将他带在身边，他自己也提过当年傅毅带着他潜入还是加鲁的北加韦许多次，若不是尽心培养他，不会这般对他。

至于到底为什么，这种秘事舒窈没有问过。

傅毅不但对孩子们很和善，对她也和善，问了她许多工作和生活的事情，态度温和，还要留她吃饭。

舒窈接到傅亦寒的电话，他的气息有些喘："在做什么？"

"在你爸爸的庄园里。"

"做什么？"傅亦寒又问了一遍。

舒窈不知道他怎么了，但是听他这种口气立刻知道事情不妥："喝茶，聊天。"

"入口的东西不要碰，看好孩子们，我在路上。"

舒窈手心起了密密的汗，上次傅亦寒对她说这样的话的时候发生了枪击事件，那么现在呢？

她拉了拉姐姐，把她手里的小饼干拿走："姐姐你已经吃了好多了，不能再吃了。"

"哦。"姐姐没有反驳，"妈妈我想喝水。"

舒窈不敢看傅毅，也不敢做得太明显："妈妈给你买了你最爱喝的饮料，就在车里，你要不要喝？"

"要！"

舒窈松一口气，正要起身，弟弟跑过来，怀里抱着一本相册："妈妈，好多漂亮姐姐！"

傅毅看到弟弟手里拿的东西，脸色一变，站起身就要夺，弟弟吓得一撒手掉在了地上，相册大开，舒窈在里面看到了自己的照片，十六七岁，完全小女孩的模样。

她迅速移开眼，假装没看到，一边牵着姐姐和弟弟往外走，一边客气道："爸爸我们去外面透透气，亦寒说一会儿来接我们。"

傅毅脸色不太好，淡淡地"嗯"了一声。

到了外面，几个人在石头走廊上缓缓往前走，傅毅开口："待会儿亦寒回来你们一起在这里吃顿饭。"

"好的，爸爸。"

没十分钟，一排车子便冲了进来，保镖个个装备齐全，仿佛是要冲锋陷阵。

傅亦寒身着墨色军装，目光冷硬，浑身带着杀气，几乎是一秒钟的时间内锁定了舒窈的位置，疾步朝她走了过去。

舒窈站在原地没动，一直到傅亦寒握住她的手才慢慢将心放了下来。她不知道傅亦寒和傅毅的关系原来有这么紧张。

傅毅依旧淡淡地笑着："亦寒来了，一起吃了饭再走。"

傅亦寒看了他一眼，没搭话，却把手放在舒窈背上："你们先上车，我和爸爸说两句。"

舒窈有些忐忑地看了傅毅一眼，傅毅倒是没有气恼，还同她说："那你们改天再来吃饭。"

舒窈领着孩子们去了车上，路过几个保镖的时候，发现对方的枪都是上了膛的，她觉得这件事不对，却不知道不对在哪里。

没五分钟，傅亦寒便回来上了车，一排车子急速开出去，一刻都不愿意停留。

舒窈握住傅亦寒的手："怎么了？"

傅亦寒看了她一眼，外面的光影透过车窗照在他的脸上，让他的面色看起来更冷，也更狠，但是他同舒窈说话的时候却是温柔的："没事，我和他关系没看起来那么好，以后他请你们，你们不要来。"

"嗯。"舒窈知道不是因为这个，但是她没继续问。

晚上睡觉的时候，舒窈忽然说起了下午的事情："我在庄园里看到了一本相册，里面有我的照片。"

傅亦寒坐直了身子："什么？"

"弟弟不知道从哪里翻出来的，你爸爸好像很紧张。"舒窈看着他脸上各种表情变换。

没一会儿傅亦寒穿了睡衣出门，过了半个小时才回来，舒窈知道他是去打电话处理相册的事情，不过，为什么她的照片会出现在傅毅那里？傅亦寒又为何这么紧张？

傅亦寒不说，她便不问，但是她隐隐有一种不敢确定的猜测，傅亦寒和傅毅关系这么紧张，或许是因为她？

第二天穆修来星苑，舒窈和他聊天，他经常会来，在傅亦寒惹了她的时候也会劝解她，舒窈早已见怪不怪。

不过他无意中说了一件事："当时先生和老先生关系不好，其实还因为一件事。"

舒窈一听便知道，这是傅亦寒授意他告诉自己的。

"什么事是连我都不知道的？"舒窈笑着问。

穆修不瞒着："老先生只娶过一任太太，就是先生的母亲。爱情倒谈不上，只是先生的母亲离世之后，老先生的私生活便更加放荡不羁了，到了岁数慢慢大起来，喜欢的又换了口味，无论什么手段，总要把人放到身边，而且不知道是不是早年打过仗的原因，他变得……"

穆修没说完，舒窈却明白了，总有特殊癖好的人存在。

光影之间，她忽然将一些事情联系到了一起。

傅毅手里有她的照片。

他为了得到这些女孩子无所不用其极，而这些女孩子里面包括一个她。

为了得到她，他会做什么？让她父母主动将她送出去，父亲肯定是拒绝的。

所以……他就这么杀了一个忠心为国的军人的妻子来警告他吗？所以父亲后来才会怪她？他后来要杀了她，又有没有这个原因？

傅亦寒苦苦说不出口的母亲的死因竟是这个吗？他后来发动的那

场权力变更的政变也是因为这个?

他……是为了她。

只要和易园这个政治中心沾上关系的事情都会变得复杂，明明掺杂着那么多的仇恨，她却心疼傅亦寒，他只比她大几岁，在她还沉浸在母亲丧命的悲痛中的时候，他却已经开始为了保护她而不得不押上自己的性命去发动这一场政变。

泪水无声地滴落在她的膝盖上，那时候傅亦寒待她一直很冷淡，她却不知道原来他那时候便可以为了她连命都不要。

这么多年，终究还是她欠了他。

傅亦寒回来得很晚，昨天接到舒窈被请去庄园的消息时，他正在开会，心跳却越来越不正常，他不知道为什么，但是知道这件事不对。

开会持续了片刻，头痛来袭，剧烈到难以忍受，就像是梦中一般，他看到傅毅派人领了舒窈去他办公室，他毫不犹豫地跟了进去，舒窈还不知道发生了什么，他却执意站在原地让她先走。

后来是父子之间无声的较量，傅毅心理不太正常，竟然觉得只要舒擎宇肯亲自把人送来，他便赢了。为了这个变态的较量，他嗜血的灵魂都在燃烧，所以舒窈的母亲搭进了性命，

傅亦寒意识到事情越来越不可控，他做了人生第一件更不可控的事情，目的只有一个：绝不让舒窈变成那些少女中的一个。

他要她一直笑着，一直开心，这么多年他也一直是这么做的。

可他不敢和舒窈说这一切，怕她怪他，也怕她怨他。

让他没想到的是，自己一进客厅，舒窈便扑到了他怀里，用无声的信任安慰了他的不安。

“不怪我吗？”

舒窈摇头：“怪你。”

傅亦寒僵了僵，不知该如何回话，听到舒窈又说：“怪你没有告诉我。”

他无声地吐出一口气，将人紧紧抱住，声音带着柔意，也带着歉

意："怕你生气，也怕你想不开。"

舒窈心里更加难受，为他难受："我是不是一直很无理取闹？"不等他答，她又问，"你觉得我的爱情和信任都不堪一击，是吗？"

傅亦寒紧紧把她揽在怀里："是我不敢尝试。"不敢有丝毫越界，怕她受伤，怕她难过，可她明明不是那么脆弱的人，他却总将她当成易碎品。

"我爱你，爱死你了。"怎么会有人明明做了这么多事却从不居功呢？

傅亦寒吻她："我也是。"

无论日月星辰如何变化，他的爱一直在。

年少的时候或许并不那么明显，但那时她已经改变了他的命运。

/ 番外 2 /

他的一生

许多许多年后，加韦已经是世界超级大国，在全世界都有着让人无法撼动的地位，而那位从来不传绯闻的易园领导者却破天荒地接受了一次和私生活有关的采访。

加韦同其他国家不同，没有皇室，却奉行权力继承制，易园从来都是加韦的政治权力中心，虽不是皇室，但是傅氏家族和皇室起的作用是相同的。而大家纷纷猜测，傅亦寒肯出来接受采访更多的原因是为了赢得国民更多的好感度。

视频并不长，早起的傅亦寒穿着便衣去花园剪花，装满了一篮子才回星苑，然后把最好看、花头最大的挑出来放在一起，剩下的插在客厅、半开放式厨房、小厅、侧间等所有能看到花瓶的地方，然后拿着他挑出来的最好的花进了卧室，再出来的时候，手里拿着换下来的花束，那花开得正鲜艳，没一点枯萎的迹象，可见装进花瓶里并没有很久。

用人把换下来的花束全部集中在一起提走，镜头一转，有记者询问女佣："请问这些换下来的花束，归处是哪里？"

“会放到一个集中的地方，别的地方有需要的话可以自行去取。”

哦，原来一捧鲜花也要循环利用，唯一每日换新的地方只有星苑。

镜头转回来，傅亦寒在检查早餐的餐单，见记者来拍，他主动解释：“我太太身体不太好，所以吃的东西会更重视一些。”

记者问：“虽然捕捉到你们恩爱的画面不多，但是大家都说只要您太太出现的地方，您的目光就一直在她身上，是这样吗？”

傅亦寒对着镜头看了一会儿，也可能是在看说话的人，顿了片刻才淡淡地说：“差不多。”

“可她就在您面前呀。”

傅亦寒又是沉默许久才道：“有时候心是不由自己做主的，眼睛也无法做主。”说这话的时候他唇边挂着淡淡的笑意，语气难得温柔。

“在您心里，爱一个人，能为她做到什么地步呢？”

“这世上没什么是我不能为她做的。”

这句话很快被奉为世纪最棒告白。一个男人，手里拥有无上的权力，却能够说出这样的话，即便是假的，也已感动了千万人。

镜头一转，换了另外一个话题。

记者问：“这么多年来，您一直致力于每一个贫困地区的基础建设，您去这些地方看过吗？”

“去过，不过不多。”

“对于那些贫困没有价值的山区，您是怎么考虑的呢？”记者说完又补一句，“那些地方的旅游业开发都很成功，所有人都很敬佩您的魄力，这没几个人能做到。”即便是其他的超级大国，也有10%到25%的落后贫困地区，但是加韦没有，这不是一般人能做到的。

“我一直很注重每一个贫穷落后地区的发展，最初的初衷是我和太太吵架，她跑到山里受苦惩罚我。我去接她，她抱着我哭得稀里哗啦的，那时候我就在心里发誓，要把基础建设覆盖到全国范围内，这样的话，就算她再和我吵架跑走，也可以不用受苦。后来做起这一块之后，发现每一个地方都有着无限的价值，我太太又一直在做贫困地区的慈善工作，总是在我耳边念叨，所以才有了今天的样子。”

这是他说得最长的一句话，镜头前的他大多时候沉默着，可以想象他平时的样子。

大宅里的用人有序地做着自己的事情，可以看出大家平日里和主人相处的关系，无论在哪里，只要傅亦寒在的地方，没人敢越界。

“您有没有发现，您三句话不离您太太？”

傅亦寒微愣，倒是真的没有发现，随即勾起一抹浅笑：“她要起了，先不要拍了。”

关于舒窈的镜头只有一个，她在喝水，傅亦寒拿了披肩给她披上去，她踮起脚亲了他一下，镜头拍得并不完整，因为她娇小的身躯几乎都被傅亦寒挡住，傅亦寒不愿意她被拍进去。

只是浅浅的一个贴面吻，结束之后傅亦寒的大手停在她头上许久许久。

还有一些关于孩子们的镜头。

傅舒望和傅舒灏都已经长大了，姐姐依旧喜欢笑嘻嘻的，弟弟则沉稳许多，对姐姐言听计从。

姐姐晨跑回来，不到门口便大喊：“爸爸妈妈，我回来啦！”

镜头拍不到的地方是舒窈浅浅的声音：“去洗个澡来吃饭。”

“不要，我要先吃饭！”

“那你臭死了。”舒窈笑着骂她。

弟弟则跟在后面：“妈妈，我回来了。”没有喊爸爸。

“嗯，快来吃饭。”

“我先去洗澡。”

舒窈笑着问傅亦寒：“你又得罪他了？”

镜头到这里便断了。

镜头下，傅亦寒瞥了弟弟一眼：“他没姐姐心大。”

其实原因很简单，是弟弟和舒窈说好要一起去个地方旅行，傅亦寒让姐姐和他一起去，不肯让舒窈陪着，于是弟弟便不理人了。

弟弟到现在还是喜欢舅舅多一些，本是说好舅舅也一起去的。

“你以后不要和他硬碰硬。”

“嗯。”

舒窈看他：“你听进去没有呀？你都不认真回答我。”

傅亦寒正色道：“听进去了。”说着他捏了捏她的脸，表示自己的不满，每次都偏向弟弟。

工作人员没想到两人私下是这样的，一时间人人目瞪口呆，想笑不敢笑。

舒窈赶紧解释：“我们只有家庭内部事情的时候他才肯听我的，你们不要误会。”

大家赶紧摆手：“没误会，没误会。”

镜头里，弟弟下楼了，身后还跟着他的鹅，加韦第二鹅，姐姐的鹅是加韦第一鹅。

姐姐小时候有一个特别可爱的镜头被拍了下来，本是一次宴会，她不知道听谁说了一句桌上的是鹅肉，立刻大哭大喊：“不要吃我的小鹅，不能吃我的小鹅……”

哭得楚楚可怜，要上桌去抱那盘已经变成菜的鹅肉。

后来加韦刮起一阵大风，一时间鹅变得高贵起来，大家的口头禅变成：今天吃什么？反正不吃鹅。还有景区用一群鹅做景点，所有的鹅蛋都由拾到的人拥有，生意竟然也红红火火。

吃过饭，姐姐和弟弟去湖里让鹅游泳，没一会儿鹅游远了，姐姐推弟弟：“你快把它们抱回来。”

弟弟摸了摸她的脑袋，一副大男生的模样：“等着。”

说完他便跳下湖朝着鹅游去，大家都心惊胆战，唯恐发生什么意外，没一会儿他便游在前面，两只鹅跟在他身后回来了，还带回来一群其他的鹅，都是这两只鹅的后代。

姐姐拿了毛巾给弟弟擦头发，笑嘻嘻的：“比之前快了一分二十秒。”

原来是两人之间的小游戏。

“快去换衣服，一会儿我们去找舅舅玩儿。”

“嗯。”弟弟不说话，跑走了，似乎也不愿意被拍到。

弟弟长得帅，从小就是个小帅哥，迷妹一直很多，镜头里他的背影时间更长。

让大家没想到的是，接下来的画面竟然是弟弟给傅亦寒道歉。他似乎很愧疚，连连说了好几个不应该，不该让妈妈陪着出去旅游，不该和爸爸赌气，不该态度不好，末了又问：“妈妈会生个弟弟吗？”

傅亦寒嘴角噙着笑：“不知道，弟弟妹妹都可以。”

“我也觉得弟弟妹妹都好！”弟弟难得有了属于他这个年纪稚嫩的笑，他和傅亦寒无论哪个方面都很像，很有主意，话不多，待人礼貌却又冷淡，做的决定绝不更改，但是现在变了。

和舒窈有关的事情，他们都喜欢变来变去。

弟弟跑去看舒窈，最后一个镜头是傅亦寒看着弟弟的背影消失，和所有的父亲一样，他眼中有疼爱、有爱护，即便他不说，全世界却都看得出来。

这是最后一个镜头，记者收工，私下问了他一个问题：“阁下您能不能私下满足我一个好奇心？”

傅亦寒看了他片刻，刚才他讲了几个笑话，舒窈笑得很开心：“可以。”反正问不出什么翻天的问题。

“坊间传闻当年您在奥马被袭击是时任总统的楚博做的，是吗？”

“这已经是一个问题了。”傅亦寒提醒。

记者迅速反应过来：“其实我是想问，为何您明知道这是楚博做的，却还是一直扶持奥马？”

“这是政治决定，地区稳定的必然选择，和私人恩怨无关，至于这个人，”他停顿片刻，“我绝不原谅他。”

记者恍然，这是已经回答好几个问题了。

能做到这般大度，除了要维持平衡稳定，他最先肯定的还是自己政治家的身份，任何时候国家利益当先，然后才是自己的心。

绝不原谅。

“谢谢您。”

“嗯。”

至此采访全部结束，傅亦寒的目光却依旧长久地落在正和弟弟说话的人身上，两人不知道说了什么，弟弟弯下腰贴着她的肚子，画面温馨。

这些年来傅亦寒常常感到安心，对家的眷恋也越来越多，工作强度不那么大，所有的美好也都不愿再错过。

他想，这便是他的一生了。